Das dunkle Haus

Das Buch

Einst war Erik Winter Schwedens jüngster Kriminalkommissar, wenig später schon Schwedens erfolgreichster. Sein Gespür für das Böse im Menschen und seine Methoden, manchmal auch nur ein gutes Glas Whisky und die Musik von John Coltrane, führten ihn zum Erfolg.

Nun kehrt er nach einer Auszeit aus der Sonne Marbellas in die Dunkelheit Göteborgs zurück. Er fühlt sich mit fünfzig noch zu jung für den Ruhestand.

Außerdem hat er eine schreckliche Vorahnung. Schon wenige Stunden nach seiner Rückkehr steht er mit seinen alten Kollegen vor einem Haus, in dem drei Menschen sterben mussten. Das Bild der Mutter und ihrer beiden toten Kinder brennt sich Winter ein. Doch warum ließ der Mörder das jüngste Kind leben?

Der Autor

Åke Edwardson, geboren 1953, lebt mit seiner Frau in Göteborg. Einige Monate im Jahr verbringt das Ehepaar im Süden Spaniens, in Marbella. Bevor Edwardson einer der weltweit erfolgreichsten Krimiautoren wurde, arbeitete er als Journalist u.a. im Auftrag der UNO im Nahen Osten. *Das dunkle Haus* ist der elfte Roman der Erik-Winter-Serie.

Von Åke Edwardson sind in unserem Hause bereits erschienen:

Aus der Reihe »Ein Erik-Winter-Krimi«:

Tanz mit dem Engel · Die Schattenfrau · Das vertauschte Gesicht · In alle Ewigkeit · Der Himmel auf Erden · Segel aus Stein · Zimmer Nr. 10 · Rotes Meer · Toter Mann Der letzte Winter · Das dunkle Haus

Außerdem:

Allem, was gestorben war · Drachenmonat · Geh aus, mein Herz · Der Jukebox-Mann · Die Rache des Chamäleons Winterland

Åke Edwardson

Das dunkle Haus

Kriminalroman

Aus dem Schwedischen
von Angelika Kutsch

List Taschenbuch

Besuchen Sie uns im Internet:
www.list-taschenbuch.de

MIX
Papier aus verantwortungsvollen Quellen
FSC® C083411

Ungekürzte Ausgabe im List Taschenbuch
List ist ein Verlag der Ullstein Buchverlage GmbH, Berlin.
1. Auflage September 2015

Titel der schwedischen Originalausgabe: *Hus vid världens ände*
(Albert Bonniers Förlag, Stockholm)
Umschlaggestaltung: bürosüd ° GmbH, München
Titelabbildung: © Briljans / plainpicture
Satz: LVD GmbH, Berlin
Gesetzt aus der Sabon
Druck und Bindearbeiten: CPI books GmbH, Leck
Printed in Germany
ISBN 978-3-548-61267-6

… love supreme, a love supreme,
A love supreme, a love supreme …

John Coltrane, *A Love Supreme*

Für Rita

O

Er hatte angefangen, die Steine in Paseon zu zählen, in der vergangenen Woche oder irgendwann vor Weihnachten. Eins, zwei, drei, vier, fünf, zwanzig, hundert, die Steine wirkten größer, wenn die Sonne auf der anderen Seite hinter Marokko ins Meer tauchte, wenn sich die Schatten vor ihm auf die Strandpromenade senkten, bis hin zu den Wellenbrechern im Osten. Er zählte wieder Steine.

Es war Zeit, nach Hause zurückzukehren.

Wald und Wüste fließen ineinander. Er trägt immer noch das Gewehr, dasselbe Gewehr, ein Husqvarna, mit dem er zwanzig wilde Tiere getötet hat, hundert. Jetzt geht er durch eine Stadt. Es ist seine Stadt. Hier ist er zu Hause. Hier ist er Jäger, der beste Jäger überhaupt. Ich habe es vermisst, sagt er zu einem Mann, dem er vor dem Einkaufszentrum Nordstan begegnet. Der Mann trägt eine Lederjacke, Mütze, Fäustlinge, derbe Schuhe. Demnach ist es Winter. Der Mann deutet mit dem Kopf auf das Gewehr an seiner Schulter. Er zielt auf niemanden, hält das Gewehr nur vor sich, während er durch die Straßen geht. »Schön, dass du wieder hier bist!«, ruft der Mann. »Waidmannsheil. Hier gibt es reichlich Bestien!« Er hört Schreie aus dem Abgrund, vor sich, hinter sich, rechts und links von sich. Himmel, wie habe ich das alles vermisst. Er schreit selber, die ganze Zeit schreit er, bis Angela ihn schüttelte und zurück in die Wirklichkeit holte.

Es war noch nicht Winter. Hier würde es nie Winter werden, deshalb waren sie ja hier.

»Der Januar ist wirklich der perfekte Monat, um nach Göteborg zurückzukehren«, sagte sie. »Super Wetter.«

»Ich weiß«, sagte er. »Deshalb will ich auch bis Februar warten.«

»Dasselbe Mistwetter.« Sie lächelte nicht. Es war kein Scherz mehr, wenn es überhaupt jemals ein Scherz gewesen war.

»Ziehen dich deine Alpträume zurück?«

»Ja.«

»Du musst mit jemandem darüber sprechen, Erik.«

»Ich spreche doch mit dir.«

»Manchmal bist du wie ein kleiner bockiger Junge.«

»Wir tragen jedes Alter mit uns herum«, sagte er.

»Aber wir sollten nicht jedes Alter zeigen.«

»Jetzt sind wir schon zwei Jahre hier, Angela. Ich ... ich weiß nicht ...«

»Lass uns bis zum Sommer warten. War das nicht der Sinn? Nicht ausgerechnet im Januar nach Göteborg zurückzugehen?«

»Februar.«

»*Cojones*, Erik!«

»Du bist in deinem Element, wenn du auf Spanisch fluchst.«

»Genau. Wir reden über den eigentlichen Sinn.«

»*Cojones*«, sagte er.

»Lilly hat kürzlich gefragt, was das bedeutet. Sie hat auch gefragt, was *conjo* bedeutet.«

»Was hast du geantwortet?«

»Die Wahrheit.«

»Ihr Ärzte seid auch kein bisschen diskret.«

»Wir haben zu viel gesehen«, sagte sie. »Und du hast auch genug gesehen.«

»Ich weiß, Angela. Es ist nur … ich kann nicht mehr ohne sein. Es ist kein Gift. Es ist etwas anderes.«

»Herr im Himmel.«

»In Bergen ist es noch schlimmer. Bergen ist im Winter die schlimmste Stadt der Welt.«

»Wie sind wir denn jetzt dort gelandet?«

»Eine Reise in der Phantasie.«

»Soll ich etwa froh sein, nicht in der Phantasie nach Bergen reisen zu müssen? Ich soll froh sein, dass wir nur in das zweitschlimmste Winterwetter der Welt fahren?«

»Verdammt *conjo*-froh«, sagte er.

Sie saßen auf dem Balkon. Es war spät. Die Kinder waren eingeschlafen, Elsa gerade eben, Lilly schon vor mehreren Stunden. Das Brausen der alten Stadt hörten sie nicht mehr. Winter hörte es auch nicht. Teil ihres neuen Lebens war es, Teil der spanischen Stadt zu werden. Warum zum Teufel wollte er zurück in das alte Leben im Norden, zu dem alten Tod im Norden?

»Ich bin noch zu jung«, sagte er. »Zu jung, um in Pension zu gehen. Weißt du, dass ich einmal der jüngste Kriminalkommissar in Schweden war?«

»Ich glaube, das habe ich irgendwann mal gelesen.«

Er hob das Weinglas und trank einen Schluck. Der Wein schmeckte nach Eisen und Blut. Es war eine der billigeren lokalen Marken und trotzdem besser als die Weine im Norden. In Andalusien war die Erde rot.

»Möchtest du als Schwedens ältester Kriminalkommissar enden?«, fragte sie.

»Das weiß ich nicht. Das glaube ich nicht.«

»Heute ist es gefährlicher als früher, als du jung warst«, sagte sie.

»Ich bin immer noch jung.«

»Göteborg hat inzwischen eine Kriminalität von Weltklasse. So war das nicht, als du noch grün warst.«

Er schwieg. Sie hatte recht. Trotzdem war er in seinem sogenannten Beruf dem Tod in den vergangenen fünfzehn Jahren mehrere Male nah gewesen. Gefährlich war es immer. Das war der Sinn. Er trank noch einen Schluck Wein. Er fühlte sich nicht betrunken. In einem Land, in dem der Wein nie versiegt, wird man nicht betrunken.

»Ich weiß nicht, warum«, sagte er. »Ich weiß nur, dass ich noch nicht fertig bin.«

»Ich will nicht nörgeln«, sagte sie. »Das habe ich nie getan.«

»Nein.«

»Vor gut zwei Jahren bist du fast in einem Swimmingpool ertrunken«, sagte sie.

»Das habe ich nicht vergessen.«

»Was wird es das nächste Mal sein?«

»Es wird kein nächstes Mal geben.«

»Wie soll ich das nun verstehen? Was bedeutet es?«

»Möchtest du noch etwas Wein?« Er griff nach der Flasche, der zweiten an diesem Abend.

»Ich komme nicht mit«, sagte sie. »Wir bleiben hier, die Kinder und ich. Elsa muss erst die zweite Klasse beenden.«

»Natürlich.«

»Vielleicht auch noch die dritte.«

»Natürlich.«

»Du bist nie erwachsen geworden.« Sie stand auf und ging ins Zimmer. Die Balkontür ließ sie hinter sich offen. Er drehte sich um und sah sie über den Steinfußboden gehen.

Es ist ein schönes Gefühl an den Füßen, dachte er, es ist schön geworden, nachdem wir Fußbodenheizung haben einbauen lassen. Die Leute hier haben gedacht, wir wären verrückt.

Im Bett lauschte er auf die Geräusche der Nacht. Er hörte nichts, was er nicht kannte. Das Brausen in seinen Ohren war da, aber daran hatte er sich inzwischen auch gewöhnt, seine Gedanken hatten einen Soundtrack bekommen.

Er stand auf und ging in Lillys Zimmer. Der Steinfußboden war ein wenig kühl, aber nicht kalt, nie kalt. Lilly schnarchte. Er drehte sie vorsichtig um und ging zu Elsa. Sie murmelte etwas im Schlaf, was er nicht verstehen konnte. Er verließ ihr Zimmer. Vorm Fenster dämmerte der Morgen herauf. Er öffnete die Balkontür und trat hinaus. Es duftete nach Kiefernnadeln, Sand, Steinen, Salz und Benzin, als wären Wald, Wüste, Meer, Stadt und Berge eins. Er kehrte ins Wohnzimmer zurück, ohne die Balkontür zu schließen. Auf dem Sofatisch lag ein CD-Cover, Pharoah Sanders *Save Our Children*, die Musik, die sie spät am vergangenen Abend gehört hatten, Jazz aus Afrika. Rettet unsere Kinder. Er schauderte wie in einem Windhauch vom Mittelmeer. Er wusste, dass etwas Entsetzliches geschehen würde, wenn er in den Norden zurückkehrte, etwas, das er noch nie erlebt hatte. Es zog ihn an. Es wartete auf ihn.

I

Eine der kleineren Anzeigen unter der Rubrik »Tiere«; kleiner Hund, kleine Annonce. Ein Mischlingswelpe. Er rief an, bekam eine Adresse von der Frau, die sich meldete. Er wusste nicht genau, wo in der Stadt es war, aber er fragte nicht, irgendwo in Richtung Süden, er würde es finden. GPS hatte er nicht, aber ganz hinten in den Gelben Seiten gab es ja einen Stadtplan; wer weiß, wie lange es die Gelben Seiten noch geben würde. Bald war alles digitalisiert, aber er beklagte sich nicht, es war sinnlos zu klagen, zu jammern, das kümmerte ja doch niemanden, nur Idioten jammerten.

Er sei der Erste, der anrief, hatte sie gesagt. Das war etwas merkwürdig, die Leute müssten doch wie verrückt anrufen, etwas anderes hatten sie ja kaum noch zu tun. Aber natürlich mochten viele keine Mischlingsrassen, er gehörte auch zu denen, aber das galt nicht für Hunde. Er würde der Erste sein, wenn er gleich losfuhr, dann würde er den Zuschlag bekommen.

Liv erzählte er nichts.

»Ich fahr zum Frölunda torg«, sagte er. »Ich brauche einen Schraubendreher.«

Etwas anderes war ihm nicht eingefallen. Er hatte tausend Schraubendreher mit Aufsätzen aller Art, mehrere davon im Auto. Etwas musste man ja sagen. Sie glaubte ihm. Wenn es um Werkzeug ging, hatte er das letzte Wort.

»Brauchen wir nicht noch etwas?«, fragte sie.

»Ich weiß nicht.«

»Ich schau mal nach.«

Er hörte sie in die Küche gehen und den Kühlschrank öffnen. Die Tür quietschte wie immer. Niemand kümmerte sich darum. Er würde sich kümmern, wenn er wieder nach Hause kam, und die Scharniere ölen, vielleicht sogar ein Scharnier austauschen. Er besaß das richtige Werkzeug.

»Du kannst eine Dickmilch und eine Milch mitbringen«, rief sie.

Zum Frölunda torg fahren, um Dickmilch und Milch zu kaufen, dachte er. Er wollte nicht einmal in die Richtung.

»Okay«, sagte er.

»Du könntest auch einen Film ausleihen«, rief sie.

Er antwortete nicht.

»Hast du gehört?«

»Ich bin doch nicht taub«, rief er zurück.

»Kannst du einen Film mitbringen?«

»Was willst du haben?«

»Nichts Gruseliges.«

Über Näset kreisten im blassen Sonnenlicht Möwen, schwarz wie Raben. Die Sonne hing knapp über der Schäre draußen in der Bucht, dünn und schüchtern wie eine 25-Watt-Birne. Aber immerhin war es die Sonne, obwohl sie Winter hatten. Der Himmel war fahl und diesig. Es lag nicht viel Schnee. Die Straßen waren trocken. Es gab keinen Grund zu jammern. Er sah seine eigenen Augen im Rückspiegel. »Ich jammere nicht«, sagte er.

Er bog nach Billdal und dann wieder nach rechts zu den Amund-Inseln ab. Als er den höchsten Punkt erreichte, lag das Meer vor ihm. Die Bucht sah aus wie ein Gemälde: schwarzweiß, ein wenig gelb, ein wenig blau.

Das Haus musste nahe Stora Amundö liegen. Er hielt auf einem Stellplatz beim Fähranleger an, gleich neben dem Jachthafen. Hier war er schon viele Male gewesen. Er studierte den Stadtplan. Es war nicht mehr weit. Er startete wieder, fuhr an einem großen Parkplatz vorbei und bog in eine kleinere Straße ein. Die Häuser lagen nicht direkt am Meer, immer noch im Stadtgebiet und doch weit entfernt. Es war ganz still. Hier gab es mehr Wald als Meer. Trotzdem roch es nach Meer. Noch einmal kontrollierte er die Adresse. Es war die richtige Nummer, das richtige Haus, ein erst kürzlich erbautes Holzhaus, musste teuer gewesen sein, sah aber nicht teuer aus. Kein Name am Briefkasten, so ein altmodischer aus grünem Plastik. Das gefiel ihm, die neuen aus Blech und mit Schloss waren abartig, groß wie Freizeithäuser, sie waren sogar überdacht. Die Klingel klang mehr wie ein Bohrergeräusch und nicht wie eine Glocke. Er hörte Stimmen, vielleicht Kinderstimmen. Ein Hundebellen. Er hatte die richtige Adresse gefunden. Die Tür wurde geöffnet. Die Frau sah ungefähr aus, wie ihre Stimme am Telefon geklungen hatte, nicht jung, nicht alt. Sie trug eine Art Hemd und Jeans. Rote Strümpfe, sein Blick wurde von den roten Strümpfen angezogen. Unten neben ihrem Knie sah er ein kleines Gesicht. Die Augen schauten mit einem Ausdruck zu ihm auf, als wäre er gefährlich. Als wäre ich unheimlich, dachte er.

Der Welpe hüpfte um seine Füße herum. Kleiner Kopf, die langen Beine erstaunten ihn, aber andererseits hatte er keinen blassen Schimmer von Hunden.

»Christian … Runstig?«, fragte sie.

»Ja. Und Sie sind Frau Mars?«

Sie nickte.

»Und das ist Lassie.« Er deutete mit dem Kopf auf den

Welpen. Der war jetzt auf dem Weg zurück in die Diele, lief, spielte.

»Sie heißt nicht Lassie«, sagte das kleine Gesicht weiter unten.

»Ich hab nur Spaß gemacht«, sagte er. »Wie heißt du denn?«

Das Kind antwortete nicht. Sein Gesicht verschwand. Er hörte Schritte, die sich entfernten, dünn wie raschelndes Laub, und vor seinem inneren Auge sah er ein Bild von Laub, das über den Fußboden im Haus geweht wurde, durch die Diele, durch alle Räume.

»Die Kinder sind traurig«, sagte die Frau.

»Ich verstehe.« Er glaubte jedenfalls, es zu verstehen. Er verstand, dass Kinder Hunde mögen, vielleicht alle Tiere. Es liegt in der Natur von Kindern, dass sie Tiere mögen; manche Kinder reißen Fliegen die Beine aus, aber die gehören zur Minderheit. Es ist besser, Tiere zu mögen als Menschen. Tiere sind immer unschuldig.

»Wir haben sie erst eine Woche«, hörte er die Frau sagen. »Aber schon nach vierundzwanzig Stunden bekam ich Ausschlag.«

Er sah keinen Ausschlag, aber sicher stimmte es, aus welchem Grund sollte sie lügen?

»Das ist schade«, sagte er.

Er hörte ein Kind im Haus schreien. Es war die Stimme eines sehr kleinen Kindes.

»Die Kleine ist aufgewacht«, sagte die Frau.

»Wie viele Kinder haben ... Sie?«

»Drei«, antwortete die Frau, drehte sich zur Diele um und dann wieder zurück zu ihm.

»Wer konnte auch ahnen, dass ich gegen Tierhaare allergisch werde«, sagte sie. »Jedenfalls gegen Hunde. Oder diesen Hund.« Sie schien zu lächeln.

»So was kann man im Voraus nicht wissen«, sagte er.

»Ich bin noch nie gegen irgendetwas allergisch gewesen, soweit ich weiß.«

Der Hund war auf die Treppe hinausgelaufen und wieder zurück ins Haus. Es war ein kleiner Hund mit großer Zunge; er bildete sich ein, irgendwo gelesen zu haben, dass die heraushängende Zunge etwas mit der Atmung zu tun hatte. Menschen waren sich zu fein, die Zunge heraushängen zu lassen.

»Sie ist eine Mischung aus Labrador und Border Collie«, sagte die Frau. »Angeblich soll man nicht allergisch gegen Collies sein, oder waren es Pudel?«

Er stieß ein Lachen aus.

»Mir ist es egal, was sie ist«, sagte er.

»Ich hoffe, Sie mögen den Hund.«

Hinter ihm fuhr ein Auto vorbei. Er drehte sich nicht um. Das Autogeräusch entfernte sich in Richtung Meer. Vom Himmel schwebten einzelne dünne Flocken. Er hob den Blick, der Schnee fiel aus einem farblosen Himmel. Jetzt waren die blassen Farben ganz verschwunden.

»Es soll eine Überraschung für meine Frau werden«, sagte er.

»Wir wollen nur hoffen, dass sie nicht allergisch ist.«

»Ist sie nicht. Ich weiß es.«

»Ja … dann kommen Sie herein«, sagte sie.

»Es dauert nicht lange«, sagte er.

2

Winter trat über die Schwelle, obwohl es eigentlich nie eine Schwelle gegeben hatte. Das Polizeipräsidium sollte im Takt mit der neuen Zeit modernisiert werden. In den vergangenen zwei Jahren hatte sich viel verändert. Sein Parkplatz war in einem Loch verschwunden. Er empfand es wie ein Verbrechen. Der Platz war das Zuhause seines Mercedes gewesen. Es schneite, Schnee bedeckte den Krater, aber das war ja nun egal.

Auf dem Weg nach oben betrachtete er sein Gesicht im Fahrstuhlspiegel. In dem gnadenlosen Licht wirkte es gealtert, das drohende Alter war schon eingeritzt. Aber noch war es nur eine Drohung, noch war alles, wie es sein sollte. Wer zweiundfünfzig ist, hat das Gesicht, das er verdient. Er sah die Liftwände im Spiegel, Wände wie in einer Zelle, wie eine Vorahnung dessen, was ihn erwartete. Der Spiegel schien neu zu sein. Beim Abmontieren des alten war er dabei gewesen. Ein Festgenommener hatte sich daran verletzt, oder es zumindest versucht. Doch diesen Spiegel hatte ein anderer ausgesucht, jemand, der eitel war, vielleicht Halders.

Die Wände oben im Dezernat waren dieselben, nur der Name seiner Abteilung hatte sich geändert: Dezernat für Schwerstverbrechen. Die Wände waren von unbestimmbarer Farbe, die ihre Inspiration aus Kaufhäusern und Folterkammern bezog. Himmel, wie er diese Nicht-Farbe hasste. Sie hatte zu seinem Entschluss beigetragen, den ganzen Mist hinzuschmeißen. Alle anderen Anlässe hatte er auf dem Grund eines Swimmingpools in Nueva Andalucia zurückgelassen.

Aber dies war die Zukunft, für die er sich selbst entschieden hatte. Dies waren seine Wände, seine Gruppe. Seine Jäger. Winter klopfte an die offene Tür zum Konferenzraum. Die Köpfe am Tisch wandten sich ihm zu. Die meisten kannte er, zum Glück.

»Der verlorene Sohn«, sagte Fredrik Halders, erhob sich, kam auf ihn zu und umarmte ihn. Dass Halders jemanden umarmte, und überdies einen Mann – das musste mit dem Umbau des Gebäudes zusammenhängen, an manchen Stellen lockerte sich etwas, Hartes konnte weich werden.

»Wenn er verloren wäre, würde er ja nicht vor dir stehen«, sagte Aneta Djanali. Sie hatte sich ebenfalls erhoben.

»Willkommen beim KGB«, sagte Halders und trat einen Schritt zurück. »Oder sind wir beim GRU? Das ganze Haus soll einen neuen Namen kriegen. Rate mal, welchen!«

»Lubjanka?«, fragte Winter.

»Genau!« Halders trat einen weiteren Schritt von Winter zurück. »Ich hab schon befürchtet, du wärst noch fetter geworden, Erik.«

Robert Krol war der erste Zeuge. Nur wenige Stunden nach der Entdeckung erzählte er Erik Winter von seinem üblichen Vormittagsspaziergang auf einem der Pfade zum Wasser hinunter, und was er auf halber Höhe bei den Häusern bemerkt hatte.

Vor einer Stunde, erzählte er, habe es wieder angefangen zu schneien, die gleichen dicken Flocken wie erst kürzlich.

Das hatte ihm nicht gefallen. War der Boden über Silvester schneefrei gewesen, dann konnte er es auch bleiben, bald würde es ja ohnehin Frühling werden, oder? Der Boden hatte keine Sehnsucht, jetzt noch weiß zu werden, da es auch im Dezember keinen Schnee gegeben hatte. Die Kinder würden sich vielleicht freuen, aber man lebte in Göteborg, hier sind die Kinder an schneefreien Boden gewöhnt. Wer Weiß sehen wollte, konnte ja in die Berge fahren. Er wollte kein Weiß sehen. Seine Farben waren Grün und Blau. Auf dem Spielplatz, wo sich der Fahrradweg und die Amundöviksschleife kreuzten und wo er wohnte, liefen Kinder herum. Einige waren schon halb oben im Kletterturm, der wie die Brücke auf einem Handelsschiff aussah. So kam es ihm jedenfalls vor. Das passte auch hierher, an die Bucht mit dem Meer dahinter.

Der Weg, auf dem er ging, war mit Schneematsch bedeckt, mäandernde Autoreifenspuren, als wäre hier jemand mit einigen Promille im Blut entlanggefahren. Er war froh, dass er seine Gummistiefel angezogen hatte, jedes andere Schuhwerk wäre verdorben worden. Es schneite weiter, die Flocken wurden kleiner und härter; das bedeutete, dass es kälter geworden war. Er spürte den Wind durch die Jacke. Während seines Spaziergangs war die Temperatur stark gefallen. Die gefrorenen Reifenspuren auf der Straße sahen aus wie Wellen, die mitten in der Bewegung zu Eis erstarrt waren.

Aus Sandras Briefkasten, so ein altmodischer grüner ohne Schloss, ragten einige Zeitungen. Sie waren traurig durchnässt, eingeschneit. Er hatte sie schon auf dem Weg zur Amundöbrücke gesehen. Er ging zum Briefkasten, versuchte, die Zeitungen hineinzudrücken. Es gelang ihm nicht, denn sie waren in der Kälte zu knisterndem Eis erstarrt. Im Briefkasten lagen noch eine Zeitung und Post. Drei Zeitungen, drei Tage. Sandra und die Kinder könnten plötzlich verreist sein, vielleicht waren sie zu Jovan gefahren. War der inzwischen nicht in eine eigene Wohnung gezogen, nachdem er lange im Hotel gelebt hatte? Hatte sie ihm nicht bei einer ihrer Begegnungen erzählt, wann immer das gewesen sein mochte, Jovan wohne nun in Stockholm? Sie hatte nicht froh ausgesehen, aber wer konnte in ihrer Situation froh sein? Er erinnerte sich glasklar an alles, an das, was kürzlich passiert war, was vor einem halben Jahrhundert passiert war. Er hatte ein gutes Gedächtnis.

In den vergangenen drei Tagen war er jeden Vormittag hier vorbeigekommen, und die ganze Zeit hatte Sandras V70 vor dem Haus gestanden. Sie fuhr ihn nie in die Garage, wenn sie allein mit den Kindern war. Er vermutete, dass sie sich nicht traute, Frauen trauten sich selten, Autos in die Garage zu fahren. Ihnen fiel es schwer, Abstände richtig einzuschätzen. Woran mochte das liegen? Das Auto war schon eine ganze Weile nicht mehr bewegt worden. Es war von altem und neuem Schnee bedeckt. Innerhalb von drei Tagen musste sie doch irgendetwas in der Stadt einkaufen? Allein mit drei kleinen Kindern kam man von hier ohne Auto nicht weg. Er sah sich um. Betrat das Grundstück, ging zur Tür und klingelte. Drinnen hüpfte der Klingelton wie ein Echo, vor und zurück. Es klang, als wäre das Haus größer, als es wirklich war. Als wäre es aus Stein erbaut und nicht aus Holz. Er klingelte noch einmal. Niemand öffnete, drinnen keine Schritte. Der Klingelknopf fühlte sich kalt an, als könnte der Finger festfrieren. Er sah sich wieder um. Drinnen erstarben die Signale. Er meinte, einen Schrei zu hören. Ein Säugling, der im Haus schrie. Er rief: »Hallo, Sandra, hallo! Seid ihr da?« Sie hatten nie Kinder bekommen, er und Irma. Zu ihr ging er dann nach Haus, so schnell es sein Knie zuließ, er wusste, dass sie immer zu Hause auf ihn warten würde. I [illegible] ört zu schneien, und es war kalt, verflixt kalt.

»Ruf die Polizei!«, rief er laut, als er im Vorraum stand, eingehüllt in die Kälte des Nordwindes, den er mit hereingebracht hatte. Er rief noch einmal.

Die Zentrale dirigierte einen Wagen nach Amundövik. Niemand wusste etwas, außer dass in einem Haus offenbar ein Säugling eingesperrt war. Polizeiinspektor Vedran Ivankovic suchte sich zwischen neuen Schneewehen und einigen Tretschlitten, die an einer Pforte abgestellt waren, einen Weg zu der angegebenen Adresse.

»Hier ist es wie auf dem Land«, sagte seine Kollegin Paula Nykvist und zeigte auf die altmodischen Tretschlitten. »Richtig idyllisch.«

»Wir sind auf dem Land«, sagte Ivankovic. »In einem kleinen Dorf auf dem Land.«

»Da steht jemand.« Nykvist deutete mit dem Kopf auf einen älteren Mann, der vor dem Haus auf und ab trippelte. Er hatte einen grauen Bart und trug eine Wollmütze. »Er sieht aus wie ein alter Seebär.«

Sie parkten das Auto und stiegen aus.

»Irgendetwas stimmt hier nicht«, sagte Krol, als er auf sie zukam. Er zog ein Bein etwas nach. »Das Kind schreit. In diesem Haus gibt es ein Baby, es schreit, aber niemand öffnet.«

Nykvist nickte. Sie ging auf das Haus zu. Es wirkte groß und gleichzeitig klein. Es war die hellste Zeit am Tag, doch das Haus schien im Dunkeln zu liegen, wie in ständiger Dunkelheit. Eine böse Dunkelheit, dachte sie, ich habe so eine Situation schon mehrere Mal erlebt, ich erkenne das Böse, bevor ich ihm ins Gesicht schaue.

»Die Tür ist abgeschlossen«, sagte Krol hinter ihr. »Niemand öffnet. Ich habe mehrmals geklingelt.«

[redacted]

Auch jetzt öffnete niemand auf ihr Klingeln.

Sie warteten darauf, dass die Signale im Haus verstummten.

»Ich höre das Baby!«, sagte Nykvist.

Sie hatte Angst. Sie hatte keine Angst. Sie hatte Angst. Sie …

»Das Auto ist seit drei Tagen nicht bewegt worden«, hörte sie den Seebär sagen. »Niemand hat die Post aus dem Briefkasten genommen.«

Wieder hörte sie das Baby schreien. Das Schreien scheint jetzt schwächer zu werden, dachte Nykvist. Es klingt, als käme es von dort. Sie ging zu einem Fenster einige Meter links von der Haustür. Von drinnen hörte sie das Kind. Sie wischte ein Guckloch in die zugefrorene Scheibe, spähte hinein, sah ein Gitterbett, etwas, das sich einige Meter tiefer im Zimmer bewegte. Das Zimmer musste direkt links von der Diele liegen.

»Wir gehen rein!«, rief sie Ivankovic zu.

Er brauchte fünfzehn Sekunden, um das Schloss zu öffnen. Das war eine sehr lange Zeit.

Sie betraten das Haus, Ivankovic als Erster, gefolgt von Nykvist. Sie ging sofort zu dem Kind, hob es aus dem Bett, alles war nass und heiß und kalt zugleich, alles war schlimmer, als es jemals gewesen war.

Ivankovic nahm den Geruch wahr, der sich aus den Türen tiefer im Flur auf ihn zu stürzen schien. Er kannte den Geruch, ein Gestank, aber er wollte es nicht wissen. Jetzt war er auf dem Weg zu den Türen. Er sah die Leichen und rief das Revier an, die Nachricht wurde weitergeleitet, alles innerhalb von Sekunden, hoffte er, sie sollte das Dezernat für Schwerstverbrechen bereits erreicht haben. Paula kam mit etwas im Arm von links, der Alte hinter ihr sagte etwas.

Winter und Ringmar fuhren in südlicher Richtung. Es schneite immer noch. Das Askimbad war ein weißes Feld, das Meer eine weiße bewegungslose Masse. Mitten auf dem Feld stand ein einsames Fahrrad. Es erinnerte an etwas. Winter kam nur nicht darauf, an was.

»Als die Kinder noch klein waren, sind wir manchmal abends mit dem Rad hierhergefahren.« Ringmar betrachtete das Fahrrad auf dem Feld und die alten Gebäude der Badeanstalt. »Zu der Zeit war es abends häufig schön.« Er drehte sich zu Winter um. »Kannst du dich noch daran erinnern, Erik? Dass es früher häufig schöne Abende gegeben hat?«

Die Ampel sprang um, Winter fuhr an. Er dachte daran, dass es hier früher keine Ampeln gegeben hatte. Es war die Hölle gewesen, sich vom Parkplatz des Bades auf die Säröumgehung einzufädeln. Sie hätten öfter mit dem Rad fahren sollen. Ringmar hatte recht. Aber Ringmar war zweihundert Jahre älter, er hatte mehr in seinem Leben getan, all das, was Winter noch vor sich hatte. Im nächsten Jahr würde Bertil in Pension gehen oder erst im übernächsten. Oder ein Jahrzehnt später. Bertil war größer als das Leben, ihn würde es immer geben.

»Es waren schöne Abende«, wiederholte Ringmar. »Die Migranten haben gegrillt. Überall am Strand roch es nach gegrilltem Fleisch. Sie brachten immer ihren eigenen Grill mit.«

»Daran erinnere ich mich«, sagte Winter. »Es hat wahnsinnig gut gerochen.«

»Ich weiß nicht, wie es jetzt ist«, sagte Ringmar. »Vielleicht kommen sie nicht mehr hierher.«

»Wir können im Sommer mal mit dem Rad herfahren«, sagte Winter und fuhr weiter Richtung Süden.

»Lieber mit dem Auto«, sagte Ringmar. »Ich glaube, ich möchte nicht mehr so weite Strecken mit dem Rad fahren.«

»Mit dem Auto ist es nicht dasselbe, Bertil. Und du hast eine bessere Kondition als ich.«

Ringmar antwortete nicht.

»Ich mag nicht, was ich gleich sehen werde«, sagte er nach einer Weile.

Sie kamen am Hallenbad vorbei, das linker Hand lag. Dorthin hatte Ringmar Moa und Martin früher zum Schwimmtraining gebracht. Während die Kinder trainierten, war er eine Runde gelaufen, an der Kirche vorbei, über die Umgehung, hinunter zum Hovåsbad, an dem stillgelegten Bahnhof vorbei und wieder zurück. Es war eine andere Welt gewesen, am anderen Ende der Welt, in der er jetzt lebte. Ihm war es vorgekommen, als liefe er durch ein fremdes Land, in dem es anders duftete. Als die Kinder mit dem Schwimmtraining aufhörten, war er trotzdem ein paar Mal in der Woche hierhergefahren, um diese verdammte Runde zu laufen. Er wusste, dass es eine Art Therapie war, wusste aber nicht wofür. Das wurde ihm erst später klar, als er weder einen Sohn noch eine Ehefrau und nur noch selten eine Tochter hatte. Da hatte er erwogen, sich zu Tode zu laufen, wie ein alter Traber, der den ganzen Scheiß satthat. Mit dem Gedanken beschäftigte er sich hin und wieder immer noch. Er wollte es nicht tun. Das war destruktive Selbsttherapie.

Winter verließ die Umgehung und bog bei dem alten Kodakhaus ab, das ihn daran erinnerte, wie er und Angela mit den Kindern nach Stora Amundö zum Baden gefahren waren, wegen der Klippen, der Sonne. Alles hier erinnerte ihn an die Kinder. Kinder waren es auch, die ihn erwarteten, so viel Information hatte er von der Funkstreife bekommen.

Das war der Grund, warum er nach Hause zurückgekehrt war, schon am ersten Arbeitstag in seiner neuen Inkarnation. Willkommen zu Hause, Winter.

Die Polizisten warteten auf der Straße vor dem Haus zusammen mit einem älteren Mann, der etwas zu erklären schien. Er sah Winter und Ringmar aus dem Auto steigen und kam ihnen leicht o-beinig entgegen.

»Das Kind ist bei meiner Frau«, sagte er.

»Es sieht schlecht aus. Der Krankenwagen ist unterwegs«, sagte Nykvist. »Er müsste eigentlich schon hier sein. Es ist verdammt eilig.«

»Das Baby bekommt ein wenig Flüssigkeit von Frau Krol«, sagte Ivankovic und deutete mit dem Kopf auf den Mann.

»Sie ist Krankenschwester, jedenfalls war sie es früher«, sagte Krol. »Sie weiß, was zu tun ist.«

Aber Winter hörte ihnen nicht zu. Er horchte nach etwas anderem. Es hing mit all dem zusammen, was er im Augenblick sah: das Haus, das Auto in der Auffahrt, die Straße, im Hintergrund die Klippen, die Bäume im Wind, der Schnee, der weiße Schnee, der alles wie mit einem verschlissenen Tuch zuzudecken versuchte.

In seinem Innern hörte er einen Schrei, der jeden anderen Laut erstickte, etwas in der Tiefe des Brausens in seinen Ohren, und dieser Schrei würde für immer bleiben, aber nur hier, in dem, was er sah, wie ein schwarzer Kreis um dieses Haus am Ende der Welt. Jetzt sah er nur das Haus, der Schnee, der es stellenweise bedeckte, war schwarz. Es war, als stünde das Haus in einem Krater, in den sich der Wind gesenkt hatte und aus dem er sich nie mehr erheben würde.

Er wandte sich an Ivankovic.

»Wie viele Leichen haben Sie gesehen?«

»Ich bin nicht sicher. Zwei oder drei.«

»Wo?«

»Da bin ich mir auch nicht sicher.«

»Hat die Frau hier allein mit den Kindern gelebt?«

»Ihr Mann wohnt offenbar vorübergehend woanders.«

»Warum?«, sagte Winter mehr zu sich selbst. Auf diese Frage konnte noch niemand eine genaue Antwort geben. Immer dieses verdammte Warum, das jedes Mal zu früh auftauchte und das immer sehr schwer, unmöglich zu beantworten war, es war wie eine Frage von Gott.

»Jovan ist zu einer Art Ausbildung in einer anderen Stadt«, sagte Krol.

»Heißt er Jovan?«

»Ja. Manpower.«

»Heißt er Jovan Manpower?«, fragte Ringmar.

Krol sah ihn an, als zweifle er an seinem Verstand.

»Wir gehen durch die Garage ins Haus«, sagte Winter und setzte sich in Bewegung.

Das Garagentor war nicht ganz geschlossen, es war eingefroren. Winter, dessen Hände in Lederhandschuhen steckten, zog daran, und das Tor gab langsam nach. In der Garage war es dunkel, aber in der hinteren Wand konnte Winter eine Tür ausmachen. Er ging über den Betonboden darauf zu. Hinter sich hörte er Bertil atmen. Niemand sagte etwas.

Die Tür führte in einen kleinen Vorraum. Winter sah eine weitere Tür. Die Stille dröhnte. Er durchquerte den Raum und öffnete die zweite Tür. Auf der anderen Seite war ein weiterer Vorraum, größer, etwas heller, eine Diele. Sofort nahm er den Geruch wahr, den Geruch des Todes. Es gab nichts, das diesem Geruch glich, nichts auf der ganzen Welt.

Er bemerkte einen Kinderschuh. Auf dem Fußboden lag ein kleiner Fäustling, er lag neben Winters Stiefel. Er sah, dass auch Bertil ihn sah. Bertil ging gerade durch die linke von zwei weiteren Türen rechts von der Diele und blieb auf der Schwelle stehen, drehte sich um und schaute Winter schweigend an. Winter spürte, dass er sich bewegte, stellte sich neben Bertil, musterte den Raum, der das Wohnzimmer sein musste: ein Sofa, einige Sessel, ein Flachbild-Fernseher, ein Bücherregal, eine Vitrine mit Porzellan und Gläsern, auf dem Sofa eine Jeans, über den Tisch verstreut Figuren, vielleicht Teile eines Gesellschaftsspiels, auf dem Fußboden eine zerrissene Bluse und ein übel zugerichteter kleiner Körper, halb verborgen unter einer Art Plaid. Bertil hob eine Hand, zeigte mit dem Pistolenlauf auf das Kind, bisher hatte noch keiner von ihnen ein Wort gesagt, sie hatten sich nur vorsichtig bewegt. Winter wusste, dass das Rauschen in seinem Ohr jetzt laut war, hörte es jedoch nicht, solchen Scheiß fegte das Adrenalin einfach beiseite. Er versuchte zu sehen, alles zu erfassen, jetzt und nur jetzt, ein weiteres Mal würde es nicht geben, alles in diesem Raum musste gesammelt, gekennzeichnet, analysiert, durchleuchtet und obduziert werden, Speichelproben mussten genommen werden, aber es gab nur diese einzige erste Chance, erste Eindrücke wie diese, nicht die Rekonstruktion, Wiederholung, sondern dieses scharfe Bild, auf dem der Täter *selber* ihm erzählte, was geschehen war, in welcher Reihenfolge, wie es geschehen war, es ging eher um das, was fehlte, als um das, was am Platz war.

»Das Schlafzimmer.« Er drehte sich um und betrat das letzte Zimmer, das von der Diele abging. Die Tür stand offen. Das Erste, was er wahrnahm, war das tote Licht draußen. Es versuchte durch das einzige Fenster einzudringen – ein sinnloser Versuch, genauso sinnlos wie der Versuch, die Frau und das Kind, die auf dem Doppelbett lagen, das einen großen Teil des Raumes füllte, wieder zum Leben erwecken zu wollen. Die Menschen im Schlafzimmer waren sehr weit vom Leben entfernt, und das schon mehrere Tage, so viel verstand er von Kriminaltechnik, und derjenige, der sie um ihr Leben gebracht hatte, war keine Risiken eingegangen.

»Jesus«, hörte er Bertils Stimme hinter sich, wie eine Bestätigung seiner eigenen Gedanken.

Winter schwieg.

»Ich krieg keine Luft«, sagte Ringmar. Im selben Moment hörte Winter Geräusche vom Fenster. Zuerst glaubte er, jemand klopfe von draußen an die Scheiben. Aber es war ein Vogel, der gegen die Scheibe pickte; der Vogel wollte herein, vielleicht war er ein Freund des Mädchens, das auf dem Bett vor ihm lag. Komm hier nicht rein. Winter sah die Konturen des kleinen Vogelkörpers wie ein Schattenspiel. Komm niemals in dieses Zimmer.

Das Bett war gemacht, die Leichen lagen auf dem Bettüberwurf. Ihre Köpfe reichten nicht bis zu den Kopfkissen hinauf. Die Frau lag in einer eigentümlich gekrümmten Position, als ob sie Yoga machte. Das würde ihr jetzt nicht mehr helfen, vielleicht im Jenseits. Das Metall der Pistole war wie Eis an seiner Handfläche. Die Waffe war sinnlos, wie das Licht im frühen Februar, er könnte die Sig Sauer so oft abfeuern wie er wollte, ohne dass es für die Toten in diesem Haus etwas ändern würde. Konnte er selber noch etwas ändern? Das war es, weswegen er nach Hause zurückgekehrt war, sich nach Hause gesehnt, nach genau dem hier gesehnt hatte, der Jagd. Diese Jagd würde die größte von allen werden, sie begann in diesem Moment.

Der Welpe, der noch keinen Namen hatte, betrachtete ihn mit einem Blick, der alles oder nichts ausdrückte. Hinter den Augen eines Hundes verbirgt sich nicht viel Intelligenz und auch keine Erinnerung. Er bezweifelte, dass sich Hunde nach einigen Tagen überhaupt an etwas erinnern konnten, vielleicht nie. Er war kein Experte. Liv war auch keine Expertin, aber sie hatte sich gefreut, als er mit dem neuen Familienmitglied nach Hause gekommen war.

»Wie heißt sie?«

»Den Namen müssen wir uns selber einfallen lassen.«

»Ist das nicht seltsam?«

»Ich hab jedenfalls keinen Namen mitgekriegt.«

»Hoffentlich bin ich nicht allergisch«, sagte Liv.

»Wir testen es fünf Tage lang.«

»Habt ihr das so abgesprochen?«

»Ja. Die Frau ist allergisch. Ist es geworden, als sie sich den Köter angeschafft haben.«

»Dann können sie ihn doch nicht zurücknehmen.« Liv streichelte den Hals des Welpen. »Das brauchen sie auch nicht. Du bleibst hier, mein Freund.« Sie sah zu ihm auf. »Sie ist im Januar zu uns gekommen. Wir nennen sie Jana.«

Liv streichelte die Schnauze des Hundes. »Willkommen zu Hause, Jana.« Sie schaute auf. »War sie teuer?«

»Nein. Vier Hunderter, ein symbolischer Preis, hat die Frau gesagt, vor allen Dingen, um Idioten fernzuhalten, die die Anzeige gelesen haben.«

Er stand auf.

»Ich hab vergessen einzukaufen.«

»Es geht auch ohne«, sagte sie. »Ich hab sowieso keine Lust auf einen Film.«

»Aber ich brauche einen neuen Schraubendreher. Der alte ist kaputt.«

Die Leute von der Spurensicherung bewegten sich wie Marsmenschen durch das Haus. Draußen von dem weißen Rasen, wo er stand, sah Winter durch das Fenster die weißgekleideten Gestalten. Alles war vertraut und fremd zugleich. Er hörte einen Schrei, schaute hinauf und sah schwarze Vögel wie ein Netz am Himmel über dem Meer verschwinden. Es war der richtige Instinkt: Flieht aus dieser Hölle, so schnell und so angenehm wie möglich.

Bertils Blick war irgendwo anders. Winter sah Halders und Aneta aus einem Wagen der Fahndung steigen. Gut, dass sie hier waren. Sie würden alle zusammen sein, bis es vorüber war. Er würde diesen Teufel vom einen Ende der Welt bis zum anderen jagen. Es war ein wahrer Gedanke, banal, kompliziert.

»Fucking Jesus, was ist passiert?«, fragte Halders.

»Zwei Kinder, eine Frau«, sagte Ringmar. »Messer, wie es aussieht.«

»Küchenmesser?«

»Weiß ich nicht.«

Halders schaute sich um. Er konnte nichts entdecken, was ihm gefiel. Sackgassen hatten ihm noch nie gefallen. Vororte, Villenviertel und Idyllen waren Sackgassen. Noch nie hatte er Tatorte gemocht. Noch nie hatte er Verbrechen gemocht. Eigentlich hatte er auch Gewalt noch nie gemocht, selbst wenn das niemand verstand. Eigentlich mochte er fast gar nichts, nur seine Kinder und Aneta und die Menschen, mit denen er zusammenarbeitete.

»Ein Baby hat überlebt«, fuhr Ringmar fort.

»Das Familienoberhaupt hat die Familie wohl mit Küchenwerkzeug zurechtgewiesen.« Halders begegnete Anetas Blick. »Es war keine Frage«, sagte er. »Auch keine Behauptung.«

Doch alle wussten, dass es im Augenblick genau um die Frage ging. Es war die üblichste Frage, und es war die ganz übliche Antwort. Banal, kompliziert und wahr.

»Er hält sich angeblich in Stockholm auf«, sagte Winter. »Bei irgendeiner Ausbildung. Wir haben ihn noch nicht erreicht.«

Torsten Öberg kam aus dem Haus. Er war der Chef der Spurensicherung, eigentlich Stellvertreter, aber niemand wusste, wie der oberste Chef hieß. Öberg nahm Raumfahrerhelm und Mundschutz ab.

»Da drinnen riecht es nicht gut. Es ist schon einige Tage

her«, sagte er, »mindestens drei, vielleicht mehr. Elf Messerstiche bei der Frau, soweit wir im Moment sehen. Mehrere davon können tödlich gewesen sein.«

»Und die Kinder?«, fragte Djanali.

»Derselbe Scheiß.« Öberg atmete tief ein und aus. »Aber keine sexuelle Gewalt, soweit wir es im Augenblick beurteilen können.«

»Nur Mord«, sagte Djanali. Mehr gab es in diesem Moment nicht zu sagen. Nur Mord.

»Warum so viele Stiche?«, sagte Ringmar wie zu sich selber.

Öberg zuckte mit den Schultern. Es war keine gleichgültige Geste. Wir werden sehen. Die Arbeit lag noch vor ihnen.

»Es kann eine große Rolle spielen«, sagte Halders. »Hast du ein Messer gefunden, Torsten?«

»Nein, noch nicht.«

»Ist es dasselbe?«

»Dasselbe was?«

»Du weißt schon.«

»Im Moment weiß ich gar nichts.«

Winter sah Öberg an. Er fragte sich, ob Torsten es sagen würde. Es gab nichts mehr. Öberg war zurückhaltend mit der Weitergabe von Informationen an Kollegen. Es war etwas anderes. Da war etwas, was Öberg für sich behielt, weil er die Bilder in seinem Gehirn noch nicht sortiert hatte. Sie würden kommen, bei jedem in der Gruppe, die hier unter dem unbarmherzigen Himmel zusammen stand. Sie würden alle die Fotos sehen. Winter und Ringmar hatten die Wirklichkeit gesehen.

3

Die Stille hing tief über der Bucht. Tief. Als würde sie heruntergedrückt und sich wie Betonstaub über alles legen, über ihn. Der Himmel war ein Dach, das niemand wollte und das niemand brauchte.

Der Himmel über Spanien setzte sich fort zu anderen Sonnensystemen. Im Norden verbarg er alles, was es rundum auf der Welt gab. Hier begann und endete die Welt, an dieser Stelle, wo Winter stand.

Er bewegte sich durch den grauen Sand, spürte den Wind, der von Südwesten kam. Der hatte gerade sein Grundstück fünfzehn Kilometer weiter südlich passiert, den Strand, der ihm allein gehörte, seiner Familie, ein eigener Strand, von dem er innerhalb von zwei Sekunden Steine zurück ins Meer schleudern konnte, die zehn Millionen Jahre gebraucht hatten, um an die Wasseroberfläche zu gelangen.

Die Stille im Haus war heiß und klebrig. Er sah all das Weiße vor dem Fenster, es hatte aufgehört zu schneien, und dann hatte es wieder angefangen. Draußen rührte sich nichts. Es dämmerte bereits. Er schaute auf seine Armbanduhr, halb drei. Seit drei Stunden war er hier, drei Stunden in dem Haus am Ende der Welt. Die Räume waren erfüllt vom

Tod und dem Geruch des Todes. Alles um ihn herum trug Spuren von Leben, aber es war Leben aus vergangener Zeit. Vergangener Zeit von drei Tagen, oder einigen mehr. Oder weniger.

Er betrat das Zimmer, das noch nach Leben duftete. Von hier aus sah man die Schären im Meer. Das Babybett hatte nah am Fenster gestanden, und auf die Stelle fiel jetzt das verblassende Tageslicht.

Warum war dieses Kind am Leben geblieben? War es ein Zufall? Oder war es umgekehrt, noch teuflischer: einem langen Sterben überlassen, einem einsamen Tod, ohne etwas zu verstehen, nur den Schmerz, den Hunger, die Kälte, die Hitze, ohne Sprache. Ohne Erinnerung. Hatte das Baby den Mörder gesehen? Hatte er es aus dem Bett gehoben? Hatte er es gar nicht bemerkt? Das Kind hatte einen Namen, Greta. Ihre Person existierte noch in ihrem Namen im Unterschied zu den anderen, die nur noch Erinnerung waren, in der Erinnerung Lebender.

Torstens Leute hatten das Bett und alles andere aus dem Zimmer mitgenommen. Winter verließ sich auf Torsten, Spuren waren entscheidende Beweise, wichtiger als jemand, der ein Geständnis ablegte, die Leute konnten alles Mögliche gestehen, sich in den Abgrund phantasieren.

Er ging einmal um das Bett herum, sah es immer noch dort stehen. Hier war er hereingekommen, in *dem* Moment, das Kind war schon weg gewesen, es war bei Frau Krol, aber alles andere war noch da gewesen, das Bettzeug, das auf dem Fußboden lag … was hatte auf dem Boden gelegen?

Was habe ich gesehen? Etwas Weiches habe ich gesehen, irgendein kleines Kuscheltier, so eins wie Elsa und Lilly gehabt haben, Kuscheltiere, die ich selber gekauft habe, schadstofffrei und groß genug, damit die Kinder sie nicht verschlucken konnten. Warum hat es an der Stelle gelegen?

Greta hatte noch keine Kraft, es so weit zu werfen. Warum lag es ganz hinten in der Ecke?

Was hatte er im Bett gesehen?

Was hatte er nicht gesehen?

Was habe ich gesehen?

Was habe ich nicht gesehen?

Jetzt wusste er, was er nicht gesehen hatte. Nicht auf dem Fußboden. Nicht im Bett. Nirgends.

Er nahm sein iPhone aus der Tasche und gab Torstens Kurzwahl ein. Der Kollege meldete sich nach dem dritten Signal.

»Ich bin in dem Haus bei Amundö. Habt ihr hier einen Nuckel gefunden?«

»Nuckel? Das muss ich überprüfen. Ich gehe gerade alles durch. Wie du weißt, habe ich mit dem Kinderzimmer nicht viel zu tun gehabt.«

»Ja, das waren Lisbeth und Mario, nicht?«

»Genau. Ich werde sie fragen. Lisbeth ist gerade im Haus. Ich kann sie sofort fragen.«

»Bitte.«

Torsten bohrte nicht weiter nach. Ihm brauchte Winter nie etwas zu erklären. Fragen brachten nichts. Winter lauschte nach Geräuschen außerhalb des Hauses, aber da draußen gab es nur die Stille des Winters. In seinem Kopf brauste es, er machte ein paar Schritte über den leeren Fußboden.

»Erik?«

»Ich bin hier.«

»Kein Treffer.«

»Seid ihr sicher?«

»Was zum Teufel denkst du denn?«

»Entschuldige, Torsten.«

»Kein Nuckel in dem Zimmer. Es hätte eigentlich einen geben müssen.«

»Vielleicht hat das Kind an den Fingern gelutscht«, sagte Winter. »Das hat Lilly immer gemacht. Tut es jetzt sogar noch manchmal, wenn ich ehrlich sein soll. Sie hat nie einen Nuckel besessen.«

»Du wirst den Vater fragen müssen.«

»Er wird sagen, das Baby habe einen Nuckel gehabt«, sagte Winter.

»Dann ...«

»Nein, ich weiß nicht. Oder der Mörder hat den Nuckel mitgenommen.«

»Warte mal«, sage Öberg. »Lisbeth kommt gerade herein.«

Winter hörte Stimmen im Hintergrund.

»In einer Küchenschublade haben wir mehrere Nuckel gefunden«, sagte Öberg in den Hörer. »Es war offenbar ein Nuckelkind, oder sie haben die Nuckel der älteren Kinder zur Erinnerung in der Schublade aufbewahrt.«

»Der Scheißkerl hat den Nuckel mitgenommen. Er hat ihn angefasst. Er wusste, dass er ihn angefasst hat.«

»Schon möglich. Warum hat er ihn berührt?«

»Er hat versucht, das Kind zu beruhigen.«

Winter stand im Wohnzimmer, sah aus dem Fenster, *inside looking out*, dachte er, vielleicht Marsalis. Jetzt wusste er, an was ihn die Felsen oberhalb des Hauses erinnerten. An einen Zweimaster, ein Segel aus Stein, abgetrennt vom Meer.

Der Junge hatte teilweise verborgen unter der Decke gelegen, einem Plaid. Warum? Wollte der Mörder ihn nicht mehr sehen? Winter kauerte sich vor der Kontur des ermordeten Kindes auf dem Fußboden hin. Der Junge hatte Erik geheißen, heißt immer noch Erik, dachte Winter. Er war fünf Jahre alt geworden. An den Wänden hingen Fotos von ihm, Fotos standen auf Kommoden, überall, zusammen mit der kleinen Schwester, allein, zusammen mit der großen Schwester, die Anna geheißen hatte. Anna heißt, dachte er.

Das andere Schlafzimmer betrat er nicht, nicht jetzt.

Er stellte sich vor die Eingangstür in der Diele. Sie hatten keine Spuren von einem Einbruch gefunden. Torstens Männer hätten sie sofort entdeckt, so etwas sah man.

Winter drehte sich um. Auf dem Fußboden zeichneten sich noch Schleifspuren ab. Jemand war hereingekommen, und die Frau hatte dort gestanden, *dort*, eins der Kinder *dort*, vielleicht beide. Es hatte Streit gegeben, Bewegung, eine Art Widerstand, vielleicht nicht von Anfang an. Oder gar kein Widerstand. So etwas ließ sich im Nachhinein arrangieren, war arrangiert von einem kaltblütigen Mörder. Gestylt, dachte er, alles lässt sich stylen. Das meiste ließ sich im Nachhinein arrangieren, jedoch nicht alles. In der Diele gibt es Blut, schon hier hat es angefangen. Die Blutbilder werden ihre Geschichte erzählen, in Torstens Team gibt es zwei Männer mit Spezialwissen, wie man Blutbilder interpretiert. Das Bild kann viel über einen Täter verraten, die Absicht, anderes. Blutspritzer in verschiedene Richtungen, aus verschiedenen Richtungen. Die Reihenfolge, nettes Wort, Richtung, Anzahl der Stiche. Der Teufel hatte seine eigene Waffe mitgebracht. Alles war schon in Bewegung.

Blut über Blut, dachte er, das Blut über dem Blut.

Sein Handy klingelte.

»Ja?«

»Bist du immer noch da draußen?«

»Ja.«

»Was fühlst du?«, fragte Ringmar.

»Warum fragst du danach?«

In der Leitung wurde es still. Warum frage ich das? Warum sage ich das? Ich habe ganz vergessen, wie es in der früheren Inkarnation war, und muss wieder lernen, mich auf

Bertil einzustellen. Die Methode. Ich muss wieder lernen, der Phantasie freien Lauf zu lassen. Wahrscheinlich habe ich zu viel in der Sonne gelegen.

»Ich habe das Gefühl, er hat sie gekannt, Bertil. Oder andersherum ausgedrückt, sie kannte den Mörder.«

»Wie?«

»Naher Freund.«

»Wie nah?«

»Nah genug.«

»Aber warum nicht warten?«

»Der Hunger begann schon im Vorraum.«

»Der Hunger?«

»Ja.«

»Hat sie ihm die Tür geöffnet?«

»Ja.«

Winter kehrte in das Kinderzimmer zurück. Er schaute aus dem Fenster, sah die Straße, Häuser, Autos, weiße Felder, Felsen, Himmel, Meer, er konnte alles sehen.

»Er konnte alles sehen«, sagte er.

»Was? Alles im Haus?«

»Mit diesem Fenster ist irgendetwas«, sagte Winter.

»Welchem Fenster?«

»Im Kinderzimmer, in dem das Baby war.«

»Er konnte das Baby sehen? Von draußen?«

»Er konnte alles sehen«, wiederholte Winter, aber seine Stimme klang wie aus einem anderen Winkel des Zimmers, fast so, als könnte er sie selber kaum hören. Er wusste selbst nicht, was es bedeutete, was er gesagt hatte, doch er würde es herausfinden, davon war er überzeugt.

Um halb zehn rief Angela an. Er hatte gerade die Balkontüren geschlossen. Es war kalt im Zimmer, das war gut. Er hatte sich noch zwei Fingerbreit Springbank eingeschenkt,

21er, aber nur zwei. Innerlich wurde ihm warm, äußerlich war ihm kalt.

»Was machst du gerade?«

»Dämmerstunde.«

»Dämmert es bei euch nicht schon seit sechs Stunden?«

»Es ist den ganzen Tag dämmrig.«

»Das habe ich dir ja prophezeit, als du weggefahren bist. Als du uns verlassen hast.«

»Du hattest recht.«

»Hast du etwas getrunken?«

»Vier Fingerbreit.«

»Deine Stimme klingt so gedämpft.«

»Hm.«

»War der erste Arbeitstag schwer? Kannst du es mir erzählen?«

»Lieber nicht.«

»Ist es so furchtbar?«

»Schlimmer.«

»Ich weiß nicht, was ich sagen soll.«

»Schlafen die Kinder schon?«

»Ja. Elsa ist vor einer halben Stunde eingeschlafen. Siv ist gerade nach Hause gefahren.«

»Wie viele Fingerbreit hat meine liebe Mutter denn getrunken?«

»Ha, ha.«

»Bist du sicher, dass Elsa schon schläft?«

»Ja. Wolltest du mit ihr sprechen?«

»Ja.«

»Soll ich sie wecken?«

»Nein, nein.«

»Hängt es mit dem zusammen, was heute passiert ist, dass du ihre Stimme hören möchtest?«

Er antwortete nicht. Unten auf dem Vasaplatsen rief

jemand etwas. Es klang wie ein Schrei, konnte aber auch ein Lachen sein, ein Betrunkener, der mit Lichtgeschwindigkeit zwischen Himmel und Hölle unterwegs war.

»Erik? Was ist passiert?«

»Genau das muss ich herausfinden.«

Er schloss die Augen, verschränkte die Arme hinter dem Kopf und versuchte sich zu entspannen, versuchte durch die Matratze hindurchzusinken, die Bilder loszulassen, zu spüren, wie sich all das Harte auflöste und durch Weiches ersetzt wurde, und dann Schlaf ohne Träume. In seinen Ohren hob und senkte sich das Brausen des Meeres, ohne auf die siebte Welle zu warten, dort gab es keinen Respekt vor dem Gleichmaß. Tagsüber und an den meisten Abenden ging es gut, aber im Moment des Einschlafens, der nicht kam, dröhnte das Brausen durch seinen Kopf. Er wollte nicht aufstehen, wollte keine Schlaftablette nehmen, er wollte nicht noch einen Whisky trinken, er wollte nur wegschlafen von dem Brausen, ein Leben in Saus und Braus, wie die Schwachen den Tinnitus nennen. Er nannte ihn eine Selbstverständlichkeit, vielleicht eine Notwendigkeit: Die Kopfschmerzen in den vergangenen Jahren waren schließlich explodiert, seltsamerweise erst, nachdem alles vorbei war, und seine Ärzte – darunter Angela – hatten ihm gratuliert, dass sein Gehirn nicht durch eine irreparable Blutung vernichtet worden war. Hieß das so? Irreparabel? Keine Reserveteile mehr zur Verfügung.

Er drehte sich um. Das Brausen wurde leiser, als hätte sich das Meer zurückgezogen. Aber ganz würde es sich nie zurückziehen, das wusste er. Schließlich hatte er all die Jahre auf der Überholspur gelebt, den Tank voller Adrenalin, und als er das endlich aufgegeben hatte, war er verrückt geworden, jedenfalls für einen Augenblick, zehn Minuten lang, er hatte an einem Swimmingpool in Nueva Andalucia, diesem verfluchten Ort, gestanden und zugesehen, wie ein Mann versuchte, sich selbst zu ertränken, und wie ein anderer Mann versuchte, das Leben des Mörders zu retten. Er, Winter, war leer gewesen, vollständig leer, und als sich Hände nach ihm ausstreckten, Gefahr? Rettung?, hatte er sie ohne Billigung des Gehirns ergriffen, wie in einem Reflex, und er war unter Wasser gezogen worden, hatte festgesteckt wie in einem Kreuz. Wasser war in seinen Kopf geströmt und hatte die Leere gefüllt; das blaue Wasser hatte gereicht, das künstliche Wasser, er hatte sich entspannt und zum Grund sinken lassen. Dann war er langsam unter den Körpern entlanggeschwommen, die immer noch an der Oberfläche kämpften, hatte die Leiter erreicht und sich hochgestemmt, und sein einziger Gedanke in dem Moment war, dass er nicht einmal das Bedürfnis empfunden hatte, Luft zu holen. Der Schmerz war erst gekommen, als er gezwungen war, die spanische Nachtluft in seine Lungen einzuziehen. Sie war kalt gewesen, das Wasser im Pool war noch warm gewesen von der Sonne des Tages. Das Wasser hatte ihn umarmt.

Und dann befand er sich plötzlich an anderen Orten, die immer fremd waren. Der Schlaf ging unmittelbar in Traum über. Er folgte einem Schatten, der sich scharf gegen die schrägen Sonnenstrahlen abzeichnete, ein langer Schatten, länger als alles andere. Der in der Mitte abbrach, als er hinter einer Hauswand verschwand, die weiß war wie eine angestrahlte Filmleinwand, auf der sich nichts bewegte. Er passierte die Wand, bog um die Ecke und sah den Schatten in einiger Entfernung, der sich wie ein perfekter Graben durch das Feld bis zum Meer hinunterzog. Er folgte der geraden Linie, die sich langsam von ihm entfernte, und ganz vorn beim Kopf, wenn es denn ein Kopf war, verschwand der Schatten im Wasser, bewegte sich weiter ins Meer hinein wie eine rußige Linie über den Wellen, teilte das Wasser, und Winter stand jetzt am Ufer und hörte das Brausen, das Einzige, was er hörte, war das Brausen. Er drehte sich um, jemand rief nach ihm, er sah einen Arm, der an einem Fenster winkte, eine zeigende Hand, er sah mehrere Hände, die auf etwas zeigten. Alle schienen auf das Meer zu deuten, und er drehte sich wieder um. Der Schatten war auf dem Weg zurück, aber diesmal war er nicht allein.

Huh!

Er zuckte im Bett zusammen, als hätte er einen Schlag bekommen.

Er war schon im Begriff aufzustehen, wie auf der Flucht, als wäre er noch halb im Alptraum gefangen. Er sah die Schatten angreifen. Er hatte einen ihrer Köpfe gesehen.

Huh!

Winter schauderte, als stürme ein Wind durch seine Wohnung. Er war nackt. In seinem Kopf brauste es stark. Die Uhr auf dem Nachttisch zeigte drei. Er hatte etwa zwei Stunden geschlafen und das Gefühl, als hätte er die ganze Zeit geträumt. Hatte der Traum so lange gedauert, wo hatte er angefangen? War noch mehr passiert? Hatte er sich auch noch an einem anderen Ort abgespielt? War es gar nicht am Meer gewesen?

Das Rauschen aus dem Wasserhahn klang fast genauso wie das Brausen in seinen Ohren. Er ließ das Wasser laufen, stand mit dem Glas in der Hand da, füllte es schließlich und trank. Die fuchtelnden Arme ließen sich nicht aus seiner Erinnerung verscheuchen. Sie wollten ihn warnen, dessen war er sicher, aber da war noch etwas anderes. Als er sich umdrehte, hatte er das Haus in Amundövik erkannt. Jemand hatte aus dem Obergeschoss gewinkt. Dort, fast unter dem Dach, hatte er den ersten Arm wie eine wehende Fahne gesehen. Aber im Obergeschoss war doch gar nichts passiert. Dort war es still gewesen, sauber, ein fast obszöner Kontrast. Torstens Leute hatten das Zimmer natürlich auch untersucht, aber bis dorthin war das Entsetzen nicht gedrungen, nicht die siebzehn Treppenstufen hinauf. Er hatte sie gezählt. Die Hölle auf Erden befand sich im Erdgeschoss.

Winter stellte das Glas auf der Marmorbank ab. Das Obergeschoss. Dort gab es etwas. Er hatte nicht genau genug hingesehen, nicht genau genug gelauscht. Nicht verstanden.

Er ging zurück ins Schlafzimmer und zog sich rasch an. Als er sein Hemd zuknöpfte, hörte er das Gebell aus seinem Traum, hörte es ganz klar, aber erst jetzt, als hätte es mehr Zeit gebraucht, um die Schichten des Bewusstseins zu durchdringen. Ein einsamer Hund, der ein einsames Gebell von sich gab. Woher kam es? Hatten sie einen Hund gehabt? Hatte die Familie Mars einen Hund gehabt? Hatte Torsten etwas von einem Hund gesagt? Es hatte so viel anderes gegeben. Hatten sie den Mann gefragt, Jovan Mars? Er würde heute aus Stockholm kommen. Gestern war er nicht ansprechbar gewesen.

Winter rief Egil Torner an, Sandras Vater. Er versuchte, sein Beileid auszudrücken, oder wie zum Teufel man es nennen sollte, es gelang natürlich nie, nicht ein einziges Mal.

»Ich möchte gern mit Ihnen sprechen«, sagte er.

»Wir sprechen ja schon«, sagte Torner.

»So habe ich es nicht gemeint.«

»Ich habe keine Kraft.«

»Wer könnte so etwas getan haben?«, fragte Winter.

»Niemand«, antwortete Torner. »Im Augenblick versuche ich mir einzureden, dass es nicht passiert ist. Es ist sinnlos, mich jetzt zu verhören. Es ist nicht passiert.«

»Ich schicke Ihnen Hilfe«, sagte Winter.

»Auf keinen Fall. Ich werde nicht ins Meer springen. Aber ich kann im Augenblick keinen klaren Gedanken fassen, ich kann überhaupt nicht denken.«

Janas Bellen hallte über das Wasser. Hier kann dich niemand hören. In dieser Bucht kann dich niemand bellen hören.

Die Schären in der Bucht waren leer und einsam, sie blitzten wie Gold im Sonnenschein. Er hatte seine Sonnenbrille aufgesetzt, als sie das Meer erreichten. Auch Februarsonne kann den Augen schaden.

»Nun lauf schon!«, rief er dem Welpen zu. »Du darfst laufen!« Er zeigte über die Felsen. »Dahin!«

Der Hund sah ihn mit einem Ausdruck an, der vielleicht Misstrauen war. Wer wusste, was Hunde wussten? Viel konnte es nicht sein. Nach wenigen Tagen war alle Erinnerung weg. Das hatte er irgendwo gelesen. Nach einer gewissen Zeit empfinden Hunde keinen Verlust mehr. Es konnte sich nur um Tage handeln. Vielleicht verhielt es sich mit Menschen ähnlich. Alles andere war ein Spiel, ein Schauspiel. Er hasste Schauspiele. Alles muss real sein, dachte er, bückte sich, hob ein Stöckchen auf und warf es über die Klippen. Der Blick des Hundes folgte dem Bogen in der Luft.

»Lauf, Jana! Hol es!«

Jana blieb, wo sie war. Sie drehte den Kopf zur Bucht hin und bellte wieder. Dort gab es nichts, vielleicht nur etwas, das allein Tiere wahrnehmen können. Gab es Dinge, die nur Tiere sahen? Konnten sie sich an etwas erinnern, was nur sie gesehen hatten?

Er setzte sich in Bewegung. Endlich begriff der Hund. Er ging neben ihm her, hüpfte vielmehr und zappelte, ungefähr wie ein kleines Kind.

Er hatte Liv aufgefordert, auf die Schäre mitzukommen. Es wird dir guttun, hatte er gesagt. Massenhaft frische Luft.

»Ich bin müde«, hatte sie geantwortet.

»Genau aus dem Grund.«

»Es ist kalt.«

»Es ist Februar! Die Sonne scheint!«

»Nein. Geht ihr nur.«

Geht ihr. Als wären sie eine Gesellschaft, die das Zuhause ohne sie verlassen sollte. Der Rest der Familie. Geht ihr. Es half nichts, was er auch versuchte. Sie verließ die Wohnung nicht. Wenn es eine Depression war, brauchte sie Hilfe. Sie wollte keine Hilfe. In jedem Winter dasselbe. Es war zu dunkel, zu lange dunkel. Gerade deswegen sollte sie hinausgehen. Jetzt schien die Sonne.

»Die Sonne scheint!«, hatte er wiederholt.

»Christian, ich habe Kopfschmerzen«, hatte sie gesagt. »Vielleicht morgen.«

»Womöglich lässt sich die Sonne dann mehrere Wochen nicht mehr blicken, Liv.«

»Morgen. Ich hab gelesen, dass es noch eine Weile schön bleiben soll.«

»Morgen kommst du also mit?«

»Ja.«

»Versprichst du das?«

»Versprochen.«

Aber er wusste, dass ihr Versprechen nichts wert war. Morgen war ein neuer Tag mit neuen Problemen. Jetzt war er allein mit Jana, und daran würde sich wohl auch in Zukunft nichts ändern.

Der Welpe war ein Stück vorausgerannt. Er begann sich daran zu gewöhnen. Vielleicht erschienen ihm die Felsen nicht mehr so bedrohlich.

»Ist es nicht schön hier!«, rief er. Jana drehte sich um. Er meinte ein Lächeln bei der Kreatur zu erkennen. Das war gut, Lächeln steht allen Wesen gut.

»Der Mörder bringt also die Familie um und nimmt den Hund mit«, sagte Halders.

»Den Hund?«

»Es hat einen Hund im Haus gegeben. Sie haben einen Hund gehabt, hat Torsten gesagt, bevor er ins Dezernat zurückgefahren ist. Selbst ich erkenne Hundehaare, hat er gesagt. Aber er war nicht ganz sicher. Vielleicht hatten sie Besuch, der einen Hund dabeihatte. Allzu viele Spuren gab es nicht.«

»Die Sache wird ja immer seltsamer«, sagte Djanali.

»Womöglich ist der Mörder zusammen mit seinem Hund gekommen und hat die Familie umgebracht.«

»Nicht die ganze Familie«, sagte Djanali. »Er hat nicht die ganze Familie getötet.«

»Umso schlimmer«, sagte Halders.

»Wie meinst du das?«

Halders antwortete nicht sofort. Sie lagen in dem Bett, das für sie beide groß genug war. Sie waren nicht verheiratet, aber es war ihr Bett. Das Haus hatte ihm und Margareta gehört, aber nun war es ihr beider Haus. Magda und Hannes waren ihre Kinder. Das hatte sich so ergeben. Möchtest du ein Kind haben, Aneta?, hatte er sie einmal gefragt, vielleicht war er angetrunken gewesen. Ich habe zwei, hatte sie geantwortet. Drei übrigens, hatte sie nach einer Weile hinzugefügt.

Er stand auf, ging zum Fenster und schaute auf die Lichter der Millionenstadt hinunter. Sie bedeckten die ganze Fläche unterhalb Lunden, zogen sich hin bis zum Meer, das Meilen entfernt war. Großgöteborg hatte im letzten Jahr die

Millionengrenze weit überschritten, nun lebten sie in einer Großstadt am dünnbesiedelten Rand der Welt. Vor langer Zeit, als er als junger Polizist hierhergekommen war, hatte es ein einziges Pferd in der Stadt gegeben, einen Saloon, ein Hotel, eine Straße. Wie schnell das alles gegangen war. Die Stadt lag noch immer am Ende der Welt, aber sie hatte sich mit diesen Menschenmassen bevölkert. Woher waren sie gekommen? Nicht alle waren hier geboren. Nicht alle würden hier sterben, dachte er und drehte sich um.

»Ich glaube, er hat das Baby zum Sterben zurückgelassen«, sagte er. »Das ist noch teuflischer.«

»Wir wissen es nicht.« Sie stand ebenfalls auf, stellte sich neben ihn und schaute durch die großen Fenster. »Vielleicht wusste er nichts von dem Baby. Es befand sich in einem anderen Zimmer.«

»Das ist Wunschdenken«, sagte Halders, aber seine Stimme klang sehr weich.

Sie waren beide nackt. Aneta legte eine Hand auf seinen Arm. Es war vier Uhr morgens, und es würde noch weitere fünf Stunden dunkel bleiben. Dann würden sie sich in einer anderen Stadt befinden als jetzt in der Nacht, einer Stadt, die nicht mehr so hübsch war.

»Es ist immer noch die Jahreszeit des Lichts«, sagte er.

»Die Jahreszeit des künstlichen Lichts.«

»Manche ziehen es dem natürlichen Licht vor«, sagte er.

»Wollen wir uns wieder hinlegen?«, fragte sie.

»Er wusste von dem Kind«, sagte er.

Sie schwieg.

»Wenn er das Baby nicht zum Sterben zurückgelassen hat, wozu dann?«

»Jetzt verstehe ich dich nicht, Fredrik.«

»Für *wen* hat er es zurückgelassen?«

»Das musst du mir erklären. Aber ich weiß gar nicht, ob

ich jetzt Kraft habe, darüber zu reden. Ich möchte noch ein paar Stunden schlafen.«

»Du kannst doch sowieso nicht schlafen, oder? Wir können nicht schlafen. Und warum nicht?«

»Okay, okay.«

»Wusste dieses verdammte Monster, dass jemand das Baby finden würde? Bevor es zu spät war?«

»Ich weiß es nicht«, sagte sie.

»Ich auch nicht.«

»Vielleicht nahm er an, dass der Ehemann anrufen würde?«

»Dass der Mann anrufen würde? Woher sollte er das wissen? Dass jemand *anrufen* würde?«

Djanali schwieg.

»Oder dass er nach Hause kommen würde«, fuhr Halders fort. »Vielleicht rechnete der Mörder damit, dass der Mann am selben Tag nach Hause kommen würde. Wie er immer nach Hause kam, jeden Tag.«

»Aber er ist nicht gekommen«, sagte sie. »Unter der Woche wohnt er ja nicht zu Hause.«

»War das dem Mörder bekannt oder nicht?«

Djanali schwieg. Aber sie hatte verstanden, worauf Fredrik hinauswollte.

»Vielleicht wusste er aber auch, dass der Mann abwesend war«, sagte er, »rechnete jedoch damit, dass er zu Hause anrufen würde, wie er es regelmäßig tat, wenn er in Stockholm war. Diesmal würde niemand abheben, und er würde sich gleich am ersten Abend Sorgen machen. Er würde prüfen, was passiert ist. Er musste es wissen. Schon am ersten Abend.«

»Aber er hat nicht angerufen«, sagte Djanali.

»Nein«, sagte Halders und nahm ihre Hand. »Er hat nicht angerufen.«

Winter traf Jovan Mars in seinem Büro. Mars hatte den Treffpunkt selbst bestimmen dürfen. Er war am Morgen nach Göteborg gekommen und hatte das Baby besucht. Die Leichen in der Rechtsmedizin durfte er vor der Obduktion nicht sehen. Das Kind sollte bald zu Mars' Schwester gebracht werden, die in Hagen wohnte. Winter kannte die Straßen in Hagen gut. Dort war er aufgewachsen, und jetzt wohnte seine Schwester im ehemaligen Elternhaus. Mit dem Fahrrad brauchte man zehn Minuten zum Anleger von Långedrag, manchmal sieben. Winter war schon seit vielen Jahren nicht mehr Rad gefahren. Damit würde er bald einmal wieder anfangen.

Mars hatte den Blick auf etwas gerichtet, was es nur in seinem Kopf gab.

Es war einer der sehr schweren Momente.

Winter hatte Kaffee geholt. Der stand vor Mars und kühlte ab, hörte auf zu dampfen. Winter hatte auch noch nicht von seinem Kaffee getrunken, wollte nicht vor Mars trinken.

»Wir haben uns gestritten«, sagte Mars, ohne Winter anzusehen. »Als ich am letzten Wochenende zu Hause war, haben wir uns gestritten.« Er brach in Tränen aus.

»Worüber haben Sie sich gestritten?«, fragte Winter.

»Was spielt das für eine Rolle?« Mars hob den Blick und sah Winter an.

Er war zehn Jahre jünger als Winter, der alle Daten des Mannes kannte. Er hatte sein Bild auf mehreren Fotos gesehen. Jetzt war er kaum wiederzuerkennen. Seine Haare sahen aus, als hätte sie ein starker Wind an den Schädel gepresst. Seine Augen waren lichtlos, aber am meisten über den Zustand des Mannes verriet seine Körperhaltung. Er saß da wie auf einem elektrischen Stuhl. Als hätte man ihn gegen seinen Willen auf den Stuhl gedrückt, was ja gewissermaßen auch stimmte.

»Vielleicht spielt es keine Rolle«, sagte Winter. »Aber ich frage trotzdem. Ich werde viel fragen. Manche Fragen mögen dumm klingen, ich hoffe, Sie können mir verzeihen.«

»Ihnen verzeihen?«

»Worüber haben Sie sich gestritten, Herr Mars, Sie und Ihre Frau?«

»Das Übliche.«

»Was ist das Übliche?«

Mars antwortete nicht. Sein Blick war wieder leer.

»Was ist das Übliche, Herr Mars?«, wiederholte Winter.

»Sie meinen wohl, was *war* das Übliche.«

Jetzt kehrten Mars' Augen wieder in diesen Raum zurück, der Winters Büro war, seitdem er vor sechzehn Jahren zum Kriminalkommissar befördert worden war, sechzehn Jahre musste es her sein. Was spielte das für eine Rolle? Er hatte sich nie heimisch gefühlt in seinem Büro, als Erstes hatte er einen Panasonic aufgestellt, und der stand immer noch auf dem Fußboden, immer noch derselbe alte Scheiß und derselbe Coltrane, zusammen mit all dem anderen, das durch den Raum geweht wurde wie Eis oder Feuer, trotzdem war es nicht sein zweites Zuhause geworden. Wenn es dazu kam, war er vielleicht verrückt geworden. Noch war er nicht verrückt.

»Stockholm«, sagte Mars. »Sie wollte, dass ich meinen Job dort aufgebe.«

Winter nickte.

»Ich wollte eigentlich auch nicht in Stockholm arbeiten«, sagte Mars.

»Warum haben Sie es dann getan?«

»Was?«

Mars schaute ihn mit einem neuen Blick an. Den hatte Winter noch nicht gesehen, nicht bei Mars. Er hatte ihn bei anderen gesehen. Er nickte, weiter nichts. Es war *jetzt*. Es war *hier*. Innerhalb einer Minute konnte alles vorbei sein. Soweit sie bisher wussten, hatte Mars kein wasserdichtes Alibi, jedenfalls noch nicht. Stockholm lag nicht am anderen Ende der Welt, nur auf der anderen Seite des Landes, auf der Rückseite.

»Warum ich dort weitergearbeitet habe?« Mars machte eine Handbewegung. »Was wissen Sie vom Arbeitsmarkt? Haben Sie eine Wahl auf dem Arbeitsmarkt?«

Winter antwortete nicht. Er war es, der hier die Fragen stellte. Jetzt musste er anfangen.

»Gab es keinen Job für Sie in Göteborg?«

»Nicht meine Art Job.«

»Sie rekrutieren Menschen. Auch in Göteborg gibt es Menschen zu rekrutieren.«

»Davon verstehen Sie nichts«, sagte Mars.

»Was verstehe ich nicht?«

»Wie das funktioniert.«

»Wie funktioniert es denn?«

»Indem ich zum Beispiel auch an anderen Orten Tätigkeiten in Gang bringen muss.« Mars stand auf. »Ich halte das hier nicht länger aus.«

»Bitte, setzen Sie sich«, sagte Winter.

»Ist das ein Befehl?«

»Hier geht es um Zusammenarbeit.«

»Dann beschaffen Sie mir einen Strick«, sagte Mars.

»Wie bitte?«

»Beschaffen Sie mir einen Strick, damit ich mich aufhängen kann«, sagte Mars. »Das nenne ich Zusammenarbeit.«

»Warum wollen Sie sich aufhängen?«

»Was für eine saublöde Frage.«

»Ich muss Fragen stellen.«

»Sie scheinen nicht kapiert zu haben, was passiert ist«, sagte Mars.

»Sie haben ein Kind«, sagte Winter.

»Sie meinen, ein Kind behalten.«

»Greta«, sagte Winter.

Mars stand immer noch, als könnte er selbst entscheiden, aber damit war es nun vorbei. Er schaute auf Winter hinunter, der noch auf dem Schreibtischstuhl gegenüber von dem Sessel saß, auf dem Mars gesessen hatte. Der Sessel war auch Winters Beitrag zur Einrichtung.

»Ich mag Sie nicht«, sagte Mars. »Sie sind ein Schwein.«

4

Er betrachtete das Kind. Es schlief. Unterschiedliche Gefühle erfüllten Winter, das stärkste war Erleichterung, nicht Freude. In seinem Kopf brauste es. Es war die Kälte, es musste die Kälte sein. Stress im Kopf, ein Stress, der in der Polarnacht stärker wurde. Nerven, die in seinem Hinterkopf zischten.

Winter hatte gefroren, als er das Auto auf dem alten Parkdeck des Sahlgrenschen Krankenhauses abstellte, ein unangenehmer Ort. Etwas war mit der Sitzheizung des Mercedes nicht in Ordnung. Ihn fror, als er sich vom Auto entfernte und den vereisten Gehweg betrat. Ein pessimistisch veranlagter Mensch hätte Spikes angelegt. Und Stöcke mitgenommen. Stöcke hatte er nur beim Skifahren benutzt. Das war lange her, in einer anderen Inkarnation.

Das Gesicht des Kindes sah friedlich aus. Greta. Sie wusste, dass sie furchtbar hungrig und durstig gewesen war, aber nicht viel mehr. Hier war sie geborgen. Bald würde Greta die Augen öffnen und ihre Umgebung betrachten und anfangen, leben zu lernen.

Winter verließ das Zimmer und ging zur Rezeption. Die Frau hinter dem Computerbildschirm sah auf. Sie kam ihm bekannt vor. Als er hereingekommen war, hatte sie nicht dort gesessen. Vielleicht war sie Krankenschwester, nein. Aber er konnte ihr irgendwann einmal begegnet sein, als er Angela nach der Arbeit abgeholt hatte. Oder als er Opfer von Verbrechen, Verbrecher abgeliefert hatte, Gute, Böse.

»Kann ich jetzt Arne Johnsson sprechen?«, fragte er.

»Wie bitte?«

»Wir sind verabredet. Doktor Johnsson.«

»Und wer möchte ihn sprechen?«, fragte sie.

»Ich.«

»Wer sind Sie?«

Er zog seine Geldbörse aus der Innentasche des Mantels und zeigte seine Legitimation.

»Ach so«, sagte sie. »Das Kind.«

Winter nickte.

»Sie könnten ein wenig höflicher sein«, sagte sie. Sie hatte keinen Namen, trug kein Namensschild auf der Brust. Vielleicht war sie etwa in seinem Alter, unmöglich zu sagen. Vielleicht sah sie gut aus.

Doktor Johnsson empfing ihn in seinem Büro, oder wie man es nennen sollte: Ordner, Papiere, Computer, Telefon, Schreibtisch. Es könnte Winters eigenes elendes Büro sein. Hier war er schon einmal gewesen. In Göteborg war er schon überall einmal gewesen. Mit Johnsson hatte er schon einmal Whisky getrunken.

»Dem Kind geht es gut«, sagte Johnsson.

»Scheint so.«

»Es ist so. Aber es war knapp.«

»Wie knapp?«

»Wenn es zwei Tage vorher zuletzt etwas zu essen bekommen hat, ist es knapp. Nach drei Tagen ist es ein Wunder. Und wenn es noch mehr Tage her war, ist es unmöglich.«

»Wie viele Tage waren es also?«

»Das können wir noch nicht mit Gewissheit sagen. Wir müssen uns die Proben etwas genauer anschauen, aber es ist schwierig. Ich glaube, es geht nicht um mehr als zwei Tage. Im Augenblick wissen wir nur, dass das Kind ausgetrocknet war.«

»Das konnte ich auch sehen«, sagte Winter.

»Was sagt euer Gerichtsmediziner?«

»Nicht viel mehr als du.«

»Ich dachte, ihr habt schon Fortschritte gemacht?«

»Das kommt noch. Ein Gerichtsentomologe arbeitet daran.«

»Philosophiedoktor für Insekten.« Johnsson erhob sich. Er war groß, ein riesiger Kerl, der das blasse Licht von draußen verdeckte.

»Vielleicht haben wir auch um diese Jahreszeit eine Chance«, sagte Winter. »Insekten können lange im Haus überwintern, der Leichengeruch weckt sie und sie fangen an, Eier in die Leichen zu legen.«

»Das ist interessant, schon möglich.«

»Wir werden sehen.«

»Ihr müsst aber doch mehr haben als das Kind, um den Zeitpunkt bestimmen zu können«, sagte Johnsson.

»Im Briefkasten steckten drei Zeitungen. Und noch einiges mehr.«

»Das Kind kann nicht drei Tage lang ohne Flüssigkeit überleben, das wäre unmöglich.«

»Das hast du bereits gesagt.«

»Wenn die Morde vor mehr als drei Tagen begangen wurden …«

Winter sah das dumpfe Licht in den Augen des Freundes, ein unheimliches Licht. Er spürte die vertraute Kälte über dem Schädel.

»Er ist noch einmal zurückgekommen«, sagte er. »Er ist zurückgekommen, um das Kind am Leben zu erhalten.«

Johnsson schwieg. Er studierte Winter, sein Gesicht oder die Stirn, als wollte er herausfinden, wie das Gehirn dahinter funktionierte.

»Gott steh uns bei«, sagte Winter.

»Hilft er dir?«

»Wo wären wir sonst?«

»Du solltest mit den Beschwörungen lieber warten, bis du mehr weißt«, sagte Johnsson. »Von deinem Insektendoktor zum Beispiel.«

Aber Winter sah schon das Bild in seinem Gehirn, hinter seinen Augen, etwas so Entsetzliches konnte nur der Wirklichkeit entspringen.

»Und die Temperatur im Haus?«, fragte Johnsson.

»Was?«

»Ihr werdet doch wohl von der Temperatur im Haus ausgehen, um zu bestimmen, wann … es passiert ist.«

»Ja, das ist unser Job.«

»Ich habe nur laut gedacht.«

Winter sah zwei schwarze Vögel sehr nah am Fenster vorbeifliegen. Sie betrachteten ihn. Sie sagten etwas zueinander, verschwanden, hinauf in den Himmel.

»Warum das Kind zurücklassen?«, sagte Winter. »Es … dem Leben überlassen?«

»Denkst du jetzt auch laut?«

»Ja. Darüber denke ich schon die ganze Zeit nach.«

»Ich bin nicht mit dir dort gewesen. Um darüber nachdenken zu können, brauchte ich … das Bild. Ich habe keine Phantasie.«

»Vielleicht war es sein eigenes Kind«, sagte Winter.

»Das Kind des Mörders?«

Winter schwieg, Johnsson schwieg ebenfalls. Er hatte sich

wieder gesetzt. Winter sah die Sonne in der Lücke zwischen zwei Gebäuden des Krankenhauses. Sie wirkte klein und ängstlich, wagte sich kaum zu zeigen.

»Sein eigenes Kind«, wiederholte Winter nach einer Weile. »Und die anderen beiden?«

Winter versuchte, Jovan Mars' Gesicht vor sich zu sehen. Es hatte tausend Gefühle ausgedrückt. Wut war nur eins davon gewesen.

»Nicht seine«, sagte er.

»Nicht die Kinder des Vaters?«, fragte Johnsson.

»Dies Gespräch muss unter uns bleiben«, sagte Winter.

»Selbstverständlich.«

»Er war es nicht«, sagte Winter. »Er ist kein Mörder.«

»Bist du sicher?«

»Nein.«

»Hat er ein Alibi?«

»Nein. Jedenfalls noch nicht, vielleicht kriegt er nie eins. Darüber reden wir ja unter anderem.«

»Warum glaubst du, dass er es nicht war?«

»Weil er mich ein Schwein genannt hat«, antwortete Winter.

Jana hatte er diesmal zu Hause gelassen. Die beiden mussten sich besser kennenlernen, Liv und Jana. Liv begriff langsam, dass es ihr Hund war. Er hatte nichts mehr damit zu tun. Er hatte die ganze Zeit an sie gedacht, alles drehte sich um sie.

Er parkte am Ende des Grevgårdsvägen. Zuerst hatte er beabsichtigt, zum Frölunda torg zu fahren, aber sicher gab es auch am Opaltorget einen Videofilm-Verleih. Eigentlich hasste er den Platz. Er kannte niemanden, der den Opaltorget liebte. Der für andere hörbar sagen könnte »Ich liebe den Opaltorget«. Ha, ha, vielleicht gab es Leute, aber er gehörte nicht dazu.

Er wollte Kriegsfilme haben, es waren neue auf den Markt gekommen, von denen er glaubte, dass sie gut waren, aber er erinnerte sich nicht an die Titel. Egal, sie würden ihm einfallen, wenn er sie sah. Einen guten oder schlechten Film konnte man schon am Cover erkennen. Es war etwas mit den Gesichtern der Schauspieler. Man sah ihnen an, ob sie in einem guten oder schlechten Film mitspielten. Das hatte nichts mit den Kritiken zu tun, eher im Gegenteil. Filme, die gute Kritiken bekamen, schaute er sich fast nie an, die waren todlangweilig. Nur Schwule liiieben solche Filme, und sie hassssen Kriegsfilme, die nie gute Rezensionen bekamen. Nicht, dass Schwule sich jemals Kriegsfilme anschauten. Nicht, dass ich irgendeinen Schwulen kenne, ich werde auch nie einen kennenlernen. Ein schwulenreiner Opaltorget, dachte er und musste fast lachen. Der Opaltorget befreit von allen, die nicht hierher gehören, Jugendbanden zum Beispiel, die sind noch schlimmer als die Schwulen, nein, aber sie sind die Pest, eine größere Pest, wenn man bedenkt, dass die Schwulen wenigstens nicht herumziehen und Leute zusammenschlagen, vielleicht werden Schwule von den Banden angegriffen, es kann auch andere treffen, das habe ich gesehen, gehört und gelesen, und es gefällt mir nicht. Banden der Oberschicht aus dem Villenviertel Önnered.

Bei diesen Gedanken wurde er wütend. Banden von rechten Schlingeln, die sich herumtreiben und den Platz und ganz Önnered kaputtschlagen, ganz Näset, und wenn man sie nicht aufhält, schlagen sie die ganze Stadt kaputt, dann ganz Västra Götaland, das ganze Land, die ganze Welt, bei Gott! So wird es kommen. Es wird einen verdammten Krieg geben. Vielleicht gar nicht so schlecht, dachte er, als er mitten auf dem Platz stand. Es ist wahrscheinlich das einzig Richtige. Ich würde mitmachen, ich würde wahnsinnig gern mitkämpfen, das wäre ein sinnvoller Krieg, der auch zu etwas führen würde.

Einige von diesen kleinen Scheißern lungerten da hinten herum. Warum waren sie nicht in der Schule? Soweit er wusste, war der Schultag noch nicht zu Ende. Die gingen wahrscheinlich gar nicht in die Schule, ha, die Schule war ein Witz. Was lernten die Kinder in der Schule? Wenn er Kinder gehabt hätte, er hätte dafür gesorgt, dass sie etwas lernen! Er hätte am Unterricht teilgenommen, jeden Tag hätte er in der Klasse gesessen, hätte aufgepasst, dass die Kinder mitkamen. Und zu Hause hätten sie nicht vorm Computer hocken dürfen, nur wenn sie Informationen für die Hausaufgaben brauchten, das hätte er genau kontrolliert.

Wenn er Kinder gehabt hätte, er hätte sie zu anständigen Menschen erzogen, sie wären die besten Menschen der Welt geworden. Ihm wäre das gelungen, ihm wäre das gelungen. Als er in diesem Augenblick auf diesem schmuddligen Platz daran dachte, ballte er die Hände zu Fäusten, das war nichts Besonderes, so wie es auch nichts Besonderes war, dass er sich auf die Lippen biss, wenn er richtig wütend wurde, wie jetzt, als er an sie dachte, diese verdammte … und ihr hatte er einen Welpen geschenkt, so nett war er, obwohl sie ihm keine Kinder schenken wollte, nicht ein einziges Kind, während die Welt von Gören wimmelte, die ohne jeden Halt herumliefen, Kinder ohne Zukunft, für diese Kinder gab es keinen Sinn im Leben.

Er schloss die Augen, und als er sie wieder öffnete, war die schwache Sonne im Begriff, hinter der Opalkirche unterzugehen. Er stand vor einer Anschlagtafel. Wie war er hierhergeraten? Linker Hand war ein Fleischerladen, der eine Fleischsorte mit blumigem Namen anpries, wie albern, als wollten sie Vegetarier anlocken, ökoloooogische Koteletts, der Wahnsinn nahm kein Ende.

Hier in der Nähe hatte es einen Video-Laden gegeben, aber der war schon seit Jahren verschwunden, wie hatte er das nur vergessen können. Er ging in Willys Kaufhalle, aber dort wurden nur Scheißfilme angeboten, er hatte sie alle längst auf Video gesehen, so alt waren sie schon. Willys bekam nur zweitklassige Filme, die glaubten wohl, hier wohnten Menschen zweiter Klasse, und zu 99 % hatten sie ja auch recht, Willys war ein Laden für Menschen zweiter Klasse. Der Abschaum aus allen möglichen sogenannten Kulturen lebte hier, wenn man die Zeitungen las, könnte man meinen, alle Schwarzköpfe wohnten in Angered und Hjällbo, aber einige hatten sich auch hier eingenistet, *Herr im Himmel*, man musste nur diese Anschlagtafel lesen. GOTTESDIENST AUF ARABISCH. Man musste also Arabisch können, wenn man jetzt in die Kirche gehen wollte, so meinten die das wohl, das zeigte deutlich, wie weit es schon gekommen war.

Fast dunkel jetzt auf dem Platz, die Sonne ging bei Tynnered wie in einem Feuersturm unter, als würde es über Göteborgs Westen brennen. Es würde geschehen, das wusste er, die Stadt würde in Flammen aufgehen, das musste so kommen. Dann würde er entweder weit fort sein oder in vorderster Linie, eine Kalaschnikow mit vollem Magazin in der Hand. Er würde in alle Richtungen schießen. Niemand würde wissen, woher das Feuer kam. Das ist Terror, richtiger Terror. Terror ist, wenn niemand begreift, was passiert. Genau das brauchten sie alle, die Schwarzköpfe und die Scheißer der Oberschicht. Ein Schuss in den Kopf würde sie zu anständigen Menschen machen.

Er ging auf das Café an der Ecke zu, Le Pain Français, *merci merci monsignör*. Schwul, aber ich glaube, ich verzichte.

An der Kirchenwand hing ein großes Schild, das im sterbenden Tageslicht immer noch zu lesen war: WENN ES

GOTT GÄBE, WAS WÜRDEST DU IHN FRAGEN? Eine verdammt gute Frage, er würde fragen, ob Gott sich jemals nass rasiert hatte, nein, blöde Frage, er würde ihn fragen, wie er weiterzumachen gedachte, er musste sich schon etwas einfallen lassen, starke Sachen. Man hatte den Eindruck, als sei sich die Kirche nicht mehr sicher, ob es Gott noch gab. »Wenn es Gott gäbe ...«, so weit war es gekommen. Er hätte nicht mehr hingeschrieben als WAS WÜRDEST DU GOTT FRAGEN? Die hatten wahrscheinlich Angst, bei anderen Kulturen und Göttern anzuecken. Vielleicht sollte er der Kirche einen Brief schreiben und sie bitten, den Satz in WENN ES DIE GÖTTER GÄBE, WAS WÜRDEST DU SIE FRAGEN? zu ändern. Aber womöglich würden sie ihn ernst nehmen, würde ihn gar nicht wundern, wenn sie seinen Rat befolgten, ha.

Jetzt überquerte er den Platz, ging zurück zu seinem Auto, das er einige Hundert Meter entfernt geparkt hatte. Das Gehen tat gut. Die Kälte machte ihm nichts aus, er hatte die Jacke am Hals sogar aufgeknöpft. Ihm war warm, ungewöhnlich warm.

»Pass auf, dass du nicht erfrierst, du Grufti!«

Der Ruf kam von einer Bande vor Willys. Er drehte den Kopf in die Richtung. Ihre Gesichter konnte er nicht sehen, konnte nicht erkennen, ob sie schwarz oder weiß waren. Das spielte keine Rolle, diesmal nicht.

»Alter Scheißer!«, schrie ein anderer. Das war es wohl, was sie schrien.

Er ging auf die Gruppe zu. Es waren vier, fünf Rowdys, aber das spielte auch keine Rolle. Überall Mützen, Kapuzen, Fäustlinge, Steppanoraks, die Memmen fürchteten sich vor ein bisschen Kälte, hatten Angst vor allem.

»Wie habt ihr mich genannt?«, sagte er und sah seinen Atem wie einen Streifen Gas in der Luft. Gas aus dem Vulkan, dachte er, mir ist warm, ich bin ein Vulkan, ich kann jeden Augenblick explodieren.

Einer der Rotzbengel machte einen Schritt auf ihn zu.

»Hau ab, du alter Wichser. Verpiss dich! Du hast ja eine Schraube locker!«

»Ich wohne hier«, sagte er.

»Wir haben dich schon lange nicht mehr gesehen.«

»Was hat das damit zu tun?«

»Bist du in der Klapsmühle gewesen?«

Es gibt keine Irrenhäuser mehr, dachte er. Die Bekloppten treiben sich frei auf Straßen und Plätzen herum. Jetzt bewegten sie sich auf ihn zu, alle miteinander. Auf dem Platz hielten sich keine anderen Personen auf, soweit er sehen konnte. Es war, als hätte die Uhr plötzlich Mitternacht geschlagen. Als wären alle Lichter ausgegangen. Vielleicht war es Mitternacht, er wusste es nicht, es war nicht das erste Mal, dass er stundenlang wie im Schlaf herumgelaufen war, manchmal war das schön, fast aufregend, wie jetzt. Aufregend. Der Kerl, der die Meute anführte, hob die Hand, als wollte er zuschlagen, machte einen Schritt vorwärts, sagte etwas, das keine Rolle spielte, was eine Rolle spielt, das ist dies hier, dachte er und spürte den Messergriff in seiner Hand, als wäre das Messer von selbst aus der Scheide an seinem Gürtel geglitten, den weichen Messergriff in der Hand, jetzt mache ich den Schritt und das habe ich getan er hebt wieder die Hand vielen Dank wie erstaunt er aussieht das kleine Miststück dies ist ein Messerstich geradewegs in die Lunge das Herz das tut noch nicht weh vielleicht wird es nie weh tun es geht zu schnell zu weh zu schnell. Der Rowdy, der danebenstand und einen ordentlichen Hieb in den Magen einstecken musste, sank dem Asphalt entgegen weicher feiner Asphalt die anderen waren verschwunden rannten um Willys Ecke die Feiglinge er war allein mit den beiden

Scheißhaufen auf dem Asphalt von dort war etwas zu hören, Grufti? nein das klang nicht mehr so krass, dies hier ist das Krasseste, was sie jemals erlebt haben, vielleicht der Höhepunkt ihres Lebens! Er drehte sich um und ging weg, hörte nichts mehr, sah nichts, war jetzt auf der Straße, er könnte irgendwer sein, hier ging irgendwer, stieg in sein Auto, irgendwer, startete das Auto, fuhr an, war überall, war alles. Als er um das Åkeredsrondell herumfuhr, dachte er wieder an Gott, was er Gott fragen würde, kannst du mir verzeihen, Gott?, würde er fragen, er fragte es jetzt.

Das Auto der Wachmannschaft leuchtete im Mondschein mit dem Schnee um die Wette, nicht besonders diskret, aber vielleicht effektiv.

Der junge Mann stieg aus, als Winter eingeparkt hatte. Winter wäre fast auf dem Eis ausgerutscht. Dann hielt er seine Legitimation hoch.

»Haben Sie keine Spikes?«, fragte der Wachmann. Vielleicht sollte es ein Scherz sein. Es klang wie ein Scherz.

»An dem Tag, an dem ich beim Autofahren einen Helm aufsetze, lege ich auch Spikes an«, antwortete Winter.

»Echt cool. Aber stellen Sie sich vor, Sie müssen jemanden jagen?«, sagte der andere. »Laufen oder so?« Der Mann war ziemlich untersetzt, genauso breit wie lang. Winter vermutete, dass er unter der Pelzmütze rasiert war. Die Mütze verlieh ihm ein russisches Aussehen. Es herrschte russisches Wetter. Morgen würde Winter sich eine Pelzmütze kaufen, wenn er eine richtig hübsche fand. Vielleicht bei Ströms. Eine Militärmütze war undenkbar. Spikes würde er auch brauchen, wenn er viel draußen unterwegs sein musste, die brauchten nicht hübsch zu sein.

»Im Augenblick habe ich nicht die Absicht zu laufen«, sagte er.

»Pelle Jonasson.« Der Wachmann streckte eine Hand aus. Sie steckte in einem Handschuh.

»Erik Winter.« Winter nahm die Hand.

»Hier ist es still.« Der Wachmann schaute zu dem Haus. »Was für ein ... Riesenscheiß. So was hab ich noch nicht gesehen!« Er drehte sich zu Winter um. »Vor einer Stunde ist ein alter Mann vorbeigegangen. Hat gesagt, er kommt hier jeden Abend vorbei. Nachbar, sagt, er heißt Krol, als ich ihn gefragt habe. Robert Krol.«

»Ich kenne ihn.«

»Klingt wie der Name von einem holländischen Fußballspieler«, sagte Pelle Jonasson.

Winter nickte. In Holland hatte es einen Krol gegeben, Ruud Krol, bei der ersten Fußballweltmeisterschaft, die er verfolgt und die ihn richtig interessiert hatte, Westdeutschland 1974. Damals war er vierzehn gewesen. Hatte davon geträumt, Profi zu werden.

»Der Mann hat wie ein Wasserfall geredet«, sagte Jonasson.

»Was hat er gesagt?«

»Haben Sie ihn nicht verhört?«

»Bis jetzt nur einmal, gestern.«

Winter richtete den Blick auf das Haus. Es war schwarz und furchtbar. Vielleicht nicht für den, der nichts wusste. Aber jeder in der Nachbarschaft musste es wissen.

»Wir haben mit allen Anwohnern gesprochen.«

»Er behauptet, er war es, der Alarm geschlagen hat«, sagte der Wachmann.

Winter antwortete nicht. Er betrachtete die Fenster des Hauses. Im hellen Mondglitzern sah es aus, als würde es in den Zimmern brennen.

»Vielleicht der Zeitungsbote«, sagte Jonasson.

»Was?«

»Der Zeitungsbote hätte Alarm schlagen müssen. Haben Sie den vernommen?«

»Nein, ihn haben wir noch nicht vernommen. Sind Sie allein hier?«

»Wo denken Sie hin. Sören muss irgendwo sein. Er meinte, etwas gesehen zu haben.«

Winter wartete auf die Fortsetzung. Es konnte alles Mögliche bedeuten. Gerade eben hatte Jonasson noch gesagt, dass es hier still war. Es sah still aus.

»Einen Schatten auf der anderen Seite der Bude«, fügte Jonasson hinzu. »Sören ist hinter das Haus gegangen.«

»Was für ein Schatten?«

»Ich weiß es nicht.«

»Wann war das?«

Der Wachmann beleuchtete seine Armbanduhr.

»Vor einer halben Stunde.«

»Hätte er nicht längst zurück sein müssen?«

»Hätte er wirklich, wenn Sie es so sagen.« Der Wachmann schaute auf sein Handy. »Er hat sich nicht gemeldet.«

Die Steine versanken still und leise im Wasser. Es war, als würde ein Bach unter dem Steg hindurchfließen, der kleine Golfstrom. Die Steine waren in seine Jacke eingeschlagen, mit Stahldraht umwickelt, rundherum, rundherum gewickelt. Gut, dass er immer Stahldraht im Auto hatte. Es sah aus, als würde ihm einer der Ärmel da unten zum Abschied winken. Es war eine gute Jacke, er vermisste sie schon jetzt. Aber sie hatte Flecken, in der Innenbeleuchtung des Autos hatte er sie entdeckt, als er sich reinsetzte, ein paar Flecken, die nicht einmal rot waren, nur schwarz. Und am Grund war alles schwarz, die Steine waren jetzt unten angekommen, sie würden in Millionen von Jahren nicht wieder auftauchen.

Er knöpfte die Jacke zu, ja, er hatte noch eine, er hatte viele Sachen im Kofferraum, das war immer gut, die halbe Garage hatte er im Auto, hier waren die Sachen mehr von Nutzen als dort.

Das Meer war unbewegt bis hin zu dem Schwarz, das entweder Himmel oder Erde sein konnte, die Schäre in der Bucht hatte sich seit Milliarden Jahren nicht bewegt und würde sich auch heute Abend nicht bewegen. Bis weit hinter Ränneskär türmte sich das Eis. Er könnte zu Fuß bis zu der Stelle gehen, wo der Himmel begann. Er könnte Gott von Angesicht zu Angesicht fragen.

Am Steg lagen drei Segelboote festgefroren im Eis. Das war nicht gut, was waren das für Leute, die ihre Boote vor Winterbeginn nicht an Land zogen? Schöne Boote, teure Boote. Wenn eines ihm gehört hätte. Wenn es nur seins gewesen wäre.

Aus dem Restaurant »Jungmann Jansson« oberhalb des Anlegers kamen Geräusche, he und ho, hier war er manchmal eingekehrt und hatte ein Bier getrunken, nie zusammen mit Liv, das war nichts für Liv.

Er drehte sich um und sah Leute die Treppe herunterkommen. Jemand lachte. Das Lachen hüpfte hinaus aufs Eis und über die Bucht. Es gab kein Echo, der Himmel warf nie ein Echo zurück.

Zwei Paare näherten sich dem Anleger mit Gläsern in der Hand, kamen auf ihn zu. Sie waren zu dünn angezogen, Kleider, Anzüge. Der Atem stand wie Sprechblasen vor ihren Mündern, redenredenreden, sie schnatterten miteinander, einzelne Wörter konnte er nicht unterscheiden. Sie schienen geradewegs auf ihn zuzukommen. Das gefiel ihm nicht. Er trat ein paar Schritte vom Rand des Anlegers zurück.

Winter setzte sich in Richtung Meer in Bewegung. Hinter ihm sagte der Wachmann etwas. Er drehte sich um, der Wachmann, das Handy am Ohr, winkte abwehrend. Benutzten die kein Freihandtelefon? Walkie-Talkie? Funk?

Er stand auf der Brücke, die zu Stora Amundö hinüberführte. Hier gab es keine Handy-Verbindung, nicht einmal bei Notrufen.

Die Insel glitzerte im Mondschein, schwarze Silhouetten, scharfe, weiche. Im Lauf der Jahre war er fast alle Wege aus verschiedenen Richtungen gegangen, wie die meisten Göteborger. Auf der anderen Seite der Schäre lag ein Badeplatz, der am besten für die Kleinen geeignet war, die Großen badeten entlang des Ufers von den Felsen aus. An dem Felsen an der nördlichsten Spitze war sogar eine Leiter angebracht. Sie war rostig gewesen, als er zuletzt dort gestanden hatte. Das war noch gar nicht lange her. Es war zu der Zeit gewesen, als noch alle Leitern in den Himmel führten. Er wünschte, es wäre immer noch so. In der Bucht im Westen hatten sie an dem kleinen Strand Würstchen gegrillt, genau gegenüber von der Stelle, an der er jetzt stand. Es war Winter gewesen wie jetzt, Januar oder Februar, so kalt wie jetzt, Lilly und Elsa hatten Treibholzstückchen gesammelt, die sie mit nach Hause nehmen wollten, um sie zu trocknen und Männchen daraus zu basteln, eine dicke Eisschicht hatte die südlichen Schären bedeckt, jedenfalls hatte es so ausgesehen. Er hatte die Würstchen gegrillt, bis sie verkohlt waren, dann schmeckten sie am besten. Es war der schönste Tag gewesen, der Himmel blau und unendlich, unbegreiflich blau musste er sich um die ganze Erde geschlossen haben.

Jetzt sah er rechterhand auf der Insel ein Licht blinken, sicher in der Nähe des Pfades, der zum Badeplatz führte, es zuckte hin und her – eine Taschenlampe. Das Licht verlosch und flammte wieder auf. War es der andere Wachmann, Sören? Warum hatte er sich auf die Insel verirrt? Der Parkplatz gleich neben der Brücke auf dem Festland war leer. Dort war keine Menschenseele. Er wusste, der Schock nach den Morden steckte den Bewohnern noch in den Knochen, wie ein Tsunami im Rückwärtsgang. Die Leute saßen in ihren Häusern, allein gelassen mit ihren Gedanken, oder sie versuchten, über sie zu sprechen.

Jetzt bewegte sich das Licht in Richtung Süden, über die Felder, auf denen im Sommer Pferde wie Wildpferde grasten. Der mit der Taschenlampe in der Hand musste seine Silhouette wahrnehmen, denn Winter stand mitten auf der Brücke. Unter ihm krachte das Eis.

Sollte er dem Licht folgen? Das wäre eine sehr dumme Entscheidung. Er spürte einen Hauch im Nacken, wie von einer fremden Hand. Es war wieder spannend. Er glaubte nicht, dass es jeden Abend passierte, was er in diesem Augenblick sah. Die Sig Sauer stieß gegen seinen Ellbogen, als sein Arm den Körper berührte, ein beruhigendes Gefühl. Manchmal hatte er gewünscht, ein Leben zu führen, in dem man keine Waffe trug, ein unschuldiges Leben, aber hier und in diesem Moment brauchte er die Sicherheit der Pistole. Hätte er ein unschuldiges Leben geführt, dann würde er nicht bei minus vierzehn Grad am Ende der Welt stehen und mit den Augen einem schwachen Lichtkegel folgen, der aus dem Nichts kommen und sich im Nirgendwo verlieren mochte. Aber Nirgendwo lag hinter ihm, was er jetzt sah, war die Zukunft, eine Zukunft voller Dunkelheit.

»Hallo!?«, rief er. »Hallo!?«

Das Licht verlosch.

»Hallo!«, rief Winter wieder. Er rief seinen Namen, wer er war, wiederholte seinen Namen.

Das Licht flammte wieder auf, näherte sich. Es ging schnell. Winter hatte sich in der Entfernung getäuscht, bei

Dunkelheit ist es schwer, den Abstand richtig abzuschätzen.

Der Wachmann knipste die Taschenlampe aus, als er die Brücke betrat.

»Ach, Sie waren das«, sagte Winter. »Sören …«

»Sören Grönkvist. Haben Sie mit Pelle gesprochen?«

»Ja. Er hat sich Sorgen gemacht.«

»Glaub ich nicht. Aber ich hab keinen Kontakt gekriegt, als ich versucht habe, ihn anzurufen. Irgendetwas ist heute Abend mit der Insel. Oder es liegt am Sendemast.«

»Ich bekomme auch keinen Kontakt«, sagte Winter. »Warum sind Sie denn weggegangen?«

»Ich meinte, etwas in der Nähe des Hauses gesehen zu haben. Und als ich um die Ecke bog, kam es mir vor, als würde jemand zur Straße hinuntergehen, und als ich hierherkam, schien jemand die Brücke zu überqueren.«

»Sind Sie sicher?«

»Nein.«

»Warum sind Sie weiter zur Insel gegangen?«

»Wie gesagt, weil ich dachte, jemanden gesehen zu haben. Hab eine Runde gedreht. Oder eine halbe.«

»Aber es war niemand dort?«

»Ich habe jedenfalls niemanden gesehen.« Der Wachmann drehte sich um und schaute zur Insel. »Und wäre da jemand gewesen, hätte er ja mit Leichtigkeit zurückgegangen sein können, während ich auf der anderen Seite war.« Er zeigte in Richtung Norden.

»Jemand, der wusste, dass Sie dort waren? Auf der Insel?«

»Sicher ist das ja nicht.«

»Was hat Ihr Misstrauen geweckt?«

»Misstrauen will ich nicht gerade sagen. Aber da war etwas.«

»Eine Person?«

»Ich glaube ja, jedenfalls glaube ich nicht, dass es ein Tier war.« Er lachte auf. »Ganz bestimmt kein Elch. Vielleicht ein Reh. Nein.«

»Wenn sich jemand in Hausnähe aufgehalten hat, ist das ernst zu nehmen«, sagte Winter. »Mehr als ernst.«

»Ich habe getan, was ich konnte«, sagte Grönkvist.

Winter schaute wieder zur Insel.

»Sind Sie sicher, dass jemand über die Brücke zur Insel gegangen ist?«

»Da war etwas«, wiederholte der Wachmann. »Was sollen wir tun?«

Winter bewegte die Füße. Er hatte zu lange still gestanden, und seine Schuhsohlen waren dünn. Jetzt fror er, er fror erbärmlich, so, als herrschten Minusgrade bis in seine Beine hinunter, Minusgrade bis ins Mark. Er hätte wirklich eine Mütze gebraucht, alle Wärme ging zum Kopf hinaus wie aus einem Schornstein. Er machte einige Schritte auf und ab. Etwas hielt ihn davon zurück, mit den Armen zu schlagen, damit ihm warm wurde. Das da draußen ist keine Insel mehr, dachte er. Es ist von Eis umschlossenes Eis, so wie das Eis jetzt Land ist, über das man gehen kann. Wer wollte, konnte zu Fuß über das Wasser nach Långedrag im Norden spazieren, oder in Richtung Süden nach Särö. Das Eis glänzte wie Asphalt im Mondlicht, der Schnee war weggeblasen, das Meer eine Autobahn für Gute und Böse.

»Ich rufe einen Wagen zur Brücke«, sagte er schließlich. »Sinnlos, auf der Insel herumzulaufen. Wenn jemand die Brücke überquert, sehen wir es ja. Das Eis müssen wir auch im Auge behalten.«

»Also kein Schwein über die Brücke lassen!«, sagte der Wachmann.

Winter antwortete nicht.

Die Anzüge und Kleider schauten auf das Eis hinunter oder auf das offene Wasser an dieser Stelle. Es war ja nicht mehr als ein Bach unter dem Anleger. Sein Paket war unter das Eis gerollt, weit weg gerollt.

Jemand lachte. Sie schienen ihn nicht zu bemerken. Als ob es ihn gar nicht gäbe, als wäre er unsichtbar. Als gehörten ihnen der Anleger von Önnered und das Restaurant dahinter, ganz Önnered und der ganze Westen.

Wieder sagte jemand etwas. Er hörte nicht zu, er wollte gehen, drehte sich um.

Sie schauten ihn an.

Seht ihr mich jetzt? Guckt nur genau hin. Das bin ich. Das bin wirklich ich, wie ich bin.

»Hallo«, sagte einer von ihnen, ein Mann.

Er nickte nur. Er wollte gehen, ein Nicken musste reichen, jetzt fror ihn, er hatte zu lange still gestanden.

»Haben Sie ein Boot hier?«, fragte derselbe kleine Scheißer. Da stand er mit seinem Glas und in seinem Anzug, der fror nicht, solche Leute froren nie.

»Hatte«, antwortete er und setzte sich in Bewegung.

»Sie kommen mir bekannt vor«, fuhr das Großmaul fort. »Hat Ihr Boot nicht am B-Anleger gelegen?«

Er antwortete nicht. Der Idiot redete von jemand anderem, er konnte es nicht sein, nicht der B-Anleger, nein.

»Möchten Sie einen Schluck Wein?«, fragte eine Frau. Er sah eine Flasche in ihrer Hand. Hatten sie ein Extra-Glas dabei? Er konnte kein weiteres Glas entdecken. Schmiedeten sie Pläne für irgendetwas? Die Oberschicht konnte sich an jedem Ort treffen, ein Fest veranstalten. Hatten sie ihn vom Restaurant aus hier stehen sehen? Hielt sie wirklich ein Extra-Glas bereit, wenn er die Einladung angenommen hätte? Darüber dachte er nach, während er sich entfernte.

Vom Vasaplatsen tönte gedämpftes Dröhnen der Straßenbahn herauf. Winter hatte sich nach dem ersten Abend zu Hause an das Geräusch gewöhnt. Die Gerüche waren ins Zimmer zurückgekehrt. Es war, als wäre er nie fort gewesen.

Er taute in der Badewanne auf, mit zwei Fingerbreit Glenfarclas cask strength auf dem Badewannenrand, sechzig Prozent, das beste Teufelsgesöff der Welt.

Er hatte sich sehr langsam in dem furchtbar heißen Wasser niedergelassen. Seine Hoden schrumpften wie Walnüsse auf glühender Kohle, als sie das Wasser berührten. So sollte es sein.

Er hielt die Füße über der Wasseroberfläche, seine Zehen waren immer noch weiß und blau wie bei einem echten Supporter, der im Februar auf schneebedeckten Feldern alle Trainingsspiele des IFK verfolgt. Aber der IFK war nicht hier, die Truppe war im Trainingslager an der Costa del Sol. Der Einzige, der hier war, das war er.

Er trocknete die Hand an dem Handtuch ab, das auf dem Mosaikboden neben der Wanne lag, und gab die Kurzwahl der Costa del Sol ein.

»Mir ist kalt«, sagte er, als sie sich meldete. »Ich sitze in kochend heißem Wasser, aber mir ist kalt.«

»Selber schuld.«

»Es ist schlimmer, als ich gedacht habe.«

»Was? Das Wetter oder der Fall?«

»Beides.«

»Was passiert?«

»Wir warten auf Torstens Ergebnisse, du weißt ja. An Türen klingeln. Vernehmungen. Morgen spreche ich wieder mit dem Vater.«

»Ja, Herr im Himmel.«

»Ein Problem ist der Zeitpunkt.«

»Hängt das mit dem Mann zusammen?«

»Bei ihm müssen wir anfangen.«

»Hast du ihn wirklich in Verdacht?«

»Familienmitglieder verdächtigt man immer als Erste. Aber im Augenblick kann ich denken, was ich will, es bringt mich nicht weiter.«

»Was ist das nur für eine Welt, in der wir leben«, sagte sie.

»Er ist ein arroganter Kerl«, sagte er. »Das kann für ihn sprechen.«

»Er steht doch bestimmt unter Schock.«

»Ich bin mir nicht so sicher.«

»Du musst dir jemanden suchen, mit dem du über alles sprechen kannst.«

»Da magst du recht haben.«

»Sonst hast du es immer geschafft.«

»Ich schaffe es auch jetzt. Aber irgendetwas macht den Fall schwieriger als andere Fälle.«

»Was? Weißt du das?«

»Das Kind, das überlebt hat.«

»Ich weiß nicht, ob ich weiter darüber reden will«, sagte sie.

»Dann machen wir hier einen Punkt«, sagte er.

»Ja, bitte. Jedenfalls für heute Abend.«

»Ich nehme einen Flieger übers Wochenende«, sagte er.

»Versprich nicht zu viel, Erik.«

»In Marbella kann ich auch nachdenken.«

»Willst du *hier* nachdenken?«

»Ha, ha«, sagte er.

»Ich habe einen Witz gemacht«, sagte sie.

»Und ich habe gelacht«, sagte er.

Das Brausen in seinen Ohren ließ nicht nach, er wollte nicht aufstehen, wollte keine Tablette nehmen, ihn fror. Er stand trotzdem auf, pinkelte, wusch sich die Hände, trank ein

Glas Wasser in der Küche, schaute aus dem Fenster in den Hinterhof, alle Fenster schwarz, niemand wach, er war allein.

Ich kann versuchen, weiter nachzudenken. Er setzte sich im Wohnzimmer in einen Sessel, stand aber gleich wieder auf und ging zur Stereoanlage, drückte auf *A Love Supreme* und setzte sich wieder.

Sie hat dem Mörder die Tür geöffnet. Sandra hat ihm geöffnet. Warum? Kannte sie ihn? Oder war es jemand, den sie nicht kannte ... aber sie hat sich trotzdem nicht bedroht gefühlt?

Jemand in Uniform?

Eine ... offizielle Person?

Ein Nachbar?

Trotzdem sicher?

Es ist *jetzt*, es ist *hier*. Es wird sich nicht wiederholen. Es sind diese Tage. Die Nächte. Er schaltete die Stehlampe an und griff nach dem Buch, das auf dem Sofatisch lag. Heute Abend begann es. Er würde *A Love Supreme* hören und dabei Ashley Kahns Buch über die Entstehung von Meisterwerken lesen. Musik hatte ihm schon früher geholfen. Coltranes *Meditations* hatten ihn durch das Entsetzen bei einem anderen Fall begleitet, oder er hatte die Musik begleitet. Jetzt füllte Coltranes Stimme das Zimmer, *a love supreme, a love supreme, a love supreme*, es war kein Gesang, es war eine Mitteilung, etwas, das nur er, John Coltrane, wusste, aber das stimmte auch nicht:

Als A Love Supreme *herauskam, schlug Coltrane bei vielen Hörern einen so starken geistigen Akkord an, dass die Menschen begannen, ihn für übermenschlich zu halten. Ich finde das ungerecht und falsch. Er war genauso menschlich wie du und ich – aber er war bereit, mehr zu üben, alles zu tun, was man tun muss, um der Beste in seiner Kunst zu werden. Der wahre Wert dessen, was Coltrane geschaffen hat, besteht darin, dass er es als Mensch erreicht hat.*

Er war ein Mensch wie du und ich. Winter legte das Buch auf den Fußboden. Coltrane hatte nichts anderes getan, als Mensch zu sein. Er war bereit, alles zu tun, um der Beste zu werden in allem, was er tat.

Jemand lachte, als er durch den Vorraum ging, der kein Ende nahm. Zuerst war es ein Kind und dann ein Mann und dann wieder ein Kind. Jemand lachte, lachte. Er begegnete einer Frau, die sich die Ohren zuhielt. Sie war im Begriff, das Haus zu verlassen, jetzt lief sie. Er lief in die andere Richtung, auf das Lachen zu, das immer lauter wurde, mehrere Kinder. Hinter ihm rief jemand, er drehte sich um, eine Gestalt hielt eine Hand hoch, ließ etwas um einen Finger kreiseln, er konnte nicht erkennen, was es war, »du hast das vergessen« hörte er durch den Vorraum, eine Stimme, die er nicht kannte, er erkannte den Gegenstand nicht, der kreiselte, kreiselte.

5

Der harte Kern des Dezernats für Schwerstverbrechen traf sich im alten Konferenzraum. Alles war wie früher, nur das Nya Ullevi Stadion konnte Winter nach dem Umbau nicht mehr sehen. Von hier würde er es nie mehr sehen. Er vermisste es schon jetzt. Nie wieder konnte er seinen Blick auf einen Punkt heften und einen Gedanken an einem der Eckpfeiler des Stadions aufhängen und ihn dort hängen lassen, bis er auf den Asphalt fiel oder in den Himmel abhob. Was für ein dämliches Bild. Er schaute in den Himmel. Der war eisblau, ein ungewöhnlicher Winterhimmel über Göteborg, blau wie ein Versprechen. Er streckte eine Hand aus und berührte das Fenster, ohne zu wissen, warum er es tat. Die Erinnerung an den Traum von heute Nacht ließ ihn nicht los. Beim Erwachen hatte er Angst gehabt.

Der vorläufige Obduktionsbefund hatte Spuren von Sperma in Sandras Scheide ergeben. Der Beischlaf konnte schon vor einigen Tagen stattgefunden haben, Spuren von Sperma sind lange nachzuweisen.

»Hatte sie einen Liebhaber?«, hörte er Halders' Stimme hinter sich.

Winter fuhr herum.

»Es wurden keine Spuren einer Vergewaltigung festgestellt«, sagte Ringmar. »Ich habe heute Morgen mit Torsten gesprochen. Das Sperma ist da, aber ... alles andere scheint in Ordnung zu sein.«

»In Ordnung?«, fragte Aneta Djanali.

»Du weißt, wie ich das meine, Aneta.«

»Mir gefällt nicht, dass Fredrik schon jetzt über Liebhaber spekuliert. Es sind noch viel zu viele Fragen offen.«

»Hast du das Fragezeichen nicht gehört?«, sagte Halders.

»Soll ich jetzt auch noch auf Satzzeichen achten? Schweben über deinem Schädel Sprechblasen?«

Winter hob die Hand wie ein Befehlshaber, dieselbe Hand, die eben noch das Fenster angetippt hatte, wie Kinder es manchmal tun.

»Wir wissen, dass man Sperma noch nach Tagen nachweisen kann«, sagte er. »Vom Zeitpunkt wissen wir nichts, im Augenblick jedenfalls nicht. Jovan Mars sagt, er war in den vergangenen zehn Tagen nicht zu Hause. Auch das wissen wir nicht mit Sicherheit, darauf haben wir nur sein Wort.«

»Warum sollte er in diesem Punkt lügen?«, fragte Halders.

Jemand lachte.

»Jetzt nehmen wir mal an, dass sie mit einem anderen zusammen war«, sagte Winter, ohne auf Halders einzugehen. »War es der Mörder?«

»Meinst du damit, sie hat freiwillig mit ihm geschlafen, und der Mann hat sie dann ermordet?«, sagte Djanali. »Direkt danach?«

»Es ist nur eine Hypothese.«

»Vielleicht war sie auch mit jemandem zusammen, der mit dem Mord nichts zu tun hat«, sagte Ringmar.

»Den Morden«, sagte Djanali.

»Ja, den Morden. Jemand, der nicht direkt etwas mit den Morden zu tun hat. Jemand, mit dem sie ein Verhältnis hatte.«

»Wenn sie eins hatte«, sagte Djanali.

»Das müssen wir zuerst herausfinden«, sagte Winter. »Hatte sie einen anderen? Wer war es? Wo ist er? Warum hat er sich, wenn es jemanden gibt, nicht gemeldet?«

»Gute Frage«, sagte Halders. »Es gibt nur eine gute Antwort.«

Winter nickte. Ihm war heiß, als bekäme er Fieber. Er musste an die frische Luft, hinaus in die Sonne, irgendwohin fahren.

»Dass Mörder und Liebhaber dieselbe Person sind«, sagte Ringmar.

Bei der Spurensicherung war alles in Bewegung. Hier ist der wahre Kern der Prozedur, nicht in der Gedankenschmiede des Dezernats für Schwerstverbrechen, dachte Winter und hob grüßend die Hand, als Öberg erschien.

»Sergej glaubt nicht an die Zeitungstheorie«, sagte Öberg. »Ein vorsichtiges Misstrauen.«

»Er hatte ja kaum Zeit, die Leichen zu untersuchen.«

»Ihm ist aber doch einiges aufgefallen.«

»Aktivitäten von Insekten?«

»Einiges«, wiederholte Öberg.

Sergej Bodvarsson war der Gerichtsentomologe mit einem Namen von den beiden Seiten der Halbinsel Kola. Bodvarsson sprach Schwedisch mit isländischem Akzent. Er hatte den gleichen Namen wie ein Experte für Vulkane, oder nicht? Winter hatte ihn nicht gefragt.

»Demnach waren sie doch schon länger als drei Tage tot?«

»Vielleicht.«

»Wann wissen wir das?«

»Vielleicht erfahren wir es nie, Erik. Aber du kannst schon einmal vorsichtig davon ausgehen.«

»Ich denke bereits in die Richtung. Das Baby hat überlebt.«

»Wie meinst du das?«

»Jemand kann im Haus gewesen sein und es gefüttert haben.«

»Nach den Morden?«

»Ja. Ich habe mit Johnsson vom Sahlgrenschen gesprochen.«

Öberg kratzte sich in seinem kurzgeschnittenen Bart. Er war älter als Winter, fünf Jahre, vielleicht auch sieben, auf bestem Weg in die lieblichen Sechziger.

»In den USA arbeiten die Kollegen mit speziellen *body farms*«, sagte Öberg.

»Ich sehe sie förmlich vor mir.«

»Es dauert nur wenige Sekunden, dann bekommt eine Leiche den ersten Besuch einer Fliege«, sagte Öberg.

»Um wie viele Sekunden insgesamt handelt es sich in diesem Fall?«

»Sehr, sehr viele.«

»Kann man Fingerspuren an Leichen nachweisen?«

»Wie du weißt, ist das sehr schwer.«

»Aber wir haben ja viele Gegenstände«, sagte Winter.

»Ich beschäftige mich gerade mit dem Bett.«

»Dem Bett«, wiederholte Winter.

»Die DNA-Analysen brauchen noch ein paar Tage. Noch etwas länger musst du auf die Resultate der LCN-Suche warten.«

»Ich weiß.« Er berührte Öbergs Arm, eine fast unfreiwillige Bewegung, eine Phantombewegung. »Es ist das Bett. Dort hat er eine Sekunde lang die Kontrolle verloren. Wenn es etwas gibt, dann finden wir es am Bett.«

»Wir haben die Kleidung des Babys«, sagte Öberg.

»Wir haben alles«, sagte Winter.

Eine Frau mit einem Hund an der Leine überquerte den Fußgängerüberweg. Es war ein großer Hund, die Rasse kannte Winter nicht, er hatte noch nie einen Hund besessen und würde auch nie einen besitzen. Wer noch nicht allergisch war, würde es vermutlich werden, wenn er sich einen Hund anschaffte.

Er folgte dem Hund mit Blicken. Goldfarben.

Hinter ihm wurde gehupt.

»Es ist grün«, sagte Ringmar. »Das bedeutet, dass man fahren darf.«

Winter fuhr an. Er dachte an den Hund. Den anderen Hund. Wer ist es? Wo ist er? Schon eingeschläfert? Vergraben?

Torsten hatte keine weiteren Spuren von einem Hund gefunden als die Haare. Kein Blut, nichts.

»Sie hat ihn verkauft«, sagte er in Höhe vom Masthuggstorget.

»Wie bitte?«

»Sie hat den Hund verkauft«, wiederholte Winter. »Deswegen ist er nicht da gewesen.«

»Oder der Mörder hat ihn mitgenommen«, sagte Ringmar.

»Das stimmt nicht.«

»Es stimmt auch nicht, dass er das Kind zurückgelassen hat, damit es überlebt«, sagte Ringmar.

»Es stimmt zwar so nicht, aber auf andere Art«, sagte Winter. »Den Hund kann sie verkauft haben.«

»Auf welchem Weg?«

»Hat eine Anzeige aufgegeben. Das ist wohl die üblichste Form.«

»Wann?«

»Wir müssen uns bei den Nachbarn umhören, wann sie den Hund zum letzten Mal gesehen haben. Und bei den Zeitungen nachfragen. *Göteborgs Posten.* Fangt mit einer Woche vor den Morden an, zwei Wochen.«

»Okay.«

»Wir sind doch nicht damit an die Öffentlichkeit gegangen, dass es einen Hund gegeben hat«, sagte Winter. »Hast du etwas darüber in der Presse gelesen, Bertil?«

»Nein.«

»Aber wenn jemand in der letzten Zeit einen Hund gekauft hat, sollte er etwas über die Morde gelesen oder im Fernsehen mitgekriegt haben, muss er sich doch Gedanken machen.«

»Und hätte sich bei uns melden sollen, meinst du?«, sagte Ringmar. »Aber du weißt genauso gut wie ich, dass die Leute nicht so ticken. Okay, wir fangen mit den Zeitungen an.«

»Wenn es eine Anzeige gibt, können wir den Käufer bitten, sich zu melden«, sagte Winter, fuhr den Stigbergsliden hinauf und hielt auf dem Zehn-Minuten-Parkplatz vor Bengans.

»Sind wir nicht auf dem Weg nach Amundö?«, fragte Ringmar.

»Bin gleich wieder da.« Winter ging in die Abteilung für Klassik und Jazz, kaufte eine Scheibe und war innerhalb von fünf Minuten zurück.

»Hab nichts im Auto«, sagte er und ließ den Motor wieder an. »Heute Morgen vergessen.«

Er schob die CD in den Player, als sie in die Djurgårdsgatan einbogen.

Gitarrentöne erklangen, eine spanische Gitarre.

»Stehst du neuerdings auf Flamenco?«, fragte Ringmar.

Jetzt waren sie auf der Oscarsumgehung. Der Bockkran am anderen Flussufer sah im Sonnenlicht aus wie ein Skorpion.

»Das ist kein Flamenco«, sagte Winter.

»Was ist es dann?«

»Jazz, Ulf Wakenius. Er stammt von hier, genau wie Lars Jansson.«

Sie fuhren über die Säröumgehung in Richtung Süden. Die Sonne warf Schatten wie im Sommer. Die Reflexe vom Eis auf dem Meer rechts von ihnen könnten ungeschützte Augen schädigen, die Strahlen brachen sich in den Gläsern seiner Sonnenbrille. Während der Autofahrt war das Brausen in seinem Kopf wieder angeschwollen. Gestern Abend war es eine Weile ruhiger gewesen. Das Einzige, was half, war Alkohol, nicht zu viel und nur Glenfarclas oder Springbank. Als er den Kopf nach rechts drehte, folgte ihm ein tst-tst-tst in der Bewegung, wie eine verspätete Reaktion des Gehirns, gleichzeitig blitzartig wie ein Reptil, eine vorschnellende Schlangenzunge, tst-tst-tst, so war das, seit die Nerven in seinem Kopf gerissen waren. Es half nichts, den Kopf langsam zu bewegen. Mit der Zeit würden die Nerven von selber heilen, aber erst in der nächsten Inkarnation.

Robert Krol stand bei ihrer Ankunft bereits vor dem Haus. Mehrere Absperrbänder hingen bis auf die Erde, als ob die Voruntersuchungen schon beendet wären oder für immer unbeendet bleiben würden.

»Hier sieht es ja aus, als würde sich überhaupt niemand mehr kümmern«, sagte Winter.

»Ich geh mal nachschauen, ob die Jungs von der Securitas noch Bänder im Auto haben, womöglich haben wir ihnen bei der letzten Lieferung zu wenig gegeben«, sagte Ringmar und ging zu dem Wagen der Wachmänner. Er war leer. Vielleicht waren sie auf der Insel und suchten.

Das Haus lag unter einem wolkenfreien Himmel im Schatten. Es war das einzige Haus, das im Schatten lag, und das würde sich nicht ändern. Selbst wenn man es abrisse, würde die Erde für immer schwarz bleiben.

»Die Leute in der Siedlung sind außer sich.« Krol betrachtete das Haus.

»Das kann ich verstehen«, sagte Winter.

»Sie haben Angst, er könnte zurückkommen.«

»Haben Sie auch Angst?«

»Nein, ich nicht. Aber Frauen und Kinder zum Beispiel, und natürlich die Väter.«

»Warum haben Sie keine Angst?«

»Ich glaube nicht, dass der Kerl wiederkommt.«

»Warum kommt er nicht wieder?«

Krol antwortete nicht sofort. Er betrachtete erneut das Haus, als gäbe es etwas an der Fassade, das nur er sehen konnte.

»Es ist vorbei«, sagte er nach einer Weile. Sein Blick kehrte zu Winter zurück. »Es ist nur einmal passiert, nur das eine Mal.«

»Was waren Sie früher von Beruf?«, fragte Winter.

Krol schien nicht erstaunt zu sein über die Frage.

»Seemaschinist, *chief*«, sagte er. »Aber ich bin seit fast drei Jahren pensioniert.«

»Und Sie haben sich entschieden, nah am Wasser zu wohnen.«

»Ja, was denken Sie denn?«

»Ich verstehe, ohne Wasser hält man es nicht aus.«

»Wer kann das?«

»Tja, wer.«

»Wollen Sie mich nicht fragen, warum ich glaube, dass es jetzt vorbei ist?«, sagte Krol.

»Erzählen Sie.«

»Sie ... die beiden hatten ein merkwürdiges Verhältnis«, sagte Krol und schaute wieder zum Haus. Es lag unverändert im Schatten. Das muss mit dem Berg dahinter zusammenhängen, dachte Winter, eine optische Täuschung. »Unter der Woche war sie immer allein mit den Kindern, und manchmal kam er nicht einmal zum Wochenende nach Hause. Jovan, ich spreche vom Ehemann.«

»Woher wissen Sie, wann er zu Hause war und wann nicht?«

»Ich bin von Natur aus nicht neugierig, aber es ist doch verständlich, dass es einem auffällt, wenn ein Familienvater seine Familie das ganze Wochenende allein lässt.«

»Inwiefern war das Verhältnis der Eheleute merkwürdig?«

Krol antwortete nicht. Immer noch betrachtete er das Haus.

Winter wiederholte seine Frage.

»Ihr Verhältnis.« Krol richtete seinen Blick auf einen unbestimmten Punkt hinter dem Haus.

»Ja?«

»Er war so verdammt häufig abwesend«, sagte Krol, »und die Kinder waren noch so klein.«

»Das ist aber doch nicht ungewöhnlich«, sagte Winter. »Sie waren Seemann. Sie waren auch lange abwesend.«

»Schiffsoffizier.«

»Sie waren viel weg.«

»Wir haben keine Kinder«, sagte Krol. »Haben keine bekommen.«

Er machte einen Schritt auf das Haus zu, oder hatte er nur seine Füße bewegt? Es war kalt, die Sonne wärmte nicht. Sie hielt sich am anderen Ende der Welt auf.

»Ich habe Kinder so gern«, sagte Krol und brach in Tränen aus.

Vielleicht fühlte sich der Welpe jetzt zu Hause, er hatte sie gefragt, ob sie glaubte, dass der Hund anfing, sich bei ihnen heimisch zu fühlen.

»Ich weiß es nicht«, antwortete sie.

»Es ist dein Köter.«

»Warum nennst du sie Köter? Niemand anders sagt das.«

»Es ist ein schwedisches Wort. Bald sind wohl alle schwedischen Wörter verboten.«

Sie schwieg.

»So wird's kommen«, sagte er.

»Sie möchte raus.«

»Was?«

»Jana will nach draußen. Schau sie dir an. Sie braucht Bewegung. Und das andere.«

»Was das andere?«

»Du weißt schon, was ich meine.«

»Warum kannst du es dann nicht aussprechen? Sie muss pinkeln wie alle Lebewesen. Warum kannst du nicht darüber reden? Und ihr braucht beide Bewegung. Du solltest mit ihr rausgehen.«

»Ich will nicht. Ich kann nicht. Ich habe Halsschmerzen.«

Halsschmerzen, dachte er. Ich werde ihr einen Grund geben, Halsschm …

»Außerdem tun mir die Knie weh«, sagte sie.

Er spürte, wie die Fingernägel sich in seine Handflächen bohrten, sich in die Hände graben wollten. Am liebsten hätte er die Hand zum Mund geführt und in einen Finger gebissen, so fest er konnte, ihn glatt durchgebissen.

»Klar hätte man früher reagieren sollen«, sagte Krol. »Viel früher, klar hätte man das tun sollen.«

Sie gingen die Straße entlang, den Bogen, der zum Fahrradweg führte. Es war zu kalt, um still zu stehen. Jetzt waren keine Radfahrer unterwegs. Alles war gefroren, blau und weiß. Die Häuser sahen aus, als wären sie von einer Eishaut überzogen.

»Warum hätten Sie das tun sollen?«, fragte Winter.

»Sie waren ja nicht draußen wie sonst. Das Auto stand da. Niemand hat das Haus verlassen.« Er stieß mit jedem Wort Luft und Eis aus, wie Rauchsignale. »Keiner von ihnen.«

»Es war kalt«, sagte Winter. »Und vielleicht waren sie krank.«

»Es war die übliche schwedische Feigheit.« Krol blieb stehen und sah Winter an. »Kümmre dich um dich selbst und scheiß auf die anderen.«

»Sind wir so?«

»So sind wir. Es ist schlimmer geworden.«

»Sie sind doch weg gewesen, auf See.«

»Deswegen kann ich es besser beurteilen. Es ist jedes Mal schlimmer geworden, wenn ich heimkam.« Er schaute aufs Eis, das in einer Lücke zwischen den Villen am Ufer zu sehen war. »Schließlich habe ich es nicht mehr ausgehalten, nach Hause zu *kommen*. Da bin ich lieber zu Hause *geblieben*, falls Sie verstehen, wie ich das meine.«

»Wann haben Sie sie das letzte Mal gesehen?«

»Wie bitte?«

»Wann haben Sie die Familie zuletzt gesehen, ein Mitglied der Familie?«

»Meinen Sie auch den Mann?«

»Im Augenblick nicht.«

Krol schien das Eis auf dem Wasser zu betrachten, die Insel dahinter, den Himmel darüber. Jetzt war fast alles weiß und grau, vielleicht mit einem Hauch Grün darin für jemanden, der Phantasie hatte.

»Es ist schon einige Tage her«, sagte er. »Es war das Auto. Die ganze Bande ist wohl zum Einkaufen gefahren. Sie und die Kinder.« Krol sah aus, als würde er wieder anfangen zu weinen. Winter bemerkte, dass die ersten Tränen in seinen Augenwinkeln gefroren waren, als wäre er draußen auf dem Eis gewesen, dem Wind ausgeliefert. »Es war vermutlich einen Tag vorher.«

»Der Tag vor was?«, fragte Winter.

»Der Tag vor den Morden, verdammt noch mal! Nehme ich an.« Krol setzte sich wieder in Bewegung. »Erwarten Sie etwa, dass ich mich an jeden einzelnen Tag erinnere?«

»Ich muss fragen.«

»Ja, das müssen Sie wohl. Was für ein Scheißjob.«

»Haben Sie sie mit anderen zusammen gesehen?«

»Dazu zählt Jovan immer noch nicht?«

»Im Augenblick nicht.«

»Die Kinder haben ja mit anderen Kindern gespielt, unten auf dem Spielplatz. Es waren immer Erwachsene dabei, sie auch, nehme ich an. Mit der Kleinen.«

»Keine anderen Erwachsenen? Sie haben keine Besucher gesehen?«

Jetzt standen sie vor dem Spielplatz, der auch im Frost erstarrt war. Keine Kinder schaukelten auf den Autoreifen, die an Drahtseilen herunterhingen, kein Kind kletterte in der großen Spielhütte herum. Es war einer der nettesten Spielplätze, die Winter kannte.

»Nein, ich habe ihn nie gesehen.«

»Ihn?«

»Den, der den Hund gekauft hat.«

In dieser Sekunde erstarrte Winter. Seine Nackenhaare fühlten sich wie Borsten an. In seinem Kopf stach es, tst-tst-tst.

»Wer hat den Hund gekauft?«

»Das weiß ich nicht. Aber sie wollte ihn verkaufen, und sie hat es auch getan. Das werden Sie doch wissen?«

»Hat sie Ihnen erzählt, dass sie einen Käufer gefunden hat?«

»Nein, aber sie wollte eine Anzeige aufgeben. Und dann war der Hund weg. Bedeutet das nicht, dass er verkauft wurde?« Krol baute sich dicht vor Winter auf. Sein Gesicht war wie mit Sandpapier geschrubbt, die Haut wie Pergament. Dünne Äderchen liefen über seine Nase und Wangen, wie bei einem Trinker. Vielleicht trank Krol, aber die Spuren in seinem Gesicht hatte der Wind hineingegraben. Winter war plötzlich eifersüchtig auf ihn. Als hätte er selber den Sinn des Lebens verpasst.

»Oder war der Hund noch im Haus?«, fragte Krol.

»Nein«, sagte Winter. »Und, ja, wir werden überprüfen, wer ihn gekauft hat.«

»Viel Glück«, sagte Krol.

»Wann war das?«, fragte Winter. »Wann hat sie Ihnen erzählt, dass sie den Hund verkaufen will?«

»Noch ... nicht lange her. Vielleicht vor ein paar Wochen. Nicht einmal.«

»Wann haben Sie ihn das letzte Mal gesehen?«

»Luna«, sagte Krol. »Der Hund heißt Luna, noch ein Welpe.«

»Wann haben Sie ihn das letzte Mal gesehen?«

»Tja ... vielleicht ein paar Tage später.«

»Geht es nicht ein bisschen genauer?«

»Im Augenblick nicht. Vielleicht wenn ich wieder aufgetaut bin.«

»Warum hat sie Luna verkauft?«

»Allergie, hat sie gesagt. Sie war allergisch geworden und der Junge anscheinend auch. Erik hieß er.«

»Was hat der Mann gesagt? Sandras Mann?«

»Aha, jetzt kommt er endlich ins Spiel?«

»Ja.«

»Ich glaube nicht, dass er es wusste«, antwortete Krol. »Das sagt einiges aus, nicht wahr?«

»Haben Sie Sandra mit einem anderen zusammen gesehen?«, fragte Winter.

»Wen denn?«

»Irgendwer.«

»Hier gibt es ja Nachbarn.«

»Eine andere Person? Jemanden, den Sie noch nie gesehen haben?«

»Sie scheinen zu glauben, dass ich wirklich alles rund um die Uhr unter Kontrolle habe.«

»Ich muss fragen.«

Sie gingen weiter in Richtung Jachthafen. Winter sah Hunderte von Booten an Land liegen, die Kiele waren mit Eis überzogen.

»Langsam klingt mir das hier mehr nach Tratsch«, sagte Krol.

»Es geht um Mord«, sagte Winter. »Massenmord.«

»Ich habe nichts gesehen«, sagte Krol. »Ich wollte auch nichts sehen.«

»Was wollten Sie nicht sehen?«

Krol antwortete nicht.

»Was war es?«

»Nichts«, sagte Krol.

»Erzählen Sie.«

»Ich habe nichts zu erzählen.«

6

Ringmar betrat den Lift, ehe Winter auf den Knopf drücken konnte. Die Haut seines Kollegen war grau in dem widerlichen Licht. Wie schmutziger Schnee. Bei seiner Rückkehr nach Göteborg war es ihm so vorgekommen, als sähen alle krank aus. Ihm war klar, dass es daher rührte, weil er zu lange in natürlichem Licht gelebt hatte, aber Himmel, wie jämmerlich sahen die Leute hier aus, so grau. So ist der Norden im Winter, dachte er, nichts für Narren, die das Licht suchen, die das Gesicht der Sonne zukehren wollen.

»Wie geht es dir, Bertil?«

»Warum fragst du?«

»Weil du beschissen aussiehst.«

»Danke, Chef. Genau das, was ich morgens um acht Uhr gern hören möchte.«

»Ich bin nicht mehr dein Chef.«

»Nicht formell, aber das wirst du im nächsten Monat. Wieder.«

»Hast du damit ein Problem?«

Ringmar antwortete nicht. Winter studierte sein eigenes Gesicht im Spiegel. Es war sonnengebräunt, aber es war nicht hübsch, war durch die Worte zerstört worden, die er gerade ausgesprochen hatte.

»Entschuldige, Bertil.«

»Schon gut.«

»Ich war zu lange in der Freiheit und habe verlernt, wie man sich benimmt.«

»Und nun hast du dich gegen die Freiheit entschieden.«

»Deinetwegen, Bertil.«

»Soll ich dich jetzt umarmen?«

»Warum nicht.«

»Ich kann nicht. Mir tut die Schulter weh.«

»Wir holen es nach, wenn es dir besser geht.«

»Okay«, sagte Ringmar.

Der Fahrstuhl hielt in der Etage des Dezernats. Sie stiegen aus.

»Ich habe heute Nacht auch nicht gerade gut geschlafen«, sagte Winter.

»Wir haben noch viele schlaflose Nächte vor uns«, sagte Ringmar.

»Meinst du?«

»Kannst du eine Weile mit in mein Büro kommen?«

»Jetzt sofort?«

»Ja, bitte. Wir müssen einen Durchgang machen.«

»Die Kinder hat er zuerst getötet.«

»Warum?«

»Er wollte nicht, dass sie es sehen.«

»Wo?«

»Dort, wo wir sie gefunden haben.«

»Das hat Torsten noch nicht geklärt«, sagte Winter. »Wir müssen eine Rekonstruktion vornehmen.«

»Es gab keine Schleifspuren.«

»Was sollten sie nicht sehen?«

»Ihren Tod.«

»Warum diese Rücksicht?«

»Er kannte sie.«

»Inwiefern?«

»Er war ihr Vater.«

»Er ist nach Hause gekommen und hat sie überrascht«, sagte Winter.

»Er ist spät am Abend zu ihnen gefahren und früh am Morgen zurück.«

»Er hat nicht geklingelt.«

»Der Junge trug aber keinen Schlafanzug.«

»Er hatte einen an. Der Vater hat ihn umgezogen.«

»Er hat ihn gezwungen, sich wieder anzuziehen.«

»Nein, er hat es freiwillig getan.«

»Warum?«

»Lassen wir den Pyjama.«

»Er hat sein jüngstes Kind am Leben gelassen.«

»Das Baby ist der Schlüssel in dieser Geschichte«, sagte Winter.

»Er war der Vater von allen drei Kindern.«

»Er wusste es.«

»Er wusste es nicht.«

»Er hatte einen Verdacht.«

»Er hat schon seit mehreren Tagen nicht mehr mit seiner Frau gesprochen.«

»Behauptet er.«

»Wir haben kein Gespräch gefunden. Uns liegt eine Liste von allen Anrufen vor.«

»Wir haben Anrufe von Handys mit Kontaktkarte.«

»Genau drei.«

»Wer hat angerufen?«

»Er.«

»Das war nicht er, keiner der Anrufer«, sagte Winter.

»Wer dann?«

»Es war der Mörder.«

»Alle drei?«

»Zumindest ein Anruf.«

»Warum nur einer?«

»Der Mörder wollte den Hund kaufen. Er hat wegen der Annonce angerufen.«

»Warum ein Telefongespräch, das nicht gespeichert wird?«

»Weil er morden wollte«, sagte Winter.

»In dem Moment wusste er schon, dass er morden wollte?«

»Ja.«

»Er wusste, wie viele Personen sich im Haus befanden.«

»Er ist schon einmal dort gewesen.«

»Er ist mehrere Male dort gewesen.«

»Im Haus?«

»Nein. Davor.«

»Hat er sich in der Nachbarschaft bewegt? Sichtbar?«

»Ja.«

»Dann hängt es nicht mit der Hundeannonce zusammen«, sagte Winter.

»Er ist noch nie dort gewesen. Seine Chance war die Hundeanzeige.«

»Er hat auf eine Chance gewartet.«

»Er wollte jemanden umbringen. Irgendjemanden. Irgendwelche.«

»Er hat das kleine Kind gar nicht bemerkt.«

»Er hatte alle Hände voll zu tun.«

»Er glaubte, dass er nicht viel Zeit hatte.«

»Aus welchem Grund hat er das geglaubt?«

»Es wurde hell.«

»Wir sind mitten im Winter. Da wird es nie hell.«

»Es war Morgen. Vielleicht Nachmittag.«

»Die Sonne ging gerade unter.«

»Die war noch nicht einmal aufgegangen.«

»Es war schon dunkel.«

»Schlimmer, es dämmerte.«

»Er wurde erwartet.«

»Es war kein Problem für ihn, ins Haus zu gelangen.«

»Er ist nicht lange geblieben.«

»Er hat den Hund mitgenommen.«

»Den wollte er haben. Deswegen ist er gekommen.«

»Auf der Fahrt zum Haus hat er an nichts anderes gedacht als an den Hund.«

»Bis er in der Diele stand.«

»In dem Augenblick war er gezwungen, es zu tun. Als er sie das erste Mal sah, musste er es tun.«

»Manchmal tut man Dinge, die man nicht geplant hat.«

»Aber der Mörder hat die Morde geplant«, sagte Ringmar und stand auf. Er hatte die ganze Zeit in derselben Haltung dagesessen, leicht vorgebeugt, Kreuz und Schultern angespannt. Jetzt hatte er Schmerzen in der Schulter.

»Er hatte es schon lange geplant«, sagte er.

»Seit er sich mit Sandra angefreundet hat?«

»Nein.«

»Erst viel später?«

»Viel früher.«

»Es ist immer in ihm gewesen.«

»Es hängt also nicht mit Sandra und den Kindern zusammen?«

»Natürlich hing es zusammen.«

»Er hat eine Zeitlang ein Verhältnis mit Sandra gehabt, aber nicht lange.«

»Sie haben einige Tage vor dem Mord miteinander geschlafen.«

»Zwei, drei Tage vorher.«

»Es ist nicht im Zusammenhang mit dem Mord passiert.«

»Nichts dergleichen.«

»Er hat sich ungehindert im Haus bewegt.«

»Er war dort wie zu Hause.«

»Er hat es als sein Zuhause betrachtet.«

»Er wollte dort einziehen«, sagte Ringmar.

Winter stand ebenfalls auf. Er spürte die Feuchtigkeit zwischen den Schulterblättern, einen Schweißfilm auf der Kopfhaut. Es war lange her, seit sie zuletzt ihren Gedanken auf diese Weise freien Lauf gelassen, einige wieder eingesammelt, erneut Netze ausgeworfen hatten.

»Daraus ist nichts geworden«, sagte Winter.

»Sie hat ihm gesagt, dass er nicht mehr willkommen ist.«

»Aus und vorbei«, sagte Winter.

»Irgendetwas ist passiert.«

»Ich will dich nie wiedersehen, hat sie gesagt.«

»Das war nicht geplant.«

»Seine ganze Welt ist zusammengebrochen«, sagte Ringmar.

»Er wollte nicht allein zusammenbrechen«, sagte Winter.

»Das ist er aber«, sagte Ringmar.

Winter nickte schweigend. Er versuchte ein Gesicht vor seinem inneren Auge zu sehen. Irgendwo gab es ein Gesicht. Daneben stand ein kleines Kind und winkte.

»Das ist er«, sagte er.

»Sind wir uns einig?«

»Nein.«

»Sein eigenes Kind wollte er nicht umbringen.«

»Nein.«

»Der Wahnsinn hat eine Grenze.«

»Nein.«

»War es etwas anderes?«

»Ja.«

»Was war es?«

»Eine Erinnerung.«

»Wessen Erinnerung?«

»Seine.«

»Nicht ihre?«

»Seine Erinnerung«, wiederholte Winter.

»Er hat sich an etwas erinnert, das ihn davon abgehalten hat, das Baby umzubringen.«

»Etwas, das mit dem Haus zu tun hat«, sagte Winter.

Er sah den Tag vorm Fenster, durch das Fenster neben Ringmar. Bertil lehnte an der Wand, als könnte er nicht aus eigener Kraft stehen. Winter sah die Bäume, jene Bäume, die noch vom Park übrig geblieben waren, die lebenden toten Bäume. Sie würden wieder auferstehen.

»Als er schließlich im Haus war, war plötzlich alles anders.«

»Es geht um dieses verdammte Haus«, sagte Winter.

»Verdammt wie in Verdammnis?«

»Vielleicht.«

»Von wem verdammt?«

»An diesem Punkt kommt die Erinnerung ins Spiel.«

»Die Erinnerung an ein Haus«, sagte Ringmar.

»Und die Erinnerung an Kinder, Kinder, die es nicht gab.«

»Die es nicht gab?«

»Das ist er, es ist unser Teufel«, sagte Winter und verließ das Zimmer.

Gerda Hoffner suchte in der Anzeigenabteilung der *Göteborgs Posten* unter der Rubrik »Tiere«. Es wurden überwiegend Katzen und Hunde zum Verkauf angeboten, viele Bilder, elternlose Welpen und Katzenjunge, die mit unschuldigen Augen in die Kamera schauten, jemanden anblickten, der ihnen vielleicht ein Zuhause bieten könnte. Auf einigen Fotos war das Licht nicht gut.

In einer Donnerstagsausgabe, vom 13. Januar, fand

sie eine Anzeige: »Mischrassewelpe wg. Allergie zu verkaufen, Labrador/Border Collie. Tierärztl. unters., geimpft, ID-Chip.« Und dann eine Telefonnummer, es war der Festnetzanschluss der Familie Mars.

Halders goss sich in der Pantry ein Glas Wasser ein. Dabei kehrte er Winter den Rücken zu, der in einem Konferenzraum saß, in dem er noch nie gewesen war. Den hatte es in seiner früheren Inkarnation im Dezernat nicht gegeben. Sie hatten zwei kleine Räume zu einem vereinigt, und er fragte sich, warum. Er würde nie fragen. Das ging ihn nichts an. Er hatte auch nicht gefragt, wie die vergangenen beiden Jahre ohne ihn gewesen waren. Wie sie ohne ihn zurechtgekommen waren. Er hatte keine schwedischen Zeitungen gelesen und nicht angerufen, nur einige freundliche Privatgespräche geführt. Niemand hatte nach ihm gefragt, nach seiner einzigartigen Kompetenz. Dem enormen Loch, das er hinterlassen hatte. Anscheinend hatte sich die Erde an der Westküste auch ohne ihn weitergedreht. Manchmal hatte er sich einsam gefühlt.

Halders kehrte ihm immer noch den Rücken zu. Woran denkt er? Denkt er an mich?

Halders drehte sich um.

»Ich übernehme das Verhör von Mars«, sagte er.

»Aha.«

»Du hast doch nichts dagegen?«

»Warum sollte ich?«

»Ich weiß es nicht.« Halders stellte das Glas ab. »Er hat kein Alibi. Da liegt der Hase im Pfeffer.«

»Die Chemie zwischen Mars und mir ist nicht die beste«, sagte Winter und stand auf.

»Erik ...« Halders verstummte.

»Ja?«

»Du sollst wissen, dass ich es sehr zu schätzen weiß, dass du wieder da bist.«

»Danke, Fredrik.«

»Vielleicht müssen wir uns wieder aneinander gewöhnen«, sagte Halders.

»Das hast du schön ausgedrückt.«

»Da kannst du mal sehen, was der Kommissartitel aus mir gemacht hat.«

»Phantastisch! Mir ist es genauso ergangen.«

»Wenn du irgendwelche Ideen hast, komm zu mir, Erik. Was es auch sein mag. Nichts ist zu klein für mich.«

»Das habe ich die ganze Zeit gewusst.«

»Was?«

»Dass dir nichts zu klein ist.«

Halders antwortete nicht. Winter hatte zu viel ausgesprochen, hatte ein Gefühl ausgedrückt, das vielleicht echt war, von dem er aber nicht wusste, wie es angekommen war.

Ich bin ein Schwein, dachte er.

»Frag Mars nach dem Baby«, sagte er.

»Was zum Teufel glaubst du?«

»Es ist einer der Schlüssel«, sagte Winter.

»Okay, Alter.«

Er hatte die Zeitungen in den vergangenen Tagen sehr genau gelesen, *Göteborgs Posten*, *Göteborg Tidningen* und *Metro*, und hatte kein einziges Wort darüber gefunden.

Das war doch unmöglich.

So eine Sache konnte die Polizei doch nicht geheim halten. Es musste Zeugen auf dem Platz gegeben haben, nicht nur die Bande. Als er sich entfernte, hatte er aus den Augenwinkeln Gesichter gesehen, ängstliche Gesichter. Blut war geflossen. Es musste immer noch Blut da sein. Das Eisen im Blut dringt in den Beton, ätzt sich ein, und es war viel Blut gewesen.

»Ich gehe eine Runde«, sagte er.

»Nimmst du Jana mit?«, hörte er sie aus der Küche rufen. Was machte sie in der Küche? Jedenfalls kochte sie nicht, sie konnte gar nicht kochen. Wenn er das vorher gewusst hätte. Er hätte vieles vorher wissen können, wenn er nur versucht hätte, es herauszufinden, bevor er sich in die Handschellen der Ehe locken ließ. Ha.

»Ich fahre zum Opaltorget«, sagte er. »Später geh ich mit ihr raus.«

»Brauchen wir etwas?«, hörte er ihre Stimme.

Du bist doch in der Küche, dachte er. Du müsstest wissen, was wir brauchen. Guck in den Kühlschrank, blöde Kuh.

»Bring eine Milch und eine Dickmilch mit«, rief sie.

Er schob den Welpen beiseite, als er die Tür öffnete. Der Hund schaute ihn wie fragend an. Ich habe dir nichts zu erzählen.

»Du kannst ja mit ihr rausgehen, wenn du willst«, sagte er, wusste jedoch, dass sie es nicht hörte, das nicht. Er wusste nicht, wann sie zuletzt vor der Tür gewesen war. Mindestens seit Weihnachten nicht mehr. Das war nicht gesund.

Er parkte an derselben Stelle wie immer.

Die Straße sah wie immer aus.

Der Opaltorget sah wie immer aus.

Er ging zu der Stelle vor dem Kaufhaus, hier war es gewesen, genau hier.

Keine Flecken. Gar nichts. Er schaute sich um, dann hockte er sich hin und musterte den Beton.

Die müssen wie verrückt geschrubbt haben.

Das ist Verdunklung, dachte er, nichts anderes. Niemand soll erfahren, was hier passiert ist. Es könnte Panik auslösen. Andere Ureinwohner könnten auf dieselbe Idee kommen wie ich. Die Kanaken müssten sich verteidigen. Das führt zu einem Bürgerkrieg. Das bisschen, was ich getan habe, führt zu einem Bürgerkrieg, so ist es.

Aber wie haben sie es nur geschafft, es geheim zu halten? Das war schier unmöglich. Die Leute bei Willys mussten es doch wissen, die, die hier arbeiteten.

Er betrat das Kaufhaus. An der Kasse stand ein Schwede, ein junger Mann, etwa dreißig, gescheiterter Student, schütterer Bart.

Runstig suchte sich das Billigste aus, was es gab, ein Päckchen Kaugummi, man konnte ja nicht einfach hineingehen und Fragen stellen, ohne etwas zu kaufen.

»Hab gehört, dass hier kürzlich eine Auseinandersetzung stattgefunden hat«, sagte er zu dem Studenten, einer Brillenschlange.

»Ja?«

»Es muss ziemlich ernst gewesen sein.«

»Davon hab ich nichts gehört.«

»Und Ihre Kollegen auch nicht?«

Der junge Mann sah ihn jetzt an.

»Sind Sie von der Polizei?«

»Nein, nein, ich wollt's nur wissen.«

Was für ein misstrauischer Kerl. Vielleicht war er an dem Komplott beteiligt. Na klar, so war es, damit niemand erfährt, was passiert ist, müssen alle dichthalten.

Er verließ das Kaufhaus. Ein älteres Paar überquerte den Platz, Ausländer, unterwegs zu dem garantiert schwedenfreien Gottesdienst in der Kirche. Allahdienst. Der Name passte besser.

Für die Banden war es noch ein wenig zu früh, um sich auf dem Platz zu versammeln. Er musste noch ein paar Stunden warten, in der Zeit könnte er mit dem Köter Gassi gehen. Im Augenblick hielt er das für eine gute Idee. Er würde mit Jana zur Insel fahren, wirklich gute Idee. Dort war es schön, rundherum das Meer.

Gerda Hoffner klopfte bei Winter an. Er erhob sich von seinem Stuhl, auf dem er zwei Stunden lang gesessen und nur an das Haus in Amundövik gedacht hatte, in dem wohl niemand mehr wohnen wollte. Er hätte Halders bitten können, Mars zu fragen, ob er dort mit dem Baby leben wollte. Halders hätte sich geweigert. Hätte den Befehl verweigert. Mars war der Kriegsgott der Römer, dachte er, als er sich erhob. Mars ist das Symbol für Eisen, das Symbol für Männer. Das Baby heißt Greta. So hätte auch eine seiner Töchter heißen können, ein hübscher Name. Er wusste nicht, was er bedeutet, er wusste nicht, was Gerda bedeutet. Er wusste, dass Erik einsamer Herrscher bedeutet.

Hoffner trat ein. Die Tür hatte offen gestanden.

»Weißt du, was der Name Greta bedeutet?«

»Nein«, antwortete sie.

»Was bedeutet dein Name, Gerda?«

»Ich glaube, geliebt«, sagte sie. Sie blieb in der Türöffnung stehen und schaute ihn erstaunt an. Bis zu Winters Schreibtisch waren es nur wenige Meter. Hinter ihr sah er eine kleine Bürolandschaft. Sie wirkte einsam, verlassen.

»Erik bedeutet einsam«, sagte er.

»Das wusste ich nicht.«

»Womit kann ich dir helfen, Gerda?«

Er zeigte auf den Sessel vor seinem Schreibtisch. Der Sessel war nicht besonders bequem, aber immerhin ein Sessel, kein Stuhl.

»Ich habe die Anzeige gefunden.«

»Prima.«

»Was machen wir jetzt?«

»Was schlägst du vor?«

»Den suchen, der den Hund gekauft hat. Alle Medien ausnutzen. Gleich heute.«

»So machen wir es«, sagte Winter.

»Willst du das formulieren?«

»Nein, übernimm du das lieber, Gerda. Ich werfe einen Blick drauf, bevor es rausgeht. Sagen wir in einer halben Stunde?«

Sie hatte sich noch immer nicht von der Tür wegbewegt. Und jetzt war sie schon wieder fast unterwegs, sinnlos, sich in den Sessel zu setzen.

»Ich bin noch nicht in dem Haus gewesen«, sagte sie.

»Wir können zusammen hinfahren«, sagte Winter. »Ich wollte sowieso noch einmal hin. Wir fahren, wenn die Suchmeldung raus ist.«

»Muss ich denn?«, fragte sie. »In das Haus?«

»Ich glaube, ja«, antwortete er.

Ich bin nicht immer einsam, dachte er. Ich brauche nicht ständig einsam zu sein.

7

Er parkte am äußersten Rand des Parkplatzes, an der Grenze, könnte man sagen. Das sah vielleicht etwas merkwürdig aus, da sein Auto das einzige weit und breit war und weil er den ganzen Parkplatz überqueren musste, um zur Brücke zu gelangen. Er hätte es auch hundert Meter näher abstellen können, aber niemand würde fragen, es war niemand da, und wenn jemand fragte, könnte er sagen, dass der Parkplatz bestens geeignet war, um den Welpen zu trainieren.

Er schleuderte ein Stöckchen, und Jana begriff, lief auf krummen Beinen hinterher. Oder was heißt laufen, es war mehr ein Torkeln, wie ein Kind, das gerade laufen lernt. Darüber wusste er zwar nichts, aber schließlich hatte er Phantasie.

Bei der Toilette hingen einige Mitteilungen an der Anschlagtafel: B. S.Schweißerei reparierte Propeller. Jemand bot Meeresjachten zu einem günstigen Preis an. Die Stadt Göteborg verkündete, dass Hunde anzuleinen seien. Gilt das auch für Welpen, ha, ha. Er sah Jana ohne Leine über die Brücke laufen. Sie konnte keiner Fliege etwas zuleide tun, nicht einmal einer Mücke. Er und Jana gegen die Bande auf dem Opaltorget! Vielleicht würde er sie heute Abend mitnehmen, nur um die Miene in den dämlichen Visagen zu sehen.

Der Köter rannte über das Feld, wackelte herum in der totalen Freiheit, und er folgte ihm, hörte unter seinen Schritten das tote Laub rascheln, das mit Schnee bedeckt war, die obersten Schneeschichten hatte der Wind verweht, doch das Laub war trotzdem nicht zu sehen. Er drehte sich um; auf dem Parkplatz befand sich immer noch keine Menschenseele, niemand auf der Brücke, niemand auf dem Fahrradweg, niemand vor den Häusern, es gab nur ihn und den Welpen, so, als wären sie die einzigen Lebewesen. Der Wind pfiff über das Feld, es war ein unmenschlicher Laut.

Unter ihnen öffnete sich Kungsviken. Innerhalb weniger Sekunden vertrieb der Wind die Wolken vom Himmel. Hinter Winters Augen brannte es. Er hatte keine Sonnenbrille dabei. Er spürte Stiche in den beschädigten Nerven in seinem Hinterkopf, hörte das Meeresrauschen zwischen den Ohren.

»Es ist schon Jahre her, seit ich zuletzt hier draußen war«, sagte Gerda Hoffner. »Ich kenne mich überhaupt nicht mehr aus.«

»In den vergangenen Jahren ist ziemlich viel gebaut worden«, sagte Winter. »Früher gab es hier nur Felder und Felsen.«

»Ich war oft mit dem Fahrrad hier«, sagte sie.

»Ich auch. Ich habe immer bei Järkholmen gebadet.«

»Das habe ich mich nicht getraut. Du meinst doch den kleinen Strand bei den Bootsschuppen? Ist der nicht privat?«

»Ich habe nie gefragt«, sagte Winter.

»So sollte man es vielleicht machen«, sagte sie. »Man sollte nicht zu viele Fragen stellen.«

»Manchmal ist das ratsam.« Er parkte das Auto neben einem KABE-Wohnmobil, das mitten auf dem Gelände des Jachthafens stand. Er drehte sich zu ihr um.

»Wir können zu dem Strand gehen«, sagte er. »Dorthin wollte ich heute ohnehin.«

»Warum?«

»Hier hat alles eine Bedeutung«, sagte er. »Alles, was man sehen kann oder woran man sich erinnert.«

Der Welpe mochte die Klippen. Vom Wasser hielt er sich fern, als wäre ihm natürlicher Respekt vor den steil ins Meer abfallenden Felsen angeboren. Wie ein Wolfjunges, das beschlossen hat, Bahngleise zu benutzen, aber um sein Leben rennt, wenn es den Zug aus meilenweiter Entfernung nahen spürt, lange bevor der Mensch etwas hört.

»Jana, hierher!«

Sie kümmerte sich nicht um ihn. Sie war auf dem Weg zum höchsten Felsen hinauf, der wie ein Berggipfel emporragte. Er folgte ihr.

Von oben konnte er das lockende offene Meer sehen. Es zog alles an sich. Die Badeklippen dort unten waren vom Inlandeis geformt worden, hatte auf der Anschlagtafel an der Brücke gestanden, und es stimmte sicherlich. Das war vor seiner Zeit gewesen. Es gab nicht viele, die dabei gewesen waren und heute noch lebten. Und nicht viele würden die nächste Eiszeit erleben. Bevor die kam, würde es so verdammt heiß werden, dass alles Eis der Erde schmelzen würde. Die feinen Protzvillen da unten würden im Wasser versinken. Wie gerecht das war! Aber hier oben würde es trocken bleiben. Vielleicht sollte er hier alles abwarten.

»Wollen wir hier bleiben, Jana?«, fragte er, aber sie war schon wieder auf dem Weg nach unten.

Er folgte ihr auf einen anderen Felsen. Jetzt lag der überwiegende Teil des Meeres in ihrem Rücken. Er blickte aufs Festland. Drüben näherte sich ein Auto und parkte im Jachthafen.

Sie gingen den Fahrradweg entlang nach Järkholmen. Die Wellen linker Hand waren, während sie auf den Strand zurollten, zu Eis gefroren, wie eine Fotografie, die sich auflösen würde, wenn das Leben bei Frühlingsanbruch weiterging. Das Meer war ein lebender Organismus. Winter wollte es jeden Tag sehen, es jeden Tag berühren. Der Tag näherte sich, an dem er das symbolische Band auf seinem Grundstück, fünfzehn Kilometer von hier entfernt, zerschneiden und den ersten symbolischen Spatenstich tun würde. Symbol wofür?, dachte er, als die Badeschuppen vor ihnen in einem überraschenden Sonnenstrahl jäh in Gelb, Rot und Blau explodierten.

Im Augenblick hatte er das Gefühl, ein Grab zu graben; alles Graben ist wie der Anfang eines Grabes. Der Wind hatte den Strand vom Schnee befreit. Winter bückte sich und strich über das dünne Eis. Es war glatt wie Sand, es sah aus wie Sand, aus dem die Ruinen einer Sandburg ragten. Ein Turm stand noch und ein Großteil der Mauer. Die Kälte würde die Burg noch einen weiteren Monat erhalten. Vielleicht hatten zwei Kinder, die Erik und Anna hießen, sie gebaut und für die Nachwelt hinterlassen. Vielleicht hatten sie vorgehabt, im Frühling zurückzukommen und die Burg zu reparieren und auszubauen. Dann würde es eine ewige Burg werden. Im Sommer würde er mit Elsa und Lilly mit dem Rad hierherfahren und bei der Erhaltung und beim Bauen helfen. Bis dahin war es noch lang. Es war eine andere Welt, vielleicht eine bessere.

»Da sind wir also«, sagte sie.

»Keiner vertreibt uns«, sagte er.

»Ich kann mir vorstellen, was hier im Sommer los ist«, sagte sie.

Er wandte sich zum Land um. Der Berg auf der anderen Seite des Weges reckte sich wie eine geballte Faust in den

Himmel. Was hast du jetzt getan, Gott? Konntest du uns nicht wenigstens in diesem Paradies am Meer in Frieden lassen? Darf es denn nicht irgendwo noch einige Paradiese geben?

Er hörte sie etwas hinter seinem Rücken sagen.

»Wie bitte?« Er trat näher an sie heran. Er wusste, dass er ihre Worte hätte verstehen müssen. Das Sausen zwischen seinen Ohren kaperte die hohen Töne, ehe sie ihn erreichten. Aber sie sprach ziemlich leise.

»Vielleicht gehörte dieser Strand der Familie«, sagte sie. »Leute, die hierherkamen, kannten sie.«

»Ja.«

»Wir könnten zu ihnen gehen.«

»Ja.«

»Sie scheinen jedenfalls nicht zu uns kommen zu wollen.«

»Nein.«

»Hörst du mir zu?«

»Natürlich.«

»Du scheinst in Gedanken irgendwo anders zu sein. Du schaust mich nicht an.«

»Ich schaue die Stämme an, die zwischen den Inseln aus dem Sund ragen. Sie sehen aus wie Soldaten.«

»Soldaten?«

»Wir gehen zu dem Haus«, sagte er, drehte sich um und begann, die Felsen hinaufzuklettern. Ein vergessener Spielzeugeimer aus blauem Plastik rollte im Wind hin und her. Kürzlich hatte er einen Spaten in derselben Farbe gesehen, aus demselben Plastik. Er wollte nicht mehr sehen.

Als sie über den Fahrradweg zurückgingen, bemerkte er, dass sich die offene Rinne im Sund in der letzten halben Stunde geschlossen hatte. Bald würde man von der Ågrenska-Behindertenzentrale zu Fuß nach Lilla Amundö gehen können. Obwohl dort nicht alle gehen konnten.

Sie kamen an einem Verkehrsschild vorbei, auf dem eine erwachsene Silhouette die Silhouette eines Kindes an der Hand hielt, einen Kilometer lang bis zum Jachthafen sollten sie sich an der Hand halten. Überall Kinder, Kinder, Kinder, auf Bildern, in Gedanken, Erinnerungen. Dies ist mein erster Fall, dachte er. Vor diesem Fall habe ich nichts getan. Ein Fall wie dieser hat mich zurückgelockt. Meine Bitte wurde erhört. Etwas Größeres hätte ich mir nicht wünschen können.

Auf einen Felsen hatte jemand das Wort FRIEDEN gesprayt, weiß auf schwarz, meterhohe Buchstaben, die nicht wie ein gewöhnliches Graffiti aussahen. Die Sonne schien ihnen in die Augen. Sie wärmte fast. Gerda trug eine Sonnenbrille. Sie war professionell. Sie waren wieder beim Auto angelangt. Daneben lag Kiki II, zum Überwintern an Land gezogen, ein mittelgroßes Segelboot, dessen Fabrikat er nicht kannte. Viel hatte sich in der Branche geändert, seit er als Jugendlicher in den südlichen Schären gekreuzt war.

Er sah, dass sie etwas in weiter Entfernung betrachtete, den Kopf erhoben, die Sonnenbrille zur Sonne gerichtet.

»Da oben steht jemand«, sagte sie, ohne in die Richtung zu zeigen.

Auf einer Anhöhe von Stora Amundö sah er eine Gestalt, die dastand wie ein Soldat.

»Ich habe da schon eine ganze Weile jemanden stehen sehen«, sagte sie. »Total regungslos.«

»Spring rein«, sagte er und öffnete die Autotür.

Das Auto dort unten begann zu rollen, kreuzte zwischen den Booten an Land, ha. Er hatte zwei Personen auf dem Fahrradweg beobachtet, die dann in das Auto gestiegen waren. Jetzt fuhren sie wieder ab, er hatte alles gesehen, was sich bewegte, mehr brauchte er nicht zu sehen.

Jana schoss den Felsen hinunter zum Gehweg, an manchen Stellen war der Schotter schneefrei. Der Welpe schien den Weg zurück zur Brücke und zum Parkplatz zu kennen, auch etwas Angeborenes. Er brauchte dem Hund nur zu folgen. Jetzt war er auf dem Feld. Jana schaute sich nach ihm um. Lauf zu, Köter. Dies ist die Freiheit.

Winter parkte das Auto in der Nähe der Brücke. Nur ein einziges anderes Auto stand auf dem Parkplatz, ein weißer Toyota aus der Zeit, als das Jahrhundert noch jung gewesen war.

Sie betraten die Brücke. Die Gestalt war weg, Winter hatte sie verschwinden sehen, während er noch im Auto saß. Im Hinterkopf hatte er Stiche wie von Nadeln, er wusste, was das bedeutete.

»Wo ist er?«

Etwas in seiner Stimme ließ sie zusammenzucken.

»Dahinten bewegt sich etwas«, sagte sie nach einer Weile und zeigte zu dem Gehweg, zum Waldrand.

»Was?«

»Warte mal ... da läuft ein Hund!«

»Ich sehe ihn«, sagte er.

»Es ist ein Welpe.«

»Jetzt kehrt er um«, sagte Winter. »Er hat uns gesehen. Haben Hundewelpen gute Augen?«

»Keine Ahnung«, sagte sie.

Bis zu dem Hund waren es hundert Meter. Sie hatten die Brücke überquert und den vereisten Pfad erreicht. Der Welpe rannte den Weg zurück, auf dem er gekommen war.

»Ich glaube, es ist ein Collie«, sagte sie.

»Labrador und Collie.« Er schaute sie an. »Du sagst, du hast ein Bild gesehen.«

»Ein ziemlich unscharfes Foto vom Kopf. Mit Hunden

kenne ich mich nicht gut aus. Und die Entfernung ist zu groß.«

Man kann nicht in allem gut sein, dachte Winter und lief schon, stürmte über das Eis, schaffte zehn Meter, da stürzte er, Chaplin hätte es nicht besser hingekriegt. Oder Bambi. Er schlug mit der Hüfte und dem Schädel auf. Von ihr war kein Lachen zu hören. Das Publikum war zu klein. Langsam richtete er sich auf, das nächste Mal würde er Spikes tragen, aber mit Spikes konnte man vermutlich nicht rennen. Er rannte wieder, jetzt hatte er Schotter unter den Sohlen.

»Bleib bei der Brücke!«, schrie er und drehte den Kopf. »Ruf einen Wagen!«

Er wusste es. Es war jetzt, es war hier. Er wusste, wie nur Narren und Kinder etwas wissen können.

Jana war umgekehrt und zu ihm zurückgekommen, er hielt ihr die Schnauze zu. Jetzt war einer von denen dahinten, der Mann im Mantel, soweit er sehen konnte, Oberschichtmantel, losgesprintet, als wäre er plötzlich auf die Idee gekommen, ein Trainingsprogramm zu absolvieren, jetzt knallte der Idiot hin, richtete sich auf und lief weiter, genau auf ihn zu, auf sie zu, als ob er etwas von ihnen wollte.

Sie hatten sein Auto auf dem Parkplatz gesehen.

Jemand musste ihm gefolgt sein, als er die Rowdys vor dem Kaufhaus aufgeschlitzt hatte, musste den Angriff gemeldet haben. Es war wirklich passiert. Es war kein Traum. Nicht er war verrückt.

Er steckte Jana in seine Jacke und zog sich ein Stück tiefer unter die Bäume zurück. Der Köter verhielt sich still, in der Jacke war es vermutlich schön warm. Vielleicht war Jana eingeschlafen. Die Äste waren dicht mit Schnee bedeckt, der Mann, der da unten lief, konnte ihn nicht sehen, aber er sah ihn. Jetzt hatte der Kerl den Waldrand erreicht. Ein Bulle. Er lief immer noch, an ihm hing etwas, ein Schlips, der im Wind flatterte. Er sah aus, als wollte er irgendwo hin, aber niemand wusste, wohin, der Bulle jedenfalls nicht, lass ihn um die Insel rennen, sollte er sich doch den Schädel an den Felsen oder auf dem Eis einschlagen.

Der Bulle blieb stehen. Gleich würde er anfangen, mit seiner Legimitation vor den Bäumen zu wedeln. Haben Sie etwas gesehen? Es ist Ihre Pflicht, auszusagen. Was haben Sie gesehen?

Jana zappelte, und plötzlich sprang sie aus seiner Jacke. Er versuchte, sie an den Hinterläufen festzuhalten, aber sie schoss wie ein Hase zwischen den Bäumen davon. Bis zum Weg waren es höchstens dreißig Meter, jetzt überquerte ihn der Köter vor dem Bullen, der ihm mit dem Blick folgte, schaute dann aber wieder in seine Richtung, als könnte er durch Schnee, Eis und Bäume sehen. Der Mann kam einige Schritte näher. Vermutlich sah er die Spuren, natürlich gab es Spuren.

»Kommen Sie heraus!«, rief er. »Polizei.«

Ich antworte nicht. Warum soll ich antworten, er kann sich Jana schnappen, ich brauche sie nicht, sie ist einen Dreck wert.

»Ich möchte Ihnen nur ein paar Fragen stellen«, hörte er den Kerl rufen.

Ein paar Fragen. Erste Frage: Warum haben Sie die Jungen niedergestochen? Zweite Frage: Wie viele haben Sie niedergestochen? Irgendetwas in der Art. Auf so etwas beabsichtigte er nicht zu antworten. Er könnte auf andere Art antworten – wenn er den Bullen nur bis zum Auto kriegte, könnte er den Stahl herausnehmen und ihm eine richtig gute Antwort verpassen. Das war gar keine dumme Idee. Einfach vortreten und bis zum Auto so tun, als wäre er zur Zusammenarbeit bereit. Das Weib, das der Bulle dabeigehabt hatte, war vielleicht auch von der Polizei, aber sie war sicher nichts wert, war nur die Quotenfrau.

Jetzt kam der Köter zurückgelaufen, dem Kriminaler genau vor die Füße! Der Kerl kam gar nicht dazu, sich zu bewegen. Auf diesem Ausflug hatte Jana rennen gelernt. Sie sprang wieder auf seinen Arm. Sie wusste, wo sie hingehörte.

Von der anderen Seite der Bucht hörte er Sirenengeheul. Sie heulten für ihn. Was für eine Ehre. Die Dämmerung hatte eingesetzt, er sah das Blaulicht über den Himmel gleiten, sehr hübsch, aber es war Zeit, von hier zu verschwinden. Er drehte sich um und begann, zwischen den Bäumen durch den Schnee zu laufen. Zweige schlugen ihm ins Gesicht, er musste Jana mit beiden Händen festhalten und konnte die Zweige nicht zur Seite biegen, er spürte die scharfen, nassen Schläge, seine Augen fingen an zu tränen, er blinzelte mehrmals und rannte weiter. Das Wäldchen wurde lichter, er erreichte einen offenen Platz, und dort vorn glommen die Felsen im Licht des aufgehenden Mondes, Scheiße, wie schnell das ging, er merkte, dass er jetzt noch schneller lief, hinunter zur Badebucht und bald hinaus aufs Eis, bald über das Eis und zurück zum Festland. Ihm fiel ein, dass er eine Waffe bei sich hatte, das Messer steckte in seiner Manteltasche, er spürte, wie es darin hüpfte, zu allem bereit, stiletto, biletto nur weg hier, ganz gleich, was geschah.

Winter hatte es gerade noch geschafft, einen Fuß nach dem Hundewelpen auszustrecken, das war alles, und fast hätte er wieder die Balance verloren. Lange Beine, spitze Schnauze und weg, ehe man blinzeln konnte, zwischen die Bäume hinein, er hörte Schritte und ein Bellen und dann schwerere Schritte, die sich entfernten. Sie waren immer noch nah, es hörte sich an, als ob jemand wahnsinnig rannte, jemand, der ihm nicht begegnen, sich nicht zu erkennen geben, nicht auf ein paar Fragen antworten wollte.

Winter setzte sich wieder in Bewegung. Er folgte dem vereisten Gehweg. Wenn er bei jedem Schritt den ganzen Fuß aufsetzte, fand er auf dem Untergrund Halt. Bei jedem Schritt hatte er Schmerzen in den Fersen. Auf der anderen Seite der Insel heulte eine Sirene durch die Dämmerung. Soweit er sich erinnern konnte, machte der Weg ein Stück weiter hinter dem Hügel einen Bogen und führte scharf nach links zum Badeplatz hinunter, es waren nur wenige Hundert Meter, wenn der Typ die Richtung durch den Wald eingeschlagen hatte, könnten sie sich treffen.

Er lief weiter den Hügel hinauf, jede Sekunde konnte die Wade zum Teufel gehen, die Fersensehne; nach vier Läufen pro Woche zwischen Marbella und Puerto Banús war er gut in Form, doch ein Mann um die fünfzig brauchte für Aufwärmen und Stretching fast genauso viel Zeit wie fürs Laufen, und jetzt war er aus dem Stand losgelaufen.

Aber Füße und Beine hielten durch. Er war oben auf der Kuppe, hörte seinen eigenen Atem, riss sich im Laufen den Schlips ab, zerrte das Hemd am Hals auf und fühlte die Knöpfe wie ausgeschlagene Zähne in der Hand, zog den Mantel aus, strich sich die Haare aus den Augen, öffnete den Knopf des Jacketts, der eleganteste Läufer aller Zeiten auf Stora Amundö. Wenn er das schaffte, mussten sie in Sachen Läuferausrüstung umdenken.

Vor ihm leuchteten Felsen dumpf schimmernd auf. Jetzt stand der Mond am Himmel, Winter warf einen Blick nach oben, der Mond war voll, voller ging es nicht mehr, es würde eine Nacht für Werwölfe werden, sie hatte bereits begonnen. Er spürte sein Handy in der Brusttasche hämmern, es hämmerte in seinen Ohren, rauschte, das Adrenalin strömte zurück in seinen Kopf. Es war das Adrenalin, das ihn vor bald zwei Jahren fast umgebracht hätte, und er hoffte, dass es ihm jetzt helfen, ihn noch einige Schritte weitertragen würde. Er hatte schon die Bucht erreicht, stand an dem kleinen Strand, an dem er mit Elsa und Lilly Treibholz gesammelt hatte. Das Mondlicht wurde mit jeder Sekunde heller, das Eis glitzerte wie Silber, und da draußen bewegte sich nichts, es war wie ein leergefegter Meeresboden. Winter drehte sich zum Wald um, aber auch dort rührte sich nichts, er drehte sich wieder zur Eisfläche, und jetzt sah er weit draußen eine Silhouette, schwarz gegen all das Weiß und Silber, auf dem Weg in Richtung Lilla Amundö.

Winter stolperte aufs Eis hinaus, schlidderte vorwärts. Wenn er das hier schaffte, mussten sie auch in Sachen Hockeyausrüstung umdenken. Es waren hundert Meter bis zu der Gestalt, die sich auf die gleiche Art bewegte wie er, zwei Schritte vorwärts, einen rückwärts, einen seitwärts. Der Wind hatte das Eis wie für ein Schlittschuhrennen poliert. Der andere hatte einen Vorsprung, wenn er das Land erreichte, könnte er verschwinden, während Winter auf das Ufer zustolperte. Vielleicht hatten sie sein Auto, aber das konnte ebenso gut gestohlen sein.

Plötzlich blieb der andere da vorn stehen. Etwas bewegte sich über das Eis. Der Hund! Er hatte sich offenbar losgerissen, lief hin und her wie im Spiel, dies war kein Spiel. Winter glitt weiter, schob sich vorwärts wie ein Schlittschuhläufer, er hatte seine Technik gefunden, und die Silhouette vor ihm wurde zu einem Mann, der weiter auf die Insel zuging. Bis dorthin war es nicht weit, um den Hund kümmerte er sich nicht mehr, aber er bewegte sich sehr schnell, um der Gefahr zu entkommen, die ihn verfolgte, machte einen Grätschschritt und fiel auf den Rücken, Winter lag nicht mehr weit zurück, dreißig Meter, zwanzig Meter, er sah, wie der Mann aufstand und weiterlief, sich umdrehte, jetzt noch zehn Meter, er war stehen geblieben, er hielt etwas in der Hand, das auch wie Silber im Mondschein glitzerte. Winter wusste, was es war. Er blieb einige Meter entfernt von dem Mann stehen und griff nach der Pistole in seiner Armhöhle, der Mann schnellte auf ihn zu wie vom Wind geschleudert, Winter gelang es, die Waffe herauszuziehen. Als sich die Messerschneide zischend näherte, schmetterte er die Pistole wie eine Keule gegen den Arm dieses Teufels. Der Kerl ließ das Messer mit einem Schrei fallen, Winter schlug noch einmal zu, hörte, wie etwas in dem Arm krachte, ein wunderbares Geräusch, er schlug dem Mann auf den Hinterkopf, der Mann taumelte und fiel, Winter machte einen Schritt rückwärts, trat ihm in die Seite, trat, trat, hörte ein Geräusch, als würde an einem späten Sommertag, wenn es Zeit ist, nach Hause zu gehen, die Luft aus einer Luftmatratze gepresst, wenn die ganze Familie auf der Luftmatratze sitzt und lacht und furzt, Papa, Mama, die große Schwester, der mittlere Bruder, die kleine, kleine Schwester.

Jovan Mars war blind für die Welt, in der er lebte, und blind für alles, was ihn in der Zukunft erwartete. So sah es aus. Aber Halders war nicht sicher, er war nie sicher.

Er hatte nach dem Datum gefragt. Er musste von einem Datum ausgehen.

»Was haben Sie an jenem Abend gemacht?«

»Nichts.«

»Waren Sie allein?«

»Ja.«

Mars akzeptierte alles. Vielleicht wollte er weg. Er hatte nicht gefragt, warum er noch in der Skånegatan saß. Vielleicht war ihm noch nicht einmal bewusst, wo er sich befand. Es gab viele Erklärungen.

»Haben Sie an dem Abend mit jemandem gesprochen?«

»Nein.«
»In der Nacht?«
»Nein.«
»Was haben Sie in der Nacht getan?«
»Geschlafen.«
»Allein?«
»Ja.«
»Wann an dem Abend haben Sie mit jemandem gesprochen?«
»Hab mit niemandem geredet.«
»Wann während des Tages?«
»Kann mich nicht erinnern.«
»Am späten Nachmittag?«
»Erinnere mich nicht.«
»Wann haben Sie mit Sandra gesprochen?«
»Erinnere mich nicht.«
»Irgendwann am Abend?«
»Nein.«
»In der Nacht?«
»Nein.«
»Wann haben Sie das letzte Mal mit ihr gesprochen?«
»Erinnere mich nicht.«
»Versuchen Sie sich zu erinnern.«

Darauf antwortete Mars nicht. Während der Vernehmung hatte er nicht ein einziges Mal den Kopf gehoben. Er schien auf keine Frage zu reagieren.

»Wann haben Sie das letzte Mal mit Ihren Kindern gesprochen?«

Das war keine angenehme Frage. Verhörleiter war keine angenehme Arbeit. Halders war nicht der Beste, aber auch nicht der Schlechteste. Ihm fiel das Drumherumreden schwer, die Besten kreisten den Verhörten geschickt immer enger ein, näher und immer näher, drangen im Reden zum

Kern vor, wenn es einen Kern gab. Manchmal gab es nur eine Schale, wie bei einer Zwiebel.

»Erinnere mich nicht«, sagte Mars.

Scheiße, war der Kerl auf dem Weg in eine Psychose?

»Letzte Woche?«

Mars antwortete nicht.

»Warum haben Sie nicht mit Sandra gesprochen?«

»Kann mich nicht erinnern.«

»Hatten Sie Streit?«

»Ja.«

»Worüber haben Sie sich gestritten?«

»Hab ich vergessen.«

»Ging es um Ihren Job?«

»Ja.«

»Was war das Problem?«

»Hab ich vergessen.«

»Waren Sie zu häufig nicht zu Hause?«

»Ja.«

»War das etwas Neues für Sie beide?«

»Nein.«

»Worüber haben Sie sich diesmal gestritten?«

»Hab ich vergessen.«

»Was ist passiert?«

»Hab ich vergessen.«

»Was ist diesmal passiert?«

»Erinnere mich nicht.«

»Hat Sandra irgendetwas getan?«

»Nein.«

»Haben Sie etwas getan?«

»Nein.«

»Was war es dann?«

»Hab ich vergessen.«

»Hat Ihnen eine andere Person etwas getan?«

»Erinnere mich nicht.«

»Wer war es?«

Mars antwortete nicht. Jetzt hob er den Kopf. Sein Blick war wieder da. Die Chance ist vorbei, dachte Halders.

»Wann kann ich nach Hause?«, fragte Mars.

»Wenn das Gespräch beendet ist«, sagte Halders.

»Danke.«

»Aber Sie können noch nicht in das Haus zurückkehren, nicht für immer. Es ist ein Tatort.«

»Das weiß ich. Ich gehe zu meiner Schwester. In das Haus werde ich nie wieder zurückkehren.«

»Möchten Sie, dass jemand von uns Sie zu einem kurzen Besuch begleitet?«

»Warum?«

»Sie könnten uns helfen festzustellen, was fehlt.«

»Was fehlt?«

Halders nickte.

»Was sollte fehlen?«, fragte Mars.

»Genau das festzustellen sollen Sie uns doch helfen.«

»Woher soll ich das wissen?«

Du bist der Einzige, dachte Halders, nur du bist übrig, der sprechen kann.

»Ist Greta bei meiner Schwester?«, fragte Mars.

»Ich weiß es nicht. Aber bald.«

Mars verstummte. Sein Blick war wieder woanders.

»Haben Sie es getan?«, fragte Halders.

»Nein.«

8

Christian Runstigs Handgelenk war nicht gebrochen. Es musste eine Eisschicht gewesen sein, deren Knacken Winter gehört hatte, als er Runstig mit dem Pistolenlauf gegen den Arm schlug. Der Mann hatte über Schmerzen in der Seite geklagt, aber der Arzt, der mit im Krankenwagen gewesen war, hatte keine schwereren Verletzungen festgestellt, nur einige blaue Flecken an den Stellen, wo Winter Runstig getreten hatte, als der auf dem Eis lag.

Der Mann war bereit zum Verhör.

»Was machen wir jetzt mit der Anzeige?«, hatte Gerda Hoffner auf dem Weg zurück in die Stadt gefragt.

»Die ziehen wir natürlich durch«, hatte Winter geantwortet.

Das war offenbar eine dumme Frage, hatte Hoffner gedacht. Vielleicht verstehe ich es erst später.

Runstig saß Winter im toten Licht des unangenehmsten Verhörraumes gegenüber. In der neuen Welt war gespart worden, derselbe Raum im selben Keller. Das war eine Herausforderung für alle.

Die Videokamera lief, das Tonbandgerät auch.

Winter ging langsam die Formalitäten durch. Runstigs Identität war kein Problem, auch wenn er im Krankenwagen keine Personalien angegeben hatte. Er hatte nicht mehr über Schmerzen geklagt. Er hatte nichts gefragt. Er machte den Eindruck, als wüsste er schon, weswegen er festgenommen worden war.

Als ob schon alles vorbei wäre, dachte Winter, während er Runstig betrachtete, es ist vorbei, ehe es angefangen hat. Mein schlimmster Fall, mein schnellster Fall.

Runstig hatte ein normales nordisches Aussehen – blond und blaue Augen, etwa einsfünfundachtzig groß, vernünftige nordische Winterkleidung, winterfeste Schuhe, derberes Schuhwerk als Winter. Seine Augen fokussierten nicht, aber so war das bei jedem, der auf diesem Stuhl saß. Alle sahen aus, als würden sie sich von hier fortträumen. Je bessere Antworten sie gaben, umso schneller würde sich ihr Traum verwirklichen. Es konnte fünf Minuten dauern, es konnte fünf Stunden dauern, zehn Stunden, zehn Tage.

Winter hatte kein Gefühl für den Mann, der ihm gegenübersaß. Runstig war vermutlich geisteskrank, sehr gefährlich, aber das wussten sie noch nicht. Sie wussten, dass es nichts über ihn in der Verbrecherkartei gab, kein Wort. Sie wussten, dass er arbeitslos war, Vertreterjob, von Tür zu Tür, Telefon zu Telefon, das Mieseste vom Miesen. Sie wussten, dass er verheiratet war. Wo er wohnte. Dass er einen Hund hatte. Irgendwo hatte er den Hund gekauft. Einen Verkäufer gab es nicht mehr, der Verkauf und Erwerb bestätigen konnte, würde es nie mehr geben.

»Wo haben Sie den Hund gekauft?«, fragte Winter.

»Wo ist sie? Wo ist Jana?«

»Beantworten Sie meine Frage«, sagte Winter.

»Was hat Jana mit der Sache zu tun?«

»Mit welcher Sache?«, fragte Winter.

»Na, dem hier. Mit dem Grund, warum ich hier sitze.«

»Wo haben Sie sie gekauft?«, wiederholte Winter.

»Wo?«

»Ja. Wo?«

»Ich kann mich nicht an die Straße erinnern.«

»In welchem Teil der Stadt?«

»Es war … irgendwo im Süden. Bei der Insel.«

»Welcher Insel?«

»Amundö.«

»Haben Sie den Hund bei Amundö gekauft?«

»Das habe ich doch gerade gesagt. In einem Haus in der Nähe von Amundö. Heißt wohl Stora Amundö.«

»Wo liegt das Haus?«

»Habe ich es nicht eben gesagt?«

»Könnten Sie es uns zeigen?«

»Da bin ich nicht ganz sicher. Es war eine Holzbude unter anderen Holzbuden. Ich erinnere mich nicht mal genau, ob es wirklich aus Holz war.«

»Wie weit lag das Haus von der Insel entfernt?«

»Nicht weit.«

»Wie weit?«

»Tja, vielleicht hundert Meter.«

Runstig war ruhig. Die Fragen bereiteten ihm keine Probleme. Winters einziges Problem war, dass Runstig keine Ahnung zu haben schien, warum ihm diese Fragen gestellt wurden.

Vielleicht hatte er alles vergessen, hatte es schon vergessen, als er das Haus verließ. Das war nicht ungewöhnlich.

»Könnten Sie das Haus wiederfinden?«

»Haben Sie das nicht schon gefragt?«

»Ich frage noch einmal«, sagte Winter. »Könnten Sie es wiederfinden?«

»Vermutlich.«

»Warum sind Sie dorthin gefahren?«

»Was?«

»Warum sind Sie zu dem Haus gefahren?«

»Welchem Haus?«

»Dem Haus bei Stora Amundö. Das Haus, von dem wir hier reden.«

»Sie reden von dem Haus.«

»Warum sind Sie zu dem Haus gefahren?«

»Sind wir mit dem Thema nicht fertig? Ich habe doch den Welpen gekauft!«

»Wem haben Sie ihn abgekauft?«

»Der Person, die in dem Haus wohnte.«

In Runstigs Gesicht bewegte sich kein Muskel, keine Lachmuskeln, nichts. Winter kannte diese Art Typ, sie interpretieren Fragen wörtlich, jedenfalls manchmal, geben widersprüchliche Antworten im selben Verhör, als wenn ein Fußballtrainer auf die Frage vorm Spiel, wie seine Mannschaft gewinnen will, antworten würde: »Indem sie mehr Tore schießt als der Gegner.«

»Wer hat in dem Haus gewohnt?«

»Ich kann mich nicht an ihren Namen erinnern.«

»War es eine Frau?«

»Ich habe doch gerade ›sie‹ gesagt, oder?«

»War es eine Frau, die Ihnen den Hund verkauft hat?«

»Wie ich eben schon sagte.«

»Hielten sich noch mehr Personen in dem Haus auf, als Sie den Welpen gekauft haben?«

»Ich bin nur einmal dort gewesen.«

»Danach habe ich nicht gefragt.«

»Wie war noch die Frage?«

»Gab es noch mehr Personen im Haus?«

»Wann?«

»Entscheiden Sie selber, wann«, sagte Winter.

»Ich bin nur das eine Mal dort gewesen.«

»Wann war das?«

»Als ich Jana gekauft habe.«

»Hat sie Jana geheißen, als Sie sie gekauft haben?«

»Nein.«

»Woher kommt der Name?«

»Ich habe sie so getauft. Oder vielleicht meine Frau. Ich kann mich nicht erinnern.«

»Wie hat der Hund vorher geheißen?«

»Er hatte noch keinen Namen.«

»Woher wissen Sie das?«

»Die Frau, die ihn mir verkauft hat, hat es mir erzählt.«

»Wieso können Sie sich daran erinnern?«

»Keine Ahnung.«

»Warum hat sie Ihnen das erzählt?«

»Keine Ahnung.«

»Versuchen Sie sich zu erinnern.«

»Da war was mit Allergie«, sagte Runstig unvermittelt.

»Welcher Art?«

»Allergie, Allergie, gibt es mehrere Arten? Was hat ›Art‹ damit zu tun?«

»Warum hat sie die Allergie erwähnt?«

»Ich glaube ... die hatten den Hund noch nicht lange. Sie war allergisch. Sie hatten ihn noch nicht mal getauft.«

»Wer die?«

»Was?«

»Wer sind die anderen ›die‹?«

»Ich habe nicht alle gesehen.«

Winter spürte die vertraute kalte Berührung am Hinterkopf. Zwischen seinen Beinen zuckte es vor Kälte, er wusste nie, warum, hatte nie versucht, herauszufinden, warum; es geschah, wenn er einen Schritt tiefer in die Finsternis eindrang, als unterhalte sein Geschlechtsteil Kontakt mit dem Abgrund, als gehe es immer um Sexualität. Jetzt hörte er nichts zwischen den Ohren, es war zu dunkel, seine Ohren waren blind geworden, jetzt war er nur Jäger, der Teufel ihm gegenüber war ein Jäger.

»Wer sind die anderen?«

»Was?«

»Wen haben Sie noch getroffen?«

»Keine Ahnung.«

»Warum haben Sie sie dann erwähnt?«

»Ich habe nur geraten. Sie muss doch wohl einen Mann haben? Ich habe keinen blassen Schimmer, sie könnte auch geschieden sein, keine Ahnung. Ich nehme es zurück.«

»Sie haben aber mehrere Personen erwähnt.«

»Es war ein Fehler, okay? Mea culpa, okay? Mea maxima culpa.«

»Wen haben Sie noch getroffen?«

»Ich habe niemanden getroffen. Ich habe der Frau einen Köter abgekauft und bin wieder gegangen. Wovon reden wir hier eigentlich?«

Runstig schaute zu der Kamera, dem Tonbandgerät, als wäre von dort eine Antwort zu erwarten, aber die einzigen Antworten, die es gab, waren seine eigenen, und sie würden vielleicht wertlos sein, Winter wusste es immer noch nicht, fast nie wusste er es, bevor er es nicht immer wieder von vorn gehört hatte. Es ging nicht allein um die Worte, sie waren nur die äußere Hülle.

»Wen haben Sie noch in dem Haus gesehen?«

»Ihre Kinder. Ein paar Kinder.«

»Wie viele Kinder haben Sie gesehen?«

»Ein Paar, das hab ich doch gesagt. Ein Paar bedeutet zwei.«

»Wo waren sie?«

»Im Haus natürlich.«

»Wo im Haus?«

»Ich weiß es nicht, zuerst in der Diele, nachdem ich geklingelt habe, und dann wahrscheinlich im Wohnzimmer.«

»Waren Sie auch im Wohnzimmer?«

»Ich weiß nicht, wie die das nennen.«

»Von welchen ›die‹ sprechen Sie jetzt?«

»Was zum Teufel soll dieses verdammte Generve? Die, die in dem Haus wohnen! Ich weiß nicht, wer das im Einzelnen ist. Diese Familie geht mich einen Scheißdreck an. Ich hab denen einen Welpen abgekauft, das ist alles. Ist es ein Verbrechen, Welpen zu kaufen? Sonst kapier ich nicht, warum ich hier sitze. Vielleicht ist es den Schweden inzwischen verboten, Haustiere zu kaufen?«

Winter bemerkte ein Aufblitzen in Runstigs Augen. Er wollte dieses Blitzen nicht verfolgen. Es würde weit, weit von dem Haus fortführen. Runstig hatte angefangen, Flüche zu benutzen, was er bisher nicht getan hatte, er war erregt, das war er vorher nicht gewesen.

»Welche Zimmer haben Sie betreten?«

Runstig antwortete nicht.

»Sind Sie in mehreren Zimmern in dem Haus gewesen?«

»Nein, nur in einem, und das nicht lange. Also ... wenn jemand in das Haus eingebrochen ist, dann war ich es nicht.«

»Welches Zimmer war das?«, fragte Winter.

»Das Zimmer gleich hinter der Diele. Ich bin durch die Diele gegangen, und dort war das Zimmer, ein größeres Zimmer. Dort war der Welpe.«

»Ist Ihnen der Welpe nicht in der Diele entgegengekommen?«

»Ich kann mich nicht erinnern. Glaub ich nicht. Was spielt das für eine Rolle?«

Das Blitzen in Runstigs Augen war erloschen. Winter war nicht sicher, ob das gut war. Vielleicht hatte er einen Fehler begangen. Dies war ein interessantes Verhör. Runstig wich aus und redete um den heißen Brei herum. Was zum Teufel wollte er verbergen?

»Aus welchem Grund sind Sie ausgerechnet zu diesem Haus gefahren?«

»Ich wollte doch einen Hund kaufen, oder? Ist das nicht klargeworden in diesem Verhör oder wie man das nennen soll?«

»Woher haben Sie erfahren, dass es einen Welpen zu verkaufen gab?«

»Durch eine Anzeige.«

»Wo haben Sie die Anzeige gesehen?«

»In der *Göteborgs Posten.*«

»An welchem Tag?«

»Keine Ahnung. Gibt es Leute, die sich an so ein Datum erinnern können?«

»Was meinen Sie mit ›so ein Datum‹?«

»Datum, Datum, die sich an ein Datum erinnern können. An irgendeins.«

»Was haben Sie dann gemacht?«

»Was wann gemacht?«

»Was haben Sie getan, nachdem Sie die Anzeige gelesen hatten?«

»Hab natürlich angerufen.«

»Wer hat sich gemeldet?«

»Die Frau, die den Köter verkaufen wollte.«

»Die Frau, die Sie dann getroffen haben?«

»Ja.«

»Was haben Sie gesagt?«

»Ich habe gesagt, dass ich den Welpen kaufen will, der in der Zeitung angeboten wurde.«

»Haben Sie die Annonce noch?«

»Natürlich nicht.«

»Was hat sie geantwortet?«

»Daran kann ich mich nicht genau erinnern, nur, dass ich zu ihr rauskommen und mir den Köter ansehen könnte.«

»Wann war das?«

»Was?«

»Wann genau sind Sie zu ihr gefahren, nachdem Sie die Anzeige gelesen haben?«

»Am selben Tag. Ich wollte kein Risiko eingehen.«

»Was meinen Sie mit Risiko?«

»Dass ihn mir jemand anders wegschnappt, ist doch klar.«

»Haben noch mehr Interessenten angerufen?«

»Keine Ahnung.«

»Hat sie das gesagt?«

»Davon hat sie keinen Pieps gesagt.«

»Warum hatten Sie es so eilig?«

»Ich hatte es nicht eilig.«

»Aber Sie haben gedacht, andere könnten Ihnen zuvorkommen.«

»Keinen blassen Schimmer, hab das nur so vermutet.«

»Von wo haben Sie angerufen?«

»Was spielt das für eine Rolle?«

»Antworten Sie auf meine Frage.«

»Von zu Hause, vermute ich. Es muss von zu Hause aus gewesen sein.«

»Was für ein Telefon haben Sie benutzt?«

»Was?«

Du hast meine Frage verstanden, dachte Winter. Dies war ein Klassiker, um drei Sekunden Zeit zum Nachdenken zu gewinnen. Es ist zu wenig, immer ist es zu wenig, du hast dich entlarvt.

»Welches Telefon haben Sie benutzt?«

»Das Telefon zu Hause.«

»Festnetzanschluss?«

»Ja.«

»Nein«, sagte Winter.

»Was?«

»Nein, von dem Telefon haben Sie nicht angerufen.«

»Woher zum Teufel wollen Sie das wissen?«

»Von welchem Telefon haben Sie angerufen?«

»Tja … dann muss es wohl das Handy gewesen sein.«

»Das Sie bei sich hatten, als wir uns getroffen haben?«

»Getroffen?«

»Als Sie und ich uns getroffen haben. Das Handy, das wir vorübergehend an uns genommen haben.«

»Gibt es noch ein anderes?«

»Warum benutzen Sie eine Prepaid-Card?«

»Was?«

»Warum benutzen Sie eine Prepaid-Card?«, wiederholte Winter.

»Weil es kein Schwein etwas angeht, mit wem oder was ich telefoniere«, sagte Runstig.

»Warum nicht?«

»Sie sind wohl ein Anhänger des Überwachungsstaates«, sagte Runstig. »Deswegen muss ich aber nicht auch einer sein.«

Der Überwachungsstaat kann von beiden Seiten angegriffen werden, von rechts und von links, dachte Winter, so muss es sein, wenn wir nicht unter Terrorherrschaft leben wollen, für alle Zeit, dem Terror der Diktatoren.

»Aber jetzt lassen wir den Bullshit«, fuhr Runstig fort.

Winter nickte. »Meinetwegen gern. Bullshit ist nicht gut.«

»Ich habe es getan«, sagte Runstig. »Ich habe sie niedergestochen. Aber das wissen Sie ja schon. Das hier ist doch alles Quatsch.«

Er machte eine Handbewegung zum Tisch, den Wänden, Stühlen, der Kamera, dem Tonbandgerät, Winter. Quatsch.

»Erzählen Sie«, sagte Winter. Die Zeit für offene Fragen war gekommen, jetzt öffnete sich alles. Sie waren schon an dem Punkt, wo sich alles vor ihnen ausbreitete.

»Da gibt es nichts zu erzählen. Ich habe sie niedergestochen. Den Rest wissen Sie.«

»Wir wissen fast nichts«, sagte Winter. »Erzählen Sie von Anfang an. Wann haben Sie die Anzeige gesehen?«

»Die Anzeige?«

»Wollten wir nicht mit dem Bullshit aufhören? Die Anzeige in der *Göteborgs Posten.*«

»Was hat das mit den Jungen zu tun?«, sagte Runstig.

»Mit welchen Jungen?«

»Den Jungen, die ich niedergestochen habe. Oder dem Jungen. Das müssen Sie verdammt besser wissen als ich.«

»Was für ein Junge?«

»Wollen Sie mich verarschen, lassen Sie mich einfach gestehen und dann raus aus diesem verdammten Zimmer, damit ich Sie nicht mehr sehen muss!«

»Was wollen Sie gestehen, Herr Runstig?«

Es war das erste Mal, dass Winter ihn mit seinem Namen ansprach. Es war ein merkwürdiges Gefühl, so ein bizarrer Nachname.

»Dass ich diesen Abschaum auf dem Opaltorget niedergestochen habe!«

Winter schaute das Tonbandgerät an, das auch ganz verwundert aussah. Keine weiteren Personen als sie beide befanden sich im Zimmer, nicht bei diesem Verhör.

Runstig beugte sich vor. Das Blitzen in seinen Augen, das zurückgekehrt war, suchte Winters Blick.

»Bin ich nicht deswegen hier?«, fragte Runstig.

»Verfolgen Sie keine Nachrichten?«

»Genau das habe ich getan. Nicht ein Wort davon!«

»Kein Wort wovon?«

»Vom Opaltorget.«

»Es geht nicht um den Opaltorget«, sagte Winter. Er dürfte es nicht sagen, aber jetzt war er dazu gezwungen. »Es geht um Amundö.«

»Ich weiß ni …« Runstig brach mitten im Wort ab.

Winter nickte, vielleicht würde es ermunternd wirken.

»Was zum Teufel«, sagte Runstig.

Winter nickte wieder.

»Nein, nein, nein«, sagte Runstig.

Wieder nickte Winter.

»Ich habe das keinen Moment miteinander in Verbindung gebracht«, sagte Runstig. In seinen Augen war immer noch ein Glitzern, ein Aufblitzen von irgendeiner Art Intelligenz.

»Haben was nicht miteinander in Verbindung gebracht?«

»Ich wusste es nicht. Keine Ahnung, ich schwöre. Ich habe keine Suchmeldung nach … nach dem Käufer gesehen. Nach … mir.«

»Sie wird heute Nachmittag veröffentlicht«, sagte Winter.

9

Runstig ruhte sich in seinem »Zimmer« aus, ein neuer Name, nach Renovierung des Präsidiums hatte es jemand so genannt, das Personal hatte ihn übernommen, und niemand wusste, warum. Aber die Zellen im Untersuchungsgefängnis waren dieselben, unberührt von der Renovierung, immer noch dumpf tönender Gewahrsam zum Nachdenken und zur Reue. Wenn das Wenn nicht gewesen wäre, wenn ich in eine liebevolle Familie hineingeboren worden wäre, wenn ich bessere Gene geerbt hätte, wenn ich nie angefangen hätte zu rauchen.

Halders betrachtete Runstig durch das Guckloch. Runstig saß auf der Pritsche und starrte auf die Wand. So saßen sie alle da. An sich sagte das nichts aus. Aber Halders sah, wie Runstig aufstand und sich umschaute, als ob er nur auf der Durchreise wäre. Er war schuldlos. Halders wandte sich von der Tür ab. Hinter ihm stand Winter.

»Ist er verrückt?«, fragte Halders.

»Vermutlich«, sagte Winter.

»Vielleicht genügt die kleine Untersuchung seines Geisteszustandes«, sagte Halders. »Aber er hat immerhin einen Polizisten angegriffen.«

»Das ist womöglich sein einziges Vergehen«, sagte Winter.

»Sein größtes von allen.«

»Aber das einzige.«

»Und was ist mit dem Opaltorget?«, fragte Winter.

»Hast du irgendwas davon gehört, dass dort eine Messerstecherei stattgefunden hat?«

»Nein.«

»Hat sich eine Bande allein um ihre Verletzten gekümmert?«, sagte Winter.

»Nein, nein. Es gibt immer Zeugen. Es war doch Nachmittag. Die Geschäfte hatten geöffnet.«

»Das hat er jedenfalls behauptet.«

»Runstig hat geträumt«, sagte Halders. »Faschisten haben ständig Tagträume.«

»Hat er sich auch durch das Haus in Amundövik geträumt?«

»Das ist die große Frage, Chef.«

Selbstverständlich hatten sie Runstigs Speichelproben genommen. Das erste Resultat war negativ. Aber das hatte im Moment nichts zu bedeuten. Die Suche würde weitergehen. Sie dauerte nun schon sechs Tage.

»Man kann jemanden umbringen, auch ohne die betreffende Person vorher zu bumsen«, sagte Halders.

»Das ist ungewöhnlich«, sagte Ringmar.

»Ich weiß, ich weiß. Der Sexualtrieb ist das Schlimmste, was es gibt.«

Aneta Djanali war nicht dabei. Vielleicht war Halders deswegen in seinen alten Jargon verfallen. Irgendwie hatte Winter den vermisst, jedenfalls in kleinen Dosen hatte er ihn vermisst.

»Es war also ein anderer«, sagte Ringmar.

»Aber nicht Jovan Mars«, sagte Halders.

Mars' DNA stimmte nicht mit dem Sperma überein, das

man bei Sandra gefunden hatte. Das hatte in der Voruntersuchung noch nichts zu bedeuten, durfte nichts bedeuten. Alle waren weiterhin schuldig, bis das Gegenteil bewiesen war, so jedenfalls arbeitete Winter, und alle anderen, auf die er Einfluss hatte, arbeiteten genauso. Sie arbeiteten auf diese Art und Weise gegen das Gesetz. Es war die einzige Art und Weise.

»Es war Mars, es war Runstig, es war X«, sagte Winter. »Ich habe noch gar nicht richtig angefangen, mit Runstig zu sprechen.«

»Was Neues von der Spurensicherung?«, fragte Halders.

»Torsten überprüft gerade die Schlüssel«, sagte Winter. »Es gibt ein Schlüsselbund, das Sandra gehört haben könnte, mehrere Schlüssel zur Haustür und noch ein Schlüsselbund, das vielleicht den Kindern gehört hat. Es können auch Schlüssel fehlen, darüber müssen wir mit Jovan Mars sprechen.«

»Fußspuren im Schnee?«

»Nur deine«, sagte Winter.

»Ha, ha.«

»Es hat geschneit«, sagte Ringmar.

»Leider erst danach«, sagte Winter. »Wenn es Spuren gegeben hat, dann sind sie in den Tagen zwischen den Morden und der Entdeckung verlorengegangen.«

»Als wir kamen, waren Spuren da«, sagte Halders.

»Torsten untersucht alles, was er hat. Dann haben wir ja noch den Zeugen, Robert Krol.«

»Kein Nachbar hat ein verdächtiges Auto bemerkt, jedenfalls kann sich keiner erinnern«, sagte Ringmar.

»Keiner der Nachbarn hat auch nur irgendwas gesehen.«

»Wir haben massenhaft Fingerabdrücke, aber allein von der Familie.«

»Der Exfamilie«, sagte Halders.

»Es ist immer noch eine Familie. Zwei Personen sind eine Kernfamilie.«

Halders nickte. Er gehörte selber einer Exfamilie an. Seine Exfrau Margareta war vor sieben Jahren von einem Betrunkenen überfahren worden. Seine Kinder waren noch sehr klein gewesen. Manchmal kam es ihm vor, als wären sie noch so klein gewesen, dass sie kaum zu sehen waren.

»Was ist mit der Kleinen?«, fragte Ringmar.

»Auf dem Weg zu Mars' Schwester in Hagen«, sagte Winter. »Vielleicht schon dort.«

»Wann hat sie das letzte Mal Flüssigkeit bekommen?«, sagte Halders. »Milch? Konnte uns das Sahlgrensche in dem Punkt weiterhelfen?«

»Nein, eigentlich nicht«, antwortete Winter. »Es kann sich um zwei Tage handeln, dann hat es auf der Kippe gestanden, dass das Kind überlebt, fast eine Sensation, mehr Tage können es nicht sein. Wenn wir nach den Zeitungen im Briefkasten gehen, waren es drei Tage.«

»Der Mörder hat sich gekümmert«, sagte Halders.

»Ich glaube auch, dass er zurückgekommen ist«, sagte Hoffner.

»Das ist ja total krank«, sagte Halders.

»Ein Leben hat er gerettet«, sagte Hoffner.

»So kann man es auch sehen!«

»Du brauchst gar nicht zu lachen.«

»Habe ich gelacht? Wann habe ich gelacht?«

»Wenn wir wissen, warum er zurückgekommen ist, wissen wir, was wir wissen müssen«, sagte sie.

»Wenn wir das wissen, sitzt er in Untersuchungshaft«, sagte Halders.

»Vielleicht sitzt er schon«, sagte Ringmar.

»Vermutlich«, sagte Halders.

»Wir haben nur einen Satz deutlicher Fingerabdrücke an den Zeitungen«, sagte Winter.

»Ja, des Zeitungsboten.«

Halders lachte auf, schüttelte kurz den Kopf über sich selbst.

»Aneta hat mit ihm gesprochen«, sagte er nach einer Weile. »Ihm ist aufgefallen, dass alte Zeitungen im Briefkasten steckten.«

»Wenn die Morde vor mehr als drei Tagen passiert sind, deutet es darauf hin, dass jemand Zeitungen aus dem Kasten genommen hat«, sagte Winter.

»Der Mörder«, sagte Halders. »Sie liegen bei ihm zu Hause.«

»War ihm klar, wir würden wissen, dass das Baby ohne Hilfe nicht überleben konnte?«

Niemand antwortete.

Winter fuhr in westlicher Richtung, passierte den Schlosswald, bog in die Margretebergsgatan, in die Kungsladugårdsgatan ein. Am Mariaplan sah er, dass Robert Maglia ein neues Restaurant eröffnet hatte, »Enoteca Maglia«. In Kungshöjd hatte Robert das »1965« betrieben, Winters und Angelas Lieblingsrestaurant, gleich gegenüber von ihrer Wohnung. Damals hatten sie noch keine Kinder gehabt, und Winter war noch ein junger Mann gewesen.

Er parkte vor dem Haus in der Fullriggaregatan. Er sah die Spielhütte. Hier hatte er die entscheidenden Jahre seines Lebens verbracht. In der Spielhütte hatte er das erste Mal allein in einem Haus geschlafen, das etwas abgeschieden stand. Das erste Mal in einem Schlafsack. Zum ersten Mal onaniert hatte er in der Hütte, an einem Sommerabend, ein heftiger, schöner jäher Schmerz zwischen den Beinen, Sperma auf seiner Hand. Er hatte noch nicht gelernt, die Hand vor dem Erguss zu schützen. War er elf gewesen? Zwölf? War das früh oder spät im Leben? Der Sexualtrieb ist das Schlimmste, was es gibt, hatte Halders vor einer Stunde gesagt. Es stimmte und war doch falsch. Als er das erste Mal ein Mädchen an der Brust berührt hatte, war es in der Spielhütte geschehen. Sie hatten Vater, Mutter und Kind gespielt, aber es gab keine Kinder. Sie hatte fast noch keine Brüste. Über seiner Peniswurzel wuchsen kaum Haare.

Die Haustür stand schon offen. Lotta hatte ihn durch das Küchenfenster kommen gesehen, von dort hatte man alles im Blick. Sie hatte das Haus ihrer Kindheit übernommen, in dem sie nun allein lebte. Bim und Kristina wohnten nicht einmal mehr in Göteborg. Ihr Exmann, Benny Vennerhag, lebte noch. Leider.

Seine kleine Schwester.

Er stieg aus dem Auto und öffnete die Gartenpforte.

Lotta umarmte ihn, als sie sich auf halbem Weg im Flur mit den Steinfliesen begegneten, die es immer gegeben hatte, seit Millionen Jahren gab es sie.

»Ich hatte nicht eher Zeit, dich zu besuchen«, sagte er.

Sie saßen in der Küche. Es roch, wie es immer gerochen hatte, Düfte, die ihn sofort in die Vergangenheit zurückversetzten, nur Düften gelang so etwas.

»Ich habe darüber gelesen«, sagte sie. »Grässlich. Entsetzlich.«

Er nickte.

»Und du bist mittendrin gelandet.«

»Ich weiß nicht, ob ich darin ›gelandet‹ bin.«

»Du weißt, wie ich das meine. Du bist mittendrin.«

»Ja.«

»Hat dich das zurückgezogen, Erik?«

»Ja.«

»Du bist ein Schwein«, sagte sie mit einem kleinen Lächeln.

»Ich weiß. Aber ich würde alles dafür geben, wenn keiner von ihnen hätte sterben müssen. Das klingt zwar wie eine Phrase, aber ich meine es so.«

»Entschuldige, Erik.«

»Ich meine es so«, wiederholte er.

»Entschuldige, wenn ich das sage, aber du siehst ziemlich müde aus.«

»Ich schlafe schlecht.«

»Du hast noch nie gut geschlafen.«

»Die Träume sind wieder da.«

»Welche Träume?«

»Die schlimmsten Alpträume. In Marbella sind sie nach einiger Zeit verschwunden.«

»Bist du nicht deswegen dorthin gezogen?«

»Das war einer der Gründe.«

»Überhaupt, meine ich.«

»Marbella hat mir nicht geholfen.«

»Und deswegen bist du zurückgekommen.«

»Ich bin erst fünfzig, gute fünfzig.«

»Umso wichtiger, dass du sorgsam mit deinem Leben umgehst.«

»Dies ist mein Leben.«

Sie gingen in den Garten. An einigen Zweigen hingen erfrorene Äpfel, fünf Äpfel, drei Zweige. Es sah aus wie ein Kunstwerk. Der Schnee lag vierzig Zentimeter hoch und war kaum berührt. In seiner Kindheit war hier nichts unberührt geblieben. Und als Lottas Kinder noch zu Hause lebten, hatten sie überall Engel gemacht, wenn Schnee lag. Er selber hatte Engel gemacht und Elsa, Lilly und Angela, ein Engel neben dem anderen. Wenn es kalt wurde, froren die Seelen der Engel in den Figuren fest, blieben im Winterland. So hatte er es sich zurechtgelegt, als Elsa ihn einmal nach Engeln gefragt hatte. Er hatte ihr nicht von seinen Gedanken erzählt. Er war verlegen gewesen, als hätte er etwas gedacht, was niemand verstehen würde. Wenn es um die Seele ging, blieb alles unverständlich. Sie hatte einen Namen, aber sonst gab es nichts, von dem irgendjemand etwas wusste.

Er konnte das Haus sehen, in dem Greta Mars weiterleben würde. Es war rot gestrichen, ein Holzhaus, in dieser Straße gab es nicht viele rote Häuser. Er wusste nichts von dem Haus, nicht, wer dort lebte. Er fragte Lotta.

»Eine Familie. Sie wohnt noch nicht lange hier. Lager ... berg, glaube ich. Ich erinnere mich im Augenblick nicht an die Namen der Kinder, zwei Kinder. Familie Lagerberg. Ist das wichtig?«

»Es kommt noch ein Kind dazu. Vielleicht eine Familie, eine Familie, die aus zwei Personen besteht.«

»Wovon redest du, Erik?«

Lotta Winter blieb vor der Spielhütte stehen. Auf dem Dach lag eine dicke Schneeschicht, festgefroren wie eine weiße Haut. Lotta öffnete die Tür.

»Es kommt näher«, sagte sie. »Alles kommt näher.«

»Hoffentlich sprichst du nicht vom Bösen.«

»Ich weiß nicht, wie ich es nennen soll.«

»Es wird das Böse genannt, aber ich weiß nicht, was das Böse ist«, sagte er. »Ich habe mein Leben damit verbracht, es verstehen zu wollen, aber es ist mir nicht gelungen. Ein bisschen hier, ein bisschen da, aber das ist auch alles.«

»Verstehen? Musst du es verstehen, Erik? Das wäre ja übermenschlich.«

»Das ist mein Job, ich beschäftige mich mit Übermenschlichem. Oder Untermenschlichem, die Bezeichnung trifft es wohl besser.«

»Dann mach deinen Job und versuche, alles andere von dir fernzuhalten. Der Job genügt. Es reicht, wenn du dieses Monster schnappst.«

»Das Monster?«

»Wie zum Teufel soll man es sonst nennen?«

Sie waren in die Spielhütte gekrochen und waren wieder hinausgekrochen. Dort drinnen roch es nach Feuchtigkeit und Holz, und nach etwas Trockenem, das in eine andere Zeit gehörte, vielleicht ein Rest von Sommer, der für immer in den Balken nisten würde, wie der Duft nach Kindheit, der niemals verschwinden würde, ganz gleich, was in dem verdammten Erwachsenenleben geschah.

»Wir haben eine Person in Untersuchungshaft genommen«, sagte Winter.

»Was bedeutet das?«

»Dass es nicht für den dringenden Tatverdacht ausreicht. Dass wir ihn freilassen müssen.«

»Und was hältst du davon?«

»Ich weiß es tatsächlich nicht.«

»Warum zögerst du?«

»Es ist wie immer«, antwortete er. »Es ist ein Gefühl.«

»Die Intuition.«

»Oder Phantasie«, sagte er. »Oder der Mangel an Phantasie.«

»Unter Phantasiemangel leidest du jedenfalls nicht, Erik.«

»Jedenfalls«, wiederholte er und lächelte.

»Wann wirst du ihn wieder vernehmen?«

»In einer Stunde.«

Winter ging in seinen eigenen Spuren durch den Garten. Ein Flüchtling kreuzt seine Spur, dachte er. Das ist der beste

Buchtitel der Welt. Dieser Schriftsteller Sandemose muss ein echtes Schwein gewesen sein.

Angela rief an, als er über den Långedragsvägen fuhr. Er kam an der Schule von Hagen vorbei, die einen Anbau bekommen hatte. Das war genauso wichtig wie die Renovierung des Polizeipräsidiums, wahrscheinlich noch wichtiger. Die Kinder hatten Pause, mindestens an die tausend Kinder. Das Geschrei und Lachen durchdrang sogar seinen Tinnitus. Er hörte das Handyklingeln nicht, aber er fühlte die Vibrationen in der Brusttasche seines Jacketts, wie ein Herz, das rechts schlug. Aber man kann nur ein Herz haben.

»Hallo, Liebling.«

»Wo bist du, Erik? Kannst du reden?«

»Sitze im Auto. Der beste Ort, um über Handy zu telefonieren gemäß der schwedischen Gesetze. Ich war gerade bei Lotta.«

»Kannst du irgendwo anhalten?«

Ihre Stimme klang gepresst, als ob etwas passiert wäre, und sein Herz begann zu hämmern, mitten in der Brust.

»Warte.« Er überquerte die Hästeviksgatan und parkte vor dem Supermarkt.

»Ist etwas passiert, Angela? Die Kinder?«

»Nein. Es geht um Siv …«

Er hörte, wie sie zögerte.

»Was zum Teufel hat sie nun wieder angestellt?«

»Du sagst, du warst bei Lotta.«

»Was ist mit Siv?«

»Sie hat doch diese undefinierbaren Rückenschmerzen gehabt …«

»Du brauchst mir nichts zu erklären, Angela. Wie lautet die Diagnose?«

»Lungenkrebs.«

»Oh, Scheiße.«

»Wir kommen gerade vom Röntgen. Aber es lagen schon einige Testergebnisse vor.«

»Warum hast du mich nicht eher informiert?«

»Es ist nur wenige Tage her, Erik. Bitte, bleib ruhig.«

»Ich bin ruhig. Wie geht es Mutter jetzt?«

»Sie ist auch ruhig.«

»Wie viel Zeit bleibt ihr?«

»Unmöglich zu sagen.«

»Du bist doch Ärztin. Du musst doch eine Meinung haben.«

»Nein.«

»Aha.«

»Es gibt nicht einmal einen ... Therapieplan. Ich weiß nicht, ob der Tumor operabel ist. Zellgifte ... ich weiß noch nicht, jetzt muss vieles entschieden werden, bald.«

»Ist sie sich bewusst, dass es mit Tanqueray & Tonic vorbei ist, wenn die Zellgifte die Herrschaft übernehmen?«

»Sie ist sich über alles im Klaren«, sagte Angela.

Ihre Stimme klang müde, und er meinte, stille Verzweiflung herauszuhören.

»Morgen nehme ich einen Flieger zu euch«, sagte er.

»Geht das denn?«

»Sie kann eine Lungenentzündung bekommen und übermorgen sterben«, sagte er. »Weiß der Teufel, was noch alles passiert. Wenn sie wenigstens einen Versuch unternommen hätte, mit dem Rauchen aufzuhören.«

»Als wir nach der Untersuchung nach draußen kamen, hat sie sich eine Zigarette angezündet.«

»Na klar.«

»Um ihre Nerven zu beruhigen, wie sie sagte.«

»Die Alte ist wie ein Narkomane.«

»Nenn sie nicht Alte, Erik.«

»Es bleibt doch in der Familie«, sagte er. »Ich versuche, einen Platz in dem norwegischen Flieger morgen früh um acht zu kriegen. Sonntag geht auch noch einer, zwanzig vor sieben.«

»Danke, Erik.«

»Ich wollte ja sowieso nächste Woche zu euch kommen«, sagte er.

»Kannst du denn jetzt alles stehen und liegen lassen?«

»Wir haben einen Verdächtigen gefasst«, sagte er.

10

Eine Eisjacht glitt über die Ganlebucht. Ringmar fuhr am Hafen entlang, das Segel dort draußen leuchtete rot im Sonnenuntergang, die Sonne versank wie Feuer im Eis, am Horizont stand Rauch.

Die Eisjacht drehte ab und verschwand hinter einigen Buckeln in der Bucht. Die Buckel hatten Namen, aber Ringmar hatte sie vergessen, und in diesem Augenblick irritierte ihn das, er bildete sich ein, die Schären da draußen genauso gut zu kennen wie ein Taxifahrer, der seinen Preis wert war, meinte, alle Straßen zu kennen.

Er ordnete sich in den Kreisverkehr ein, kreuzte durch die Straßen und parkte bei einem Fußballplatz. Der Wind hatte den Schnee stellenweise verweht, und Schotter glühte rot wie Erde in einem anderen Land weit im Süden. Wie zum Beispiel in Malaysia. Sein Sohn Martin war Küchenchef im Hotel Shangri-La in Kuala Lumpur. Sie hatten keinen Kontakt.

Als er sich von seinem Auto entfernte, begegnete er einem Jungen, etwa zehn, elf Jahre alt, der einen Fußball unter dem Arm trug. Der Junge nickte ihm zu, ein gut erzogener Junge.

»Pass auf, dass du nicht ausrutschst«, sagte Ringmar und blieb stehen.

»Ich will nur aufs Tor schießen«, sagte der Junge und ging weiter.

»Es hat ja gar kein Netz«, sagte Ringmar.

»Hat es noch nie gegeben«, sagte der Junge und drehte sich im Gehen um.

»Scheiße«, sagte Ringmar.

Der Junge setzte seinen Weg fort, ohne ein Wort zu sagen. Ringmar dachte, er sollte bei der Freizeitverwaltung anrufen, oder wie die nun heißen mochte. War Schweden ein Entwicklungsland, oder was? Waren sie denn in Malaysia? Aber Malaysia war vermutlich reicher als Schweden, Martin verdiente doppelt so viel wie er, davon war er überzeugt. Er würde selber ein Netz für diesen Platz besorgen, würde es aus dem Ullevi Stadion klauen.

Er hatte das Haus erreicht. Zwei neutrale Dienstwagen standen davor. Die Spurensicherung war noch da, zusammen mit zwei Technikern. Sie müssten jetzt eigentlich fertig sein. So was nannte man Kommunikationsmissverständnis. Liv Runstig war gerade von der Vernehmung im Polizeipräsidium nach Hause gebracht worden, oder von dem Gespräch. Aneta hatte mit ihr gesprochen. Ringmar hatte das Band im Auto abgehört; es war nicht viel zu hören gewesen, überwiegend Stille, Atemzüge, die wie leises Weinen klangen.

Es war eines der kleineren Häuser in der Straße, das einzige, das noch mit Eternit isoliert war. Die Nachbarn hatten ihre Isolierung ausgetauscht, schön blöd. Es gibt nichts, was wie Eternit schützt, das darin enthaltene Gift schadet erst, wenn man den Scheiß abreißt. Vielleicht war Runstig ein kluger Mann. Mal sehen, wie klug seine Alte ist. Das ist nur Jargon, Bertil. Seine Frau, du musst sie als seine Frau betrachten, Gattin, vor Gott getraut.

Ringmar stieg gemauerte Treppenstufen hinauf, die an den Rändern bröckelten.

Sie öffnete nach dem zweiten Klingelton, sie musste ihn schon gesehen haben; eine Gardine hatte sich am Fenster bewegt, ein Schatten.

Er stellte sich vor und hielt ihr seinen Ausweis hin.

»Ich habe Sie eben angerufen«, sagte er, »entschuldigen Sie bitte, dass wir Sie noch einmal belästigen müssen.«

»Kommen Sie herein«, sagte sie. »Liv Runstig«, sagte sie, aber da hatte sie sich schon umgedreht.

Er folgte ihr durch eine Diele, die enger und kürzer war als die Diele in dem Haus in Amundövik. Das war ein Vergleich ohne Bedeutung, aber wie sollte man ihn vermeiden.

Er nickte einem der Techniker in der Diele zu. An seinen Namen konnte er sich nicht erinnern. Das irritierte ihn. Liv Runstig schien den Kollegen gar nicht zu bemerken.

Sie standen im Wohnzimmer. *Living room* sagten sie in England, das war eine passendere Bezeichnung, ein lebendes Zimmer, oder ein Zimmer für die Lebenden. Liv Runstig zeigte auf einen der beiden Sessel. Er setzte sich und konnte trotzdem noch durch das Fenster, das fast bis zum Boden reichte, nach draußen sehen. Der Junge schoss gegen die nackten Torpfosten. Er hätte einen Kumpel dabeihaben sollen, der die Bälle zurückwarf. Nun dauerte es länger, den Ball hinter dem Torskelett zurückzuholen, als zu schießen. Bertil dachte an die Zeit, in der er vom Hügel in Bräcke Ski runtergefahren war; es hatte länger gedauert hinaufzustapfen, als abwärts zu fahren, sehr viel länger.

»Er hat nicht getan, was Sie glauben«, sagte Liv Runstig.

»Noch glauben wir gar nichts«, sagte Ringmar.

»Warum ist er dann nicht zu Hause?«

»Wir müssen ihm noch mehr Fragen stellen«, sagte Ringmar.

Ich habe das Gefühl, mit einem Kind zu reden, dachte er. Oder es klingt wie die simple Nachrichtenzusammenfassung abends um sechs für Langsamdenker. Oder als redete ich mit jemandem, der meine Sprache nicht versteht.

»Deswegen bin ich hier«, sagte er. »Ich möchte Ihnen einige Fragen stellen.«

»Ja, das haben Sie schon am Telefon gesagt. Aus dem Auto. Aber ich habe doch gerade Fragen beantwortet.«

Der Junge dort draußen holte sich wieder den Ball zurück. Aus ihm würde vielleicht was werden, ein Profi. Nur wer seine eigenen Bälle zurückholte, wurde Profi.

»Wann kommt Jana wieder?«, fragte sie. »Sie wird doch nicht wegen irgendwas verdächtigt?«

Ringmar sah kein Lächeln in ihrem Gesicht. Es war ein Scherz, der kein Scherz war.

»Ich weiß es leider nicht«, sagte er.

»Kümmert sich jemand um sie?«

»Natürlich. Sie muss jeden Augenblick zu Ihnen zurückkommen.«

»Was bedeutet das? Jeden Augenblick?«

»Sehr bald.«

»Sie wollen Antworten haben, aber wenn man Sie etwas fragt, bekommt man keine richtigen Antworten.«

»Ich werde mich informieren, wann Jana nach Hause kommt.«

»Und wann kommt mein Mann nach Hause?«

»Das weiß ich noch nicht genau, sehr bald, nehme ich an.«

»Man müsste mir erlauben, ihn zu treffen.«

Sie drehte sich um, schaute aus dem Fenster zu dem Jungen, der harte Schüsse aufs Tor trainierte. Er musste weit laufen, um den Ball zu holen. Sie schien einen Fremden zu betrachten. Ringmar wusste nicht, ob sie Kinder hatte.

»Wann haben Sie und Ihr Mann zum ersten Mal darüber geredet, einen Hund anzuschaffen?«, fragte er.

»Wir haben nie darüber gesprochen«, sagte sie.

»Wieso nicht?«

Sie zuckte leicht mit den Schultern, eine kaum sichtbare Bewegung. Sie war selber ... kaum sichtbar, nur ein Schatten. Fast durchsichtig. Ihm kam es vor, als könnte er den Jungen auf dem Fußballplatz durch sie hindurch sehen, obwohl sie auf dem Sofa vor dem Fenster saß.

»Wussten Sie, dass Ihr Mann einen Hund kaufen wollte?«

Sie schüttelte den Kopf.

»Haben Sie einmal den Wunsch nach einem Hund geäußert?«, fragte Ringmar.

»Vielleicht irgendwann einmal«, antwortete sie. »Wünscht sich nicht jeder mal einen Hund?«

Der beste Freund des Menschen, dachte Ringmar. Wer möchte nicht gern einen besten Freund haben? Und das nur für ein paar Hunderter, ein billiger Freund.

»Was ist passiert?«, fragte er.

Sie schaute ihn jetzt mit scharfem Blick an, der aber trotzdem nicht richtig sehen konnte, als wäre sie kurzsichtig und hätte keine Brille auf.

»Wie meinen Sie das?«

»Wann haben Sie erfahren, dass er einen Hund gekauft hat?«

»Als er mit dem Hund nach Hause kam.«

»An welchem Tag war das?«

»Am selben ... Tag, als die Anzeige in der Zeitung gestanden hatte.«

»Hat er das gesagt?«

»Ja.«

»Wie viel hat er bezahlt?«

»Nicht viel, hat er gesagt. Er sagte, es sei ein symbolischer Preis gewesen.«

Symbolisch für wen, für was? Ringmar fühlte Übelkeit in

sich aufsteigen, als würde er krank werden. Vielleicht war er aber auch nur zu alt.

»Haben Sie die Zeitung noch?«, fragte er. »Oder die Anzeige?«

»Nein, die habe ich nicht gesehen. Mein Mann wirft die Zeitung vom Vortag jeden Morgen weg.«

»Jeden Morgen?«

»Es darf nichts herumliegen ... mein Mann mag keine Unordnung.«

»Ich wünschte, ich wäre auch so«, sagte Ringmar.

»Er ist ein Ordnung liebender Mensch.«

»Das ist eine Tugend.«

»Ihnen erleichtert es, unser Haus zu durchsuchen.«

»Wir folgen nur unserer Routine«, sagte Ringmar. Es gab nichts weiter über das Thema zu sagen.

»Ich könnte das nie«, sagte sie.

»Warum hatte Ihr Mann plötzlich ein Interesse, einen Hund anzuschaffen?«, fragte Ringmar.

Sie antwortete nicht. Sie beobachtete den Jungen, der auf einem nackten Platz vor nackten Toren Strafstöße übte. Das schwedische Modell. Er hatte seine Mütze abgenommen und damit die Abschusslinie markiert. Ringmar wünschte, er könnte aufstehen und den ganzen Wahnsinn hinter sich lassen, sich in das Tor stellen, nach dem Ball hechten und den Strafstoß um den Pfosten lenken. Der Junge schoss wieder und traf den Pfosten, ein toller Schuss, aber daneben; genauso gut hätte er den Ball zehn Meter über das Tor schießen können, Pfostentreffer dieser Art waren trügerisch. Ringmar hatte in seinem Polizeijob den Ball schon oft im Tor gesehen, und dann war er doch vom Innenpfosten zurück ins Feld gesprungen. Bei Erik fanden diese knappen Bälle immer den Weg vom Innenpfosten ins Tor, Lars hatte ständig danebengeschossen, Aneta zirkelte die meisten Bälle in den Winkel, Fredrik knallte sie an die Latte, immer an die Latte.

»Ihr Mann scheint gewalttätig zu sein.«

Sie antwortete nicht, schaute wieder zu dem Jungen, auch Ringmar sah ihm zu, alles lief über den Jungen dort draußen.

»Kennen Sie den Jungen?«

»Ich erkenne ihn«, sagte sie. »Aber ich weiß nicht, wie er heißt.«

»Ihr Mann scheint gewalttätig zu sein«, wiederholte Ringmar.

»Das ist mir neu«, antwortete sie.

»Sie haben ihn noch nie gewalttätig erlebt?«

»Nein.«

»Er ist noch nie gewalttätig gegen Sie geworden?«

»Nein.«

»Wirklich nie?«

»Nein.«

Sie schaute ihn nicht an, ihr Blick war nirgendwo, sie sah aus, als versuchte sie, an nichts zu denken. Er könnte sie auffordern, die Ärmel aufzurollen, Hals, Brüste, Schenkel zu entblößen, die blauen Flecken zu entblößen, blaue und gelbe Erinnerungen, wie echte schwedische rassistische Gewalttäter und Frauenhasser sie hinterließen. So einer war er, Christian Runstig, es gab keinen Anlass, ihn für etwas anderes zu halten bis zum Beweis des Gegenteils.

»Warum wollte Ihr Mann plötzlich einen Hund haben?«, fragte er wieder.

»Meinetwegen«, antwortete sie.

»Aus welchem Grund?«

»Er wollte, dass ich mehr rausgehe.«

»Sehr fürsorglich von ihm«, sagte Ringmar.

»Er denkt immer an mich«, sagte sie.

Diesmal war Christian Runstig gleich von Beginn der Vernehmung an viel aufgeschlossener. Er war ernsthaft um Kooperation bemüht.

»Sie müssen doch verdammt noch mal kapieren, dass ich es nicht war«, sagte er schon, bevor Winter die technische Ausrüstung eingeschaltet hatte.

»Hatten Sie genügend Zeit zum Nachdenken?«, fragte Winter, als sie sich gesetzt hatten.

»Es gibt nichts, worüber ich nachdenken muss«, sagte Runstig. »Ich habe es nicht getan.«

»Erzählen Sie, was passiert ist.«

»Was passiert ist?«

»Fangen Sie von dem Moment an, als Sie wegen der Anzeige angerufen haben.«

»Was soll ich sagen?«

»Erzählen Sie ganz genau von dem Gespräch.«

»Tja ... sie hat gesagt, ich sei der erste Anrufer. Sie sagte, ich sollte den Zuschlag bekommen.«

»Hat sie den Ausdruck benutzt?«

»Zuschlag? Ja.«

»Worüber haben Sie sonst noch gesprochen?«

»Sie hat mir erzählt, dass es eine Mischlingsrasse ist. Dass deswegen wohl noch niemand angerufen hatte. Und ich hab gesagt, dass es für mich keine Rolle spielt.«

»Stimmt das?«

»Was?«

»Dass die Mischlingsrasse für Sie keine Rolle spielt?«

»Nicht, wenn es um Hunde geht.«

»Wann spielt es denn eine Rolle?«

»Was hat das mit der Sache zu tun?«

»Welcher Sache, Herr Runstig?«

»Diesem ... Kauf. Darüber reden wir doch?«

»Im Augenblick reden wir über Mischlingsrassen.«

»Darüber will ich nicht sprechen«, sagte Runstig.

»Worüber?«

»Sie verstehen mich genau. Denken Sie, ich weiß das nicht? Denken Sie, ich bin bescheuert? Ich will jetzt nicht über Rassen reden. Es reicht auch so. Über Rassen können wir ein andermal reden. Ihr scheint ja alle Hände voll zu tun zu haben mit den neuen Rassen, die über unsere Stadtgrenzen hereinströmen, um unsere Autos abzufackeln.«

»Im Augenblick habe ich alle Hände voll mit Ihnen zu tun, Herr Runstig.«

»Aber lassen Sie es uns dabei bewenden!«

Ein andermal. Winter spürte ein Zucken in einem Muskel seines Oberarmes, vielleicht eine leichte Verletzung, die er sich zugezogen hatte, als er den Mann auf dem Eis bremste.

»Vielleicht wollen Sie mich noch einmal verprügeln?«, fuhr Runstig fort. »Sie können zum Beispiel das Tonbandgerät benutzen«, sagte er mit einer Kopfbewegung zur Tischplatte. »Ich habe immer noch Schmerzen, falls Sie das interessiert.«

»Es tut mir leid«, sagte Winter. »Wann sind Sie dort angekommen?«

»Was?«

»Wann sind Sie in dem Haus in Amundövik angekommen?«

»Wahrscheinlich am Nachmittag. Es fing an zu dämmern. Ich habe nicht auf die Uhr gesehen.«

»An welchem Tag war das?«

»Habe ich die Frage nicht schon beantwortet?«

»Beantworten Sie sie noch einmal.«

»Es war der Tag, an dem ich die Anzeige gelesen habe. An das Datum kann ich mich nicht erinnern.«

»Was ist passiert?«

»Nichts ist passiert! Verflixt. Ich habe geklingelt, und sie hat die Tür geöffnet, um ihre Beine wuselten ein paar Kinder herum, wir haben das Geschäft abgeschlossen und ich bin mit dem Köter weggefahren.«

»Hatte er einen Namen?«

»Was?«

»Hatte der Welpe einen Namen, als Sie ihn gekauft haben?«

»Nicht so viel ich weiß. Ich hab sogar gefragt, habe aber keine Antwort bekommen.«

Winter nickte, weiter, weiter, der Hund hatte schon einen Namen, Luna.

»Sie hat mir erzählt, dass sie ihn erst eine Woche hatte«, sagte Runstig. »Plötzlich sei sie allergisch geworden, hat wohl eine Art Ausschlag bekommen.«

»Haben Sie den gesehen?«

»Nein. Oder ich kann mich nicht daran erinnern. Sie hat noch gesagt, dass sie nicht geglaubt hätte, dass man gegen einen Collie allergisch werden kann.«

»Sie haben lange miteinander gesprochen.«

»Nur sehr kurz.«

»Was haben die Kinder während der Zeit gemacht?«

»Sind wieder ins Haus gelaufen. Wir haben uns draußen auf der Treppe unterhalten, da war ich noch nicht hineingegangen.«

»Wann haben Sie das Haus betreten?«

»Als sie mich reinbat. Als ich mir den Hund angucken sollte. Aber ich hatte ihn schon gesehen, er ist auf der Treppe herumgewackelt.«

»Gewackelt?«

»Ja, gewackelt. Verdammt, es ist ein Welpe!«

Winter nickte.

»Sie hat gesagt, sie hoffte, dass mir der Hund gefallen würde.«

»Sie haben ein gutes Gedächtnis, Herr Runstig.«

»Ich vergesse fast nichts.«

»Nur fast?«

»Ich erinnere mich daran, dass ich eine Bande Flegel auf dem Opaltorget zurechtgewiesen habe, aber in dem Punkt irrt meine Erinnerung offenbar.«

»Darüber reden wir später«, sagte Winter.

»Wir brauchen überhaupt nicht darüber zu reden«, sagte Runstig.

»Wie viele Kinder haben Sie in dem Haus gesehen?«

»Es waren ... wohl zwei. Sie sind dann weggelaufen.«

»Warum sind sie weggelaufen?«

»Die Frau sagte, sie seien traurig, dass sie den Hund nicht behalten durften.«

Winter nickte.

»Dann habe ich ein Kind schreien hören, ein kleines Kind, und sie sagte, die Kleine sei wach geworden.«

Runstig lehnte sich über den Tisch. Er sah das Tonbandgerät an und dann Winter.

»Jetzt hören Sie mir mal zu. Es ist entsetzlich, dass diese Familie ermordet wurde. Ich war so ... wütend, als ich es gelesen habe, hätte die erschlagen können, die das getan haben! Ohne Pardon. Haben Sie die Kanaken in der Umgebung überprüft, hä? Bei denen würde ich suchen. Ganz gleich, wie es aussieht, dahinter steckt ein Kanake. Überprüfen Sie Ihre eigene Statistik, Herr Kommissar.«

Das Problem ist nur, dass es keine Kanaken in Göteborg gibt, dachte Winter, während er beobachtete, wie das Feuer in Runstigs Augen aufflackerte und erlosch, der Wahnsinn, der kam und ging.

»Ist Ihr Name ein angenommener, Runstig?«

»Er ist angenommen, von mir, es ist mein Name seit Beginn aller Zeiten. Er hat auf mich gewartet. Ein Erbe der Wikinger.«

»Wie hießen Sie früher?«

»Das habe ich vergessen, jedenfalls nicht Kanakonovic. Und ich sehe Ihnen an, dass Sie angenommene Namen albern finden, nicht wahr? Das finden Leute mit piekfeinen und schicken Familiennamen immer. Beschissene Überlegenheit. Aber der Name Winter ist auch angenommen, da geh ich jede Wette ein.«

Ja, dachte Winter, früher hießen wir Sommer, aber eines Tages ist die Sonne hinter den Wolken verschwunden, ha, ha, ha.

»Als ich auf der Treppe stand, ist hinter mir ein Auto vorbeigefahren«, sagte Runstig. »Daran erinnere ich mich noch. Da haben Sie einen Zeugen.«

»Zeuge von was?«, fragte Winter.

Auf dem Nachhauseweg machte er einen Umweg über die Markthalle, kaufte ein schönes Schellfischfilet, Kirschtomaten, Zitronen und glatte Petersilie. Der Markthalle war eine ordentliche Renovierung verpasst worden, genau wie allem anderen in diesen Tagen. Ich freue mich für die Markthalle, ohne sie wäre ein Leben in Göteborg sinnlos.

Zu Hause goss er sich einen Dallas Dhu in ein Tumblerglas, anderthalb Fingerbreit, die letzte Flasche. Er schaltete Licht im Wohnzimmer, im Schlafzimmer und in der Küche an.

Er setzte sich in den Sessel, dachte an seine Mutter und trank zu schnell, der Whisky schmeckte zu gut, wie leicht geräucherte Schokolade. Dallas Dhu bedeutete schwarzes Tal oder schwarzes Wasser.

Er stand auf, ging in die Küche und kümmerte sich um den Fisch, schnitt eine halbe Zitrone in Scheiben, panierte den Fisch leicht mit Mehl, briet ihn in Olivenöl, legte ihn auf einen vorgewärmten Teller, bedeckte ihn mit Butterbrotpapier, gab etwas mehr Olivenöl in die Pfanne, briet drei Minuten lang dünne Scheiben Knoblauch zusammen mit zehn Kirschtomaten, gab Zitronenscheiben und Kapern dazu und briet alles zusammen zwei weitere Minuten, streute feingehackte Petersilie darüber und eine Prise Maldonsalz, mahlte ein wenig schwarzen Pfeffer darüber und gab alles über den Fisch. Er aß am Küchentisch mit einer Scheibe leicht geröstetem Bauernbrot vom Vortag, trank dazu Pellegrino mit dem Whiskyglas daneben. Als er auch den letzten Saft mit dem letzten Brotbrocken aufgestippt hatte, trank er den Whisky, stand auf und ging ins Wohnzimmer, stellte den Plattenspieler an und hörte John Coltrane, der eintönig *a love supreme, a love supreme, a love supreme, a love supreme* sang.

Er schenkte sich noch einen Whisky ein.

Morgen würde er an die Costa del Sol fliegen.

Im Augenblick dachte er nicht an seine Mutter. Er dachte an das Haus am Meer und die toten Menschen, die darin gelegen hatten, große und kleine, und an das Kleinste, das am Leben geblieben war.

Er beugte sich vor, schlug das Buch auf, das auf dem Sofatisch lag, und begann zu lesen:

Coltrane hatte eine Reise nach Los Angeles geplant, um bei Shankar zu studieren, verstarb jedoch im Juli 1967. Ich wünschte, Coltrane selber hätte dem Meister vorher A Love Supreme *präsentiert und seine Reaktion gehört.*

Bei Ravi Shankar studieren. 1967. Da war ich sieben Jahre alt.

Winter stand auf, ging zu den Balkontüren und öffnete sie. In der Abendluft da draußen hing noch etwas anderes als Winter. Einen Monat weiter, und es könnte Frühling sein für denjenigen, der noch an eine höhere Liebe, an Überlegenheit glaubte.

11

Gerda Hoffner blieb im Präsidium, nachdem die letzten Hammerschläge für diesen Tag verstummt waren, das letzte Geheul der pneumatischen Bohrer. Der Lärm war jetzt nah, im Stockwerk unter ihr, arbeitete sich vorwärts vom Dezernat für leichte Vergehen zum Dezernat für schwere Verbrechen. Heavy metal, dachte sie und hob den Hörer ab, als das Telefon klingelte.

»Es geht um Amundö«, hörte sie die Stimme des Wachhabenden, »kannst du das Gespräch annehmen?«

»Na klar.«

Es kratzte und pfiff im Hörer, Wind, Geräusche wie von Wellen, als würde jemand in einer anderen Jahreszeit an einem Ufer stehen und ein Telefongespräch führen wollen, das unbedingt geführt werden musste.

»Ja, hallo?«

»Hallo? Hier ist Kriminalinspektorin Gerda Hoffner.«

»Hallo … ich heiße Robin …«

Sie hörte den Wind hinter seiner Stimme, um ihn herum, die Brandung, als wäre er von Wasser umgeben. Sie dachte an einen Film, den sie vor einigen Jahren gesehen hatte, einen amerikanischen Verschwörungsfilm mit Russell Crowe. Er spielte einen Tabakforscher und war ein Whistleblower,

Al Pacino spielte einen Fernsehjournalisten, er sprach mit ihm über Handy und musste wegen der Verbindung im Wasser stehen. Es war eine sehr schöne Szene, im Hintergrund glommen die Lichter Manhattans und der Mond leuchtete wie ein Neonballon.

Ich spiele Kriminalkommissarin. Auf den Anhöhen glimmen die Lichter von Lunden, der Mond da oben ist derselbe.

»Womit kann ich Ihnen helfen?«

»Ja, also, ich habe diesen Aufruf in der Zeitung gelesen ...«

»Welchen Zeitungsaufruf?«

»Die ... wegen der Morde in Amundövik.«

»Ja?«

Sie hielt sich zurück und fragte nicht, wer anrief, wie er außer Robin hieß, ob es sein Name war. Manchmal legten die Leute auf, wenn ihnen bewusst wurde, dass sie wirklich angerufen, es wirklich gewagt hatten.

»Ich glaube, ich habe ... jemanden gesehen.«

»Wann, Robin?«

»An einem der Morgen.«

»Welchem Morgen?«

»Als ich ... Zeitungen ausgetragen habe.«

»Sind Sie Zeitungsbote in dem Viertel?«

»Ja ...«

Er dehnte die Antwort, als sei er nicht ganz sicher. Sie wusste, dass der Zeitungsbote verhört worden war. Sein Name fiel ihr im Moment jedoch nicht ein, obwohl sie den Bericht gelesen hatte. Eigentlich sollte sie sich erinnern, ob er Robin hieß. Das musste sie später überprüfen. Jetzt ging es um etwas anderes, jemand anderen.

»Wen haben Sie gesehen?«

»Da ist jemand aus dem Haus gekommen.«

»Aus welchem Haus?«, fragte sie. Sie spürte einen Schauder über den Hals und die Schulterblätter laufen, ja, einen Schauder. In ihrem ganzen Körper herrschte Winter.

»Das Haus bei Amundö … wo dieser … Mord … diese Morde passiert sind.«

»Was haben Sie gesehen?«

»Wie gesagt … jemand ist aus dem Haus gekommen.«

»Wann war das?«

»Als ich die Zeitung einwerfen wollte. Bevor ich sie in den Kasten gesteckt habe.«

»An welchem Tag war das? An welchem Morgen?«

»Es war der dritte Tag, an dem ich …«

»Der dritte Tag, an dem Sie was?«

»Nein, nichts.«

»Wie meinen Sie das?«

Sie bekam keine Antwort. Im Hörer brausten nur noch Wind und Meer, als hielte sie sich eine Muschel ans Ohr.

»An das genaue Datum kann mich nicht erinnern«, hörte sie ihn jetzt sagen.

»Wie heißen Sie noch außer Robin?«

»Robin Bengtsson.«

»Am besten, Sie kommen her, Robin Bengtsson«, sagte sie.

»Wann?«

»Sofort.«

Das Rauschen in seinen Ohren war nach dem dritten Whisky stärker geworden. Er stellte das Glas ab, ging in die Küche, räumte sein Geschirr in die Spülmaschine und schaltete sie ein, ein gutes Geräusch, es sperrte die sphärischen Störungen in seinen Ohren aus, das Phantomgeräusch, das klang, als würde man der statischen Elektrizität in einem alten Telefonhörer lauschen, während das Gespräch durch den Raum verbunden wurde, oder wenn man Langwelle im

Radio einstellte. Er wusste, dass die Geräusche, die man dann hörte, von der anderen Seite der Sonnensysteme kommen, Milliarden von Jahren alt sein konnten. Das Geräusch der Spülmaschine war jünger, ein geradezu beruhigender Kontrast.

Das Glas stand noch auf dem Tisch, als er zurückkam, immer noch halbleer oder für den optimistischen Teil der Bevölkerung halbvoll. Er nahm wieder einen Schluck. Jetzt schmeckte der Whisky wie Honig, wenn man das dritte Glas trank, schmeckte er immer nach Honig. Es war wie eine chemische Verwandlung, wie wenn Rotwein sich aus wässrigem, saurem Matsch in einem Hähnchengericht irgendwann zwischen der ersten und zweiten Stunde auf dem Herd in eine sämige, dunkel zusammengesetzte Soße verwandelt. Man wusste nie, wann es passierte, ihm war es jedenfalls noch nie gelungen, den genauen Zeitpunkt festzustellen. Er griff nach dem iPhone, gab Bertils Kurzwahl ein und wartete, wartete ein Signal nach dem anderen ab. Bertil wollte sich vielleicht nicht melden. Es passte ihm nicht, dass Winter zurückgekommen war. Nein.

»Ja.« Schließlich Bertils Stimme, atemlos.

»Störe ich, Bertil?«

»Ja, ich habe in der Badewanne gelegen.«

»Nimmst du dein Telefon nicht mit ins Bad?«

»Scheint so.«

»Hast du dir diesen Fall von Körperverletzung auf dem Opaltorget vorgenommen?«

»Ja. Es hat keinen gegeben.«

»Ist er geisteskrank?«

»Wer ist das nicht?«

»Nächstes Mal hat er es vielleicht nicht nur geträumt.«

»Es wird kein nächstes Mal geben«, sagte Ringmar.

»Du glaubst, er ist unser Mann?«

»Jedenfalls hoffe ich das. Es ist noch zu früh. Was meinst du selber?«

»Wir werden noch viele Gespräche brauchen.«

»Er wird zusammenbrechen. Am Ende brechen alle zusammen.«

»Seine Paranoia ist ganz speziell«, sagte Winter.

»Er ist energisch.«

»Hmmm ... ja, energisch.«

»Vielleicht ist er wie die Amerikaner«, sagte Ringmar. »Amerikaner halten Neurosen fälschlicherweise für Energie.«

»Wirklich?«

»In den meisten Fällen. Die Energie in New York City ist zum Beispiel nur Nervosität. Bist du schon mal in New York gewesen, Erik?«

»Bin ich nicht, das weißt du doch.«

»Fahr hin und fühle es selber. Ich bin dort gewesen und habe Martin besucht, als er einen Job in New York hatte, na, das weißt du ja.«

»Wirst du nach Kuala Lumpur fahren?«

»Ich werde nicht nach Kuala Lumpur fahren.«

»Weißt du, was das bedeutet, Bertil? Was der Name bedeutet?«

»Nicht auf die Schnelle.«

»Schmutziges Wasser, schwarzes Wasser.«

»Natürlich, Kommissar *Besserwisser*.«

»Ach nee.«

»War bloß ein Scherz.«

»Ha, ha.«

»Fahr nach Malaysia, Bertil.«

»Sobald das hier vorbei ist. Zufrieden?«

»Ich fliege morgen früh nach Marbella. Zwei Tage, ich hoffe nicht mehr. Siv hat Krebs, die bösartigste Form.«

»Oh. Das tut mir leid.«

»Danke.«

»Grüß sie von mir.«

»Das werde ich tun. Übernimmt Fredrik morgen die Vernehmung von Runstig?«

»Klar. Hast du was getrunken, Erik?«

»Warum fragst du?«

»Deine Stimme klingt so.«

»Das meinst du doch nicht im Ernst?«

»Vergiss es. Ja, Runstig. Und Aneta kümmert sich morgen um den Hintergrund von der Frau, Sandra. Ich werde wieder mit dem Mann sprechen, Jovan. In der Stadt. Bisher wurden noch keine Skandale in seiner Vergangenheit gefunden. Vielleicht gibt es keine Skandale. Was nun eigentlich ein Skandal sein mag.«

»Skandal ist allgemeine Erregung, Aufsehen, ein beschämendes Ereignis, Streit, Scham, Sensation, Ärgernis erregende Ereignisse.«

»Das ist kein Mord«, sagte Ringmar.

»Ich rufe vom Flughafen noch mal an«, sagte Winter und drückte auf Aus.

Irgendwann am Abend weinte er, einige Minuten, nachdem er das Telefongespräch mit Bertil beendet hatte. Das Weinen tat nicht weh. Es ging rasch vorüber. Er hörte Musik, sie übertönte die Zugpfeife zwischen seinen Ohren. Er ging wieder in die Küche. Seine kleine Mama hatte nicht gekocht, hatte nur dann in der Küche herumgepusselt, wenn sie Cocktails mixte. Sie war von eingelegten Kirschen begeistert, Cocktailkirschen – er war noch gar nicht alt gewesen, als er seine erste eingelegte Kirsche auf der Küchenbank probieren durfte. Sonst wäre sie in einem Manhattan herumgerollt, einem der starken Drinks, die in den Sechzigerjahren in waren: Bourbon, Martini Rosso, Angostura, Eis, Kirschen, kalt in einem gekühlten Cocktailglas serviert, ein Cocktail, der in eine andere Zeit gehörte, zu einer anderen Eleganz.

Sein Handy klingelte.

»Ja?«

»Gerda Hoffner. Ein Zeuge ist unterwegs ins Präsidium.«

Sie saßen in Winters Zimmer. Robin Bengtsson war schneller als erwartet gekommen, er war schon im Haus, als Winter aus dem Taxi stieg. Er kaute eine Pastille, die erste von vielen in dieser Nacht. Heute war es zwei Wochen her, seit sie die Toten gefunden hatten.

Robin Bengtsson sah ängstlich aus, vielleicht ein Zeichen, dass er normal war. Der Junge hatte lange Haare wie ein Hardrocker. Aus seinem Kragenausschnitt ragte eine Tätowierung, einige andere schlängelten sich aus den Ärmeln seiner Lederjacke; ein gewöhnlicher junger Mann dieser Zeit. Heutzutage hatte man allen Grund, jungen Männern ohne Tätowierungen zu misstrauen. Die besten Fußballspieler waren tätowiert. Der Portugiese Meireles war Trendsetter – vor fünf Jahren hatte er wie ein Freak auf dem Fußballfeld gewirkt, jetzt nahm sich seine Körperkunst vergleichsweise bescheiden aus. Robin Bengtsson war mit den Attributen ausgestattet, aber er wirkte nicht wie ein Hardliner. Er hielt den Blick auf den Boden gerichtet, auf Winters Panasonic. Der stammte aus der Zeit, als Bengtsson noch in die Vorschule ging.

»Erzählen Sie, Robin.«

»Wo … soll ich anfangen?«

Robin schaute auf. Im milden Licht hatte er braune Augen.

»Ich hab einen Mann aus diesem Haus kommen sehen«, sagte er.

Winter nickte. »Erzählen Sie. Lassen Sie sich ruhig Zeit.«

»Ja ... äh ... ich hatte eine Zeitung in den Kasten vor ... von dem Haus davor gesteckt ... und als ich auf dem Weg zum nächsten Haus war, kam ein Mann raus.«

»Hat er Sie gesehen?«

»Ich ... glaube nicht.«

»Warum glauben Sie das nicht?«

»Er schien nicht ... ich weiß nicht ... er ging einfach geradeaus, durch die Pforte und dann weg.«

»Weg wohin?«

»Die Straße entlang ... über die Straße ... runter zum Meer.«

»Zu dem Spielplatz?«

»Ja.«

»Wie spät war es da?«

»Muss kurz nach fünf gewesen sein.«

»Woher wissen Sie das?«

»Meine Schicht fängt Viertel vor fünf an, und ich brauche ungefähr eine Viertelstunde bis zu dem Haus.«

»Haben Sie noch andere Personen gesehen?«

»Nein. Alle Häuser waren dunkel.«

»Und das betreffende Haus?«

»Auch dunkel.«

»Hatte er ein Auto?«

»Der Mann, der da rausgekommen ist? Nein, nicht soweit ich mitbekommen habe.«

»Haben Sie ein Auto starten hören?«

»Nein ...«

»Sind Sie sicher?«

»Nein.«

»Würden Sie ihn wiedererkennen?«

»Ich ... weiß nicht.«

»Haben Sie den Mann schon einmal gesehen?«

»Nein. Ich ... hab ja geglaubt, dass der Typ in dem Haus wohnt. Ist das nicht normal?« Robin Bengtsson rutschte auf seinem Stuhl herum, wurde eifriger. »Ich hab mir keine weiteren Gedanken gemacht, hab gedacht, das ist jemand, der Frühschicht hat.«

»Sie sind ihm demnach vorher noch nie begegnet?«

»Nein ...«

»Sie scheinen nicht ganz sicher zu sein.«

»So viele Male habe ich dort keine Zeitungen ausgetragen.«

»Ach?«

Winter sah Hoffner an. Sie nickte.

»Ja ... es ist eigentlich nicht mein Gebiet.«

»Ach?«

»Äh ... ich springe manchmal für den zuständigen Zeitungsboten ein. Ich weiß, dass es falsch ist, aber manchmal muss man einfach helfen.«

»Sie arbeiten also schwarz?«

»Ja.« Winter meinte ein Lächeln in Bengtssons Augen zu sehen, aber es konnten ebenso gut die Schatten im Zimmer sein. »Verrückt, nicht?«

»Auch in anderen Stadtteilen?«

»Ja.«

Winter nahm ein Blatt Papier vom Schreibtisch, las es, sah wieder auf.

»Dieser junge Mann, für den Sie in Amundövik eingesprungen sind, Bert Robertsson heißt er, hat uns nicht darüber informiert, dass er einen Vertreter hat.«

»Nein.«

»Warum hat er uns das verschwiegen?«

»Er wollte wohl verhindern ... dass es rauskommt.«

»Was sollte nicht rauskommen?«

»Dass ich sein Ersatz war.«

»Sie verdammter *Idiot*«, sagte Winter.

Bengtsson zuckte zusammen.

»Und *dieser* verdammte Idiot. Wie bescheuert darf man eigentlich sein?«

»Wieso, ich bin doch gekommen«, sagte Bengtsson.

»Wir haben den Zeitungsboten Bert Robertsson verhört! Er hat uns mitgeteilt, dass er in der betreffenden Nacht nichts Verdächtiges gesehen hat. Warum hat er nichts Verdächtiges gesehen?«

Bengtsson sagte etwas, das Winter nicht verstand.

»Was haben Sie gesagt?«

»Er ... ist wohl nicht dort gewesen.«

»Herr im Himmel«, sagte Winter. »Aber womöglich ist Ihr Kumpel gar nicht bescheuert. War er es vielleicht, den Sie aus Mars' Haus haben kommen sehen?«

»Nein, Scheiße, nein, nein, er war es nicht!«

»Warum sind Sie so sicher? Eben waren Sie noch unsicher.«

»Er war es nicht!«

»Wo ist er jetzt?«

»Ich weiß es nicht ... wahrscheinlich zu Hause. Es ist spät.«

»Er bereitet sich wohl auf seinen Job morgen früh vor?«

»Tja, morgen ... bin ich wieder dran.«

Winter schwieg. Er sah Hoffner an. Sie sagte nichts. Draußen hörte er eine Sirene. Jemand am anderen Ufer des Fattighusån war in einer Notlage.

»Was werden Sie jetzt machen?«, fragte Bengtsson.

»Weiß Robertsson, dass Sie sich bei uns gemeldet haben?«, fragte Winter.

»Nein.«

»Haben Sie mit ihm darüber gesprochen, dass Sie eventuell etwas gesehen haben?«

»Nein.«

»Warum nicht?«

»Wie schon gesagt ... ich habe gedacht, in dem Haus wohnt jemand.«

»Selbst nach den Morden? Selbst nachdem Sie in der Zeitung gelesen haben, was passiert ist? Nachdem Sie gelesen haben, dass es sich um das Haus handelt, vor dem Sie eine Person gesehen haben, die vielleicht der Mörder ist?«

Bengtsson antwortete nicht.

»Sind Sie ein klassifizierter Idiot, Robin? Oder etwas noch viel Schlimmeres?«

»Ich bin erst stutzig geworden, als ich den Zeitungsaufruf gelesen habe.«

»Was haben Sie gedacht?«

»Dass ... dass ich es wohl erzählen sollte.« Er schaute auf. »Ich bin doch hergekommen. Ich wusste ... dass ich das mit dem Job erzählen muss. Dass es wohl seltsam wirkt ...«

»Es ist seltsam, Robin, alles ist seltsam. Mal sehen, ob wir es schaffen, dass es etwas weniger seltsam wird. Als Erstes werden Sie jetzt versuchen, sich an jede Einzelheit zu erinnern, die Ihnen zu dem Mann einfällt, der aus dem Haus gekommen ist. Das machen Sie zusammen mit Kriminalinspektorin Hoffner. Und dann wollen wir mal sehen, was für ein Zeuge Sie sind.«

»Was bedeutet das?«

Winter stand auf. Er trat einen Schritt zur Seite. Hoffner erhob sich. Bengtsson machte Anstalten, ebenfalls aufzustehen.

»Was ist mit morgen?«, fragte er. »Ich sollte doch Zeitungen austragen.«

»Na klar«, sagte Winter, »für die Leute ist es das Schlimmste, wenn ihre Morgenzeitung ausbleibt.«

Er sah auf seine Armbanduhr. Es war nach Mitternacht.

»Können Sie mir Robertssons Adresse geben?«, fragte er. »Dann geht es schneller.«

Er bekam die Adresse.

»Was werden Sie mit ihm machen?«, fragte Bengtsson.

»Ihn pfählen«, sagte Winter und verließ das Zimmer.

»Was ist Pfählen?«, fragte Bengtsson Hoffner.

Vor dem Eingang wartete ein Streifenwagen. Winter kaute ein Fisherman's Friend. Er saß auf dem Rücksitz. Sie passierten den Korsvägen und fuhren weiter nach Süden. Die Nacht war schwarz und gelb. Es hatte angefangen zu schneien. Der Fahrer setzte die Scheibenwischer in Bewegung.

Der Morgen, an dem Robin den Mann gesehen hat, kann der Morgen gewesen sein, an dem die Morde geschehen sind, dachte Winter, ein Tag, an den wir uns halten können. Wenn es stimmt. In diesem Job ist kaum etwas wahr, alle lügen, und fast keiner ist nett.

Es geht immer weiter, aber wir sind nicht einmal am Anfang. Wer sind wir, wenn wir an der anderen Seite herauskommen? Wie sehen wir aus?

Ich hätte gestern Abend packen sollen.

12

Robertsson wohnte in Södra Brottkärr, an der Grenze zu Bäckebo. An der Grenze zum Ende der Welt, dachte Winter, als er aus dem Auto stieg. Es war ein heruntergekommenes Reihenhaus, das eine Totalrenovierung nötig hatte. Bald würde es zu spät sein. In einem Fenster brannte noch Licht. Er hatte Bert Robertsson angerufen und ihn gebeten, aufzustehen, Kaffee zu kochen und Kekse auf den Tisch zu stellen. Nein, keine Kekse und auch keinen Kaffee. Nur aufzustehen und sich bereitzuhalten. Die Haustür war schon offen, als Winter zu der kleinen Veranda hinaufstieg. Ein schwaches Licht fiel auf die Holzplanken.

»Ich bitte um Entschuldigung«, sagte Bert.

»Gehen Sie zum Teufel«, sagte Winter.

»Ich werde das nie wieder machen«, sagte Robertsson.

»Dann müssen Sie Robin bremsen. Er ist bereit, auch heute Ihre Schicht zu übernehmen.«

Es war nach eins. Sie saßen am Küchentisch. Jetzt war heute. Winter war nicht müde. Er hatte keinen Alkoholgeschmack mehr im Mund. Er hatte weniger getrunken, als er geglaubt hatte. Er hatte Urteilskraft bewiesen.

»Darf ... darf er das?«

Winter antwortete nicht. Robertsson trug Jeans und ein Hemd. Er war jünger, als Winter vermutet hatte. Er wusste nicht, warum er geglaubt hatte, der Kerl sei älter.

»Hat Robin Ihnen erzählt, dass er jemanden gesehen hat?«

»Nein, nein.«

»Was meinen Sie, warum er das nicht getan hat?«

»Was? Es erzählt? Ich weiß es nicht ...«

»Vielleicht hat er Sie gesehen?«, fragte Winter.

»Nein, nein!«

»Was haben Sie an dem Morgen gemacht?«

»Ich war hier ... ich habe geschlafen.«

»Gibt es jemanden, der das bestätigen kann?«

»Nein ...«

»Schlecht für Sie«, sagte Winter. »Schlecht auch, dass Sie uns beim Verhör zu den Morden vorgelogen haben, Sie seien der zuständige Zeitungsbote.«

»Ich weiß nicht, was ich dazu sagen soll«, antwortete Robertsson.

»War das die Sache wert?«, fragte Winter.

Robertsson blieb stumm.

»Ich gebe Ihnen eine ehrliche und höfliche Chance für eine Erklärung«, sagte Winter. »Normalerweise hätten wir Sie heute Nacht sofort in Untersuchungshaft nehmen können.«

»Warum haben Sie das nicht getan?«

Winter schwieg. Es gab keine Antwort. Außerdem hatte er nicht die Absicht, hier irgendwelche Fragen zu beantworten. Es war leicht, Fragen zu stellen, die wie ein Echo zurückkehrten, das war nicht gut.

»Es ist noch nicht zu spät«, sagte er.

»Ich dachte, es würde keine Rolle spielen«, sagte Robertsson.

»Was?«

»Dass ich nichts gesagt habe, ich habe ja auch nichts gesehen.«

»Wer ist die Person, die Robin gesehen hat?«

»Ich weiß es nicht. Das höre ich zum ersten Mal.«

»Haben Sie an den Tagen, wenn Sie die Zeitungen ausgetragen haben, jemanden aus dem Haus kommen sehen?«

»Nein, nie.«

»Ist Ihnen jemand von den Hausbewohnern begegnet?«

»Nein.«

»Nie?«

»Nein, nicht soweit ich mich erinnern kann. Ich bin unterwegs, wenn alle noch schlafen. Tagsüber war ich noch nie dort.«

»Wissen Sie, wie die Leute aussehen?«

»Ich habe sie nur auf den Fotos in der Zeitung gesehen. Ein Bild von ... ihr. Ich erinnere mich nicht an ihren Vornamen. Stand der Vorname dabei?«

»Sind Sie dem Mann einmal begegnet?«

»War er auch in der Zeitung abgebildet?«

»Nein.«

»Dann weiß ich nicht, ob ich ihn schon mal gesehen habe.«

»Warum haben Sie Ihren Job Robin überlassen?«

»Manchmal brauche ich den Morgen für mich.«

»Warum?«

»Ich bin Quartalssäufer, wie man so sagt.«

»Im Augenblick scheinen Sie nüchtern zu sein.«

»Wahrscheinlich weil ich solchen Schiss habe.«

»Wovor haben Sie Angst?«

»Vor der Untersuchungshaft.«

»Sind Sie schon einmal in Untersuchungshaft gewesen?«

»Ja.«

»Weswegen?«

»Haben Sie das nicht überprüft?«

»Ich bin direkt hierhergekommen. Erzählen Sie.«

»Kleine Betrügereien. Einige kleine Verurteilungen. Unnötiger Kleinmist.«

»Beschäftigen Sie sich nur mit Kleinigkeiten?«

»Ja.«

»Diese Sache ist aber keine Kleinigkeit.«

»Ich habe nichts ... damit zu tun.«

»Warum gerade Robin?«

»Was?«

»Warum hilft Ihnen ausgerechnet Robin, wenn Sie saufen?«

»Wir haben uns bei den Antialkoholikern kennengelernt.«

»Dann ist Robin also Alkoholiker?«

»Ein verdammt trockener Alkoholiker«, sagte Robertsson.

»Gut«, sagte Winter.

»Täusche ich mich, oder haben Sie nach Schnaps gerochen, als Sie kamen?«, fragte Robertsson.

»Robin hat sich bei uns gemeldet, als ich zu Hause gerade einen Whisky getrunken hatte«, sagte Winter. »Eine sehr gute Sorte, der Duft hält sich über Stunden.«

Robertsson nickte. Er akzeptierte es. Warum erklären?, dachte Winter. Ich habe es nicht nötig, etwas zu erklären. Er stand auf.

»Was passiert jetzt?«, fragte Robertsson.

»Gehen Sie schlafen. Wir melden uns wieder. Versuchen Sie nicht, aus der Stadt abzuhauen.«

»Ich bin doch nicht verrückt«, sagte Robertsson.

Er begleitete Winter zur Tür.

»Morgen arbeite ich wieder«, sagte er. »Und dann den ganzen Monat jede Schicht.«

»Wir werden ja sehen«, sagte Winter.

Die Absperrbänder vor dem Haus glitzerten im Schein einer Straßenlaterne wie Girlanden, als hätte jemand nicht mehr die Kraft gehabt, die Dekoration nach dem Fest einzusammeln, als würden alle noch schlafen. Es hatte aufgehört zu schneien. Winter war allein auf dieser Welt. Die Securitas war im Augenblick nicht da. Nichts rührte sich. In keinem Haus entlang der Straße brannte Licht. Hierher war er unterwegs gewesen, als er stattdessen auf dem Eis zwischen den beiden Inseln gelandet war. Jetzt war er hier. Er stand in der Diele. Im Haus roch es nach Stille und Kälte. Alle Konturen waren an ihrem Platz, als ob nichts passiert wäre.

Er stand in Gretas Zimmer. Die Spurensicherung hatte ihr Bett zurückgebracht. Er wusste zwar nicht, warum, aber er war froh, dass es dort stand, freute sich, weil es Leben bedeutete, weil es Leben beherbergt hatte, das es noch gab. Er schaute noch einmal hin, und das Bett war verschwunden. Es würde nie wieder hier stehen.

Er stand in Eriks Zimmer im Obergeschoss und versuchte herauszufinden, was das Zimmer ihm erzählen konnte, erzählen wollte, aber es war so entsetzlich still überall. Der Fußboden war leer, das Fenster. Vielleicht würde jemand anders erscheinen, jemand, der nicht hierhergehörte, der niemals hätte hier sein sollen. Die Erzählung ging weiter.

Er stand im Schlafzimmer. Das Licht der Winternacht fiel durch das Fenster, dessen Jalousien hochgezogen waren wie an dem furchtbaren Tag, als er das Zimmer zum ersten Mal betreten hatte. Das Licht im Zimmer war blau, blau. Warum hatte sie die Jalousien hochgezogen? Waren die Morde am Morgen geschehen, als es draußen schon hell war? Nein, bei Dunkelheit, sie mussten bei Dunkelheit geschehen sein. Wer hatte die Jalousien hochgezogen? Torsten hatte nicht genügend Spuren an den Einstellgriffen der Jalousien gefunden. Der Mörder hatte Licht hereingelassen. Er wollte, dass sein Werk beleuchtet wurde. Winter sah aus dem Fenster. Draußen rührte sich noch nichts, er war allein, er fühlte sich unendlich einsam, ohne Wissen, ohne Hoffnung. Jemand wusste, dass er hier war. Jemand wusste alles.

Der Vasaplatsen schlief, als er vor der Haustür aus dem Streifenwagen stieg. Alles war mit dem Schnee der Nacht bedeckt, eine dünne Schicht, die die Welt in Schönheit hüllte, unberührt, bevor die Menschen anfingen, draußen herumzukriechen. Es war halb vier, als er ins Bett ging und die Lampe auf dem Nachttisch ausknipste. In einer guten Welt würde er ganze zwei Stunden Schlaf bekommen, dann musste er wieder aufstehen wegen der Reise nach Spanien.

Er ging von Zimmer zu Zimmer und schaltete alle Lampen an, die es im Haus gab. Dies musste ein Traum sein. Jemand folgte ihm offenbar und knipste alle Lichter wieder aus, und er musste von vorn anfangen, die ganze Zeit musste er wieder von vorn anfangen. Manche Sachen im Haus kannte er. Jemand saß auf einem Stuhl. Jemand lag in einem Bett. Als er zurückkam, war es dunkel, aber die Personen waren noch da. Gesichter konnte er nicht sehen. Von draußen drang kein Licht herein. Vor den Fenstern war es schwarz. Er war in einer Kiste, sie ließ sich nicht öffnen. Das Haus war eine Kiste. Von irgendwoher kam Musik, schreckliche Musik, die wieder und wieder von vorn gespielt wurde, Barbershop, Operette, die widerlichen Töne von Volkstanz, Schritte, die näher und näher kamen, ein harter Wind in seinen Ohren, der Wind war schon in der Kiste.

Als er versuchte, sich zu befreien, wurde er wach.

Er schaute auf den Wecker, er hatte zehn Minuten geschlafen. Er stand auf, trank ein Glas Milch und setzte sich in den Sessel im Wohnzimmer, atmete und wartete auf den richtigen Morgen.

13

Robin Bengtsson trug Zeitungen in einer weißen Landschaft aus. Es hatte aufgehört zu schneien, und es war nicht kalt. Er fühlte den Schweiß unter seiner Mütze, nahm sie ab, setzte sie wieder auf. Er verstand nicht, warum er noch einmal Zeitungen austragen sollte. War das ein Test? Was hatte dieser Kommissar mit ihm vor? Er sah aus, als wäre er zu allem fähig, wirklich zu allem. Als spielte er nach eigenen Regeln.

Soweit Robin wusste, war das Abonnement dieser Adresse nicht gekündigt. Er schien immer noch eine Zeitung für sie dabeizuhaben. Er hatte die Zeitungen gezählt, die Anzahl war unverändert. Wer würde sie nun lesen? Er musste sie wieder mit zurücknehmen. Dies sollte das letzte Mal sein. Es war von Anfang an falsch gewesen, er hatte es gewusst. Nicht alles Geld dieser Welt war die Sache wert, er bekam ohnehin kaum etwas dafür.

Die Plastikbänder hingen in der Dunkelheit um das Haus herum und wirkten so überflüssig, als ob die Absperrung der Polizei unterstreichen sollte, wie sinnlos das Verbrechen war. Er schaute zum Haus hinauf, das aussah, als läge es hoch oben auf einem Hügel, obwohl der Höhenunterschied nicht mehr als einen Meter betragen konnte. Die Fenster hoben sich grau gegen all das Schwarze ab. Eins der Fenster im ersten Stock war größer als die anderen. Dahinter hatte sich etwas bewegt.

Winter hatte sich in der Abflughalle einen Latte gekauft, der Kaffee war heiß, er musste darüber blasen. Er hätte einen Cappuccino bestellen sollen, hatte keine Geduld abzuwarten, bis der Latte abgekühlt war, wollte nicht warten.

An diesem Samstagmorgen war die Halle relativ leer, keine Aktentaschen – am Wochenende waren keine Geschäftsreisenden unterwegs. Einige Gesichter kamen ihm bekannt vor, Sonnenküstenschweden, Golfspielerschweden; unter allen, die an der Sonnenküste lebten, war er der Einzige, der nicht Golf spielte, das war eine persönliche und moralische Stellungnahme.

Er stand auf und trat an eins der großen Fenster. Draußen wurde es hell, aber nur schwach, als wäre der Morgen noch schlaftrunken. Er selber hatte zehn Minuten geschlafen, zehn Minuten geträumt, und war danach nicht wieder eingeschlafen. Eine halbe Stunde nach dem Traum hatte Angela angerufen.

»Lungenentzündung«, hatte sie gesagt. »Es sieht nicht gut aus.«

»Herr im Himmel. Was kann das für Folgen haben, Lungenentzündung und Lungenkrebs zusammen?«

»Es ist gut, dass du kommst.«

»Was kann passieren, Angela? Wie schnell kann es gehen?«

»Das weiß niemand im Voraus.«

»Was meinst du denn?«

»Es ist von Mensch zu Mensch unterschiedlich.«

»Soll ich das positiv oder negativ werten?«

»Ich meine es positiv, Erik.«

»Ist sie bei Bewusstsein?«

»Ja.«

»Bekommt sie Sauerstoff?«

»Noch nicht.«

Noch nicht. Wenn er ankam, war sie vielleicht schon an Sauerstoffschläuche angeschlossen, hatte er gedacht, während er zu Hause im Sessel saß und die Schatten des Winters über den Dächern der Innenstadt beobachtete.

Sie hatten aufgelegt, und er hatte die Nummer gewählt, die Angela ihm gegeben hatte.

Es war fast dieselbe Stimme wie beim letzten Mal, fast kein Unterschied.

»Oh, Erik.«

»Alles wird wieder gut.«

»Es ist so schnell gegangen«, sagte sie. »Ich kann es gar nicht fassen.«

»Genauso schnell wird es vorbeigehen.«

»Du hörst zu viele Lügner bei deinen Vernehmungen«, sagte sie.

»Nicht alle lügen«, sagte er.

»Aha.« Ihre Stimme klang erschöpft. Es war gar nicht ihre Stimme, die er gehört hatte. Es war die Stimme von jemand anderem.

»Ich liege in Bengts Zimmer«, sagte sie.

Im ersten Moment verstand er nicht, was sie meinte. Dann sah er es. Er sah die Zimmernummer auf einem Schild an der Tür, er erinnerte sich sogar daran: 1108. Er war einen Korridor im Hospital Costa del Sol außerhalb von Marbella entlanggegangen, er hatte entsetzliche Kopfschmerzen gehabt. Seit mehreren Jahren hatte er nicht mehr mit seinem Vater gesprochen, wahnsinnig, hatte er gedacht. Die Tür zu Bengts Zimmer hatte offen gestanden. Sie führte in einen kleinen Vorraum und weiter in ein Zimmer, durch ein Fenster hatte er den geschotterten Hof gesehen. Es war sehr hell im Zimmer gewesen. Vom Hof war kein Laut zu hören. Winter hatte den Geruch nach Chlor und etwas, das Schmierseife sein musste, wahrgenommen. Das Ganze wirkte glänzend und gewienert, die Wände hatten einen Stich ins Gelbe. Der Fußboden war aus Stein. Im Zimmer hatten zwei Betten gestanden, das eine war leer gewesen und in dem anderen hatte eine an Schläuche und Gasflaschen angeschlossene Gestalt gelegen. Auf einem Stuhl daneben hatte eine Frau gesessen, seine Mutter.

»Ich sehe die Sierra Blanca«, hörte er sie jetzt sagen, ins Telefon, in der Gegenwart.

Winter hatte in dem gelben Zimmer gestanden und Palmen und Pinien gesehen, hinter dem Schotterplatz und Parkplatz, hinter den Bäumen erhob sich die Landschaft mit braunen hügeligen Feldern und einem weißen Dorf, das am Abhang balancierte, und im Hintergrund ragte ein Bergmassiv auf mit einem Gipfel, der fast die dünnen Wolken berührte. Lange hatte er dagestanden, den Blick auf die Bergspitze gerichtet.

»Es ist derselbe Berg, den wir von zu Hause aus sehen«, hatte seine Mutter gesagt. Sie war aufgestanden und hatte sich neben ihn gestellt. »Die Sierra Blanca.«

Nachdem er aufgelegt hatte, war er in der Winterstille sitzen geblieben, bis es Zeit war, sich für den Abflug bereitzuhalten. Jetzt hörte er den Aufruf aus den Lautsprechern, erhob sich, ließ den Latte unberührt stehen, er war immer noch heiß.

Robin Bengtsson stand still. Hinter dem Fenster bewegte sich nichts mehr. Sah er ein Licht? Nein, das war unmöglich. Vielleicht spiegelte sich der Mond. Er schaute zum Himmel, da war kein Mond, er sah keine Sterne, der Himmel war leer.

In dem Haus war niemand. Jetzt bewegte sich wieder etwas. Scheiße. Er wollte nicht, dass sich da drinnen etwas bewegte. War es der Mann, den er schon einmal gesehen hatte? Nein, nein, nein, nein, nein, es war niemand. Robin ging weiter zum nächsten Haus, das zwanzig Meter entfernt lag, vielleicht auch vierzig. Er drehte sich wieder um, und das graue Rechteck im ersten Stock war leer, nicht einmal grau, es war genauso schwarz wie alle anderen Fenster, es war gar nicht mehr zu sehen, das war gut, es sollte nicht mehr zu sehen sein. Dies war wirklich das letzte Mal, dass er hier Zeitungen austrug, nie wieder, und er hörte keine Schritte, er wollte nichts hören, nichts sehen, irgendwo waren Schritte, sie kamen näher und er hörte sie nicht.

Gerda Hoffner und Aneta Djanali stiegen vor Manpower aus. Der Streifenwagen fuhr weiter. Er war das einzig Farbige an diesem Februarmorgen.

Hoffner musste husten, ganz kurz. Dann hustete sie mehrere Male. Sie versuchte den Husten zu unterdrücken, aber es gelang ihr nicht.

»Was ist, Gerda?«

»Nichts.«

»Dafür, dass nichts ist, klingt es aber nach etwas zu viel.«

Hoffner hustete wieder.

»Klingt wie Bronchitis«, sagte Djanali.

»Es ist schon schlimmer gewesen.«

»Ist eine Lungenentzündung schlimmer?«

»Das wird wieder.« Hoffner ging auf den Eingang zu. Djanali folgte ihr und sah Gerdas Rücken: Dieser Rücken sollte im Bett liegen, der Job hat seine Grenzen, sie könnte andere anstecken und so weiter und so weiter. Ich kann krank werden. Es ist kein Vergnügen, krank zu sein, ein Zustand im Nichts, nur Warten.

Sie fuhren mit dem Lift nach oben. Hoffner hustete wieder und hielt sich den Arm vor den Mund.

»Hast du Fieber?«

»Ich glaube, nur ein bisschen.«

»*Glaubst* du? Nur *ein bisschen*?«

Hoffner antwortete nicht.

»Ich will heute nicht mit dir arbeiten«, sagte Djanali.

»Was soll ich denn tun?«

»Geh nach Hause und leg dich ins Bett.«

Im dritten Stock stiegen sie aus.

Am Ende des Korridors sahen ihnen einige Personen entgegen. Djanali nickte ihnen zu. Wir sind hier Fremde. Wir sind anders gekleidet, obwohl wir in Zivil sind. Wir dürfen nicht provozieren. Uns ist anzusehen, dass wir bei der Polizei sind. Vielleicht ist irgendetwas mit unseren Augen. Djanalis Augen begegneten Hoffners. Ihre Augäpfel sind rot, meine sind weiß, weiß und braun sind meine Augen, ihre sind rot und blau.

»Ich kommandiere dich nach Hause ab, Gerda. Das ist ein Befehl.«

Hoffner nickte, ohne etwas zu sagen. Sie war erleichtert, trat zurück in den Lift, verschwand. Djanali hörte sie husten, als sich die Lifttür schloss. Sie dachte an Tuberkulose. Das war ein Erbe von ihren Eltern. Ein Afrikaner denkt immer an Tuberkulose, wenn er jemanden husten hört.

»Egal ist mir allerdings nicht, was mit dem Hund passiert«, sagte Christian Runstig.

»Sie sind ein Tierfreund«, sagte Fredrik Halders.

»Bin ich immer gewesen«, sagte Runstig. »Ich liebe Tiere.«

»Mehr als Menschen?«

»Man könnte es so ausdrücken, dass ich Menschen hasse.«

»Dann sagen Sie es doch, wenn Sie es meinen.«
»Ich hasse Menschen.«
»Warum?«
»Weil sie dumm sind. Nichts im Kopf.«
»Gilt das für alle?«
»Ja, und besonders für Sie.«
»Gilt es auch für Sie selber?«
»Anscheinend«, sagte Runstig, »sonst würde ich wohl nicht hier sitzen, oder?«
»Warum sitzen Sie hier, Herr Runstig?«
»Das ist doch ganz klar?«
»Ich bin so verdammt beschränkt, dass ich es nicht weiß.«
»Ich habe offenbar Ihren Kollegen angegriffen. Einen Bullen anzugreifen, darauf steht fast Todesstrafe. Spielt keine Rolle, wie es dazu gekommen ist.«
»Was sagen Sie da? Ich höre.«
»Er hat mich angegriffen.«
»Ich höre.«
»Ich bin mit dem Hund unterwegs, und da kommt ein Verrückter angestürmt. Er hat mich gejagt! Was hätte ich denn tun sollen?«
»Sie sind doch gelaufen, Herr Runstig.«
»Aber was hätte ich anderes tun sollen? Ich gehe spazieren, und dann kommt ein Verrückter angerast. Ein Fremder. Was hätte ich tun sollen?«
»Ich wäre nicht getürmt«, sagte Halders.
»Wollen Sie etwa behaupten, ich wäre getürmt?«
»Sie sind doch weggerannt.«
»Ich bin stehen geblieben! Ich bin auf ihn losgegangen!«
Halders nickte.
»Er war es, der getürmt ist. Hat mit der Pistole zugeschlagen, dieser verdammte Feigling. So ein Snob! Ein ganz mieser Snob! Er drückt sich vor diesem Verhör. Ha.«

»Mein Kollege hat sich Ihnen zu erkennen gegeben. Sie wussten, wen Sie vor sich hatten.«

»Das konnte doch wer weiß wer sein. Irgend so ein Irrer, der behauptet, wer weiß wer zu sein.«

Ein Punkt für ihn, dachte Halders. Immer mehr Leute behaupten, Gott oder Satan oder sonst wer dazwischen zu sein. Immer mehr laufen auf den Straßen herum und reden mit sich selber, weinen, lachen, schreien. Nicht immer telefonieren sie über Handy.

»Mehr habe ich nicht getan«, sagte Runstig. »Das ist mein einziges Verbrechen«, fuhr er mit einem überraschenden Sinn für Formalitäten fort.

Rassisten sind sehr formell, dachte Halders, das ist mir schon viele Male aufgefallen, es gibt ein Protokoll, das zu befolgen ist, und wenn das nicht geschieht, wird der Scheißrassistextremist nervös.

»Was haben Sie auf der Insel gemacht?«

»Den Hund ausgeführt, hab ich doch schon gesagt.«

Runstig hatte sich etwas beruhigt, es ging auf und ab. Ähnliches hatte Halders schon viele Male bei solchen Typen beobachtet.

»Warum ausgerechnet dort?«

»Mir gefällt es auf der Insel. Um diese Jahreszeit sind keine Leute da.«

»War es nicht ein seltsames Gefühl?«

»Was?«

»Dem Haus so nahe zu sein, wo die Morde geschehen sind.«

»Daran habe ich nicht gedacht. Ich hab nie zwei und zwei zusammengezählt.«

»Warum nicht?«

»Was ist das für eine Frage?«

»Warum haben Sie nie zwei und zwei zusammengezählt?«

»Weil ich genauso blöd bin wie Sie.«

»Gilt das auch für Kinder?«

»Was?«

»Sind Kinder auch dumm?«

Darauf antwortete Runstig nicht. Er versank wieder in sich selber, versank in seinem eigenen Schatten, der in ihm verborgen war, ihn tröstete, ihn anstachelte. Einige Male in seinem Leben hatte Halders den inneren Schatten eines Mannes hervortreten sehen, und er hatte Jahre gebraucht, sich von dieser Begegnung zu erholen. Seinen eigenen Schatten hielt er kurz.

»Hassen Sie Kinder, Herr Runstig?«

»Nein.«

»Warum nicht?«

»Warum nicht, warum nicht, auf alle Fragen gibt es keine Antwort.«

»Welche sind am schlimmsten?«, fragte Halders. »Welche Gruppen von Menschen sind am schlimmsten?«

»Die meisten.«

»Nennen Sie mir eine der schlimmsten.«

»Da können Sie jede Kanakengruppe nehmen.«

»Woran erkennt man sie?«

»Ha, ha, ha.«

»Gefallen Ihnen die Namen nicht?«

»Nein, nein, die Namen sind das Beste an ihnen. Ich mag Namen von Kanaken, besonders wenn ich Fußball gucke.«

»Wie gefällt Ihnen der Name Jovan? Schon mal gehört?«

»Na klar.«

»Erkennen Sie ihn?«

»Woher denn?«

Halders schwieg. Runstig schien nachzudenken. Er sah sich um, als könnte er die Antwort an den kahlen Wänden finden. Dann kehrte sein Blick zu Halders zurück.

»Bei mir klingelt nichts«, sagte er.

»Der Mann im Haus«, sagte Halders. »Sandras Ehemann und Vater der beiden ermordeten Kinder.«

»Aha.«

»Kennen Sie ihn?«

»Wie zum Teufel sollte ich?«

»Sie haben ihm einen Hund abgekauft.«

»Ich habe seiner *Frau* einen Hund abgekauft!«

»Wie haben Sie zu dem Haus gefunden?«

»Ich hab doch gesagt, dass ich die Anzeige gelesen habe!«

»An welchem Tag?«

»Das habe ich auch gesagt.«

»Nein.«

»Es war am selben Tag, als ich die Anzeige entdeckt habe.«

Halders warf einen Blick in seine Notizen. Sie wussten, an welchem Tag es gewesen war, jedenfalls, wenn Runstig die Wahrheit sagte.

Er blickte wieder auf.

»Was bedeutet Terror für Sie, Herr Runstig?«

»Was? Terr ... Reden wir jetzt von Terror?«

»Davon reden wir schon die ganze Zeit. Ich kann Ihnen eine Definition von Terror liefern. Terror ist, wenn man jemanden für etwas bestraft, was er nicht getan hat.«

»Das klingt gut. Aber es stimmt nicht.«

»Warum nicht?«

»Irgendetwas hat jeder getan. Es gibt niemanden ohne Schuld.«

»Womit haben Sie sich schuldig gemacht, Herr Runstig?«

»Hab Prügel bezogen von einem Bullen. Wollen Sie noch was?«

Als er sich langsam zurücklehnte, spürte Halders, wie verspannt sein Nacken war. Während der ganzen Vernehmung hatte er in einer unmöglichen Haltung gesessen. Er lernte es nie.

Winter landete in Malaga. Angela erwartete ihn vor der Ankunftshalle, als er mit der Reisetasche herauskam. Sie umarmten sich. Die Sonne brannte vom Himmel. Er hatte schon vergessen, wie sie hier aussah. Hier unten war sie überall.

»Siv geht es besser«, sagte sie.

»Gott sei Dank.«

»Aber sie ist noch im Krankenhaus.«

»Im selben Zimmer?«, fragte er.

Die Leute warteten vergeblich auf ihre Zeitung. Alle riefen schon am frühen Vormittag bei der *Göteborgs Posten* an, um zu hören, was passiert war. Auch andere Haushalte der Route hatten heute keine Zeitung bekommen, lautete die Antwort. Den Anrufern nützte diese Auskunft wenig. Warum nicht alle ihre Zeitung bekommen hatten, konnte am frühen Vormittag noch niemand sagen. Draußen war es immer noch nicht hell, würde es vermutlich auch nicht werden an diesem Tag.

14

»Die Kinder hätten mitkommen können«, sagte er, als sie im Auto saßen und in Richtung Westen fuhren.

»Maria ist bei ihnen«, sagte sie. »Ich habe versprochen, dass wir nicht lange im Krankenhaus bleiben. Sie haben schon geschlafen, als ich von zu Hause weggefahren bin.«

»Lilly auch?«

»Lilly auch.«

»Was hast du ihnen von Siv erzählt?«

»Dass sie krank ist.«

Jetzt sah er die Fassaden des Hospital Costa del Sol, weiß und grün vor dem Himmel.

Angela bog von der Autobahn ab und parkte das Auto ein.

Sie folgten dem Hinweisschild *Entrada Principal*, aber beide kannten den Weg, er hatte ihn nicht vergessen. Das Gras war grün, und die Blumenbeete waren rot. Die Pinien, die den enormen Gebäudekomplex umgaben, waren höher als früher, Kakteen standen in einer Reihe, und über allem wucherte Bougainvillea.

Er erkannte die Informationstafel im Eingangsbereich: *Ciudados Intesivos. Cirurgía. Traumatología.* Auf Spanisch klang auch das Hässliche, das Kranke hübscher, als bekäme es in einer anderen Sprache einen höheren Sinn.

Die Wände in Sivs Zimmer hatten immer noch einen Stich ins Gelbe.

Vor dem Fenster das Bergmassiv, der Gipfel, der hatte sich nicht verändert. Siv saß im Bett, sie hatte sich überhaupt nicht verändert, nichts war passiert, sie lächelte ihm entgegen.

»Wie geht's dir, Mutter?«, fragte er und umarmte sie. Zum ersten Mal in seinem Leben roch sie nicht nach Rauch.

»Gut, Erik.«

»Dann gibt es wohl keinen Grund, hier liegen zu bleiben?«

»Nein, wirklich nicht. Da muss sich jemand geirrt haben.«

»Kommst du heute nach Hause?«

»Das hoffe ich. Nicht einmal Spanien kann es sich leisten, mit seinen Krankenbetten zu aasen.«

»Spanien schon gar nicht«, sagte er.

»Wirtschaftlich geht es auch nicht voran, seit du nach Hause zurückgezogen bist.«

»Ich bin nicht nach Göteborg zurückgezogen.«

»Was hast du denn getan?«

»Ich absolviere nur ein Praktikum in meinem alten Job.«

»Ich habe von dem neuen Fall gehört.«

»Davon wollen wir jetzt nicht reden.«

Sie sagte nichts mehr. Sie schaute aus dem Fenster.

»Sierra Blanca«, sagte sie. »Dieselben Berge, die wir von zu Hause aus sehen. Aber natürlich aus einer anderen Richtung.«

Mattias Hägg war Sandras Chef gewesen. Er war unsicher, mit wem er es im Augenblick zu tun hatte. War sie wütend oder professionell? Sie sah wütend aus, vielleicht lag das an den Augen, ihre Augäpfel waren sehr weiß.

»Sandra Mars ist mit allen gut klargekommen«, sagte er.

»Ist das normal?«, fragte Djanali.

»Wie meinen Sie das?«

»Wie ich es meine? Ist es normal, dass alle mit allen gut am Arbeitsplatz klarkommen?«

»Ja ... das weiß ich nicht.«

»Nicht?«

»*So* gut kannte ich Sandra Mars nicht.«

»Wie gut kannten Sie sie denn?«

»Als meine Sekretärin. Oder meine ehemalige Sekretärin. Sie sollte ja eine neue Aufgabe übernehmen.«

»Hatten Sie privaten Umgang?«

»Nein ... ja ... einmal bin ich bei ihnen zu Hause in Amundö gewesen ... ich und meine Frau. Ein Abendessen vor einigen Jahren.«

»Und danach?«

»Nichts.«

»Kein Abendessen bei Ihnen zu Hause?«

»Nein ... ich ... daraus ist nichts geworden.« Er schaute sie an. »Es klingt blöd, ich weiß. Aber jetzt ist es zu spät.«

Er sah traurig aus. Es war ein Ausdruck, den sie kannte, er gehörte zu ihrem Job, genauso wie er zum Beispiel zum Job eines Beerdigungsunternehmers gehörte.

Wie gut hatte er Sandra Mars gekannt? Wie wenig hatte er sie gekannt? Hägg legte Wert darauf, klarzustellen, wie wenig er sie gekannt hatte, sie spürte es und sie hörte es. Es klang, als hätte er vorher schon mehrere Male darüber nachgedacht.

»Was können Sie von Sandra erzählen?«

»Was wollen Sie wissen?«

»Ganz egal. Wie hat es ihr in der Firma gefallen?«

»Sie hat sich an ihrem Arbeitsplatz sehr wohl gefühlt.«

»Woher wissen Sie das?«

»Von ihr selber. So was merkt man auch.«

Das gehört zum Job. Aneta Djanali sah den Raum und

durch die Glaswand in eine längliche Bürolandschaft; es gehört zum Job, seine Liebe zum Job auszusprechen, das schwedische Modell.

»War sie froh?«

»Wie bitte?«

»Würden Sie sagen, dass Sandra Mars ein fröhlicher Mensch war? Hat sie etwas Positives, Freude ausgestrahlt?«

»Können Sie das näher erklären?«

»Auf welche Art?«

»Wie Sie schon sagten. Sie strahlte etwas aus ... es war vermutlich Freude.«

»Hat sie während ihrer Elternzeit die Kollegen besucht?«

»Einige Male vielleicht.«

»Wann zuletzt?«

»Daran kann ich mich leider nicht erinnern.«

»Und wie war sie da?«

»Nun, wie immer.«

»Wie lange ist sie geblieben?«

»Nicht lange. Mir ist nichts Ungewöhnliches aufgefallen.«

»Inwiefern ungewöhnlich?«

»Dass sie ... anders war. Ich habe nichts dergleichen bemerkt.«

Danach habe ich nicht gefragt, dachte Djanali.

»Warum hätte sie anders sein sollen?«

»Ich weiß es nicht. Sie haben danach gefragt.«

»Nein.«

»Dann ... muss ich es missverstanden haben.«

»Ist etwas passiert, das sie verändert haben könnte?«

»Was sollte das sein?«

»Etwas, das Ihnen neu an ihr vorkam?«

»Nein.«

Er stand auf, blieb stehen, sah aus, als wüsste er nicht, warum er aufgestanden war. Vielleicht gehörte es zu den

Gepflogenheiten dieses Unternehmens, dass man aufstand, wenn man ein Gespräch für beendet hielt. Aber hier bin ich es, die sich erhebt. Und ich sitze noch. Sie wollte aufstehen. Sie wollte hinaus unter den großen Himmel, den sie durch das Fenster sah. In der Ferne zeichnete sich die Älvsborgsbrücke ab, die im Dunst größer wirkte, als sie war.

Sie erhob sich. Wahrscheinlich würden sie sich bald wiedersehen.

»Danke«, sagte sie.

»Ich bin Ihnen gern behilflich. Der Fall muss gelöst werden. Es ist furchtbar.«

Er wirkte erleichtert. Jetzt bemerkte sie den Schweiß in seinem Haaransatz.

Gerda Hoffner fuhr nicht direkt nach Hause. Sie nahm einen Dienstwagen aus der Garage des Präsidiums und fuhr Richtung Süden. Jetzt konnte sie niemanden anstecken. Und sie fühlte sich besser, schon seit einer halben Stunde hatte sie nicht mehr gehustet. Dafür hatte wohl Aneta gesorgt, bestimmt hatte sie magische Kräfte. Hoffner lächelte vor sich hin und dachte an Anetas Masken aus Burkina Faso, die bei ihr zu Hause an der Wand hingen. Hoffner hatte sie gesehen, als sie mit einigen Kollegen aus dem Dezernat Walpurgis in dem Haus in Lunden gefeiert hatte. Es war ihre erste Feier zusammen mit Fredrik, Aneta, Bertil und Torsten gewesen, die alte Clique, die vom fünften Rad am Wagen geredet hatte, von Erik, der vermutlich nie aus seinem Asyl nach Hause kommen würde. Fredrik war erst kürzlich Kommissar geworden, Schwedens ältester neuernannter Kommissar, wie er sagte, alle hatten gelacht, aber sie hatte gesehen, dass sein Lachen nicht bis in die Augen reichte, und ihr war klargeworden, dass Fredriks Beziehung zu Erik immer kompliziert gewesen und auch nicht besser geworden war, als der

Chef plötzlich vom Himmel gefallen und mitten in diesem Fall gelandet war. Erik hatte nicht viel gesagt, aber er wollte wieder hinein, das konnte sie verstehen, sie verstand es jeden Tag besser, und das erschreckte sie manchmal.

Sie wählte die Nummer. Keine Antwort. Robin Bengtsson hatte seine schwarze Schicht schon vor mehreren Stunden beendet, und er hatte versprochen anzurufen, ganz gleich, ob er noch etwas gesehen hatte oder ihm noch etwas eingefallen war oder nicht. Ihr blieb nichts anderes übrig als zu warten, er war wohl einer der unzuverlässigen Typen. Sie hatte nichts gesagt, als Winter ihn noch einmal auf die Zeitungsrunde geschickt hatte, Winter musste ja wissen, was er tat. Aber jetzt war Robin vermutlich abgehauen, ohne sich über die Konsequenzen klar zu sein, war vielleicht unterwegs nach Christiania, falls es das noch gab, oder einem Viertel in Gårda. Aber er sah nicht aus wie ein Junkie. Er sah auch nicht wie ein junger Alkoholiker aus. Er sah aus wie ein Zeitungsbote, der schwarz arbeitete.

Sie rief wieder an, keine Antwort. Es gab noch eine andere Alternative, aber an die wollte sie nicht denken, noch nicht. Sie dachte an das Haus, das verurteilte Haus. Sie wollte in dem Haus herumgehen, dort wollte sie nachdenken. Aber sie fürchtete sich davor. Das könnte etwas mit mir machen, was mich für immer verändert, dachte sie, und genau das will ich, das erschreckt mich. Mehr als alles andere, was mich erschreckt.

Vom höchsten Punkt von Bäckebo sah sie das Eis bis hin zum offenen Meer glänzen, dünn und zerbrechlich wirkte es von hier oben. Dort unten würde es eine falsche Sicherheit vorgaukeln, wie Sicherheit stets mit einer trügerischen Schicht bedeckt ist, die nur von demjenigen wahrgenommen wird, der sie von einer höheren Warte betrachten kann. So einfach war das.

Der Parkplatz war leer. Christian Runstigs Auto war vom Dezernat der Spurensicherung abgeholt worden. Sie hatten kein Blut gefunden, jedenfalls bis jetzt nicht, das Blut nicht *gefunden*, dachte sie, als sie am Spielplatz vorbeiging, der auch leer war. Alles im weiten Umkreis war leer seit dem Verbrechen. Der Effekt aller Verbrechen: Leere, Leere und Terror, Strafe für die Unschuldigen.

In Amundövik hatte es früher vermutlich nur einen Weg, einen Pfad gegeben. Jetzt gab es eine Straße. Eine Straße für die Glücklichen, denen es gelungen war, hier Besitz zu erwerben, die sich ein Haus in diesem Land des Glücks leisten konnten.

An einem Baumstamm hing ein Zettel in einer Plastikhülle. »Hallo, nettes, ordentliches Paar sucht Wohnung in einem Haus. Hilfe bei der Gartenarbeit möglich. Kleiner, aber lieber Sohn. Wir bieten sehr schöne 4-Zimmer-Wohnung in Olskroken zum Tausch an. Geordnete Finanzen.« Und darunter die bereits vorgeschnittene Reihe mit der Telefonnummer. Einige waren abgerissen. Jemand hatte sich vielleicht erbarmt. Das nette und ordentliche Paar wohnte vielleicht schon hier. Ein Datum gab es nicht. Sie schrieb die Telefonnummer ab und machte ein Foto von dem Zettel. Sie dachte über die Formulierung »kleiner, aber lieber Sohn« nach.

Auf dem Fahrradweg waren vor mehreren Häusern, deren Grundstücke bis ans Wasser reichten, Schilder aufgestellt, auf denen PRIVAT stand. Einige Häuser sahen aus wie Schlösser, andere wie Bunker, je nach Persönlichkeit der Besitzer. Jetzt stand sie vor dem hübschen Holzhaus, dem leeren Haus. Sie hatte ein unheimliches Gefühl im Magen, als würde sich darin etwas Bösartiges bewegen, nichts Gutes. Sekundenlang dachte sie an *Alien*. War es im ersten Film gewesen, in dem im Magen eines Raumfahrers etwas wuchs, etwas sehr Bösartiges, das dann herauskam? Als sie die Szene sah, hatte sie sich an den Magen gegriffen, die entsetzlichste Szene der Welt.

In ihrer Innentasche vibrierte es. Sie griff nach dem Handy.

»Ja, Gerda Hoffner hier. Wo sind Sie?«

Sie hörte keine Stimme, nur das elektronische Rauschen.

»Hallo?« Sie sah auf das Display. Darauf stand »Robin Bengtsson«, wie es sollte, wenn alles funktionierte. »Warum haben Sie mich nicht angerufen, Robin?«

»Ich rufe jetzt an.« Die Stimme kam von weit her, wie aus Christiania, Goa, einem Strand in Kambodscha.

»Sie sollten sofort anrufen, sobald Sie fertig waren! Wo sind Sie?«

»Zu Hause.«

»Warum rufen Sie erst jetzt an, Robin?«

»Ich ... habe einen Schrecken bekommen.«

»Wer hat Sie erschreckt?«

»Ich weiß es nicht.«

»Was war das für eine Art Schrecken?«

»Da war jemand.«

»Wo war jemand?«

»In dem Haus.«

»In dem Haus? Welchem Haus?«

»Gibt nur ein Haus.«

»Sie haben jemanden in dem Haus gesehen?«

»Ja ...«

»Wo dort?«

»Am Fenster im Obergeschoss.«

Sie schaute zu dem Fenster hinauf, das größer war als die anderen. Dahinter rührte sich nichts. Es war schwarz.

»Sind Sie hineingegangen?«

»Nein, nein. Ich bin abgehauen ... und dann habe ich etwas gehört. Es war ganz nah.«

»Was haben Sie gehört?«

»Es klang wie ein ... Tier.«

»Warum haben Sie Angst bekommen?«

»Die hätten Sie auch gekriegt, wenn Sie dort gewesen wären«, sagte Robin.

Bertil Ringmar war mit Mars im Café Kardemumma in der Mariagatan in Kungsladugård verabredet. Den Treffpunkt hatte Mars bestimmt.

»Sind Sie hier schon mal gewesen?«, fragte Mars, als sie sich in einer der Nischen niedergelassen hatten. Ringmar schaute sich um.

»Seltsamerweise nicht. Vorbeigefahren bin ich schon viele Male.«

Mars nickte. Er hatte sich am Tresen etwas bestellt, das er selbst bezahlen wollte. Das Leben schien langsam wieder in ihm zu erwachen. Oder was es nun war.

»Ich wohne gar nicht weit von hier entfernt«, sagte Ringmar.

»Ich auch nicht.«

Ringmar nickte.

»Ich weiß nicht, wie lange ich da wohnen werde«, sagte Mars.

»Nein.«

»Ich weiß nicht, ob ich jemals in das Haus zurückziehen werde.«

»Nein.«

»Was meinen Sie?«

»In diesem Fall kann ich keinen Rat geben«, sagte Ringmar.

»Nein, nein, ich meine ganz allgemein, wie das ist mit dem Zurückziehen. Sie müssen doch Erfahrung haben.«

»An einen Ort des Verbrechens zurückzuziehen?«

Es klang jämmerlich. Hier ging es um mehr als ein Verbrechen. Um etwas Größeres.

»Nach …«, sagte Mars.

»Es ist Ihre Entscheidung«, sagte Ringmar.

»Die fällt mir verdammt schwer.«

»Das kann ich gut verstehen.«

»Wie soll man es in dem Haus aushalten?«

»Möchten Sie dort leben?«

»Genau das weiß ich nicht.«

»Wie geht es Ihrer kleinen Tochter?«

»Gut. Sie weiß nichts.«

Ringmar antwortete nicht.

»Wie sollte sie etwas wissen können?«, sagte Mars.

»Nein, wie sollte sie«, sagte Ringmar und sah zwei junge Frauen das Café betreten, beide mit einem Kinderwagen. In Kungsladugård gab es viele Kinderwagen, hatte es immer gegeben. Die Frauen sahen noch aus wie Jugendliche. Irgendwann, als er eben die fünfzig überschritten hatte, waren Ringmar alle jungen Frauen wie Jugendliche vorgekommen, besonders wenn sie einen Kinderwagen vor sich her schoben.

»Das ist es … wie sollen wir dort leben? Wenn sie es erst einmal begreift? Wenn Greta groß genug ist. Wann soll ich es ihr erklären … in dem Zimmer … in dem Zimmer.«

»Sie müssen sich ja nicht sofort entscheiden«, sagte Ringmar.

»Vielleicht werde ich es nie tun«, sagte Mars.

»Was ist mit Ihrer Arbeit?«

»Die ist noch da. Aber ich weiß nicht, ob ich sie … ob ich weitermachen will. Wahrscheinlich fahre ich nicht zurück in diese wahnsinnige Stadt.«

»Nein. Sie können sich mit allem ein bisschen Zeit lassen.«

»Reicht das? Reicht die Zeit?«

Nein, dachte Ringmar, die Zeit reicht nicht, alle Zeit der

Welt reicht nicht, Äonen von Jahren reichen nicht. Die Zeit heilt keine Wunden, das ist nur Scheißgerede, mit den Jahren wird alles nur noch schlimmer, das weiß doch jeder.

»Ich verstehe nicht, wie Sie für so etwas die Verantwortung übernehmen können«, hörte er Mars sagen. »Wie zum Teufel können Sie für so etwas Verantwortung übernehmen?«

Die Frauen standen jetzt am Tresen und bestellten etwas. Beide lachten. Das Mädchen hinter dem Tresen lachte auch. Sie waren Stammkundinnen, genau wie er und Erik Stammkunden bei Alströms waren. Stammkunden gewesen sind. In diesem Winter waren sie noch keinmal dort.

Mars sagte wieder etwas.

»Verzeihung, wie bitte?«

»Wofür übernimmt die Polizei eigentlich Verantwortung? Wofür übernehmen Sie Verantwortung?«

»Für so viel, wie meine Kraft reicht«, sagte Ringmar.

»Die Morde«, sagte Mars, »für die übernehmen Sie Verantwortung. Ihre Verantwortung sollte darin bestehen, dass Sie den Teufel finden, der das getan hat. Das ist Ihre Verantwortung. Haben Sie gehört?«

Er hatte lauter gesprochen. Ringmar hatte ihn schon verstanden.

»Ich höre«, sagte er.

Hoffner schloss die Tür auf, betrat die Diele und stieg die Treppe hinauf. Das Haus hallte wider von Leere und Einsamkeit. Vielleicht würde es immer so bleiben. Sie wusste nicht, ob der Mann mit seinem Kind wieder einziehen würde, niemand wusste das. Am besten wäre vielleicht, er täte es nicht. Vielleicht zog er in eine Zelle. Im Augenblick wusste auch das niemand. Im Obergeschoss war alles Bewegliche, das etwas erzählen könnte, ausgeräumt. So hatte es Barbara von der Spurensicherung vor gar nicht langer Zeit ausgedrückt. Erzählungen. Jeder Gegenstand hat etwas zu erzählen.

Hier konnte man nichts mehr zerstören.

Was hatte gefehlt, als Winter und Ringmar zum ersten Mal dieses Haus betreten hatten? Mehr als das Leben von drei Personen? Sie wusste noch nicht alles, hatte aber von dem fehlenden Nuckel gehört.

Der Fußboden in dem Zimmer mit dem großen Fenster war aus Holz und blank wie poliertes Eis, helles Holz, sah teuer aus. In der Mordbibel könnte sie es nachlesen, wenn sie wissen wollte, was für eine Holzart es war, alles, was der Mensch wissen musste, stand in einer Mordbibel. Früher hatte der Ausdruck die Anleitung bei einer Mordermittlung bezeichnet, Winter hatte ihn übernommen, jetzt umfasste er die gesamte Ermittlung, die alles enthielt.

Hatte hier jemand gestanden? War hier herumgegangen? Nach den Morden? War das möglich? Das Haus wurde noch immer bewacht, aber nicht mehr lange.

Sie schaute durchs Fenster auf das Meer, die Straße da unten, die Briefkästen, die Häuser, den Fahrradweg, die Bunker, die Schlösser, die Felsen und Schären, die Brücke, die zu der größeren Insel hinüberführte, das Eis zwischen den Inseln; von Winters Verfolgungsjagd da draußen waren keine Spuren mehr zu sehen.

Den Blick noch immer auf das gefrorene Meer gerichtet, nahm sie ihr Handy heraus.

Torsten Öberg meldete sich nach dem zweiten Signal. Sie erzählte, wo sie stand.

»Könntest du jemanden herschicken?«, sagte sie. »Es ist etwas mit dem Fußboden. Oder mit dem Fenster.«

»Natürlich.«

Sie sah sich um, als suche sie nach der Zeit, *jenen Minuten*, als könnten sie sich mitteilen, vielleicht durch das Schlagen einer Wanduhr, auf irgendeine Art, aber es war nichts anderes zu hören als die Stille und von irgendwoher ein Brausen, vielleicht vom gefrorenen Meer, das Wasser unter dem Eis musste sich wohl immer noch bewegen, es konnte ja nicht still stehen, nur weil es im Eis gefangen war.

Als sie nach draußen kam, sah sie den Gartenpavillon, der hoch oben im Nachbargarten wie auf einem eigenen Grundstück stand, ein Haus für sich. Von dort musste der Ausblick noch besser sein, von dort sah man sicher alles.

Die Pforte zum Nachbargrundstück quietschte, als sie sie öffnete.

Auf ihr Klingeln öffnete niemand, sie versuchte es mehrmals. Keine Warnung vor dem Hund, keine Hundehütte, kein wahnsinniges Gebell aus dem Haus, ich will dich fressen, ich will dich beißen. Sie ging um das Haus herum und den Hügel hinauf. Der Pavillon lag viel höher als das Wohnhaus. Der Anstieg war beachtlich, sie atmete stoßweise, als sie oben ankam, ihr fiel ein, dass sie vermutlich eine Bronchitis hatte, vielleicht etwas Schlimmeres. Von hier aus hatte sie freie Sicht über das Grundstück, die Straße und alles andere, eine neuere und stärkere Version der Szene, des Hauses. Sie konnte geradewegs in das Fenster hineinschauen. Sie öffnete die Tür zum Pavillon, in dem es sehr hell war, weil er dem Himmel so nah war. Auf dem Fußboden lag etwas. Sie blinzelte, in ihren Augen brannte es, sie blinzelte noch einmal. Sie gab die Kurzwahl der Spurensicherung ein.

»Ja?«

»Es geht nicht nur um den Fußboden in Mars' Haus«, sagte sie.

15

Winter überquerte das Viadukt über der Autobahn. Beim letzten Mal hatte hier ein riesiges Schild aufgeragt, auf dem stand *Urbanización Bahia de Marbella*. Seitdem war viel passiert, die Stadt war in die Breite gewachsen, und das heruntergekommene Hotel los Monteros auf der anderen Seite war renoviert worden. Die hübschen Villen hinter dem Hotel entlang der Avenida del Tenis bis hinunter zum Meer gab es noch. Zum zweiten Mal ging er diesen Weg. Beim ersten Mal hatte sein Vater im Sterben gelegen. Diesmal wusste er nicht, was bevorstand, vielleicht dasselbe, es musste ein Sinn dahinterstecken, dass er diesen Weg gewählt hatte, die Urbanisierung hing mit dem Leben seiner Eltern zusammen, sie hing mit allem an der Küste zusammen. Für diese Welt hatten sie sich entschieden, und bald würden beide fort sein, aber alles andere würde bleiben, das schrecklich Hässliche und das phantastisch Schöne, und bald würde er eine weitere Waise unter der Sonne sein.

Mitten auf einem Tennisplatz lag ein Haufen Holzstühle in einem wirren Durcheinander, als hätte in der Vergangenheit ein Treffen stattgefunden oder als wäre ein Fest jäh beendet worden. Es war der Krieg, der kam.

Im Auto auf dem Weg in die Stadt dachte er darüber nach, wann er seine Mutter das erste Mal gesehen hatte. Wie klein mochte er da gewesen sein? Daran hatte er noch nie gedacht. Vielleicht hatten Menschen solche Gedanken, Sekunden bevor sie starben. Aber er würde noch nicht sterben.

»Bist du müde, Erik?«, fragte Angela.

»Nein, nein.«

»Was hast du für Pläne?«

»Mir genügt es, die Kinder zu treffen. Und dich.«

»Wir können bei Timonel essen gehen. Ich hatte keine Zeit einzukaufen.«

»Timonel ist perfekt. Ich hatte schon solche Sehnsucht nach deren *adobo*.«

Sie gingen über den Fontanillastrand, sie gingen und gingen, er trug Lilly auf den Schultern, sie wollte gar nicht herunter. Es war, als wäre er jahrelang weg gewesen – in den vergangenen beiden Jahren war er nicht einen einzigen Tag von ihnen getrennt gewesen, der Kontrast war schwindelerregend, und nur Kinder konnten das verstehen.

Angela war in die Wohnung zurückgegangen. Auch sie verstand es.

»Wie lange bleibst du zu Hause?«, fragte Elsa. Bisher hatte sie noch keine Fragen gestellt. Sie weiß, dass ich wieder wegmuss, dachte er. Sie weiß, warum ich jetzt hier bin.

»Ich weiß es noch nicht genau, Schätzchen«, sagte er und nahm ihre Hand. Sie hatte gerade einen Stein über das Meer hüpfen lassen, das hatte er ihr beigebracht, es war sehr schwer, einen Stein in der Brandung hüpfen zu lassen.

»Wird Großmutter wieder gesund?«

»Ich glaube schon, Liebes.«

»Aber warum liegt sie dann im Krankenhaus?«

»Bis jetzt ist es das Beste für sie«, sagte er, ließ die Hand seiner Tochter los, hob einen Stein auf und schleuderte ihn weit hinaus. Lilly saß immer noch auf seinen Schultern.

»Oh, oh, oh!«, sagte Lilly.

»Was ist das für ein Fall, an dem du gerade arbeitest, Papa?« Elsa blinzelte zu ihm hinauf. Die Sonne schien ihr in die Augen. Die Frühlingssonne über der Costa del Sol ist stärker als an den meisten anderen Orten der Welt. »Ist es Mord?«

»Setz die Sonnenbrille auf, Elsa.«

»Was ist es, Papa? Worum geht es bei dem Fall?«

»Du fragst zu viel. Ich habe dir doch gesagt, dass man einen Papa nicht fragen darf, woran er arbeitet, wenn er Kriminalkommissar ist.«

»Ich hab gedacht, du hast aufgehört«, sagte sie. »Darum frage ich.«

»Versuch nicht, dich rauszureden«, sagte er.

»Musst du an diesem Fall arbeiten?«

Ich habe zu viel erzählt im Lauf der Jahre, dachte er. Sie hat zu viel gehört. Lilly hört auch zu.

»Das muss ich wohl«, sagte er. »Aber ich komme wieder.«

»Dauert es lange?«

»Nein«, sagte er.

»Jetzt versuchst du, dich rauszureden, Papa!«

»Ihr seid ja auch bald zu Hause. Wir ziehen alle zusammen nach Hause.«

»Und wenn ich nicht will?«

»Willst du nicht wieder nach Hause, Mäuschen?«

»Nein«, sagte sie, »ich will hier mit dir und Mama und Großmutter wohnen.«

Gerda Hoffner wartete an der kleinen Straße. Sie sah ein Auto rückwärts in die Richtung fahren, aus der es gekommen war. Aus einem der Häuser weiter südlich näherte sich eine

Frau, entfernte sich dann aber. Hoffner sah die Sonne durch dünne Wolken brechen. Kein Strahl traf sie. Im Augenblick ging es ihr beschissen. Der Husten hatte wieder angefangen, und bei jedem Husten hatte sie Schmerzen in der Brust. Vielleicht war es Krebs wie bei Eriks Mutter. Schon seit ich klein bin, denke ich immer gleich an das Schlimmste, dachte sie, bin eine eingebildete Kranke gewesen, seit mir bewusst wurde, dass man krank werden kann. Auf Deutsch heißt das *Hypochondrie*, genau wie auf Schwedisch. Trotzdem machen mir meine Sorgen keine Angst, das ist seltsam, sind eine Überkompensation für etwas, das ich nicht erkennen kann.

Von Norden, vom Spielplatz her, näherte sich ein Mann. Ein älterer Mann, vielleicht pensioniert, er zog kaum merklich ein Bein nach. Er schien auf dem Weg zu ihr zu sein, als wüsste er, wer sie war.

Er blieb stehen und streckte eine Hand aus.

»Robert Krol«, sagte er.

»Ich gebe Ihnen lieber nicht die Hand«, sagte sie. »Ich hab das Gefühl, dass ich eine saftige Erkältung ausbrüte.«

»Oh«, sagte er und schaute zum Haus hinauf.

»Was für eine Tragödie«, sagte er und sah sie wieder an. »Ich … ich habe sie entdeckt.«

»Ich kenne Ihren Namen«, sagte sie.

»Ach?«

»Natürlich«, sagte sie.

»Aha«, sagte er, »Sie sind auch Polizistin?«

»Ich dachte, das wüssten Sie?«

Er antwortete nicht. Ist doch klar, dass du es wusstest, Kapitän Neugierig.

Der Mann schaute wieder zum Haus.

»Die Kinder«, sagte er. »Dass so etwas passieren konnte. Dass so etwas passieren darf.«

»Kennen Sie den Zeitungsboten?«, fragte sie.

»Ob ich den Zeitungsboten kenne? Nein, warum sollte ich?« Er schien zu lächeln. »Gibt es jemanden, der seinen Zeitungsboten kennt?«

»Haben Sie ihn irgendwann einmal gesehen?«

»Nein, so früh am Morgen bin ich noch nicht unterwegs.«

Von Norden näherte sich ein Auto. Sie kannte den Fahrer und die Person, die neben ihm saß.

Torsten Öberg stieg aus, zusammen mit zwei anderen Personen.

»Ich dachte, es ist das Beste, wenn ich mitkomme«, sagte er.

»Gut«, sagte Hoffner. »Du kennst sicher Robert Krol?«

Öberg nickte.

»Entschuldigen Sie uns bitte?«, sagte er an Krol gewandt.

»Natürlich«, antwortete Krol und ging zurück zum Fahrradweg.

»Wo sollen wir anfangen?«, fragte Öberg.

»Es geht um das große Zimmer im Obergeschoss und um den Gartenpavillon da oben.« Hoffner zeigte zum Hügel, hustete gleichzeitig und hielt sich die andere Hand vor den Mund.

»Das klingt überhaupt nicht gut«, sagte Öberg. »Fahr nach Hause und leg dich ins Bett, ehe ich dich auch noch untersuchen muss.«

»Obduzieren, meinst du? Vielen Dank.«

»Was ist mit dem Gartenpavillon? Wir haben ihn schon einmal überprüft.«

»Dort hat jemand gesessen, am Fenster. Als hätte die Person ... Mars' Haus beobachtet. Ich kann es nicht erklären. Plötzlich hatte ich so ein Gefühl. Auf dem Fußboden liegt eine Kippe, und am Fenster steht ein Stuhl. Der gehört eigentlich zu den anderen Stühlen, die um einen Tisch herum stehen. Das sah irgendwie unnatürlich aus.«

Als er in ihr Zimmer zurückkehrte, war Siv Winter an Sauerstoffschläuche angeschlossen. Der Himmel oberhalb der Berge hatte sich verdunkelt, vielleicht würde es Regen geben. Auf dem Weg vom Parkplatz zum Eingang des Krankenhauses war die Luft schwerer, eine Erinnerung daran, dass noch kein Sommer war, vielleicht noch nicht einmal richtiger Frühling. Manchmal täuschte der Frühling auch an der Costa del Sol.

Er half ihr, sich von den beiden kleinen Plastikröhren zu befreien, die in ihren Nasenlöchern steckten.

Sie sah ängstlich aus, klein, dünn, ängstlich und ungekämmt. Er glättete ihre Haare über dem Scheitel. Es fühlte sich sehr dünn und weich an, wie bei einem kleinen Kind.

»Ich bekomme anscheinend nicht mehr genügend Luft«, sagte sie.

»Es wird besser«, sagte er.

»Manchmal ist der Punkt erreicht, an dem nichts mehr besser wird«, sagte sie.

»Du bist ja eine Philosophin geworden, Mutter.«

»Das werden wir alle, wenn es ans Sterben geht.«

»Du wirst nicht sterben.«

»Ich habe kein ewiges Leben.«

»Aber noch wirst du nicht sterben.«

»Nein, ich will noch nicht sterben. Es gibt noch so viel zu tun.«

»Wie recht du hast.«

»Du siehst besorgt aus, Erik. Da ist noch etwas anderes.«

»Ach?«

»Du hast deine Arbeit mitgebracht.«

»Stimmt, es fällt mir schwer, loszulassen«, sagte er. »Aber ich versuche es.«

»Du hättest nicht kommen sollen. Du hast doch so viel zu tun.«

»Wenn ich nicht gekommen wäre, wäre ich kein Mensch«, sagte er.

»Wann fliegst du zurück?«

»Wenn es dir ein wenig besser geht.«

»Dann musst du womöglich lange bleiben. Ich habe gehört, du warst bei Lotta.«

Jetzt sah sie munterer aus, ihre Wangen hatten Farbe bekommen und ihre Augen glänzten.

»Sie kommt morgen«, sagte Winter.

»Je mehr von euch kommen, umso besorgter werde ich«, sagte sie. »Klingt ja schon fast wie ein Trauerzug.«

»Ich hoffe, du machst Witze, Siv.«

»Ja, aber warum lachst du nicht?«

»Lass mir noch etwas Zeit.«

Als er nach draußen kam, war der Himmel von allen Wolken blank gefegt. Er war genauso entsetzlich blau wie fast immer. Winter verspürte ein sonderbares Verlangen nach einem Zigarillo, vielleicht aus Solidarität zu Siv. Vor einem Jahr hatte er es geschafft, mit dem Nikotin aufzuhören, die Sonne, das Meer und die Kinder, der Mangel an Arbeit hatten ihm geholfen. In Schweden gab es schon lange keine Corps mehr, der Aufstieg der Marke hatte mit ihm begonnen und war mit ihm zu Ende gegangen, er brauchte sie nicht mehr aus Brüssel zu importieren, er war frei.

Der Rauch hatte Siv noch nicht umgebracht. Es gab Sonnenscheingeschichten. Dies war nur eine kleine Unterbrechung in der ewigen Erzählung vom Paradies, ein vorübergehendes Problem unter dem Himmelsgewölbe.

Der südliche Teil des Parkplatzes war aufgegraben. Er musste auf einer Planke über das Loch balancieren. Man hatte Warnschilder auf Spanisch und Englisch aufgestellt, er befand sich an einem internationalen Ort. *Sorry for the trovles* stand rot auf weiß auf den Schildern.

Er schaute von der Terrasse in der Calle Ancha auf die alte Stadt hinunter. Die beiden Palmen vor der Kirche auf der Plaza de Santo Cristo verbreiteten Geborgenheit, auf Sivs Grundstück in Nueva Andalucía gab es drei Palmen. Früher hatte sie davon gesprochen, dass die Tür immer für ihn und seine Kinder offen stehen würde. Damals hatte er sie gebeten, dahin zu gehen, wo der Pfeffer wächst.

Das Handy schabte in seiner Brusttasche wie ein Pacemaker. Er las das Display ab, bevor er sich meldete. Er hatte schon befürchtet, es sei ein Ortsgespräch.

»Hallo, Bertil.«

»Wie geht es Siv?«

»Besser, wie es scheint.«

»Schön.«

»Wir werden sehen. Wie geht es dir?«

»Auch gut. Hatte ein Gespräch mit Jovan Mars.«

»Und?«

»Der Mann steht immer noch unter Schock. Worauf der zurückzuführen ist, konnte auch noch nicht geklärt werden.«

»Hat er es getan?«

»Ich habe vergessen, ihn zu fragen.«

»Könnte er es gewesen sein?«

»Ja.«

»Neues über ein Alibi herausgefunden?«

»Es gibt keins, Erik. Wenn kein weiterer Zeuge auftaucht. Mars kann es gewesen sein.«

»Was sagt er über das Haus? Was hat er vor? Hat er sich dazu geäußert?«

»Er weiß es noch nicht.«

»Was würdest du tun, Bertil?«
»Das ist eine hypothetische Frage.«
»Gibt es überhaupt andere Fragen?«

Als sie nach dem letzten Krankenhausbesuch an diesem Tag zurückfuhren, kroch die Dunkelheit von den Bergen. Angela saß am Steuer. Er wollte nicht fahren. Es war entspannend, neben jemandem zu sitzen und zuzusehen, wie die Bucht dort draußen die gleiche tiefe Farbe annahm, die an ihrem Grund immer vorherrschen musste. Tagsüber wirkte die Bucht wie Zinn, eine Folie, blindes Silber oder warum nicht Eis, am Tag gab es überhaupt kein Blau im Meer, wenn man nicht hoch oben in den Bergen stand.

»Es ist schlimmer, als ich dachte«, sagte er in die Dämmerung hinaus. Sie begegneten Autos, die ohne Licht fuhren, *spanish style.*

»Ich hatte den Eindruck, es geht ihr besser«, sagte Angela. »Sie hat ein bisschen mehr gegessen.«

»Ich spreche nicht von Siv.«

»Hast du Angst?«

»Ich kann es keinem anderen überlassen. Ich stecke schon zu tief drin.«

Sie antwortete nicht. Sie hatten die Stadt erreicht, kamen an einigen Autohäusern vorbei, hinter den Schaufensterscheiben glänzte der Autolack im Neonlicht, das in Spanien gelber ist als in Schweden.

»Wir müssen ihn herauslocken.«

»Den Mörder herauslocken?«

»Irgendwie.«

»Wie macht man das?«

»Denken. Darüber nachdenken. Nachdenken darüber, was passiert ist. Warum es passiert ist. Wie es passiert ist.«

»Ist es anders als bei früheren Fällen?«

»Schlimmer. Vielleicht anders. Schlimmer.«

»Wegen der Kinder?«

Er antwortete nicht. Seit einigen Tagen hatte er die toten Kinder nicht mehr gesehen. Ihre Gesichter nicht gesehen.

»Wenn Sivs Zustand sich stabilisiert, kannst du zurückfliegen«, sagte sie, »vielleicht schon bald.«

»Davor fürchte ich mich auch«, sagte er. »Ich fürchte mich vor allem. Ich weiß nicht, was mit mir los ist.«

»Du bist menschlich«, sagte sie. »Ein *Mensch*.«

»Bin ich das vorher nicht gewesen?«

»Doch, aber auf andere Art.«

»Auf was für eine Art?«

»Das weißt du vielleicht selber«, sagte sie.

»Es ist ... mein Urlaub«, sagte er, »die beiden Jahre haben mich auf falsche Art menschlich gemacht.«

»So ein Quatsch.«

»Falscher Mensch am falschen Arbeitsplatz.«

»Dann schon eher falscher Mensch am richtigen Arbeitsplatz«, sagte sie.

»Oder der richtige Mensch am falschen Arbeitsplatz«, sagte er.

»Vielleicht solltest du gar keinen Job haben«, sagte sie.

»Nur diesen einen Fall noch«, sagte er. »Und dann noch einen.«

16

Die Leute gingen rein und raus, als wäre es die einzige Apotheke im Westen Göteborgs, ein Strom von Menschen. Draußen standen Männer, die auf Drogen warteten. Das Bild stimmte nicht. Alle Personen, die sie auf dem Opaltorget sahen, waren gesund und gesetzestreu, einige mit dunkler Hautfarbe, andere mit heller. Heute lag definitiv Frühling in der Luft, es gab Hoffnung auf eine Zukunft, wenn man für seine Gesundheit sorgte, sich am Leben hielt, sich von den harten Substanzen fernhielt und fröhlich und positiv eingestellt war.

Halders verschwand im Blumenladen und kam mit einer langstieligen Rose wieder heraus, die er Djanali überreichte.

»Hoffentlich hast du sie nicht geklaut«, sagte sie.

»Ich durfte nicht bezahlen.«

Sie betrachtete die Blume.

»Das ist das Schönste, was eine Person von einer anderen Person bekommen kann«, sagte sie, »eine langstielige rote Rose.«

»Ich weiß.«

»Warum gerade jetzt?«

»Muss man für alles einen Grund haben?«

»Nein, wirklich nicht.«

»Heute ist dein Namenstag.«

»Aneta steht nicht im schwedischen Kalender, Fredrik.«

»Doch, ab heute, jetzt gibt es dich im Kalender.«

»Man kann nicht einfach in den Namen von jemand anderem reintrampeln und sich draufsetzen«, sagte sie.

»Woher kommt er? Aneta?«

»Ich glaube, meine Eltern haben an Agneta gedacht«, sagte sie. »Sie haben das g vergessen.«

»Nicht leicht, nicht leicht«, sagte er.

»Agneta hat am einundzwanzigsten Januar Namenstag«, sagte sie. »Der ist längst vorbei.«

»Da war es noch Winter, jetzt ist es fast Frühling.«

»Im Winter hat Christian Runstig hier auf dem Opaltorget zwei Personen verletzt, sie vielleicht umgebracht, jedenfalls eine von ihnen.«

»Das Problem ist nur, dass es gar nicht passiert ist.«

»Jedenfalls wissen wir nichts davon.«

»Wir hätten es gewusst, und um sicherzugehen, sind wir jetzt hier. Ich sehe keine Blutflecken.«

Sie gingen weiter, am Le Pain Français vorbei, und blieben vor der Kirche stehen. Halders las laut vor, was auf einem Schild stand:

»Wenn es Gott gäbe, was würdest du ihn dann fragen?« Er drehte sich zu Djanali um. »Was würdest du fragen, Aneta?«

»Ich würde ihn fragen, wo er war, als die Kinder ermordet wurden«, antwortete sie.

»Oh, oh, oh, schwere Frage.«

»Die Kinder und die Frau.«

»Die Frage darfst du Gott nicht stellen. Das ist die einzige Frage, die man Gott nicht stellen darf. Man kann ihn nicht für den Tod verantwortlich machen. Diese Frage ist tabu bei Menschen, die an Gott glauben. Man darf sie nicht einmal denken.«

»Wer ist denn dann für den Tod verantwortlich?«

»Satan natürlich.«

»Das bedeutet, dass der Teufel stärker ist als Gott.«

Halders antwortete nicht. Er dachte an den gewaltsamen Tod seiner Ex-Frau. In der vergangenen Woche hat er häufig an den Tod seiner Kinder gedacht. Diesen Begriff gab es in seinem Leben noch nicht, »der Tod meiner Kinder«. Der Gedanke war tabu bei Menschen, die selber denken konnten.

»Es gibt einen Gottesdienst auf Arabisch«, sagte Djanali.

»Sprichst du Arabisch?«

»Besser Französisch als Arabisch.«

»Gott ist groß in arabischen Ländern.«

»Gott ist überall groß«, sagte sie. »Und nun rede um Gottes willen nicht mehr davon, Fredrik.«

»Dann setzen wir unsere Reise in die Phantasie fort«, sagte er. »Müsste es nicht eine Blutlache vor Willys geben?«

Robin Bengtsson war von dem Ort zurückgekehrt, an dem er Schutz vor den Kräften der Dunkelheit gesucht hatte. Er saß in Ringmars Zimmer, das ihm vorkam wie der beste Ort der Stadt, der sicherste.

»Erzählen Sie«, sagte Ringmar.

»Da oben war jemand«, sagte er.

»Wo?«

»Oben am Fenster. In dem Haus.«

»Wie sah diese Person aus?«

»Es war nur ein Schatten.«

»Haben Sie ein Gesicht gesehen?«

»Nein, nein.«

»War es ein anderer Schatten?«

»Wie meinen Sie das?«

»Etwas, das sich im Fenster gespiegelt hat? Vielleicht war es gar kein Mensch?«

»Es war jemand«, sagte Bengtsson. »Und ich bin sicher, dass mir später jemand gefolgt ist.«

»Warum sind Sie sich dessen so sicher?«

Ringmar bekam keine Antwort. Robin sah aus, als würde er an ein Gesicht denken, das er aber nicht sehen konnte.

»Ich werde Ihnen Bilder von verschiedenen Personen vorlegen«, sagte Ringmar.

Er griff nach dem Kuvert, das auf dem Tisch lag, und nahm die Fotos heraus. Das nannte er *Konfrontation light*, eigentlich ein erfundener juristischer Terminus oder besser gesagt eine Form, die Gesetze zu umgehen. Die alte Art der Konfrontation mit lebenden Personen, die in einer Reihe aufgestellt sind, war unmodern und das Risiko groß, dass ein Zeuge die schuldige Person nicht erkannte. Besonders dann, wenn der Zeuge gar nicht viel gesehen hatte. Für den Leiter des Verhörs galt es, vorsichtig zu sein.

Ringmar reihte die Fotos auf dem Schreibtisch auf, irgendwelche Gesichter, die meisten tatsächlich ziemlich hässlich, jedenfalls in der Kartei einer Modelagentur.

»Nehmen Sie sich Zeit«, sagte Ringmar.

»Ich habe doch gar kein Gesicht gesehen«, sagte Bengtsson und beugte sich vor.

»Ich spreche von der Person, die aus dem Haus kam, als Sie Zeitungen ausgetragen haben«, sagte Ringmar.

»Sein Gesicht habe ich nicht gesehen.«

»Was haben Sie denn gesehen?«

»Ich habe nur eine ... Person gesehen.«

»War es ein Mann oder eine Frau?«

»Muss ein Mann gewesen sein.«

»Sind Sie ganz sicher?«

»Was hätte es denn sonst sein sollen?«

»Eine Frau«, sagte Ringmar. Vielleicht war der Junge doch ein echter Idiot. Robin beugte sich tiefer über die Fotos und studierte sie wieder. Auf die Gesichter kam es im Moment nicht an. Die Körperhaltung war wichtiger. »Wie würden Sie ihn beschreiben, Robin?«

»Er war ziemlich groß und ging ein wenig vorgebeugt.«

»Wie war er gekleidet?«

»Eine Jacke ... ziemlich lang. An die Farbe kann ich mich nicht erinnern.«

»Trug er etwas auf dem Kopf?«

»Es war kalt. Er muss eine Mütze aufgehabt haben.«

»Und – trug er eine?«

»Ich glaube ja.«

»Was für eine Mütze?«

»Kann mich nicht erinnern.«

»Haben Sie Haare gesehen?«

»Nein.«

Robin beugte sich noch tiefer über die Bilder. Sein Blick blieb an einem Gesicht hängen. »Ich ... glaube, das war der hier. Er sieht ihm irgendwie ähnlich.« Er schaute auf. »Das muss ja nicht stimmen, oder?«

»Zeigen Sie nur auf das Foto, das Sie meinen«, sagte Ringmar.

Robin zeigte auf Christian Runstigs Gesicht.

Winter hob ein Kind auf und dann noch eins. Irgendwo gab es noch ein drittes Kind, aber er wusste nicht, wo. Alle im Zimmer waren still, er trug die beiden Kinder unter den Armen. Wo war das dritte Kind? Ein Sturm zog auf, er wusste, dass ein Sturm im Anzug war. Sie mussten hier weg, aber warum waren alle so still? Wo war das dritte Kind? Das kleine? Er hatte einen Nuckel für das kleinste in der Tasche, das Mädchen besaß keinen eigenen, in seinem Bett gab es keinen Nuckel, warum gab es keinen Nuckel in dem Bett?

Er spürte eine Hand auf seinem Arm, er konnte sich nicht rühren, er trug ja die Kinder, er …

»Erik, Erik.«

Das war er, das war sein Name, er hörte seinen Namen.

»Erik!«

Sie war es, er erkannte ihre Stimme.

Jetzt war er wach. Er war zurück in der Geborgenheit, in einem sicheren Zuhause.

»Ich möchte wissen, ob die Kinder in ihrem Zuhause geborgen waren«, sagte er.

»Was sagen die Leute um sie herum?«, fragte sie.

»Wer um sie herum?«

»Na ja, Kollegen, Nachbarn.«

»Dem gehen wir gerade nach. Sie hatten nicht viele Freunde. Scheinen isoliert gelebt zu haben.«

»Und der Mann nicht da.«

»Ja, der Mann nicht da.«

»Wie ist er?«

»Ich weiß es nicht, Angela. In dieser Situation ist es sehr schwer, einen Menschen einzuschätzen.«

»Du hast im Traum etwas von einem Nuckel geschrien«, sagte sie. »Was hat das zu bedeuten?«

»Der Mörder hat den Nuckel der Jüngsten, Greta, mitgenommen. Er hat sie nicht getötet, aber er hat den Nuckel mitgenommen.«

»Bist du dir sicher?«

»So sicher, wie ich im Augenblick eben sein kann.«

»Seltsam. Irgendwie unheimlich.«

Winter stand auf und ging zur Musikanlage, die auf dem Mosaikfußboden stand, und schaltete die Musik mit dem eigentümlichen Text an: *a love supreme, a love supreme, a love supreme, a love supreme.*

Auf dem Pflaster vom Opaltorget gab es keine Blutspuren, jedenfalls nicht so einen Fleck. Vor Willys stand eine Gruppe Jungen, doch keiner von ihnen sah verletzt aus. Sie starrten Halders und Djanali an, als wären die Alten im Begriff, in ihr freies Leben einzudringen.

Die beiden gingen auf die Gruppe zu.

»Alles unter Kontrolle?«, sagte Halders.

Niemand antwortete. Einige Jungen wollten sich verdrücken. Irgendetwas an dem langen weißen Schweden und der schwarzen Tussi war ihnen nicht geheuer.

»Wir würden uns freuen, wenn ihr einen Moment alle zusammenbleiben würdet«, sagte Djanali und hielt ihren Ausweis hoch. Halders zeigte seine Erkennungsmarke.

»Was liegt an?«, sagte der Junge, der ihnen am nächsten stand, ein großer Kerl, dunkel, trägt etwas, das man Duffelcoat nannte, als ich jung war, dachte Halders.

»Habt ihr kürzlich mit jemandem Zoff gehabt?«, fragte er.

»Wieso?«, gab der Junge zurück.

»Habt ihr Ärger mit einem Mann gehabt?«

»Wo?«

»Irgendwo«, sagte Halders.

»Was 'n für 'n Mann?«

»Ein großer Schwede. Hat euch so einer angegriffen, zum Beispiel hier auf dem Platz, vor gar nicht langer Zeit?«

»Ha, ha, einer, der uns angreift! Soll das 'n Witz sein?«

»Ich frage.«

Djanali und Halders sahen die Jungen lächeln. So etwas konnte nie passieren. Das Gegenteil könnte der Fall sein.

»Jemand, der euch angeschrien hat? Bedroht hat?«

»Höchstens 'n Bulle«, sagte der lange Scheißer.

»Na klar«, sagte Halders, »aber mal abgesehen von dem.«

»Es gibt einen Irren«, ertönte eine Stimme aus dem Haufen.

Der Lange drehte sich um.

»Wer hat das gesagt?«, fragte Djanali. »Kannst du bitte mal vorkommen?«

Ein kleinwüchsiger Junge trat hervor. Er trug eine Kopfbekleidung, die aussah wie eine aufgekrempelte Strumpfmaske, hatte zarte Gesichtszüge wie ein Mädchen. Seine dünne Lederjacke sah teuer aus, geklaut, aber nicht auf dem Opaltorget, wahrscheinlich nicht einmal auf dem Frölunda torg.

»Wie heißt du?«, fragte Djanali.

»Spielt das 'ne Rolle?«

»Nur den Vornamen.«

»Åke.«

Einige in der Clique lachten. Das klang wirklich witzig.

»In Schweden gibt es niemanden unter neunundfünfzig, der Åke heißt«, sagte Halders.

»Mich gibt's«, sagte Åke.

»Wer ist der Irre?«, fragte Djanali.

»Der Irre ist … der Irre.«

»Was macht er?«

»Er taucht hier manchmal auf und marschiert rum wie ein Soldat oder so was.«

»Trägt er eine Uniform?«

»Er sieht aus, als würde er eine tragen. Aber er hat keine Uniform an.«

»Hat er sich mit euch angelegt?«

»Das würde der sich nie trauen.«

Die Hose des Untersuchungsgefängnisses war weicher, als er geglaubt hatte, wahrscheinlich bekamen alle die gleiche, Angeklagte, Festgenommene, das spielte keine Rolle mehr. Er zog die Hose aus, erwog, auch die Unterhose zu zwirbeln, aber das wäre sinnlos, genauso sinnlos wie Anlauf zu nehmen und den Schädel in die Wand zu rammen, die vielleicht zu weich war, er würde nur eine Chance bekommen und die wäre ineffektiv, eine plumpe Art eben, wie wenn man versuchen würde, ein Einmalmesser zu verstecken, das nicht mehr funktioniert, das hatte nie funktioniert, hatte er gehört, die Hose war die sicherste Methode. Er riss sie im Schritt auf, kein Problem für den, der sich entschieden hatte, er wickelte sie sich um den Hals, zu locker, es kam darauf an, so lange stark zu bleiben, dass die Bewusstlosigkeit nicht zu früh eintrat, am liebsten hätte er einen Stock oder irgendetwas gehabt, um die Hose darum zu zwirbeln, nun musste er sich auf seine Hände verlassen, auf die Hose, er zog, spürte, dass ihm das Atmen schwerer fiel, jetzt kam das Schwierigste, eine Stimme in ihm verlangte, loszulassen, und eine andere Stimme versuchte, dagegenzuhalten, fester zu ziehen, fester, noch fester.

Sie waren vor der Wolfsstunde wieder eingeschlafen, aber in Andalusien gab es keine Wolfsstunde, die Sonne ging auf, bevor die Wolfsstunde anbrach.

Winter meldete sich nach dem dritten Signal.

»Hallo, Bertil hier. Runstig hat versucht, sich in seiner Zelle zu erhängen.«

»Wie geht es ihm?«

»Er lebt. Seine Kraft hat wohl nicht gereicht, aber er war an der Grenze. Ich konnte ihn noch nicht vernehmen. Das Gehirn hat vermutlich zu wenig Sauerstoff bekommen.«

»Dabei haben wir ihn doch schon von der Liste der Verdächtigen gestrichen«, sagte Winter.

»Da ist noch etwas«, sagte Ringmar. »Robin Bengtsson hat ihn gestern bei einer Lightvariante im Verhör identifiziert.«

»Und das sagst du erst jetzt?«

»Es war spät, kurz vor Mitternacht, erst wenige Stunden her. Ich will ihn heute Morgen weiter vernehmen, danach rufe ich dich wieder an. Runstig war also nicht bei einer ihm unbekannten Adresse.«

»Entschuldige, Bertil. Du musst es mir nicht erklären.«

»Solche Sachen passieren eben manchmal«, sagte Ringmar.

»Ich komme so schnell wie möglich zurück.«

»Das hängt von deiner Mutter ab.«

»Siv geht es besser. Ich glaube, die Gefahr ist vorbei. Für dieses Mal.«

»Ich rede mit Runstig, sobald es möglich ist«, sagte Ringmar. »Vielleicht verhält er sich nach dem Selbstmordversuch etwas weniger idiotisch.«

Sie beendeten das Gespräch.

»Was ist passiert?«, fragte Angela.

»Der Verdacht gegen unseren Verdächtigen hat sich erhärtet«, sagte Winter.

»Reicht dir das?«

»Ich weiß es nicht. Jedenfalls wird es nun noch komplizierter. Glaube ich.«

»Ich meine herausgehört zu haben, dass ihn jemand erkannt hat?«

»Seltsamerweise. So etwas macht mich immer misstrauisch.«

»Warum?«

»Es stimmt fast nie.«

»Du nimmst es also nicht ernst?«

Er antwortete nicht. Zeugenaussagen waren wie Wind, der über Sand streicht. Christian Runstig hatte versucht, sein eigenes Leben zu beenden. Manche Menschen waren zu dämlich, um Angst zu haben, aber Christian gehörte nicht zu ihnen.

17

Es klingelte an der Wohnungstür, vielleicht hatte es auch geklopft, jedenfalls war da jemand. Robin ging durch den Flur zur Tür.

»Wer ist da?«

»Ich bin's nur.«

»Es ist spät.«

»Ich weiß, dass es spät ist. Aber ich bleibe nicht lange.«

Robin öffnete die Tür.

»Okay, komm rein«, sagte er.

»Was ist los mit dir? Wo bist du gewesen? Hast du Schiss?«

»Bin durch die Stadt gelaufen.«

»Hast du Durst?«

»Nein …«

»Ich seh dir an, wie durstig du bist. Ich hab was dabei.«

»Das hilft nichts.«

»Nur ein Glas, mehr nicht.«

»Ich hole zwei Gläser.«

»Ich geh rein und setz mich schon mal.«

»Ich weiß nicht, was ich tun soll. Es geht nicht mehr. Ich weiß nicht weiter.«

»Darum bin ich ja hier, mein Junge.«

»Okay, Åke hat den Irren gesehen. Wer noch?« Halders schaute sie der Reihe nach an. Die Clique hatte sich einige Schritte zurückgezogen. »Nun mal los, wir sind nicht gefährlich.«

»Den haben alle schon mal gesehen«, sagte ein Junge, an dessen Kinn Flaum zu sprießen begann, vielleicht im nächsten Jahr ein Bart, vielleicht auch erst im übernächsten.

»Wie heißt du?«

»Nisse.«

Wieder Gelächter, es rollte durch die Gruppe wie glatte Steine durch Sand.

»Aha, Nisse, was macht er, was alle sehen?«

»Nichts Besonderes.«

»Und trotzdem kennen alle den Irren?«

»Erkennt nicht jeder einen Irren?«, sagte ein Dritter aus der Gruppe, ein mittelgroßer Typ mit Kapuze auf dem Kopf.

»Vielleicht«, sagte Djanali. »Wie heißt du, vielleicht Bengt?«

»Genau.«

Wieder das sandige Gelächter. Es war zur Unterhaltung des Nachmittags geworden. Das war okay.

»Ich heiße Hussein Hussein«, sagte Halders.

»Konnten Sie nur mit dem Namen einen Job kriegen?«, fragte Åke.

Alle hatten schon angefangen zu lachen. Es war eine lustige Stunde, sogar lustiger als die in der lustigen Schule.

»Genau.«

»Habt ihr ihn Waffen tragen sehen?«, fragte Djanali. »Irgendeine Waffe?«

»Ist der so gefährlich?«, fragte Nisse.

Das ist die Frage, dachte Djanali, das ist im Augenblick die einzige Frage. Ich weiß, wer der Irre ist, es kann niemand anderer sein. Sein Wunschtraum ist nie in Erfüllung gegangen. Sie hätten ihm ihre Namen nennen sollen, er wäre ihr

Freund geworden, wenn sie ihm ihre neuen Namen genannt hätten.

Ringmar wartete vor der Ankunftshalle.

Sie fuhren in die Stadt. Winter hörte das Rauschen in seinen Ohren, aber es war nicht unangenehm. Er redete sich ein, es käme vom Flug und würde sich bald legen.

»Wie schön, dass es Siv besser geht«, sagte Ringmar.

»Sie lässt dich grüßen. Heute wird sie wahrscheinlich aus dem Krankenhaus entlassen.«

»Es wird alles gut, Erik.«

»Aber letztendlich nicht.«

»Runstig hat sich erholt«, sagte Ringmar.

»Hat er etwas gesagt?«

»Nein. Ich habe ihn noch nicht befragt.«

»Und der Junge, Robin Bengtsson, hat er seine Meinung geändert?«

»Nicht so viel ich weiß.«

»Wo ist er?«

»Zu Hause, nehme ich an.«

»Aber nicht lange«, sagte Winter.

»Heute kommen ein paar Jungs, um sich Bilder anzusehen«, sagte Ringmar. »Es geht auch um Runstig. Und um den Opaltorget.«

Runstig saß im Bett. Die Male an seinem Hals, blau wie die Dämmerung, waren deutlich sichtbar. Er sah aus, als wäre er ordentlich verprügelt worden.

»Warum, Herr Runstig?«, fragte Winter.

»Ist das die einzige Frage, die Sie mir stellen können?« Runstig bewegte sich ein wenig, um bequemer zu sitzen, was ihm aber nicht gelang.

»Ja«, antwortete Winter.

»Ich hatte den ganzen Scheiß satt«, sagte Runstig. »Es hat keinen Spaß mehr gemacht.«

»Wann hat es denn Spaß gemacht?«

Runstig antwortete nicht. Es war eine rhetorische Frage oder eine ironische, wenn darin ein Unterschied bestand.

»Jetzt wird es wahrscheinlich schwieriger, mich freizulassen«, sagte er nach einer halben Minute.

»Man fragt sich ja, warum«, sagte Winter.

»Es hat nichts damit zu tun, was in dem Haus passiert ist, falls Sie das meinen«, sagte Runstig.

Winter schwieg, Runstig ebenfalls. Draußen riss die Wolkendecke auf. Runstig schützte seine Augen vor dem Licht.

»Soll ich die Jalousien herunterlassen?«, fragte Winter.

»Ja, bitte.«

Winter stand auf und ging um das Bett herum zum Fenster. Unten auf dem Hof fuhr ein Krankenwagen vor. Mehrere weißgekleidete Menschen überquerten den Platz. In einiger Entfernung bummelte eine Straßenbahn unterhalb des Berges vorbei. Die Schatten waren scharf. Dort draußen war alles nur noch weiß und schwarz, jetzt war alles einfach.

»Wenn ich bloß den verdammten Köter nicht gekauft hätte«, sagte Runstig. »Wenn ich Liv nicht eine Freude hätte machen wollen.«

Winter drehte sich um.

»Was meinen Sie, was Sie getan hätten, wenn Sie den Hund nicht gekauft hätten?«

»Jedenfalls würde ich nicht hier sitzen.«

»Was hätten Sie getan?«

»Das Übliche, nehme ich an.«

»Was ist das Übliche?«

»Nichts Besonderes.«

»Menschen gehasst?«

»Das ist kein Hass.«

»Was ist es dann?«

»Selbstverteidigung. Verantwortung.«

»War es Selbstverteidigung, was Sie mit Familie Mars gemacht haben?«

»Nein, nein.«

»Was war es?«

»Ich habe nicht das Geringste mit der Familie zu tun!«

»Sie sind gesehen worden.«

»Was?«

»Man hat Sie beim Haus gesehen.«

»Ich habe doch den Hund gekauft!«

»Vorher. Einen Tag vorher.«

»Das ist eine Lüge, eine infame Lüge.« Runstig sah Ringmar an. »Sie spielen *good cop, bad cop*. Bald werden Sie sagen, der Snob ist zu weit gegangen.«

»Du bist zu weit gegangen, Erik«, sagte Ringmar.

»Heute Morgen bin ich nur drei Kilometer gegangen«, sagte Winter, ohne Runstig aus den Augen zu lassen.

»Herr im Himmel«, sagte Runstig.

»Woher kannten Sie Sandra?«, fragte Winter.

»Das ist doch der totale Wahnsinn«, sagte Runstig. »Können Sie mich nicht einfach sterben lassen?«

»Wie Sie andere haben sterben lassen«, sagte Winter.

»Nein, nein, nein!« Runstig sah Ringmar an, aber der wich seinem Blick aus. Es gab nur noch bösartige Bullen im Krankenzimmer.

Gerda Hoffner hatte aufgehört zu husten. Es ging ihr besser als gestern. Und draußen schien die Sonne. Sie öffnete das Fenster und spürte die frische Luft, die den Sannabacken heraufwehte, frisch und fast warm, die Straßenbahnen an der Steigung sahen fröhlich aus. Ich bin bereit, dachte sie. Vielleicht bin ich nur allergisch.

Der Küchentisch war leer, sie hatte aufgeräumt, abgewaschen, hatte einfache Handgriffe erledigt, um über das Komplizierte nachzudenken. Bin ich für diesen Job geeignet? Wo verläuft die Grenze zwischen Wirklichkeit und Alptraum? Ist die Zeit bis zur Pensionierung ein einziger Alptraum?

Sie griff nach dem Telefon und rief bei der Spurensicherung an.

»Wir nehmen eine LCN in dem Zimmer und im Pavillon vor«, sagte Torsten Öberg. »Vielleicht ist jemand dort gewesen, der nicht dort sein sollte.«

Eigne ich mich für diesen Job eigne ich mich für diesen Job eigne ich mich? Die Antwort ist ja. Ich könnte auf der Stelle wieder zu dem Haus fahren.

»Wie tief wir auch graben, bei ihm finden wir nichts, wirklich nichts«, sagte Winter, als sie in Ringmars Zimmer saßen, eine rhetorische Behauptung. »Ihn haben andere Dämonen in einen halben Selbstmord getrieben.«

Ringmar antwortete nicht. Er studierte erneut die Gesichter auf den Fotos, die wie ein Fächer auf dem Schreibtisch ausgebreitet lagen.

Er sah Winter an. »Welche Dämonen haben unseren Mörder getrieben, Erik?«

»Glaubst du an das Böse, Bertil?«

»Als Phänomen, meinst du?«

»Egal als was.«

»Wie böse Menschen?«

»Zum Beispiel.«

Ringmar betrachtete wieder die Gesichter.

»Ich glaube an böse Menschen.« Sein Blick begegnete Winters Augen. »Es ist immer Menschenwerk. Das Böse ist kein Wesen, das umherschwebt und plötzlich seine Klauen in jemanden schlägt.«

»Demnach glaubst du an das Mördergen?«

»Eine fürsorgliche und liebevolle Kindheit und Jugend können das Gen in Schach halten«, sagte Ringmar.

Winter lachte auf. »Es in Schach halten ist ein wunderbarer Ausdruck.«

»Willst du dich zum Narren machen, Erik?«

»Nein. Und was wären wir ohne das Böse? Das ist sehr einfach.«

»Es gibt Leute, die halten uns für Zyniker.«

»Nie. Niemals!«

Ringmar lachte, ganz kurz.

»Machst du dich zum Narren, Bertil?«, fragte Winter.

Ringmar wollte antworten, aber aus dem Korridor ertönten Stimmen, jemand lachte, dann noch jemand, es war, als hätten sich alle fröhlichen Menschen der Stadt im hellen Flur des Dezernats für Schwerstverbrechen versammelt.

Die Tür zu Ringmars Zimmer wurde geöffnet, und Djanali trat ein.

»Ihr seid also auch schon hier«, sagte Ringmar und erhob sich. Winter stand ebenfalls auf.

»Bei euch scheint ja eine muntere Stimmung zu herrschen«, sagte er.

»Wir haben eine Gang Rekruten mitgebracht«, sagte Djanali.

Åke, Nisse und Bengt kamen herein, gefolgt von Halders. Jetzt sahen alle ernst aus.

»Hereinspaziert«, sagte Ringmar.

Die Jungen stellten sich am Schreibtisch auf. Ringmar deutete auf den Fächer. Die Gesichter auf den Bildern schauten auch ernster drein als vorher, als er sie studiert hatte, jetzt kam es darauf an.

»Kennt ihr jemanden von den Leuten?«

»Muss man jemanden erkennen?« Åke sah Halders an.

»Nein.«

»Wir sind hier nicht beim Quiz«, sagte Djanali.

»Er hat doch nichts getan«, sagte Bengt.

»Hat sich nur ein bisschen idiotisch verhalten«, sagte Nisse.

»Wer?«, fragte Halders.

»Der da.« Åke zeigte auf Runstigs Gesicht.

Die Marconigatan würde nie mehr werden, was sie einmal war: einsam und für alle Zeiten zum Vorort verdammt. Die Neubauten schrien nach der Zukunft, und jetzt, als der blendende Sonnenschein auf die Fassaden traf, schien die Marconigatan mitten in einer Großstadt zu liegen. Überall war auf Teufel komm raus gebaut worden, was zur Folge hatte, dass der Marconiplatz unter Häusern verschwunden war.

»Der Platz ist weg. Dort habe ich mein letztes Match beim Finter BK gespielt«, sagte Halders.

»Die hätten wenigstens für eine Statue sorgen können, wenn der Platz selber weg ist«, sagte Ringmar.

»Das konnte ich verhindern«, sagte Halders.

»Warst du das nicht, der dem Schiedsrichter in die Eier getreten hat, Fredrik?«

»Nein, nein, das war auf Heden, außerdem war es der Hintern, und es war beim Korps.«

Sie fuhren auf der Lergöksgatan um den Frölunda torg herum, an dem riesigen Parkplatz vorbei, bogen in die Näverlursgatan ein und parkten auf dem gewöhnlichen Parkplatz, jetzt nur keine Aufmerksamkeit erwecken.

»Welche Nummer?«, fragte Winter, als sie ausstiegen.

»Fünfzehn«, sagte Ringmar.

Sie waren auf dem Weg zu Robin Bengtsson. Er hatte sich nicht gemeldet am Telefon, und ihnen schien es dringend geboten, hinzufahren. Winter würde die Spurensicherung wegen einer Hausdurchsuchung bei Robin anrufen, auch das erschien ihm wichtig, er wusste nicht genau, warum, aber zunächst würden sie ihn zum Verhör abholen. Irgendetwas stimmte nicht mit diesem unschuldigen »schwarzen« Zeitungsboten. Sie hatten ihn freigelassen, ihn zu früh freigelassen. Sie hätten etwas finden können. Winter hatte einen Wagen zu Bert Robertsson, dem »weißen« Zeitungsboten, geschickt. Auch das erschien ihm dringend erforderlich.

Im Treppenhaus roch es nach Zwiebeln und Mörtel, Salz, Feuchtigkeit, Eisen, Blut. Der Fahrstuhl war frisch renoviert, das Graffiti an den Wänden war neu und auf dem Spiegel standen herzliche Grüße von einem Unbekannten.

Robin öffnete nicht auf ihr Klingeln. Winter rief durch die Tür. Eine der anderen beiden Türen wurde geöffnet, und ein älterer Mann schaute heraus. Er trug Hosenträger, eine graue Strickjacke über einem weißlichen Hemd und eine Gabardinehose, er sah aus, wie man sich einen alten Mann vorstellt.

»Wir möchten zu Robin Bengtsson«, sagte Halders.

Der Mann nickte, vielleicht hatte er es gehört, vielleicht auch nicht.

»Haben Sie ihn kürzlich gesehen?«, fragte Halders.

»Da herrscht ein ständiges Kommen und Gehen«, antwortete der Mann.

Halders sah Winter an. Dann ging er über den Steinfußboden zu dem Mann.

»Waren noch mehr Leute an seiner Tür?«, fragte er.

Der Mann nickte. Er roch schwach nach Alter, dieser süßliche Geruch, der entsetzlich werden kann, wenn er sich mit Uringeruch mischt, aber das war hier nicht der Fall. Auf dem Namensschild an der Tür stand Bergkvist, ein klassischer schwedischer Name für einen alten Mann.

»Woher wissen Sie das?«, fragte Halders. »Dass ihn noch mehr Leute besucht haben?«

»Ich habe es gesehen«, antwortete Bergkvist. Halders bemerkte den Spion in der Tür. »Er ist gekommen und gegangen.«

»Gekommen und gegangen? Wer ist gekommen und gegangen?«

»Der Junge, der hier gewohnt hat. Ist mitten in der Nacht gekommen und gegangen.«

»Waren Sie mitten in der Nacht auf?«

»Nein, ich habe es gehört. Und ...«

»Haben Sie noch eine andere Person außer Robin gesehen?«, unterbrach ihn Halders.

»Es war wie ein Schatten ... sie haben sich im Dunkeln im Treppenhaus unterhalten. Das habe ich gesehen. In seinem Flur war es hell. Und dann ist er hineingegangen ... und die Tür wurde geschlossen.«

»Wann war das?«, fragte Winter.

»Das ist mehrere Male vorgekommen.«

»Wann das letzte Mal?«

»Heute Nacht«, sagte Bergkvist.

Halders schaute zu Robins Wohnungstür. Winter hatte bereits das Einbruchwerkzeug hervorgeholt. Es dauerte zehn Sekunden, dann war die Tür offen. Ringmar stand mit gezogener Pistole daneben. Winter trat die Tür auf, und sie waren drinnen. Winter schrie »Polizei«, es klang seltsam gedämpft, wie ein erstickter Schrei. Die Jalousien in der Wohnung waren heruntergelassen, was sie sehen konnten, lag im Dunkel.

Halders rief »Robin« und machte einige Schritte in den Flur, die Türen waren weiter hinten, die Zimmer oder das Zimmer, am Ende des Flurs sahen sie das Wohnzimmer, der Wohnungsgrundriss erinnerte an das Haus in Amundövik, so sonderbar das auch wirken mochte, es gab sogar links vom Flur einen Raum. Bis dahin war es nicht weit, einen Meter, was ist das für ein Geräusch, irgendetwas ist eingeschaltet, das ist der Fernseher, es klingt wie eine Wiederholung, Wiederholungen haben ihren eigenen Ton, unabhängig vom Inhalt, seltsam feierlich, etwas aus der Vergangenheit, es ist jetzt sehr laut, jetzt höre ich es, vorher haben wir es nicht gehört, keiner von uns.

Der Bildschirm flimmerte in dem dunklen Zimmer, Gesichter wechselten sich mit Szenen aus Wäldern, von Bergen, am Wasser ab, Bilder in einem kalten einsamen Licht, so kalt wie der immer noch totgeborene Frühling dort draußen. Winter nahm das alles innerhalb von Sekunden wahr und sah gleichzeitig den Körper, der auf dem Bett lag. Er war nicht zugedeckt, trug nur seine einfache Kleidung, Klamotten für kleine Handlanger, die dorthin gegangen sind, wohin sie nicht hätten gehen sollen, in irgendetwas geraten waren, in das sie nicht hätten geraten sollen, etwas gesehen hatten, was sie nicht hätten sehen sollen, dort gewesen waren, wo sie nicht hätten sein sollen.

»Scheiße, ich hätte ihn nicht laufen lassen dürfen«, sagte Ringmar.

»Hättest du ihn am Schreibtisch festbinden sollen?«

»Irgendetwas.«

Robin in seinem neugeborenen Tod sah aus wie eine Frau oder ihre Kinder in einem Haus am Ende der Welt. Jemand hatte mit seinem Körper das Gleiche angestellt wie mit ihren Körpern. Dieselbe Person hatte es getan. Den Tathergang herauszufinden, war Torstens Job. Winter trat näher ans Bett, um seinen Job zu tun.

»Wir können mit Sicherheit davon ausgehen, dass es heute Nacht passiert ist«, sagte Halders mit einem Blick auf die Leiche.

»Runstig kann es jedenfalls nicht getan haben«, sagte Ringmar.

»Dann bleiben nur noch alle anderen übrig«, sagte Halders.

»Der Erste von ihnen ist Mister Mars«, sagte Ringmar.

Der Kriegsgott, dachte Winter. Kaum bin ich in der Stadt, landet mit mir der Tod. Nun muss ich bleiben, bis wir alles wissen, was man wissen kann.

Robins Gesicht könnte ebenso gut das eines anderen sein. Winter wusste, dass die Gesichter von Menschen, die einen gewaltsamen Tod gestorben sind, zu einer Maske verzerrt werden, die auch das Letzte dessen zerstört, was sie einmal gewesen sind. Für sie gibt es keinen stillen Schlaf, kein Einschlafen, es gibt nur ein einsames Entsetzen, das sich bis in alle Ewigkeit einritzt, weit aufgerissene Augen, ein erstaunter Blick. Ein fremdes Gesicht.

Dem Ermordeten wurde alles geraubt, dachte er, als er Robin in dem flackernden Licht des verdammten Bildschirms sah. Jetzt hörte er, dass vom Fernseher nichts mehr zu hören war, keine Musik, keine Stimme durchdrang das Rauschen in seinen Ohren. Es gab nur Bilder. Der Mörder hatte Robin der Stille, aber nicht der Dunkelheit überlassen.

18

Mars öffnete die Tür vom Haus seiner Schwester, er hatte die Tochter auf dem Arm. Sie sah fröhlich aus, griff nach Winters Finger, sagte etwas, das er nicht verstand. Greta, sie heißt Greta.

»Ja?«

»Ich müsste mich ein wenig mit Ihnen unterhalten.«

»Geht es um die Patrouillen?«

»Wie bitte?«

»Stellen Sie sich nicht dumm, das steht Ihnen nicht.«

»Wir mussten sie abziehen.«

»Das habe ich gemerkt. Bin ich jetzt frei?«

»Wir hatten keine Ressourcen mehr«, sagte Winter. »Und die Leute kamen vom Rauschgiftdezernat.«

»Werde ich auch wegen Rauschgiftvergehen verdächtigt?«

»Es ist nur so, dass dem Rauschgiftdezernat etwas mehr Personal zur Verfügung steht als uns«, sagte Winter.

»Sie sind wirklich sehr offenherzig«, sagte Mars. »Entschuldigen Sie mich bitte einen Augenblick, ich will nur Greta zu meiner Schwester bringen.«

»Werde ich denn bis in alle Ewigkeit unter Verdacht stehen?«, fragte Mars. Sie standen draußen auf dem Rasen. Der Schnee war fast geschmolzen, das Gras war fast grün, Winter konnte fast die Tür zum Haus seiner Schwester sehen. »Bin ich immer noch Nummer eins unter den Verdächtigen?«

»Sie lassen mich sehr offenherzig an Ihren Gedanken teilhaben, Herr Mars.«

»Das ist eine verdammte Beleidigung für meine tote Familie. Es ist ... entsetzlich.«

»Sie sitzen nicht im Untersuchungsgefängnis«, sagte Winter.

»Das wäre vielleicht besser«, sagte Mars.

Winter erzählte nichts von Runstigs Selbstmordversuch. Vielleicht wusste Mars es. Winter wusste, dass viele Personen, die in eine Ermittlung verwickelt waren, mehr wussten, als man glaubte, und mehr, als man selber wusste. Alles lief darauf hinaus, herauszufinden, was andere bereits wussten. Das reichte. Sich mehr zu wünschen war Übermut. Nach mehr zu greifen Wahnsinn.

»Es gibt einen neuen Mord«, sagte Winter.

»Dürfen *Sie* so offenherzig sein?«

»Das entscheide ich selber.«

»Warum erzählen Sie es mir?«

»Wo waren Sie gestern Abend nach zehn und in der Nacht?«

»Nicht wieder das.«

»Ich muss Sie fragen.«

»Ich war hier. Sie können meine Schwester, ihren Mann, zwei Freunde von ihnen und ihre beiden Kinder fragen. Sie können sogar Greta fragen, jedenfalls in einem Jahr.«

Winter schwieg. Er sah Lotta auf die Straße kommen und in ihr Auto steigen. Sie fuhr in westlicher Richtung weg, ohne zu ihnen hinüberzusehen. Mars folgte seinem Blick.

»War das Ihre Schwester?«

»Sie fragen etwas, was Sie schon wissen.«

»Sie hat nie etwas gesagt«, sagte Mars.

»Haben Sie mit ihr gesprochen?«

»Nein, aber meine Schwester. Sie scheinen sich manchmal zu treffen. Wie Nachbarn eben, nehme ich an.«

»Das ist gut«, sagte Winter.

»Sind Sie in dieser Straße aufgewachsen?«

»Mehr oder weniger. Wir sind von Kortedalen hierhergezogen, als mein Vater sich das leisten konnte. Da war ich noch sehr klein. Meine Mutter besaß Geld, aber der Alte hat sich geweigert, es anzurühren.«

»Nennt man so was nobel?«, fragte Mars.

»Er hatte seinen eigenen Ehrenkodex.« Winter hielt den Blick immer noch auf das Haus seiner Kindheit gerichtet. »Den teilte er allerdings nicht mit dem Finanzamt.«

»Sie sind wirklich sehr aufrichtig.«

»Muss ich mit Ihrer Familie über ein Alibi sprechen, Herr Mars? Oder genügt Ihr Ehrenwort?«

»Sie haben wahrhaftig einen sehr eigenen Stil als Detektiv.«

»Wenn man sich nicht auf Menschen verlassen kann, auf wen soll man sich dann verlassen?«

»Hunde vielleicht?«

»Nach einigen Wochen Abwesenheit hat ein Hund, dein bester Freund, dich für immer vergessen«, sagte Winter.

»Ich habe diesen Hund nie gesehen«, sagte Mars.

»Entschuldigung«, sagte Winter.

»Ich ziehe nicht dorthin zurück«, sagte Mars. »Das würde nur ein Geisteskranker tun.«

»Ich bin gerade auf dem Weg nach Amundövik«, sagte Winter. »Wollen Sie mitkommen?«

»Ach so, geht es darum? Wollten Sie mich mit zum Haus locken?«

»Nein.«

»Warum wollen Sie, dass ich mitkomme?«
»Ich weiß es tatsächlich selber nicht«, sagte Winter.
»Dann komme ich mit«, sagte Mars.

Mars weinte, als sie am Spielplatz vorbeigingen. Winter hatte das Auto unten am Jachthafen abgestellt. Mars wollte es so. Winters Auto war das einzige am Hafen. Sie sahen keine Menschenseele. Es war leer wie immer, als ob alle Anrainer nach den Morden weggezogen wären.

»Jesus«, sagte Mars. »Jesus.«

»Ich kann Sie sofort zurückbringen«, sagte Winter. »Sie müssen nicht.«

»Ich muss noch mal rein. Ich muss es selber *sehen*. Das kann ich nicht endlos vor mir herschieben. Ich habe schon lange genug damit gewartet.«

»Sie wollten nicht herkommen, um ...«

»Um Messer zu zählen, nein«, unterbrach ihn Mars. »Die Fotos und Aufstellungen haben gereicht.«

»Wollen wir hier stehen bleiben?«, fragte Winter.

»Ja, einen Moment.«

Sie setzten sich auf eine Bank. Mars hatte gezögert.

»Hier habe ich oft gesessen, mit den Kindern«, sagte er. »Wenn ich zu Hause war.«

Ein Auto fuhr vorbei. Winter sah zwei Gesichter hinter der Windschutzscheibe. Mars sah sie auch.

»Was mögen sie denken? Wahrscheinlich werden sie sich fragen, was zum Teufel ich hier zu suchen habe. Sie glauben wohl, ich werde zum Tatort ausgeführt.«

»Dies ist nicht der Tatort«, sagte Winter.

»Vielleicht hat er auch hier gesessen«, sagte Mars und deutete mit dem Kopf zu den Schaukeln, den Autoreifen, dem Kletterhaus, dem Sand, der wieder zum Vorschein gekommen war. Der Schnee am Rand des Spielplatzes war schwarz, nichts war grün. »Der Mörd … Scheiße, ich kann es nicht aussprechen, nicht hier, er, der …«

»Sie meinen, es ist ein Bekannter?«, fragte Winter.

»Wie zum Teufel soll ich das wissen?«

»Haben Sie das schon einmal gedacht?«

»Was?«

»Dass es jemand sein könnte, den Sie kennen?«

Mars' Blick war auf die Spielgeräte gerichtet, vielleicht auf die Insel, das Meer. Winter folgte ihm nicht in Gedanken, nicht jetzt und nicht hier, nur ein Wahnsinniger konnte Mars' Gedanken in diesem Moment folgen. Winters Gedanken waren bei seinem eigenen Strand im Süden, dem leeren Grundstück, unbebaut seit Jahren, ein eigener Strand und nichts weiter, nie wurde ein Haus darauf errichtet, kein Schuppen, nicht einmal ein Bootshaus, es war in Ordnung gewesen, aber im Augenblick war er sich nicht mehr sicher, vielleicht war es noch nicht zu spät, vielleicht war es nur der Anfang, das Ende vom Anfang. Mars sah etwas, was er nicht verstand, und erhob sich.

»Ich bin bereit«, sagte er.

Mars ging voran. In der Ferne hörte Winter Seevögel lachen, er sah, dass Mars reagierte. Sein Rücken krümmte sich, als trüge er eine Last, die zu schwer für seinen Körper war.

Ein Mann kam ihnen entgegen. Winter erkannte ihn, Mars erkannte ihn.

»Jovan«, sagte Robert Krol und breitete seine Arme aus. Was für eine Flügelspanne, dachte Winter.

Krol umarmte Mars, der fast in seinen Armen verschwand. Es ist eine Szene voller Liebe, Fürsorge, Trauer, allem, was menschlich ist, dachte Winter. Mars befreite sich. Er weinte wieder. Krol weinte. Die Tränen auf seinen Wangen sahen aus wie Tropfen aus Meersalz.

»Ich weiß nicht, was ich sagen soll«, sagte Krol. »Ich weiß es nicht.«

Mars schüttelte den Kopf, schwieg.

»Ich weiß es nicht«, wiederholte Krol.

»Du brauchst nichts zu sagen, Robert.«

»Aber trotzdem.«

»Es genügt, dass du hier bist.«

»Ich bin immer hier, Jovan.«

»Ich weiß.«

»Du kannst immer hierherkommen, ich bin da«, sagte Krol. Er sah Winter an und dann zurück zu Mars. »Warum ... seid ihr hier, Jovan?«

»Ich war nicht hier seit ... seit ...«

»Du brauchst nicht zu antworten. Ich hätte nicht fragen sollen. Wirklich dumm von mir.«

»Ich musste einfach zurückkommen.«

Krol nickte. Er sah Winter an, nickte wieder. Dann schaute er Mars an.

»Was auch immer, Jovan, was auch immer.«

Das ist englisches Schwedisch, dachte Winter.

In der Diele schloss Mars die Augen. Es sah aus, als würde er lauschen. Winter schloss ebenfalls die Augen, er lauschte auf die entsetzlichen Geräusche, das Geheul. Jetzt hörte er nichts. Vielleicht lag es daran, dass er nicht allein war.

»Wo ist es passiert?«, fragte Mars, ohne die Augen zu öffnen. Es war, als spräche man mit einem Blinden.

»Überall«, sagte Winter. »Wir arbeiten noch an der Rekonstruktion des Tathergangs.«

Mars stand mit geschlossenen Augen da, als wäre er halbwegs in einem Traum. Er sah nicht aus, als wäre es ein Alptraum.

»Wie wollen Sie das rekonstruieren?«

Plötzlich meinte Winter etwas zu hören. Das Geräusch kam vom Obergeschoss. Es klang wie Schritte.

»Haben Sie auch etwas gehört?«, fragte er.

»Was?«

Winter stieg die Treppe hinauf. Jetzt war es oben still. Oben war nichts. Mars folgte ihm.

»Sollte da irgendwas sein?«

Winter trat ans Fenster, ohne zu antworten. Die Häuser dort unten lagen still da. Hier schien Feiertag zu herrschen, ewiger Feiertag.

»Ist das die Art, wie Sie arbeiten?«, hörte er den anderen fragen.

»Was haben Sie gedacht?«

»Ich habe geglaubt, Ihr Job bestehe überwiegend aus Lesen und nochmals Lesen.«

»Das kommt später.«

»Wie oft werden Sie noch hierherkommen?«

»So oft wie nötig.«

»Ich glaube, ich verstehe.«

Winter ging auf die Treppe zu. Er wusste nicht, was er gehört hatte. Darüber musste er nachdenken, allein nachdenken.

»Haben Sie die Begabung?«, fragte Mars.

»Manchmal.«

»Die kann man nicht nur manchmal haben.«

»Dann habe ich sie nicht.«

»Ich glaube, Sie haben sie.«

»Was bedeutet das für Sie?«

»Dass ich weiterleben kann. Dass ich eine Antwort bekommen werde.«

»Rechnen Sie nicht damit, dass es auf alles eine Antwort gibt.«

Winter schleuderte Steine übers Meer. Kein Meisterwurf. Das Eis war jetzt weg, es gab keine feste Oberfläche. Die Steine fanden nirgends Halt.

»Der Strand gehört also Ihnen?«

»Ja.«

»Alles gehört Ihnen?«

»Ja.«

»Sie sind ein glücklicher Mann.«

»Ja.«

»Was sagt Ihre Frau?«

»Dazu, dass ich ein glücklicher Mann bin?«

»Dazu, dass hier kein Haus steht.«

»Darüber reden wir nicht.«

»Vielleicht reicht es auch so.« Mars schaute über das Meer. Draußen bewegte sich ein Schiff durch die Fahrrinne. Winter hörte den Schmerz in Mars' Stimme und warf noch einen Stein und schämte sich seines Glücks.

Er drehte sich um. Mars stand im Sand, der eine Farbe wie die Sonne an einem frühen Frühlingstag hatte. Alle Farben würden dann kräftiger werden. Alles würde sich ändern. Es würde sehr schnell gehen, wenn es nur erst einmal angefangen hatte.

»Ich muss Ihnen noch eine Frage stellen«, sagte Winter.

»Noch eine? Es bleibt nie bei einer.«

»Hatte Ihre Frau ein Verhältnis?«

Mars antwortete nicht. Er hörte nicht zu.

»Wir glauben das.«

»Was soll ich darauf antworten?«

»Hatten Sie einen Verdacht?«

»Warum ertränken Sie mich nicht gleich im Meer?«, sagte Mars. »Sie schaffen das.«

»Ich muss fragen.«

»Nein, das müssen Sie nicht. Mars ging einen Schritt vor,

einen zurück, einen vor. Ich kann mir schon denken, was Sie wissen.«

Winter antwortete nicht.

»Oder, Herr Kommissar?«

»Ja.«

»Sie sind ehrlich.«

»Ja.«

»Es tut mir leid, dass ich Sie ein Schwein genannt habe. Das war eine Beleidigung für ein nobles Tier.«

Winter kommentierte das nicht. Eine Weile standen sie schweigend da.

»Sie sind zehn Jahre älter als ich«, sagte Mars. »Mehr als zehn Jahre. Glauben Sie, ich kann mein Leben bis zu dem Punkt fortsetzen, an dem Sie jetzt sind?«

»Weit darüber hinaus«, sagte Winter.

»Ich weiß, dass Sie es versuchen, aber Sie können nicht … ich sein. Sich hineinversetzen, wer ich bin. Ich glaube, Sie sind bereit, bei Ihren Versuchen weit zu gehen. Aber Sie werden es nicht schaffen, ich zu werden.«

»Ich versuche nicht, Sie zu werden«, sagte Winter.

Er ließ die beiden Steine, die er noch in der Hand hatte, fallen. Die Kälte der Steine begann auf seiner Haut zu brennen.

»In wessen Rolle versuchen Sie sich denn dann zu versetzen?«

»Ich versuche, der Mörder zu werden.«

Er saß vor der letzten Flasche Dallas Dhu. Die Destille war jetzt ein Museum und die Natur, die sie umgab, ungenutzt. Was für eine Verschwendung von Gaben.

Er nahm wieder einen Schluck, lauschte Coltranes *Meditations*, Teufelsmusik, Teufelsgesöff, er stellte das Glas ab. Coltranes Band lief im Zimmer Amok. Er stellte die Musik lauter, »The Father And The Son And The Holy Ghost« wie ein teuflischer Chor, Melodien, die nur wahrhaft Wahnsinnige anhören konnten.

Ich klingle an der Tür. Nein, ich klopfe an. Nein, die Tür steht schon offen. Sie hat mich auf der Straße kommen sehen, sie ist schon auf der Veranda, heißt mich willkommen. Nein, sie hat mich durchs Fenster gesehen, ich weiß, was man durch das Fenster sehen kann, ich habe selbst dort gestanden, habe viele Male dort gestanden, hinter mir hat das Kind geschlafen, ich habe es aufgenommen, nein, ich habe es nicht aufgenommen, doch, ich habe es getan. Die Tür steht offen, ich werde erwartet, nein, ich werde nicht erwartet, ich werde nicht erwartet, aber ich bin willkommen, ich werde nicht willkommen geheißen, aber es ist selbstverständlich, dass ich da bin, ich werde nicht erwartet, aber mein Besuch ist keine Überraschung. Ich bin noch nie in dem Haus gewesen. Ich bin viele Male daran vorbeigegangen. Ich weiß, dass es *das* Haus ist.

Ich wohne in der Nähe. Ich wohne nicht in der Nähe. Ich wohne hier. Ich heiße Jovan Mars. Ich habe einen anderen Namen, ich wohne nicht hier, dieses Haus geht mich nichts an. Ich heiße Christian Runstig. Ich heiße Robert Krol. Ich habe einen anderen Namen, einen Namen, den bisher noch keiner gehört hat. Jetzt habe ich keinen Namen. Ich habe in dieser Geschichte noch kein Wort gesagt. Ich habe schon zu viel gesagt.

Er stand auf, ging zur Anlage und stellte sie noch ein wenig lauter. In dem Studio von Pharao Sanders wurden gerade drei Katzen und zwei Hunde erdrosselt und Elvin Jones und Coltrane auch.

Ich habe im Gartenpavillon gesessen und die Familie beobachtet, und ich weiß, dass er mir gehört. Ich liebe ihn, ich verfüge über ihn. Es ist eine höhere Liebe, die niemand versteht. Sie kennen mich nicht, aber ich kenne sie so gut wie mich selbst. Wir sind uns begegnet. Ich habe die Kinder geschaukelt, ich habe zugeschaut. Ich habe mir den Pavillon ausgeliehen, warum habe ich das getan, wussten sie, dass ich den Pavillon geliehen habe? Niemand hat mich gesehen. Niemand sieht mich, nie sieht mich jemand, niemals! Nein, ich muss mich still verhalten. Eben war ich nicht ruhig, muss ruhig sein. Ich habe sie gegrüßt, habe ihre Hand genommen, ihren Körper genommen. Ich wollte es nicht, es war, als würde sie mich zwingen, sie hat mich gezwungen, nein, das war ich nicht, ich habe davon gehört, dass es geschehen ist, jemand hat es mir erzählt, ich wollte es nicht hören, es war der Zeitungsbote, aber er hat den Tod verdient, er war vielleicht mehr als ein Bote, jetzt ist es zu spät, das herauszufinden, er hat *meine* Familie beschmutzt, ich wusste nicht, was ich tun sollte, als ich es hörte, ich war lange nicht dort gewesen, nicht im Pavillon, nicht auf der Straße oder dem Spielplatz, mehrere Tage lang nicht, ich musste nachdenken, ich konnte nicht denken, als es wieder still wurde, konnte ich denken, ich bin zurückgegangen, die Tür stand offen, jetzt hatte ich etwas zu erledigen, hatte – jetzt – etwas – zu – erledigen.

Winter hörte die Musik durch das Dröhnen zwischen seinen Ohren, zwei Güterzüge auf eingleisiger Strecke in der Nacht, die aufeinander zurasen. Er hob das Glas, aber es war leer, ihm fiel ein, dass es vor einer Weile nicht leer gewesen war. Er versuchte, wieder ein anderer zu werden, aber für heute Nacht war der Moment vorbei, nur die Musik war noch da.

19

Gullebergsvass zeigte sich von seiner besten Seite, der Wind war schwächer als gewöhnlich, kein Niederschlag. Winter und Ringmar gingen in Richtung Westen, an den Schiffswracks vorbei, den Hausbooten, den Träumern. Sie waren im Lauf von vielen Jahren viele Male hier langgegangen, es war ein guter Ort für Gedanken und Gespräche.

»Das kommt alles weg«, sagte Ringmar.

»Ach, das wusste ich nicht.«

»Nein, woher solltest du auch?«

»Und was kommt anstelle von all dem?«

»Irgendetwas im Geist der neuen Zeit.«

»Aber wohin dann mit uns?«

»Es gibt immer andere Orte.«

Auf einem Wrack tauchte ein Mann an Deck auf. Er nickte, als würde er sie kennen. Sie nickten ebenfalls.

»Jemand da draußen hat uns unter Kontrolle«, sagte Winter.

»Die scheinen alles unter Kontrolle zu haben.«

»Warum war Robin eine Gefahr? Für wen hat er eine Gefahr dargestellt?«

»Natürlich für den Täter.«

Sie näherten sich der Brücke. Bertil hatte gesagt, auch die

würde abgerissen und ersetzt werden. Stammte sie nicht ebenfalls aus den fünfziger Jahren?

»Warum war er eine Gefahr?«, wiederholte Winter.

»Er hat den Mörder gesehen.«

»Woher wusste er das? Der Täter?«

»Er hat ihn gesehen.«

»Hat ihn wann gesehen?«

»Als er aus dem Haus kam.«

»Morgens um fünf Uhr.«

»An den genauen Zeitpunkt erinnere ich mich nicht«, sagte Ringmar.

»Mars sagt, er war es nicht.«

»Hm.«

Mars hatte immer noch kein Alibi für die Tage, an denen die Morde passiert sein konnten, zwei oder drei Tage. Fast wünschte Winter, Mars hätte ein sicheres Alibi, ein wasserdichtes Alibi.

»Der Täter hat also gesehen, dass Robin ihn gesehen hat. Zunächst unternimmt er nichts. Er geht einfach weg, als ob er ihn nicht bemerkt hätte.«

»Warum?«

»Er weiß, dass er nicht erkannt werden kann«, sagte Winter.

»Woher soll er das wissen?«

»Er hat sein Gesicht verborgen.«

»Ein Gesicht ist nicht alles.«

»Nein. Robin hat ihn trotzdem auf dem Foto identifiziert.«

»Wie war das möglich?«

»Irgendetwas hat er wiedererkannt«, sagte Winter. »Er hat Angst bekommen, eine Wahnsinnsangst.«

»Was war es? Ist es etwas, das man bei einer Person immer wiedererkennt? Runstig?«

»Es muss nicht Runstig gewesen sein. Aber ja, etwas Unverkennbares.«

»Der Mörder wusste das.«

»Er hat es befürchtet, ja.«

»Aber er ist trotzdem weggegangen. Er wäre Robin nie wieder über den Weg gelaufen.«

»Er wusste, dass er ihn wiedersehen würde«, sagte Winter. »Oder dass Robin ihn sehen würde.«

»Jemand, den er kannte«, sagte Ringmar.

»Auf jeden Fall jemand, dem er begegnet ist, und zwar regelmäßig.«

»Leute aus dem Ort«, sagte Ringmar.

»Amundövik.«

»Aber normalerweise war niemand draußen, wenn Robin Zeitungen austrug.«

»Normalerweise nicht, nein.«

»Wie meinst du das, Erik?«

»Er hat sich dort auch zu normalen Zeiten aufgehalten.«

»Warum?«

»Er kannte dort jemanden.«

»Und wen?«

»Das müssen wir herausfinden. Ich nehme mir noch mal die Aussagen vor.«

»Die Gespräche mit den Nachbarn?«

»Ja. Es muss sein. Heute Abend setze ich mich wieder mit der ganzen Bibel hin.«

»Wusste der Mörder, dass Robin mit uns gesprochen hat?«

»Er muss es gewusst haben.«

»Woher?«

»Er hat mit Robin gesprochen.«

»Wann?«

»Vielleicht mehrere Male.«

»Wo?«

Bei der Brücke kehrten sie um, gingen den Weg zurück zum Gasometer. Von vorn wehte ein mäßiger Wind, für Göteborger Verhältnisse ein unnormaler Wind. Man konnte sogar die Sonne im Gesicht spüren. Winter setzte die Sonnenbrille auf. Heute fühlte er sich stark, als hätte der kurze Besuch in Spanien ihn gestärkt, ein Paradoxon. Jetzt war er bereit, wirklich bereit.

»Irgendwo, Bertil«, sagte er und griff nach Ringmars Arm. »Irgendwo.«

»Was ist mit dir los, Chef?«

Winter hielt den Arm fest.

»Du siehst fast froh aus«, sagte Ringmar.

»JETZT!«, sagte Winter mit lauterer Stimme.

»Fängt es jetzt an?«, fragte Ringmar.

»Ja.«

»Dies war nur das Ende vom Anfang?«

»Genau.«

Bert Robertsson öffnete, bevor Winter klingeln konnte. Winter nahm den Geruch nach abgestandenem Alkohol wahr, Bert hatte noch keine Zeit gehabt, wieder mit dem Saufen anzufangen.

»Ja, ich gehe nirgendwohin«, sagte Robertsson wie eine Antwort auf eine Frage, die Winter gar nicht gestellt hatte. »Ich bin dankbar, dass Sie immer noch Hausbesuche machen.«

»Gut, dass Sie sich jedenfalls am Telefon gemeldet haben.«

»Was passiert jetzt?«, fragte Robertsson.

»Wie meinen Sie das?«

»Ich weiß es nicht«, sagte Robertsson, drehte sich um und ging zurück in die Wohnung.

Winter folgte ihm. Die ganze Wohnung roch nach Schnaps,

Schnaps und Tabak, die eine ausgezeichnete Verbindung eingingen.

Robertsson machte eine Handbewegung zu einem Sessel und ließ sich aufs Sofa sinken. Vor ihm standen eine Flasche und zwei Gläser.

»Whisky.« Robertsson deutete mit dem Kopf auf die Flasche von Bell's. »Nicht gerade vom Feinsten, aber ganz okay. Bitte sehr.«

»Kann nicht im Dienst trinken«, sagte Winter.

»Beim letzten Mal war das anders.«

»Da war ich nicht im Dienst.«

»Ja, ja.« Robertsson beugte sich vor und öffnete die Flasche. »Wer um alles in der Welt wollte den kleinen Robin loswerden?«

»Das frage ich mich auch«, sagte Winter.

»Ein böses Wesen«, sagte Robertsson.

»Wo waren Sie selbst in der vergangenen Nacht?«

Robertsson machte eine Handbewegung über das Zimmer, den Tisch, die Flasche.

»Kann das jemand bezeugen?«, fragte Winter.

Robertsson deutete mit dem Kopf auf die Flasche.

»Mein einziger Freund«, sagte er. »In Gesellschaft einer Flasche ist man nie allein.«

Er verschloss sie, ohne sich etwas einzugießen. Die Flasche war halbvoll oder vielmehr halbleer.

»Wann haben Sie mit Robin gesprochen?«

»Wann ... Sie meinen das letzte Mal?«

»Ja.«

»An dem Abend. Der Abend, an dem er ... verschwand.«

»Von wo hat er angerufen?«

»Ich weiß es nicht. Vermutlich von zu Hause.« Er sah Winter an. »So was habt ihr bei der Polizei doch wohl unter Kontrolle?«

»Ja.«
»Warum fragen Sie dann mich?«
»Hat er nicht gesagt, wo er ist?«
»Nein, nein.«
»Was hat er denn gesagt?«
»Dass er den Job … aufgeben will.«
»Das hat er Ihnen an dem Abend gesagt?«
»Ja.«
»Warum wollte er aufhören?«
»Er hat gesagt, er hat Schiss.«
»Wovor hatte er Angst?«, fragte Winter.
»Ich glaub nicht, dass er es wusste.«
»Ganz allgemein Angst?«
»Nein. Hat er etwas gesehen?«
»Das haben wir nicht herausgefunden.«
»Nein, Scheiße.«
»Haben Sie diesmal etwas gesehen, Herr Robertsson?«
»Was meinen Sie?«
»Sie haben an den Tagen vor Robin Zeitungen ausgetragen. Was haben Sie gesehen?«
»Ich hab nichts gesehen.«
»Haben Sie Zeitungen gesehen?«
»Was?«
»Steckten alte Zeitungen in dem Briefkasten? Zeitungen vom Vortag?«
»Nein … nicht soweit ich feststellen konnte.«
»Hätten Sie sie bemerkt?«
»Ich denke schon. Warum sollten alte Zeitungen im Briefkasten stecken?«
Winter antwortete nicht.

Winter las etwas über Einsamkeit. Es war einmal eine Familie, die lebte sehr zurückgezogen. Zu den Nachbarn hatte sie keinen Kontakt, der über das hinausging, was geschieht, wenn sich die Leute auf der Straße oder dem Spielplatz begegnen. Die Einsamkeit, dachte er wieder. Sandra hatte auf dem Spielplatz ein paar Worte mit Eltern gewechselt, aber nicht viele. Niemand von all den Leuten, die sie verhört hatten, konnte sich an ein Wort erinnern. Sandra hatte nie ein Haus in Amundövik betreten. Haben die Kinder keine Spielkameraden gehabt? Doch, aber offenbar nur draußen, und eigentlich nur Anna, die Siebenjährige.

Woher kam das? In der Mordbibel fand sich keine Antwort. Es lag an Jovan Mars, dachte Winter. Der Mann wollte seine Familie für sich allein haben. Das Gefühl wurde Winter nicht los.

Sandra hatte nicht viele Freundinnen in der Bibel, gerade mal zwei. Die Polizei hatte mit beiden gesprochen, nur kurz. Zu dem Zeitpunkt hatten sie nicht viel sagen können. Vielleicht standen sie unter Schock.

Bisher war er noch nicht dazu gekommen, ihr Leben zurückzuverfolgen. Ihre Feinde haben wir noch nicht getroffen, dachte er. Ein gefährlicher Gedanke, es handelte sich nicht um Feinde im konventionellen Sinn.

Er hatte Aneta Djanalis Interviewberichte von Sandras Arbeitsplatz gelesen, das Gespräch mit dem Chef, Mattias Hägg. Es wirkte so konventionell, so verdammt langweilig, eine Sekretärin, ein Chef, das Übliche, Klassische, es gefiel ihm nicht, hatte ihm wohl noch nie gefallen. Mattias Hägg gefiel ihm nicht, seine Antworten gefielen ihm nicht, er hielt sich lange bei ihnen auf, sah, wie Häggs glatte Antworten auf den Seiten herumstolperten.

Er wählte Aneta Djanalis Nummer. Sie meldete sich beim zweiten Signal.

»Entschuldige, dass ich so spät anrufe«, sagte er.

»Ich bin noch auf.«

»Was für einen Eindruck hattest du von Mattias Hägg?«

»Sandras Chef? Aus dem wird man nicht klug.«

»Gut.«

»Ist das gut?«

»Wir sind einer Meinung. Ich lese gerade das Verhör. Irgendetwas stimmt da nicht. War er nur nervös?«

»Das Gefühl hatte ich nicht.«

»Hat er etwas zurückgehalten?«

»Ja ... aber manche glauben, nur, weil es ein Verhör ist, würden wir glauben, dass sie etwas zu verbergen haben, und dann ... agieren sie, als hätten sie etwas zu verbergen, was gar nicht stimmt.«

»Ich hätte es selber nicht besser ausdrücken können«, sagte Winter. »Wie war es diesmal?«

»Wie du vermutest«, antwortete sie, »irgendetwas stimmt da nicht.«

»Kann er ein Verhältnis mit Sandra gehabt haben?«

»Daran habe ich auch schon gedacht.«

»Ein banaler Gedanke«, sagte Winter, »aber manchmal ist das Leben verdammt banal.«

»Ja.«

»Leider muss man das denken. Verstehst du, was ich meine?«

»Ich glaube ja.«

»Sich so weit wie möglich an die Oberfläche zu halten, während man gleichzeitig versuchen muss zu sehen, was sich darunter verbirgt«, sagte Winter. »Willst du mit Hägg weitermachen?«

»Ja.«

»Nächstes Mal sprechen wir beide mit ihm. Morgen Nachmittag. Wir bestellen ihn ein. Gute Nacht.«

Er stand auf, ging in die Küche, öffnete den Kühlschrank und schloss ihn wieder, ohne etwas herauszunehmen. Sein

Kühlschrank war leer. Er war Untermieter in seiner eigenen Wohnung geworden. Das ist kein Leben, dachte er, aber im Augenblick geht es nicht anders. Kaum Schlaf. Aber ich kann sowieso nicht schlafen. Seit mehreren Stunden hatte er nicht an das Rauschen zwischen seinen Ohren gedacht, vielleicht den ganzen Tag nicht. Jetzt hörte er es, aber nur, weil er daran dachte. Nicht denken. Ich muss hier raus, dachte er.

Das übliche Gequatsche auf dem Frölunda torg war verklungen, die letzten Nachtbusse fuhren ab. Einige Obdachlose lungerten in einem der Bushäuschen herum, bliesen sich auf die Hände, um sie zu wärmen, waren mucksmäuschenstill. Ein Blatt Papier wehte über den Parkplatz wie eine weiße Flagge mitten in der Dunkelheit. Einige junge Mädchen gingen vorbei, als er vor dem Hauseingang stand, sie sagten etwas, er wartete auf ein Lachen, aber es kam keins, sie froren zu sehr, waren zu leicht gekleidet. Er trug einen Mantel und eine Strickmütze von Ströms, die er in einem Regal zu Hause im Flur gefunden hatte. Die Mädchen lachten nicht, weil sie es wussten, alle wussten es. Nicht einmal am Frölunda torg gehörte Mord zum Alltag.

Er stieg die Treppen in einem kalten Schimmer hinauf, der wie Blaulicht auf den Ziegelwänden lag. Jetzt war es Mitternacht. Aus einigen Wohnungen, an denen er vorbeikam, hörte er Geräusche, jemand sagte etwas, Stimmen aus einem Fernseher. In Robins Zwei-Zimmer-Wohnung war der Fernseher eingeschaltet gewesen. Torstens Leute hatten keine Fingerabdrücke an dem Apparat gefunden, er glaubte nicht, dass sie DNA-Spuren finden würden, aber man konnte nie wissen. Die Leute atmeten, selbst ein Mörder musste atmen, atmete aus.

In Robins Wohnung gab es keine Jalousien. Es gab überhaupt nicht viel, aber im vergangenen halben Jahr hatte er seine Miete regelmäßig bezahlt, keine Beanstandungen, Schwarzarbeit und keine Beanstandungen. Winter hatte nicht gefragt, wie viel er insgesamt im Monat verdiente, er hätte fragen sollen.

Robin, Robin, warum bist du nicht abgehauen? Ich habe dich zurück auf deine Zeitungsrunde geschickt, aber du hattest keine Fußfessel. Ich an deiner Stelle wäre abgehauen. Alles war vermutlich besser als das hier.

Winter stand in dem sogenannten Wohnzimmer. Vom Frölunda torg fiel etwas Licht herein. Der Mörder hatte es ganz hinein geschafft. Bis jetzt hatten sie noch keine Spuren im Flur gefunden. Alles war in diesem Zimmer passiert. Winter blieb in der Türöffnung stehen, in der es keine Tür gab. Der Mord musste zwei oder drei Meter tiefer im Raum passiert sein, elf Stiche, das war eine bekannte Zahl, es war eine Wiederholung. Robin, Robin, was wusstest du, kleiner Freund?

Die Obduktion würde zeigen, ob Robin etwas getrunken hatte. Ob ihm jemand Alkohol gebracht hatte. Alkohol war ein wunderbares Geschenk für einen trockenen Alkoholiker. In der Wohnung gab es keinen Alkohol. Es gab keine Gläser, aus denen jemand getrunken hatte, nur saubere, jedenfalls sahen sie sauber aus. Die Leute von der Spurensicherung hatten sie vorsichtshalber mitgenommen, es waren nicht viele Gläser.

Draußen ertönte eine Sirene, ein Echo zwischen den Häusern, das hin und her hüpfte, bis es fern in der Nacht erstarb.

Wie hing der Mord an Robin mit den Morden in Amundövik zusammen? War es derselbe Mörder? Auch hier war niemand eingebrochen. Es war jemand gewesen, dem Robin freiwillig die Tür geöffnet hatte. Winter ging zum Fenster und stellte sich daneben, hinter den Vorgang. Er sah keine Gestalt auf dem Hof, nur Büsche, Schotter und Gras von der gleichen Farbe, Häuser, wenige Lichter, einen gelben Schimmer vom Platz. Niemanden, der zu diesem Fenster hinaufschaute. Er fühlte sich trotzdem beobachtet. Jemand hatte ihn ins Haus gehen sehen.

Ich liege einen Schritt zurück, dachte er. Nicht mehr lange.

Keine Busse mehr auf dem Platz, alle waren jetzt zu Hause.

Er stand allein neben seinem Auto. Auf dem öffentlichen Parkplatz gab es vielleicht fünf Autos auf einer Fläche verstreut, die größer war als fünf Fußballplätze zusammen. Die Planer der sechziger Jahre hatten ordentlich zugelangt, um die Motorisierung halbwegs abzufedern, doch heute reichte die Fläche tagsüber nicht mehr aus.

Es waren mehr Autos gewesen, als er gekommen war, wenngleich nur wenige. Er hatte sie auf dem Weg zum Haus registriert, bewusst oder unbewusst, das gehörte zum Job. Drei waren weggefahren, eins war hinzugekommen. Es parkte fünfzig Meter entfernt neben einem SUV, der vorher allein dagestanden hatte, ein Monster. Warum die Nähe eines Monsters suchen, wenn man allein sein kann? Wer setzt sich in einem leeren Kino neben einen Fremden?

Winter öffnete die Mercedestür, stieg ein, schloss die Tür, blieb im Dunkeln sitzen, wartete, versuchte, an nichts zu denken, wartete, wartete. Es war nur eine Minute, die sich wie zehn dehnte.

Es war die uralte Kälte über dem Schädel, die ihm sagte, was er noch nicht wusste. Ruhig und fein. Das Auto war vom Monster verdeckt, konnte wer weiß was sein. Winter fuhr rückwärts aus der Parklücke, obwohl er geradeaus hätte fahren können, hielt an, sah in dem Auto dahinten, das jetzt ganz sichtbar war, einen Schatten, der wer weiß was und wer weiß wer sein konnte. Es war nichts. Es war die Schlaflosigkeit. Er legte den Gang ein und fuhr hin, fuhr nur in zehn

Meter Entfernung dahinter vorbei, sah eine Silhouette im Auto, aber keine Bewegung. Er fuhr zwanzig Meter weiter, parkte auf einer bezeichneten Parkfläche, hielt an, schaltete den Motor aus, wartete, wartete.

20

Die Automarke konnte er nicht genau erkennen, vielleicht ein Japaner, das Kennzeichen konnte er auch nicht entziffern, das Schild war nur ein schwarzer Fleck. Die Silhouette im Auto rührte sich nicht. Vielleicht narrten ihn seine Augen, es war spät oder besser gesagt früh, er war müde, verspürte aber keine Müdigkeit, war konzentriert, wollte nicht aussteigen, hingehen, den Fremden fragen, was zum Teufel er in der Gespensterstunde auf einem fast leeren Parkplatz suche.

Doch so konnte es nicht weitergehen. Er stieg aus, und das Auto im Schatten flammte auf wie von einem Feuerwerk beleuchtet, gelb, rot, blau, startete mit durchdrehenden Reifen, Winter roch verbranntes Gummi, während er noch neben seinem Mercedes stand, sah das namenlose Auto über die Asphaltsteppe rasen, sah, wie ihm die roten Augen auf dem Weg zur Västerumgehung zublinzelten, da war er schon auf dem Weg zu seinem Wagen, fummelte mit dem Handy herum, warf es auf den Vordersitz, raste hinterher, meinte, die roten Rücklichter des anderen immer noch bei Shell hängen zu sehen, fuhr quer über das Rondell des Kreisverkehrs, sah die Augen bei der Feuerwehrwache blinken, es mussten dieselben sein, der Teufel entschied sich gegen die Umgehung, raste geradeaus weiter, und Winter fuhr an dunklen Fabrikgebäuden, dunklen Wohngebäuden vorbei, quer über das nächste Rondell, hinein auf den Grimmeredsvägen und vielleicht, vielleicht blinkte es einige Hundert Meter entfernt rot, die Nacht war so verdammt schwarz, dass die kleinste Lichtquelle schimmerte, der vor ihm hatte immer noch alle Leuchten eingeschaltet, das war vermutlich gut für ihn, aber es war auch gut für Winter, er meinte, das Brüllen des Geländewagens zu hören, aber es konnte auch der Fahrtwind sein, oder sein Kopf, das Adrenalin, die Jagd, der Schreck, die Freude darüber, dass er *lebte* und dies tun durfte, Erik Winter auf Autojagd, das erlebte ein Kommissar im Lauf seiner Karriere selten in Göteborg. Er fuhr mit hundert, hundertzehn auf die Abfahrt Gnistäng zu, wer wollte das kritisieren, meine Witwe, noch einmal quer über ein Rondell, und da unten, auf dem Weg in Richtung Osten, ganz allein im westlichen vierspurigen Umgehungsnetz sah er den Japaner, jetzt war er selber auf der Umgehung, war hinunter*gesprungen*, er und der andere hatten sich gegen die Älvsborgsbrücke entschieden, rasten weiter in Richtung Zentrum, der andere war schon am Jaegerdorffsplatsen vorbei, Winter war auch vorbei, jetzt hundertvierzig, es fühlte sich langsam an, er beschleunigte, vorbei am Seefahrtsmuseum, Amerikaschuppen, Terminal der Stena-Line, Masthuggskai, es gab nur ihn und den anderen in der Nacht, auf den Umgehungen, den Straßen, als wären sie allein auf der Welt. Die roten Augen vor ihm verschwanden im Götatunnel, er fuhr hinunter in das schwarze Loch mit einer Geschwindigkeit, die er noch nie gefahren war, es gab nur jetzt, hier, und er hatte immer noch Kontakt, sie waren zusammen in der Unterwelt, sein Handy klingelte, seine Konzentration war total auf die Rücklichter vor ihm gerichtet, die jetzt abbogen, hinauf zum Hauptbahnhof, er erreichte die Ampeln dort oben, während der andere die Straße bereits überquert hatte, fuhr auf Lilla Bommen zu, den Gullbergskai, sie waren immer noch allein, waren auf der Gullbergs Strandgata, hier war er noch kürzlich mit Bertil entlanggegangen, es war nur einige Tausend Jahre her, er blinzelte und sah die roten Lichter beim Gasometer verschwinden, und als er dort ankam, sah er sie nicht mehr, es gab gar nichts mehr, nur Dunkelheit, dumpfes Licht und stumpfe Eisenbahnschienen, die zu der Einbahnstraße hinter ihm führten.

»Könnte jemand sein, den du aufgeschreckt hast«, sagte Ringmar. »Es braucht nicht viel, um Leute zu erschrecken.«

»Ich habe doch gar nichts getan.«

»Er hat dich gesehen. Du bist aus deinem Auto ausgestiegen.«

»Er hatte einen Grund, sich auf dem Platz aufzuhalten.«

»Das hatte vielleicht nichts mit dir zu tun.«

»Es hatte mit mir zu tun. Er war dort, weil ich dort war.«

»Bis er abgehauen ist.«

»Das hat er gut gemacht.«

»Woher wusste er, dass du mitten in der Nacht nach Frölunda fahren würdest?«

»Er hat vorm Haus am Vasaplatsen gewartet.«

»Für den Fall, dass du irgendwohin fahren würdest?«

»Nein. Nur um mich ganz allgemein unter Kontrolle zu haben.«

»Dich ... allgemein unter Kontrolle zu haben«, wiederholte Ringmar.

»Ich bin nicht paranoid, Bertil.«

»Okay, jemand beobachtet dich. Es hängt mit den Morden zusammen. Warum macht er das?«

»Damit wir nicht zu nahekommen.«

»Wem zu nahekommen?«

»Denen, die mehr wissen als wir.«

»Wer ist das? Handelt es sich um mehr als eine Person?«

»Ich glaube ja.«

»Das Ganze ist also nicht nur das Werk eines einzelnen Mörders?«

Winter antwortete nicht. Er war wieder unten im Tunnel, er folgte den roten Augen, er hätte alles anders machen können. Die neue Welt ist furchtbar schnelllebig, ich muss noch schneller fahren, noch schneller leben.

Am frühen Vormittag nahmen sie eine neue Tatortanalyse vor. Amundövik lag im Zwielicht, ein phantastischer Tag. Winter hatte auf dem Weg dorthin Kaffee getrunken, er war bereit für eine Rekonstruktion.

Halders klingelte an der Tür. Djanali öffnete. Ein Techniker fotografierte. »Ich möchte einen Hund kaufen«, sagte Halders. Sie wiederholten es, mit Fotografien, von außen aufgenommen, im Haus aufgenommen. Winter bemerkte jemanden, der sie aus einiger Entfernung beobachtete, er drehte sich noch einmal um, konnte aber niemanden entdecken.

Torsten Öberg war da. Er stand jetzt neben Winter in der Diele, nahe der Haustür.

»Von hier ins Schlafzimmer«, sagte Öberg.

»Es hat in der Diele angefangen«, sagte Winter.

»Der erste Stich kam hier oder besser gesagt auf der Schwelle zum Schlafzimmer.«

»Das Blut an der Tür.«

»Ja.«

»Es war sie. Es war Sandra.«

»Ich glaube, er hat sie getötet, bevor er das Mädchen getötet hat, Anna.«

»Wo war sie?«

»Ich glaube, sie war schon hier im Zimmer.«

»Sie war schon geflohen«, sagte Winter, »hierher geflohen.«

»Wohin hätte sie fliehen sollen«, sagte Öberg.

»Er tötete Sandra und Anna. Wie lange hat das gedauert?«

»Eine Minute, zwei.«

»Wo war der Junge?«

»Ich glaube, er war die ganze Zeit im Wohnzimmer, wohlgemerkt, die kurze Zeitspanne. Wir haben nichts gefunden, was auf etwas anderes hindeutet.«

»Sollen wir glauben, dass es später Abend war, weil das Mädchen einen Schlafanzug trug? Wenn wir von Christian Runstig ausgehen, kann es Vormittag gewesen sein. Was hat der Junge im Wohnzimmer gemacht? Sein Zimmer ist im Obergeschoss. Er hat es oft mit dem Mädchen geteilt. Sie wollten es so, hat Mars ausgesagt.«

»Jedenfalls war er im Erdgeschoss«, sagte Öberg.

»Er wusste, dass jemand kommen würde«, sagte Winter. »Er hat gewartet.«

»Das ist eine Theorie. Er trug keinen Schlafanzug.«

»Und Sandra kein Nachthemd. Sie trug normalerweise Nachthemden. Anna hatte einen Schlafanzug an. Sie schlief immer im Pyjama.«

»Diese Menschen haben nicht geschlafen«, sagte Öberg.

»Warum trug der Junge keinen Schlafanzug?«

Gerda Hoffner legte sich neben Aneta Djanali auf das Bett. Fredrik Halders beugte sich über sie. Er blieb stehen, als würde er darüber nachdenken, was er getan hatte.

Bertil Ringmar wartete im Wohnzimmer. Auf was warte ich?, dachte er.

Halders verließ das Elternschlafzimmer, ging durch die Diele ins Wohnzimmer.

Die Fotografen folgten ihm, Standfotos, bewegte Bilder.

Halders brachte Ringmar um.

»Nicht mehr als eine Minute«, sagte Öberg und sah auf seine Armbanduhr.

»Es ist nicht auf der Schwelle passiert«, sagte Winter.

»Nein.«

»Warum hat sich der Junge im Wohnzimmer aufgehalten?«

Öberg antwortete nicht.

»Er muss es doch gehört haben. Er hätte weglaufen können.«

»Es ist alles so schnell gegangen.«

»Er muss es gehört haben«, wiederholte Winter. »Er muss es gewusst haben.«

Jetzt standen sie im Wohnzimmer. In den Raum fiel kaum Licht, als wäre es Nacht.

»Keine Abwehrverletzungen«, sagte Öberg.

»Könnte es möglich gewesen sein? Hätte er sich wehren können?«

Öberg zuckte leicht mit den Schultern. Es sah nicht nonchalant aus.

»Der Junge war angezogen«, sagte Winter.

»Hm.«

»War er nicht im Haus?«

»Wie meinst du das?«

»War er mit dem Mörder zusammen? Warum war er angezogen? Ist er zusammen mit dem Mörder gekommen?«

Beide drehten sich um, gleichzeitig, und schauten zur Haustür am anderen Ende der Diele. Die Oberbekleidung war sichergestellt worden wie alles andere, was Antworten geben könnte.

»Unmöglich zu sagen. Wir waren erst fünf Tage nach den Morden am Tatort«, sagte Öberg.

»Die Stiefel«, sagte Winter. »Die gefütterten Stiefel. Sie lagen auf dem Fußboden, wie hingeworfen. Die Stiefel des Jungen. Ich habe mir gestern die Fotos angesehen. Ich glaube, ich habe es gesehen, als ich das erste Mal hier gestanden habe. Ich habe es gesehen. Es war sehr ordentlich in der Diele, bis auf die Stiefel auf dem Fußboden.«

»Du hast recht.«

»Ein Zufall?«

»Alles und nichts, Erik.«

»Jemand hat sie aus Versehen umgeschmissen.«

»Hm.«

Winter dachte nach, schloss die Augen, um etwas zu sehen. Es war nur um Minuten gegangen. Eine furchtbare Kraft.

Nichts weiter gestohlen als Leben. Und ein Nuckel.

Im Kinderzimmer war es taghell, innerhalb weniger Minuten war es hell geworden. Winter stand still mitten im Raum, neben ihm Öberg.

»Wie geht es dem Baby?«, fragte Öberg.

»Gut, soweit ich weiß.«

»An seiner Kleidung haben wir nur Spuren von der Familie gefunden.«

»Er wusste, was er tat«, sagte Winter.

»Nur dort nicht.« Öberg deutete mit dem Kopf auf den Platz, wo das Gitterbett gestanden hatte.

Winter hatte es am frühen Morgen erfahren. Die LCN-Untersuchungen hatten geringe DNA-Spuren an der Bettdecke nachgewiesen. Sie waren niemandem zuzuordnen. Er hatte an die Autojagd gedacht. Die roten Augen hatte er nicht geträumt, er hatte überhaupt nicht während vier Stunden Bewusstlosigkeit geträumt.

»Er war mehr als einmal im Haus«, sagte Winter.
»Jedes Mal ein Risiko«, sagte Öberg.
»War er das erste Mal in diesem Zimmer?«
»Das können wir nicht sagen.«
»Wann hat er den Nuckel mitgenommen?«
»Als ihm klarwurde, dass er zu ihm führen könnte.«
»Aber er wusste, dass er ein Risiko einging.«
»Ja.«
»Offenbar war es ihm das Risiko wert«, sagte Winter und sah sich im Zimmer um.
»Wenn du die Chance hast, das herauszufinden, dann möchte ich es gern wissen«, sagte Öberg.

Im Gartenpavillon war es strahlend hell. Sie hatten eine großartige Aussicht. Winter konnte direkt in das Wohnzimmerfenster des Nachbarhauses schauen.
»Wann kommen sie zurück?«, fragte Öberg.
»Nächste Woche«, sagte Winter.
Die Besitzer des Hauses und des Pavillons würden aus dem Ausland zurückkehren, um »sich die Sache anzusehen«. Costa del Sol natürlich. Sie wussten nicht, ob jemand den Gartenpavillon benutzt hatte. Sie kannten niemanden, der die Erlaubnis hatte. Sie waren Nichtraucher.
»Speichel an der Kippe«, sagte Öberg und betrachtete den Fußboden beim Fenster.
»Ganz schön unvorsichtig.«
»Wir werden sehen, ob die Proben übereinstimmen.«
»Glaub ich nicht«, sagte Winter. »Aber jemand hat hier oben gesessen.«
Öberg schwieg.
»Ich weiß, was du denkst, Torsten. Nicht alles gehört zusammen, denkst du. Ich versuche auch so zu denken. Aber wir haben nicht viel.«

»Ihr habt jemanden in Untersuchungshaft genommen.«
»Lange können wir ihn nicht mehr festhalten.«

Christian Runstig war zurück in der Zelle, willkommen zu Hause. Winter schob die Vernehmung von Sandras Chef, Mattias Hägg, auf.

Runstig war sehr blau unter den Augen, würde es noch eine Weile bleiben. Er sah Winter nicht an, als er in den Verhörraum geführt wurde.

»Bitte setzen Sie sich«, sagte Winter.

»Ist was Neues passiert?«, fragte Runstig.

»Warum fragen Sie?«

»Sie hätten mich nicht holen lassen, wenn es nicht etwas Neues in dem Fall gäbe.«

»Was zum Beispiel?«

»DNA-Spuren zum Beispiel. Vielleicht habe ich etwas hinterlassen.«

»Was sollte das sein, Herr Runstig?«

»Ein unbewusstes Ausatmen, zum Beispiel.«

»Wo?«

»Wie bitte?«

»Wo sollten wir die Spuren finden?«

»Irgendwo. Wie geht es Jana?«

»Haben Sie häufig daran gedacht, DNA?«

»Nein.«

»Die meisten denken überhaupt nicht daran.«

»Ich bin vielleicht in einer Situation, in der man daran denkt, oder was meinen Sie?«

»In so einer Situation bin ich noch nie gewesen.«

»Aber Sie haben doch Einfühlungsvermögen!«

»Kennen Sie Robin Bengtsson?«

»Nein.«

»Ist Ihnen der Name bekannt?«

»Nein.«

»Es klang so.«

»Robin Bengtsson. Fühlt sich gut an im Mund.«

»Er ist tot. Ermordet.«

»Hat das was mit mir zu tun?«

»Ich habe gefragt, ob Sie den Namen kennen.«

»Nein. Ist er ein Schwede?«

»Klingt doch schwedisch?«

»Robin ist kein schwedischer Name. Das ist Englisch, der Name von irgendeinem Vogel, ich glaube, ein Rotkehlchen.«

»Sie kennen sich aus mit Namen. Ist Christian ein schwedischer Name?«

»Er ist schwedisch, dänisch und lateinisch nach Christianus. Damit kann ich leben.«

»Robin lebt nicht mehr.«

»Nein, das sagten Sie bereits. Aber ich kann wohl kaum der Schuldige sein, oder?«

»Warum nicht?«

»Wollen Sie mir etwa einen Mord, der in diesen Tagen passiert ist, anlasten?«

»Wer hat gesagt, dass er in diesen Tagen passiert ist?«

»Das haben Sie eben selbst gesagt.«

Winter deutete mit dem Kopf auf das Tonbandgerät.

»Dann habe ich mich wohl verhört«, sagte Runstig. »Aber deswegen sitzen wir ja hier.«

»Wir sitzen Ihretwegen hier, Herr Runstig.«

»Konzentrieren Sie sich auf einen anderen. Mit mir verschwenden Sie und alle anderen nur Ihre Zeit.«

»Was werden Sie tun, wenn Sie rauskommen?«, fragte Winter.

»Raus aus der Zelle, meinen Sie? Ich bin noch nie drin gewesen.«

»Als freier Mann herauskommen. Werden Sie sich wieder das Leben nehmen?«

»Das funktioniert nur einmal, Kommissar. Ich hatte meine Chance.«

»Was werden Sie tun?«

»Die Revolution bekämpfen.«

Sandra Mars lächelte Aneta Djanali von einer Stelle an, die friedvoll aussah, ein Stück Gras vor einem Baum, unter einem kleinen Sonnenschirm. Die Fotografie hatte in einem dünnen Kuvert zwischen einem Stapel Servietten in ihrer Nachttischschublade gesteckt. Blaue und weiße Servietten. Sie wirkten seltsam deplatziert im Nachttisch, lagen dort nur, um ein Geheimnis zu verbergen, aber es war kein gutes Versteck. Das Bild war der einfache Ausdruck eines digitalen Fotos. Aneta hielt eine Kopie in der Hand, das Original wurde überprüft. Die Techniker hatten es entdeckt, als sie die Servietten durchsucht hatten, die ihnen nicht besonders wichtig erschienen waren. Einen Namen des Fotografen gab es nicht, keine weiteren Personen auf dem Bild, das neu zu sein schien. Aneta konnte den Blick nicht abwenden. Sie hatte es in den vergangenen vierundzwanzig Stunden viele Male angeschaut. Es erzählte ihr etwas, ein Bild sagt mehr als tausend Worte, das wusste jeder. Sandra Mars' Lächeln reichte bis in die Augen. So etwas konnte man erkennen.

Wo war dieses Foto aufgenommen worden?

Gras, Baum, Sonnenschirm. Als das Bild entdeckt worden war, hatten die Techniker einen Backtrack vorgenommen, aber es gab keinen Sonnenschirm. Djanali und die anderen hatten an jenem Vormittag zu Hause bei Mars gesucht, hatten aber den Sonnenschirm, der ihr Gesicht beschattete, nicht gefunden.

Sandra, wo warst du? Es war Herbst, dort, wo du dich

aufgehalten hast, es gibt Blätter, die das verraten. Mit wem warst du zusammen? Du lächelst die Person an, nicht mich. Wie lange ist das her?

Wo sind deine Kinder an diesem Tag? Dieser Tag hat dir gehört. Im Hintergrund ist etwas, hinter dem Baum, gegen den du dich lehnst. Was ist das für ein Baum? Was ist das im Hintergrund? Es ist verschwommen, fließt zusammen, das Foto hat keine Tiefenschärfe.

Bertil hatte es Jovan Mars gezeigt. Er kannte es nicht. Es ist nicht auf meinem Handy, hatte er gesagt, als ob das von Bedeutung wäre, Sie können mein Handy überprüfen. In Sandras Handy hatten sie alles, was sich überprüfen ließ, überprüft. Kein einziges Bild. Jemand hatte dieses Foto ausgedruckt. Djanali hatte die beiden Freundinnen von Sandra angerufen, eine Mitteilung hinterlassen.

Aneta kannte die Stelle nicht, an der Sandra stand, das, was davon zu erkennen war. Amundövik konnte es nicht sein, das Licht vom Meer fehlte, das Licht auf dem Foto war überhaupt schlecht. Was war das für ein Baum? Er könnte im Schlosswald stehen oder in irgendeinem anderen Park in irgendeiner anderen Stadt auf der ganzen Welt, aber es war hier, es war nicht weit entfernt.

21

Mattias Hägg kam pünktlich. Winter hatte nichts anderes erwartet. Pünktlichkeit ist eine Tugend, und die setzte er erst recht in einer Branche voraus, in der es darauf ankam, immer den bestmöglichen Eindruck zu hinterlassen.

Sie saßen in einem der anonymen Vernehmungsräume. Es roch immer noch nach frischer Farbe, aber nicht so stark, dass man davon Kopfschmerzen bekam, jedenfalls hatte er noch keine. In seinem Kopf brauste es, doch daran dachte Winter jetzt nicht, sondern an Häggs Anzug, ein Teil von Young's; die Marke erkannte er nicht sofort, aber er wollte nicht fragen.

Neben ihm saß Gerda Hoffner, Aneta war verhindert. Winter hatte noch einmal ihren Bericht über Häggs Verhör gelesen. Er war sicher, dass Hoffner es auch getan, überlegt hatte, was sie ihn gefragt hätte, wenn sie beim ersten Mal nicht ausgefallen wäre. Jetzt hatte sie die Möglichkeit. Sie hatte auch das Foto der lächelnden Sandra vor einem Baum gesehen.

Winter gefiel Häggs Aussehen nicht. Vielleicht würde es Liebe auf den dritten Blick werden, aber nein. Der Kerl wirkte irgendwie glatt, und das hatte nichts mit der Situation zu tun. Er konnte sich natürlich täuschen. Vorurteile waren menschlich, aber hier hatten sie nichts zu suchen.

»Willkommen«, sagte er.

»Vielen Dank.«

Hägg versuchte, nicht misstrauisch zu wirken.

»Das ist meine Kollegin Gerda Hoffner.«

Hägg sagte nicht »angenehm«, schien es aber auf der Zunge zu haben.

Diesmal schnurrte keine Elektronik. Nur mein Gehirn, will ich hoffen, dachte Winter. Das Licht hier drinnen ist schlecht, entweder ist es zu dunkel oder zu hell, ich weiß nicht, was von beidem.

»Erzählen Sie von Sandra Mars«, sagte er.

»Was soll ich erzählen?«

»Irgendetwas.«

»Was?«

Offene Fragen konnten ein Problem sein. Damit gedachte er noch eine Weile fortzufahren.

»Ihre Persönlichkeit.«

»Sie war ein fröhlicher Mensch.«

Winter nickte: nur weiter.

»Sie hat gute Laune verbreitet.«

Winter nickte wieder. Er hatte oft gesehen, wie Journalisten ihren Interviewopfern aufmunternd zunickten, bekannten Politikern oder anderen amtlichen Persönlichkeiten. Die Leute redeten solche Scheiße, dass sie ihnen während der Live-Übertragung aus dem Mund quoll, und die Journalisten feuerten sie mit aufmunterndem Lächeln auch noch an.

»Niemand kann ein böses Wort über sie sagen«, sagte Hägg.

»Niemand?«

»Nein, wer sollte das sein?«

»Ich frage Sie«, sagte Winter.

»Mir fällt niemand ein. Es gibt niemanden.«

Hägg sah Winter an, dann Hoffner und wieder Winter.

»Ich habe es vergessen«, sagte er.

»Was vergessen?«

»Was … passiert ist.«

»Können Sie etwas von den Reaktionen in der Firma erzählen?«

»Bestürzung ist wohl das richtige Wort.«

»Gab es jemanden, mit dem Sandra engeren Kontakt hatte?«, fragte Hoffner.

»Ja … das weiß ich nicht genau.«

»Warum nicht?«

»So weit geht meine Kontrolle nicht.«

»Nichts, das Ihnen aufgefallen wäre?«

»Wie meinen Sie das?«

»Manches fällt einem doch auf, auch wenn man es nicht direkt unter Kontrolle hat«, sagte Hoffner.

»Schon … aber darüber habe ich nicht nachgedacht.«

»Haben Sie viel Zeit miteinander verbracht, Sie und Frau Mars?«

»Jetzt verstehe ich nicht ganz …«

»Wir sprechen doch über die Arbeit?«

»Ja …«

»Gehörte es zu den Abläufen in der Firma, dass Sie viel zusammenarbeiteten?«

»Die Frage verstehe ich nicht«, sagte Hägg.

»Was verstehen Sie nicht?«, sagte Winter, um Hoffners Frage zu unterstützen.

»… zusammenarbeiteten.«

»Was ist daran nicht zu verstehen?«

»Man arbeitet nicht *zusammen*.«

»Wie arbeitet man dann?«

Hägg antwortete nicht. Er schaute auf die Wand, studierte die Farbe, die langsam trocknete, offenbar das Beste, woran er in diesem Augenblick denken konnte, so hätte er sicher gern stundenlang dagesessen.

»Natürlich arbeitet man zusammen«, sagte er.

Winter nickte.

»Die Zusammenarbeit mit Frau Mars war sehr angenehm.«

»Inwiefern?«

»Sie war gewieft. Tüchtig. Sie war … ich weiß nicht, wie ich auf Details eingehen soll?«

»So viele wie möglich«, sagte Winter.

»Sie war sehr schnell. Intelligent.«

Wieder nickte Winter. Intelligenz konnte man vielleicht für ein Detail halten, in zweiter oder dritter Linie.

»Stilistisch gut«, sagte Hägg, »besser wie ich.«

Besser als ich heißt das. Winter sah Hoffner an. Sie beugte sich vor.

»Sie hatten auch privaten Umgang. Wie oft haben Sie sich privat getroffen?«

Hägg sah aus, als wollte er aufstehen, sich bedanken und sie freundlich bitten, zur Hölle zu gehen.

»Ich versuche doch, kooperativ zu sein«, sagte er.

»Natürlich«, sagte Hoffner.

»Was hat das mit der Sache zu tun, ob wir privaten Umgang hatten?«, sagte Hägg. »Das hatten wir nicht.«

»Ist Ihnen die Frage unangenehm?«, fragte Winter. »Wir versuchen so viel wie möglich über Sandras Vergangenheit zu erfahren, oder besser gesagt über die Vergangenheit aller. Das ist unsere Vorgehensweise. Stellt das ein Problem für Sie dar, Herr Hägg?«

Hägg zuckte zusammen; es musste die Erwähnung des Privaten sein, alles andere konnte er ertragen, aber keine aufgezwungenen Intimitäten. Winter kannte den Typ. Vielleicht war er selber in seiner Jugend genauso gewesen. Aber

Hägg war nicht mehr jung. Er war über vierzig, nicht mehr jung.

»Das ist keine unangenehme Frage«, sagte Hägg.

»Dann beantworten Sie sie bitte.«

»Wie lautete noch gleich die Frage?« Hägg sah Hoffner an.

»Wie oft hatten Sie privaten Umgang?«

»Was meinen Sie eigentlich mit privat?«

»Das wissen Sie besser als ich«, sagte Hoffner.

»Wir haben einige Male zusammen zu Abend gegessen, das ist alles. Die Familien also.«

»Die Familien hatten privaten Umgang?«

»Ja … nein … nur mal ein Abendessen.«

»Wo?«

»Wo? Daran erinnere ich mich nicht. Übrigens zu Hause bei ihnen.«

»Zu Hause bei Familie Mars?«

»Ja.«

»Jedes Mal?«

»Ja.«

»Wie viele Male?«

»Warum ist das so wichtig?«

»Als unsere Kollegin kürzlich mit Ihnen sprach, sagten Sie, es sei nur ein einziges Mal gewesen.«

»Habe ich das gesagt? Dann habe ich vielleicht … nein, es stimmt. Es war nur einmal.«

»Wie denn nun?«

»Einmal.«

»Wir werden Jovan Mars fragen. Und Ihre Frau.«

»Warum wollen Sie meine Frau fragen?«

»Das habe ich gerade erklärt«, sagte Hoffner.

»Sie muss nicht in die Sache hineingezogen werden.«

»Hineingezogen in was?«, sagte Hoffner.

»In diese … entsetzlichen Ereignisse.«

»Aber Ihre Frau muss doch wissen, was passiert ist«, sagte Winter.

Hägg nickte.

»Haben Sie weiterhin miteinander verkehrt?«, fragte Winter.

Jetzt schaute Hägg ihn an, wollte keine Fragen mehr, sah sehr müde aus, ermüdet innerhalb von Sekunden.

Winter wartete auf eine Antwort.

»Haben Sie weiterhin miteinander verkehrt?«, wiederholte er seine Frage.

»Wann?«

»Nach den Einladungen zum Abendessen bei den Mars. Oder dem einen Abendessen. Haben Sie weiterhin miteinander verkehrt?«

»Ja … wie … ich verstehe nicht ganz.«

»Ist Ihnen die Frage zu kompliziert?«, fragte Winter.

»Mag sein, dass es auch bei uns zu Hause ein Abendessen gegeben hat. Mehr nicht.«

»Wann war das?«

»Wie bitte?«

»Wann hat das Abendessen bei Ihnen zu Hause stattgefunden?«

»Was spielt das für eine Rolle?«

»Antworten Sie nur auf meine Frage.«

»Es ist wohl schon einige Jahre her.«

Winter nickte, das ermunternde journalistische Nicken. Hägg war ein hoffnungsloser Lügner.

»Dann ist also doch noch etwas daraus geworden«, sagte Winter.

»Wie – daraus geworden?«

»Meiner Kollegin haben Sie erzählt, es sei nichts daraus geworden. Das sind Ihre Worte.«

»Dann … ich … kann mich nicht genau erinnern. Das war ja nicht … bedeutete ja nichts. Man kann sich doch nicht an alles erinnern, was so weit zurückliegt.«

Hägg sah sie flehend an.

»Das Interview ist aber erst wenige Tage her«, sagte Hoffner.

»Ich glaube, ich sage jetzt nichts mehr«, sagte Hägg.

»Warum nicht?«

»Alles, was ich sage … hier wird mir ja das Wort im Mund umgedreht.«

»In welcher Form, Herr Hägg?«

Hägg zuckte wieder zusammen. Es war, als hätte Winter ihn mit einem elektrischen Stöckchen angetippt.

»Ich … ich komme zu Ihnen und bin zur Zusammenarbeit bereit … beantworte alle Fragen …«

»Sonst würden Sie gegen das Gesetz verstoßen, Herr Hägg.«

»Ihre Art ist …«

Er verstummte.

»Was ist mit meiner Art, Herr Hägg? Was ist damit?«

»Beantworten Sie nicht gern Fragen?«, fragte Hoffner.

»Doch schon, aber …«

»Sind diese Fragen besonders unangenehm?«

Hägg sagte etwas, das sie nicht richtig verstanden, murmelte gewissermaßen vor sich hin. Winter meinte, das Wort »Respekt« aus dem Gemurmel herausgehört zu haben.

»Ist es Ihnen unangenehm, Fragen nach Sandra Mars beantworten zu müssen?«

»Würde das nicht jeder unangenehm finden?«

»Das weiß ich wirklich nicht«, sagte Hoffner.

Gut, dachte Winter, sie ist gut im Gespräch.

»Wie gut haben Sie Sandra Mars eigentlich gekannt, Herr Hägg?«, fragte er.

Hägg antwortete nicht. Er sah aus, als hätte er für sich beschlossen, dass es nun reichte.

»Hatten Sie ein Verhältnis?«, fragte Hoffner.

Als ich zum ersten Mal etwas von ihm produzierte, spielte Coltrane an die dreißig Mal dasselbe Stück. Bei jeder Aufnahme wurde er schlechter, und schließlich ist er nach Hause gegangen. Du musst den Augenblick einfangen, wenn es geschieht. Das ist wahrer Jazz.

Winter las in Ashley Kahns Buch, legte es zur Seite, stand auf und stellte die Musikanlage lauter, setzte sich wieder. Miles Davis blies mitten in »Concierto de Aranjuez« *Sketches of Spain*, Winter dachte an Sonne und Strand und an seine Familie. Er trank. Es war halb elf. Er rief an.

»Ich bin's nur«, sagte er.

»Ich höre es.«

»Wie geht es Siv?«

»Hättest du heute Nachmittag gefragt, hätte ich ›gut‹ geantwortet. Jetzt weiß ich es nicht so recht.«

»Was bedeutet das, Liebling?«

»Atemnot.«

»Hat sie Sauerstoff zu Hause?«

»Nein.«

»Warum nicht?«

»Ich bin nicht allwissend, Erik. Wir müssen sehen, wie es sich entwickelt.«

»Heute Nacht zum Beispiel.«

»Oder eher morgen. Wir haben gerade miteinander telefoniert. Es ist okay. Morgen früh fahre ich zu ihr.«

»Gut. Wenn es schlimmer wird, melde dich bitte sofort.«

»Selbstverständlich.«

»Am besten, ich buche einen Flug bei den Norwegern.«

»Selbstverständlich.«

Er machte eine Pause, nahm den Hörer von Mund und Ohr und trank einen Schluck.

»Wie geht es?«, fragte sie.

»Mal so, mal so.«

»Klingt nicht gerade nach Fortschritten.«

»Es geht voran.«

»Mit Hilfe von ein bisschen Whisky.«

»Ich trinke keinen Whisky.«

»Was hast du denn gerade getrunken?«

»Whisky.«

»Hm.«

»Ich meine, dass ich im Dienst keinen Whisky trinke.«

»Wie viel hast du heute Abend getrunken, Erik?«

»Vier Finger, maximal.«

»Das ist ja ein ganzes Wasserglas voll.«

»Ich trinke nie aus Wassergläsern.«

»Musst du jeden Abend trinken?«

»Ich trinke nicht jeden Abend. Hast du mich jemals betrunken erlebt, Liebling?«

»Dieses ›Liebling‹ gefällt mir auch nicht. Das ist kein gutes Zeichen.«

»Zeichen von was?«

»Dies ist kein Verhör.«

»Einen Augenblick hatte ich das Gefühl, es ist eins.«

»Ist dir das Thema etwa zu heikel? Dann hast du schon ein Problem.«

»Ich höre, was du sagst«, sagte er.

»Das ist der dämlichste Kommentar, den ich kenne«, sagte sie.

»Was soll ich denn sagen?«

»Sag mir, dass du nicht jeden Abend Whisky trinken musst.«

Er hörte die plötzliche Schärfe in ihrer Stimme.

»Entschuldige, Angela.«

»Du brauchst nur an etwas anderes zu denken als an Alkohol«, sagte sie. »Etwas anderes machen, wenn sich der Durst meldet.«

»Ich versuche zu denken.«

»Vielleicht liegt da das Problem.«

»Zwei Fingerbreit sind gut«, sagte er.

»Jetzt bist du schon wieder bei dem Thema.«

»Entschuldige.«

»Sag nicht noch mal Entschuldigung.«

»Nein.«

»Versuch zu schlafen.«

»Das versuche ich die ganze Zeit.«

Er versuchte es. Bald würden die Straßenbahnen wieder über den Vasaplatsen rumpeln. Er schlief ein. Er stand mit einem Schirm vor einem Baum, der eine Schachtel war. Er fragte jemanden, der vorbeiging, und die Antwort war Schachtel.

Er hielt eine Flasche in der Hand. Sie schien Wasser zu enthalten, es schmeckte nach nichts. Das Wetter war schön, es war wie eine Mischung aus Traubenkirsche und Flieder und erinnerte ihn an etwas. Er sprach wieder, redete.

»Ist dies der richtige Weg?«

»Gehen Sie nur weiter geradeaus.«

»Sind Sie allein hier?«

»Jetzt bin ich es.«

»Wo sind die anderen?«

»Das wissen Sie genauso gut wie ich.«

»Nein, nein!«

»Genauso gut wie ich.«

»Wer sind Sie? Wer sind Sie?«

»Wer sind Sie denn? Wer sind Sie?«

»Wer sind Sie? Wer sind Sie?«

»*Wer sind Sie? Wer sind Sie?*«

»*Wer sind Sie? Wer sind Sie?*«

Er erwachte, ohne eine Antwort bekommen zu haben. Das war das längste Gespräch, das er je in einem Traum geführt hatte. Oder war es ein Verhör? Auf dem Nachttisch stand ein Glas. Er nahm einen Schluck. Das Getränk schmeckte nach nichts.

22

Als Winter auf der Brücke stand, die nach Stora Amundö hinüberführte, war es noch dunkel. Das Eis unter ihm begann sich von ihm zu entfernen. Bald würde das Wasser unter der Brücke wieder frei strömen. Vor vier Wochen war er zum ersten Mal hier gewesen.

Die Silhouetten der großen Häuser am Ufer ragten in den schwarzen Himmel, Schwarz vor Schwarz.

Warum hier, dachte er. Warum hier? Was bedeutet es, dass es hier passiert ist? Was will uns der Täter damit sagen? Die Tat ist vollbracht, was erzählt sie?

Wie viele Zufälle treffen hier zusammen? Der Täter war entschlossen zu morden, wollte morden. War er entschlossen, irgendjemanden umzubringen? Warum ist er ausgerechnet hierhergekommen? Auf halbem Weg ins Nirgendwo.

Das Haus wurde nicht mehr bewacht, die Wachleute hatten es verlassen. Jovan Mars würde nicht wieder einziehen. Dessen war sich Winter sicher. Was Mars anging, war er nicht so sicher, würde es vielleicht nie werden. Wenn sie mit den technischen Beweisen nicht weiterkamen, würde die Frustration zunehmen, Monat für Monat, schlimmstenfalls Jahr für Jahr. Jahr – für – Jahr – für – Jahr. Kein angenehmer Gedanke.

Als er im Obergeschoss stand, wurde draußen der Morgen geboren. Etwas zog ihn immer wieder hier hinauf, die siebzehn Stufen hinauf. Er zählte sie erneut, wie er die Steine in Paseon in Marbella gezählt hatte. Er stand hinter der Gardine, als wollte er sich vor dem Morgen dort draußen verbergen. Er wollte nie gesehen werden, ein Jäger muss unsichtbar sein.

In der Bucht brütete die Insel wie ein Berg. Er sah Licht in der Fahrrinne, ein Fischerboot näherte sich dem Festland. Er dachte an sein eigenes Strandgrundstück. Habe ich mich entschieden, bevor ich sechzig werde? Wie lange können Angela, Elsa und Lilly noch warten? Wenn sie warten. Nur ich warte. Warte darauf, dass ich endlich bereit bin und anfange zu graben und zu bauen und ein Leben am Meer zu beginnen.

In seinem linken Augenwinkel bewegte sich eine Gestalt, Winter rührte sich nicht, die Gardine war tot.

Da unten hinkte Robert Krol vorbei, kehrte nach zehn Metern um, kam zurück, blieb vor dem Haus stehen. Er kann mich nicht sehen, dachte Winter. Es ist sein üblicher Morgenspaziergang. Seeleute sind Gewohnheitsmenschen.

Krol blieb stehen, den Blick auf etwas Unbestimmtes gerichtet, Winters Fenster, das Fenster vom Kinderzimmer, die Tür, irgendetwas. Winter rührte sich als Erster, trat vom Fenster zurück, ging die Treppe hinunter und nach draußen.

Krol stand noch da.

»Ich hatte das Gefühl, da drinnen ist jemand«, sagte er.

»Ach?«

»Manchmal kann ich so etwas spüren.«

»Ja.«

»Sind Sie schon lange hier?«

»Eine Weile«, sagte Winter.

»Wie geht es voran?«

»Es ist immer noch zu früh, um etwas zu sagen.«

Krol nickte, als würde er das verstehen.

»Es ist immer noch zu früh für alle hier«, sagte er.

»Ihnen ist nichts weiter aufgefallen, Herr Krol?«

»Nein.«

»Keine Fremden?«

»Nicht soweit ich gesehen habe.«

»Jemand, der hier vorbeigefahren ist?«

»Niemand fährt vorbei. Hierher kommt niemand, und niemand fährt weg.«

»Haben Sie den Zeitungsboten getroffen?«, fragte Winter.

»Welchen denn?«

»Sind es mehrere?«, sagte Winter.

»Ich glaube, das wissen Sie«, sagte Krol.

»Kennen Sie alle?«

»Ich kenne keinen.«

»Aber haben Sie sie gesehen?«

»So früh bin ich selten draußen.«

»Einer der beiden Männer ist tot«, sagte Winter.

»Herr im Himmel.«

»Ja.«

»Besteht ein Zusammenhang mit dem hier?«

»Zu früh zu sagen.«

»Ich will es nicht wissen«, sagte Krol. »Es ist Ihr Job.«

»Ja.«

»Möchten Sie eine Tasse Kaffee?«

»Danke, gern.«

»Die Leute hier sind wie gelähmt«, sagte Krol. »Sie bleibt. Die Lähmung.«

Sie saßen auf der Veranda. Krols Frau war nicht da, sie war vermutlich unterwegs.

»Was sagen die Leute?«

»Ich spreche mit kaum jemandem.«

»Warum nicht?«

»Was soll das für einen Sinn haben?«

»Manchmal hat es tatsächlich einen Sinn.«

Krol antwortete nicht. Er hatte seine Kaffeetasse nicht angerührt. Von ihrem Platz hatten sie das Meer im Blick.

»Vielleicht sind Sie zu häufig einsam gewesen auf See«, sagte Winter.

»Es kann nie zu viel sein. Und man ist nie einsam. Ich war ja nicht gerade ein einsamer Segler.«

»Haben Sie Sandra Mars mit jemand anderem als der Familie zusammen gesehen?«

»Wann hätte das sein sollen?«

»Irgendwann.«

»Darüber haben wir schon mal gesprochen. Sie haben mich schon einmal gefragt.«

»Ich werde nicht aufhören zu fragen.«

»Glauben Sie mir nicht?«

»Glauben hat mit dieser Sache nichts zu tun.«

»Sie sind also nicht gläubig?«

»Ich glaube an Gott, aber selten an den Menschen«, sagte Winter.

»Darin tun Sie recht«, sagte Krol.

»Haben Sie die Familie getötet, Herr Krol?«

Krol sah Winter in die Augen. Krols Augen waren grüngrau.

»Die Antwort ist nein«, sagte er. »Werden Sie diese Frage auch weiterhin stellen?«

»Ich glaube ja«, sagte Winter.

»Bis Sie es wissen?«

»Ja.«
»Was war noch Ihre erste Frage?«
»Haben Sie Sandra Mars mit jemand anderem als der Familie zusammen gesehen?«
»Vielleicht auf dem Spielplatz. Das ist natürlich.«
»Mit jemandem, der nicht hier wohnt.«
»Hab ich nicht unter Kontrolle.«
»Nichts, woran Sie denken würden?«
»Nein. Warum sollte ich daran denken?«
»Ich frage ja nur.«
»Ich werde mal überlegen, vielleicht fällt mir ja etwas ein. Oder jemand.«
»Wie war das Verhältnis von Sandra und Jovan Mars?«
»Glaub nicht, dass ich sie oft zusammen gesehen habe.«
»Nein?«
»Er war nie zu Hause.«
Krol sah wütend aus, als er das sagte. Aber eigentlich wirkte er ständig mehr oder weniger wütend.
»Sie haben das nicht gebilligt.«
»Ich? Das geht mich doch nichts an.«
»Das ist nicht dasselbe«, sagte Winter.
»Und jetzt ist niemand mehr da«, sagte Krol.
»Bis auf die Kleine.«
»Ja, die Kleine ist noch da.« Krol erhob sich. »Entschuldigen Sie mich bitte einen Augenblick.«
Er blieb eine Weile weg. Winter bekam einen Anruf.
»Ja, Bertil?«
»Dieser Zeitungsbote, der Quartalssäufer, hat sich gemeldet.«
»Bert. Was will er?«
»Uns treffen.«
»Bestell ihn ein.«
»Wo bist du?«

»Amundövik. Bestell ihn ein. Ich komme.«

»Er ist bereits hier.«

Winter hatte sich erhoben, als Krol zurückkam.

»Noch eine Frage«, sagte Winter. »Wann waren Sie das letzte Mal im Haus der Familie?«

»Welcher Familie?« Krol schaute aufs Meer, während er das sagte. »Die gibt es ja nicht mehr.«

»Wann waren Sie zuletzt im Haus?«

»In dem war ich noch nie. Das habe ich schon mal gesagt.«

Auf dem Rückweg fuhr Winter an Liseberg vorbei. Er versuchte sich zu erinnern, wann zuletzt er mit Opas Oldtimer gefahren war. Lilly hatte den Vergnügungspark vergessen, aber Elsa hatte gefragt, wann sie wieder einmal hingehen würden, zuletzt Weihnachten. Während ihres kurzen Schwedenaufenthaltes im letzten Sommer hatte die Zeit nicht für einen Besuch in Liseberg gereicht.

Die neue Berg-und-Tal-Bahn sah im winterlichen Frühlingslicht lebensgefährlich aus, wie etwas aus den Schwarzweiß-Wochenschauen von den Vergnügungsparks der Kindheit. Als Kind war er mit seinem Vater in einer Rakete, deren Gurte aufgingen, herumgerüttelt worden. Danach hatte er geschworen, niemals Astronaut zu werden.

Bert Robertsson wartete oben im Dezernat. Sie setzten sich in Ringmars Zimmer. Hinterher würde er Robertsson die Fingerabdrücke abnehmen und ihn fotografieren lassen. In einem Fall wie diesem war es nicht nötig, ihn über ihren Verdacht zu informieren, um einen Vergleichsabdruck zu nehmen, DNA … es könnte mit Hunderten enden. Es kann mit wer weiß wem enden, dachte er.

»Jetzt habe ich dieselbe Krankheit wie Robin«, sagte Robertsson. »Und die könnte tödlich enden, wie sich gezeigt hat.«

[redacted]

Er sah nicht aus wie ein Göteborger, der einen Witz macht.

»Was ist das für eine Krankheit, Herr Robertsson?«

»Angst. Schrecken.«

»Wovor haben Sie Angst?«

»Dass der, der Robin umgebracht hat, dasselbe mit mir vorhat.«

Winter und Ringmar wechselten einen Blick.

»Ist das denn ganz abwegig?«, sagte Robertsson.

»Wer ist es?«, fragte Winter.

»Was?«

»Wer hat Robin umgebracht?«

»Das weiß ich doch nicht!«

»Wovor haben Sie Angst, Herr Robertsson?«

Er biss sich plötzlich in den Fingerknöchel, nicht fest, aber es war schon lange her, seit Winter jemanden gesehen hatte, der sich in den Fingerknöchel biss. Verzweiflung drückte sich heutzutage anders aus.

»Ich glaube, jemand ... verfolgt mich. Nein, verfolgt mich nicht, jemand hat mich unter Kontrolle. Spioniert mir nach, oder wie man das nennen soll.«

»Aus welchem Grund glauben Sie das?«

»Da war jemand, der ... mich verfolgt hat.«

»Woher wissen Sie das?«

»So was weiß man. Das spürt man.«

»Haben Sie jemanden gesehen?«

»Ich glaube ja. Wie einen Schatten. Nicht mehr als einen Schatten.«

»Wann war das?«

»Was?«

»Seit Sie den Schatten das letzte Mal gesehen haben.«

»Heute Morgen. Früh am Morgen, als ich Zeitungen ausgetragen habe.«

»Wo?«

»Wo? In Amundö natürlich, wo denn sonst?«

»Ist das früher noch nie passiert?«

»Nein.«

»Jemand, der dort wohnt, der früh unterwegs ist. Ist das noch nie passiert?«

»Nachgeschlichen ist mir noch nie jemand.«

»So haben Sie es empfunden?«

»Genauso war es. Und ... da ist jemand.«

»Wie meinen Sie das?«

»Jemand, der mir Böses will... einer, der jedem Böses will.«

»Was meinen Sie, soll ich dagegen unternehmen?«

»Den Kerl festnehmen natürlich.«

»Es ist gut, dass Sie zu uns gekommen sind.«

»Am liebsten wäre mir, Sie würden mich einsperren.«

»Es gibt viele, die beschützt werden möchten«, sagte Winter.

»Haben Sie keinen Platz?«

»Leider nicht.«

»Dann muss ich die Sache selbst in die Hand nehmen.«

»Machen Sie bloß keine Dummheiten.«

»Der Rat kommt in meinem Leben zu spät«, sagte Robertsson und stand auf.

Winter suchte nach Reaktionen, was nicht hieß, dass er alles preisgab. Es war nicht publik gemacht worden, dass ein gewisser Robin Bengtsson ermordet worden war, aber das Verbrechen an sich war nicht geheim zu halten.

Winter war auf dem Weg zu einer Pressekonferenz.

»Nenn es eine Familientragödie«, sagte Halders.

»Darüber wird die Familie nicht gerade erfreut sein, Fredrik.«

»Die Pflegefamilie.«

»Das ist auch eine Art Familie«, sagte Djanali.

Im Raum waren viele Journalisten versammelt. Mehrere von ihnen kannte Winter.

»Steht dieser Mord im Zusammenhang mit den Morden bei Amundö?«, fragte eine Frau, die er vom Ansehen her kannte, ihr Name war ihm entfallen.

»Aus ermittlungstechnischen Gründen kann ich darauf nicht antworten.«

»Die Antwort ist also ja«, sagte eine Männerstimme aus der Menge. Einige lachten.

»Es ist leicht, sich lustig zu machen«, sagte Winter.

»Haben Sie einen Verdächtigen?«, fragte die Frau.

»Wessen verdächtigt?«

»Des Mordes in Frölunda.«

»Nein.«

»Der Morde in Amundövik?«

»Aus ermittlungstechnischen Gründen ...«

»Stehen Ihnen genügend personelle Ressourcen zur Verfügung?«

Jetzt wurden es mehr Fragen.

»Der schlimmste Mord in Göteborgs Geschichte. Da sollte man Ihnen wirklich alle nur denkbaren personellen Ressourcen zur Verfügung stellen.«

»Wir tun alles, was in unseren Kräften steht.«

»Wir haben eine Information, dass sich eine Person in Untersuchungshaft befindet. Wann wird es eine Festnahme geben?«

»Wir tun alles, was in unseren Kräften steht«, wiederholte Winter.

»Um eine Person festzunehmen?«

»Um für Gerechtigkeit zu sorgen.« Winter erhob sich. »Um den Frieden auf die Erde zu bringen. Um uns vom Übel zu befreien. Um zu lernen, unseren Nächsten zu lieben.«

»Erik Gandhi«, sagte Halders. »Klingt doch gut. Hast du schon ins Netz geschaut? Du wirst zitiert.«

»Die Worte klangen so gut«, sagte Winter.

»Es ist an der Zeit, dass jemandem der große Treffer gelingt«, sagte Halders.

Torsten Öberg rief Winter am späteren Vormittag an. Der Tag fühlte sich schon ziemlich lang an.

»Vielleicht führt uns dieser Ausdruck zu einem spezifischen Drucker«, sagte er. »Nun müssen wir nur noch den Drucker finden.«

»Hm.«

»Hätten wir ein digitales Foto gehabt, hätte das kriminaltechnische Labor uns helfen können, die Kamera aufzuspüren.«

»Die Entwicklung geht voran, Torsten.«

»Es geht voran. Muss es ja, besonders heute, wo immer mehr Verbrecher ihre Verbrechen fotografieren.«

»Nicht in Amundö.«

»Ich hoffe fast nicht. Die Bilder möchte ich nicht sehen. Mir würde nichts anderes übrig bleiben, als sie anzuschauen, aber ich möchte es nicht.«

»Ich auch nicht.«

»Wir haben das Bild so weit irgend möglich in Photoshop vergrößert, aber es ist ja nicht scharf. Wir werden sehen. Ljunggren sitzt schon am Mikroskop.«

»Im Hintergrund ist etwas Weißes«, sagte Winter.

»Das sehen wir.«

»Und etwas Schwarzes.«

»Vielleicht ein Schild.«

»Das wäre ein Geschenk.«

Er fuhr nach Käringsberget und kaufte ein halbes Kilo Krabben, Aioli und Dill im Fischladen, ein Baguette bei Lasse-Maja und fuhr zu Lottas Haus. Sie hatte zwei Eier gekocht und den Tisch gedeckt. »So gut sollte man öfter zu Mittag essen«, sagte sie. »Du siehst nicht mehr ganz so müde aus«, sagte sie dann, nachdem sie sich gesetzt hatten.

»Ich weiß nicht, was man darauf antworten soll.«

»Nimm es positiv.«

»Ich habe eine Pressekonferenz abgehalten.«

»Ist das eine Erklärung?«

»Ein Wendepunkt. So habe ich es eigentlich schon vor einigen Tagen empfunden. Ein Wendepunkt.«

»Was ist passiert?«

»Ich habe das Gefühl, dass etwas passieren wird, ein ganz starkes Gefühl.«

»Etwas Positives?«

»Ich weiß es nicht, vielleicht spielt es auch keine Rolle.«

Sie pulten die Krabben aus. Wie hatte er es vermisst, erst das Ritual, dann der Geschmack. Es gab nichts Besseres in Göteborg als frische Krabben; anderswo gab es Schalentiere, die fast genauso gut schmeckten, aber mit den Krabben war es anders. Er leckte sich den Rogen von den Fingern. Das Salz schmeckte hier anders, salziger, stärker.

»Ich habe ihn gesehen, mit dem Kinderwagen«, sagte sie und legte ein paar Krabben auf eine Scheibe Baguette, gab ein wenig Aioli darüber, eine Fingerspitze Dill.

»War er allein?«

»Ich beobachte ihn doch nicht ständig.« Ihre Hand mit dem Krabbenbrot hielt auf halbem Weg zum Mund inne. »Du verlangst doch wohl nicht, dass ich ihn kontrolliere.«

»Nein, nein.«

»Das würden sie merken. Er würde das erkennen.«

»Ja. Er hat die Späher sofort entdeckt.«

»Ich könnte so was nie tun. Das verstehst du doch, Erik?«

»Ja, ja.«

»Hast du ihn überwachen lassen?«

»Natürlich.«

»Habt ihr so viel Personal?«

»Eine Weile, dieses Mal. Es handelt sich nicht um irgendein Verbrechen.«

»Wird er immer noch verdächtigt?«

»Kein Kommentar.«

»Nein, ich verstehe.«

»Die Antwort ist natürlich ja. Wie sollte es auch anders sein.«

»Wenn er es war, verhält er sich aber wirklich sehr merkwürdig. Ich habe ihn mit dem Kinderwagen gesehen, wie gesagt.«

»Die Menschen sind kompliziert, Lotta.«

»Das ist ja eine verdammt diplomatische Antwort.«

»Grüßt du ihn?«

»Ich nicke ihm zu, wenn ich im Auto an ihm vorbeifahre. Hör mal, muss ich jetzt ernsthaft Angst bekommen?«

»Natürlich nicht.«

»Wenn jemand die Negation verstärkt, ist Gefahr im Verzug. Du hast schon mehrere Male ›natürlich‹ gesagt.«

»Jetzt iss deine Krabben, Lotta.«

Er bereitete eine Scheibe Brot vor, schnitt das Ei in Scheiben, legte sie auf das Brot, streute ein wenig Cayennepfeffer darüber.

»Ich muss immerzu an das Schreckliche denken«, sagte sie. »Vielleicht, weil es so … nahe gekommen ist. Rein physisch nahe, meine ich.«

Er verteilte Krabben auf dem Baguette, Aioli, Dill. Es schmeckte ausgezeichnet, auch ohne kalten Riesling. Er kaute, versuchte, nicht an den Fall zu denken.

»Ich fahre wieder zu Mama«, sagte sie. »Es ist entschieden. Man kann ja nicht wissen.«

Er nickte, konnte im Augenblick nicht sprechen.

»Und wann fährst du?«, fragte sie.

Er schluckte.

»Sobald es geht.«

»Wann ist das?«

»Sobald ich kann.«

23

Als Winter sich gerade in sein Auto setzen wollte, kam Jovan Mars aus dem Haus seiner Schwester. Mars war allein. Winter wartete neben dem Auto. Mars war auf dem Weg zu ihm.

»Ich habe Sie kommen gesehen«, sagte er.

»Spionieren Sie mir nach?«

»Nur wenn Sie hier auftauchen.«

»Wollen Sie etwas von mir, Herr Mars?«

»Ich möchte über Sandra sprechen.«

Gerda Hoffner fuhr zwischen den Neubauten in Kullavik herum. Sie kam an einem neuen Einkaufscenter vorbei und sah mehrere junge Mütter mit Kinderwagen. Sie versuchte sich selbst als junge Mutter vorzustellen, aber das gelang ihr nicht. Ich bin nicht jung und ich bin keine Mutter, dachte sie. Für das eine ist es zu spät, aber nicht für das andere. Ich will das andere. Ich will zu viel.

Sie las die Straßenschilder, fuhr hundert Meter weiter, parkte vor einem gepflegten Doppelhaus. Auf der Veranda stand ein Kinderwagen. Sie ging die wenigen Meter bis zur Tür und klingelte. Eine Frau öffnete nach dem zweiten Signal. Sie trug ein kleines Kind auf dem Arm. Das Alter konnte Hoffner nicht schätzen. Sie stellte sich vor.

»Ich will nur Olga eben hinlegen«, sagte Pia Meldén, die Freundin von Sandra Mars.

Olga. In Gerda Hoffners Ohren klang der Name, als sollte eine alte Frau in einem Heim zu Bett gebracht werden. Namen kehrten im Kreislauf der Mode immer wieder. Gerda war vermutlich auch ein alter Name.

Sie wartete im Flur. Er war hell und lang, am anderen Ende sah sie in offene Zimmer, große Panoramafenster mit Ausblick auf einen Berg, und dahinter lag das Meer, es war nicht weit bis dort. Im Sommer drangen die starken Gerüche des Meeres bis ins Land hinein.

Meldén kam zurück. Sie scheint im gleichen Alter wie Sandra zu sein, dachte Gerda. Wie ich, bald auf der falschen Seite der dreißig. Darüber scheint sie sich noch keine Gedanken zu machen. Sie sieht fröhlich aus, obwohl sie sich bemüht, ernst zu wirken. Ich würde in dieser Situation auch nicht lachen.

»Wir können uns in die Küche setzen«, sagte Meldén.

Die Küche war rustikal eingerichtet, lieber so als weiß und Spotlicht, dachte Hoffner. Spotlicht kam ohnehin aus der Mode, auch Leuchten bewegten sich im Kreislauf der Mode.

»Wie entsetzlich«, sagte Meldén.

»Wirklich«, sagte Hoffner.

»Ich habe sie nicht besonders gut gekannt.«

»Wie gut kannten Sie sie denn?«

»Wir haben uns beim Geburtsvorbereitungskurs kennengelernt. Das ist nicht ungewöhnlich, nehme ich an.«

»Dort haben Sie sich angefreundet?«

»Ja.«

»Wann war das?«

»Vielleicht vor sieben Jahren, nein, ein bisschen länger. Es waren unsere ersten Kinder.«

Hoffner nickte.

Pia Meldén sah nicht mehr fröhlich aus.

»Du lieber Gott, Anna …«, sagte sie und begann zu weinen.

Hoffner wartete eine Weile. Es war still im Haus, und auch von draußen war nichts zu hören. Das wäre mir zu still, dachte sie. Ich würde die Straßenbahnen vermissen, die den Sannabacken heraufrumpeln. Hier ist man nicht in der Stadt, ich weiß nicht, was es ist, irgendein Mittelding.

»Wann haben Sie sich das letzte Mal getroffen?«

»Darüber habe ich auch schon nachgedacht … es ist mehrere Monate her.«

»Wie viele Monate?«

»Drei vielleicht.«

»Was haben Sie denn so zusammen unternommen?«

»Kaffee getrunken in der Stadt, im Zentrum.«

»Wo?«

»Tja, daran erinnere ich mich nicht genau. Spielt das eine Rolle?«

»Was?«

»In welchem Café wir uns getroffen haben?«

»Ich weiß es nicht«, sagte Hoffner. »Das weiß man immer erst hinterher. Hatten Sie ein Stammcafé?«

»Könnte das Compassio in der Hamngatan sein. Västra Hamngatan.«

»Compassio?«

»Ja, es ist ziemlich neu. Wir sind vielleicht vier Mal dort gewesen. Kann man es dann als Stammcafé bezeichnen?«

»Ich glaube schon«, sagte Hoffner.

Pia Meldén weinte wieder, genauso still wie die ganze Umgebung. Hoffner meinte, draußen ein Kind lachen zu hören, aber sie war nicht sicher.

»Wie hätte sie einen anderen kennenlernen sollen?«, sagte Jovan Mars.

Sie standen immer noch neben dem Auto. Winter wusste, dass Lotta sie durch das Fenster beobachtete. Mars' Schwester tat dasselbe.

»Wollen wir ein Stück fahren?«, schlug Winter vor.

»Wohin?«

»Nirgendwohin. Sie können während der Fahrt sprechen.«

Sie setzten sich ins Auto, fuhren durch Hagen, hinunter zur Hästeviksgatan, an Tånguddens Bootshafen vorbei und zur Neuen Werft hinauf. Winter fuhr mit halb heruntergelassenem Fenster, am anderen Flussufer hörte er die Skandia- und Skarvikshäfen röcheln und rumpeln, Rost gegen Rost, Eisen gegen Stahl, wie ein Phantomgeräusch aus der Zeit, als Arendal noch lebendig war.

»Sie hatte keinen anderen«, sagte Mars.

»Ich höre, dass Sie es sagen.«

»Ich sage es, weil es so ist. Es ist wahr.«

»Woher wollen Sie das wissen?«

»Woher wollen *Sie* das wissen?«

»Sie wissen, dass wir es wissen. Mir wäre am liebsten, wenn ich es nicht weiter ausführen muss.«

»Sind Sie so prüde?«

»Ja.«

»Ich bin nicht prüde.«

»Das ist gut.«

Winter bog über die Gleise vom Långedragsvägen ab, fuhr um den Kreisel und auf der Umgehung weiter.

»Wenn Sie mit einem anderen zusammen war, dann haben Sie wohl DNA-Spuren, nicht wahr?«

»Ja.«

»Dann müssen Sie sie nur noch vergleichen.«

»Uns fehlt etwas, womit wir sie abgleichen können. Das ist das Problem.«

»In diesen Fall sind offenbar eine Menge Leute verwickelt.«

»Wir beziehen alle mit ein, die denkbar sind.«

Winter fuhr über die Oscarsumgehung aufs Zentrum zu. Es war noch gar nicht lange her, da war er hier nachts mit hundertsechzig Sachen entlanggerast.

Mars schaute über die verödete Stadtlandschaft: die Gebäude der Stena-Line und die unendlichen Parkplätze über dem nördlichen Masthugget, die neu erbauten Bruchbuden dahinter. *Instant chic*, dachte Winter.

»Hatten Sie es miteinander gut, Sie und Sandra?«

»Ich habe sie geliebt, und sie hat mich geliebt. Ich liebe sie immer noch.«

»Das verstehe ich.«

»Sie verstehen gar nichts.«

Winter fuhr in den Tunnel.

»Vor ein paar Tagen war ich auf Autojagd«, sagte er. »Hier unten.«

»Ist das nicht die Aufgabe von Streifenwagen?«

»In diesem Fall nicht.«

»Wen haben Sie gejagt?«

»Jemanden, der mir nachspioniert hat.«

»Haben Sie ihn erwischt?«

»Nein.«

»Schade.«

»Waren Sie das?«

»Nein, ich fahre nachts nicht Auto.«

»Wer hat gesagt, dass es Nacht war?«

»Sie, gerade eben.«

»Nein.«

»Okay, dann habe ich wohl vermutet, dass es Nacht war.

Autojagden finden ja meistens nachts statt. Dann ist es am sichersten. Und ich habe kein Auto.«

»Sie haben Sandras Auto behalten.«

»Das gehört mir nicht. Ich fahre es nicht.« Mars drehte sich zu Winter um. »Hören Sie mal, Sie Schwein, Sie sind auf dem Holzweg, wenn Sie glauben, ich überwache Sie nachts.«

»Hören Sie auf, mich Schwein zu nennen.«

»Ich habe nichts zu verlieren.«

»Worüber haben Sie sich unterhalten, wenn Sie sich trafen?«, fragte Hoffner.

Pia schwieg eine Weile, ehe sie antwortete. »Daran ... kann ich mich nicht erinnern. Über die Kinder, nehme ich an. Ja ... über so etwas haben wir geredet.«

»Über Ihre Ehen?«

»Ja, natürlich, das auch.«

»War Sandra glücklich in ihrer Ehe?«

»Ja ...«

»Sie scheinen zu zögern.«

»Sandra fühlte sich oft allein.«

»Verständlich.«

»Ihr Mann war fast nie zu Hause.«

»Jovan?«

»Ja, Jovan.«

»Haben Sie mit ihm verkehrt?«

»Wie meinen Sie das?«

»Haben Sie ihn getroffen?«

»Ja ... einige Male beim Kurs natürlich, aber wir hatten sonst nichts gemeinsam, nichts Familiäres, nichts in der Art.«

»Haben Sie sich gegenseitig nach Hause eingeladen?«

»Nein.«

»Warum nicht?«

»Ich weiß es nicht.«

Hoffner sah den Wind in den Bäumen vorm Berg. Es waren keine großen Bäume. Sie schienen gesetzt worden zu sein, als die Häuser gebaut wurden.

»Hat Sandra einmal davon gesprochen, dass sie einen anderen kennengelernt hat?«

»Einen anderen?«

»Einen anderen Mann.«

»Meinen Sie, ob sie ein Verhältnis hatte?«

»Ja.«

»Hatte sie das?«

»Ich frage Sie«, sagte Hoffner.

»Woher soll ich das wissen?«

»Sandra könnte Ihnen davon erzählt haben.«

»Sie hat nichts dergleichen gesagt. Ich glaube nicht, dass es stimmt. Wie kommen Sie darauf?«

»Wir ... überprüfen alle Möglichkeiten.«

»Das ist der falsche Weg«, sagte Pia Meldén.

»Wir sind oft auf dem falschen Weg. Deswegen stellen wir so viele Fragen.«

»Herr im Himmel«, sagte Meldén.

»Hatte Sandra noch eine andere Lieblingsstelle in Göteborg?«, fragte Hoffner.

»Zu der wir gingen, meinen Sie?«

»Ich meine es ganz allgemein.«

»Der Bootsplatz von Tångudden«, sagte Meldén. »In Richtung Långedrag.«

»Ja?«

»Ihr Vater hatte ein Boot, als Sandra noch klein war. Als Kind ist sie oft dort gewesen, hat sie mir einmal erzählt. Dorthin ist sie manchmal gefahren.«

»Haben Sie sie einmal begleitet?«

»Nein.«

»Ist sie allein gefahren?«

»Ich nehme es an.«

Winter ließ Mars vor dem Haus auf der Fullriggaregatan aussteigen. Vor der Tür stand ein Kinderwagen.

»Ich glaube, sie hat mich vermisst«, sagte Mars.

»Gut«, sagte Winter.

»Ist das wirklich gut?«

In Kungssten klingelte sein Handy. Er befand sich genau an derselben Stelle wie beim letzten Mal, als sie ihn unterwegs angerufen hatte, ganz genau an derselben Stelle.

»Es sieht nicht gut aus«, sagte Angela.

»Was ist passiert?«

»Die Atmung ... sie hat sich innerhalb kurzer Zeit verschlechtert. Wir wurden auf eine Pflegeabteilung geschickt, aber das ist keine gute Idee. Wir waren nicht viele Stunden dort. Sie tun nichts, nicht für Siv.«

»Für eine Sterbende tun sie nichts, meinst du?«

»Sie ist jetzt im Hospiz in Puerto. Von dort rufe ich an.«

»In Puerto gibt es ein Hospiz?« Er dachte an den Bootshafen in Puerto Banús, die Jachten und die Segelboote, die Kaufhäuser, Restaurants, Bars, Touristen, das Geld, all das, was vom Lebensende weit entfernt war.

»Ich kenne den Besitzer«, sagte sie. »Hier hat sie es gut.«

»Das glaube ich, aber Siv gehört in ein Krankenhaus.«

»Diesmal nicht, Erik.«

»Diesmal nicht? Du meinst, es wird kein andermal geben?«

»Willst du mich zu einer Antwort zwingen?«

»Nein, nein, entschuldige. Wie viel Zeit bleibt ihr noch?«

»Darauf kann ich nicht antworten. Es scheint schnell zu gehen.«

Was zum Teufel war heute für ein Tag? Mittwoch, es war Mittwoch. Er konnte nicht warten, bis Norwegians Flieger am Samstag abhob, das war ausgeschlossen. Verdammt, wie spät war es? Es war ein Tag, der kein Ende nehmen würde, der längste Tag der Weltgeschichte.

»Kann sie heute noch sterben?«, fragte er.

»Darauf kann ich auch nicht antworten.«

»Das genügt. Ist sie ansprechbar?«

»Nein.«

»Wie lange befindet sie sich denn schon in diesem Zustand?«

»Seit wir im Hospiz angekommen sind. Eine Stunde. Ich hätte dich eher anrufen sollen. Alles ... es ging so schnell. Ich hatte ... Ich habe ...«

»Du hast keinen Fehler gemacht, Angela. Ich bin es doch, der weit weg ist, nicht wahr? Ich versuche, einen Flug für heute Abend zu bekommen, wenn es geht, Zwischenlandung egal wo. Ich rufe dich an, wenn ich es weiß.«

Er beendete das Gespräch, merkte, dass er mitten auf der Straße angehalten hatte, darum hatten die Leute gehupt, während er telefonierte. Er hatte es aus weiter Ferne wahrgenommen, wie lange Rufe, während sein Leben an einem Telefongespräch hing, das Leben aller, er spürte das Brausen in seinen Ohren wie Wind vorm Regen.

Bertil hatte es gemanagt, Bertil war ein Freund. »Ich habe meinerseits auch Freunde«, wie er sagte, als Winter in seinem Büro vorbeischaute, auf dem Weg nach Hause, auf dem Weg zum Flugplatz. »Amsterdam, eine Stunde Wartezeit, dann weiter nach Malaga. Gegen dreiundzwanzig Uhr bist du dort, *inshallah*.«

»Wir müssen Krol in Amundövik näher überprüfen, wenn wir schon mal dabei sind«, sagte Winter, nahm die Scheibe aus Ringmars Plattenspieler und steckte sie in seine Aktenmappe.

»Der gute alte Seemann.«

»Er besteht selber darauf.«

»Okay.«

»Ich hätte es ohnehin vorgeschlagen. Bald verfügen wir über ein gutes Register für die Zukunft.«

»Ein Register für die Gegenwart reicht. Und unser Insektenexperte glaubt, dass sie vor mindestens fünf Tagen umgebracht wurden, ehe wir sie fanden, er geht von mindestens bis zu viereinhalb Tagen aus.«

»Wir haben eine Überlebende.«

»Bei Gott.«

»Im Krieg ist so etwas passiert, aber dass ein Massenmörder innerhalb derart kurzer Zeit an den Tatort zurückkehrt, ist ein Novum in der sogenannten zivilisierten Welt.«

Das Telefon auf Ringmars Tisch klingelte.

»Falls es nun der Mörder war«, fuhr Winter fort. »Lass es uns noch ein bisschen komplizierter machen und sagen, dass es eine weitere Person gab, die ins Haus gegangen ist und dem Kind zu trinken gegeben hat.«

»Aha, aha«, sagte Ringmar, aber nicht zu Winter, er sprach in den Telefonhörer. »Oh Scheiße, schick es auf der Stelle nach oben, wird der Eingang bewacht? Aha, nein, aha.«

Er knallte den Hörer auf, sah Winter an. »Wir haben einen Brief bekommen, oder besser gesagt, du hast einen bekommen.«

24

Sandra Mars lächelte Winter und Ringmar an. Es war derselbe Ort, dasselbe Bild, eine perfekte Kopie.

»Eine Botschaft von der anderen Seite«, sagte Ringmar.

»Der Absender befindet sich auf dieser Seite«, sagte Winter.

»Nicht auf unserer Seite.«

»Nein, aber einen Gefallen wollte er uns nicht erweisen.«

»Was wollte er denn?«

»Es ist ein Spiel«, sagte Winter. Er betrachtete das Bild, das er dem Kuvert vorsichtig mit Schutzhandschuhen entnommen hatte. Es war ein ganz einfaches Kuvert. An ihm würde Torsten sicher nichts finden, oder an dem Bild, aber der ganze Scheiß würde bei ihm landen, wenn sie sich sattgesehen hatten.

»Muss der Fotograf sein, der uns das Foto geschickt hat«, sagte Ringmar.

»Woher weiß er, dass wir das erste Bild haben?«

»Weiß er das?«

»Hier hören wir auf«, sagte Winter. »Er weiß es.«

»Wir reden die ganze Zeit von einem ›er‹.«

»Dabei bleiben wir.«

»Und es ist eine gute Frage. Das erste Foto lag in der Schublade von Sandras Nachttisch.«

»Ich glaube nicht, dass es eine große Rolle spielt, wo es lag. Aber er wusste, dass sie es hatte. Es bekommen hatte.«

»Es versteckt hat.«

»Vielleicht.«

»Jovan wusste nichts von der Existenz des Fotos.«

»Vielleicht nicht.«

»Und wenn uns etwas entgangen ist, dann werden wir jetzt daran erinnert«, sagte Ringmar.

»Woran werden wir erinnert?«

Ringmar studierte wieder das Bild. Es war derselbe Baum. Andere Bäume waren nicht zu sehen. Im Hintergrund war etwas Weißes und Schwarzes, konnte Himmel sein.

»Dass Sandra ein Leben hatte«, sagte er und blickte auf.

»Warum sollen wir daran erinnert werden?«

»Du hast selbst gesagt, dass es ein Spiel ist.«

»Es gibt noch etwas anderes.«

»Was?«

»Eine Art Schuld, glaube ich.«

Winter starrte wieder auf das Bild. Er wusste noch nicht, wo es aufgenommen worden war. Die Stelle kam ihm irgendwie bekannt vor, aber er konnte sie in seiner Erinnerung nicht finden. Vielleicht war es Wunschdenken, die gefährlichste Denkweise.

»Ich denke mehr und mehr darüber nach, dass wir es in diesem Fall nicht nur mit einem ›er‹ zu tun haben.«

»Also noch weitere Personen, die darin verwickelt sind. Größere Schuld.«

»Größerer Hass«, sagte Winter. An dem verdammten Bild war etwas, an das er nicht herankam. Da war etwas, das ihn anschrie, laut schrie, eine Botschaft herausschrie, es war derselbe Schrei, den er in einigen Teilen des Hauses am Ende der Welt hörte.

Jemand klopfte an die Glasscheibe zu Ringmars Zimmer, und sie schauten auf.

»Ich habe mir schon gedacht, dass ihr hier seid«, sagte Gerda Hoffner.

»Nicht mehr lange«, sagte Ringmar.

»Ich habe mit einer Freundin von Sandra Mars gesprochen«, sagte Hoffner.

»Einer von den beiden Freundinnen«, sagte Ringmar.

»Sie hat einen Ort erwähnt, zu dem Sandra gern gegangen ist, schon als Kind.«

Winter sah wieder auf das Bild; einen Ort, zu dem Sandra gern ging. »Wohin?«, fragte er, ohne den Blick vom Foto zu nehmen. Er wusste, dass er es wusste, dass er es gewusst hatte, bevor sie es aussprach. Sie sagte »Tånguddens Bootshafen«, und er wusste es. Er blickte aus dem Fenster. Jetzt war es dunkel, aber das spielte keine Rolle, er musste zum Bootsplatz. Er schaute auf die Uhr und sah, dass er keine Zeit mehr hatte, vorher nach Hause zu fahren, aber vielleicht würde er es rechtzeitig zum Flugplatz schaffen, Zahnpasta gab es auch in Spanien, und Brandy gegen Schuldgefühle und Trauer auch.

»Ruf ihren Vater an und bring ihn mit zum Bootsplatz«, sagte er. »Ich fahr jetzt los. Kommst du mit, Bertil?«

Das Thai-Lokal bei Tångudden hatte schon früh geschlossen, an diesem Abend kein *tom yam gong* mehr. Winter sah die Frauen in dem Lokal nach der Schufterei des Tages aufräumen, verwischte Gesichter, schwarze Haare, die schmutzigen Fensterscheiben waren transparent wie Plastikvorhänge, Transparenz, ein Wort, das bald out sein würde, zur Hölle mit der Transparenz.

Die Lichter der Häfen am anderen Ufer glühten bösartig über dem Fluss, eine Gasflamme loderte vor dem schwarzen

Himmel, Eisen schlug gegen Eisen, das lärmende Stöhnen und Ächzen des Heizwerkes trieb die Bewohner im Neubaugebiet am Tånguddsbacken in den Wahnsinn.

Winter und Ringmar gingen zwischen den an Land aufgebockten Booten umher, das Licht reichte aus, dass sie nicht stolperten oder irgendwo anstießen, über ihnen hing der Mond, der Himmel war klar und es war nicht besonders kalt.

Es gab nicht viele Bäume.

Einer von ihnen stand zehn Meter entfernt vor einer Reihe Bootsschuppen.

Winter stellte sich unter den Baum und schaute zu den Schuppen. Es war zu dunkel, um Farben zu erkennen, morgen würden die Farben wieder hervorgekrochen kommen. Die Perspektive konnte stimmen. Nur das Tageslicht fehlte.

Er hörte Stimmen hinter sich und drehte sich um. Gerda Hoffner näherte sich mit Sandras Vater, Egil Torner. Winter kannte ihn noch nicht, nur Bertil hatte ihn kürzlich getroffen, als Winter in Spanien war. Torner hatte unter Schock gestanden, nur sehr wenig gesagt, hatte es vielleicht noch nicht begriffen.

Er sah aus, als hätte er keine Zeit gehabt, sich für einen Aufenthalt im Freien anzuziehen. Sein Hemd war am Hals offen, aber das schien ihm nichts auszumachen, im Augenblick schien ihm gar nichts auszumachen. Er mochte in Bertils Alter sein, früher einmal ein junger Vater, dachte Winter, nicht wie ich mit Kindern, die noch nicht einmal in die Schule gehen, obwohl ich schon fünfzig bin. Er hat eine erwachsene Tochter und Enkel, hat sie gehabt, es hatte nur Sandra, Erik und Anna gegeben; dieser Blick ist eindeutig, der Mann trauert. Er hat eine Glatze, ihm muss kalt am Kopf sein, ich trage eine Mütze, wenn es nur ein wenig kälter ist, obwohl ich noch Haare habe. Er ist männlicher als ich.

»Um was geht es?«, fragte Torner.

Winter stellte sich vor. »Hat meine Kollegin es Ihnen nicht erzählt?«

»Nicht mehr, als dass Sandra hier gewesen sein könnte«, sagte Torner. »Und warum nicht?« Er zeigte zu den Schuppen. »Einer davon gehört mir.«

Er sah Ringmar an.

»Ich habe kein Boot mehr, aber den Schuppen habe ich behalten.«

»Können wir hingehen?«, sagte Winter.

Torner nickte. »Ich habe die Schlüssel mitgebracht, hab mir schon gedacht, dass ...« Er brach ab.

Sie standen vor der Tür. Winter drehte sich um, zu dem Baum. Bis dorthin waren es ungefähr fünfzehn Meter. Die Perspektive stimmte immer noch. Der Schuppen war rot und weiß, dahinter der Fluss, am Tag war er blau.

Torner schloss auf und schaltete Licht ein. Winter ließ ihn nicht aus den Augen, während der Mann in den Schuppen spähte.

»Warum schauen Sie mich so an?«

»Ist hier etwas anders als sonst?«, fragte Winter.

Torner warf noch einen Blick in den Schuppen.

»Soweit ich sehen kann, nicht.«

Er wollte hineingehen.

»Wir können die Hütte nicht betreten«, sagte Winter.

Torner sah ihn an, das eine Bein noch in der Luft, wie bei einer Trainingsbewegung, einer Stretchingbewegung.

»Aber ...«

»Wir dürfen hier keine Spuren hinterlassen«, sagte Winter. »Sie verstehen.«

»Aber ... warum ... hier?«

Torner zog das Bein zurück. Er sah sich wieder um, sein Blick war immer noch klar, gemischt mit Entsetzen, Verwirrung.

»Warum hier?«, wiederholte er. »Was ist hier passiert?«

Winter zeigte ihm eine Kopie des Fotos.

»Herr im Himmel«, sagte Torner.

»Haben Sie es schon einmal gesehen?«

»Nein, nein.«

»Was meinen Sie, wann das Foto aufgenommen wurde?«

Torner antwortete nicht, er wandte den Blick abrupt vom Bild ab, schaute auf.

»Wo könnte es aufgenommen sein?«, fragte Winter.

Torner antwortete immer noch nicht. Winter wiederholte die Frage.

»Dahinten.« Torner wies mit dem Kopf auf den einsamen Baum.

»Sind Sie sicher?«

Torner antwortete nicht. Winter wiederholte die Frage.

»Ich bin sicher. Was hat das zu bedeuten?« Er sah Winter an. »Wem gehört das Foto?«

»Wie meinen Sie das?«

»Wer hat es aufgenommen?«

»Das wissen wir nicht.«

»Woher kommt es?«

»Wir haben es in Sandras Haus gefunden.«

»Dann muss Jovan es gemacht haben.«

»Er behauptet nein.«

»Ein Freund?«

»Das wissen wir nicht. Kannte Jovan diese Stelle? Den Schuppen?«

»Natürlich. Hat er nichts davon gesagt?«

»Nein, aber wir haben ihn auch nicht gefragt.«

»Dann ist sie also hier gewesen«, sagte Torner und starrte wieder auf das Foto. »Vielleicht war sie oft hier. Nein, nicht so oft, früher ja.« Es klang, als redete er mit sich selbst. »Früher war es lustiger. Als sie noch klein war.«

»Was war lustiger?«, fragte Winter.

»Alles«, sagte Torner. »Das müssen Sie doch wohl gar nicht erst fragen?«

Winter schwieg.

»Hatte Sandra Schlüssel zu dem Schuppen?«, fragte Ringmar.

»Ja«, antwortete ihr Vater. »Sie hatte immer Schlüssel zum Schuppen.«

»Wissen Sie, wann sie das letzte Mal hier war?«

»Nein.«

»Haben Sie nicht darüber gesprochen?«

»Ich glaube, sie ist schon seit mehreren Jahren nicht mehr hier gewesen. Habe es nicht geglaubt. Habe sie nicht gefragt.«

»Warum haben Sie sie nicht gefragt?«

Torner antwortete nicht.

»Gab es einen Grund, warum sie nicht mehr hierherkommen wollte?«, fragte Winter.

Auch jetzt antwortete Torner nicht.

»Ist hier etwas passiert?«, fragte Winter.

»Was sollte hier passiert sein?«

»Ist hier irgendetwas mit Sandra passiert? Als sie klein war?«

»Warum sollte ihr etwas passieren?«

»Ich frage«, sagte Winter.

»Ich verstehe die Frage nicht«, sagte Torner. »Es war ein glücklicher Ort.« Er sah Winter an. »Sie ist ja hierher zurückgekommen, oder?«

Hoffner brachte Torner nach Hause, die Frauen im Restaurant waren immer noch da. Sie hatten die Tür abgeschlossen und öffneten erst, als Winter und Ringmar mit ihren Ausweisen wedelten. Ringmar hatte auch seine Polizeiplakette für einen eventuellen Notfall dabei. Die zeigte er ihnen jetzt.

Eine der Frauen öffnete. Drei Frauen arbeiteten in dem Lokal, sie sahen alle aus wie Thailänderinnen, obwohl Winter nicht hundertprozentig sicher war, wie die Leute in den verschiedenen Ländern Südostasiens aussehen. Sie kochten jedenfalls Thaiessen, keine burmesischen Spezialitäten, in dem kleinen Lokal roch es nach Zitronengras, Kokos, Chilipaste und Speiseöl, ein roter Geruch, dachte er und ihm fiel das Entencurry ein, das er im Herbst zubereitet hatte, die Zutaten zu der Paste hatte er selber gemörsert, jede Zutat war wichtig, sogar die kleinste, er hatte sie alle in Malaga bekommen.

Winter stellte sich vor. Die Frauen reichten ihm die Hand und nannten ihre Namen. Sie tauschten einige Worte auf Schwedisch. Winter zeigte jeder von ihnen das Foto.

»Ist sie hier gewesen?«, fragte er.

»Wer ist das?«, fragte die Frau, die die Tür aufgeschlossen hatte. Ihren Namen hatte Winter nicht verstanden. Ringmar hatte die Namen aufgeschrieben. Die Frauen sprachen ein ausgezeichnetes Schwedisch.

»Haben Sie sie einmal gesehen? Erkennen Sie sie?«

»Ich weiß nicht.« Die Frau sah die anderen an. »Ist sie hier gewesen?«

Sie betrachteten wieder das Bild.

»Wie lange gibt es das Restaurant schon? Seit wann betreiben Sie es?«

»Viele Jahre«, sagte die Frau.

»Entschuldigung, ich habe Ihren Namen nicht verstanden«, sagte Winter.

»Peggy.« Die Frau lächelte.

»Okay, Peggy, können Sie etwas genauer sein?«

»Sechs Jahre haben wir das Lokal, wir haben viele Stammgäste.«

»Das kann ich gut verstehen. War die Frau eine von ihnen?«

Peggy sah erneut auf das Bild.

»Nein, kein Stammgast.«

Eine der anderen Frauen sagte etwas zu ihr in einer Sprache, die Winter nicht verstand, vermutlich Thai, weich und spitz zugleich. Er war noch nie in Thailand gewesen, das machte ihn unter Schweden zu einer Ausnahme. Peggy gab der anderen Frau das Bild. Sie schaute es an, sah auf, sagte wieder etwas.

»Sie sagt, sie erkennt die Frau«, übersetzte Peggy. »Sie kann sich nicht so gut auf Schwedisch ausdrücken, weil sie noch nicht lange hier ist. Sie ist meine jüngere Schwester und ist vor einem halben Jahr aus Chiang-M …«

»Erkennt sie?«, unterbrach Winter die Familienchronik. »Sie hat sie gesehen?« Er wandte sich an die Schwester. »Sie haben die Frau gesehen?«

Die Schwester zuckte zurück. Er musste drohend ausgesehen haben. Er versuchte zu lächeln.

»Sie war hier«, sagte die Schwester. Sie schaute zu einem Tisch am Fenster, einem von fünf Tischen des Lokals. An dem Tisch hat Sandra gesessen, dachte er.

»Erkennen Sie sie?«

Die Schwester schaute wieder auf das Bild, dann zu Winter, wieder auf das Bild. Sie sagte etwas zu Peggy.

»Sie erkennt das Haar«, sagte Peggy. »Und das Kleid.«

»Das Kleid?«

»Sie erkennt das Kleid«, wiederholte Peggy und wies mit dem Kopf auf das Foto in der Hand ihrer Schwester. »Sie trägt ein Kleid«, fügte sie hinzu, als wollte sie Winter erklären, was Sandra am Körper trug.

»Das Kleid?«, sagte Winter und sah Ringmar an und dann Peggy. »Es ist dasselbe Kleid.«

»Ich verstehe nicht«, sagte Peggy.

»Da gibt es nichts zu verstehen«, sagte Winter. »Aber Sie erkennen sie nicht? Oder …« Er deutete mit dem Kopf auf die dritte Frau.

»Ich erkenne sie nicht«, antwortete sie. »Es muss an einem Tag gewesen sein, als Lan serviert und kassiert hat, um es zu üben. Wir waren in der Küche und haben gekocht. Lan hat sie erkannt.«

Winter sah die Durchreiche zur Küche. Von dort war der Gastraum nicht einsehbar. Es war keine große Küche.

Winters Blick kehrte zu Lan zurück.

»Ist sie viele Male hier gewesen?«

Lan schüttelte den Kopf und sagte etwas.

»Nur einmal«, übersetzte Peggy.

»Können Sie sich erinnern, wann das war?« Winter ließ Lan nicht aus den Augen. Sie schien keine Angst mehr zu haben.

»Was ist mit ihr passiert?«, fragte Peggy.

»Das erzähle ich Ihnen gleich«, sagte Winter, »aber erst noch die Frage an Lan, wann sie diese Frau gesehen hat?«

Peggy übersetzte die Frage. Lan antwortete auf Thai.

»Daran kann sie sich nicht erinnern. Aber sie weiß, dass sie erst wenige Monate in Schweden war. Dann kann man es wohl ausrechnen?«

»Das kann man«, sagte Winter. »Ich habe nur noch eine Frage. War die Frau allein?«

»Nicht allein«, antwortete Lan auf Schwedisch.

»Sie war nicht allein?«

»Da saß einer mehr«, sagte Lan.

»Einer mehr?«

Lan sagte etwas zu Peggy.

»Es war ein Mann«, übersetzte Peggy.

»Hatten Sie ihn vorher schon einmal gesehen?«

»Nein«, sagte Lan.

»Haben die beiden zusammen gesessen?«

»Ja.«

»Sind sie zusammen hereingekommen?«

»Ja.«

»Haben Sie gehört, worüber sie gesprochen haben?«

»Nein.«

»Würden Sie den Mann erkennen, wenn Sie ihn sehen?«

»Ich weiß es nicht.«

»Wäre er schwer zu erkennen?«

Lan sagte wieder etwas auf Thai. Peggy fragte etwas auf Thai und bekam eine Antwort.

»Er hatte einen Bart«, übersetzte Peggy. »Lan sagt, den kann er ja abrasiert haben.«

Verdammter Bart, dachte Winter.

»Wie war er gekleidet?«, fragte er.

Peggy gab die Frage an Lan weiter. Sie sagte etwas und schüttelte den Kopf.

»Sie kann sich nicht erinnern.« Peggy sah Winter an.

»Aber an das Kleid der Frau kann sie sich erinnern.«

»Das ist leichter.«

»Warum ist das leichter?«

»Das würden Sie verstehen, wenn Sie eine Frau wären.«

»Vielleicht fällt es ihr wieder ein, wenn sie Zeit zum Nachdenken hat.«

»Ja. Wer ist diese Frau? Warum wollen Sie sie finden?«

»Wir wollen sie nicht finden. Sie ist ermordet worden.«

»Oh!« Peggy schlug die Hand vor den Mund. Winter sah, dass die anderen beiden es wohl auch verstanden hatten. Peggy sagte ein paar Worte in ihrer Muttersprache. Sie wurden blass, Winter sah es in der fetthaltigen Luft, in dem gelben Licht. »Oh!«

»Wir suchen den, der das getan hat«, sagte Winter.

»War er … das? War er hier?«

»Sie verstehen?«, sagte Winter. »Es wäre gut, wenn Lan sich erinnerte. Wenn Sie sich alle drei erinnerten.«

»Es ist Zeit aufzubrechen, Erik«, sagte Ringmar. »Ich mache hier weiter. Wir übernehmen. Ich fahr dich zum Flughafen.«

Sie waren allein auf der Autobahn. Er dachte an Sandras Lächeln. Es war ein großes, schönes und echtes Lächeln gewesen.

»Warum lächelt sie, Bertil?«

»Das macht mir auch Sorgen.«

25

Er saß in Amsterdam bei einem Bier über seinen Notizen, während die Menschen auf dem Weg zu Orten auf der ganzen Welt an ihm vorbeizogen. Er schrieb Namen und Lebensläufe auf: Jovan Mars. Christian Runstig. Robert Krol. Mattias Hägg. Bert Robertsson. Der, der am meisten auffiel, war Robert Krol. Er wohnte ja in dem Viertel, dort bewegte er sich und nirgendwo anders, das war vollkommen selbstverständlich und natürlich, das durfte man keinesfalls vergessen. Die guten Frauen in dem Thai-Lokal würden Fotos von Männern studieren, die diese Namen trugen, hoffentlich würde es schon am Vormittag passieren, sie würden es dann wissen, aber wir werden *nada* wissen, er nahm einen Schluck Bier, nur ein Glas, *niente y niente*, *nada y nada*, das ist Pessimismus, der Fall wird aufgewärmt, *un poco más caliente*, *un poco menos frío*, wir sind auf dem Weg in die Wärme, wir sind auf dem Weg in die Hitze, er wartet auf dem Parkplatz am Frölunda torg, er wartet überall, ja, ich habe die Fotografie bekommen, es war einer deiner Fehler, Gefühle haben in diesem Fall nichts zu suchen, wer in dieser Branche Sentimentalität zeigt, ist verloren, er fühlte, wie sich seine Nackenmuskeln anspannten, er fühlte sich angespannt, sah vom Bildschirm auf, bemerkte ein Paar mittleren Alters, das ihn auf eine Weise betrachtete, wie man jemanden betrachtet, der vielleicht nicht ganz normal ist, er nickte freundlich, aber das schien die Sache nur noch zu verschlimmern, er sah wieder auf seinen Laptop, auf die Namen, die sie aus der Unterwelt ausgegraben hatten.

Die Lichter in Malaga deckten einen großen Teil der Dunkelheit ab und setzten sich entlang der Küste nach Almería im Osten und Marbella im Westen fort, das glitzernde Licht verschwand draußen im Meer, hinauf in die Berge.

Er saß am Fenster und sah alles von oben und dachte an nichts, eine kurze Atempause im Leben. Angela hatte angerufen, als er in Amsterdam wartete, und nun entfernte sich alles, Siv entfernte sich, war vielleicht schon auf dem Weg zu Bengt; Siv mit der Fluppe und dem Drink, dem rauen Lachen und ihrer Lebensfreude, Raucher haben größeren Appetit aufs Leben, und das kommt daher, weil sie wissen, dass sie sterben werden, während die Nichtraucher an ein ewiges Leben glauben. Ich bin einer von ihnen geworden. Heute Nacht rauche ich einen Zigarillo, es ist nur ein bisschen gefährlich.

Angela erwartete ihn am Gate.

»Sie ist jetzt etwas ruhiger.«

»Ist sie bei Bewusstsein?«

»Nein.«

»Wird sie wieder aufwachen?«

»Ich glaube nicht.«

»Ich konnte ihr nichts mehr sagen.«

»Du hast ihr vieles gesagt, Erik, hast ihr gute Sachen gesagt.«

»Aber ich habe auch viele nicht so gute Sachen gesagt.«

»Du bist ihr Kind. Das gehört zum Deal.«

»Hat sie das gewusst?«

»Alle Eltern wissen das.«

»Ha, ha.«

»Siv hat es gewusst«, sagte Angela.

Das Hospiz lag in einer ruhigen Straße zwischen El Corte Inglés und dem Bootshafen. Winter hörte Musik aus einem Fenster, als sie aus dem Auto stiegen, die Stimme eines Kommentators im Fernsehen, ein Gespräch, ein Lachen, ein Hundebellen, ein Motorrad, einen Vogel, einen Ruf, eine Auseinandersetzung, wieder ein Lachen, all dies Banale, das das richtige Leben ausmacht, das in dieser Nacht vielleicht für die Frau, die ihn geboren hatte, zu Ende gehen würde.

Sie lag in einem Zimmer mit einem hübschen Licht, das sich mit dem Licht von der freundlichen kleinen Straße vor dem Fenster mischte.

Sie schlief einen barmherzigen Schlaf und wurde nicht mehr mit Sauerstoff versorgt.

Das Leben schreckte langsam zurück, eine barmherzige Handlung.

»Siv«, sagte er und berührte ihre Wange, ein Gefühl, als berührte er einen Vogel. »Mutter, ich bin wieder da.«

Er schaute Angela an.

»Sie hat es gut«, sagte er.

»Bestimmt hat sie das.«

»Sie schläft.«

»Sie ruht«, sagte Angela.

»Ich glaube, sie wird die ganze Nacht gut schlafen.«

»Das glaube ich auch.«

In dem gedämpften Licht hatte Angela dunkle Ringe unter den Augen, das Licht konnte nicht alles beschönigen, alles verbergen. Sie wirkte schmal, als ob Sivs Krankheit zu ihr hinübergeglitten wäre, wie ein Schatten, nur für einen Moment, wie eine Erinnerung. Er erkannte, dass er ohne sie nichts war, ohne Liebe, ohne ihre Liebe wäre er nichts weiter als ein unedles Schwein, das in der Unterwelt wühlte.

»Fahr nach Hause und ruh dich aus, Angela. Ich bleibe hier.«

»Ich bleibe auch.«

»Nein, fahr nach Hause. Komm morgen mit den Kindern wieder. Ich schlafe hier auf dem Sofa.« Er wies mit dem Kopf auf die Schlafcouch neben der Tür. Es war ein großes Zimmer. Es erinnerte an das Hostal in der Altstadt, in dem er gewohnt hatte, als sein Vater im Sterben lag. Das Zimmer war einfach und würdevoll. »Es gibt ja sogar Laken. Hast du eine Zahnbürste mitgebracht?«

»Ich habe alles zum Wechseln mitgebracht.« Sie lächelte. »Die Sachen liegen im Auto. Draußen im Vorraum gibt es eine Dusche.«

»Gut.«

»Ich bleibe noch ein Weilchen.«

Winter schaute seine Mutter an.

Sie öffnete die Augen.

»Ich meine, ich hätte Stimmen gehört«, sagte sie.

»Das sind nur wir«, sagte er.

»Du bist also hier, Erik.«

»Selbstverständlich.«

»Aber ist heute Samstag?«

»Oh, du hast alles unter Kontrolle, merke ich. Nein, es ist nicht Samstag. Aber ich konnte trotzdem kommen.«

»Dann musstest du sicher mehrmals zwischenlanden.«

»Nur einmal.«

Sie bewegte sich, versuchte sich aufzurichten. Er half ihr.

»Ich habe Durst«, sagte sie.

»Das ist gut«, sagte Angela. »Hier ist ein wenig Wasser.«

»Danke.« Siv sah ihren Sohn an. »Nur noch Wasser für mich.«

»Davon wirst du wieder munter.« Er lächelte.

»Hätte nie geglaubt, dass man von Wasser munter wird«, sagte sie und trank, stellte das Glas ab und sah die beiden an. »Hätte nie geglaubt, dass ich noch einmal aufwache.«

»Ich aber«, sagte er.

»Ich bin müde.«

»Ich sitze hier. Und ich versuche, Angela nach Hause zu schicken, damit sie sich ein wenig ausruht.«

»Sie braucht Ruhe. Sie hatte so viel Arbeit mit mir.«

»Nein, nein, Siv«, sagte Angela.

»Doch, doch, aber vielleicht kannst du noch ein wenig bleiben.« Siv sah Winter an. »Ich frage mich, ob du mir einen Gefallen tun willst, Erik?«

»Ja, natürlich.«

»Es ist so blöd ... ich habe offenbar den Ring abgenommen, kurz bevor ich ... eingeschlafen bin. Er ist nicht hier, ich meine den Trauring. Ich will hier nicht ohne Bengts Ring liegen. Kannst du ihn mir bitte von zu Hause holen, Erik?«

»Natürlich. Wo finde ich ihn?«

»Er muss auf dem Nachttisch liegen.«

»Ich hole ihn.« Winter stand auf.

»Hast du Kraft, noch ein wenig zu bleiben, Angela?«, fragte Siv Winter und sah Angela an. »Ich möchte nicht gern allein sein.«

»Hör auf, Siv. Selbstverständlich bleibe ich. Das hatte ich ohnehin vor.«

Ohnehin, dachte er, als er die Hügel nach Nueva Andalucía hinauffuhr, ohnehin. Eine Digitaluhr an einer Hauswand blinkte die Zeit weiter, Viertel nach eins, noch nicht später.

Sein Handy surrte. Er schaute auf das Display. »Ja, Bertil?«

»Bist du schon angekommen?«

»Klar, was denkst du denn.«

»Wie geht es Siv?«

»Sie ist wiederauferstanden.«

»Ist das ein Scherz? Machst du jetzt Witze, Erik?«

»Es ist kein Scherz. Sie ist wieder zu sich gekommen. Wir haben geglaubt, sie würde nicht mehr aus der Bewusstlosigkeit erwachen. Sie ist aufgewacht, als ich kam.«

»Sie wusste, dass du bei ihr bist.«

»Ich hoffe es, Bertil.«

»Es klingt, als säßest du in einem Auto.«

»Ich hole ein paar Sachen für Siv. Kannst du nicht schlafen?«

»Ich weiß es nicht, ich habe es noch nicht versucht.«

»Versuch es.«

»Ja, Chef. Ich habe in den vergangenen Stunden unentwegt gelesen. Nach der Identifizierung der Thai-Mädchen oder Nicht-Identifizierung oder was zum Teufel dabei herauskommt ... Jetzt sitze ich hier und denke an Runstig.«

»Wenn er sauber ist, lassen wir ihn frei.«

»Hast du mit Molina gesprochen?«

»Vorgestern. Wir könnten ihn wegen irgendeiner Lappalie anklagen, aber abgesehen von seiner Schuld ist Runstig in Freiheit nützlicher für uns.«

»Das finde ich auch.«

»Der verlässt die Stadt nicht.«

»Wenn er uns nicht alle verlässt.«

»Noch mal versucht er nicht auszuchecken, Bertil.«

»Okay, dann sprechen wir uns morgen wieder, nein, übrigens heute.«

»Ruf mich von Tångudden an«, sagte Winter.

Er parkte jetzt vor dem verrammelten Supermercado Diego und ging zu der Kreuzung von drei Straßen. Gegenüber der

Bushaltestelle führte die Calle Rosalía de Castro nach Norden. Er war allein in der Nacht auf dem Platz, umgeben von drei Restaurants, einer Zahnklinik und einem Autoverleih, umgeben von allem, was für ein ewiges Leben in der Sonne nötig war. Seit vielen Jahren das Zentrum seiner Eltern: das alte Restaurant Johnny, das es von Anfang an gegeben hatte, als dies Nueva Andalucías einziges Zentrum gewesen war, das, was jetzt das verschlissene alte Herz des Ortes war. Johnny war heruntergekommen, die Tischdecken hatten Löcher, Diego war für immer verschwunden, David Restaurante und Le Chateaubriant lebten von gestohlener Zeit, der kleine Supermercado Scandi war wegen Renovierung geschlossen, alles hier schien einer früheren Welt anzugehören, einer anderen Generation. Das Heimatdorf seiner Eltern, das es auch nach ihnen noch geben würde, das aber langsam in der Sonne vertrocknen und dann verschwinden, vielleicht etwas anderes werden würde, der Ökonomie entsprechend, nicht der Ökonomie der Nordländer sondern des spanischen Geldmarktes; die Bankfassade sah bereits düster aus im Schatten einer Neonleuchte über Las Palmeras Clinica Dental. Dies hier würde ihm gehören, ihm, Lotta und Angela. In den vergangenen zwei Jahren war er häufig hier gewesen, in Sivs Haus, aber diesen Moment hatte er sich nicht vorgestellt. Sie war unsterblich gewesen, da sie die einzige Überlebende nach der Ehe mit Bengt war, sie war in Gin und Brandy mariniert, und jeder Blödmann weiß, dass in Alkohol Eingelegtes sich endlos lange hält, ein Einmachglas von 1953, ganz hinten im Speiseschrank vergessen, wird auf der Weihnachtstafel 2013 eine Sensation.

Er ging geradeaus, vorbei an einem Appartement-Hotel und einem Bistro, bog nach rechts ab, kam in die Calle de Luís de Góngora, ging weiter ein Stück in Richtung Süden zur Pasaje José Cadalso, einer kleinen Straße mit einigen ebenerdigen und einstöckigen Häusern zu beiden Seiten. Alles war weiß und grün und rot, über weiße Mauern schäumte Bougainvillea.

Sivs Haus war das zweite und gleichzeitig letzte auf der linken Seite, ein Namensschild aus Porzellan, »WINTER«, ein Briefkasten, ein Schild an der eisernen Pforte, das vor »PERRO« warnte, es hing schon viele Jahre an der Stelle, obwohl es nie einen Hund gegeben hatte, Siv fürchtete sich vor Hunden.

Er betrat das Haus. Es roch nach Einsamkeit und Stille, Sonne und Blumen und schwach nach Tabak. Plötzlich fiel ihm ein, wie es beim ersten Mal gewesen war, als er gekommen war, um Bengt im Hospital Costa del Sol sterben zu sehen, Siv hatte ihn ins Haus geschickt, um ihre Toilettenartikel zu holen, die sie vor Sorge und Aufregung vergessen hatte. Er hatte durch das Fenster nach hinten Palmenblätter in der Sonne glitzern sehen, hatte draußen auf dem kleinen Rasen gestanden im Schatten der drei großen Palmen. Er erinnerte sich, dass er plötzlich froh gewesen war, dass er sie hübsch fand, dass er gedacht hatte, man sollte auf einem Grundstück mit Palmen wohnen. Dann hatte das Telefon im Haus geklingelt, vielleicht als er unter den Palmen stand, vielleicht als er vor der Haustür stand, und auch jetzt begann es zu klingeln auf dem Sofatisch in dem kühlen Zimmer, ein alter Apparat ohne Display, es klingelte, klingelte.

»Hallo?«

»Du bist also angekommen, Erik! Sehr gut.«

»Gerade eben.«

Es war genau wie damals, als er das erste Mal hier gewesen war. Es waren dieselben Wörter. Es war ein Sinn darin verborgen, er verstand nur nicht, welcher.

»Der Ring liegt im Schlafzimmer.«

»Ja.«
»Aber das habe ich vielleicht schon gesagt.«
»Ich hole ihn sofort.«
»Das ist gut, Erik.«

Ihre Stimme klang müde, so müde wie noch nie, und sehr schwach, jetzt war Eile geboten. Eigentlich war die Fahrt hierher unnötig, ein Ring war ein toter Gegenstand. Aber es war ihre Erinnerung und ihr Leben, er hatte kein Recht, ihren Wunsch zu werten.

Er ging mit demselben Gefühl von Déjà vu, wie er es unten gehabt hatte, die Treppe hinauf. Er entdeckte den Ring sofort auf dem Tisch neben dem Doppelbett in dem kleinen Zimmer. Er sah die Fotografie seines Vaters auf dem Nachttisch. Beim ersten Mal hatte er sich in dem gleichen Maß von hier fortgesehnt, wie sich sein Vater hierher zurückgesehnt hatte. Damals hatte es noch eine Chance gegeben. Dieses Mal gab es keine Hoffnung mehr.

Als er nach Puerto Banús hinunterfuhr, lag das Meer wie eine Scheibe aus schwarzem Silber vor ihm. Morgens war es aus rotem Gold. Nichts war echt, aber vielleicht war es nur das Meer vor Puerto Banús, es spielte keine Rolle, wo man starb, die Stadtteile im Leben waren am wichtigsten. Nah am Meer dort unten stand eine Statue, ein Engel, hoch auf einem Sockel, die Arme zum Meer ausgestreckt, in Göteborg stand eine Seemannsfrau hoch über dem Fluss, die Arme zum Meer ausgestreckt, das hatte irgendeinen Sinn.

Sie war immer noch wach, als er das schöne Zimmer betrat.

Er legte den Ring auf den Tisch neben ihr. Sie hielt die linke Hand hoch, und er steckte ihr den Ring an den Finger, jetzt verstand er, warum sie den Ring nicht mehr trug, er hielt nicht mehr, ihr Finger war dünn wie ein Hölzchen.

Sie sagte etwas, das er nicht verstand. Er nickte. Sie sagte noch einmal etwas.

Bertil Ringmar konnte nicht schlafen. Er saß angezogen da, ruhelos, trank eine Tasse Kaffee und noch eine, las Ausdrucke. Nach nur zehn Minuten vor einem Bildschirm taten ihm die Augen weh, das war nichts für ihn. Er war ein Filofax-Mann, kein rückwärts strebender Mann, aber ein Kartothek-Mann, Schwarz-auf-weiß-in-der-Hand-Mann, ein Mann in seinen besten Jahren, der jetzt alles, was er im Leben gelernt hatte, in einer brillanten Analyse zusammenfassen würde, Scharfsinn und Wissenschaft in schöner Vereinigung. In schöner Vereinigung, dachte er wieder, ein letztes Mal der große Schlusssatz, der Sprung eines alten Löwen, etwas für die Bücher, etwas für die Polizeihochschule. Etwas für Erik.

Ringmar stand auf, ging in die Diele, zog Schuhe und Mantel an, verließ das Haus, setzte sich ins Auto und fuhr durch Kungsladugård, den Sannabacken hinauf, durch Kungssten, hinaus zur Hästeviksgatan und parkte zwischen den Booten auf Tångudden. Gegenüber röchelte immer noch der Hafen. Auf dem Fluss glitt im Nebel ein Fahrzeug vorbei, ein Gespensterschiff auf dem Weg zum Kai mit zwei Kisten voller Pesttod aus Genua, bestellt von einem Museumsdirektor mit Zukunftsvisionen, dachte er und ging an den Booten entlang zu den Schuppen. Das Auto der Securitas stand davor, drinnen saß jemand, im Schuppen war Licht. Er ging hin, öffnete die Tür, und ein Gesicht schaute vom Boden zu ihm auf.

»Ach, du bist das, Branislav«, sagte Ringmar.

»Die schweren Jobs landen alle bei Lasse und mir«, sagte der Kriminaltechniker und nickte mit dem Kopf zu dem Kollegen, der ein Stück entfernt am Fenster stand.

»Wie schwer ist er?«

»Weiß ich noch nicht.«

»Was ist das da?« Ringmar zeigte auf den Gegenstand, der vor Branislav Lodszy lag.

»Ein Sextant, glaube ich.«

»Segelst du?«

»Nur wenn mich jemand einlädt.«

»Ich segle nicht«, sagte Ringmar.

»Das ist ein Messinstrument«, sagte Lodszy.

»Ich weiß, was ein Sextant ist«, sagte Ringmar.

»Ich meine, dass dies hier eine Art Messinstrument ist. Winkelmesser.«

»Hast du was anderes Interessantes gesehen?«

»*Time will tell.*«

»Es ist wichtig, verdammt wichtig.«

»Beleidige mich nicht.«

»Er kann hier gewesen sein«, sagte Ringmar.

»An den anderen Orten ist er definitiv gewesen«, sagte Lodszy.

»Da war er besonders vorsichtig. Hier hat er vielleicht vergessen, besonders vorsichtig zu sein.«

»War nicht gerade schlau, dieses Foto zu schicken, was?«

Ringmar antwortete nicht. Er hatte sich umgedreht und betrachtete den Baum, der in einiger Entfernung stand, der einsame Baum, unter dem Sandra wenigstens in der Mikrosekunde glücklich gewesen war, die es dauerte, das Bild aufzunehmen.

»Was?«, fragte Lodszy wieder.

»Es kann ein anderer sein. Vielleicht will er auch herausfinden, wie schlau wir sind.«

Er verließ den Schuppen. Das Thai-Restaurant war geschlossen, draußen roch es noch immer nach Essen, Öl, Gewürzen, orientalischer Küche, er dachte an Martin, der in dem Luxushotel in Kuala Lumpur arbeitete und nie Zeit hatte, sich ans Telefon zu bequemen, so empfand Ringmar es immer noch, sich nie ans Telefon bequemte, um seinen Alten anzurufen, so viel hatte der Junge in der Küche zu tun, Nacht und Tag in einer Küche, in der es süß und säuerlich roch, oder nein, sie kochten vermutlich nur Edelfraß für *Businessmen*, den Fraß gab es überall, austauschbar war der, nicht wie Zitronengras, Tamarinde und auf dem Rost gebratener Ochsenpimmel.

Links, schräg hinter dem Laden für Bootszubehör, der sich die Bude mit den Thai-Mädchen teilte, entdeckte er jemanden. Es war die Silhouette einer Person, bei Gott, da stand jemand. Konnte der Wachmann sein, aber der war noch im Auto, stieg gerade aus, weil Branislav fahren wollte. Ringmar hatte sonst niemanden im Umkreis gesehen, niemand schien in einem der Schuppen oder Boote zu wohnen, und wenn dort jemand wohnte, würde die Person, wenn sie Verstand besaß, um diese Uhrzeit schlafen; es war fast halb drei, bald kam die Wolfsstunde, dann konnte man sich nur auf eigene Gefahr draußen aufhalten. Ringmar ging näher. Scheiße, ist das ein dicker Pfahl, dachte er, ein verwachsener Poller, davon gab es hier reichlich, ich bin kindisch, fürchte mich vor der Dunkelheit und den Schatten, aber das ist kein Stück Holz, da ist jemand, es ist *jemand*.

»Hallo«, rief er, »wer ist da?«

Er bekam keine Antwort. Die Silhouette bewegte sich nicht. Sie war nicht mehr als zehn Meter entfernt. Die Wand bot keinen Schutz. Der Mann hatte geglaubt, sie wäre ein Schutz, aber er hatte sich im Winkel verrechnet, falsch gemessen.

»Polizei«, sagte Ringmar. »Treten Sie vor!«

Er hatte seine Pistole in der Hand, sie war dorthin geraten, ohne dass er es gemerkt hatte, die selbstverständlichen Reflexe eines alten Löwen.

»Treten Sie vor!«

Und der Schatten verschwand, wurde in das Haus hineingesogen, in den Hintergrund. Ringmar stürmte vorwärts, sah nichts, hörte jetzt Schritte auf der anderen Seite der Bruchbude, Schritte, die sich in Richtung Hästeviksgatan entfernten, in südliche Richtung, zwischen die Reihenhäuser und weiter, immer weiter. Ringmar lief hinter dem Geräusch her, lief. Er hörte die Schritte auf dem Asphalt, in dieser Nacht die einzigen Schritte in Göteborg, die Schritte des anderen und seine eigenen, die Laufschritte des anderen immer weiter entfernt, der hatte einen Vorsprung und er war vielleicht schneller, aber die Schritte klangen nicht wie die eines Langstreckenläufers, die Schritte klangen schwer, sie klangen ekelhaft, sie klangen nach Verlieren.

26

Weder Peggy, Lan noch Sally, die dritte Frau im Thai-Restaurant, erkannten einen der Männer auf den Bildern, die ihnen vorgelegt wurden.

»Keiner von ihnen trägt einen Bart«, sagte Lan.

»Aber trotzdem«, sagte Ringmar.

Sie hatte auch gesagt, es sei ein jüngerer Mann gewesen, aber so etwas war relativ. Im Lauf der Jahre hatte Ringmar viel gehört, was sich später als falsch erwies, Zeugenaussagen, die weit voneinander entfernt waren: ein Größenunterschied von vierzig Zentimetern, Haare, die schwarz, weiß oder orange waren, Männer, die Frauen waren, Frauen, die Männer waren, die Rock, Kilt, Dhoti, Kostüm, Bermudashorts trugen, glatzköpfig waren, Haare bis in die Kniekehlen hatten, tätowiert waren, glatt wie neugeborene Kinder. Wie Säuglinge.

»Von denen war keiner hier.« Lan sah Peggy an und fügte noch etwas auf Thai hinzu.

»Sie ist sich sicher«, übersetzte Peggy. »Sie hätte ihn wiedererkannt, selbst wenn er keinen Bart getragen hätte auf diesen Bildern.«

»Woran?«

Lan sagte wieder etwas in ihrer Muttersprache. Würde

ich Thailändisch lernen können?, dachte Ringmar. Würde ich das noch schaffen?

»Er hatte ein komisches Ohr.« Peggy sah Lan an, Lan sagte etwas, und Peggy übersetzte die Antwort. »Ihm fehlte ein ... wie heißt das, ganz unten am Ohr?«

»Ein Ohrläppchen? Wie konnte sie das sehen?«

Lan hatte ihn verstanden. Sie zuckte mit den Schultern.

»Wie meinen Sie das?«, fragte Ringmar.

»Sie hat es eben gesehen«, sagte Peggy.

Lan redete etwas länger auf Peggy ein.

»Es sah jedenfalls aus, als hätte er kein Ohrläppchen. Oder als wäre es kürzer. Sie hat zu Hause einen Onkel, der sieht genauso aus.«

»Zu Hause in Thailand?«, fragte Ringmar.

»Ja. Das goldene Dreieck.«

Dann ist er es nicht, er hat anderes zu tun, dachte Ringmar. Aber es ist immerhin etwas. Wir haben keine Ohrläppchenkartei, jetzt kriegen wir eine. Wir haben einen jüngeren Mann mit Bart, der vermutlich keinen Bart mehr trägt und der einmal zu viel am Ohr gezogen wurde, als er Kind war. Das verfolgt ihn immer noch.

Jovan Mars war nicht in dem Haus in der Fullriggaregatan. Vor dem Haus stand kein Kinderwagen.

»Ich weiß nicht, wo er ist«, sagte seine Schwester Louise. »Können Sie ihn nicht in Frieden lassen?«

»Wir versuchen es«, sagte Ringmar.

»Was wollen Sie dann hier?«

»Wissen Sie, wo er sein könnte?«

»Mit Greta unterwegs. Sie müssen ihn wohl anrufen.«

»Ich war zufällig in der Nähe«, sagte Ringmar.

Er sah, dass sie zu einem anderen Haus in einiger Entfernung an der Straße schaute. Er wusste, dass dort Lotta Winter wohnte. Was Jovans Schwester dachte, war nicht zu erraten.

»Er arbeitet nicht mehr, das wissen Sie wahrscheinlich? Er hat den Job gekündigt.« Sie verzog das Gesicht, als hätte sie etwas Unangenehmes in den Mund bekommen.

»Gab es Probleme mit seiner Arbeit?«, fragte Ringmar.

»Er war nie zu Hause. Sie sehen ja, wohin das geführt hat.«

»Wie meinen Sie das?«

»Ich meine gar nichts«, antwortete sie. »Ich muss mich jetzt um die Wäsche kümmern.«

»Danke«, sagte Ringmar.

Sie schloss die Tür, bevor er sich zwei Schritte entfernt hatte.

In einiger Entfernung sah er einen Mann mit Kinderwagen kommen. Jovan Mars blieb stehen und richtete etwas im Wagen. Dann schaute er auf und entdeckte Ringmar.

Ringmar ging ihm entgegen, und Mars wartete.

Er hob eine Hand.

»Sie schläft«, sagte er leise.

Ringmar nickte.

»Ich bringe den Wagen in den Garten.«

Nachdem er den Kinderwagen neben einen Busch gestellt hatte, traten sie einige Schritte beiseite.

»Warum haben Sie uns nichts von Tångudden erzählt?«

»Tångudden?«

»Es ist nur einen Steinwurf von hier. Tun Sie nicht so, als wären Sie ein Dummkopf.«

»Ein Idiot, meinen Sie?«, sagte Mars.

»Warum haben Sie uns nicht erzählt, dass es eine Verbindung zwischen Sandra und Tångudden gab?«

»Ich habe da keine Verbindung gesehen.«

»Sie wissen, was ich meine.«

»Dort ist sie schon seit Jahren nicht mehr gewesen. Seit Jahrzehnten. Das war nicht mehr ihr Ort.«

»Woher wissen Sie das?«

»Weil sie es mir erzählt hat.«

»Warum war es nicht mehr ihr Ort?«

»Details hat sie mir nicht erzählt.«

»Details wovon?«

»Was?«

»Wenn es Details gibt, gibt es auch noch etwas Größeres. Ein Ganzes oder wie man es nennen soll. Was ist passiert?«

»Da war etwas mit ihrem Vater. Sie wollte es mir nicht sagen, und ich habe nicht gefragt.«

»Haben die beiden sich überworfen?«

»Da war etwas«, wiederholte Mars.

»Hatte Sandra Umgang mit ihrem Vater?«

»Doch, schon, wir haben uns manchmal getroffen.«

»Aber nicht häufig?«

»Nein.«

»Wie war die Beziehung zwischen Tochter und Vater?«

»Tja ... vielleicht nicht besonders eng, so ist es wohl in vielen Familien.«

Ringmar schwieg.

»Jedenfalls hatte sie kein Interesse mehr an Tångudden. Ich habe nie weiter darüber nachgedacht.«

»Sie hatte einen Schlüssel zu diesem Schuppen.«

»Ach?«

»Hat das nichts zu bedeuten?«

»Nicht, wenn sie ihn nicht benutzt hat.«

»Sie hat ihn benutzt.«

»Ach?«

»Sie scheinen nicht besonders erstaunt zu sein.«

»Mich wundert überhaupt nichts mehr.«

»Sie ist dort gewesen, vermutlich erst kürzlich.«

»Mag ja sein. War sie allein?«

»Nein.«

»Egil war wohl dabei? Ihr Vater?«

»Das wissen wir nicht.«

»Dann schlage ich vor, dass Sie ihn fragen.«

»Das haben wir schon getan«, sagte Ringmar.

»Sie trauen wohl niemandem auf der ganzen verdammten Welt.«

»Wir glauben an die Menschlichkeit.«

»Ha.«

»Sie hätten von dem Bootshafen erzählen müssen, Herr Mars.«

»Ich bin nicht dort gewesen.«

»Nie?«

»Ich bin nie in diesem Schuppen gewesen. Ich weiß nicht einmal, welcher Egil gehört.«

»Wir können hingehen, und ich zeige es Ihnen.«

»Ich will nicht. Können Sie mich dazu zwingen?«

»Warum sollte ich Sie zu etwas zwingen?«

»Ihr Kollege hätte das getan.«

»Wer?«

»Er.« Mars deutete mit dem Kopf auf Lotta Winters Haus. »Er taucht hier manchmal auf. Ich glaube, mit dem stimmt was nicht. Er wirkt ja fast besessen. Er versucht cool zu sein, aber ich glaube, der schläft nachts nicht.« Jovan lachte auf, ein freudloseres Lachen hatte Ringmar noch nie gehört. »Er ist wie ich«, fügte Mars hinzu. »Mögen Sie ihn?«

»Sprechen Sie von Erik Winter?«

»Ja, über ihn, Erik.«

Mars schaute wieder zu Lottas Haus.

»Das ist er«, sagte er, den Blick fest auf das Haus gerichtet. »Erik.«

»Wie meinen Sie das, Herr Mars? Was sagen Sie da?«

Mars sah Ringmar an.

»Er kann es sein, Erik!«

»Wer kann Erik sein?«, fragte Ringmar.

»Erik ...«, sagte Mars. Er stand bewegungslos da, so, als wäre er von etwas getroffen worden, das ihn hatte erstarren lassen.

»Ist Ihnen nicht gut?«

Mars antwortete nicht.

»Was ist?«, sagte Ringmar.

»Ich weiß nicht, wie lange ich das noch aushalte«, sagte Mars. »Jetzt bricht es zusammen.« Er packte Ringmar am Ärmel. »Wie lange halte ich das noch aus?«

Winter wachte an ihrem Bett. Er saß in einem bequemen Ledersessel, der genauso schlicht wirkte wie alles in diesem Zimmer, dem Wartezimmer des Todes. Es ist nicht einmal ein Wartezimmer. Es ist hier. Es ist dieses Bett. Es ist sie, die dort liegt. Das bin ich. Es ist jetzt. Er stand auf und ging zum Fenster. Vor einer Weile hatte er es geschlossen, als auf der Straße, die eher eine Gasse war, ein paar Autos vorbeigefahren waren. Jetzt war es still, obwohl der Morgen heraufzog. Aus der Ferne hörte er Verkehrsgeräusche, vereinzelte Möwenschreie. Er öffnete das Fenster und atmete die milde Luft ein. In wenigen Monaten würde sie so heiß und scharf sein, dass es weh tat, sie einzuatmen. Jetzt hörte er Sivs Atemzüge. Immer noch kein Sauerstoff. Sie atmete gleichmäßig, als würde sie nur ruhen und bald aufstehen und sich die Erste des Tages anzünden, um sich schon mal warmzulaufen: Tanqueray und Tonic am Vormittag, ja, warum nicht?

»Erik.«

Er drehte sich um. Sie sah ihn an.

Er trat an ihr Bett.

»Wie geht es dir?«

»Ich habe etwas geträumt.«

Er nickte, sie träumte, sie schlief. Sie lebt, dachte er.

»Was hast du geträumt?«

»Das habe ich vergessen.«

»Ich kann mich auch nicht gut an Träume erinnern.«

»Doch, jetzt fällt es mir ein. Ich habe geträumt, dass du in Gefahr bist.«

»Nur ein Traum«, sagte er.

»Du warst in einem Haus eingesperrt. Es war schrecklich.«

»Kümmere dich nicht darum, es war ein Alptraum«, sagte er. »Ruh dich jetzt aus.«

»In dem Haus wollte dir jemand etwas Böses.«

»Ich werde es nicht betreten«, sagte er.

»Das ist gut, Erik. Ist es Morgen?«

»Ja, jetzt kommt der Morgen.«

»Wie schön.«

»Es ist sehr gut«, sagte er.

»Vielleicht darf ich heute nach Hause«, sagte sie.

Christian Runstig klingelte an der Tür, er wollte, dass sie ihm öffnete. Es war, als reichte seine Kraft gerade noch, um zu klingeln und zu warten. Der Junge mit dem Ball war wieder auf dem Fußballplatz beschäftigt, schoss auf das Tor, holte den Ball, Tag für Tag, Monat für Monat, vielleicht würde er Jahre durchhalten. Vielleicht hatte er eine Entwicklungsstörung und könnte in der schwedisch-slowakischen Landsmannschaft landen. Mir egal, dachte er. Ich kümmere mich einfach nicht mehr darum.

»Liv«, sagte er, als sie öffnete.

»Christian.«

»Ich bin zu Hause«, sagte er.

»Endlich.«

»Ich hab's nicht getan«, sagte er.

»Das habe ich auch nie geglaubt.«

»Ich habe nichts getan.«

»Ich weiß.«

»Ich habe mich gegen diesen Kommissar verteidigt, als er mich auf dem Eis überfallen hat, aber das war alles.«

»Denk nicht mehr dran, Christian.«

Schon eine ganze Weile hatte er die Laute vom Fußboden gehört. Er bückte sich und strich dem Welpen über die Schnauze, der kaum noch ein Welpe war, die Beine waren länger, die Schnauze war länger, er wusste, dass der Köter ihn nicht erkannte, aber das machte nichts, das war ihre Natur, darum beneidete er sie.

»Ich hab dich vermisst, du kleines Viech«, sagte er.

»Hoffentlich redest du nicht mit mir«, sagte sie.

»Du siehst doch, mit wem ich rede«, sagte er. »Wie lange ist sie schon wieder zu Hause?«

»Oh, sie ist wenige Tage später zurückgekommen.«

»Dann habt ihr euch inzwischen richtig kennengelernt.«

»Na klar.«

»Das war der Sinn der ganzen Sache«, sagte er.

»Willst du nicht eine Weile mit ihr rausgehen? Es ist ihre Zeit.«

»Willst du das nicht selber machen?«

»Ich möchte, dass du gehst. Du brauchst es im Augenblick am meisten.«

Es regnete eine schöne Abwechslung zum Schnee es war lange her seit es zuletzt geschneit hatte bald würde der Sommer kommen, halleluja, man könnte auf einer Klippe sitzen eine Kiste mit Bier an einer Schnur im Wasser und brauchte die Sachen bloß raufzuziehen halleluja es gibt nichts Besseres als meergekühltes Bier auf der Schattenseite und dann ein paar süffige Whisky das musste man nur noch aussitzen den

Sommer und die nächste Periode abwarten Gott danken wenn die nächste Periode begann so dass man sie genießen konnte solange sie anhielt genießen wie jetzt er war fast zu Hause er wusste wohin er seine Füße setzte vielleicht nicht ganz genau aber er trat den Himmel jedenfalls nicht mit Füßen trat den Himmel mit Füßen hatte keine Ahnung wo oben und unten war es war lange her seit er zuletzt so schlecht dran gewesen war er wusste genau was er jetzt machte er war kriiiistallklaaaar wusste was er machte er hatte nur drei Bier und zwei Whisky getrunken und es waren nicht die größten der Welt gewesen vielleicht etwas mehr Whisky aber keinesfalls mehr als die Viertel-Liter-Flasche die er in der Tasche gehabt hatte als er hingegangen war.

Niemand nennt mich mehr Bert Arschgesicht, jetzt nicht, nicht nach dem hier, nie mehr!

Es war ein gutes Treffen gewesen, er erinnerte sich kriiiistallklaaaar daran, jetzt gab es nicht mehr viel zu sagen, kein Feilschen mehr, passiert war passiert und dann war mehr passiert und noch mehr und jetzt war es Bert, der Smarte, der sagte, wo's langgeht.

»Ich weiß nicht, was mit dem Jungen passiert ist«, hatte er gesagt.

Er hatte nicht geantwortet.

Ich weiß es ja. Als ob ich es nicht wüsste!

»Es war entsetzlich«, hatte er gesagt.

»Was machen wir also jetzt?«

Das war ich, der das gesagt hat.

»Du bestimmst doch«, hatte der andere gesagt.

Ha! Ha!

Das war ich!

»Ist es dann vorbei?«, hatte der andere gefragt.

Auch darauf hatte er nicht geantwortet. Der andere sollte ruhig schwitzen. Er hatte nichts Besseres verdient.

27

Aneta Djanali suchte Agneta Hägg zu Hause auf, Mattias' Frau. Sandras Chef hatte einen verwirrten Eindruck gemacht, aber seine Frau wirkte ruhig.

»Wir haben sie zweimal getroffen«, sagte sie. »Ich weiß nicht, warum sich daraus nichts weiter entwickelt hat. Schrecklich, was da passiert ist.«

Sie saßen in einer Villa in Örgryte. Das Haus wirkte nicht protzig, aber es war teuer. So kann ich nur wohnen, wenn ich jemanden beerbe, dachte Djanali. Einen Scheich, von dem ich noch nie gehört habe, aus einem Dorf, von dem ich noch nie gehört habe, in einem Land, das ich nicht kenne.

»Ist es möglich, dass Ihr Mann Sandra allein getroffen hat?«

»Die Frage ist aber sehr direkt.«

»Das lässt sich manchmal nicht vermeiden.«

»Ich glaube es nicht. Genau weiß ich das natürlich auch nicht. Warum hätte er das tun sollen?«

»Wir müssen allen Möglichkeiten nachgehen.«

»Ist dies eine Möglichkeit?«

»Wir fragen nach allem.«

»Wenn Sie fragen, ob Mattias eine Affäre mit Sandra

hatte, dann bezweifle ich das. Müsste sich dann auf rein platonischer Ebene abgespielt haben.«

»Wie meinen Sie das?«

»Mattias ist seit mehreren Jahren impotent, eine Blockade, aus der er nicht herauskommt. Oder aus der wir nicht herauskommen, muss ich wohl sagen. Ist das eine direkte Antwort?«

»Ja.«

»Möchten Sie nicht fragen, ob ich nebenher eine Affäre hatte?«

»Nein.«

»Woher kommt Ihr Vorname?«

»Ich glaube, meine Eltern haben ihn falsch buchstabiert. Es sollte wohl Agneta werden.«

»Aneta ist hübscher.«

»Danke.«

»Sandra war eine attraktive Frau.«

Djanali nickte. Agneta Hägg war auch eine hübsche Frau.

»Es ist ungerecht«, sagte Agneta Hägg. »Sie haben einen aufreibenden Job.«

»Manchmal«, antwortete Djanali.

»Ich würde das nie schaffen, fremde Leute zu besuchen und mit ihnen zu sprechen.«

»Manchmal empfangen wir sie auch bei uns.«

Agneta Hägg lächelte. Sie erhob sich.

»Ich nehme an, es ist alles gesagt. Ich habe einen Termin, wie ich Ihnen schon vorher angekündigt habe.« Sie schaute auf Aneta Djanali hinunter, die immer noch auf dem hellen Ledersofa saß. »Lassen Sie Mattias jetzt in Frieden?«

»Hat er sich verfolgt gefühlt?«

»Es ist so oder so nicht amüsant.«

Wir bewegen uns nicht in der Unterhaltungsbranche, dachte Djanali. Sie stand ebenfalls auf.

»Fällt Ihnen noch etwas zu Sandra Mars ein?«, fragte sie. »Verkehrte sie mit jemandem aus der Firma?«

»Ich arbeite nicht dort.«

»Nichts, was Ihr Mann erzählt hat?«

»Warum fragen Sie nicht ihn?«

»Ich dachte, Sie möchten, dass wir ihn in Frieden lassen.«

»Ich weiß nichts über sie. Ich wünschte, ich wüsste etwas.«

Siv Winter ruhte sich aus. Angela war mit Elsa und Lilly gekommen. Die Kinder hatten ihre Großmutter gestreichelt, und dann war Winter mit ihnen hinausgegangen. Jetzt standen sie am Ufer. Der Engel auf dem hohen Sockel streckte die Arme zum Meer aus, als würde er ihm vertrauen. Oder als würde er um Erbarmen flehen.

»Muss Großmutter sterben, Papa?«, fragte Elsa.

»Sie ist sehr krank, Liebling.«

»Warum muss sie sterben?«

»Wir wissen noch nicht, was wird, Liebes.«

»Wir müssen doch wohl nicht sterben?«

»Nein, nein.«

Gerda Hoffner war wieder bei Manpower und musste diesmal nicht im Lift umkehren. Sie hatte um Gespräche mit Angestellten gebeten, mit Leuten, die Umgang mit Sandra gehabt oder sie wenigstens gesehen, gehört hatten. Sandra und Jovan waren beide in dem Unternehmen angestellt gewesen, aber Jovan war sehr selten anwesend, da er in der Hauptstadt arbeitete. Die meisten kannten ihn gar nicht. Sandra sollte von der Sekretariatsstelle zu einem neuen Job in der Presseabteilung aufsteigen und sich gleichzeitig um interne Entwicklungsprojekte kümmern. Sie hatte noch gar nicht richtig angefangen, nicht ernsthaft.

Hoffner saß in einem länglichen Konferenzraum. Leute kamen und gingen, sie hätte einen weniger formellen Raum vorgezogen. Vielleicht war dies hier ohnehin keine gute Idee, aber lieber zu viele Verhöre als zu wenige, mehr Interviews als gar keine.

Jetzt sprach sie mit Jeanette, jüngere Person, alert wirkend, entschlossen, Karriere zu machen, allzeit bereit mit einem Lächeln, selbst wenn es nicht passte. Gerda war aufgefallen, dass Menschen, die Karriere machen wollen, viel häufiger lächeln als andere, ein Lächeln, das morgens aufgesetzt und erst gegen Mitternacht oder noch später wieder abgenommen wird, manchmal klebt es vermutlich rund um die Uhr fest. Wenn sie als Kind eine Grimasse zog, hatte ihre Mutter gesagt: »Pass auf, zieh keine Grimassen, sonst bleibt dein Gesicht so stehen.« Und die kleine Gerda hatte es geglaubt, lange hatte sie es geglaubt, war viele Jahre für sauertöpfisch gehalten worden. Erst spät fing sie an, Karriere zu machen.

»Es ist entsetzlich«, sagte Jeanette jetzt. »Sie war so nett.«

»War sie zu allen nett?«

»Ja ... warum sollte sie nicht?«

»Kann man zu allen nett sein?«, fragte Hoffner.

»Das ... muss man wohl?«

Schon weniger kann einen zynisch machen, dachte Hoffner. Aber es ist vermutlich nett, wenn alle nett sind, werd nicht zynisch, kleine Gerda.

»Es ist gut, wenn die Menschen nett sind«, sagte sie.

Jeanette sah besorgt aus, als wäre ihr etwas in dem Lehrgang entgangen.

»Mit wem hat sie sich denn besonders gut verstanden in der Firma?«, fuhr Hoffner fort.

»Sie ... hat sich mit allen verstanden.«

»Hm.«

»Ihr Mann war ja auch manchmal hier.«

»Klar.«

»Meistens war er in Stockholm.«

»Ich weiß.«

»Haben Sie mit Jens gesprochen?«

»Jens?«

»Jens Likander. Hatte er nicht ein Projekt zusammen mit Sandra? Irgendwas mit Weiterbildung?«

»Das hatte er vielleicht«, sagte Hoffner.

»Sie haben also mit ihm gesprochen?«

»Nein, noch nicht.«

Als er mich durch das Fenster gesehen hat, was für ein Schock, ich glaube nicht, dass er in dem Moment geglaubt hat, dass ich es gemerkt habe, hab so getan, als würde ich nichts sehen, und was gab es auch zu sehen, da wusste ich es ja noch nicht. Es war verdammt kalt an dem Morgen.

Jetzt ist es kalt. Hier wohne ich, mein Heim, warum nicht, ich bin bald zu Hause, in meiner warmen Höhle, läuft doch alles prima, bloß keinen falschen Schritt tun, da meine Tür, vielleicht sollte man umziehen, es ist an der Zeit hab schon lange genug hier gewohnt keine Zukunft aber jetzt gibt es bald eine bombige Zukunft Scheiße wie das zieht ist die Tür nicht geschlossen hab ich vergessen den Herd abzuschalten ha ha ha es riecht nicht nach Rauch hab übrigens schon seit Ewigkeiten keine Nachbarn mehr gesehen wo sind die denn vielleicht für immer weg oh was für ein Gerenne hinter hallo ich krie …

Jana lief und lief, drehte sich um, lief weiter. Er war wieder auf der Insel, warum zum Teufel hatte er sich dafür entschieden. Eigentlich leicht zu verstehen, hier war er gewesen, als das passierte, wodurch er im Kittchen landete, da war das Meer vereist gewesen, jetzt war es frei, er wollte, dass alles wieder war wie vorher, nichts war passiert, alles konnte von vorn anfangen.

»Jana! Jana!«

Sie rannte über die Brücke, kam zurück, nur sie beide waren unterwegs. Die Luft war frisch. Frei zu sein war schön, nicht alle kapierten das, wussten es zu schätzen, wir hier oben am Eismeer haben etwas zu bieten, Freiheit! Erzähl das den schwarzen Ärschen in der Wüste, diesen Diktatorschweinen, Scheiße, ich hätte selbst Terror gemacht, ich hätte ich hätte.

Jens Likander sah gut aus, um die fünfunddreißig. Wirkte nett, aufmerksam.

»Das ist schon lange her«, sagte er.

»Wie lange her?«

»Na ja, eine ganze Weile, bevor sie in die Elternzeit ging.«

»Was war das für ein Projekt?«

»Gleichberechtigung.«

»Okay.«

»Damit ist es jetzt vorbei.«

»Was, mit der Gleichberechtigung?«

Er lächelte. Es war ein gutes Lächeln. Vielleicht sind wir gleichaltrig, dachte Gerda. Jetzt ist er wieder ernst. Wenn er ernst ist, sieht er besser aus.

»Es ist entsetzlich«, sagte er. »Furchtbar.«

»Wann haben Sie sie das letzte Mal gesehen?«

»Das ist auch schon ziemlich lange her.«

»Wie lange?«

»Bestimmt ein Jahr. Noch länger.«

»Aber so lange hatte sie doch keine Elternzeit?«

»Ich weiß ... es nicht«, sagte Likander. »Ich habe sie ja nicht näher gekannt.«

»Wo war es?«

»Wie bitte?«

»Wo haben Sie sich getroffen?«

»Am Arbeitsplatz natürlich.«

»Haben Sie sich nicht auch woanders getroffen?«

»Warum hätten wir das tun sollen?«

Er sah ehrlich erstaunt aus. Er trug keinen Ring am Finger. Sandra hatte einen Ring getragen.

»Hat die Frage Sie schockiert?«

»Fast.«

»Verstehen Sie, warum ich sie stelle?«

»Nein.«

»Wir versuchen herauszufinden, mit wem … Sandra verkehrt hat. Wen sie in ihrem Leben getroffen hat.«

»Dann müssen Sie wohl mit ihrem Mann Jovan sprechen.«

»Natürlich. Kennen Sie ihn?«

»Nein, eigentlich nicht.«

»Wie meinen Sie das?«

»Nur als … Kollegen. Aber er war ja nicht so oft hier.«

»Können Sie mir sagen, wen Sandra getroffen hat?«

»Nur was die Kollegen hier angeht. Aber das können Sie von jedem erfahren.«

»Okay.«

»Herrgott«, sagte er.

»Was ist?«

»Es ist so furchtbar.«

»Ja.«

»Es muss ein Irrer gewesen sein.«

Sie schwieg.

»Blöd ausgedrückt«, sagte er. »Wer sonst als ein Irrer kann so etwas tun?«

Es gibt viele Arten von Irrsinn, dachte sie. Er sieht normal aus. Er scheint auch in einer Situation wie dieser normal zu sein. Vielleicht ist er normal.

»Herrgott«, wiederholte er.

Sie nickte, unklar, wozu.

»Sie werden den Täter doch wohl hoffentlich finden«, sagte er.

»Ja.«

»Kann das lange dauern?«

»Warum fragen Sie das?«

»Ich will, dass das … das Monster so schnell wie möglich festgenommen wird.«

»Das wollen wir alle«, sagte sie.

Er sah sie an. Es war ein musternder Blick, nicht unangenehm. In seinen Augen war kein Grün. Ungewöhnlich.

»Sie haben einen ungewöhnlichen Beruf.«

»Das finde ich nicht.«

»Sind Sie … schon lange Detektiv?«

»Es heißt Kriminalinspektor. Und nein, noch nicht sehr lange.«

»Wie wird man das?«, fragte er.

»Jetzt fragen Sie mich aus«, sagte sie.

»Ja«, sagte er. Vielleicht lächelte er, vielleicht nicht.

»Zuerst muss man auf die Polizeihochschule gehen«, sagte sie.

»Gibt es keine Abkürzung?«

»Nein.«

»Und dann muss man sich als klug genug erweisen, um Kriminaler zu werden?«

»Darum geht es nicht«, sagte sie.

»Vielleicht das Gegenteil?«

»In etwa.«

»Glaub ich nicht. Dann würden Sie nicht hier sitzen.«

»Warum sitze ich hier?«, fragte Hoffner.

»Weil Sie Ihren Job machen«, sagte er.

»Danke. Ich komme bestimmt noch einmal wieder.«

»Arbeiten Sie ständig?«

»Wie bitte?«

»Arbeiten Sie immer, oder haben Sie auch mal frei?«

»Wieso?«

»Darf ich Sie einmal zu einem Glas einladen?«, fragte er. »Ich meine, wenn Sie frei haben.«

»Das kommt reichlich schnell.«

»Ist mir noch nie passiert. Ich schwöre. Ich weiß nicht, warum ich … es kam einfach so. Entschuldigung.«

»Ich glaube nicht, dass ich in der nächsten Zeit freihaben werde«, sagte sie.

28

Er stand wieder am Fenster. Er war allein in dem hübschen Zimmer. Von den Bergen waren Regenwolken hereingezogen, ein Sturm würde aufkommen, der in wenigen Minuten vorbei wäre. So war das hier. Die Erde konnte sogar weiß werden, im vergangenen September hatte der Sturm Hagelkörner mitgebracht, die so groß wie Schneeflocken waren, steinharte Schneeflocken, Bäume an der Avenida Antonio Belon waren umgefallen, Autos waren beschädigt worden, alles war weiß gewesen, weiß, weiß. Der Strand unterhalb der Avenida del Duque de Ahumada hätte im Norden liegen können, vor Kullavik, Billdal, Särö. Stora Amundö.

Es hätte Weihnachten sein können. Er drehte sich um, versuchte sich zu erinnern, wann es gewesen war. Es war drei Jahre her, wurde ihm klar. Siv sollte am Nachmittag des Heiligen Abend mit dem Flieger von Malaga in Göteborg landen. War es so? Gab es Flüge am Heiligen Abend? Nach Spanien konnte man Heiligabend fliegen.

Winter kehrte ans Bett zurück und setzte sich. Die Schläuche in ihrer Nase bewegten sich über das Gesicht, aber nur ein wenig. Sie schlief wieder, und darüber war er froh.

Er dachte an *das* Weihnachtsfest. Er wollte nicht daran denken, es war eine groteske Erinnerung, aber es war unvermeidlich, dass er sich hier und in diesem Zimmer erinnerte: Hier gab es keine Schutzwälle, nur eine bizarre Erinnerung, eine Erinnerung an Leben und Tod. Warum jetzt? Ich habe es verdrängt, Angela hat es verdrängt, nichts ist passiert, uns ist nichts passiert, nichts Gefährliches. Ich habe es nicht verdrängt. Jetzt sehe ich den verdammten Weihnachtsmann, er kann an *unserem* Strand entlanggehen, unserem Strand hier, unserem Strand *dort*. Ich will mich nicht erinnern, und ich erinnere mich trotzdem.

Damals hatte alles so gut angefangen. Es sollte das beste aller Weihnachtsfeste werden, wie immer. Selbst Erwachsene hatten vor Weihnachten Erwartungen, auch er; in der Hinsicht war er nicht anders, eher umgekehrt. Er versuchte immer, einige Tage vor dem Fest freizunehmen, damit er das Essen vorbereiten konnte: den Schinken kochen, Rippchen grillen, die Fleischklößchen braten, nach seinem eigenen extrem geheimen Rezept, Rote-Bete-Salat anrichten, Rotkohl schnibbeln und ihn mit Sirup aufkochen, Hering braten und verschieden einlegen, aus Heringen und Tomaten die »falschen Krebse« zubereiten, Bückling gratinieren, den Graved Lachs machen, er bereitete alles von Grund auf vor. Dann die Einkäufe für all das planen, was auf die Minute zubereitet und am Nachmittag vor Heiligabend erledigt werden musste: die Cocktailwürstchen, den frisch geräucherten Lachs, die geräucherten Würste, die zum Omelett in Sahne eingekochten Trompetenpfifferlinge, die Eier, deren Hälften mit Mayonnaise, Krabben und Dill gefüllt wurden, die Kartoffeln, Zwiebeln, Anchovis und Sahne für »Janssons Verführung«, diese wunderbare Erfindung, auf die keine schwedische Weihnachtstafel verzichten konnte, ein alchemistisches Wunderwerk, bei der große Kunst aus einfachen Zutaten geschaffen wurde. Es war immer so, das

Einfache war das Große, und für ihn war der größte Moment vom ganzen Weihnachtsfest, wenn er spät in der Nacht vor Heiligabend den frisch grillierten Weihnachtsschinken aus der Backröhre zog, außen warm und knusprig, und eine dicke Scheibe davon abschnitt, die er auf eine gebutterte Roggenbrotschnitte legte und mit scharfem Senf bestrich, dessen grobe Körner er mit einer Kanonenkugel gemörsert hatte. Er aß mit tränenden Augen und trank ein bitteres Bier und ein Schnapsglas Kümmelbranntwein dazu. *Come what may!* Er war zu allem bereit, wenn er nur diesen Moment auf Erden erleben durfte.

So war es in der besten aller Welten. Damals war er mitten in dieser Welt, er stand in der Markthalle und wartete geduldig darauf, dass seine gezogene Nummer auf der Anzeigetafel erscheinen würde, es schien Stunden zu dauern, vor der Fleischtheke drängten sich furchtbar viele Leute, vor allen Verkaufsständen, aber er war glücklich, er konnte hier stehen und die Düfte einsaugen und all die Herrlichkeiten sehen und sich darauf freuen, was ihn während der Weihnachtstage erwartete, es waren nur noch drei Tage bis Heiligabend, es war die Zeit der Erwartung, es war nicht nur die Zeit der Kinder, sie gehörte allen, die in diesem unserem Universum leben.

Sein Handy klingelte. Er schaute auf das Display.

»Ja, hallo, Bertil.«

»Du musst wohl reinkommen, Erik.«

»Reinkommen? Ich bin doch gerade gegangen. Seit einer halben Stunde stehe ich in der Schlange bei Wedbergs. Denkst du, ich gebe meinen Platz in der Schlange auf?«

»Wir haben einen Brief bekommen.«

»Einen Brief?«

»Man könnte auch Weihnachtsgruß sagen. Ich möchte, dass du einen Blick darauf wirfst.«

»Aber ich muss noch die Rippchen und einen Haufen anderer Sachen kaufen.«

»Kannst du dich nicht vordrängeln? Du hast doch deine polizeiliche Erkennungsmarke dabei und alles. Sag, dass es sich um einen Notfall handelt.«

Sie hatten in Ringmars Zimmer gesessen. Ringmar hatte mit dem Kopf auf die Karte vor Winter gedeutet, eine Weihnachtskarte größeren Formats in der Papierstärke einer Ansichtskarte.

»Was sagst du?«

Winter schaute auf die Karte.

Darauf war ein Weihnachtsmann abgebildet, der irgendwo auf der Welt vor einem Haus stand und etwas hochhielt, vor sich hielt. Winter betrachtete das Bild aus der Nähe, bewegte es vor und zurück, um scharf sehen zu können, er brauchte noch keine Brille, was an und für sich eine Sensation war, er konzentrierte sich auf den Gegenstand in der Hand des Weihnachtsmanns. Das Ding trug eine Weihnachtsmannmütze.

»Kannst du erkennen, was das ist?«, fragte Ringmar.

»Es ... es sieht aus wie ein Weihnachtsschinken mit Zipfelmütze«, sagte Winter.

»Ganz genau«, sagte Ringmar. »Aber es stimmt nicht. Dreh die Karte mal um.«

Winter drehte sie um und las auf der Rückseite:

Dreimal werden wir noch wach
Heißa dann ist Kopfabtag.
Drei Köpfe sind dabei!

Der Text wirkte wie gedruckt, ausgedruckt von irgendeinem blöden Drucker irgendwo auf der Welt.

Winter schaute auf.

»Seit wann kümmern wir uns um Wahnsinnige, Bertil? Du weißt, dass die immer zu den großen Festen auftauchen. Je größer die Feste, umso größer der Wahnsinn.«

»Dass es Wahnsinn ist, verstehe ich. Die Frage ist nur, um welche Art Wahnsinn es sich diesmal handelt.«

»Wie meinst du das?«

»Ich habe das Bild länger als du angestarrt, Erik«, fuhr Ringmar fort. »Nimm dir noch ein bisschen Zeit.«

Winter nahm sich ein bisschen Zeit.

Ihm gefiel das Aussehen des Weihnachtsmanns nicht. Der sah fröhlich aus, aber nicht nett, kein bisschen nett sah der aus.

Er sah aus wie ein Mörder.

»Ich verstehe, was du meinst.« Winter blickte auf.

»Irgendetwas ist richtig unheimlich daran«, sagte Ringmar.

Winter studierte das Haus: ein ganz normales Einfamilienhaus, konnte überall stehen, die Frage war nur, ob das eine Rolle spielte. Die Frage war, ob all das überhaupt eine Rolle spielte.

»Wir müssen uns wohl erst einmal entscheiden, ob wir die Sache ernst nehmen«, sagte er.

»Und was wir machen können, wenn wir sie ernst nehmen«, sagte Ringmar.

»Nicht viel«, sagte Winter. »Der Polizeipräsident würde über dieses Bild lachen.«

»Genau wie der Weihnachtsmann auf dem Bild lacht.«

»Er hat es uns geschickt. An wen war die Karte adressiert?«

»Hast du das nicht gesehen? An dich.«

Winter briet Hering. Er hatte die Rückenflossen an den Filets abgeschnitten, sie in französischem Senf, Eigelb und einem Spritzer Sahne mariniert, sie mit Dill aufgerollt, sie in durchgesiebtem Roggenmehl gewendet und briet sie nun in viel Butter – ein Muss in diesem Fall, kein Olivenöl, das wäre, als würde man den Weihnachtsschinken mit Knoblauch spicken. Weihnachten war die Zeit des schweren nordeuropäischen Cholesterins. Für den Rest des Jahres mochte sich kasteien, wer eine Neigung in die Richtung hatte, jene, die Martin Luthers grauen Schatten in ihrem Innern nicht loslassen konnten.

Angela kam in die Küche.

»Hier riecht es wunderbar«, sagte sie.

»Ich weiß.«

»Ich muss einen haben, auf der Stelle!«

»Herrgott, Angela, die müssen abkühlen, ich werde sie in den Sud legen, der dort steht, das weißt du doch alles, verdirb uns jetzt nicht den ganzen Tag mit deinem deutschen Mangel an Respekt vor Traditionen.«

»Mein deutscher Mangel an Respekt vor Traditionen?«

»Deine Eltern stammen doch aus Leipzig?«

»Ha, ha. Weißt du nicht, dass es die Deutschen waren, die Traditionen praktisch *erfunden* haben?«

»Nicht diese.«

»Deswegen möchte ich ja schon jetzt einen Fisch haben!«

»Okay, okay, ich wusste, dass du dich anschleichen würdest, ich hab einen extra gebraten.«

Etwas kam in die Küche gestürmt, zwei Etwasse, Elsa, fünf Jahre alt, Lilly, eineinhalb, stürmte kriechend heran.

»Was macht ihr?«, fragte Elsa. »Ich will auch haben!«

»Will!«, rief Lilly.

»Ich muss sie erst einlegen«, sagte Winter. Er wusste, dass die Kinder eingelegten Hering liebten, nicht gerade ein Kinderessen, aber die Tradition erwies sich als stark, wenn man seinen Kindern schon im Säuglingsalter eingelegten Hering zu essen gab.

»Ich will einen frisch gebratenen haben«, sagte Elsa. »Mama hat auch einen gekriegt.«

Er hatte das Präsidium mit dem Gedanken an das Haus und dem Weihnachtsmann davor verlassen. Das Haus konnte wer weiß wo stehen. Trotzdem hatten sie das Bild an alle Maklerfirmen der Stadt geschickt; wenn jemand wusste, wo Häuser standen und wie sie aussahen, dann die Makler. Irgendwann hatten sie dieses Haus an jemanden verkauft. Hatten sie Glück, würden diese Leute noch einen weiteren Tag an ihrem Arbeitsplatz ausharren. Dann machte alles dicht, absolut alles im Land wurde geschlossen, außer vielleicht die Notaufnahme des Sahlgrenschen Universitätskrankenhauses und das Untersuchungsgefängnis im Winterschen Universitätspräsidium.

Wenn es überhaupt eine Rolle spielte, um welches Haus es sich handelte. Er hatte das Gefühl, dass es nur als Illustration diente, genau wie der Schinken ein Symbol für etwas anderes war, etwas Schreckliches. Er hatte versucht, ein anderes Gefühl dafür zu finden, etwas mehr, aber es war ihm nicht gelungen, und jetzt war er zu Hause und bereitete das Weihnachtsessen vor.

Hinterher am Abend, als er mit allem fertig war, saß er im Wohnzimmer mit einer kleinen Porzellantasse Branntweingrog seiner Frau gegenüber und erzählte ihr von der bizarren Weihnachtskarte.

»Wie oft stellt sich heraus, dass so etwas tatsächlich ernst gemeint ist?«, fragte sie.

»Gute Frage.«

»Das kommt doch sehr selten vor, oder?«

»Was meinst du mit ernst?«

»Dass tatsächlich ausgeführt wird, womit jemand gedroht hat«, sagte sie.

»Das ist schon vorgekommen«, sagte Winter.

»Aber doch wohl fast nie?«

»Wenn es passiert ist, war es ganz furchtbar«, sagte er.

»Ich möchte in diesem Jahr so gern ein normales Weihnachten feiern.«

»Natürlich, Liebling.«

»Ich will es nicht mit einem psychotischen Massenmörder teilen.«

»Ich auch nicht.«

»Wir wollen dich nicht mit ihm teilen.«

»Es wird nichts passieren.«

»Mir gefällt nicht, dass der Mist an dich adressiert war.«

»Ich bin vermutlich am bekanntesten im Polizeipräsidium.«

»Ich mache keine Witze, Erik. Darf man die Karte mal sehen?«

»Das Original ist natürlich bei der Spurensicherung, aber ich habe eine Kopie.«

»Kannst du sie holen? Ich möchte sie sehen.«

»Hast du nicht eben noch gesagt, dass du in diesem Jahr normale Weihnachten feiern möchtest?«

»Das kann ich ja wohl nicht bestimmen. Hol das Bild.«

Er stand auf, ging in den Flur und hob die Aktentasche vom Steinfußboden auf, der wie ein Schachbrett gemustert war. Wir sind Figuren in einem Spiel, dachte er, und das dachte er nicht zum ersten Mal. Vielleicht sollte er das Mosaik gegen etwas Einfarbiges auswechseln lassen, etwas, das überhaupt keine Assoziationen hervorrief.

Er kehrte mit der Aktentasche ins Wohnzimmer zurück. Sie hatte die Balkontüren einen Spaltbreit geöffnet. Es roch nach Schnee und gelbem Licht, Winter und Frost. Es war ein wunderbarer Geruch. Die Stadt war voller Licht; im Norden ist der Winter eine dunkle Jahreszeit, aber zu Weihnachten ist es hier oben bei uns am hellsten auf der ganzen Welt, dachte er und hörte eine Straßenbahn auf dem Vasaplatsen vorbeirattern, ein angenehmes Geräusch, ein nettes Geräusch an den Tagen vor Weihnachten. Ihm ging durch den Kopf, dass er mehr Zwiebeln und Sahne für die Pilze und »Janssons« kaufen musste. Er dachte daran, dass in seiner Aktentasche eine geschmacklose Karte steckte. Die Karte hatte seine Vorfreude auf den frisch überbackenen Schinken verdorben, auf die erste Scheibe. Das machte ihn wütend, er musste darüber hinwegkommen.

Er nahm die Karte aus der Tasche und gab sie Angela. Sie studierte das Bild. Sie lachte nicht.

»Was sagst du zu dem Weihnachtsmann?« Sie schaute auf. »Seinem Aussehen?«

»Er sieht aus wie ein Weihnachtsmann.«

»Er trägt schwarze Boots.« Sie hielt ihm das Bild hin. Der Weihnachtsmann auf der Treppe vor einem Haus, er trug die traditionelle rote Hose, rote Jacke, Zipfelmütze und einen falschen Bart, er sah aus wie all die anderen Zehntausende von Weihnachtsmännern in der Stadt, aber er hatte die falschen Schuhe an. »Kein Weihnachtsmann trägt schwarze Boots.«

»Müssen die weiß sein?«, fragte er.

»Das ist kein Scherz, Erik. Dieser Weihnachtsmann sieht lebensgefährlich aus. Der Schinken in seiner Hand ist kein Witz.«

»Mir gefällt das auch nicht.«

»Was will er?«

»Lies die Rückseite.«

Sie drehte die Karte um, las und sah auf.

»Ich geb dir recht, das wirkt verrückt.«

»Ja.«

»Er sagt also, dass er drei Leuten den Kopf abhauen will.«

»Ich bin froh, dass unsere Kinder schlafen«, sagte Winter.

»Ich bin deine Frau«, sagte sie, »und wie du vielleicht weißt, bin ich Ärztin. Wir sehen eine Menge.«

Vielleicht nicht so viele abgeschlagene Köpfe, dachte er, aber er sprach es nicht aus. Er hatte einige in einem der schwierigsten seiner Fälle gesehen, ein furchtbarer Fall, der auch Angela fast das Leben gekostet hätte, und Elsa in ihrem Bauch. Er wollte nicht daran denken, er wollte nicht wahnsinnig werden.

»Mir gefällt nicht, dass sie an dich adressiert ist«, wiederholte sie.

Der letzte Arbeitsvormittag vor Weihnachten. Er ging Zeugenverhöre nach einem Schusswechsel in den nördlichen Stadtteilen durch; fünf Verletzte, drei brennende Autos, zwanzig beschlagnahmte Waffen. Krieg. Die Zustände da oben arteten mehr und mehr in einen Kriegszustand aus, es gab kaum noch Waffenruhe dazwischen. Menschen kamen um. Wenn das so weiterging, würde sein Dezernat nicht mehr ausreichen, sie müssten die Armee zu Hilfe rufen. Wenn es dazu kam, wäre es vorbei mit der Demokratie in diesem Jahrtausend.

Es klopfte an seiner Tür, und er schaute auf. Dort stand Ringmar und sah merkwürdig aus, sehr merkwürdig. Er hielt etwas in der Hand.

»Noch eine Weihnachtskarte?«, fragte Winter. »Auch an mich diesmal?«

Ringmar nickte schweigend.

»Dann her damit.« Winter stand auf.

Er ging Ringmar entgegen und nahm die Karte. Der Text

sah genauso aus wie auf der ersten, kräftige Buchstaben, die die ganze Seite bedeckten. Er las:

Fröhliche Weihnacht überall
Aber nicht in diesem Fall
Niemand hält Wacht, niemand gibt acht.

»Also?« Er schaute auf.

»Die andere Seite«, sagte Ringmar mit belegter Stimme.

Winter drehte die Karte um. Er sah ein Bild, konnte jedoch nicht gleich erkennen, was es war, er wolle nicht sehen, was es war, es war ... es war ... Er schaute Ringmar an.

»Was zum Teufel?«

»Scheiße, ja«, sagte Ringmar.

Er sah wieder auf das Bild. Ein grinsender alter Weihnachtsmann, hö, hö, hö, diesmal ein Brustbild, näher herangezoomt als auf dem ersten Foto, es konnte derselbe Kerl sein oder ein anderer, so gut war die Weihnachtsmannverkleidung, sie verbarg alles, wie gemacht für einen Mörder. Der Weihnachtsmann hielt einen abgeschlagenen Kopf in der Hand, eine perfekte Totenmaske, ein perfektes Schreckensbild. Der Kopf trug eine Weihnachtsmannmütze. Er hielt den Kopf durch die Mütze, anscheinend an den Haaren, aber es war kein Haar zu sehen. Eigentlich war nicht zu erkennen, welches Geschlecht der Kopf hatte, die Züge waren allzu verzerrt, unmenschlich. Der Hals war zerrissen und troff von Blut, es war Wirklichkeit, es war innerhalb eines Hauses, es war nicht zu erkennen wo, wie es aussah, wann es war.

»Kann das eine Puppe sein?«, fragte Winter.

»Dann wäre sie verdammt geschickt gemacht«, antwortete Ringmar.

»Sie sind geschickt«, sagte Winter.

»Wer?«

»Die Schreckensmacher. Maskenmacher. Puppenmacher. Der Film. Das Theater.«

»Das klingt ja hoffnungsvoll«, sagte Ringmar.

Er hatte sich schon entschieden: kein Wunschdenken, keine Hoffnung auf Monstermacher in der Welt der Fiktion.

»Niemand hält Wacht, niemand gibt acht«, las Winter wieder. »Meint der uns?«

»So hab ich es verstanden.«

»Der Weihnachtsmann sieht verdammt fröhlich aus«, sagte Winter.

»Er kann auch das Opfer meinen, das Opfer hat nicht aufgepasst.«

»Wie sollen wir das Opfer identifizieren?«

Ringmar schwieg. Es gab viele Antworten, aber keine guten, nicht in diesem Augenblick, in dem der Weihnachtsmann vielleicht damit beschäftigt war, den nächsten Kopf abzuschlagen.

»Wo ist das?«, sagte Winter zu sich selber. »Es ist in einem Haus.« Er sah Ringmar an. »Ist das dieselbe Bude, die auf dem ersten Bild war? Wo ist es passiert?«

Die erste Karte lag neben Winter auf dem Schreibtisch. Das Haus war nicht in neuerer Zeit gebaut, es sah mehr nach den siebziger Jahren aus, späte Sechziger, in welchen Göteborger Vierteln stehen solche Häuser? Es gibt Luftaufnahmen, es gibt Stadtpläne, es gibt furchtbar viel Information, aber nur ein Haus.

»Er hat noch zwei Opfer«, sagte Winter. »Eine Familie?«

»Er spielt mit uns, aber er will uns auch verraten, wer er ist«, sagte Ringmar.

»Er ist der Weihnachtsmann«, sagte Winter.

»Sein bestes Weihnachtsgeschenk wäre, wenn wir ihn so

schnell wie möglich schnappen«, sagte Winter. »Genau das will er.«

An jenem Tag ging er über Heden nach Hause, er brauchte frische Luft, alle frische Luft, die die Stadt zu bieten hatte. Er begegnete mehreren Weihnachtsmännern, die Stadt war voller Weihnachtsmänner, mehrere von ihnen wahrscheinlich verrückt, aber einer war verrückter als alle anderen. Die Polizei hatte alle denkbaren Kräfte eingesetzt, hatte in den Karteien nach denkbaren Tätern gesucht, hatte angefangen, die Fotos in Photoshop zu behandeln, nach DNA und Fingerabdrücken gesucht, aber die genauere Spurensuche musste beim staatlichen kriminaltechnischen Labor in Linköping vorgenommen werden. Das würde die Experten aus ihrer Weihnachtsfeier reißen. Die große Frage war außerdem noch offen: Wer war das Opfer? Es war sehr ungewöhnlich, dass sie einen Mord hatten, ohne die Identität des Opfers feststellen zu können. Wer vermisste diesen Menschen? Saßen diejenigen, die ihn vermissten (es musste ein Mann sein), in diesem Augenblick da und warteten darauf, dass sie an der Reihe waren?

Er sagte nichts zu Angela, als er nach Hause kam.

Es war der Tag vor Heiligabend.

Er hatte noch so viel Arbeit mit dem Essen.

Er musste noch Weihnachtsgeschenke einpacken.

Er hatte einen neuen Branntweingrog, den er mischen musste.

Er hatte eine Familie.

Es war still im ganzen Haus, ein altes hübsches hundertfünfzig Jahre altes Patrizierhaus mitten in Vasastan, kein solides Einfamilienhaus an einem elenden Stadtrand.

Ganz still in der Wohnung, Mitternacht. Er hatte gerade

die Fleischbällchen gebraten, mit viel geriebenen Zwiebeln im Teig; das machte den Unterschied, verursachte allerdings auch viele Tränen bei der Arbeit. Die Rippchen waren nicht mehr im Backofen, waren zart wie Butter, hübsch wie ein Gemälde.

Er bereitete das Grillen des Schinkens vor und dachte nur an den nächsten Handgriff, an die Arbeit, absolut nichts anderes: Er mischte ein geschlagenes Ei mit schwedischem Senf, bestrich den abgekühlten gekochten Schinken mit der Mischung, bestreute ihn mit Paniermehl, schob den Schinken in die heiße Röhre, nahm ihn heraus, als er hübsch gebräunt war, ließ ihn stehen, spürte, dass das Erlebnis in diesem Jahr verdorben war.

»Wollen wir nicht ein Stückchen essen?«, fragte Angela.

»Klar«, antwortete er.

»Du bist so still, schon seit du nach Hause gekommen bist«, sagte sie.

»Das ist mir gar nicht aufgefallen.«

»Hat sich etwas getan in dem neuen Fall?«

»Das ist kein Fall.«

»Ist etwas passiert?«, fragte sie.

»Nein«, antwortete er.

Winter hielt es zu Hause nicht aus. Es war kindisch, es vor Angela geheim zu halten, wirklich kindisch. Er brauchte ihr das letzte Bild nicht zu zeigen, das durfte kein Lebender sehen.

»Er hat sich wieder gemeldet«, sagte er. Es war Viertel nach sieben am Morgen. Die Kinder schliefen noch, oder sie taten so als ob, genossen es, dass heute der größte Tag aller Tage war. Mama und Papa würden mit Saftgrog und Safranteilchen hereinkommen, und vielleicht auch mit einem winzigen Weihnachtsgeschenk.

»Er kann schon jemanden getötet haben«, sagte er zu seiner Frau. »Wir sind nicht ganz sicher.«

»Warum nicht?«

»Zwing mich diesmal nicht zu Details, Angela.«

»Wirst du den ganzen Tag weg sein? Heiligabend!«

»Nein, nein. Alle sind heute Morgen im Dezernat, wir müssen den Fall durchdiskutieren. Ich bin vor zwölf zurück. Das Essen ist ja fertig bis auf ›Janssons‹.«

»Na, wenn du musst, dann musst du, Erik.«

»Danke, dass du so verständnisvoll bist.«

»Wenn du nach zwölf kommst, habe ich das Schloss ausgetauscht.«

Alle hatten sich im Dezernat versammelt, es war die Kerntruppe. Alle hatten das Gefühl, es könnte noch mehr passieren. Alle fühlten sich hilflos. Die Zeit war knapp. Die Feiertage waren zu bedeutend, sie erstickten alles. So empfanden sie es.

»Irgendwelche Ideen?«, fragte Winter.

»Es ist wie nach einer Nadel im Heuhaufen zu suchen«, sagte Fredrik Halders.

»Danke, Fredrik, sehr aufmunternd.«

»Was soll ich denn sagen?«

»Ich weiß es auch nicht.«

»Bald haben wir in allen Stadtteilen Patrouillen«, sagte Ringmar. »Der Polizeipräsident hat uns großzügig Leute zur Verfügung gestellt.«

»Wenn wir nur das Haus fänden«, sagte Aneta Djanali.

Sie hörten laufende Schritte im Flur. Die Schritte waren auf dem Weg zu ihrem Konferenzzimmer. Alle standen auf. Ein Kollege vom Empfang betrat den Raum. Er hatte etwas in der Hand. Ein Kuvert.

Winter ging rasch auf ihn zu und nahm es ihm ab.

»Es ist gerade von einem Eilboten abgegeben worden.«

»Woher?«

»Das wusste der Bote nicht.«

»Egal, darum kümmern wir uns später.«

Er riss eine Karte aus dem Kuvert, Scheiß auf Fingerabdrücke, an den anderen beiden Sendungen hatten sich auch keine befunden.

Er sah ein Bild, auf dem eine Straßenbahn an einem Haus vorbeifuhr, vermutlich ein Foto mit einem Handy aufgenommen, ein aktuelles Foto, es lag Schnee, Tannenbäume, Weihnachtsbeleuchtung, Weihnachtsdekoration über den Geschäften, die die Straße säumten, ein Park. Es war sein Park, der Vasapark, es war seine Straße, auf der die Straßenbahn entlangfuhr. Er erkannte die Linie, sie hielt vor seinem Haus. Es war sein Haus.

Er drehte die Karte um.

Heute, Kinder, wird's was geben
Welch ein Jubel, nur kein Leben
Und kein Papa weit und breit.

Jesus Christus. Er schaute auf, schaute wieder auf den Text, drehte die Karte um, schaute auf, alles innerhalb einer Sekunde.

»Erik, was ist das?«

»Es ist mein Haus«, hörte er sich selber sagen, eine ferne Stimme aus dem Abgrund. »Er will mich aus dem Weg haben.«

Ringmar stürzte auf ihn zu und riss ihm die Karte aus der Hand. Winter war schon im Begriff, das Zimmer zu verlassen, während er Angelas Nummer wählte.

»Schickt alles, was ihr habt, zum Vasaplatsen!«, hörte er Ringmar über die interne Leitung im Konferenzraum rufen,

Winter war schon unterwegs im Flur, das Handy gegen sein Ohr gepresst, keine Antwort, heb ab, zum Teufel! Er stürmte die Treppe hinunter, er hatte keine Zeit, auf den alten, mechanischen rheumatischen Fahrstuhl zu warten, jetzt war er im Empfang, »RUF UNUNTERBROCHEN BEI MIR ZU HAUSE AN!«, schrie er der Rezeptionistin hinter der Glasscheibe zu, sie nickte, verstand, ohne Fragen zu stellen, er war schon draußen, spürte den kalten Wind im Gesicht, am Körper, ihm wurde klar, dass er im Hemd hinausgestürzt war, das Jackett hing noch oben, er fror nicht, das Adrenalin wurde durch seinen Körper gepumpt, Angela hatte sich immer noch nicht gemeldet, gleich hatte er sein Auto erreicht, öffnete es im Laufen mit der Fernbedienung, die Leuchten des Mercedes keuchten in der Kälte, er war drin, startete den Motor bei halboffener Tür, schoss über den Parkplatz, schrammte an einem Streifenwagen entlang, der schräg am Kreisel parkte, war draußen auf der Skånegatan mit eingeschalteter Sirene, den Scheiß hatte er einbauen lassen, als er noch jünger und hochnäsiger gewesen war, die Leute sollten kapieren, dass es ein privates Polizeiauto war und kein Irrer, sie sollten gefälligst Platz machen, er bog nach rechts in die Bohusgatan ein und fuhr geradewegs über die Sten Sturegatan, ohne auf den Verkehr zu achten, auf dem Fahrradweg über Heden, die Sirene in höchster Lautstärke, iiii iiii iiii, es hallte über den offenen Platz, die Töne wurden von den großen alten Häusern zurückgeworfen, die Heden umgeben, Häuser wie meins, dachte er, guter Gott, dachte er, darauf lief alles hinaus, die ganze Zeit ist es um mich gegangen, es ging darum, mich Heiligabend von zu Hause wegzulocken, er wusste, dass ein guter Polizist seine Familie auch Heiligabend allein lassen würde, wenn das Verbrechen entsetzlich genug war, wenn die Bedrohung groß genug war, aber ein guter *Papa* hätte sich nicht so verhalten, jetzt will der Teufel sehen, ob ich wirklich gut bin, ob es mir gelingt, ihn aufzuhalten, ob ich es schaf …

Den letzten Gedanken wollte er nicht zu Ende denken. Er war jetzt auf der Vasagatan, raste mit hundert Sachen an einer Straßenbahn vorbei, es war ein Wahnsinn, dass mitten in der Stadt an Schienen gefesselte Biester herumkurvten, mitten im Verkehr, immer waren sie im Weg, er fuhr an noch einer vorbei, vermied einen Frontalzusammenstoß mit einer anderen, nur noch wenige Zentimeter fehlten, es kreischte an der Seite des Autos, das war nur zerkratzter Lack, unwichtig, wen stört das schon, nur ein materieller Schaden, den konnte man beheben, jetzt sah er den Vasaplatsen, den friedvollen Platz, der so viele Jahre sein Zuhause gewesen war, das Heim seiner Familie, ein Heim ist ein Ort der Geborgenheit, Zuhause bedeutet Geborgenheit, wie konnte ich sie nur allein lassen, dachte er, wie konnte ich nur so entsetzlich vernagelt sein, sie allein zu lassen, wie konnte ich nur, wie konnte ich!

Vor der Haustür sprang er aus dem Auto, sie stand offen, wer zum Teufel hatte sie arretiert, der Fahrstuhl war nicht da, er stürmte die Treppen hinauf, er empfand keine Müdigkeit, darum kümmerte sich das Adrenalin, jetzt hatte er keine Angst, jetzt war er ganz nah, die entsicherte Sig Sauer in der Hand, begegnete niemandem im Treppenhaus, erreichte sein Stockwerk, sah die eigene Wohnungstür weit offen stehen, sah das gesplitterte Holz um das Schloss, er flog durch die Öffnung, landete im Flur, immer noch auf den Beinen, immer noch mit der Waffe in der Hand, er schrie etwas, das er selbst nicht verstand, ein Laut aus dem Abgrund, Tausende von Jahren alt, der Verteidigungsschrei des Höhlenmenschen, Beschützerinstinkt, manchmal hilfreich, manchmal sinnlos.

Er bekam keine Antwort.

Er war überall zugleich in der Wohnung.

Im Wohnzimmer lag das Weihnachtsmannkostüm.

Das war alles.

Keine Leichen. Keine Köpfe. Kein Blut.

Winter war wahnsinnig vom Adrenalin, von der Anspannung, vor Schreck. Er ging rasch auf den Balkon, sah nach unten, eine Straßenbahn hielt und fuhr wieder an, er gewahrte eine Gestalt, als die Straßenbahn kam, sie stand noch da, als die Bahn weiterfuhr, ein Gesicht wandte sich ihm zu, es konnte Zufall sein, es war kein Zufall, die Gestalt begann wegzulaufen, sah sich einmal um, lief in Richtung Markthalle, lief, lief. Winter stand regungslos da, wie festgefroren, er verfolgte den rennenden Mörder mit dem Blick, der Abstand war zu groß, um zu schießen, Unbeteiligte könnten verletzt werden, aber daran dachte er nicht, er dachte an die Boots, in denen die laufenden Füße steckten, es waren dieselben Boots, die Boots, die Angela kommentiert hatte, sie passen nicht zu einem Weihnachtsmannkostüm, hatte sie gesagt, und sie hatte recht, jetzt lag das Kostüm im Zimmer hinter ihm und unten liefen die Boots, lief die schwarz gekleidete Gestalt die Allén entlang, ohne sich umzusehen, von links näherte sich eine Straßenbahn mit ihren zehntausend Tonnen Gewicht und stürzte sich auf den Körper, der rennend die Straße überqueren wollte, um sich auf der anderen Seite in Sicherheit zu bringen, und Winter sah, wie der entkleidete Weihnachtsmann abgeworfen wurde, nachdem er zwanzig Meter mitgeschleift worden war, ohne Fahrkarte, und jetzt vor das Biest geschleudert und überfahren wurde, wie er unter kreischendem Blech und Eisen verschwand.

Nie mehr ein böses Wort über Straßenbahnen, war Winters erster Gedanke.

Er stand immer noch auf dem Balkon. Er meinte etwas zu hören, ein Rufen, drehte den Kopf und sah Angela mit den

Kindern von der Imbissbude am Vasaplatsen kommen, sie winkte, die Mädchen winkten, er winkte, er fühlte sich so von Gefühlen überwältigt, dass er sicherheitshalber einige Schritte vom Balkongeländer zurücktrat, sonst wäre er hinuntergesprungen, zu ihnen hinuntergeflogen, hätte sie umarmt, ihre Namen gerufen, so wie sie jetzt seinen Namen riefen.

Später, als sie jeder mit einer Tasse mit dem stärksten Grog der Welt dasaßen, würde Angela erzählen, wie sie die Kinder angezogen hatte, nachdem er gegangen war. Sie hatte nicht gewagt, zu Hause zu bleiben, es war, als ob eine Stimme zu ihr spräche, sie spazierten zur Markthalle und kauften deutsches Sauerteigbrot und saßen dann in einem Café und lasen und spielten Spiele und sahen sich alle Weihnachtsmänner an, die in der Stadt herumliefen. Sie musterte die Schuhe der Weihnachtsmänner. Sie gingen ins Kaufhaus NK und betrachteten die Weihnachtsangebote. Wir hatten einen schönen Vormittag, würde sie sagen.

Auf dem Heimweg hatte sie beschlossen, zum Universitätspark zu gehen. Von der anderen Seite des Vasaplatsen sah sie, wie ein Weihnachtsmann ihr Haus betrat. »Aua, du hältst mich zu fest!«, hatte Elsa gejammert. Angela behauptete, sich kaum noch daran zu erinnern, was anschließend passiert war. Sie ging mit den Kindern weiter in den Park und versuchte, ihn anzurufen. Aber sein Handy war besetzt. Sie hatte den Tod in ihr Haus gehen sehen. »Und dann habe ich dich auf dem Balkon entdeckt«, würde sie sagen.

Jetzt war er zurück in dem Zimmer des Hospizes in einer Straße, deren Namen er nicht kannte. Die Erinnerung bedeckte seinen Körper wie kalter Schweiß, die schwarze, widerwärtige Erinnerung an den Tod, der in sein Leben eingebrochen war.

Kinder waren darin verwickelt gewesen. Wenn Kinder betroffen waren, geschah etwas in seinem Innern, etwas, das über das Menschliche hinausging, sein *Körper* reagierte.

In Gedanken war er in dem Haus am Meer, nahe der Insel, das Haus am Fuß des kleinen Berges, das Haus, das nachts verlassen dastand, immer verlassen dastehen würde, und sehr bald würde er dort stehen, ein letztes Mal, er würde nicht allein sein, und es würde etwas Entsetzliches geschehen.

29

Im Lauf des Vormittags versank Siv Winter in Bewusstlosigkeit, zum letzten Mal. Er hielt ihre Hand und meinte, einen letzten leichten Druck zu spüren, und sicher täuschte er sich nicht. Das Fenster stand einen Spalt offen zum Leben in der Sonne dort draußen, so hatte sie es sich gewünscht, ein Auto fuhr mit hoher Motordrehzahl vorbei, es klang, als käme es von weit her und würde auch noch sehr weit fahren, in die Berge hinauf, vorbei an dem Haus mit den drei Palmen. Sie hörte auf zu atmen, er sah es, konnte es kaum hören. Er empfand Trauer, eine stille Trauer. Für die Kinder würde es schlimmer sein, war vielleicht sogar schlimmer für Angela als für ihn.

»Jetzt darf sie bei Bengt ruhen«, sagte er.

»Ja«, sagte Angela. »Alles wird gut.«

»Es wird sehr gut.«

Nach einer Weile verließen sie das Zimmer. Jetzt waren sie allein.

»Lass uns in ein Café gehen«, sagte er. »Ich habe einen Wahnsinnsdurst.«

»Ich kann auch etwas vertragen«, sagte sie.

Auf der Straße war es still. Es roch nach Sonne und Zement, schräg gegenüber wurde gebaut, aber seit er hier war, hatte Winter dort noch nie jemanden arbeiten sehen. Er war noch nicht lange hier. Er schaute an der Fassade hinauf. Das Fenster zu Sivs Zimmer war immer noch angelehnt. Er war davon überzeugt gewesen, dass es diesmal zu Ende gehen würde, und er hatte recht gehabt. Jetzt war er elternlos, aber das war nun einmal so, schließlich war er nicht der wichtigste Mensch.

Einen Häuserblock vom Hafen entfernt fanden sie ein Loch in einer Wand, übrig geblieben nach der Modernisierung von Puerto Banús. Er bestellte zwei Bier vom Fass. Sie setzten sich auf die Holzstühle an den einzelnen Tisch draußen vor der Bar. Sie waren die einzigen Gäste, das Lokal hatte gerade geöffnet. Die Frau hinter der Bartheke schimpfte mit jemandem am Telefon, sie sprach sehr schnell Andalusisch.

»Am anderen Ende muss eine Tochter in jugendlichem Alter sein«, sagte Angela. »Das Mädchen ist nicht zur Schule gegangen. Behauptet, sie habe Kopfschmerzen.«

»Ich höre es«, sagte er. »Cabeza.«

Er nahm einen Schluck von seinem Bier. Sie trank ebenfalls.

»Wie geht es dir, Erik?«

»Ich weiß es nicht«, sagte er. »Gutes Gefühl, einfach hier zu sitzen.«

»Ja, das finde ich auch«, sagte sie.

»Sie hatte keine Schmerzen«, sagte er. »Aber sie war noch nicht bereit, schon jetzt auszuchecken. Sie hat das Leben geliebt.«

»Das hat sie wahrhaftig.«

Zwei Männer mittleren Alters gingen an ihnen vorbei und betraten die Bar. Sie bestellten Kaffee und Brandy. Der eine sagte zu dem anderen etwas über Fußball. Malaga hatte frisches Geld bekommen, um sich eine richtige Mannschaft zu kaufen, aber das würde auf lange Sicht trotzdem nicht funktionieren.

»Für uns wird sich hier viel verändern«, sagte sie nach einer Weile.

»Wir bleiben nicht für immer«, sagte er.

»Du musst jetzt wohl zurück.«

»Ich komme bald wieder. Nicht nur wegen der Beerdigung.«

»Das weißt du doch nicht.«

Nein, er wusste es nicht. Ständig passierte etwas, ständig lernte er etwas Neues dazu.

Das Handy in seiner Brusttasche vibrierte. Er schaute auf das Display.

»Es ist Bertil«, sagte er. »Ist es okay, wenn ich das Gespräch annehme?«

»Klar«, sagte sie, »wenn du es selber möchtest.«

»Ja, hallo?«

»Wie geht es euch da unten?«

»Jetzt ist es vorbei, Bertil.«

»Das tut mir sehr leid.«

»Danke, ich weiß.«

»Umarme Angela an meiner Stelle.«

»Das tue ich. Wir haben das Hospiz vor einer Weile verlassen.«

»Ich habe Siv sehr gemocht.«

»Sie mochte dich auch, Bertil.«

»Ich rufe später wieder an.«

»Nein, was wolltest du, dich doch nicht nur nach der Lage hier erkundigen?«

»Als ich in Tångudden war ... da hat mich jemand beobachtet. Ich bin ganz sicher, er ist abgezischt wie eine Rakete, als ich mich zu erkennen gab. Das muss doch dasselbe Individuum sein, das du im Auto vom Frölunda torg verfolgt hast.«

»Wahrscheinlich.«

»Wieso macht der auf diese Art auf sich aufmerksam? Ich habe viel darüber nachgedacht.«

»Er will uns herausfordern.«

»Nein, ich glaube nicht, dass dieses Individuum entdeckt werden will.«

»Etwas Zwanghaftes«, sagte Winter. »Er will uns einen Schritt voraus sein.«

»Das ist es auch nicht, Erik. Es ist mehr.«

»Weißt du, was ich vor einer Weile getan habe? Ich habe an den Weihnachtsmann gedacht.«

»Oh, Scheiße.«

Winter sah, dass Angela die Augenbrauen gehoben hatte. Er wollte ihr diese Erinnerung nicht ins Gedächtnis rufen. Jetzt hatte er es getan. Sie selber hatte einige Male über das Ereignis gesprochen, das vielleicht der entscheidende Grund war, warum sie vor zwei Jahren mit solchem Enthusiasmus an die Südküste gezogen war. Und jetzt blieb sie mit Enthusiasmus.

»Apropos Selbstexponieren«, sagte Winter.

»Wir bekommen keine Hinweise, wenn man das Foto nicht mitzählt.«

»Robertsson«, sagte Winter.

»Was meinst du damit?«

»Bert Robertsson. Was macht der im Augenblick?«

»Säuft oder ist nüchtern, nehme ich an«, sagte Ringmar lakonisch.

»Versuch heute Kontakt zu ihm aufzunehmen«, sagte Winter. »Er hat mich nicht überzeugt.«

»Hat uns in diesem Fall überhaupt ein Individuum von Schuld oder Unschuld überzeugt?«

»Du benutzt sehr häufig das Wort ›Individuum‹, Bertil, warum?«

»Das klingt mir gerade richtig unpersönlich.«

»Fahr zu Robertsson.«

Ringmar und Halders fuhren zu Robertsson. Niemand öffnete auf ihr Klingeln. Halders hämmerte gegen die Tür. Sie warteten. Ringmar klingelte noch einmal. Der Klingelton war deutlich zu hören. Robertsson musste es hören, wenn er nicht sternhagelvoll war. Er meldete sich nicht am Telefon, unter keiner der beiden Nummern.

»Hier handelt es sich um einen Notfall«, sagte Halders und brach die Tür innerhalb von Sekunden auf. Er war Experte, er hatte immer einen Satz Dietriche dabei, und dies war ein altes Schloss.

Sie gingen durch die Zimmer, aber Bert Robertsson war nicht da. Die Wohnung sah so aufgeräumt aus, wie man es erwarten konnte.

»Ich hatte das Schlimmste erwartet«, sagte Ringmar.

»Erik vermutlich auch«, sagte Halders.

»Aber wo ist er?«

»Und mit wem zusammen?«, sagte Halders.

»Er hat sich verfolgt gefühlt. Und zwar nicht von uns.«

»Und heute Morgen keine Zeitungen ausgetragen. Erik hat etwas geahnt.«

»Der Kerl hat Angst. Vielleicht Schlimmeres.«

»Was machen wir jetzt?«

»Fahren nach Långedrag.«

Halders fuhr über die Torgny Segerstedtsgatan, umrundete Hinsholmskilen, bog von der Saltholmsgatan in die Sextantgatan ein.

Natürlich wohnte Egil Torner in der Sextantgatan, wohnte allein, ein Witwer.

Mit der Beziehung zu seiner Tochter stimmte etwas nicht.

War das geklärt? Würde es je geklärt werden? Sandra konnte nichts mehr erzählen.

Egil Torner erwartete sie schon. Ringmar hatte von Brottkärr aus angerufen.

Die Sonne war hervorgekommen, als sie Richtung Norden fuhren, sie bekam jeden Tag mehr Selbstvertrauen. Bald können wir barfuß laufen, hatte Halders gedacht, als er sich in Höhe von Fiskebäck die Sonnenbrille aufsetzen musste.

»Ich unternehme um diese Zeit gern einen Spaziergang«, sagte Torner.

»Dann begleiten wir Sie«, sagte Ringmar.

»Noch einen Moment, dann können wir vielleicht reden«, sagte Torner.

Sie gingen durch die schmalen Straßen zum Bootshafen, kamen an einer kleinen Werft vorbei, überquerten die Brücke zum Klubhaus. Das Restaurant im Obergeschoss hatte geöffnet. Dies war ein anderes Milieu als bei Tånguddens Werft, größer und reicher, etwas, das man Touristen zeigen konnte, Seglern. Ein Stück entfernt war das Wirtshaus von Långedrag in einem neuen Gebäude wieder auferstanden, wer weiß wie trendy, teuer wie Quecksilber, ohne das Geld wert zu sein, dachte Halders in diesem Augenblick, er war im vergangenen Sommer mit Aneta und den Kindern hier gewesen und seitdem nicht mehr.

Sie betraten einen der Stege. Es lagen nur noch wenige Boote im Wasser, Überlebende der letzten Eiszeit.

»Ich habe das hier alles so satt«, sagte Torner, als sie die äußerste Stegspitze erreichten.

»Meinen Sie den Bootshafen?«, fragte Ringmar.

»Alles«, sagte Torner.

»Warum?«, fragte Halders.

»Das ... lässt sich nicht einfach so erklären.«

»Dann liefern Sie uns Details.«

»Ich fühle mich hier nicht mehr wohl. Okay, ich wohne immer noch hier, und jetzt habe ich das Gefühl, ist es zu spät, um wegzuziehen.«

»Hat Sandra Sie manchmal besucht?«, fragte Ringmar.

Torner drehte sich zu ihm um.

»Warum fragen Sie das?«

»Wie gut haben Sie sich mit Ihrer Tochter verstanden?«

»Was hat er gesagt?«

»Wer?«

»Jovan natürlich.«

»Was hätte er sagen sollen?«

»Fragen Sie mich?«, sagte Torner.

»Ja.«

»Etwas Negatives über mich.«

»Und warum?«

»Er ... er passte nicht zu uns. Er wusste es. Er hat es ausgenutzt.«

»Was hat er ausgenutzt?«

Torner antwortete nicht. Weit draußen im Älvsborgsfjord, in Höhe der Neuen Älvsborgs Festung, fuhr die Dänemarkfähre vorbei. Torner sah aus, als wünschte er, an Bord zu sein.

»Er hat sie gegen mich beeinflusst«, sagte Torner, den Blick auf die Fähre gerichtet.

»Wie das?«

Torner sah erst Ringmar an, dann Halders.

»Wer genügend Böses in sich hat, dem ist nichts unmöglich«, sagte er.

»Was meinen Sie mit böse?«, fragte Halders.

»Das fragen Sie mich? Darin seid ihr doch wohl die Experten.«

»Dann sind wir alle Experten«, sagte Halders.

»Experten der eigenen Bösartigkeit«, sagte Torner.

»Wie sieht Ihre aus?«, fragte Ringmar.

»Sie ist sehr banal«, sagte Torner. »Als ich jung war, habe ich nur an mich gedacht, auch später noch, als ich eine Familie hatte. Alles drehte sich um Karriere, Geld, ich war sehr oberflächlich.«

»Ist das böse?«

»Unwissenheit, Arroganz, es ist dasselbe. Sandras älterer Bruder hat sich das Leben genommen, wissen Sie das? Natürlich wissen Sie das, es ist ja eine Tatsache. Martin hieß er. Als mildernde Umstände wurden Depressionen genannt, was weiß ich. Er verschwand in diesem Wasser, das Sie hier vor sich sehen. Damals habe ich mein Bootsleben nach Tångudden verlegt, es ist nicht dasselbe Wasser, der Västerberg schirmt es ab.« Torner sah Ringmar an. »Ich nehme an, Sie haben auch Kinder? Erwachsene Kinder?«

»Ja.«

»Wie ist der Kontakt?«

»Meine Tochter lässt von sich hören, ich lasse von mir hören. Mit meinem Sohn habe ich keinen so guten Kontakt.«

»Warum nicht?«

»Irgendeine Form von banaler Bösartigkeit«, sagte Ringmar. »Ich habe nicht in meiner Erinnerung gegraben.«

»Können wir jetzt zurückgehen?«

»Haben Sie Kontakt zu Jovan gehabt?«

»Nicht seit der Beerdigung. Ich habe Sie dort gesehen. Sie und noch jemanden, den ich nicht kannte. Sie waren zu zweit.«

»Ja.«

»Ist Ihnen jemand aufgefallen, der nicht dabei hätte sein sollen?«

»Das habe ich Sie auch schon gefragt«, sagte Ringmar.

»Jetzt frage ich Sie.«

»Darauf kann ich nicht antworten«, sagte Ringmar.

»Das heißt nein«, sagte Torner. »Dort war niemand, der wie ein Mörder aussah.«

»Haben Sie Ihre Enkelin gesehen?«

»Nein, auch nicht mehr seit der Beerdigung. Das gehört zu den Dingen, die mich jetzt beschäftigen. Wann ich sie sehen kann. Ich will sie sehen.«

»Das können Sie sofort«, sagte Ringmar. »Wir können zusammen zu ihr fahren.«

»Morgen«, sagte Torner und ging zurück zum Ufer.

Gerda Hoffner saß im Konferenzzimmer. Vor ihr auf dem Tisch lagen die Papiere, sie bedeckten die ganze Fläche, wie Post-it-Zettel eine Wand bedecken. Das war im Augenblick ihre Arbeitsweise, die Akten chronologisch auszulegen, Gespräche, Zeitpunkte, ein System, von dem sie keine Ahnung hatte, woher es kam. Sie dokumentierte, was sie mit den Fotos tat, sie gab in den Computer ein, was sie dachte, ging hin und her in dem Raum, wurde nicht gestört.

Sie hatte sich etwas von dem Fußboden im Obergeschoss des Mars-Hauses erhofft, hatte geglaubt, es müsse Spuren auf dem blanken Holz geben, vielleicht Schatten von Fußspuren, nicht mehr, aber Torstens Leute hatten nichts gefunden. Trotzdem hatte sie den Gedanken noch nicht aufgegeben, die Hoffnung, dass dennoch jemand dort gewesen war, dass sie recht bekommen würde und alle verstehen mussten, endlich verstehen, dass es möglich war, auch dies zu verstehen.

Aus dem Gartenpavillon hatten sie eine Kippe, die aber zu keiner Spur passte. Sie hatten kein Messer, keine Waffe. Sie wollte sie sehen, möglicherweise ein bizarrer Wunsch, ein merkwürdiger Wunsch. Ein Messer oder etwas Größeres, Rost daran, der nicht abgewischt worden war. Es könnte längst am Meeresgrund liegen. Aber das glaubte sie nicht.

Das Messer gab es mit der Sicherheit, mit der man weiß, dass es den Schlüssel gibt, nach dem man sucht, er liegt irgendwo und wartet.

Ihr Handy klingelte, es war ein interner Anruf.

»Jemand möchte dich sprechen, Gerda, ein Mann«, sagte die Frau in der Zentrale.

»Okay, stell durch.«

Sie hörte eine Stimme: »Ja, hallo, hallo?«

»Gerda Hoffner hier«, sagte sie.

»Hallo, hier ist Jens Likander.«

»Hallo, Herr Likander.«

»Ich wollte Sie fragen, was Sie heute Abend vorhaben.«

30

Der Taxichauffeur, der ihn in die Stadt brachte, war einer von der schweigsamen Sorte, und dafür war Winter dankbar. Das kompensierte den Rauchgeruch im Auto. Der Fahrer war noch relativ jung. Er konnte kaum damit rechnen, fünfundsiebzig zu werden. Winter sah das Zigarettenpäckchen, sagte nichts von dem Geruch, was sollte er auch sagen.

Vor der Hauptfiliale der Swedbank in der Södra Hamngatan stieg Winter aus und bezahlte. Er ging um die Ecke.

Ringmar wartete vor Alströms Konditorei.

»Ich hab schon mal einen Blick hineingeworfen. Unser Stammplatz ist frei. Ich hab dort meinen Schal deponiert.«

»Sehr gut. Dann brauchst du diesmal keine Rentner zu verscheuchen.«

»Wie war die Reise?«

»Lang und unangenehm.«

Ringmar trat auf Winter zu und umarmte ihn.

»Danke, Bertil«, sagte Winter in Ringmars Ohr.

Ringmar ließ ihn los.

»Sie haben noch Holländer Schnitten«, sagte er und drehte sich zur Tür um.

»Wir können Robertsson nicht finden«, sagte Ringmar. Sie saßen am Fenstertisch. »Ich habe Alarm an die Streifenwagen ausgegeben. Das Polizeirevier in Frölunda startet eine lokale Fahndung. Vielleicht bringt uns das weiter.«

»Zum Teufel, nein.«

»Warum nicht?«

»Robertsson ist tot. Der Alarm kann uns nur insofern helfen, als sich vielleicht jemand meldet, der ihn in der letzten Zeit gesehen hat, aber wir bekommen ihn nicht zurück. Er hat sich mit Robin vereinigt.«

»Du bist dir deiner Sache aber beängstigend sicher.«

»Ja. Diese Jungs hatten keinerlei Chance.«

»Gegen wen?«

»Sein Gesicht kann ich nicht sehen«, sagte Winter.

»Vielleicht sind es mehrere«, sagte Ringmar. »Ich war wieder mit Sandras Vater verabredet.«

»Wer ist er eigentlich?«

»Nicht unser Mann.«

»Wieso nicht?«

»Ein unglücklicher Unschuldiger«, sagte Ringmar.

»Unschuldiger?«

»In diesem Fall unschuldig.«

»Ich habe Torsten vom Flughafen in Malaga angerufen«, sagte Winter. »Wir haben Material, aber keine Menschen. Er war nicht frustriert. Es ist einfach eine Tatsache.«

»Lebende Menschen, meinst du.«

»Schuldige Menschen, ja.«

»Und dann treten wir auf den Plan mit unserem Spureninstinkt«, sagte Ringmar.

»Diese Gespräche werde ich vermissen, wenn es vorbei ist«, sagte Winter.

»So weit kommt es nie. So banal sind wir doch nicht. Wir sind keine gewöhnlichen Alltagsmenschen, Erik.«

»Jetzt redest du ja wie ich.«

Ringmar stocherte in seiner Holländer Schnitte herum. Er hatte sie halb aufgegessen. Sie schienen beide keinen Appetit auf Kuchen zu haben. Winter hatte seinen Kaffee nicht angerührt. Er hatte schon zu viel im Flugzeug getrunken.

»Runstig ist wieder mit dem Welpen unterwegs«, sagte Ringmar.

»Sieht das natürlich aus?«

»Die von der Fahndung sagen, beide sehen glücklich aus, besonders er.«

»Na prima. Wir haben ihn rehabilitiert.«

»Wir haben Runstig nicht zum letzten Mal gesehen. Er scheint Amundö zu mögen.«

»Bist du noch mal draußen gewesen?«

»Nein, nicht seit du abgeflogen bist.«

»Wir fahren hin«, sagte Winter und stand auf.

Er hatte das Gefühl, als sei er schon sehr lange nicht mehr hier gewesen, als sei er in den vergangenen Tagen ständig hin und her gereist – sein ganzes Leben lang. Dies war wie etwas in einer anderen Inkarnation, währte aber nur wenige Sekunden. Dann kehrte alles zurück, die Bilder, die er gesehen hatte, als er das Haus betrat, warum er jetzt hier stand und was seine Aufgabe war.

Der Himmel war an diesem Tag wie Blei, er sah aus wie ein Teil des Hausdachs.

Winter ging ins Kinderzimmer, stellte sich ans Fenster und schaute hinaus.

Jemand da draußen hat mich gesehen, als ich hier gestanden habe.

Als ich die Frau und ihre Kinder ermordet habe.

Er drehte sich um, verließ den Raum und ging durch die Diele ins Wohnzimmer, zurück in die Diele, ins Schlafzimmer, in die Diele, wieder ins Kinderzimmer. Ringmar war im Obergeschoss. Winter hörte die Schritte über seinem Kopf, sie klangen ... besorgt.

Er stellte sich wieder ans Fenster.

Ich bin hierhergekommen, um sie zu ermorden. Um mit ihr zu reden. Um sie zu überreden. Nein. Um sie zu ermorden. Sie zu bestrafen.

Die Kinder haben mich gesehen.

DIE KINDER HABEN MICH GESEHEN.

Was sollte ich tun?

Alle haben meine Waffe gesehen.

WAS SOLLTE ICH TUN?

Ich bin in dieses Zimmer gegangen.

Ich wusste, dass hier ein kleines Kind war.

Ich bin früher schon hier gewesen.

Hier hat das Kinderbett gestanden. Am Fenster. Das Gitterbett stand hier.

Ich habe draußen jemanden gesehen.

Jemand hat mich gesehen.

Hier drinnen brannte kein Licht.

In der Diele war Licht.

Das hat gereicht.

Jemand ist vorbeigegangen. Ich habe hier gestanden. Jemand hat mich erkannt.

Jemand ist einfach nur vorbeigegangen. Es gab nichts zu sehen.

Ich war nicht sicher.

»Erik!«

Er hörte Ringmars Stimme von oben, sie klang wie ein Bohrer, der sich durch den Fußboden zu ihm hinunterschraubte.

Er stieg die Treppe hinauf, die Stufen brauchte er nicht mehr zu zählen.

Ringmar stand am Fenster in Eriks Zimmer.

Er deutete mit dem Kopf zu dem Gartenpavillon in halber Höhe am Berg. Wie deutlich er war, wie nah er zu sein schien.

»Siehst du, was ich sehe?«, fragte Ringmar.

»Eine Silhouette«, sagte Winter. Jemand saß in dem Gartenhaus, ein Schatten, der zwei der hübschen Pavillonfenster füllte.

»Ich stehe hier schon eine Weile«, sagte Ringmar, »und er hat sich nicht bewegt.«

»Versteinert vor Schreck«, sagte Winter.

»Oder von etwas anderem«, sagte Ringmar.

Winter schloss die Augen, öffnete sie wieder. Dort saß eine Person, alle Konturen ganz deutlich, es war ein Individuum.

»Bleib hier, ich laufe rüber«, sagte er.

Und er drehte sich um, lief durch das Zimmer, die Treppe hinunter, hinaus, hinüber zu den Nachbarn, die wieder in die Sonne zurückgekehrt waren, den Abhang hinauf, zum Pavillon, riss die Tür auf, sah den Rücken der Person, die dort saß, wusste schon, wer es war, sah schon Ringmars Gesicht am Fenster gegenüber, Ringmar sah, dass er angekommen war, und verschwand. Winter ging über den undichten Holzfußboden und schaute auf die Gestalt hinunter, die dort saß, eine Person namens Bert Robertsson. Von seinem Mund hing ein Speichelfaden bis auf die Brust, es sah aus wie ein Trick, den er lange trainiert hatte. Seine Augen waren geschlossen, es roch stark nach Alkohol. Robertsson atmete regelmäßig im Schlaf des Sturzbetrunkenen, perfekt platziert auf einem einfachen Stuhl, abgestützt an der Wand, auch das nur ein Trick, neben ihm auf dem Fußboden eine leere Flasche Blended Whisky, ein Bild des Friedens. Jetzt hörte Winter Ringmar den Hügel herauftrampeln, er kam herein, und Winter drehte sich um.

»Es war etwas anderes, Bertil. Seine Medizin.«

»Lebt er?«

»Sternhagelvoll, aber er lebt.«

»Warum ist er hergekommen?«

»Der einzige Ort, von dem aus er alles im Auge hatte.«

»Den, der ihn im Auge hatte.«

Ringmar stand jetzt neben Winter.

»Er scheint angenehm zu träumen«, sagte Ringmar. »Ich dachte schon, wir hätten ihn an den Himmel der Zeitungsboten verloren.«

»Ich habe heute Nacht geträumt, ich sitze in einem Innenhof irgendwo in einer großen schönen Stadt und schreibe«, sagte Winter. »Es hätte Kungsladugård sein können, aber die Stadt war viel größer. Am Tisch saßen ein paar Fremde und unterhielten sich und ich notierte etwas, was jemand gesagt hatte. Ich erinnere mich daran, an den Satz. Sonst kann ich mich nie erinnern.«

»Wie lautete der Satz?«

»Es gibt einen Unterschied zwischen der Wirklichkeit und dem, was wir davon sehen.«

»Das war der Satz, den du im Traum aufgeschrieben hast?«

»Ja.«

»Und nutzt dir der etwas?«

»Es klingt banal, aber ich bin nicht sicher.«

Gerda Hoffner war mit Jens Likander in Linné in einer Bar verabredet, die er vorgeschlagen hatte. Sie kannte die Bar nicht, besuchte selten Bars, aber diese wirkte angenehm, groß, offen und hell in der grauen Dämmerung. Sie war zu früh gekommen, war hineingegangen, wieder hinaus und einmal um den Häuserblock. Es war früher Abend, und das Viertel war noch voller Leben. In der Luft lag fast etwas wie Frühling, es roch nach Leben.

»Bitte entschuldigen Sie meine Aufdringlichkeit«, sagte er.

»Für mich ist es auch das erste Mal«, sagte sie.

»Jetzt sind Sie außer Dienst«, sagte er.

Sie antwortete nicht. Ihr fiel keine gute Antwort ein.

»Wir wollen nicht über den Job reden.« Er lächelte. »Was möchten Sie trinken?«

»Ich weiß es nicht, ein kleines Bier. Ein nettes Lokal übrigens.«

»Ich kenne den Besitzer. Die Drinks sind bestimmt okay.«

»Ich halte mich trotzdem lieber an Bier.«

Er gab dem Barkeeper ein Zeichen, der nickte. Sie schienen befreundet zu sein. Vielleicht wohnte Likander hier, wenn er Feierabend hatte. Aber er sah nicht aus wie jemand, der bis in die Nacht hinein in Bars herumsaß. Er sah ... offen aus, wie das Lokal, offen und hell. Sie musste besonders vorsichtig sein. Sie hatte nicht viel Zeit.

Sie war schon sehr lange nicht mehr mit einem Mann zusammen gewesen. Das hatte sie vergessen, bis jetzt.

Der Barkeeper brachte zwei Bierflaschen, die Marke kannte sie nicht. Er öffnete die Flasche am Tisch, schenkte ihnen etwas ein und stellte die Tulpengläser auf mit Palmen bedruckte Untersätze, Palmen waren das Thema des Lokals, auf diskrete Art tropisch, jetzt fiel ihr ein, dass es Western & Oriental hieß.

»Stammen Sie aus der Stadt?«, fragte er.

»Ja, das kann man so sagen. Sie auch?«

»Ja. Guldheden.«

»Wir haben in Kungsladugård gewohnt, als ich klein war.«

»Dort ist es schön«, sagte er.

»In Guldheden auch.«

»Wenn man den Doktor Fries torg schön findet.« Er lächelte.

»Das finde ich tatsächlich«, sagte sie. »Er ist … echt.«

»Sie haben recht.« Er hob das Glas. »Echt. Dann also … zum Wohl.«

Sie hob ihr Glas, sagte aber nichts, nahm einen Schluck. Das Bier schmeckte ein wenig süß, das hatte sie erwartet. Ihr Onkel Willy aus Stuttgart hätte sofort gespuckt. Hätte Streit mit dem Barkeeper angefangen.

»In der Firma herrscht immer noch eine Art Schockzustand«, sagte er.

»Das kann ich gut verstehen.«

»Aber wir wollten ja nicht über die Arbeit reden.«

»Manchmal lässt sich das schwer vermeiden.«

»Werden Sie viel gefragt?«

»Wonach? Von wem?«

»Von … Leuten. Freunden. Nach Ihrer Arbeit. Sie ist doch ziemlich ungewöhnlich.«

»Darüber gibt es nicht viel zu erzählen.«

»Nein, klar.«

Sie tranken wieder.

»Muss manchmal ganz schön hart sein, wenn man niemanden hat, mit dem man reden kann.« Er stellte sein Glas ab. »Zum Beispiel, wenn man nach Hause kommt.«

»Sie meinen, wenn man niemanden hat, mit dem man nicht darüber redet.«

Er lächelte. Er hatte kapiert.

»Möchten Sie noch ein Bier?«

»Noch nicht, danke.«

»Wir könnten später etwas essen, wenn Sie wollen.«

»Und wo?«

»Tja, wir brauchen nur zu Pelle rüberzugehen. Bei Pelle gibt es jeden Abend gute Hausmannskost.«

»Lassen Sie mich über die Sache nachdenken«, sagte sie.
»Nachgedacht habe ich nicht«, sagte er.

Endlich erreichte Djanali Sandra Mars' andere Freundin.

»Ja, Liz Berg.«

Djanali stellte sich vor.

»Haben wir uns nicht schon vor einiger Zeit unterhalten?«

»Nur sehr kurz.«

»Gibt es etwas Neues?«

»Ich wollte Sie fragen, mit wem Sandra verkehrt hat.«

»Wie bitte?«

»Wen sie getroffen hat.«

»Sie hat nicht viel Kontakt gehabt. Sie wollte es so.«

»Hat sie sich mit einem Mann getroffen?«

Es wurde still in der Leitung.

Djanali wiederholte die Frage.

»Meinen Sie, ob Sandra untreu war?«

»Das weiß ich nicht. Ich möchte nur wissen, ob sie einen Mann getroffen hat. In ihrer Freizeit. Oder am Arbeitsplatz. Ob sie Ihnen etwas in der Richtung erzählt hat.«

»Sie ... ich weiß nicht ... vielleicht hat sie jemanden getroffen.«

»Woher wissen Sie das?«

»Das kann ich nicht genau erklären.«

»Warum haben Sie mir das nicht erzählt, als wir miteinander gesprochen haben?«

»Sie haben nicht danach gefragt.«

»Aber Herr im Himmel«, sagte Djanali.

»Entschuldigen Sie, falls ich einen Fehler gemacht habe.«

Entschuldigung, Entschuldigung, es ist genauso sehr mein Fehler, viel mehr mein Fehler.

»Können Sie in diesem Punkt nicht etwas konkreter werden, Frau Berg? Hat Sandra einen Namen genannt?«

»Nein.«

»Wie sah er aus?«

»Ich … kann mich nicht erinnern.«

»Denken Sie bitte darüber nach. Ich rufe Sie heute Abend noch einmal an.«

31

Auf dem Spielplatz saß ein Mann auf der Bank. Er war allein und schaute nicht in ihre Richtung, als sie näherkamen.

»Das ist ja Krol«, sagte Winter.

Sie gingen auf ihn zu. Langsam drehte er sich zu ihnen um. Er hatte Tränen in den Augen.

»Hier ist es jetzt so still«, sagte er. »Keine Kinder kommen mehr zum Spielen.«

»Wirklich nicht?«, sagte Ringmar.

»Schauen Sie sich doch um«, sagte Krol. »Es ist ein Ort der Trauer. Ich vermisse die Kinder. Wie geht es Greta?«

»Wie?«, sagte Winter.

»Der Kleinen«, sagte Krol, »Greta.«

»Ihr geht es gut. Sie ist bei ihrem Papa.«

»Ich vermisse die Kinder«, wiederholte Krol und stand auf. »Ich hab gesehen, dass Sie bei Carlbergs altem Gartenpavillon waren.«

»In diesem Fall sind wir überall«, sagte Winter.

»Hab gesehen, dass da oben jemand gesessen hat, als ich vorhin vorbeigegangen bin.«

»Ein Säufer«, sagte Ringmar. »Sind Sie nicht hinaufgegangen und haben nachgeschaut?«

»Nein.«

»Warum nicht?«

»Es kommt vor, dass da oben Leute sitzen und sich ausruhen, wie man so sagt. Das geht mich nichts an.«

»Was sind das für Leute?«

»Sie haben es selbst gesagt.«

»Säufer? Ist das tatsächlich früher auch schon vorgekommen?«

»Sie meinen, in dieser Idylle?«

»Es gibt schließlich nähergelegene Orte.«

»Wie hat er hierhergefunden?«

Ringmar zuckte mit den Schultern.

»Jemand, den Sie kennen?«, fragte Krol.

»Ihr Zeitungsbote«, sagte Winter. »Deswegen hat er den Platz wohl in seinem Unglück aufgesucht.«

»Hier versammeln wir uns alle«, sagte Krol.

»Haben Sie einmal gesehen, dass Frau Mars Besuch von einem Mann bekam?«, fragte Ringmar.

»Hier?«

Ringmar nickte.

»Nein«, sagte Krol, »wie hätte ich das sehen sollen?«

»Sie scheinen doch alles zu sehen«, sagte Winter.

»Nein, nein, und ich habe genug gesehen, genug gehört. Ich komme auch nicht wieder zu diesem Spielplatz. Ich glaube, jetzt bleibe ich zu Hause.«

Ein Krankenwagen fuhr langsam vorbei. Krol schaute ihm nach. Winter ging hinter dem Krankenwagen her.

»Kommt der wegen des Säufers?«, fragte Krol.

»Wir können ihn nicht mitnehmen«, antwortete Ringmar.

»Verschwendet ihr Ressourcen an dieses verdammte Aas?«, sagte Krol und setzte sich in Richtung Meer in Bewegung.

Gerda hatte die Einladung zum Essen nicht angenommen. Es war Zeit, nach Hause zu fahren. Es war nett gewesen.

»Dann danke für heute«, sagte Jens Likander und streckte die Hand aus. Sie standen auf der Linnégatan. Straßenbahnen rauschten vorbei.

»Das war ja richtig förmlich«, sagte sie.

»Finden Sie mich langweilig?«

»Nein.«

Er schaute auf seine Hand.

»Weiß nicht, warum die vorgeschossen ist«, sagte er. »Vielleicht ein nervöses Zucken.«

»Sind Sie nervös?«

»Ein bisschen wegen heute Abend.«

»Es ist ja noch nicht einmal richtig Abend.«

»Jetzt bin ich nicht mehr nervös«, sagte er.

»Ich auch nicht.«

»Es war kein guter Anfang«, sagte er, »ich meine, nervös zu sein.«

»Anfang von was?«

»Man kann ja nicht wissen«, sagte er.

»Und jetzt muss ich gehen.«

»Ich begleite Sie bis zum Järntorget.«

»Okay.«

»Ich kann Sie auch nach Hause bringen, wenn Sie wollen.«

»Das möchte ich Ihnen lieber nicht zumuten, es ist zu weit. Ich nehme die Straßenbahn.«

Sie hatten sich noch immer nicht von der Stelle gerührt. Ein Krankenwagen fuhr ohne Sirenengeheul vorbei, vermutlich auf dem Weg zum Sahlgrenschen. Dort war sie schon wegen mehrerer Sachen gleichzeitig behandelt worden, wegen eines schweren Traumas, nachdem sie lange Zeit eingesperrt gewesen war, auf den Tod gewartet, auf immer schwächer werdende Geräusche gelauscht hatte. Sie hatte geglaubt, dass sie wieder okay war, aber das stimmte anscheinend doch nicht ganz. Es würde nie mehr werden wie früher, sie würde nie mehr die werden, die sie einmal gewesen war.

»Ich nehme die Straßenbahn«, wiederholte sie mit unnötig lauter Stimme.

Winter und Ringmar fuhren nach Tångudden. Es war schnell Abend geworden. Arendals Kräne am anderen Flussufer zeichneten sich in dem schmutzigen Licht wie Silhouetten von Riesen ab, Greifzangen wie Hände, die Löcher in die Dunkelheit rissen.

Winter stellte sich mitten in den Bootsschuppen.

»Warum ist Sandra hierhergekommen?«, fragte er die Wände. Er wandte sich an Ringmar. »Was sagt Torsten?«

»Sie ist hier gewesen. Keine Spuren von einer anderen Person.«

»Er war vorsichtig.«

»Könnte ein Zufall sein.«

»Hier waren sie zusammen«, sagte Winter wie zu sich selber. »Hier gab es nichts Böses.«

»Sie hatten keinen Grund, sich zu verstecken«, sagte Ringmar.

»Jedenfalls nicht hier«, sagte Winter.

»Was ist schiefgegangen?«

»Zwischen ihnen? Hm.« Winter schaute sich wieder um, aber es gab nichts zu sehen, nur eine umschlossene Fläche, die nicht mehr die Funktion erfüllte, Freude zu bereiten, Freiheit. Sandras Vater hatte den Schuppen für immer aufgegeben. Er würde die Stadt verlassen und ins Ausland gehen. An der Sonnenküste war das Verlustrisiko gering. »Was ist zwischen ihnen schiefgegangen?«, wiederholte er.

»Eifersucht?«

»Wer?« Winter trat auf den Schotterplatz vor dem Schuppen. Der Schotter glänzte weiß in der uralten künstlichen Beleuchtung über dem Bootshafen. »Wer?«

Ringmar sah zu der Bude, die Bootshaus und Thai-Restaurant gleichzeitig war. Er sah zwei Köpfe hinter den Fensterscheiben, sie schienen von einer Art Glorie umgeben zu sein, etwas, das in der fetthaltigen Luft dort drinnen schwebte.

»Sie waren vielleicht bis zuletzt zusammen«, sagte Winter. »Wirklich zusammen.«

»Ich kann dir nicht ganz folgen«, sagte Ringmar.

»Sie haben sich bis zuletzt geliebt«, sagte Winter. »Zwischen ihnen ist nichts passiert.«

»Mord aus Leidenschaft«, sagte Ringmar.

»Nicht das, was wir glauben«, sagte Winter, »oder was wir glauben sollen.« Er zeigte auf den Thai Grand Palace. »Jetzt unterhalten wir uns mal mit unseren Zeugen.«

Lans Hand schnellte zum Mund hoch, als sie das Restaurant betraten.

»Keine Sorge, wir wollen nichts essen«, sagte Ringmar. »Ich sehe, Sie wollen gerade schließen.«

Lan rief etwas auf Thailändisch.

»Das ist er!«, sagte Peggy.

»Was?«, fragte Ringmar.

»Sie sagt, das ist er, der mit Sandra hier gewesen ist.« Peggy deutete mit dem Kopf auf Winter. »Er hat dasselbe Profil.«

»Ich war's aber nicht«, sagte Winter.

»Das ist mein Kollege«, sagte Ringmar. »Er ist doch schon mal hier gewesen.«

»Sie sind ... ähnlich«, sagte Lan auf Schwedisch.

»I'm not the one«, sagte Winter.

Sie waren auf dem Weg zum Auto, als Peggy aus dem Restaurant kam und ihnen winkte. Sie blieben stehen.

»Ja?«, sagte Ringmar.

»Es war das Ohr«, sagte sie.

»Das Ohr?«

»Sie hat ihn am Ohr erkannt«, sagte Peggy und nickte Winter zu, der auf der anderen Seite des Autos stand.

»Aber er hat doch noch beide Ohrläppchen«, sagte Ringmar.

»Lan hat sich vorher falsch ausgedrückt, sie hat gemeint, dass das eine Ohrläppchen länger als das andere ist. Verstehen Sie?«

»Nein.«

»Wie bei ihrem Onkel. Ihm fehlte nichts ... Seine Ohrläppchen waren nur etwas ... unterschiedlich, die Ohren also.«

»Glauben Sie, Sie könnten noch mehr falsch übersetzt haben, Peggy?«

»Nein ... glaube nicht.«

»Zum Beispiel, dass diese Frau gar nicht in Gesellschaft war?«

»Nein, nein. Er war da.«

»Und Lan würde ihn wiedererkennen?«

»Ja.«

»Sie hat ihn gerade wiedererkannt.«

»Es ist ... schwer«, sagte Peggy. Sie sah betrübt aus.

»Entschuldigung«, sagte Ringmar, »es ist sehr schwer.«

»Ich rede noch einmal mit ihr«, sagte Peggy.

»Sie haben meine Telefonnummer«, sagte Ringmar.

Sie stiegen ins Auto und bogen auf die Hästeviksgatan ein. Peggy ging zurück. Der Schuppen sah aus wie eine Baracke in einem sehr alten Film.

»Hier haben früher viele schöne alte Bäume gestanden«, sagte Winter. »Jetzt sind sie alle weg.«

»Traurig«, sagte Ringmar.

»Ich habe also einen Doppelgänger«, sagte Winter.

Aneta Djanali rief Liz Berg an. Sie meldete sich nach dem zweiten Signal.

»Ich rufe ein wenig früher an«, sagte Djanali.

»Sie ... Sandra ... hat noch mehr von der Stadt gesehen.«

»Ja?«

»Ich habe nachgedacht, wie wir ja verabredet hatten. Und ich glaube, sie bekam die Chance, jetzt etwas mehr von der Stadt zu sehen. Es war eine Aufgabe, so hat sie es ausgedrückt.«

»Wie mag sie das gemeint haben? Mehr von der Stadt?«

»Es war ...«

»Welche Teile der Stadt?«

»Ich weiß es nicht.«

»War sie allein?«

»Nein ... das hat sie angedeutet. Mehr wollte sie nicht sagen. Vielleicht hätte sie es mir später erzählt. Ich hatte jedenfalls das Gefühl, dass sie mehr erzählen wollte.«

»Von dem Mann, den sie getroffen hat?«

»Ja. Vielleicht.«

»Was hat sie über ihn gesagt?«

»Gar nichts.«

»Haben Sie beide verschiedene Lokale in der Stadt besucht?«

»Nein.«

»Die Familie hatte einen Bootsschuppen in Tångudden. Hat sie Ihnen davon erzählt?«

»Nein.«

»Was hat sie von Amundövik erzählt?«

»Dass sie wegziehen wollte.«

»Ja?«

»Sie fühlte sich dort zu einsam.«

»Hat sie das gesagt?«

»So habe ich es verstanden.«

»Hat sie noch mehr von Amundövik erzählt?«

»Ich glaube, sie hatte Angst. Darüber habe ich ständig nachgedacht, seit wir das erste Mal miteinander gesprochen haben.«

32

Winter studierte die Bilder von der Stelle, an der Robin Bengtsson ermordet worden war, Robins *Zuhause*. Die Blutbilder.

Die Waffe hatten sie nicht gefunden, die scharfe Waffe. Torsten Öberg war sich dessen sicher, und der Gerichtsmediziner unterstützte diese Meinung. Die Stichkanäle waren anders, die Stiche durch die Kleidung: Es handelte sich um eine kleinere Waffe, eine andere Schneide, nicht so scharf. Es hatte länger gedauert, ehe Robin sterben durfte. Mehr Stiche waren nötig gewesen, als der Mörder geschätzt hatte. In diesem Punkt glich der Ablauf nicht den Morden in Amundövik, aber das war wohl auch nicht beabsichtigt, dachte Winter.

Robins Mörder wusste vielleicht nicht, wie es in dem Haus am Meer ausgesehen hatte.

Er hatte es nicht betreten.

Wie hängt das alles zusammen? Winter ging zum Panasonic auf dem Fußboden und schaltete wieder Bill Frisells *History, Mystery* ein. Dann setzte er sich und betrachtete ein Foto.

Robin sah im Moment des Sterbens erstaunt aus, als könnte er nicht glauben, dass dies sein letztes Stündlein war.

Als würde es einem anderen zustoßen. Als erwartete er etwas anderes. Jemand anderen. Einen Freund, einen lächelnden Freund.

Zwei Monster dort draußen. Das eine ist mein Doppelgänger. Wird in Krisensituationen eingesetzt. So was nennt man Teamwork. Wir können diese Monster noch nicht sehen. Wir brauchen mehr, etwas Gewaltsames, aber anderer Art. Auf eine andere Art, dachte er. Es existiert keine Zusammenarbeit. Es sind zwei voneinander unabhängige Übel.

Das Telefon auf dem Tisch schrillte, das klassische Signal von früher, das Kinobesucher zu Tode erschrecken konnte: *Herr Kommissar! Herr Kommissar!*, der letzte Angstschrei eines Opfers am Telefon in Langs *Doktor Mabuses Testament*. Angela hatte den Film an einem Herbstabend mit nach Hause gebracht, sie hatten ihn sich spät angesehen, und Winter war zum ersten Mal seit sehr langer Zeit von einem Film erschüttert worden, der genauso entsetzlich wie die Wirklichkeit war, vielleicht machte es der Zeitabstand, das schwarzweiße Licht, die Gesichter, die schon im Leben grotesk waren. Der Kommissar war nicht besonders hilfreich.

»Ja?«

»Hallo, Aneta hier. Ich habe gehört, dass du noch da bist.«

»Ich sitze hier noch mit Robin.«

»Ich habe mit Liz Berg gesprochen, Sandras Freundin. Sie sagt, Sandra hatte Angst.«

»Aber sie hat nicht gesagt, vor wem, nehme ich an?«

»So wie ich es verstanden habe, ging es um Amundövik.«

»Jovan?«

»Das hatte ich sie schon mal gefragt. Ich habe sie eben

noch einmal angerufen. Aber Liz wusste nicht, ob Sandra an Jovan gedacht hat.«

»Und sie wusste auch nicht, wer es sonst hätte sein können«, sagte Winter.

»Nein. Sie hatte nur so ein Gefühl. Irgendetwas stimmte nicht mit Sandra.«

»Du musst noch einmal mit Liz reden«, sagte Winter. »Sie muss weiter darüber nachdenken.«

Christian Runstig ging am Opaltorget vorbei, ohne stehen zu bleiben, kehrte nach zweihundert Metern um, ging zurück, wieder daran vorbei, versuchte die nebligen Lichter dort hinten zu übersehen, ging rasch den Grevegårdsvägen entlang zum Näsetvägen, weiter in südlicher Richtung an der alten Schule vorbei, passierte die Fußballplätze, blieb erst stehen, als er die Bucht erreichte, Välen, wie sie hieß, das wusste er, hier hatte er als Kind gespielt, geangelt, damals war alles anders gewesen, kein Schwarzkopf, der einen erschreckte, wenn man nach Hause ging.

Das Ding auf dem Opaltorget hatte ihn zu Tode erschreckt, darüber musste er nachdenken. Es war in seinem Kopf passiert, und zwar nur dort, das war scary, entsetzlich scary. Und das, was dann passiert war … und vorher …

Er bückte sich und hob einen kleinen glitschigen Stein von der feuchten Erde auf, warf ihn, so weit er konnte, hörte das Geräusch, als der Stein auf dem Wasser aufschlug, ein ruhiges Geräusch, wie wenn ein Haubentaucher untertaucht. Er hatte hier Haubentaucher gesehen, ihnen sogar Namen gegeben, es war der schönste Sommer gewesen, bevor alles zum Teufel ging. Bevor er so wütend auf alles wurde. Bevor alle durchdrehten. Er hob noch einen Stein auf und warf ihn in die Schwärze, wo das Wasser war, es floss mit der Askimsbucht zusammen, strömte vorbei an der verdammten,

verdammten Insel, Amundö. Dort hatte alles mit einer guten Tat begonnen, er hatte einen Welpen für Liv kaufen, hatte sie überraschen wollen.

Winter schaute nach Bert Robertsson im Untersuchungsgefängnis, nach jemandem schauen, was für ein niedlicher Ausdruck, als wäre er zu ihm hinaufgegangen, um ihn für die Nacht gut zuzudecken.

»Es war wohl nur eine leichte Vergiftung«, sagte er zu Robertsson, der auf dem Bett saß, den Kopf in den Händen verborgen.

Robertsson sah auf.

»Jedenfalls hab ich einen Blackout«, sagte er. »Wie bin ich hierhergekommen?«

»Erinnern Sie sich an gar nichts?«

»Ich erinnere mich, dass ich auf dem Weg nach Hause war, und dann an nichts mehr.«

»Also muss Sie jemand nach Amundövik gebracht haben?«

»So muss es gewesen sein.« Robertsson sah Winter an. »Haben Sie schon mal einen richtigen Blackout gehabt?«

»Nicht durch Alkohol.«

»Na klar, Sie sind ja Polizist, Sie beziehen Prügel, das gehört zum Job. Aber ich glaube, Sie lügen.«

»Ich lüge?«

»Das funktioniert nämlich auch mit gutem Schnaps, wissen Sie. Funktioniert sogar noch besser. Oder schlechter. Guter Whisky hat die schlimmsten Folgen.«

»Gesöff des Teufels«, sagte Winter.

»Was?«

»Ich nenne ihn Gesöff des Teufels.«

»Okay, okay, nennen Sie ihn, wie Sie wollen.«

»Und ich glaube Ihnen kein Wort, Herr Robertsson.«

Gerda Hoffner kochte sich eine Tasse Kräutertee. Er wirkte tatsächlich immer beruhigend, wie es auf der Verpackung stand. Sie war unruhig, nein, nicht unruhig, es war etwas anderes, sie wusste nur nicht, was. Es hing natürlich mit diesem jungen Mann zusammen. Sie hatten sich kennengelernt, als sie ihn zu einem Interview einbestellt hatte, er war einer von denen, die sie verhört hatte, vorher war er nicht in der Ermittlung aufgetaucht, ein Angestellter wie alle anderen, er war ein Opfer wie andere Arbeitskollegen von Sandra.

Es gab keine Vorschrift, dass man sich nicht privat mit jemandem treffen durfte, den man in einer Voruntersuchung vernommen hatte, einen von tausend. Das Verhör hatte ja nicht im Untersuchungsgefängnis stattgefunden, und sie hatte ihn danach nicht erst in eine Kneipe und dann mit nach Hause genommen.

Sie würde Jens nicht mit nach Hause nehmen, hör auf.

Sie würde nicht mit Jens nach Hause gehen, hör auf.

Jetzt trank sie ihren Tee. Im Hintergrund murmelte das Radio, nur eine Geräuschkulisse, beruhigend, sie hatte immer das Radio an, hörte nie zu.

Eine Straßenbahn schnaufte den Sannabacken herauf, beruhigend. Gegen die Fensterscheiben schlug Abendregen, beruhigend. Ihr wurde klar, dass sie nicht an Amundövik dachte, wenn sie an Amundövik dachte, ihre Gedanken hatten eine Pause gemacht, eine beruhigende Pause.

Man kann niemandem einen Schlag auf den Kopf versetzen, indem man direkt von Anfang an Text skandiert – der Zuhörer muss sich an den Prozess gewöhnen – wir verstehen allmählich, dass sich hinter der ungewöhnlichen Lautstruktur in dem Stück Methode verbirgt – Coltranes Musik ist nicht abstrakt, aber sie wird teilweise von Mitteilungen gelenkt, die er vermitteln möchte.

Coltrane hatte sein Mantra in der Reichweite des Mikrofons begonnen: *... supreme ... love supreme ... a love supreme*, der Produzent richtet das Mikrofon, wir hören alles, das spontane Geleier nach der Stimme des Tenorsaxophons, Coltranes eigene plötzlich einsetzende Stimme, als wäre dies die einzige Logik, die einzige logische Fortsetzung.

Dröhnend füllte die Musik die Wohnung, laut und klar, gesteuert von Botschaften, denen Winter nachlauschte. Er hatte das auch schon früher gemacht. Früher war es gelungen.

Sein Handy blinkte. Er stellte die Musik leiser.

»Angela.«

»Wie geht es dir?«

»Ich bin gerade nach Hause gekommen.«

»Danach habe ich nicht gefragt.«

»Alles okay.«

»Ich war heute mit den Kindern auf dem Virgen del Carmen.«

»Gut.«

»Es wird gut«, sagte sie. »Der Friedhof ist immer noch genauso hübsch wie damals.«

»Jetzt sind wir wohl an Marbella gebunden. Gibt es schon eine Entscheidung vom Gericht?«

»Morgen.«

In Spanien wurden formelle Beschlüsse über Beerdigungen vom Gericht getroffen. In Spanien wehte nun ein anderer Wind als während der lang zurückliegenden dreißig Jahre. Siv würde es gut haben auf dem Cementario Virgen del Carmen, in einem Pinienhain nördlich der Stadt, näher am weißen Berg.

»Ich meine, John im Hintergrund zu hören«, sagte sie.

»Hier sind nur er und ich.«

»Und Mr. Glenfarclas, 21 Jahre jung.«

»Noch ein Kind«, sagte Winter. »Der reinste Kinderpopo.«

»Dann lass es doch«, sagte sie.

»Absolut«, sagte er.

»Wie viele Fingerbreit hast du heute Abend getrunken?«

»Gar keine. Ich hab doch gesagt, dass ich gerade nach Hause gekommen bin.«

»Bleibst du bis spät in die Nacht auf?«

»Es ist schon spät.«

»Bleib nicht zu lange auf.«

»Irgendetwas wird passieren«, sagte er.

»Heute Nacht?«

»Bald. Wieder etwas Gewaltsames.«

»Es gefällt mir nicht, dass du dort bist«, sagte sie. »Ich möchte, dass es ein Ende nimmt.«

»Bald«, sagte er, »sehr bald.«

Er gab Szenarien auf seinem Laptop ein, Dokumente übereinander, nebeneinander, Dateien, Namen. Die Chronologie. Es floss ineinander, aber nicht aus stimmigen Gründen, nicht, weil die Teile zusammengehörten. Ihm fiel das Sehen zunehmend schwerer.

In seinem Kopf rauschte es stärker. Es war nicht die Musik. Das war er selber. In seinem Kopf herrschte konstantes Gebrüll.

Er goss sich noch einen Whisky ein, nur eineinhalb Fingerbreit, das war so gut wie nichts. Die paar Tropfen würden für Ruhe in seinem Schädel sorgen. Er trank, es schmeckte nach Honig und Sherry, es könnte Sevilla sein, er könnte auf einem Balkon in Sevilla während der Semana Santa stehen, voller Liebe zu allem, Siv an seiner Seite auf dem Balkon, sie würden beide dem Volk dort unten zuwinken, das nun ihr Volk war, sie war jetzt eine von ihnen, in derselben Erde, Mutter, Mama, er brachte es kaum über die Lippen, hatte es fast nie gedacht, Mutter, »Siv« war leichter, war immer leichter gewesen. Er nahm noch einen Schluck, sie würden sich wiedersehen, der Abschied auf dem Friedhof war nur ein Beginn, *dead is not the end*, es gab einen Gott, warum sollte es keinen Gott geben, in Spanien war er sogar größer, genau wie die Sonne dort größer war als irgendwo sonst auf der Welt. Siv würde bald in die Erde kommen, Gottes geweihte Erde, rot, nicht gerade ihre Lieblingsfarbe, vor allen Dingen nicht auf Wahlplakaten. Mutter. Wer ist wohl wie du.

Er stand auf, um den Gedanken ein Ende zu machen, sie verstärkten den Scheiß in seinem Kopf, jetzt, nach dem brüllenden Meer, das Dröhnen einer Autobahn. Vor ein paar Wochen war er an einem Schild hinter Shell auf der Bangatan vorbeigefahren, auf dem stand »Schwedischer Tinnitusverbund«, das Rauschen war sofort lauter geworden, solche verdammten Schilder gehörten verboten, er war keiner von denen, würde nie einer von ihnen werden, er würde niemals hingehen, es musste von selbst aufhören.

Er hob die Flasche an, sie war noch nicht leer. Er hatte nicht viel getrunken, es war ja noch früh, noch nicht einmal drei, Coltrane rief ihm etwas durch den Raum zu, er verstand es nicht, in seinem Kopf war zu viel Lärm, Mutter schrie etwas, Angela, die Kinder, die anderen Kinder, sie schrien. Er schenkte sich ein, kein Getue mit Fingerbreiten, nur ein kleiner Schluck, des Geschmacks wegen, er lachte auf, das war die richtige Bezeichnung.

Coltrane sprach mit ihm, aber sein sogenannter Tinnitus verwehrte ihm die Botschaft. Er ging zur Musikanlage und stellte sie lauter, lauter, lauter, jetzt war es besser, es war viel besser, so sollte es sein, er hatte noch nie die Leistung seiner Anlage in voller Lautstärke ausgetestet wie jetzt, phänomenal gut der Ton, laut und rein und klar, der fegte alles andere beiseite, er setzte sich in den Sessel und trank und hörte zu, es war einzigartig, er hatte noch nie gewagt, Coltranes Tenorsaxophon in dieser Lautstärke zu hören, er lehnte sich zurück, schloss die Augen und dachte darüber nach, was morgen passieren würde, dass er näher kommen würde denn je, dass er es erfahren würde, dass mehr passieren würde, etwas genauso Starkes wie das, was er jetzt erlebte. Er lauschte. Es verschwand, kehrte zurück, verschwand wieder. Da war etwas ... etwas anderes, das geradewegs durch die Musik drang. Es war ein neuer Takt, als würde Elvin Jones plötzlich etwas ganz anderes spielen, oder als ob auf übernatürliche Weise plötzlich ein Schlagzeuger im Studio aufgetaucht wäre. Er stand auf, kein Problem, in der Musik war jetzt ein anderer Rhythmus, ein Idiotenrhythmus, *bonk bonk bonk*, das gehörte nicht in die Musik, es kam aus einem anderen Raum, er schritt das Wohnzimmer ab, aber hier war es nicht, es kam nicht von der Straße, er ging in den Flur und der Rhythmus wurde immer stärker und härter, es kam von der Wohnungstür, er ging langsam darauf zu, jemand wollte herein, *bonk bonk bonk*, jetzt hörte er ein Klingelsignal durch das Hämmern, wer zum Teufel wollte um vier Uhr morgens bei Leuten eindringen, er hatte die Uhrzeit kontrolliert, das sollte man immer tun, sollte das Gewaltsame jetzt eintreten, das, was er vorausgesehen hatte, das, von dem er wusste, dass es kommen würde.

Er stand vor der geschlossenen Tür. Auf der anderen Seite sagte jemand etwas zu einer anderen Person. Demnach waren es zwei. Er hatte die ganze Zeit gewusst, dass es zwei waren.

»JA?«, schrie er durch die Tür.

Das Hämmern hörte auf.

»WAS IST LOS?«, rief er jetzt etwas leiser.

»Wer ist da?«, hörte er eine Stimme durch die Tür.

»WAS?«, rief er.

»Wer ist da drin?«, fragte eine männliche Stimme vor der Tür. Wie merkwürdig.

»ERIK WINTER!«, rief er. »Hier ist Erik Winter«, sagte er etwas leiser.

»Würden Sie bitte die Tür öffnen?«

»Warum?«

»Bitte öffnen Sie die Tür.«

Er hatte keinen Spion in der Tür, sie hatten es versäumt, einen einbauen zu lassen, als sie umgezogen waren. Aber verdammt, natürlich kann ich die Tür öffnen, warum soll ich nicht meine eigene Tür öffnen, mal sehen, was für Schelme sich in der Wolfsstunde angeschlichen haben.

Er riss die Tür weit auf.

Davor standen zwei Uniformierte, ein Mann und eine Frau. Sie sahen nicht aus, als hätten sie sich verkleidet. Sie kamen ihm vage bekannt vor.

»Werde ich erkannt?«, fragte er. »Ich heiße Erik Winter.«

»Ja … entschuldigen Sie«, sagte Polizeiinspektor Vedran Ivankovic, »wir haben mehrere Anrufe bekommen wegen … störender Musik aus dieser Wohnung.«

»Störende Musik? Mensch, das ist doch John Coltrane!«

»Aber viel zu laut«, sagte Polizeiinspektorin Paula Nykvist. »Sehr, sehr laut. Und es ist bald vier Uhr morgens.«

»Halb vier«, sagte Winter.

»Trotzdem«, sagte sie.

»Ich arbeite«, sagte Winter.

Der männliche Kollege nickte. Er verstand. Beide verstanden es.

»Würden Sie die Musik bitte etwas leiser stellen«, sagte sie. »Die Nachbarn haben sich beschwert.«

»Ja, ja«, sagte er und griff nach der Türklinke, sie entglitt ihm, aber er richtete sich sofort wieder auf, ist doch klar.

»Hoppla, geht's?«, sagte der Kollege.

»Es ist spät«, sagte Winter, sagte »'nacht« und schloss die Tür.

33

Um halb acht stand er auf. Draußen schien die Sonne, er spürte ein Reißen im Kopf, als er auf den Balkon trat, um Luft zu schnappen. Er zog den Morgenmantel fester um sich. Auf den Hausdächern glitzerte das Kupfer. Die Berge in weiter Entfernung waren schwach grün. An einem anderen Tag wäre das hübsch gewesen, sogar lebensbejahend, erhebend.

Nie mehr.

Glenfarclas war ein Getränk für Gentlemen. Etwas, an dem man mehr schnuppern sollte als davon trinken.

Er war ein Gentleman.

Besonders vor seinen Kollegen.

Nie mehr.

Mildernde Umstände? Ja und nein.

Er kehrte ins Wohnzimmer zurück und ließ die Balkontür offen. Die Musikanlage glomm bösartig grün. Er schaltete sie aus, ging in die Küche, bereitete einen starken Latte, setzte sich an den Tisch, fuhr den Laptop hoch, den er offenbar in der Nacht hatte stehen lassen, ließ den Kaffee seinen Körper reinigen, eine Illusion, er fühlte sich jedenfalls besser, die Angst stieg zur Decke, er öffnete das Küchenfenster und ließ sie über den Hof entschweben, hinauf über die Kupferdächer.

Eine Stunde lang las er Ausdrucke von Vernehmungsprotokollen, unterstrich, machte sich Notizen in einem schwarzen Notizbuch.

Dann bestellte er einen Wagen. Keinen Dienstwagen, es war vermutlich Scham, die ihn ein Taxi rufen ließ, er konnte es sich leisten, ein niedriges Strafmaß. Es sollte das letzte Mal sein, dass er gezwungen war, sich fahren zu lassen. In einem der vier Jacketts, die im Flur hingen, fand er noch einige Pastillen. Er kontrollierte, ob die Sonnenbrille in der Innentasche steckte.

Um zehn Uhr rief Jens Likander Gerda Hoffner an. Sie stellte gerade die Zeugenaussagen von Robins Nachbarn in Frölunda zusammen. Das Material war mager. Sie sah ein Bild vor ihrem inneren Auge: drei Figuren, die eine hielt sich die Ohren, die andere die Augen und die dritte den Mund zu.

»Ich muss Sie treffen«, sagte er.

»Ich bitte Sie!«

»Es ist nicht das, was Sie denken. Es geht um Sandra.«

»Was möchten Sie erzählen?«

»Können wir uns treffen?«

»Haben Sie wirklich etwas zu erzählen?«

»Ich glaube ja. Ich habe an sie gedacht.«

»Wir können es am Telefon besprechen.«

»Ja …«

Vielleicht war das ein Fehler. Möglicherweise gab es etwas, das wert war, angehört zu werden. Es war sicher nicht falsch, sich mit ihm zu verabreden. Womöglich *wollte* sie ihn treffen.

»Okay, dann treffen wir uns«, sagte sie. »Denken Sie an einen besonderen Ort?«

Winter stand am Fenster des Kinderzimmers. Er hörte Kindergeschrei, er hörte Schritte. Der Kater schärfte seine Sinne. Der Tinnitusnerv zischte in seinem Hinterkopf schräg hinter dem rechten Ohr, aber im Augenblick war es nicht unangenehm.

Im Kopf hörte er noch mehr Schreie und Stimmen, zwei erwachsene Stimmen. Und mehr Schritte.

Auf der Straße näherte sich Robert Krol, er blieb vor dem Haus stehen, Winter wusste, dass er stehen bleiben würde. Krol zuckte zusammen, als er ihn am Fenster entdeckte. Das Licht war ausgezeichnet, auch das wusste Winter.

Krol hob grüßend die Hand.

Winter hob seine Hand.

Krol entfernte sich.

Winter trat hinaus auf die Treppe.

»*Warten Sie*«, rief er.

Krol drehte sich um, kam zurück, ging aber vorbei.

Winter holte ihn auf dem Spielplatz ein.

»Warum sind Sie nicht stehen geblieben? Sie haben mich doch gehört.«

Jetzt blieb Krol stehen.

»Wollen Sie mein Leben etwa total steuern?«, sagte er.

»Wie meinen Sie das?«

»Sie riechen nach Alkohol.«

»Die Pastillen sind mir ausgegangen.«

»Ist das eine Antwort?«, sagte Krol.

»Sie wollten doch mit Ihren Spaziergängen aufhören«, sagte Winter.

»Sind Sie jetzt in das Haus eingezogen?«

»Sie wirken aggressiv.«

»Ich hab das alles so satt.«

»Was haben Sie satt?«

Krol antwortete nicht.

»Was haben Sie satt?«, wiederholte Winter.

»Dass es offenbar überhaupt kein Ende nimmt. Dass es nie aufgeklärt wird, all das.«

»Sie können dabei helfen.«

Krol trat einen Schritt zurück, als ob er Winter dann besser in die Augen sehen könnte. Nach zehn Sekunden schweifte sein Blick ab, das war eine lange Zeitspanne.

»Sind Sie hergekommen, um mir das zu sagen?«

»Ja.«

»Ich hab mich schließlich allen Tests unterzogen, die Sie mir zugemutet haben. Haben Sie einen Beweis, dann her damit, sonst scheren Sie sich dahin, wo der Pfeffer wächst.«

Krol setzte sich wieder in Bewegung. Winter legte eine Hand auf seinen Arm.

»Herr Krol.«

»Ja, was ist?«

»Verbergen Sie etwas?«

»Nein, nein, nein.«

»Sie kennen Sandra ja ein wenig. Hat sie irgendetwas gesagt?«

»Was zum Beispiel?«

»Dass sie Angst hatte.«

»Hatte sie Angst? Wann?«

»In der Zeit vor den Morden. Kurze Zeit davor.«

»Davon hab ich nie was gehört. Zu mir hat sie garantiert nichts gesagt.«

»Okay.«

»Von dort drin etwas zu hören war nicht leicht«, sagte Krol. Winter sah den Schatten eines Lächelns auf seinen Lippen. »Oder etwas zu sagen.«

»Wie meinen Sie das?«

»Es ging manchmal ziemlich lebhaft zu in dem Haus, wenn man es so ausdrücken darf, vielleicht etwas unangebracht nach allem, was passiert ist. Aber der Junge ist die Treppe rauf- und runtergelaufen und, tja ... Kinder eben.«

Winter nickte.

»Draußen war's ruhiger.«

Winter nickte wieder.

»Muss jetzt gehen. Meine Frau wartet mit dem zweiten Frühstück.«

Sie trafen sich auf eine Tasse Kaffee in einer Bar.

»Ein bisschen zu früh für Bier«, sagte er. »Und Sie sind im Dienst.«

»Sie arbeiten doch wohl auch?«

»Klar.«

»Was wollten Sie mir erzählen, Herr Likander?«

»Ich hatte den Eindruck, dass es ihr ... Sandra ... nicht gutging.«

»Was hat Sie veranlasst, das zu glauben?«

»Ein Gefühl. Da stimmte etwas nicht ... ich weiß nicht.«

»Können Sie nicht etwas konkreter werden?«

»Eigentlich nicht.«

»Standen Sie sich so nah, dass Sie diesen Eindruck bekommen konnten?«

»Ich bin wahrscheinlich sensibel.«

»Soll das ein Scherz sein?«

»Nein.«

Er sah ernst aus.

»Hat sie etwas in die Richtung geäußert?«

»Eigentlich nicht richtig.«

Hoffner nickte.

»Könnte es trotzdem hilfreich sein?«, sagte er.

»Vielleicht.«

»Sagen Sie mir, wenn es ... albern war, Sie anzurufen.«

»Es war nicht albern.«

»Seit … unserem Treffen habe ich viel über Sandra nachgedacht … oder vielmehr über alles, was passiert ist … und dann habe ich an Sie gedacht.«

»Ach? Und was haben Sie gedacht?«

»Dass Sie den Fall bearbeiten und dass es gefährlich sein könnte.«

»Daran denke ich nicht.«

»Wirklich nicht?«

»Es ist fast nie gefährlich.«

»Was für eine Antwort.« Er lächelte. »Das wird ein Klassiker.«

»Wann?«

»Wenn wir zurückblicken«, sagte er und lächelte wieder.

Winter sah ihn über den Parkplatz kommen, der Hund lief zehn Schritte vor ihm her. Als er Winter entdeckte, kehrte er um und rannte blitzschnell zu seinem Herrchen zurück.

»Darauf programmiert, vor Gefahr zu fliehen«, sagte Winter.

Sie waren voreinander stehen geblieben.

»Ich hatte auch Lust zu rennen«, sagte Runstig.

»Das haben Sie schon einmal gemacht.«

»Sie auch«, sagte Runstig.

»Ich bin mit friedlichen Absichten hier«, sagte Winter.

»Mit welchen?«

»Kann ich nicht erklären.«

»Gibt es etwas zu erklären?«

»Ich glaube ja. Zum Beispiel, warum Sie hier sind.«

»Ist mir der Zutritt zur Amundö verboten? Das wusste ich nicht.«

»Ich bin nur erstaunt«, sagte Winter. »Ich hatte geglaubt, dies wäre der letzte Ort auf Erden, zu dem es Sie zurückzieht.«

»Fragen Sie Jana.« Runstig schaute auf den Hund hinunter. Er saß brav an seiner Seite.

»Ich frage Sie, Herr Runstig.«

»Jana gefällt es hier. Ich ... es ist okay hierherzukommen. Es geht nicht um mich. Ich habe vergessen, um was es geht.«

»Das glaube ich nicht.«

»Was mich betrifft. Ich habe es vergessen.«

»Und was tun Sie, wenn Sie nicht mit Jana Gassi gehen?«

»Nichts Besonderes.«

»Sind Sie wütend?«

»Nicht besonders.«

»Gut.«

»Ich habe gestern eine Negerfamilie gesehen und dabei nichts Besonderes empfunden.«

Jana hatte sich von ihnen entfernt, lief auf die Insel zu, sie drehte sich um. Ihr Blick war eindeutig.

»Wir müssen wohl gehen«, sagte Runstig.

»Wir seh'n uns«, sagte Winter.

»Hoffentlich nicht.«

34

Sie waren auf dem höchsten Punkt, von wo aus er alles überblicken konnte. Er wusste nicht, wie viel Jana sah, aber ihm war wichtig, was *er* sehen konnte. Draußen auf dem Meer gibt es so viel zu sehen, Gold und Silber und Eisen, all das unberührte Schöne, dachte er.

Er sah die Häuser dort unten. Autos kamen und fuhren wieder weg, bewegten sich wie Käfer. Menschen bewegten sich wie Ameisen. Genau das sind wir, dachte er, Ameisen, mehr werden wir nie. Dies ist die beste Perspektive, aus der wir uns selber sehen können.

Jana war jetzt auf dem Weg nach unten. Er folgte ihr. Der Himmel brach auf wie ein Loch, blau, blau, blau wie ein Versprechen für etwas anderes, etwas Besseres.

Sie gingen über die Weide. Er wusste, dass die Pferde bald zurückkommen würden, sie hatten dort schon gegrast, als er noch Kind war – ja, natürlich nicht dieselben Pferde, aber sie hatten genauso ausgesehen, Fjordpferde. Als Junge hätte er gern ein Fjordpferd gehabt. Er hatte geglaubt, er könnte mit Pferden arbeiten oder mit Fisch, mit beidem.

Jetzt stand er auf der Brücke. Jana war schon an Land auf dem Weg zum Fahrradweg.

»Jana! Jana!«

Sie kümmerte sich nicht um ihn. Vielleicht war er zu lange weg gewesen, genau zu der Zeit, als er ihr hätte beibringen müssen, was richtig und was falsch ist. Liv hatte keine Kraft dafür, und eine Weile war der Hund woanders gewesen, vielleicht hatten sie versucht, Jana zu verhören, ha, ha.

Er wollte nicht näher an *das* Haus herangehen. Er wollte zurück zu dem einsamen Parkplatz und mit dem einzigen Auto wegfahren, das dort stand, mehr wollte er nicht in diesem Augenblick.

Er folgte Jana auf dem Fahrradweg und bereute, dass er sie nicht angeleint hatte. Sie stand vor einem Haus links vom Weg, kehrte um und stürmte auf ihn zu. Es war ein kleines Haus, auf der Vorderseite langweilige Hecken, durch einen Zaun sah er Rasen und Erde, Janas Pfoten waren voller Erde.

»Komm her, Köter«, sagte er und hob sie auf. Sie roch nach Erde und Gras, nach Meer und wildem Tier, das mochte er.

Ein spezialisierter Techniker arbeitete zusammen mit Peggy und Lan am Computer. Auf dem Bildschirm tauchten Gesichter auf und verschwanden, Teile von Gesichtern, innerhalb weniger Sekunden wurde es Kunst, bei der man an Picasso, den Größten von allen, dachte.

Lan hatte Winter scheu angesehen, als er den Raum im Polizeipräsidium betrat, als ob er es gewesen wäre, ganz gleich, was sie ihr auch einreden wollten. So war es im Westen, im Westen war alles möglich.

Peggy sagte etwas auf Thai zu Lan, in Winters Ohren klang es wie *Kun sabai dii ruu, Lan? Garouna poudd cha cha*, aber es war sicher etwas anderes, es war eine Melodie in seinen gepeinigten Ohren, Peggy versuchte die Schwester nur zu beruhigen.

Lan antwortete etwas, Peggy sah Winter an.

»Sie sind ihm doch nicht so ähnlich«, sagt sie.

»Sie braucht sich nicht zu korrigieren, falls sie glaubt, ich erwarte das«, sagte Winter. »Wenn ich diesem Mann ähnlich sehe, dann sehe ich ihm eben ähnlich. Das kann sogar von Vorteil sein.«

»Er war jünger«, sagte Peggy.

»Gut.«

»Aber Sie sehen auch jünger aus. Wie alt sind Sie?«

»Ich bin über fünfzig.«

»Das ist kaum zu glauben.«

»Vielen Dank, Peggy.«

»Männer über fünfzig sind in Thailand alt«, sagte sie, »sie sehen alt aus.«

»Dann habe ich wohl Glück gehabt«, sagte er.

Aber nicht mehr lange, dachte er. Habe ich nicht einmal gedacht, dass man mit fünfundfünfzig das Gesicht hat, das man verdient? Jedenfalls denke ich es noch. Bis dahin sind es noch drei Jahre, drei Jahre Mäßigung.

»Das ist er!«, hörte er Lan rufen.

Winter betrachtete das fertige Gesicht auf dem Bildschirm. Das war er, Erik Winter.

Torsten Öberg kratzte sich im Bart. Es war ein kurzer hübscher Bart, der aussah, als wäre er mit ihm auf die Welt gekommen, als wäre der Bart ein Teil der Persönlichkeit.

»Die Schneide ist furchtbar scharf gewesen, aber an manchen Stellen ist sie stumpf«, sagte er, »als hätte der Täter sie nicht ordentlich geschliffen oder gepflegt. Sie ist ja auch schon rostig.«

Sie saßen im Dezernat der Spurensicherung. Es war, als säßen sie in einem futuristischen Labor.

»Eine lange Schneide«, sagte Winter.

»Ja, es kann sich um ein langes Messer gehandelt haben, aber ich denke eher an ein Schwert oder einen Säbel.«

»Hm.«

»Vielleicht etwas Exotisches?«

»Exotisch?«

»Etwas aus einer nichtwestlichen Kultur.«

»Da haben wir einiges zur Auswahl«, sagte Winter.

»Ein Katana ist jedenfalls zu lang«, sagte Öberg.

»Genau das meine ich.«

»In Frölunda handelte es sich um eine kürzere Schneide, scharf wie der Tod. Ein Jagdmesser, glaube ich. Breite Klinge, kurze Schneide. Effektive Sachen.«

»Und keine Fingerabdrücke«, sagte Winter.

»So ist es.«

»Es kann sich trotzdem um denselben Täter handeln.«

»Natürlich.«

»Vielleicht etwas umständlich, auf dem Frölunda torg ein Schwert mit sich herumzutragen.«

»Gar nicht so schwer«, sagte Öberg.

»Das bisschen DNA, das wir an Robins Hemd gefunden haben, könnte es reichen?«

»Ja. Der Täter hat vergessen, dass er nicht ausatmen durfte.«

»Kann ja ein anderer gewesen sein, ein Kumpel, der vorbeigekommen ist und was zu trinken bekommen hat.«

»Nicht der Fall, wie du weißt. Ich bin ziemlich stolz auf das Material.«

»Aber es dauert. Hast du Geduld, Torsten? Mir fällt Warten schwer.«

»Mir bleibt ja nichts anderes übrig als zu warten, während wir uns mit dem beschäftigen, was wir haben, und tun, was wir können.«

»Ich brauche nicht zu warten.« Winter stand auf.

»Sei vorsichtig.«

»So vorsichtig wie möglich.«

»Mehr als das, Erik, mehr als das.«

Bert Robertsson wählte eine nicht registrierte Nummer. Aber wenn sein Telefon nun abgehört wurde, fiel ihm plötzlich ein, das war doch wohl nicht möglich? Er legte auf, holte das Handy mit der Prepaidcard heraus und gab erneut die Nummer ein.

»Ja?«

»Wo bist du geblieben?«

»Nirgends.«

»Ich hab dich doch gehört. Du warst hinter mir.«

Keine Antwort.

»An mehr kann ich mich nicht erinnern.«

»Denk dran.«

»An was soll ich denken?«

»Du lebst doch noch?«

»Ich bin selbst hingegangen«, sagte Robertsson. »Hast du mich etwa getragen?«

»Ein zweites Mal gibt es nicht. Du weißt, zu was ich fähig bin. Du hast es erfahren.«

»Ich kann zur Polizei gehen.«

»Du kriegst viele Jahre, Bert. Möchtest du das?«

Robertsson antwortete nicht. Sein Mund war trocken. Er wusste, was es bedeutete.

»Wir müssen endlich zu einem Deal kommen«, sagte er, »du und ich. Ich kann auch einen Deal mit der Polizei machen.«

»Wir sind hier nicht in Amerika.«

»Ich kann dich nicht davonkommen lassen.«

In der Leitung war es still. Robertsson hörte undeutliche Geräusche, als hielte sich der andere draußen auf, hörte er ein Instrument, jemanden, der draußen spielte? Autos, ein Ruf und etwas anderes, wie ein Marktplatz, ein großer Platz.

»Okay, dann treffen wir uns und reden miteinander.«

»Versuch's nicht.«

»Wenn ich etwas anderes wollte, würde ich jetzt nicht mit dir reden, Bert.«

»Was schlägst du vor? Ein Parkdeck um Mitternacht?«

»Etwas noch Besseres.«

Winter klopfte an Ringmars offen stehende Tür. Ringmar schaute vom Bildschirm auf.

»*Permesso*?«

»Komm rein, Erik.«

Winter trat ein und setzte sich auf den Stuhl vor Ringmars Schreibtisch.

»Mist, dieses Phantombild können wir nicht rausgeben«, sagte Ringmar.

»Das ist kein Phantombild, das bin ich.«

»Eben deswegen.«

»Ich würde gern Robert Krol zu einem Verhör einbestellen.«

»Wieder?«

»Hier ist er noch nicht gewesen.«

»Traust du dem Mann nicht?«

»Er verbirgt etwas.«

»Er verbirgt seine eigene Verwirrung und Trauer«, sagte Ringmar. »Er lebt schließlich in dieser Siedlung.«

»Verwirrung und Trauer will er nicht verbergen«, sagte Winter.

»Ist es nicht besser, zu ihm zu fahren?«

»Ich war inzwischen einige Male dort.«

»Möchtest du, dass ich mitkomme?«

»Nein …«
»Was ist mit dir, Erik?«
»Was soll sein?«
»Du siehst müde aus.«
»Ich verkneife mir ein ›ebenfalls‹.«
»Einsamkeit bringt lange Nächte mit sich.«
»Hm.«
»Ich weiß alles darüber.«
»Es tut mir leid.«
»Du siehst verkatert aus.«
»Es ist ein Kater. Wird langsam besser.«
»Pass bloß auf.«
»Sprichst du jetzt auch aus eigener Erfahrung?«
Ringmar betrachtete ihn.
»Hast du schon mal den Ausdruck ›Verleugnung‹ gehört?«
»Noch nie.«

35

Sie brauchten beide frische Luft und verließen den gigantischen Arbeitsplatz, der das neue Polizeipräsidium werden sollte, ein Schimmer in Grau, die Lieblingsfarbe des Futurismus.

»Schöne neue Welt«, sagte Ringmar und bog in die Skånegatan ein.

»Mir gefällt es, wenn du optimistisch bist, Bertil.«

»Sieh mal, es gibt doch so viel, worüber man sich freuen kann.«

»Ja, wirklich.«

Er stand an seiner Lieblingsstelle im Sand und ließ Steine über das Wasser hüpfen, eins-zwei-drei-vier-fünf-sechs, ha! Das Meer war ruhig, still wie Eis, obwohl das Eis zum Meeresgrund gesunken war.

»Mach's noch mal, Alter!«

Ringmar hob einen Stein in der richtigen Größe auf und schleuderte ihn in Richtung Meer. Der Stein versank beim ersten Kontakt mit der Wasseroberfläche und tauchte nie wieder auf.

»Falsche Technik, Bertil.«

»Ich scheiß drauf. Mir tut die Schulter weh.«

»Falsche Technik.«

Winter schaffte einen weiteren virtuosen Wurf.

»Die Möwen applaudieren dir«, sagte Ringmar.

»Sie sind meine Freunde.«

»Willst du nicht endlich mal dieses Haus bauen?«

»Doch.«

»Was sagt die Familie?«

»Dasselbe wie du.«

»Dann brauchst du nicht mehr durch halb Westschweden zu fahren, um Steine übers Wasser hüpfen zu lassen.«

»Der Alte und das Meer.«

»Wir könnten hier zusammen stehen.«

»Es ist zu weit, Bertil.«

»Für dich, ja.«

»Wir haben noch viel zu tun.«

»Bald bist du wieder in Spanien. Dies war nur ein Abstecher in die Wirklichkeit.«

»Ich bin wieder dort, wenn hier alles vorbei ist.«

»Wann ist es vorbei?«

Winter schaute auf die Uhr.

»Morgen Nachmittag um genau sechzehn Uhr«, sagte er. »Alternativ übermorgen um die gleiche Zeit.«

»Okay, wenn du es sagst. Aber dann haust du ab, sobald du kannst. Und damit meine ich nicht wegen der Beerdigung.«

»Ich möchte, dass du mitkommst, Bertil.«

»Zur Beerdigung? Nein, nein. Das ist eine Familienangelegenheit.«

»Du gehörst zur Familie.«

»Nicht einmal zu meiner eigenen.« Ringmar hob einen Stein auf und ließ ihn mit einer weit ausholenden Bewegung aus der Hand gleiten, eins-zwei-drei-vier-fünf, weit über die schwarze Wasseroberfläche, bis der Stein, der unaufhaltsam immer noch durch die Luft trudelte, nicht mehr zu sehen war.

»Wir fliegen zusammen«, sagte Winter. »Wir werden es brauchen.«

»Ich mag es gern, wenn du pessimistisch bist.«

»Sieh es als Urlaub.«

»Urlaub von was?«

»Vom Leben«, sagte Winter und hob erneut einen Stein auf, er war perfekt, wie geschaffen zum Werfen. »Aber mein Leben war so kurz, ich weiß noch gar nicht viel davon.«

»Solange man Steine übers Wasser hüpfen lassen kann, ist man noch am Leben.«

»Das Leben ist nur Urlaub vom Tod, Bertil.«

»Soll ich während einer Beerdigung daran denken?«

»Du sollst ans Leben denken.«

»Ich denke an kaum etwas anderes. Ich versuche all das Gute zu sehen, was das Leben so mit sich bringt.«

»Dann nimm die Gelegenheit wahr und genieße.«

»Ja. Diese Steine haben ein ewiges Leben.«

»Das sind tote Dinge, Bertil.«

»Dafür bewegen sie sich aber verdammt schnell.«

»Die Steine haben zehn Millionen Jahre gebraucht, um ans Ufer zu gelangen. Aber sie kommen wieder.«

»Klingt ja so, als würde dein Kater nachlassen.«

»Mir ging's nie besser, *pardner*.«

Winter ließ den Stein mitten in der perfekten Bewegung los, der Stein berührte die Oberfläche weit draußen, dreißig Meter entfernt, berührte sie immer wieder, immer wieder, immer weiter, hinaus in die Bucht, vorbei am südlichsten Punkt der Schären, hinaus aufs Meer, Skagerrak, Nordsee, die Große Fischerbank, er spürte es in seinem Arm, er wusste es.

Bert Robertsson verließ das Reihenhaus in Brottkärr zu Fuß. Er dachte an das alte Geld, das seine Mutter ihm hinterlassen hatte, von dem er in den vergangenen Jahren wie ein Prinz gelebt hatte. So wollte er weiterhin leben. Er brauchte schließlich das Geld. Was er vorhatte, war eigentlich kein Verbrechen. Er hatte nichts getan. Vielleicht sollte er den Schnapskonsum einschränken, vielleicht ganz aufhören, wie schwer mochte das sein?

Die Vogelfluglinie war nicht weit, fast genauso nah zu Fuß, einfach immer geradewegs nach Westen, den Geruch nach Meer nahm er schon auf dem Byvägen wahr.

Er sah keine Menschenseele, als er die Klippen zu dem kleinen Strand hinunterkletterte. Die Sonne über der Schäre blendete, es war der bisher schönste Tag des Jahres. Neben einem Felsen lag ein Plastikeimer, davor die Ruinen einer Sandburg, Überbleibsel vom Sommer, sie musste sehr groß gewesen sein, als sie noch ganz war. Ein Prinz hatte darin gewohnt. An diesem Strand war er schon seit vielen Jahren nicht mehr gewesen. Nur wenige kannten ihn. Der andere kannte den Strand. Vielleicht gehörte ihm einer der Schuppen, eigentlich Umkleideräume, kosteten bestimmt genauso viel wie sein Reihenhaus, der Mistkerl konnte zahlen, und wenn er seine Unschuld noch so sehr beteuerte, blechen musste er.

An Land lag ein Kanu, das Holz glänzte rotbraun, es sah neu aus, gerade erst gelandet.

Hinter ihm knirschte es, und er drehte sich um; es war die Tür zu einem der Schuppen, sie war blau gestrichen, das war hübsch, abgenutzt und ausgebleicht von den Stürmen der Jahreszeiten.

Der andere trat heraus.

»Willkommen«, sagte er.

»Das klingt ja, als würde dir der Strand gehören.«

»Ich bin einer von mehreren Besitzern.«

»Wie viele Leute haben denn Platz in dem Umkleideraum?«

»Hab ich noch nie getestet. Das wäre ja so, als wollte man testen, wie viele Personen in einen VW passen.«

»Gehört dir der Schuppen allein?«

»Klar.«

»Was bringt er dir, wenn du ihn verkaufst?«, fragte Robertsson.

»Keine Ahnung.«

»Das solltest du feststellen. Es ist nämlich die Summe, die ich kriege.«

»Wollten wir nicht erst einmal darüber reden?«

»Bist du im Kanu gekommen?«

»Gibt es noch eine andere Möglichkeit? Möchtest du eine Spritzfahrt machen?«

»Mit dem Kanu? *Nice try.*«

»Ich will dir nichts Böses.«

»Ich dir auch nicht.«

»Fünfzigtausend«, sagte der andere.

»Fünfzigtausend was?«

»Fünfzigtausend Kronen.«

»Fünfzigtausend Euro«, sagte Robertsson.

»Ich dachte, wir wollten diskutieren. Dass du diskutieren wolltest.«

»Darüber diskutieren, was ein Leben wert ist? Dann können wir fünfzig Millionen sagen.«

»Ich bin unschuldig, das weißt du.«

»Hast du das Robin auch erzählt?«

»Ich habe Robin nie gesehen.«

»Er hat dich gesehen.«

»Ja, das hat er gesagt.«

»Aber er hat dir nicht gesagt, dass er es mir erzählt hat.«

Der andere stand immer noch in der Türöffnung. Hinter ihm sah Robertsson eine Holzwand im Schatten, etwas, das Haken sein mochten, es war egal, wie es in dem Schuppen aussah, er war viel Geld wert, ganz gleich, wie es darin aussah.

»Ihr seid doch nur Vagabunden«, sagte der andere. »Und Glückssucher, ihr bringt nie selber etwas zustande. Ihr seid Lügner. Ihr habt die Polizei belogen, wolltet ein bisschen Geld durch Drohung und Erpressung verdienen. Robin ist ein Beispiel dafür, was passiert, wenn man die Polizei anlügt.«

»Er würde heute noch leben, wenn er dich nicht am Fenster gesehen hätte.«

»Ich habe ihm erklärt, was ich dort gemacht habe. Ich habe es dir erklärt. Ich habe nach dem Kind geschaut, und als ich ging, waren alle noch am Leben. Es war das letzte Mal, dass ich dort war.«

»Und als du rauskamst«, sagte Robertsson, »hat er dich wieder gesehen.«

»Ich weiß.«

»Vielleicht habe ich dich auch gesehen.«

»Erpressung vererbt sich anscheinend unter Zeitungsboten.«

»Wir sehen alles.«

»Du bist eine jämmerliche Figur.«

»Jetzt beträgt die Summe hunderttausend Euro. Das ist nicht mal eine Million. Du kannst es dir leisten.«

»Ich brauche mein Geld für etwas anderes. Ich habe nichts getan.«

»Für etwas anderes? Willst du eine neue Familie gründen?«

»Genau das will ich.«

Winter las in der Mordbibel. Er dachte an Gott. Gibt es Gott?, dachte er. Ja, es muss ihn geben, jedenfalls gibt es ihn in Kirchen. Ich mag Kirchen. Seit ich nach Hause gekommen bin, bin ich noch keinmal in der Vasakirche gewesen. Das ist ein Fehler. In Kirchen findet man fast immer Antworten, es ist still genug, es ist immer still, selbst wenn man singt oder betet. Ich bete nicht, ich habe nicht gebetet, als Siv gestorben ist, ich muss beten.

Er las Gerda Hoffners Bericht, betrachtete die Fotos, die sie von einer in Plastik verpackten Mitteilung gemacht hatte, die an einen Baum geheftet war:

»Hallo, nettes, ordentliches Paar sucht Wohnung in einem Haus. Hilfe bei der Gartenarbeit möglich. Kleiner, aber lieber Sohn. Wir bieten sehr schöne 4-Zimmer-Wohnung in Olskroken zum Tausch an. Geordnete Finanzen.«

Und darunter eine Telefonnummer.

Er wählte die Nummer.

Eine Frau meldete sich mit ihrem Vornamen, Eva.

Er stellte sich vor.

»Jaa ...«, sagte Eva.

»Ich habe gesehen, dass Sie eine Wohnung in dem Viertel suchen. Erfolg gehabt?«

»Woher wissen Sie das?«

»An einem Baum hing ein Zettel. Es ist also kein Geheimnis, nehme ich an?«

»Nein, natürlich nicht.«

»Was hat Ihre Haussuche gebracht?«

»Nichts, bis jetzt jedenfalls noch nicht.«

»Ach? Steht irgendwas zur Diskussion?«

»Nein, im Augenblick leider nicht. Wir hatten die Chance, ein kleines Haus zu mieten, aber der Besitzer hat einen Rückzieher gemacht.«

»Ein kleines Haus?«

»Wir hätten es zunächst einige Jahre mieten können, aber der Besitzer hat beschlossen, doch nicht wegzuziehen.«

»Wann war das?«

»Sein Meinungswechsel?«

»Wann Sie das Angebot bekommen haben, sein Haus zu mieten.«

»Ungefähr Ende Januar, kurz nachdem wir den Zettel aufgehängt hatten.«

»Wann hat er es sich anders überlegt?«

»Es war sehr merkwürdig ... nur ein paar Tage später, höchstens eine Woche. Ich kann mich nicht genau erinnern, aber so um die Zeit. Das Glück hat nicht lange gewährt.«

»War es ein Paar, das das Haus vermieten wollte?«

»Ja, ein Mann und seine Frau. Ich habe nur mit ihm gesprochen.«

»War er älter oder jünger?«

»Es ist überhaupt nicht zu einem Treffen gekommen. Seine Stimme klang älter.«

»Haben Sie das Haus gesehen?«

»Wir wollten es uns am Wochenende anschauen, aber da hatte er es sich schon anders überlegt.«

»Wie hieß der Mann?«

»Ich habe irgendwo einen Zettel, falls ich ihn nicht weggeworfen habe. Kann ich Sie zurückrufen?«

36

Winter hatte Gerda Hoffner in den Konferenzraum gebeten. An der einen Wand hing eine Karte vom westlichen Göteborg. Auf der weißen Tafel standen mehrere Namen in unterschiedlicher Farbe. An der anderen Wand waren Tafeln aufgereiht, mit Zeitpunkten und Orten.

Im Lauf von vierundzwanzig Stunden hielt sich jeder einmal in dem Raum auf, selten alle zugleich. Winter drehte dort jeden Tag einmal eine Runde, schrieb etwas.

»Ich habe mit einer Frau gesprochen, Eva Jais«, sagte er. »Kommt dir der Name bekannt vor?«

»Nein … nicht auf die Schnelle.«

»Sie hat Zettel mit einem Mietgesuch in Amundövik aufgehängt, sie und ihr Mann und ein lieber kleiner Sohn.«

»Ach, ja.«

»Gut, dass dir das aufgefallen ist.«

»Danke.«

»Ich habe es heute gelesen. Soweit ich verstanden habe, bist du dem nicht weiter nachgegangen?«

»Ich … es gab so viel anderes zu tun. Ich hatte es mir vorgenommen. Ich mach's sofort.«

»Ich habe selber angerufen«, sagte Winter. »Sie sucht gerade nach dem Namen von den Hausvermietern.«

»Hat es geklappt?«

»Nein, es ist nichts daraus geworden.«

»Wollte sie sich wieder melden?«

»So bald wie möglich.«

»Ist das von Bedeutung?«

Kaum hatte sie es ausgesprochen, bereute sie es natürlich. Eine verdammt blöde Frage. Er sieht müde aus, als hätte er keine Zeit, seinen Mitarbeitern die grundlegenden Regeln zu erklären, das Einfache, und er hat keine Kraft, auf idiotische Fragen zu antworten.

»Wir werden sehen«, sagte er.

»Ich …« Mehr brachte sie nicht heraus, da hatte er das Zimmer schon verlassen. Es war der freundlichste Tadel, den sie je bekommen hatte. Das war das Schlimmste.

Bert Robertsson stand im Schatten neben dem Badeschuppen des anderen, oder wie man es nun nennen sollte. Vielleicht würde der Schuppen bald ihm gehören, einfach so.

»Ich nehme keine Karte«, hatte er eben gesagt.

»Wir müssen uns doch irgendwie einigen«, hatte der andere gesagt. Robertsson hatte die Verzweiflung in seinen Augen gesehen, oder war es der Schrecken, am Rand des Abgrunds, dazustehen ohne Ausweg, all das, was er nun empfinden musste. Dann muss er mich erschlagen. Aber das würde er nie schaffen. Eine Weile habe ich geglaubt, er habe Robin umgebracht, aber er kann es nicht gewesen sein, es war natürlich das Monster, das bei der Frau und den Kindern eingedrungen ist.

»Okay, okay, gib mir also zweihunderttausend, dann ist alles erledigt«, sagte er. »Ein beschämender Spottpreis, um deine Karriere zu retten. Und vielleicht das Leben!«

»Ich verstehe immer noch nicht, woher du wissen willst, dass ich am Fenster gestanden habe.«

»Robin hat dich schon vorher gesehen. Wusstest du das nicht? Er wusste, wo du wohnst.«

»Natürlich.«

»Hast du das Geld dabei? Du wolltest Geld mitbringen!«

»Es ist da drinnen.«

»Ich warte hier.«

Der andere ging in den Schuppen, die Sonne war weitergewandert, und drin war es jetzt dunkel. Wo er stand, war es schwarz, auf der anderen Seite des Sundes war es schwarz, Silhouetten von Bäumen und Büschen auf Lilla Amundö, er drehte sich in die Richtung um, ohne die Tür aus dem Auge zu lassen, er war bereit, er konn ...

Der Stoß traf ihn im Kreuz, als würde er angerempelt, ein Knuff, ein Schlag, ein Schock, der nicht weh tat, er hörte sogar den Atem hinter sich; er vermutete, dass es eine weitere Tür im Schuppen geben musste, einen Hinterausgang, wer hätte das gedacht, gut geölt und leise, und weichen Sand gibt es reichlich, nassen Sand, Schleichsand, der andere musste jetzt barfuß sein, er holt sich schmutzige Füße.

Winter ging über Heden, dachte, wie schmutzig der Platz sogar im Dämmerlicht war, wie viel Hässliches es in Göteborg gab, was hübsch und funktionell sein könnte, wie heruntergekommen die Ufer der Kanäle waren, dass es immer so ausgesehen hatte, während die Politiker und Geschäftsleute auf der Ereignismeile bluffften – die Messe und die Gothia-Türme, der Vergnügungspark Liseberg, ein halber Kilometer Verkehrsstau –, vor Unternehmern und den Besessenen und manchmal den Touristen krochen, sich einen Dreck um die Einwohner der Stadt kümmerten, das ist ja bloß Gejammer, mir doch egal, aber mir ist es nicht egal, dies ist auch meine Stadt, ich beschütze sie, *meine* Stadt, jeder Idiot hätte eine bessere Arbeit abgeliefert, Planung, Infrastruktur, ich hätte eine bessere Arbeit gemacht, Fredrik, Aneta, Bertil, Christian Runstig.

An seiner Brust vibrierte es. Er holte sein iPhone heraus.

»Angela.«

»Wo bist du?«

»Gehe über Heden.«

»Ist noch was passiert?«

»Hier passiert dauernd was.«

»Wie meinst du das?«

»Vielleicht morgen noch mehr. Dann können wir diskutieren.«

»Diskutieren? Okay. Was machst du heute Abend?«

»Ich weiß es noch nicht. Ich müsste einkaufen, aber ich habe keine Kraft. Vielleicht esse ich bei Manfred's.«

»Dann grüß ihn von mir. Und Giorgio.«

»Mach ich. Wie geht es euch?«

»Wir sind bei den letzten Vorbereitungen.«

»Was sagen die Kinder?«

»Sie sind still.«

»Das kommt später. Wir werden mit Elsa und Lilly reden müssen, lange müssen wir das tun.«

»Die Satzfolge stimmt nicht.«

»Bin ich nicht mit einer Deutschen verheiratet?«

Sie antwortete nicht.

»Wir müssen miteinander reden«, sagte er. »Ich sollte bei euch sein. Bald bin ich da.«

»Sei vorsichtig heute, morgen, übermorgen.«

»Alle sagen, ich soll vorsichtig sein. Heute war es Torsten.«

»Und alle haben einen Grund.«

»Ich bin mein größter Grund«, sagte er, »ich weiß.« Mein eigener größter Feind, dachte er, aber das stimmte nicht. »Ich wäre doch blöd, wenn ich nicht vorsichtig wäre«, sagte er.

Sie kam nicht davon los, *konnte es nicht loslassen*. Das hatte nichts zu bedeuten, aber sie wusste, dass alles von Bedeutung war, nicht alles zu verfolgen war ein Dienstfehler. Immerhin habe ich doch den Zettel entdeckt, dachte sie, aber das reicht nicht, Gerda, es reicht nicht. Er hatte recht, aber er hätte es vielleicht nicht sagen müssen, er war dem bereits selbst nachgegangen, er hätte gar nichts zu sagen brauchen, aber wenn er nichts gesagt hätte, wäre er eine Memme gewesen, dann lernt man einen Dreck, er war so freundlich, er hätte nicht so korrekt zu sein brauchen, er ist nicht immer korrekt, es ist schlimmer, dass er sich mir gegenüber so verhalten hat, er war besonders freundlich zu mir, ich habe ihn enttäuscht, Herr im Himmel, man müsste jemanden haben, mit dem man darüber sprechen könnte, nur eine Weile, mit der Wand reden, Gerda, geh nach Hause und red mit der Wand, mit dem Fernseher, dem Kühlschrank, mein Kühlschrank ist kein leises Wesen.

Plötzlich merkte sie, dass sie mitten auf dem Kungsportsplatsen stand, fast wie in Trance war sie hierhergegangen. Der große Treffplatz, besonders um diese Zeit am frühen Abend. Sie sah mehrere Paare, die sich umarmten, hier hatte sie gewartet, hier hatte er gewartet, jetzt gingen sie in die Bars, die Restaurants, die Cafés, dort saßen schon Leute, sie sah ihre Gesichter an Fenstern, das war nicht schwer, überall war es hell, der hellste Platz der Stadt, Kneipen dicht an dicht, ein einziges Lokal hätte genügt, Schnellrestaurant mit dem Gericht des Tages, Fisch oder Fleisch, Ausgangsverbot nach sechs für Paare, übrigens auch für Alleinstehende, es gab ja sowieso nichts, wohin sie gehen konnte, und zu Hause gibt es die Wand, die gibt es immer, wartet immer.

Sie hatte schon das Telefon in der Hand. Sie ... nein. Als sie es gerade wieder in die Handtasche stecken wollte, klingelte es.

»Ja, hallo?«

»Hallo, hier Jens Likander.«

»Dann funktioniert es«, sagte sie.

»Was?«

»Ihr Name stand auf dem Display.«

»Ha, ha.«

»Kann ich Ihnen bei irgendetwas behilflich sein?«

»Oh, das ist aber eine sehr formelle Frage.«

»Es ist ja auch ein formelles Gespräch.«

»Hm ... was tun Sie gerade, Gerda?«

Hatte er sie schon einmal Gerda genannt? Sie konnte sich nicht erinnern.

»Stehe auf dem Kungsportsplatsen.«

»Wollen Sie ausgehen?«

»Ich bin schon draußen.«

»Ich meine heute Abend.«

»Keine Pläne in der Richtung.«

»Kann ich Sie zu einem Essen bei mir zu Hause einladen? Ich bin ein phantastischer Koch.«

»Lieber nicht.«

»Oder können wir uns irgendwo anders sehen?«

»Ist Ihnen noch mehr zu Sandra eingefallen?«

»Nein, leider nicht.«

»Okay.«

»Was halten Sie davon, wenn wir uns kurz treffen?«

»Wo sind Sie gerade?«

Sie hörte, dass er in einem Auto saß.

»Auf dem Weg in die Stadt. Musste einen Ausflug nach Varberg machen. Fahre gerade an Askim vorbei. Kann in fünfzehn Minuten dort sein.«

»Das schaffen Sie nicht.«

»Wollen wir wetten?«

»Ich wette nie.«

»Jetzt sehe ich Frölunda torg«, sagte er.

»Sie müssen sich auch noch einen Parkplatz suchen«, sagte sie.

»Das zählt nicht«, sagte er. »Ich fahre einfach bei der Statue vor.«

»Das ist ungesetzlich. Ich bin Polizistin«, sagte sie. »Und jetzt sind schon eineinhalb Minuten vergangen.«

»Ich passiere gerade Flatås.«

»Mit welcher Geschwindigkeit?«

»Mit der erforderlichen Geschwindigkeit.«

»Wenn Sie zu schnell fahren, gilt die Wette nicht.«

»Das waren viele Bedingungen.«

»Man muss sich nur an das Gesetz halten.«

»Halten Sie sich immer an das Gesetz, Gerda?«

»Ist das eine Frage, die man einer Polizistin stellen kann?«

»Absolut«, sagte er, »die Geschichte ist voll von falschen Polizisten, aber Sie zählen nicht dazu.«

»Danke.«

»Jetzt liegt Botaniska hinter mir. Nächstes Ziel Linnéplatsen.«

»Vielleicht bin ich nicht mehr da, wenn Sie ankommen«, sagte sie.

»*You'd better be*«, sagte er. »Sie hören mich, wenn ich komme.«

37

Jovan Mars fuhr nach Amundövik, hielt aber beim Askimbad an. Er trug Greta zum Wasser hinunter und tauchte ihre Hände ein. Sie schrie vor Schreck und Freude. Sie waren allein am Strand. Am Himmel waren nicht einmal Vögel. Wir sind jetzt ganz allein, dachte er, und so wird es bleiben.

Er trug das Kind zurück, schnallte es im Kindersitz an und fuhr in südlicher Richtung, bog in den Fjordvägen ein, es war nicht weit, es kam ihm sehr weit vor und als wäre es schon lange her. Wenn Greta groß war, würde er ein alter Mann sein. Bis dahin waren es noch furchtbar viele Jahre. Er durfte nicht schlafen während der Fahrt, er durfte nie mehr schlafen. Bald würde sie sprechen können und dann würde sie Geschichten hören wollen, Geschichten, erzähl, erzähl! Erik und Anna wollten immer Gespenstergeschichten hören, Unheimliches von bösen Hexen und bösen Zauberern, Monstern, Mördern, Kannibalen, er musste alle Phantasie aufwenden, die ihm zur Verfügung stand, doch die Wirklichkeit übertrifft allemal die Erfindung, erfinde, was du willst, aber ich kann alles noch viel schlimmer machen, als du es dir in deinen kühnsten Träumen vorstellst.

Er parkte in der Nähe der Brücke. Nur ein anderes Auto stand auf dem Parkplatz. Es war wie ein schwarzes Zeichen in der Dämmerung. Das Wasser zwischen den Inseln bewegte sich nicht. Niemand rührte sich auf den Inseln. Nichts rührte sich auf dem Festland. Sie waren noch immer allein auf der Welt. Und hier endete sie.

Er löste den Sicherheitsgurt und hob Greta aus dem Sitz. Sie schaute ihn neugierig an, als wäre er ein anderer geworden, aber es war nur er, in seinem Innern gab es keinen anderen.

Der Spielplatz sah verlassen aus, er ist verlassen, dachte er, ist seitdem verlassen. Später im Frühling kehren die Kinder zurück, aber nicht jetzt. Ihre Eltern wollen nicht hierherkommen, wollen sich nicht erinnern, wollen nicht erinnert werden an eine schreckliche Erinnerung, das ist nicht lustig.

Er setzte Greta auf eine Kinderschaukel und schaukelte sie vorsichtig, sie lachte auf, er schaukelte etwas mehr, noch mehr, sie lachte wieder.

Sie waren nicht mehr allein.

Er hatte ihn nicht gesehen.

Er sagte nichts.

»Du bist also wieder da«, sagte Robert Krol.

»Nur für eine Weile.«

»Warst du im Haus?«

»Nein, wir sind gerade gekommen. Wir werden nicht hineingehen.«

»Ich verstehe.«

Greta guckte Krol an. Der sah ihren Vater an.

»Sie ist gewachsen.«

»Das geht jetzt schnell«, sagte Jovan.

»So ist es.«

»Ich glaube, ich gehe wieder«, sagte Krol.

Mars nickte.

»Das ist wohl das Vernünftigste«, sagte Krol.

»Was sagt Irma?«

»Ich habe es ihr nicht erzählt«, sagte Krol.

»Bleibt also nur noch ein kleines Detail.«

»Ein kleines Detail, ja.«

»Habe ich mich schon bei dir bedankt, Robert?«

»Das hast du bestimmt.«

»Nein. Danke. Dank auch von Greta. Und danke an Irma.«

»Ich werde es ihr ausrichten.«

Mars schaute sich um. Er konnte niemand anderen entdecken, nur sie drei waren hier. Wie drei Überlebende, dachte er, so sieht es aus, drei, die nach dem Krieg wieder aufgestanden sind, obwohl Greta sitzt.

»Vielleicht gehen wir doch zum Haus«, sagte er.

»Möchtest du, dass ich mitkomme?«

»Möchtest du es selber?«

»Ich bin viele Male daran vorbeigegangen.«

»Dann lass uns gehen.«

Er fühlte seinen Pulsschlag in den Schläfen, als er das Haus sah, keine zehn Meter mehr, er war noch nicht bereit. Er hatte das Gefühl, als käme er zum ersten Mal zurück.

»Hast du den Schlüssel dabei?«

»Natürlich.«

»Das Haus gehört dir ja.«

»Robert, ich bin nicht hier gewesen!« Er war lauter geworden, und Greta zuckte zusammen. »Ich bin nie hier gewesen«, sagte er etwas leiser.

»Du kannst dir nicht an etwas die Schuld geben, was du nicht getan hast, Jovan. Denk lieber an das, was du getan hast.«

»Ich wäre ein Idiot, wenn ich es nicht täte.«

»Jetzt bist nur noch du da.«

»Das weiß ich. Daran brauchst du mich nicht zu erinnern.«

»Vermisst du sie?«

»Was für eine Frage!«

»Ich vermisse sie jeden Tag«, sagte Krol.

Vorm Style auf der anderen Seite der Hamngatan wurde gehupt, es klang wie die Erkennungsmelodie des Eisautos. Sie sah sein grinsendes Gesicht, wie ein heller Ball im sinkenden Tageslicht. Er hob einen Arm und zeigte auf seine Armbanduhr. Sie wusste es bereits, sie konnte auch schon die Uhr lesen. Er hatte es geschafft.

Sie schlängelte sich zwischen Bussen, Straßenbahnen, Autos, Radfahrern und Fußgängern hindurch, in der vergangenen halben Stunde war der Kungsportsplatsen noch mehr zum Zentrum der Welt geworden.

»Wohin?«, fragte er, als sie eingestiegen war.

»Irgendwohin«, sagte sie.

»Götaplatsen?«

»Ha, ha.«

»Ein Abstecher ans Wasser?«

»Ja, gern. Wir bekommen anscheinend einen prachtvollen Sonnenuntergang.«

»Ach, die gute alte Sonne. Sie zeigt sich zum ersten Mal in den Minuten, bevor sie untergeht.«

Sie fuhren über die Oscarsumgehung. Auf der anderen Seite glitzerte Norra Älvstrand mit all seinen Lichtern, kommt her, kommt her. Der Bockkran grinste sein bestes Grinsen. Auf der anderen Seite herrschten Friede und Freude.

»Wollen wir zum Roten Stein fahren?«, fragte er.

»Ja, warum nicht.«

»Da bin ich schon lange nicht mehr gewesen«, sagte er.

»Jedes Wochenende«, sagte sie.

»Ach?«

»Wenn ich freihabe. Ich wohne nicht weit entfernt und

esse dort gern eine Kleinigkeit, oder ich mache nur einen Spaziergang.«

»Essen Sie immer allein?«, fragte er.

»So etwas dürfen Sie nicht fragen«, sagte sie.

»Entschuldigung. Das war blöd von mir.«

»Ich frage Sie ja auch nicht, warum Sie allein in Ihrem Auto herumfahren.«

»Nur wenn ich arbeite«, sagte er.

»So wie heute«, sagte sie.

»Genau.«

»Aber im Augenblick arbeiten Sie nicht.«

»Nein, jetzt nicht.«

Sie waren bei den alten Fabriken angekommen, die alte Brauerei, das neue Hotel, die weite Öffnung zum Wasser, brutal und schön, die Klippen, der Rote Stein, die Graffiti, die Menschen, die am Ufer standen und den Schiffsverkehr auf dem Fluss beobachteten, die Seevögel in der Bucht neben dem Café, einige Kinder, die ihnen nachjagten.

»Hinter der Neuen Werft haben sie einen Fahrradweg angelegt«, sagte er, »der führt nach Tångudden.«

»Das wusste ich nicht.«

»Wirklich klasse«, sagte er.

»Aber mir ist so, als hätten Sie gesagt, dass Sie schon lange nicht mehr hier waren.«

»Ha, ha, Sie haben ja wirklich alles unter Kontrolle. Nee, ich fahre immer mit dem Rad dahinten unter der Brücke durch, dann sehe ich den Roten Stein ja nicht.«

»Aha.«

»Fahren Sie Rad?«, fragte er.

»Das klingt, als würden Sie fragen ›tanzen Sie?‹.«

»Tanzen Sie?«

»Nur zu David Bowie.«

Gegen Abend kam der Anruf von Eva Jais.

»Er heißt Robert Krol«, sagte sie, »der Mann, der uns das Haus vermieten wollte.«

»Danke.«

»Hilft Ihnen das weiter?«

»Danke noch einmal«, sagte Winter.

Fredrik Halders hatte Bert Robertsson den ganzen Tag gesucht, genau wie am Tag davor. Der Kerl meldete sich nicht. In seinem Handy war der Anrufbeantworter eingeschaltet gewesen, aber jetzt war es tot.

Halders fuhr nach Brottkärr. Auf sein Klopfen öffnete niemand. Halders drückte auf den Klingelknopf, aber im Haus war kein Ton zu hören. Kaputt.

Jetzt hatten sie die Situation, dass ein wichtiger Zeuge sich nicht meldete und seine Haustür nicht öffnete. Die Voruntersuchungen waren gerahmt von Gewalttaten, eingeleitet durch sehr grobe Gewalt.

Jetzt waren alle verzweifelt.

Es gibt eine Antwort. Es ist ein Puzzle, kein Mysterium. Es ist möglich, die Teile zusammenzufügen, alle Teile sind vorhanden. Eins von ihnen befindet sich hier, hinter dieser Tür. Was bleibt einem verzweifelten Kommissar anderes übrig?

Halders öffnete die Tür, ein Schloss der einfachen Sorte, leicht zu knacken.

Drinnen war es dunkel, an allen Fenstern waren die Vorhänge zugezogen, draußen dämmerte es. Er hatte schon Handschuhe an, suchte nach dem Lichtschalter in der Diele, fand ihn, er ging durch die Räume und schaltete überall Licht an. Die Zimmer wirkten genauso aufgeräumt wie beim ersten Mal, als er hier gewesen war, aber auf etwas unbestimmte Art, als ob jemand vergeblich versucht hätte aufzuräumen, das war vermutlich das Los von Quartalssäufern,

Versuch und Verlust, Versuch und Misslingen. Robertsson hatte sturzbetrunken in Amundövik gesessen. Entweder wollte ihm jemand Gutes, oder jemand wollte ihm übel. Dazwischen gab es nichts.

Der Kühlschrank war voller Bierflaschen, mindestens dreißig Stück, leichteres Bier. Das war eine gute Wahl, wenn man grenzenlos Schnaps soff, *alcooliques sans frontières*, wo zum Teufel bist du, was liegt denn da, er lässt Notizen herumliegen, rechnet nicht damit, dass jemand in sein trautes Heim eindringt, schon gar nicht die Polizei, was haben wir denn hier, Zahlen und Buchstaben.

38

Christian Runstig fühlte sich ganz steif, er hatte zu lange still gesessen, zu lange auf einer Pritsche in Untersuchungshaft gelegen, Probleme mit dem Magen gehabt, hatte einen Selbstmordversuch unternommen.

Der Junge schoss seinen Ball in Richtung des einsamen Tors. Unermüdlich. Manchmal traf er. Runstig hatte hundert Mal am Fenster gestanden und das Elend beobachtet. Jetzt regnete es auf den Ball, das Tor und den Jungen.

»Ich geh ein bisschen raus«, sagte er.

»Es regnet aber.«

»Das macht nichts.«

»Jana mag keinen Regen.«

»Ich kann sie nicht jedes Mal mitnehmen, wenn ich etwas vorhabe, Liv.«

»Was hast du denn vor?«

»Nur ein bisschen rausgehen, hab ich doch gesagt.«

Halders versuchte, das Geschmier zu entziffern. Robertsson, wenn er es war, na klar war er es, hatte etwas auf ein Blatt gekritzelt und dann auf ein zweites und so weiter und so weiter, wie nach einem System, aber es schien kein System zu geben. Die Blätter im A4-Format waren kariert, abgerissen von einem Block, der ebenfalls auf dem schäbigen Couchtisch lag. Als ich klein war, habe ich am liebsten auf kariertem Papier geschrieben, dachte Halders, das machte mehr Spaß als auf liniertem, man konnte mehr tun, was man selber wollte. Er sah Zahlen, sie bedeuteten Geld, vielleicht ein Datum, Robin Bengtssons Name tauchte mehrmals auf, zweimal unterstrichen, das letzte Mal neben einigen Ziffern, und wahrhaftig, es war ein Datum, der Todeszeitpunkt von dem kleinen Scheißer.

Die Schrift war zittrig oder besser gesagt wacklig, nicht durchgehend, aber überwiegend, vielleicht war Robertsson manchmal betrunken gewesen, als er sich Notizen gemacht hatte.

Auf einem der Blätter gab es zwei Pfeile, die auf ein ... ja, was zum Teufel war das ... ein Symbol ... Initial ... Halders konnte es im Augenblick nicht deuten, es mochte genauso sinnvoll sein, wie das Delirium eines Betrunkenen deuten zu wollen, doch dieses Symbol war jedenfalls vorhanden. Er sah die Summe, hunderttausend und noch etwas, eine halbe Million, vielleicht Flaschen, vielleicht Geld, von jemandem für jemanden, vielleicht eine Hoffnung, etwas für etwas, ein Geheimnis, ein großes verdammtes Geheimnis.

Es bedeutete etwas. Als er die Blätter noch einmal durchsah, tauchte das Symbol erneut auf, genauso nachlässig hingeworfen wie alles andere. Sah aus wie ein Nazi-Symbol. Zwei Symbole: Hinter dem einen stand ein Fragezeichen, hinter dem anderen ein Ausrufezeichen.

Der Junge schoss den Ball ins Tor, in die rechte obere Ecke mit dem linken Fuß. Christian holte den Ball. Es hatte aufgehört zu regnen, die Sonne war sofort herausgekommen, als hätte sie ungeduldig vor der Tür gewartet, um für heute das letzte Mal zu scheinen.

»Ich stell mich eine Weile ins Tor«, sagte Christian Runstig.

»Okay.«

»Du musst die Bälle außerhalb des Strafraums treten, sonst bist du zu nah dran.«

»Okay.«

»Also los!«

Er hielt den ersten Ball. Es brannte in den Händen, der Junge schoss gut, hunderttausend Stunden Training zeigten Wirkung.

Er warf den Ball zurück. Der Junge schoss wieder, der Ball schlug dicht bei dem einen Pfosten ein, aber Christian Runstig hatte die Fingerspitzen dazwischen, Fingerabdrücke, dachte er, ich bin wohl doch nicht ganz so steif.

»Gut abgewehrt«, sagte der Junge.

»Danke. Wie heißt du?«

»Miros.«

»Okay. Ich heiße Christian Runstig.«

»Sie wohnen hier, nicht?«

»Ja, klar.«

»Sind Sie in Urlaub gewesen?«

»Warum fragst du?«

»Ich hab Sie lange nicht gesehen.«

»Ich hab gesessen.«

»Im Gefängnis?«

»Nein, bis dahin bin ich nicht gekommen, sie haben mich wieder entlassen.«

»Ich hab die Polizeiautos gesehen.«

»Ja.«

»Haben Sie was getan?«

»Nein, nein.«

»Dann ist es ja gut. Darf ich mal Ihren Hund ausführen?«

»Äh … na klar.«

»Wie heißt er?«

»Es ist eine Sie. Jana.«

»Was ist das für eine Rasse?«

»Das … habe ich vergessen.«

»Ich gucke zu Hause nach«, sagte Miros. »Ich hab ein Hundebuch.«

»Könnt ihr euch keinen Hund kaufen?«

»Mama ist allergisch.«

»Okay, Miros Klose, mach weiter.«

Miros machte weiter, er hatte Waden wie ein erwachsener Mann und jagte den Ball hoch in die Mitte, schwer zu erreichen für einen Torwart, besonders, wenn er sich für eine Ecke entscheidet, was die meisten tun. Doch Runstig blieb auf der Linie stehen, er sah den Ball kommen, ein Geschoss, er riss die Arme nach oben und beugte sich nach hinten, und dann spürte er einen heftigen Schlag, als er den Ball mit den Fingerspitzen an die Latte lenkte. Von dort prallte er ins Feld. Er hörte Miros jubeln, sah den Ball weit, ganz weit auf den Platz hinaus hüpfen, spürte den dumpfen Schmerz in den Unterarmen und Händen, alles innerhalb eines Augenblicks. Es war der glücklichste Augenblick seines Lebens.

Sie waren bis zur Neuen Werft spaziert und wieder zurück. Hinter Vinga stand der Himmel in Flammen. Die Deutschlandfähre fuhr vorbei. Sie war auf dem Weg in ihre *Heimat*, so dachte sie nicht mehr, hatte vielleicht noch nie so gedacht. Sie war hier zu Hause, Sannabacken, Amundö. Manpower.

»Fahren Sie oft nach Deutschland?«, fragte er.

»Warum sollte ich?«

»Weiß nicht. Dumme Frage.«

»Nein, dumme Antwort. Deutsche hängen an ihrer Heimat, Sie können ja nicht ahnen, dass Sie es mit einer andersgearteten Deutschen zu tun haben. Obwohl ich auch Schwedin bin.«

»Doppelte Staatsbürgerschaft?«

»Natürlich«, antwortete sie auf Deutsch.

»Ich wünschte, ich könnte Deutsch.«

»Ehrlich?«

»Na ja ... hab nicht so viel darüber nachgedacht.« Er lächelte. »Aber es wäre nett.«

»Ich kann Ihnen einige Wörter beibringen.«

»Ich kann schon ein paar. *Noch ein Bier*.«

»Damit kommen Sie weit.«

»Man verhungert jedenfalls nicht.«

»*Bier ist Brot*.«

»Das habe ich wohl auch verstanden.«

Sie bummelten noch ein Stück weiter. Vorm Sofitel hielt ein Bus. Leute strömten heraus, überwiegend ältere, die Älteren reisen am meisten, fünfundsechzig plus, ich verstehe, was sie sagen, ich verstehe jedes Wort, Hannover, aha, aus Hannover, *Liebe auf den dritten Blick*.

Winter ging wieder zur Spurensicherung hinauf. Es gab noch etwas Ungeklärtes zwischen ihnen, ihm und Torsten, etwas Ungelöstes. Alle taten, was in ihrer Kraft stand. Es reichte nicht. Diesmal gelang es ihm nicht, den ganzen Weg nur mit Ahnungen zu bewältigen, durch die Sümpfe der Ahnungslosigkeit zog sich eine feine Grenze.

Torsten Öberg stand mit beiden Beinen mitten in der Wirklichkeit.

»Sind die DNA-Mengen von der LCN-Untersuchung wirklich nicht ausreichend?«

»Nein.«

»Das ist das X in dieser Ermittlung.«

»Vielleicht ist es jemand, den wir schon getestet haben«, sagte Torsten.

»Das macht alles noch frustrierender, nicht wahr?«

»Nicht, wenn du ein Geständnis herausholst.«

»Kannst du es dir noch einmal vornehmen?«

»Das Obergeschoss?«

»Ja.«

»Wir wussten, was wir beim ersten Mal getan haben«, sagte Öberg. »Und übrigens auch beim zweiten Mal.«

»Ich weiß, ich weiß.«

»Danach hat es wohl noch einige Spaziergänge durch das Haus gegeben.«

»Daran denke ich ja.«

»Außer dir und Kollegen, meinst du?«

»Ja. Unser X war dort.«

»Bei dir klingt das, als wäre es ihr Mann. Der Mars-Mann.«

»Er ist dort gewesen, aber an ihn denke ich gar nicht. Ich denke an den Mann, der zurückgekehrt ist. Dabei hat er einen Fehler gemacht. Diesen Fehler müssen wir finden.«

»Hast du einen Bestimmten im Sinn?«

»Ich weiß nur, dass er aussieht wie ein Snob.«

Dennoch war er sich nicht sicher. Er musste nicht wie ein Snob aussehen, er brauchte kein Snob zu sein. Winter dachte an X.

»Also gut«, sagte Öberg. »Ich fahre nochmal hin.«

Keine Spur von Robertsson. Halders hatte seine Entdeckungen fotografiert, für eine diskrete Überwachung des Reihenhauses gesorgt. Robertsson war verschwunden.

»Auf dem Grund des Meeres«, sagte Halders.

»Vielleicht hast du recht«, sagte Winter.

»Ich habe immer recht.«

»Das Meer ist tief.«

»Er hat sich irgendwo verkrochen«, sagte Ringmar. »Hat Schiss.«

»Aber nicht so viel Schiss, dass er nicht versucht hat, an ein bisschen Geld zu kommen«, sagte Halders. »Was haltet ihr von dem Geschmier?«

Er hatte die Originale mitgebracht. Vorsicht ist die Mutter der Porzellankiste.

»Wenn es sich um ein Symbol handelt, muss es das auch noch woanders geben«, sagte Winter. »Zum Beispiel in seinem Haus.«

»Ich hatte keine Zeit zu suchen«, sagte Halders.

»Wir müssen den Dienstweg einhalten. Ich rede mal mit Molina.«

»Sieht aus wie Initialen«, sagte Ringmar. »Zwei Großbuchstaben.«

»Wir sind ein Stück vorangekommen!«, sagte Halders.

»Das bedeutet, dass er unvorsichtig war«, sagte Winter.

»Ja, es muss einen Grund dafür geben, dass er den Namen nicht ausgeschrieben hat. Wenn es sich um einen Namen handelt.«

»Die Pfeile deuten darauf hin«, sagte Winter. »Den haben wir irgendwo in der Voruntersuchung.«

»Ist das nicht ein J?«, sagte Halders. »Das Erste oder das da, was am weitesten nach links ragt?«

»Vielleicht.«

»Gibt es ein J in der Bibel?«, fragte Ringmar.

»Josef«, sagte Halders.

»Jovan«, sagte Winter.

»Ich wollte Sie heute Abend zum Essen im Sjömagasinet einladen«, sagte er, als sie vor dem Restaurant standen.

»Ich bin nicht richtig gekleidet«, sagte sie.

»Das sind Sie sehr wohl.«

»Für so ein Lokal muss man sich schön machen.«

»Das können Sie sich diesmal sparen.«

»Ich möchte nicht eingeladen werden.«

»Okay, dann laden Sie mich ein«, sagte er.

Vor dem Eingang hielt ein Taxi. Vier Personen stiegen aus, zwei Männer und zwei Frauen, alle feingemacht, nicht zu alt. Jemand lachte. Die Absätze der Frauen waren zu hoch, es gab eine Grenze. Gerda Hoffner gehörte zu den Plattfüßlern. Er lächelte sie an, um einvernehmliche Meinung über die Taxipassagiere zu signalisieren. Jetzt betraten die Leute das Restaurant, Küsschen rechts, Küsschen links, Hoffner und Likander würden das Restaurant heute Abend nicht betreten, vielleicht nie.

»Ich ... kann Sie zu Tee und einem Butterbrot einladen«, sagte sie.

»Das wäre nett. Wohin gehen wir?«

Er sah nicht aus, als würde er einen Witz machen.

»Zu mir nach Hause, dachte ich.«

»Noch netter.«

»Aber wir müssen Käse kaufen. Der Supermarkt am Plaskdammen hat abends geöffnet. Das *Plantschbecken*«, fügte sie auf Deutsch hinzu und lächelte.

»Plaskdammen«, sagte er.

»Haben Sie daran Erinnerungen?«

»Nein, leider nicht.«

»Alle, die in dieser Gegend aufgewachsen sind, haben Erinnerungen.«

»Ich versuche meine Erinnerungen zu ordnen«, sagte er. »Sonst werden es zu viele.«

»Ich spreche von der Kindheit«, sagte sie.

»Ich auch.«

»Ja … okay.«

»Irgendwann kann ich vielleicht darüber mit Ihnen reden. Aber nicht jetzt. Jetzt essen wir Käse!«

»Und Toastbrot«, sagte sie. »Ich habe auch Marmelade im Haus.«

»Ich bin zu allem bereit«, sagte er.

Winter rief bei Robert Krol an. Er wollte ihn nach seinen Umzugsplänen fragen. Ihn vielleicht in die Skånegatan einladen. Ihn informieren, dass Torsten jetzt in dem Haus war, falls Krol sich wunderte, wenn er daran vorbeiging, zum Haus sah und weiterging.

Bei Krol meldete sich niemand. Es war eine Zeit, um die die meisten Leute normalerweise zu Hause sind, jedenfalls die etwas älteren. Seine Frau war auch nicht zu Hause. Ich bin ihr noch nie begegnet, dachte Winter. Sie hat sich um Greta gekümmert, das hat sie gut gemacht. Krol ist auf seinen Spaziergängen immer allein. Vielleicht ist sie behindert. Ich werde sie fragen, nein, das tut man natürlich nicht. Ich muss sie in ihrem Haus treffen. Ich muss ihm zwei Fragen stellen.

Die eine Frage ist die, warum er in einem Punkt leugnet, von dem alle wissen, dass er stimmt.

Er sah wieder auf die Uhr. Es war Zeit für ihn, nach Hause zu fahren. Er versuchte es noch einmal bei Krol, niemand meldete sich, er rief Torsten-Ich-habe-sowieso-nichts-Besonderes-vor-und-es-wird-interessant-bei-Lampenlicht-zu-arbeiten-Öberg an.

»Ja?«

»Stehst du am Fenster, Torsten?«

»Kann man so sagen.«

»Steht jemand vorm Haus?«

»Er war eine Weile hier.«

»Ist er allein?«

»Ja.«

»Okay«, sagte Winter.

»Du weißt, wer das ist?«

»Robert Krol.«

»Und das weißt du, obwohl du nicht hier bist?«

»Hundertprozentig sicher.«

»Der Kerl hat was Zwanghaftes an sich.«

»Etwas stimmt nicht mit dem.«

»Wir sind nicht mehr lange hier. Dann kann Krol sich ausruhen.«

»Hm.«

»Genau wie du, mein Freund.«

»Das hast du schon mal gesagt. Guten Abend, Torsten.«

Winter wählte wieder Krols Nummer. Keine Antwort. Er blieb mit dem Telefonhörer in der Hand sitzen, lauschte auf die fernen Signale, bis sie vor Erschöpfung erstarben.

39

Es war ein langer Abend, das Licht wollte den äußersten Rand der Welt nicht verlassen, nicht ins Meer fallen, nicht vom Himmel verschluckt werden. Diesmal hatte er Jana angeleint, bloß keine Unfälle, nicht hier.

Sie waren eben einem Auto begegnet, aber sonst rührte sich nichts.

Das Haus lag im Dunkeln, nirgends Licht, er war seitdem nicht mehr hier gewesen, warum war er jetzt hier, hierher sollte er nicht gehen, sie sollten zur Insel hinübergehen, Jana liebte die Insel. Als ob sie wüsste, dass der Frühling unterwegs war, Tiere wussten das vielleicht, die brauchten keinen Meteorologen, der im Fernsehen vor einer Wetterkarte stand und das Wetter zu erraten versuchte, mit den Händen über Computerbildern fuchtelte, vage auf das innere Norrland zeigte und über Öland redete, ja jesses.

Er war allein auf der Straße, besser gesagt nur der Stummel einer Straße, eine kleine Schleife vor einer größeren Schleife, hübsch erleuchtete Häuser, er hatte sie kaum bemerkt, als er im Januar hier gewesen war, es konnte irgendwo sein, aber es war nicht irgendwo, es würde nie ein Irgendwo werden.

Der Abend war schön, aber niemand hielt sich draußen auf. So war es vielleicht, seit die Morde passiert waren. Er war an einem Spielplatz vorbeigekommen, den er sich schwerlich voller Kinder vorstellen konnte. Er dachte an Miros. Vielleicht würde er ein Star in der polnischen Nationalmannschaft werden, die schwedische würde er verlassen.

Schwedisch ist kein *big deal*, dachte er. Was ist eigentlich schön am Schwedischen?

Das Haus war wie ein schwarzes Loch im Abend, eine Erinnerung an die Hölle. Ein anderes Gebäude auf der Anhöhe daneben zeichnete sich wie eine Silhouette gegen den roten Himmel weit im Westen ab. Es sah aus wie ein Spielzeughaus, etwas, das die Kinder vergessen hatten, als sie am Abend reinkommen mussten.

A love supreme, a love supreme, a love supreme, Winter saß mit leerem Blick regungslos da. Die Balkontür stand offen, draußen die Geräusche des Abends, eine Heimat, Coltranes Stimme wie ein Gruß durch die Jahrzehnte, 1964, vier oder auch drei Jahre später war Coltrane tot, 1967, Leberkrebs. »Ich bekenne mich zu allen Religionen der Welt«, hatte er ein Jahr vor seinem Tod gesagt.

Das Handy begann wie ein Skorpion über den Couchtisch zu kriechen, Augen blinkten ihn an.

»Ja?«

»Torsten hier.«

»Das sehe ich.«

»Auf dem Weg zurück. Wir haben etwas. Ich musste nur ein paar Sachen im Auto untersuchen.«

»Was haben wir?«

»Fingerabdrücke im Zimmer des Jungen an der Unterseite vom Fensterbrett. Im Obergeschoss. Scheint ein identifizierbarer Abdruck zu sein.«

»Fingerabdruck?«

»Letztes Mal war er nicht da. Der ist doch nicht von dir? Unterseite vom Fensterbrett?«

»Nein.«

»Wir haben auch ein LCN gemacht, aber das braucht Zeit, wie du weißt. Den Fingerabdruck kannst du morgen Nachmittag haben. Es handelt sich um einen Mittelfinger, das ist oft so. Der gedankenloseste Finger.«

»Prima, Torsten.«

»Deine Intuition war richtig.«

Winter antwortete nicht. Er dachte an das Fenster, an die Fenster. Beim ersten Mal hatte er an dem Fenster gestanden und gedacht, dass er dort irgendwann Antwort bekommen würde.

»Ich habe einen Typ mit Hund getroffen«, sagte Öberg.

»Ja?«

»Unser Freund aus dem Untersuchungsgefängnis, dein Kumpel Runstab.«

»Runstig.«

»Ja. Er ist die Schleife mit seinem Hund gegangen. Wohnt der jetzt hier?«

»Soviel ich weiß nicht.«

»Und wenn, dann würdest du es wissen.«

»Wohin ist er gegangen?«

»Weiß ich nicht, aber er war unterwegs in die Richtung, aus der ich kam.«

»Interessant.«

»Nun kann man also sagen, dass ich zum Dezernat für Schwerstverbrechen gehöre«, sagte Öberg.

»Du kriegst aber kein doppeltes Gehalt, Torsten. Danke für alles. Wir sprechen uns morgen.«

Sie hatte den Käse gekauft, den besten, den sie in dem kleinen Supermarkt hatten, nicht so gut wie aus der Markthalle, aber okay.

»Möchten Sie auch Wurst?«, fragte sie. »Ich habe noch etwas Salami.«

»Nein danke, ich muss fahren«, sagte er.

»Ha, ha.«

»Entschuldigung«, sagte er.

»Das ist menschlich«, sagte sie.

»Geht es Ihnen jetzt besser?«

»Wie … meinen Sie das?«

Sie standen vorm Kühlschrank, der seltsame Geräusche von sich gab, er seufzte.

»Sie wirkten irgendwie bedrückt, als wir uns in der Hamngatan getroffen haben.«

»Ach, mir ging gerade etwas durch den Kopf, was ich heute im Dienst erlebt habe.«

»Es ist nicht gut, so was mit nach Hause zu nehmen.«

»Nein.«

»Jetzt besser?«

»Ja.«

Und es war besser, wurde besser ungefähr in dem Moment, als sie den Käse kaufte, oder noch früher, als sie am Fluss entlanggingen, oder noch früher, auf der Hamngatan, bei Kopparmärra, weil sie jemanden hatte, mit dem sie sprechen konnte.

»Wenn Sie darüber reden wollen …«, sagte er.

»Darüber gibt es nichts zu reden«, sagte sie, »das meiste ist ohnehin geheim.«

Es war im Winter gewesen, er war hierhergefahren, sie hatte die Tür geöffnet, die Kinder waren da gewesen, der Welpe, ein Baby hatte geschrien, sie hatte ihn ins Haus gebeten, die

Kinder waren woanders, sie hatte etwas gesagt, was hatte sie noch gesagt ... Ich bin Jana einfach gefolgt, sie weiß, wo sie zu Hause war, Tiere wissen so etwas, die finden ohne Sextant vom anderen Ende der Welt nach Hause.

Er war nicht mehr allein. Dahinten stand jemand, dort, wo das Grundstück des Hauses endete. Ein Schatten. Wie aus dem Erdboden aufgestiegen. Er regte sich nicht. War es die Polizei? Die Wachgesellschaft? Bewachten sie das Haus immer noch?

Jemand, der ihn verfolgte, wohin er auch ging. Sie trauen mir immer noch nicht, und sie haben verdammt recht, dachte er, ich traue mir selber nicht.

Der Schatten bewegte sich.

Jana fing an zu bellen, ein Geräusch, als wäre irgendetwas Großes in der Umgebung explodiert. Das Gebell packte den Wind, zerrte in den Bäumen.

»Still, Jana. Still!«

Sie verstummte. Sie schreckte vor dem Schatten zurück, das durfte doch wohl nicht wahr sein. Kroch rückwärts. Nicht gerade ein Wachhund. Aber er hatte keine Angst. Hier gab es nichts mehr, vor dem man Angst haben musste.

Die Gestalt trat in das trübe Licht der Straßenlaterne, ein beschissenes, pissiges, saures Licht. Es war ein alter Knacker, der aussah, als wäre er schon länger auf der Welt.

»Wer sind Sie?«, fragte er. »Was machen Sie hier?«

Das klang nicht gerade freundlich. Runstig war allergisch gegen Leute, die nicht freundlich auftraten, die ohne Umschweife unfreundlich waren. Sein Hals schien anzuschwellen, ihm fiel das Atmen schwer.

»Ich gehe mit meinem Hund spazieren, das sehen Sie doch.«

»Ich kenne Sie nicht.«

»Ich kenne Sie auch nicht.«

»Wir sind hier vorsichtig mit Fremden.«

»Ist das Privatgelände?«

»Nein.«

»Na also.«

»Warum stehen Sie hier?«

»Wie meinen Sie das?«

»Warum stehen Sie vor diesem Haus?«

»Warum stehen Sie selbst hier?«, fragte Runstig. »Wer sind Sie? Was machen Sie hier?«

»Ich wohne hier.«

»Gehören Sie zur lokalen Bürgerwehr?«

»Ihnen ist es freigestellt, sich zu entfernen.«

»Vielleicht bleibe ich noch ein Weilchen.«

»Ich kann die Polizei rufen.«

»Mich können Sie nicht erschrecken, Alter.«

»Sie sind am falschen Ort.«

»Ich weiß alles über diesen Ort«, sagte Runstig.

Der andere schwieg. Er hatte einiges, worüber er nachdenken musste. Rundum war es still. Jana war still. Sie versteckte sich hinter ihm.

»Sie gehören nicht hierher«, sagte der Schatten. Er hatte sich einige Schritte zurückgezogen.

»Das weiß ich«, sagte Runstig.

»Aber den kleinen Hund kenne ich. Sie war hier zu Hause.«

»Der Hund hat Angst vor Ihnen.«

»Ich weiß, wie sie heißt.«

»Sie heißt Jana.«

»Nein, sie heißt anders.«

»Woher wissen Sie das?«

Aber der Schatten drehte sich um und ging weg, floss mit jedem Schritt mehr mit der Dunkelheit zusammen.

»Woher wissen Sie das?«, wiederholte Runstig, hinein in

die Dunkelheit, zu den lautlosen Schritten. »Woher wissen Sie, dass Jana eine Sie ist?«

Gerda Hoffner knipste überall in der Wohnung Licht an. Sie hatte gestern aufgeräumt, zum Glück. Keine Unterhosen über den Küchenstühlen oder Strümpfe im Badezimmer aufgehängt. Saubere Toilettenbrille. Kein schwarzer Rand in der Badewanne. Keine angeklebte Grütze in der Spüle, sowieso undenkbar, da sie nie Grütze kochte.

»Schön«, sagte er.

»Lügner«, sagte sie.

Später, als der Käse auf Brotscheiben verteilt und aufgegessen war, blieben sie im Halbdunkel in ihrem Wohnzimmer sitzen und lauschten den Straßenbahnen.

»Möchten Sie Musik hören?«, fragte sie.

»Nein, mir gefällt es, wenn es still ist.«

»Dann sind wir still.«

»So habe ich es nicht gemeint.«

»Ihnen würde meine Musik sowieso nicht gefallen«, sagte sie. »Deutsche Industriemusik. Kraftwerk, Marcus Schmickler.«

»Klingt interessant. Machen Sie Witze?«

»Nicht ganz.«

»Sie sind eine aufregende Person, Gerda.«

»Wieso?«

»Und das meine ich nicht, weil Sie bei der Polizei sind«, fuhr er fort.

»Okay, ich höre.«

»Spannend«, sagte er. »Viel mehr weiß ich im Augenblick noch nicht.«

»Wahrscheinlich gibt es nicht viel mehr zu wissen. Man bringt es weit, wenn man spannend wirkt.«

»Ja. Ich wünschte, dass ich etwas ... spannender wäre.«

»Das sind Sie, Jens, sehr spannend.«

»Es ist besser, spannend zu sein als angespannt«, sagte er.

»Sind Sie angespannt?«

»Nein, ich dachte an Sie ...«

»Ich bin nicht angespannt.«

»Das waren Sie aber, als wir uns vorhin getroffen haben.«

»Aber das haben wir doch inzwischen geklärt?«

»Schon ...«

»Sind Sie nicht zufrieden mit der Erklärung?«

»Ich möchte nur, dass es Ihnen gutgeht.«

»Mir geht es gut.«

»Gut.«

»Alles ist gut«, sagte sie.

»Es kann noch besser werden«, sagte er. »Ich werde jetzt aufstehen und mich neben dich auf das Sofa setzen und dich umarmen«, sagte er und stand auf.

Sie ließ es zu, dass er sich setzte. Er legte die Arme um sie, locker, respektvoll. Sie nahm seinen Geruch wahr, ein undefinierbares Deodorant oder Eau de Cologne oder Rasierwasser und etwas Saures, schwach, wie ... Tang, wie das Meer, eher salzig als sauer.

Sie drehte ihm das Gesicht zu und betrachtete sein Profil. Er schaute aus dem Fenster, zu den Straßenlaternen, die im Wind über dem Friedhof schwankten.

»Du erinnerst mich an jemanden«, sagte sie.

»Hoffentlich an eine nette Person.«

»Du siehst meinem Chef ähnlich.«

»Hoffentlich sieht er gut aus.«

»Ihr seht beide gut aus.«

»Wie heißt er?«

»Spielt das eine Rolle?«

»Ist sein Name auch geheim?«

»Erik Winter.«

»Ah.«

»Kennst du ihn?«

»Nein, nicht persönlich. Er ist in der Stadt ja nicht gerade ein Unbekannter.«

»Nein.«

»Warst du aufgeregt, weil er dich abgekanzelt hat, Kleines?«

»Bitte nenn mich nicht so.«

»Aber ihr hattet eine Diskussion.«

»Es ist einfach blöd gelaufen«, antwortete sie. »Es war nicht mal mein Fehler. Vielmehr mein Verdienst.«

»Was war es?«

»Das kann ich nicht sagen. Aber es war ungerecht.«

»So ist es oft«, sagte er und legte einen Arm um sie. Es war nicht unangenehm. Sie spürte seine Finger durch die Bluse, starke, sehnige, lange Finger, nur ein leichter Druck.

Sie spürte etwas im Magen, auch das war nicht unangenehm. Sie war verwirrt. Wieder war seine Hand da.

»Aber er war sehr freundlich«, sagte sie und drehte sich zu ihm um. Wieder sah sie nur sein Profil. Dass der Sannabacken in diesem Augenblick interessanter war als sie, hatte sie nicht gerade erwartet.

»Sie sind oft freundlich«, sagte er.

»Chefs?«

»Ja.«

»Das ist doch gut.«

»Manchmal ist es nur ein Spiel«, sagte er. »Eigentlich sollte man niemandem trauen.«

»Das klingt jetzt etwas drastisch, Jens.«

Er sah sie an und lächelte, sein Gesicht näherte sich, sie spürte seine Hand auf ihrem Rücken, wieder lächelte er.

»Manchmal bin ich drastisch«, sagte er.

Sie antwortete nicht. Vielleicht war das jetzt der Moment, in dem er drastisch werden sollte, aber auf eine gute Art, schöne Art, freundliche Art. Sie legte eine Hand auf seinen Arm. Es war ein Gefühl, als berühre sie Eisen. Er war angespannt. Vielleicht war er unerfahrener, als er aussah. Sie war auch alles andere als ein Profi im Bett. Jetzt atmete er etwas heftiger, das war natürlich, das tat sie vermutlich auch.

»Winter hat es gut gemacht«, sagte sie, »sonst wird er schnell wütend.«

»Winter fährt schnell wie …« Er brach ab.

»Was?«

»Nichts«, sagte er.

»Doch, du hast etwas über Winter gesagt. Dass er schnell fährt wie … wie was?«

»Nein, nein, ich hab gesagt, im Winter fahre ich schnell wie … Scheiße, aber ich will nicht fluchen. Das mögen wir nicht, Gerda, oder doch?«

Winter hielt immer noch den toten Skorpion in der Hand. Da war mehr. Ihm fiel nicht ein, was. Runstig war es nicht. Der würde nicht verschwinden. Runstig wollte es sehen, alle wollten es sehen, aber es war nicht Runstigs Fingerabdruck im Obergeschoss, konnte es nicht sein.

Vor ihm lagen die Blätter, die Halders aus Robertssons Reihenhaus geklaut hatte. Halders war wieder auf dem Weg dorthin, um mit den zuständigen Leuten eine legale Hausdurchsuchung durchzuführen, vielleicht war er schon angekommen. Winter musterte das Symbol oder die Initialen; das erste könnte tatsächlich ein J sein, aber auch ein umgekehrtes C, oder nur Geschmier. Das andere könnte ein L sein, bei dem der Schreiber die Geduld verloren hatte, der Buchstabe rutschte abwärts, zerfloss gewissermaßen.

Alles, was man brauchte, war ein wenig Phantasie, verzweifelte Phantasie.

JL.

Welche JL haben wir?

Er öffnete die Datenbank im Computer, rief die Namen chronologisch auf, nein, kein JL darunter, der vernommen worden war, überhaupt kein neues Verhör, die Eingaben mussten um einige Tage aktualisiert werden.

Leute, die als Zeitungsboten angestellt waren? Leute auf AA-Treffen? Leute aus der Umgebung?

Leute aus Sandras ehemaliger Firma?

Er rief die Manpowergroup auf, loggte sich ein, eine informative Homepage für den, der auf der Suche nach seinem Traumjob war, Namen, Namen, Leitung, Namen, Namen, kommissarischer Kommunikationsdirektor Jens Likander.

Und jetzt küsste er sie. Sie spürte seine Lippen am Mundwinkel, sie trafen nicht ganz richtig. Er versuchte es wieder.

Sie zog das Gesicht zurück, fühlte seine Hand am Hinterkopf, schob sie weg.

»Wovon redest du, Jens? Auto fahren im Winter? Was ist das für ein Scheiß?«

Er antwortete nicht. Er sah sie nicht an. Sie betrachtete seine Hände. Sie lagen still.

»Was war das eben mit ›Winter fährt‹? Was meinst du damit?«

»Fährt wie ein Wahnsinniger«, sagte er und lächelte sie an.

»Was weißt du denn davon?«

»Ich hab ihn einmal vorbeifahren gesehen.«

»Hast ihn mal vorbeifahren gesehen?«

»Du wiederholst ja dauernd, was ich sage, Gerda.«

Er streckte eine Hand aus, berührte sie an der Schulter. Sie drückte sich tiefer ins Sofa.

»Jetzt wird es blöde«, sagte er. »Das war unnötig.«

»Du hast angefangen«, sagte sie. »Ich glaube dir nicht.«

Er saß still. Plötzlich sah er einsam aus, als wäre er allein im Zimmer. Er schaute sie an.

»Ich kapiere nichts«, sagte er.

»Wer bist du?«, fragte sie. »Warst du das, den Erik Winter mit dem Auto verfolgt hat?«

»Nein, nein, nein.«

»Du warst das!« Sie stand auf.

»Der hat mich nicht eingeholt, der Lahmarsch«, sagte er und stand ebenfalls auf. Er lächelte wieder, ein Lächeln im Einverständnis über den freundlichen unfreundlichen Chef, den versnobten Typ, der sich zwischen sie gedrängt hatte, aber nur für einen kleinen Moment.

»Darum bist du hier ... darum bist du also hier«, sagte sie. »Hier bei mir! Du hast in dem Auto auf dem Frölunda torg gesessen. Du warst es, der ...

»Ich liebe dich schon, Gerda. Das weißt du. Darum bin ich hier. Wir werden eine Familie gründen.«

»Einen Dreck werd ich tun!« Sie machte drei Schritte vom Sofa zurück. »Jens Likander, du bist festgenommen! Alles d ...«

Er warf sich nach vorne, mit ausgestreckten Händen, großen Händen, starken Fingern, das Lächeln war jetzt verschwunden, ersetzt durch eine Grimasse, die noch mehr hübsche weiße Zähne zeigte, er hatte etwas im Hals, das herauswollte, ein Wort oder zwei, es kam nicht heraus, erst als er bei ihr war. Er griff nach ihren Schultern wie eben auf dem Sofa, aber härter, entschlossener. Er weiß jetzt, was er will, dachte sie, und es gelang ihr, so weit vor seinen Armen zurückzuweichen, dass ihr ein Tritt genau in seine Hoden glückte. Vorher war sie mit den Gedanken nicht so weit gekommen, niemals bis zu seinem Penis, möglicherweise bis zu ihren Brüsten, was er mit ihnen anstellen würde, während sie auf dem Sofa saßen, aber Romantik und Erotik waren jetzt wie weggeblasen, in rasanter Geschwindigkeit den Sannabacken hinunter, sie trat noch einmal zu, zwischen seine Beine, sie hatte einen harten Tritt, gut trainiert in einer Kombination aus Kampfsportarten, ihr Fuß war viel härter als sein Schwanz, Jens schrie jetzt etwas, die Wörter kamen schließlich doch noch heraus, sie verstand sie nicht, sie trat ihm gegen die Brust, während er schon zu Boden ging, trat gegen sein Kinn, hörte ein schmatzendes Geräusch, ein schreckliches Geräusch, ein wunderbares Geräusch, sie hatte kein Gefühl im Fuß, Likander war jetzt halb vom Sofa gerutscht, und sie wusste, er würde still liegen bleiben, bis sie ihn hochhoben.

40

Likander war verpflastert, in erster Linie war Eis auf dem Unterleib, Eis auf einer verletzten Unterlippe nötig gewesen. Nachdem er fotografiert worden war und DNA-Proben abgegeben hatte, ruhte er sich in einer Zelle im Untersuchungsgefängnis aus. Hoffner hatte für den Transport gesorgt. Einer der Polizisten, der ihn abholen kam, hieß Vedran Ivankovic, entsetzlich groß. »Hast du das ganz allein gemacht?«, fragte er.

Hoffner rief Winter an.

»Ich sitze hier gerade über seinem Namen«, sagte er.

»Ach?«

»Wusste nicht, wer das war. Oder was er war.«

»Jetzt weißt du es«, sagte sie, »und ich auch.«

Es war nach Mitternacht, als sie Likander in den Vernehmungsraum mit den nackten Wänden brachten.

Winter hatte Halders von zu Hause aus angerufen. Halders und zwei Leute von der Spurensicherung waren noch in Robertssons Haus. Bei der Hausdurchsuchung hatten sie fast nur Flaschen gefunden.

»Ich möchte, dass du heute Nacht dabei bist, Fredrik.«

»Klar.«

»Ich werde versuchen zuzuhören.«

»Ich hab die Eier von diesem Mistkerl fest im Griff«, sagte Halders.

»Die gibt es nicht mehr, leider.«

Aber Likander konnte gehen und sitzen. Jetzt saß er ihnen gegenüber. Er sah benommen aus, als befände er sich immer noch in einem Traum. Blicklos starrte er die Geräte auf dem Tisch an. Er hatte sich entschieden, seine Ehre allein zu verteidigen.

»Wie geht es Ihnen, Herr Likander?«, fragte Halders.

Likander antwortete nicht.

»Sie hat Sie ordentlich verprügelt«, sagte Halders.

»Wo ist sie?« Likander schaute auf.

»Das geht Sie einen Scheißdreck an«, sagte Halders.

»Fredrik, Fredrik«, sagte Winter. »Sie ist gerade beim Debriefing«, sagte er zu Likander gewandt.

»Bei uns gibt es immer Sechzig-Kilo-Frauen, die Neunzig-Kilo-Männer verprügeln«, sagte Halders. »Das ist interessant für die Forschung.«

Likander murmelte etwas Unverständliches.

»Wie bitte, was haben Sie gesagt, Herr Likander?«, fragte Winter.

»Sie ... hat mich getreten ... als ich nicht darauf eingestellt war.«

»Ganz schön hinterhältig«, sagte Halders.

»Warum hat sie Sie getreten, Herr Likander?«, fragte Winter.

»Ich weiß es nicht. Verrückt.«

»Verrückt?«, wiederholte Halders. »Verrückt nach Ihnen?«

»Das habe ich geglaubt.«

»Vielleicht hat sie das auch geglaubt?«

»Wie meinen Sie das?«

»Vielleicht mochte sie Sie. Bis sie begriff, wer Sie sind.«

»Ich habe nichts getan.«

»Vielleicht hatte sie zunächst vor, etwas anderes mit Ihren Eiern anzustellen?«

Likander sah Winter an, als ob er von ihm Hilfe gegen Halders erwartete. Winter erwiderte den Blick sehr aufmerksam.

»Warum haben Sie mitten in der Nacht in einem Auto auf dem Frölunda torg gesessen?«, fragte er.

»Weiß nicht, wovon Sie reden.«

»Das haben Sie selbst vor wenigen Stunden Kriminalinspektorin Gerda Hoffner erzählt.«

»Sie muss sich verhört haben.«

»Sie haben meinen Namen genannt.«

»Ich hab vom Winter geredet. Scheiße!«

»Sind Sie deswegen frustriert?«

»Wegen was?«

»Dass Sie in diesem Auto gesessen haben?«

»Ich bin frustriert, weil die Leute nicht genau zuhören und einen dann in den Unterleib treten.«

»Das ist aber eine hübsche Umschreibung«, sagte Halders.

»Er hätte mich nie eingeholt, der Lahmarsch«, sagte Winter. »Sind das Ihre Worte?«

»Welche?«

»Sie haben gehört, was ich gesagt habe.«

»Nein, das sind nicht meine Worte.«

»Wer ist der Lahmarsch?«

»Keine Ahnung.«

»Sie vielleicht?«

»Was?«

»Sie sind der Lahmarsch, Herr Likander. Denn Sie finden nie Anschluss.«

»Ich bin kein Lahmarsch.«

»Ich habe Sie nicht eingeholt, weil ich Sie nicht einholen wollte.«

»Ha.«

»So ist es aber.«

»Reden Sie, was Sie wollen, es ist nicht wahr. Ihr Wort steht gegen meins.«

»Die Stimme von jemandem, der so zutreten kann wie Gerda Hoffner, hat verdammt viel Gewicht«, sagte Halders.

»Muss der dabei sein?« Likander sah Winter an. »Dürfen Sie mich festhalten?«

»Wenn Sie in Robins Wohnung waren, werden wir das sehr bald wissen«, sagte Winter. »Sie haben Spuren hinterlassen. Sie haben immer Spuren hinterlassen.«

»Welcher Robin?«

»Sie wissen, wen ich meine. Hören Sie überhaupt zu, Herr Likander?«

Es sah so aus, als würde er mit gesenktem Blick zuhören. Winter verstummte, er wartete, Halders wartete, die Wände warteten. Es war immer noch Geisterstunde, Winter schaute auf seine Armbanduhr, noch einige Minuten. Noch hatte das Gespenst Zeit, vorzutreten.

Likander sah auf.

»Ich habe sie geliebt«, sagte er.

»Sie ist sich da nicht so sicher«, sagte Halders.

»Ich meine Sandra«, sagte Likander.

Halders wechselte einen Blick mit Winter. Winter spürte den vertrauten Schauder auf dem Kopf. Jetzt hörte er kein Brausen in den Ohren, er hörte nur Likanders Atem.

»Erzählen Sie«, sagte Winter.

»Sie hat mich geliebt«, sagte Likander.

»Was ist passiert, als sie starb?«, fragte Winter.

»Was?«

»Was ist passiert, als sie starb?«, wiederholte Winter.

»Zu dem Zeitpunkt war ich nicht dort!«

»Was ist passiert?«

»Sie müssen mir glauben. Ich habe nichts mit ihrem Tod zu tun.«

»Vergessen Sie nicht die Kinder«, sagte Halders.

»Herr im Himmel«, sagte Likander, »ich war es nicht.«

»Welches haben Sie zuerst getötet?«, fragte Winter.

»Ich habe niemanden getötet!«

Winter nickte aufmunternd.

»Warum sollte ich jemanden töten?«

»Genau das sollen Sie uns erzählen.«

»Ich habe nichts zu erzählen.«

»Erzählen Sie von Robin«, sagte Winter.

Halders beugte sich vor.

»Sie kommen hier nicht raus, Likander.«

»Denken Sie an Ihre Zukunft«, sagte Winter.

»Was?«

»Die ist immer heller für den, der die Wahrheit sagt«, sagte Halders.

»Glauben Sie uns«, sagte Winter.

Likander lachte nervös, leckte sich über die Lippen, sie waren trocken, er brauchte eine Feuchtigkeitscreme, auf dem Tisch im Vernehmungsraum gab es keine Feuchtigkeitscreme.

»Denken Sie an sich, erleichtern Sie die Sache für sich selber«, sagte Halders.

Winter begriff nicht, wie ihn jemand mit Likander verwechseln konnte. An ihm war nichts, das ihm ähnlich sah, allenfalls die Ohren. Ein Ohrläppchen des Mannes war tatsächlich länger als das andere. Er bemerkte eine Veränderung in den Augen, Likander hatte beschlossen, an sich selbst zu denken.

»Sie haben mich in dem Haus gesehen«, sagte Likander.

»Ja.«
»Das war vor ... vor den Morden.«
»Ja.«
»Ich wurde erpresst.«
»Ja.«
»Warum sagen Sie dauernd ja?«
»Ich höre, was Sie sagen.«
»Ich wollte ... da nicht hineingezogen werden.«
»Nein.«
»Ich hatte doch nichts damit zu tun, oder?«
»Nein.«
»Ich musste ... an meine Karriere denken. Die wollte ich nicht auch noch zerstören.«
»Nein.«
»Das war feige, ich weiß.«
»Ja«, sagte Halders.
»Aber wie können Sie glauben, dass ich Robin umgebracht habe?«
Keiner der beiden Verhörleiter antwortete.
»Das ... so etwas könnte ich nie tun.«
»Sie saßen im Auto auf dem Platz«, sagte Winter.
»Das ist etwas anderes!«
»Sie haben mich beschattet.«
»Das war nötig! Ich wollte ... ich musste ... es hing damit zusammen, was um mich herum passierte.«
»Sie sind doch unschuldig. Was spielt es dann für eine Rolle, was um Sie herum passiert?«
Likander antwortete nicht.
»Sie haben nichts zu verbergen«, sagte Halders.
»Wenn ich diesen elenden Wurm getötet hätte, hätte ich der Menschheit einen Dienst erwiesen«, sagte Likander und hob den Kopf, als würde ihn der Gedanke stolz machen. »Darf ich jetzt gehen?«

»Noch nicht«, sagte Winter.

»Wir können hier bis übermorgen sitzen, aber Sie bringen mich nicht zu einem Geständnis, leider. Sie wollen doch die Wahrheit hören, nicht wahr?«

»Wo ist Bert Robertsson?«, fragte Winter.

Das Licht der Wahrheit leuchtete immer noch in Likanders Augen, nicht stark, aber es war da. Er sackte ein wenig zusammen.

»Järkholmen.«

»Wo dort?«

»Es gibt einen kleinen Strand zwischen der Insel und dem Bootshafen, eine Art Privatstrand, sozusagen.«

»Den kenne ich«, sagte Winter.

»Dort ist er. Es war ein Unfall.«

»Natürlich.«

»Er hat mich weiter erpresst. Er war stur, schamlos. Verlangte schamlose Summen!«

Winter nickte ermunternd.

»Ich ... hab ihm eine verpasst. So viel gebe ich zu. Er ... hat das Bewusstsein verloren, ich habe ihn in meine Badekabine geschleppt und bin kurz abgehauen, um ihm einen Schreck einzujagen. Ich ... wusste nicht, was ich tun sollte. Als ich zurückkam, war er ... tot. Ich habe zu hart zugeschlagen, aber das wollte ich nicht. Das ist die Wahrheit.«

»Wie finden wir ihn?«, fragte Winter.

»Er sitzt immer noch in der Badekabine. Ich wusste nicht, wie ich ihn wegschaffen sollte, raus aus dem Schuppen. Den hat er am Ende doch noch gekriegt.«

Sie legten eine Pause ein. Winter und Halders tranken oben im Dezernat Kaffee, Likander unten im Verhörraum. Gerda Hoffner betrat Winters Zimmer.

»Du bist ja noch da, Gerda.«

»Wie geht es?«
»Wie geht es dir?«
»Mir ging es noch nie besser.«
»Du stehst unter Schock.«
»Wenn das ein Schock ist, dann gefällt er mir.«
»Schock, weil der *lover boy* nicht den Erwartungen entsprochen hat«, sagte Halders.
»Fredrik«, sagte Winter.
»Ich stehe immer noch unter Schock, falls du Prügel beziehen möchtest, Fredrik«, sagte Hoffner.
»Du hast deine Sache verdammt gut gemacht, Gerda«, sagte Halders. »Alles.«
»Was sagt er also? Likander?«
»Er war es, der ...«
»Alle, Himmel!«, unterbrach Hoffner.
»Nein, nur Bert, sagt er.«
»Hat er das gestanden?«
»Ja.«
»Und Sandra? Die Kinder.«
»Er hat Sandra geliebt. Er hat sie nicht umgebracht, auch die Kinder nicht.«
»Glauben wir das?«
»Wir sind noch lange nicht mit ihm fertig«, sagte Halders. »Wir glauben es nicht.«
Winter erhob sich.
»Ich fühle mich ein wenig abgeschlafft, und du, Fredrik?«
»Es ist spät. Oder früh.«

Sie kehrten in den Vernehmungsraum zurück. Likander hatte Kaffee mit Milch bekommen. Vielleicht hatte er in ihrer Abwesenheit nachgedacht, über die Wahrheit nachgedacht.
Sie setzten sich. Likander saß bereits.

»Haben Sie das Foto geschickt?«, fragte Winter.

»Welches Foto?« Likanders Stimme steigerte sich ins Falsett. »Ich weiß von keinem Foto! Foto von was?«

»Vom Bootshafen«, sagte Winter.

Likander antwortete nicht. Er dachte nach, dachte.

Winter und Halders warteten.

»Das war er«, sagte Likander.

»Er? Wen meinen Sie?«

»Ihr Vater, Egil. Er ist schuld, dass sie nicht mehr dorthin wollte. Sie ist immer gern im Bootshafen gewesen, hat sie gesagt. Früher.«

»Erzählen Sie«, sagte Winter.

»Wir sind hingefahren. Schließlich hat sie nachgegeben. Ich wollte all das aufbrechen. Ich habe sie zum Lachen gebracht. Haben Sie das gesehen?«

»Ja«, sagte Winter. Halders nickte.

»Der Alte hat sich an ihr vergangen, als sie klein war. Es ist ihr wieder eingefallen. Plötzlich hat sie sich erinnert. Und ich war dabei, als sie sich erinnert hat.« Likander starrte auf den Tisch. Jetzt hob er den Blick. »Er hat es getan, nicht wahr?«

»Hat Sandra mit ihm darüber gesprochen, was passiert ist?«

»Sie hat es versucht. Natürlich hat er alles abgestritten. Ich nehme an, solche Typen streiten immer ab.«

»Sie haben ihr geglaubt?«

»Selbstverständlich.« Likander sah Winter an. »Sie glauben das wohl nicht? Ich sehe es Ihnen an, dass Sie mir nicht glauben.«

»Haben Sie mit ihm gesprochen?«

»Nein. Wo ist er jetzt? Haben Sie ihn schon festgenommen? Wenn das der Fall ist, haben Sie es mir zu verdanken.«

»Versuchen Sie jetzt sarkastisch zu sein, Herr Likander?«

»Ich versuche es nicht nur.«

»So was gefällt uns nicht«, sagte Halders.

»Eigentlich bin ich verzweifelt«, sagte Likander.

Halders nickte.

»Ich habe mich blamiert. Ich habe diese Frau geliebt.«

»Inwiefern haben Sie sich blamiert?«, fragte Winter.

»Ich hätte sie nicht … bedrängen sollen.«

»Sie bedrängen?«

»Sie hat ja gedacht, dass ich sie überfallen wollte.«

Winter und Halders schauten einander an.

»Wen überfallen?«, fragte Winter.

»Gerda natürlich. Ihre Kollegin. Wir wollten doch eine Familie gründen, hat sie das nicht gesagt?« Er sah Winter an, als erwarte er die Antwort diesmal von ihm. »Vielleicht können wir das immer noch? Ist sie in der Nähe?«

Sie hatten den Verhörraum wieder verlassen. Winter stand still da und sah in die Nacht hinaus. Sie war bald vorbei. Es könnte die letzte Nacht sein. Er hatte Fragen im Kopf, aber er konnte sie im Augenblick nicht richtig formulieren. Er war ein Mensch. Fredrik war ein Mensch. Nur Gerda war Übermensch oder besser gesagt jung, jünger, sie hatte noch viele Nächte vor sich.

»Wir lassen ihn einige Stunden darüber nachdenken, was er getan und was er nicht getan hat«, sagte Winter. »Und wir schlafen noch mal drüber. Morgen früh um acht treffen wir uns hier.«

»Und der Alte?«, sagte Halders.

»Nicht jetzt«, sagte Winter.

»Darf ich dabei sein?«, fragte Hoffner, die sich immer noch im Dezernat aufhielt. »Beim Verhör?«

Das war keine gute Frage. Winter sah den Schock in ihren Augen, in ihrem Körper, sie würde es morgen begreifen oder übermorgen.

»Das ist keine gute Idee«, sagte Winter.

Er konnte den Morgen ahnen, als er über Heden ging. Nur er und ein paar Autodiebe waren jetzt unterwegs. Ein Taxi fuhr in südlicher Richtung über den Södra vägen. Er wusste, wie viel Uhr es war, aber nicht, welches Datum oder welcher Monat. Es gab ein Datum, einen Termin, wann seine Mutter begraben werden sollte, das war bald, unabhängig von allem anderen. Morgen würde ein langer Tag werden, heute ist ein langer Tag. Er sah wieder auf die Armbanduhr. Zweieinhalb Stunden Schlaf, und er würde wie neu sein vor dem längsten letzten Tag.

Runstig hörte sie in der Wolfsstunde, als wollte sie hinaus in die Freiheit und zusammen mit ihrer wilden Verwandtschaft jagen.

Sie stand neben dem Korb in der Diele.

»Was ist los, Jana? Bist du unruhig?«

Sie sah ihn an, ihre Augen glänzten schwarz im grellen Licht der Diele.

»Willst du raus? Na, dann los.«

Er öffnete die Tür, sie machte ein paar Schritte über die Schwelle, kehrte zurück.

»Du willst nicht raus?«

Sie legte sich wieder in den Korb. Sie wollte nur beruhigt werden. Von mir beruhigt werden, dachte er.

»Morgen machen wir einen langen Spaziergang, du und ich«, sagte er. »Zur Insel, was hältst du davon? Ganz früh, ich verspreche es dir.«

Jana wedelte mit dem Schwanz.

Der alte Kerl hat gesagt, sie heiße anders, aber das ist eine Lüge, jedenfalls stimmt es nicht mehr.

Er packte und packte, hatte es eilig, das Schiff würde ablegen, nein, es war der Flieger, packte, aus dem Koffer quollen Sachen, quollen wieder heraus, während er sie hineinstopfte, Messer, Spielzeugeimer, ein Nuckel, noch ein Nuckel, ein Schlüssel, er hob den Schlüssel auf, er wusste, zu welchem Schloss er passte, er hatte ihn vor langer Zeit bekommen, eine ältere Frau hatte ihm den Schlüssel geschenkt, kümmere dich um ihn, hatte sie gesagt, das letzte Zimmer, der letzte Platz, er schaute hinunter ins Grab, es war leer, ich frage mich auch, sagte Siv, und er drehte sich um und sie hatte sich eine Ritz angezündet, es ist nicht tief genug, sagte sie, er schaute über das Meer und die Kinder näherten sich in einem Kanu, sie hatten Blumen in der Hand, jemand wollte abreisen, es war ein Abschied. Winter wachte auf, während er jemandem zum Abschied winkte, dem er noch nie begegnet war, er war immer noch am Strand, auf halbem Weg, den Traum zu verlassen, es waren die Kinder, die sie getroffen hatte, sie hatte sich um das Kind gekümmert, in seinem Kopf brauste es noch immer um die Wette mit dem Gebrüll des Meeres, es würde nicht aufhören, bis er dort war, weit entfernt vom Traum.

Der Wecker auf seinem Nachttisch zeigte sieben Uhr. Er ging zur Toilette, hielt den Penis in die richtige Richtung, dachte eine Sekunde daran, wie froh er war, dass alles funktionierte, wie es sollte, ein Katheter war bestimmt unangenehm. Likander hatte nicht übermäßig geklagt, er würde wieder aus eigener Kraft pinkeln können, aber das war dann auch alles.

Winter wusch sich die Hände, ging zurück ins Schlafzimmer und rief vom Handy aus an.

Er erreichte die Notaufnahme schneller, als er erwartet hatte, und bekam den Namen, der irgendwo in der Mordbibel stand. Auf diese Weise ging es schneller. Sie hatten zu Beginn der Ermittlung kurz miteinander gesprochen, ein ausführlicheres Verhör hatte bisher nicht stattgefunden. Einer der Sanitäter im Krankenwagen war an jenem Tag eine Frau gewesen, Lisa Sjölander, sie hatte gerade Dienst und er wurde mit ihr verbunden, der Krankenwagen war ohne Sirenengeheul auf dem Heimweg zum Sahlgrenschen.

»Hallo?«

Er stellte sich vor, erklärte.

»Ja, ich war dort ...«

»Haben Sie die Frau getroffen? Irma Krol, seine Frau?«

»Nein, da war keine Frau, nur er, der Mann.«

»Hat er Ihnen das Kind übergeben?«

»Ja, er hat gesagt, seine Frau habe sich um das Kind gekümmert. Das stimmt doch?«

»Gesagt hat er es. Aber Sie haben sie nicht getroffen? Und Ihr Kollege?«

»Nein, wir sind beide dort gewesen und haben uns rasch um das Kind gekümmert. Wir hatten das Gefühl, es gehe um Leben und Tod.«

»Dann hat sich die Frau also nicht blicken lassen?«

»Ich weiß nicht, wo sie war. Wir haben sie nicht gesehen.«

Er fuhr durch die Dämmerung, an der Dämmerung vorbei. Er hörte Coltrane, gemeinsam passierten sie das Askimbad, so fühlte es sich an.

Der Parkplatz war verlassen und würde noch zwei weitere Monate verlassen bleiben. Er stellte den Mercedes in der Nähe der Brücke ab. Über ihm hing immer noch der Mond, ein Stück kaltes Metall, abwesend, wie eine Münze aus einer anderen Welt, ohne Wert für ihn. Er überquerte die Brücke, von hier war er losgestürmt über das Eis, das schien schon sehr lange her zu sein. Wenn er jetzt jemanden über die Strecke verfolgen müsste, müsste er schwimmen. Oder paddeln. Likanders Kanu hatte an Land neben dem Schuppen gelegen. Robertsson hatte dort drinnen gesessen, hatte ganz ruhig auf die Patrouille aus Frölunda gewartet. Winter hatte es in einer kleinen Pause in dem Verhör mit Likander erfahren, der sich in diesem Punkt als glaubwürdig erwies. Zu dem Strand würde Winter hinterher gehen, aber nicht jetzt, in ein oder zwei Stunden, wenn alles vorbei war. Er würde zu seinem eigenen Strand fahren. Er würde zum Fontanillastrand fliegen. Er würde sich des Lebens freuen, am Frühling und der Sonne.

Er ging am Spielplatz vorbei, weiter die Straße entlang, die Schleife, am Haus vorbei, ohne stehen zu bleiben, aus dem Briefkasten ragten keine Zeitungen mehr, er ging noch fünfzig Meter weiter, erreichte den Fahrradweg, sah das Eckhaus und die Hecke drum herum mit einem kleinen Loch zur Straße, er begegnete niemandem, es war immer noch früh, von Osten näherte sich vorsichtig der Morgen über dem Wasser. Vorsichtig, dachte er, sei vorsichtig.

Er klopfte an die Tür des kleinen Hauses, das grau verputzt war, verschlissen von Wind und Regen, als stände es halb im Meer, das Haus eines Seemanns. Es gab keine Klingel. Nirgendwo war Licht. Er klopfte noch einmal, drückte gegen die Tür, öffnete die Tür, sie war schon offen, als hätte Krol das Haus für einen Spaziergang verlassen und vergessen, hinter sich abzuschließen; nein, er war der Typ, der niemals abschloss, hier gab es keine Diebe, Krol fürchtete sich nicht vor Dieben.

Im Erdgeschoss waren die Küche und ein großes Wohnzimmer, mehr nicht. An den Wänden hingen Gegenstände, die meisten Erinnerungen ans Meer.

Fotografien.

Winter ging zu der Wand gegenüber vom Fenster, das aufs Meer schaute. Dort hing über einem Schrank aus rotem Holz das Porträt eines Paares, eine Frau und ein Mann, Irma und Robert in der Vergangenheit. Von Kindern gab es keine Bilder. Winter schaute aus dem Fenster. Jetzt war das Licht da, es war angekommen bei den Anlegern dort unten und bei der Brücke.

Krol hatte ihm erzählt, er sei nie in dem Haus gewesen.

Aber vielleicht hatte er sich auch versprochen:

»Von dort drin etwas zu hören war nicht leicht.«

Und:

»Es ging manchmal ziemlich lebhaft zu in dem Haus, wenn man es so ausdrücken darf, vielleicht etwas unangebracht nach allem, was passiert ist. Aber der Junge ist die Treppe rauf- und runtergelaufen und, tja ... Kinder eben.«

Er hatte Alarm geschlagen. Er wusste, wie es in dem Haus aussah. Er war nie dort gewesen. Er wartete, bis die Polizei kam. Die Kriminalinspektorin hatte das Kind aus dem Haus getragen. Er hatte es nach Hause getragen, zu seiner Frau.

Ich werde ihn fragen, wie alles gewesen ist. Er müsste bald zurückkommen.

Winter ging zur Treppe, darunter war ein Verschlag, er schaute hinein, der Verschlag war leer.

Er zählte die Stufen, eine Angewohnheit, achtzehn Stufen, eine mehr als in dem anderen Haus.

Im Obergeschoss gab es nur zwei Zimmer, in beiden standen Betten, vielleicht hatten sie getrennte Schlafzimmer, das hatten ältere Leute oft, hielten das Schnarchen des anderen nicht mehr aus.

Es war ganz klar, dass die Frau das eine Zimmer benutzte, der Mann das andere.

Winter stand im Zimmer des Mannes, das ein Fenster wie

ein Schiffsbullauge hatte. Von dort sah er fast nur Meer und Felsen, einen Zipfel vom Garten, einen Meter der Straße davor. Der Garten bestand aus Erde, Gras und Sand, als wäre er erst kürzlich angelegt worden, aber es war noch früher Frühling, dann bestellte man doch noch nicht sein Land? Er wusste nicht viel über Gartenpflege, aber so viel wusste er.

Auf dem Fußboden lag ein kleiner Stapel Tageszeitungen, trocken und gewellt, als wären sie vom Schnee aufgeweicht und dann wieder getrocknet.

Unter dem Fenster stand eine Kommode, die aussah, als sei sie aus einem mittelalterlichen Wrack irgendwo vor Vrångö geborgen worden.

Winter zog die oberste Schublade auf, lange Unterhosen, er öffnete die nächste, Strümpfe, er bückte sich und öffnete die dritte, Hemden, das erste hob er an und ertastete etwas unter dem nächsten Hemd, hob es ebenfalls an, und darunter lag ein Nuckel.

Der Nuckel war hellblau und weiß.

Winter war allein.

Ich weiß nicht, was ich im Augenblick fühle. Ich sprühe nicht vor Freude. Krol kann den Nuckel mitgenommen haben, als er das Kind rettete. Er hatte es verneint, als ich ihn gefragt habe. Es wäre so leicht gewesen, die Wahrheit zu sagen. Er hätte es nicht einmal erklären müssen.

Da war er nervös geworden, als er das Morden beendet hatte. Er hatte das Kind getröstet, er hatte Spuren hinterlassen, konnte nicht in die Zukunft denken, nur in die Vergangenheit.

Ich denke jetzt nur nach vorn, warte nur noch ab. Winter ging in den kleinen Vorraum zwischen den Zimmern und stieg die Treppe hinunter, eins-zwei-drei-vier-fünf-sechs-sieben-acht-neun-zehn-elf-zwölf-dreizehn-vierz …

Seine Hand wurde mit einer Kraft getroffen, die stark war wie ein Felsblock, ein furchtbarer Schmerz innerhalb von zwei Sekunden, ein rotes Blitzen über den Augen, seine Rechte an etwas gefesselt, die Linke auf dem Weg zum Pistolenholster, ein Schlag über den Arm, ein Griff an die Brust, der *entsetzliche* Schmerz in der rechten Hand, im Arm, hinauf in die Schultern, durch den Hals, in den Kopf, und Winter versank in dem roten Schleier, der sich über seine Augen legte, er dachte nur an den Schmerz, nur daran, sich dem Schmerz zu entziehen, soweit sich ein Mensch dem entziehen kann.

Es war in aller Herrgottsfrühe, Jana eifrig wie ein Welpe, obgleich sie das Stadium fast verlassen hatte, er wusste nicht genau, wann es passiert war, Hunde kommen ja nicht in die Schule, ha, ha.

Er selber fühlte sich gut in Form. Etwas war geschehen. Liv war fröhlicher geworden, das konnte auch er bewirkt haben. Ihre Müdigkeit hatte nachgelassen, sie hatte weniger Schmerzen.

Ich bin froh, dass ich so früh unterwegs bin, dachte er. So früh war ich noch nie draußen, seit ich ein kleiner Junge war. Nicht einmal Miros ist schon draußen. Bevor er zur Schule ging, schoss er immer ein paar Bälle ins Tor, warum brachte er nach der Schule nie einen Freund mit? Das ist ungerecht, verdammt ungerecht.

Als er die Anhöhe erreichte, sah er den Morgen über der Bucht heraufkriechen. Es könnte ein schöner Tag werden. Sie könnten lange hier bleiben. Er hatte nichts zu essen oder zu trinken mitgenommen, weder für sich noch für den Hund, aber es war nicht weit bis zu dieser Pizzabude in Richtung Hovås. So nah wie er an Hovås herankommen konnte, er hatte nicht das richtige Blut, dort gab es wahrscheinlich Wachen.

Wollte ich es nicht immer so haben?, dachte er. Wächter mit blauem Blut. Bin ich dabei, ein Weichei zu werden? Scheiße!

Am anderen Ende des Parkplatzes stand ein Auto. Er kannte es, der Mercedes des Kommissars, ich will nicht jammern, ich hab ihn zuerst angegriffen, verdammt plump, er hat das trainiert, ist doch sein Job, er hätte die Sache zur Anklage bringen können. Er hätte mich in der Zelle schmoren lassen können. Jetzt ist er hier in aller Herrgottsfrühe, geht durch das Haus, was zum Teufel macht er in diesem Haus, was macht er hier draußen in den äußersten Schären, er scheint jeden Tag hier zu sein, kann er Spuren erschnüffeln wie ein Köter, kann er die Spuren zu den Schuldigen erschnüffeln, hat er einen siebten Sinn, gräbt er sich blind zu den Schuldigen hindurch, hat er den Halt verloren, hat er den Verstand verloren, ist er hängengeblieben in diesem ganzen Mist, kommt er nicht los?

Die breite Messerschneide hatte sich mit furchtbarer Kraft an der dicksten Stelle durch Winters rechtes Handgelenk gebohrt. Krol musste unter der Treppe gelegen haben, war nach Hause gekommen und hatte jemanden im Obergeschoss gehört oder es schon gewusst, hatte Winters Auto gesehen und sich auf ihn gestürzt, von der Seite, hinter Winter, hatte das Handgelenk mit furchtbarer Kraft festgenagelt; das war Glück, das war Geschicklichkeit, es war eine Überraschung, innerhalb einer Sekunde passiert, oder zwei, was spielte das für eine Rolle. Winter war auf der Treppenstufe, die aus massivem Holz bestand, festgenagelt, das Messer steckte wie ein Schwert mehrere Zentimeter tief im Holz, die einzige Möglichkeit, sich loszureißen, war das Treppengeländer mit abzureißen.

Es tat unglaublich weh, als er sich bewegte, bei der kleinsten Bewegung schrie er, jemand schrie, das musste er sein, noch nie hatte er je in seinem Leben einen solchen Schmerz gespürt.

Er verlor das Bewusstsein, kam wieder zu sich, verlor für Sekunden das Bewusstsein, kam wieder zu sich, sah den Mann ein Stück entfernt, der verschwand, kam zurück, sagte etwas, war still, sagte wieder etwas.

»Sie hätten nicht so neugierig sein sollen«, sagte der Mann. »Das war total überflüssig.«

»Da ... das ist mein Job«, sagte Winter.

Habe ich das gesagt? Muss ich gewesen sein. Sei jetzt still, sei ganz still. Hör auf, den Arm zu belasten. Sei still, ganz still.

»Er hat Sie hierhergeführt, leider«, sagte Krol. »Geben Sie nicht mir die Schuld. Ich habe es nicht geplant.«

»Sie haben alle ge ... getötet«, sagte Winter. Er wusste nicht, ob die Worte den Mörder erreichten.

»Was haben Sie gesagt?«, fragte Krol.

»Sie haben alle umgebracht.«

»Nein, nicht alle.«

»Alle außer Greta.«

»Was hätte ich tun sollen?«

Winter antwortete nicht. Er versuchte seinen Arm zu fixieren, das Handgelenk, die Hand, alles, wo das Gefühl langsam herausfloss wie das Leben selber, es ist mein Leben, es ist nicht viel Blut, es verschwindet unter mir, ist da ein Loch in der Stufe, ich sehe kein Loch, die Klinge schließt die Wunde, die Kraft war so groß, dass sich die Wundränder sofort um die Klinge geschlossen haben, noch nie so etwas gesehen, noch ni ...

»WAS HÄTTE ICH TUN SOLLEN?«, wiederholte Krol mit lauter Stimme.

»Ich weiß es nicht«, sagte Winter, »hel ... helfen Sie mir. Ziehen Sie das Messer raus. Wenn Sie mir helfen, dann kann ich Ihnen helfen.«

»Das geht leider nicht. Und ich werde selber antworten. Sie haben mich gesehen, die Kinder haben mich gesehen. Was hätte ich tun sollen?«

Weiterreden, weiterreden, bis ich am Blutverlust sterbe.

»Sie haben nicht mehr viel Zeit, Winter. Eine Stunde, vielleicht zwei, ich kann es auch beschleunigen. Sie wissen nichts. Ich kann es Ihnen erzählen, damit Sie wenigstens nicht unwissend sterben. Was halten Sie davon?«

»Das ... klingt gut.«

»Ich hätte in Ihrer Lage dasselbe gesagt. Sie jammern nicht. Das gefällt mir. Das ist gut.«

Winter nickte. Still, sei still, halt still. Das Handy bewegte sich in der Innentasche seines Mantels. Er erreichte es nicht. Er würde sterben, wenn er es versuchte. Krol kam näher, die Augen auf Winters linken Arm gerichtet, nahm das Handy aus der Innentasche, las das Display ab. »Angela«, sagte er, »jemand, den Sie kennen?«

»Meine Frau.«

»Hm.«

»Wo ... wo ist Ihre Frau?«

»Draußen. Sie ist draußen.« Krol warf das Handy auf den Fußboden. Es prallte zwei oder drei Mal auf, rutschte über den Boden. Er sah Winter wieder an. »Ich bin nur hingegangen, um ihr ins Gewissen zu reden, Sandra also.«

»Warum?«

»Das wissen Sie.«

»Wa ... was hätten Sie erreichen können?«

»Es war falsch! Ich musste ihr erklären, dass es falsch war, was sie tat. Mit diesem Mann. Seine Kleider waren schon im Haus. Er war im Begriff, einzuziehen. Zu übernehmen. Ich habe es mehrere Male versucht. Viele Male! Sie wollte es nicht hören! Ich habe es ihr erklärt!«

»Sie haben es gründlich erklärt.«

»Das war nicht beabsichtigt!«

Winter hörte ihn, konnte nicht antworten. Er versuchte jetzt, den Schock zu parieren, sein Bewusstsein kam und ging, es gehörte ihm nicht mehr, es gehörte bald allen, würde größer sein als das Leben und so weiter und so weiter.

Krol sagte wieder etwas. Winter versuchte, sein Gesicht zu fixieren, es entglitt ihm, verschwand, wurde wieder klarer.

»Ich bin zu ihnen gegangen, um Erik das Seemesser zu zeigen«, sagte er. »Von den Inuit. Nunavut, Nordkanada, die Baffininsel. Ich bin dort gewesen. Etwas größer als Amundö.«

Erik. Er trug noch keinen Schlafanzug, obwohl es schon spät war. Er wartete auf Onkel Krol, der ihm das Messer zeigen wollte. Die Bilder stürmten durch Winters Kopf.

Jetzt hörte er wieder klarer, was Krol sagte.

»Das ist schon so lange her. Ich wollte, dass er es sieht. Ich hatte ihm von dem Messer erzählt. Er wollte es unbedingt sehen.«

»Rost«, sagte Winter.

»Rost? Ja, an einer Stelle war Rost. War schon da, als ich es gekauft habe. Den Rost habe ich zur Erinnerung drangelassen. Sie haben gesagt, es sei Blut. Das geht nicht ab. Also war es gar kein Rost.«

»Blut«, sagte Winter.

»Es ist das schärfste Messer der Welt, wenn man es gut pflegt. Ich weiß nicht, wie die Inuit sie gepflegt haben. Das Katana der Samurai ist im Vergleich dazu ein Löffel. Sie können es selbst beurteilen. Sie haben es ja direkt vor Augen.« Krol kam näher. »Hallo? Hallo? Sie sehen blass aus. Sie sollen noch nicht gleich sterben. Ich bin noch nicht fertig mit meiner Beichte.«

Ich bin kein Pfarrer es sind Krols Fingerabdrücke unter

dem Fensterbrett in Eriks Zimmer ich warte nur auf Torstens Anruf seine Bestätigung das ist alles was wir brauchen ich Krol braucht das Handy nur aufzuheben er kann den Anruf selber entgegennehmen.

Winter verlor das Bewusstsein.

Als er sie aus dem Auto ließ, schoss sie davon wie der Blitz, wie von einer Kanone abgefeuert. Was zum TEUFEL. »Jana! Jana!« Er lief ihr nach, hatte neben dem Mercedes geparkt, warum nicht. »Jana! Hierher, Jana!«

Aber Jana kam nicht. Sie war nicht auf dem Weg über die Brücke, zur Insel, sondern zum Fahrradweg hinauf, sah sich nicht um, lief weiter, immer weiter, das durfte nicht passieren, er wollte sie doch gerade anleinen, jetzt gab es Ärger mit dem Strandwächter.

Er rannte, konnte den Hund nirgends entdecken, lief mitten auf der Straße, sie waren ganz allein, nur er und sie, »Jana«, wenn er weiter so schrie, würden es alle hören, jetzt sah er sie, sie zwängte sich gerade durch die alte Hecke, durch dies kleine Scheißloch in der Hecke, irgendwas Wintergrünes, die graue Bruchbude, die gehörte vermutlich dem alten Kerl, er konnte sich nicht erinnern, Jana war mit Erde an den Pfoten zu ihm zurückgekommen, Erde an der Schnauze, er wollte nicht, dass sie sich in diesem verdammten Garten aufhielt, er wollte sie so schnell wie möglich da raushaben.

Winter hörte etwas, es war eine Stimme zwischen seinen Ohren, das Brausen war jetzt weg, vielleicht war es auch nur Einbildung, Krol redete, Winter konnte ihn wieder etwas deutlicher sehen, hörte seinen Bericht, die lange Story, wie er Sandras V70 gesehen und immer wieder und wieder an der Haustür geklingelt hatte. Wie das Läuten drinnen verhallt war. Wie er meinte, Babygeschrei zu hören. Wie eiskalt die

Klinke gewesen war. Wie er gerufen hatte. Wie es aufgehört hatte zu schneien. Wie er nach Hause gegangen war und seiner Frau laut zugerufen hatte, sie solle die Polizei alarmieren. Irgendetwas stimmt hier nicht, hatte er zu der ersten Patrouille gesagt. Das Kind schreit. In diesem Haus gibt es ein Baby, es schreit und niemand öffnet.

»Hören Sie mich?«, hörte er Krol sagen. »Hören Sie mich, Winter?«

»Ja.«

»Ich habe Ihnen ein bisschen Wasser gebracht. Es steht vor Ihnen.«

»Ich kann nicht ... wage nicht, mich zu bewegen.«

»Ich werde Ihnen bald helfen. Ich will nur noch sagen, dass ich der Kleinen nichts tun konnte. Sie hatte nichts gesehen. Sie wusste nichts. Sie konnte mir nicht schaden.«

»Nein.«

»Verstehen Sie?«

»Ja.«

»Sandra hat mich abgekanzelt!«

»Ja.«

»Ich habe versucht, ihr ins Gewissen zu reden, manchmal und *das* eine Mal. Von ihrer Verantwortung geredet. Von der Verantwortung, die ich übernommen habe! Ich habe es versucht. Sie hat gesagt, ich soll mich um meine eigenen Angelegenheiten kümmern. Können Sie sich das vorstellen? Das war falsch, falsch. Sie ... schließlich hat sie mich gezwungen. Verstehen Sie?«

»Ja.«

Allein das kleine Wort ja tat unerhört weh, der Schmerz müsste doch nachlassen. Oder war es umgekehrt? Er dachte, umgekehrt. Er würde wer weiß was sagen, wenn es nur den Schmerz verringerte.

Krol sagte wieder etwas.

»Ja … ja … ich höre nichts.«

»Niemand ist gekommen«, sagte Krol. »Niemand hat etwas entdeckt. Ich musste selbst handeln. Der Kleinen helfen. Ihr zu trinken geben. Das ging über Tage. Schließlich musste ich Alarm schlagen. Keine Menschenseele hat etwas bemerkt. Die Kleine wäre ja gestorben!«

Winter blinzelte, das bedeutete »ja«.

»Ich habe schließlich Alarm geschlagen!«, sagte Krol.

»Ich weiß.«

»Wo war *er*? Ich frage nur. *Wo* war ihr … Liebhaber?«

»Wo ist Ihre Frau?«, fragte Winter, mehr kann ich jetzt nicht sagen, das war das letzte.

»Ich habe doch schon mal gesagt, dass sie da draußen ist.«

Da draußen kroch Christian Runstig durch das Scheißloch. Er richtete sich auf. Er sah Jana, sie war bei der anderen Hecke, aber immer noch auf dem Grundstück, sie war unterwegs zum Mittelpunkt der Erde. Er wollte gerade nach ihr brüllen, doch dann fiel ihm ein, wo er sich befand und wie früh am Morgen es noch war und all das. Er sah, dass Jana ihn bemerkt hatte, doch sie kam nicht zurück, was sie hinunter in die Erde zog, war zu stark, es war das wilde Tier in ihr, ihr Geruchssinn, übermenschlich war das.

An der Giebelfront hatte das Haus kein Fenster, da war nur eine Wand, deren Putz Risse hatte. Er ging die zehn Schritte zu der Grube, es war eine Grube, war einmal eine Grube gewesen, sie war nur nachlässig aufgefüllt, und es war nicht besser geworden durch Janas Einsatz.

Jetzt sprang sie zurück, und er glaubte, sie würde anfangen zu bellen, aber sie war still, angespannt wie ein wildes Tier. Er trat an die Grube heran, sah sofort den Arm, der aus Sand und Erde ragte, es war überwiegend Sand, sah einen geblümten Ärmel, ein Stück von einem Hals, ein Haarbüschel, grau wie das Haus hinter ihm.

»Irma hat mich gesehen, als ich zurückkam«, sagte Krol. »Ich hatte geglaubt, sie sei nicht zu Hause. Sie hätte nicht zu Hause sein sollen. Jedenfalls hat sie mich gesehen.«

Winter antwortete nicht, er tat nichts, rührte sich nicht.

»So war das also«, sagte Krol.

Es klopfte an der Tür.

Winter sah Krol zusammenzucken. Er selber konnte keinen Millimeter zucken. Jetzt war er auf dem Weg nach unten, down down down, dahin ging es. Das Blut hatte die letzte Treppenstufe erreicht, viel Blut. Wenn es den Fußboden erreicht, sterbe ich.

Krol sagte etwas, Winter hörte nichts. Er sah, wie sich ein Schatten vor ihm erhob, sich vor ihm bewegte und in Sonnennebel verschwand.

Krol öffnete die Haustür. Dort war niemand. Er machte ein paar Schritte auf die Steinplatten hinaus, konnte aber nichts entdecken, was nicht hierhergehörte.

Vielleicht Kinder, Klingelstreich, Klopfstreich, das war schon öfter vorgekommen, es war noch früh, aber vielleicht wollten sie ein bisschen Spaß haben, bevor die Schule anfing.

Drinnen im Haus zerbrach etwas, klang wie Glas. Wurde zerbrochen!

Hat er sich befreit? Das ist unmöglich, er ist zu schwach, um sich selbst zu amputieren, es sind Kinder, ein Tier, all das dachte Krol, während er wieder ins Haus stürmte, in den kleinen Vorraum, ins Zimmer stürmte. Er sah das eingeschlagene Fenster, sah Winters zusammengekrümmte Gestalt im Blut, sah das Hundevieh, das mitten im Zimmer saß und ihm seine gelben Beißer zeigte, als wolle es zuschnappen, größer jetzt, selbstsicherer jetzt, er sah nicht, was ihn an der Stirn getroffen hatte, dachte nicht einmal daran, als er auf dem Weg runter zum Fußboden war, sah den Boden nicht.

41

Krol war nicht vernehmungsfähig. Er war lange bewusstlos gewesen, nachdem Runstig ihn mit demselben Stück Treibholz niedergestreckt hatte, mit dem er das Fenster eingeschlagen hatte.

»Sie hätten nur sofort die Polizei rufen müssen«, sagte Ringmar zu ihm, als Winter und Krol auf dem Weg ins Sahlgrensche Krankenhaus waren, jeder in einem Krankenwagen. Runstig hatte tatsächlich die Polizei angerufen, aber erst hinterher.

Runstig lachte, er lachte laut. Das Lachen hüpfte durch den Garten, in dem die Leute von der Spurensicherung Irmas Überreste ausgruben. Runstig hielt Jana im Arm; der Hund war immer noch sauer darüber, wie es in der Menschenwelt zugehen durfte, aber auch stolz, auf sich selbst, auf sein Herrchen.

Winter wurde in der Chirurgie operiert. Er hatte verdammtes Glück gehabt – es waren nur Muskeln verletzt, keine Knochen oder Sehnen, er hatte in einer extremen Situation das Glück, viele Muskeln zu besitzen. Außerdem hatte er weniger Blut verloren, als er geglaubt, und weniger, als es ausgesehen hatte. Es war der lang anhaltende Schmerz, der ihn in den Schockzustand versetzt hatte, in dem er sich immer noch befand, der Schock war unverändert groß, größer als eine Erinnerung.

Es war der Morgen danach. Winter war es gelungen, Sivs Beerdigung in Marbella um zwei Tage zu verschieben. Er bewegte sich in ungleichmäßigen Kreisen rastlos durch seine Wohnung, lief über den Flur, blieb im Schlafzimmer stehen, ging weiter. Das Licht draußen war stark, es war März, endlich die Wende, es konnte nur noch besser werden. März, dachte er wieder. März.

Winter setzte sich an den Küchentisch, schaltete den Computer ein, arbeitete mit der linken Hand, kein Problem. Er rief die Mordbibel Dokument für Dokument auf, schob die Dokumente wie Schachfiguren auf dem Computerbildschirm hin und her, dachte an Krols Worte, die in seinen Ohren immer schwächer geklungen hatten, wie eine leise gestellte Platte, immer weiter entfernt im Zimmer.

Krol ist stark in der Rolle des Mörders gewesen.

Warum dachte er so?

Winter dachte den Gedanken noch einmal:

Krol ist stark in der Rolle des Mörders gewesen.

Der Rolle?

Wir haben ein unerhörtes Geständnis, signiert mit Blut. Wir haben noch ein Geständnis, von Likander. Wir haben einige lose Fäden, aber Krol wird sie für uns verbinden: das Foto, Robins Tod und Mörder, vermutlich Krol, und das kleine »Warum«, auf das ich nie eine Antwort bekommen werde, darauf weiß vielleicht nicht einmal Gott die Antwort.

Er sah Krols Gestalt vor sich, aber sie war immer undeutlicher geworden, wie in Auflösung begriffen, und sie war immer noch genauso undeutlich, als würde die verschärfte Erinnerung nicht helfen. Nie helfen wird, dachte er, hob den

Telefonhörer ab und rief bei der Spurensicherung an. Torsten Öberg meldete sich nach dem dritten Signal.

»Erik! Wie geht es dir?«

»Oh, man kann sagen, mir geht es, wie ich es verdient habe.«

»Sag das nicht.«

»Mir geht es gut.«

»Okay. Schön.«

»Hast du schon etwas aus Krols Haus geprüft?«

»Das Übliche, du weißt, reine Routine. Jetzt ist es ja nicht mehr so eilig.«

»Ich weiß nicht, Torsten.«

»Ach?«

»Ich denke an Krols Messer.«

»Lustig, dass du es erwähnst, wir untersuchen es gerade im Labor, sind aber noch nicht fertig. Es kann sich sehr wohl um die Mordwaffe handeln.«

»Laut Krols Aussage ist es die Mordwaffe«, sagte Winter.

»Ja.«

»Das glaube ich auch«, sagte Winter, »aber deswegen rufe ich nicht an.«

Er wollte es selber sehen. Ein Streifenwagen würde ihn vor dem Haus abholen. Auf den blauen Panzern der Straßenbahnen am Vasaplatsen blitzten Sonnenreflexe. Er fischte die Sonnenbrille mit der Linken aus der Innentasche seines Mantels. Das Licht wurde gedämpft, glich der Dämmerung am Mittelmeer. Bald würde er dort sein, Mama unter die Erde bringen. Er dachte an seine eigenen Kinder, hatte in gewissen Phasen der Ermittlung versucht, nicht an sie zu denken; es war ihm nicht gelungen, und er hatte fast jeden Abend angerufen, ausgenommen die wenigen Abende, an denen er zu betrunken gewesen war. Während der Fahrt durch die Stadt dachte er immer noch an die Kinder. Hier würde bald richtig der Frühling ausbrechen, das andere Licht. Wenn er den Menschen dort draußen näher wäre, könnte er es in ihren Gesichtern ablesen.

Torsten kam ihm im Dezernat der Spurensicherung entgegen.

Das Messer lag auf einem Tisch im Labor, ein seltsames Ding: roh, schön, brutal, unwirklich wirklich, wie etwas, das in eine andere Welt gehörte.

»Es kann etwas geben«, sagte Öberg. »Jedenfalls gibt es Spuren. Wie ... Tropfen.« Er zeigte mit dem Zeigefinger hin. »Hier und hier. Hier, an der Klinge, und da oben. Und einige am Griff.«

»Kann alter Dreck sein«, sagte Winter.

»Du hast doch angerufen«, sagte Öberg.

»Ich spiele nur den Advocatus Diaboli.«

»Die Spuren sind wert, untersucht zu werden«, sagte Öberg.

»Gut.«

Öberg schaute wieder auf das Messer, als sähe er es zum ersten Mal.

»Gleicht eher einem Schwert als einem Messer«, sagte Winter und wandte sich zu Öberg um. »Es kann sich ja um Schweiß handeln. Die Spur.«

»Schweiß enthält keine DNA«, sagte Öberg.

»Das weiß ich, Torsten.«

Öberg betrachtete weiter das Messer. Er zeigte wieder auf eine Stelle.

»Der Untergrund ist ziemlich schmutzig. Darauf setzt sich leichter ein Ring ab, so wie hier.«

»Ich kann nichts erkennen«, sagte Winter. »Was ist das?«

Öberg antwortete nicht.

»Du hast vorhin von Tropfen gesprochen, Torsten.«

Öberg nickte schweigend.

»Was kann es denn sein, wenn es kein Schweiß ist?«, fragte Winter.

Und dann fiel ihm selber ein, was es sein könnte. DNA war in den Schleimhäuten des Körpers zu finden, nicht in Flüssigkeit. Speichel war DNA-Träger, der sich in den Mundschleimhäuten befand.

In den Augen gibt es auch Schleimhäute, dachte er. Tränenflüssigkeit enthält DNA.

Torsten schaute ihn an. Er sah, dass Torsten dasselbe dachte.

»Tränen«, sagte Öberg.

Winter nickte.

»Der Gedanke ist mir gerade gekommen«, sagte Öberg.

»Mir auch.«

»Der Tränenkanal«, sagte Öberg.

»Tränentropfen«, sagte Winter. In seiner Welt konnten es Tränen sein, in der Welt, die auch Torstens Welt war. »Wessen Tränen? Wann erfahren wir das? Wir müssen es bald wissen. Sorg dafür, dass sie uns im Kriminaltechnischen Labor vorziehen, Torsten.«

»Ich werde mit Ronny reden. Vielleicht schaffen sie es innerhalb von zwei Tagen.«

»Gut.«

»Aber ich kann es dir nicht hundertprozentig versprechen, Erik.«

»Achtundneunzig Prozent reichen mir auch.«

»Wir werden nie behaupten können, dass es Tränen sind«, sagte Öberg. »Wir werden allenfalls Spuren finden, aber nicht feststellen, aus welchen Schleimhäuten sie stammen.«

Doch Winter wusste, dass sie aus den Augen kamen, die Augen waren der Spiegel der Seele und der ganze verdammte Scheiß, zuerst kam der Scheiß und dann kamen die Tränen,

und nicht einmal ein Mö[illegible] konnte seine Tränen kontrollieren.

»Du glaubst nicht, dass es Krol war, oder?«, fragte Öberg.

»Ich weiß es nicht, ich glaube nicht, aber … nein, er war es nicht. Es sind nicht seine Tränen.«

»Die neuen Fingerabdrücke, die wir in dem Zimmer im Obergeschoss gefunden haben, stammen von ihm«, sagte Öberg. »Die Nachricht ist heute Morgen gekommen.«

»Trotzdem war er es nicht«, sagte Winter. »Der Mörder hat ihm den Schlüssel gegeben.«

Der Streifenwagen brachte Winter nach Amundövik. Ihm ging es immer noch ganz gut, als hätte das frische Blut der Transfusion das kleine Extra bewirkt, vielleicht stammte es von einem Radfahrer, Lance Armstrong, einem gedopten Radfahrer.

Das Blut war noch auf der Treppe, sein kostbares Blut. Winter spürte nichts, als er darüber hinwegstieg, das mochte der Schock sein, Doping oder Professionalität oder einfach Flucht vor der Wirklichkeit.

Als er in Krols Schlafzimmer stand, hörte er draußen die Möwen, das heisere Gelächter drang in das karge Zimmer wie ein Soundtrack zu einem Horrorfilm, und Winter merkte, dass sich sein Puls beschleunigte. Er setzte sich auf das Bett, hörte das Dröhnen zwischen den Ohren, versuchte an das Bücherregal zu denken, das er auf der gegenüberliegenden Seite des Zimmers neben dem Fenster sah. Nach einigen Minuten stand er auf und ging zu dem Regal, das etwa dreißig Bände enthielt, Bücher, einige Ordner, die Rücken wie Bücher hatten, Alben, vielleicht Fotoalben. Er zog eins heraus, legte es auf einen kleinen Tisch daneben, schlug die erste Seite mit der linken Hand auf und sah ordentlich nebeneinander eingeklebte Fotos, Schwarzweißbilder, alte Erinnerungen wie aus einer anderen Zeit. Winter dachte an das Foto von Sandra im Bootshafen. Likander hatte gesagt, dass er es nicht geschickt hatte. Wie viele außer ihm kannten den Bootshafen? Und was hatte er ihr bedeutet?

Der Vater natürlich.

Und ihr Mann.

Langsam blätterte er Seite für Seite im ersten Album um. Er erkannte Krols Gesicht, ein noch junges Gesicht. Alle anderen kannte er nicht. Die Bilder schienen streng chronologisch angeordnet zu sein. Unter jedem Bild stand ein kurzer Text, nur einige Wörter.

Was hat mich hierhergeführt? Die Vergangenheit natürlich. Wir sind noch nicht allen den ganzen Weg zurück in ihre Vergangenheit gefolgt. Nicht allen!

Er war beim letzten Bild im ersten Album angekommen. Robert Krols Leben. Das allerletzte Foto zeigte einen Mann mit einem Baby auf dem Arm. Das Kind schien nur wenige Wochen alt zu sein. Der Kopf des Mannes war mitten durch die Stirn abgeschnitten. Er trug einen Anzug, das Kind ein weißes Kleid, ein Taufkleid, dachte Winter. Er las den Text: »Mein Patensohn«. Das war alles. Er betrachtete das Gesicht des Mannes. Es war der junge Krol. Kein Lächeln, nur großer Ernst, der mit der formellen und feierlichen Bildunterschrift übereinstimmte. »Mein Patensohn.« Das Baby schien zu schlafen.

Winter schloss die Augen, hörte wieder die Lachmöwen, vielleicht noch ein anderes Geräusch. Er hob das Album vom Tisch, und dabei fiel es ihm aus der Hand.

Er sah auf die Uhr. Er war schon viel länger hier, als er geglaubt hatte. Es würde noch länger dauern.

Etwa in der Mitte des zweiten Albums sah er sie wieder zusammen.

Zwei Männer standen an Deck eines Schiffes, die Arme

umeinander gelegt, der eine älter, der andere jünger, sie lächelten beide. Der ältere war Krol, der jüngere war Jovan Mars.

Sie lehnten an der Reling. Hinter ihnen erkannte Winter ein Stück Meer und einige Speichergebäude, Kräne, einen Gabelstapler, das Schiff lag in einem Hafen. Er las die Bildunterschrift, jetzt in einem anderen Ton, nicht ganz so ernst: »Der Pate bekommt Besuch von seinem Sohn«.

Am Nachmittag saß Winter an Krols Bett und verhörte ihn. Vertauschte Rollen, dachte Winter. Krols Sprache war vernuschelt, für das Verhör würde nicht viel Zeit bleiben.

»Sie haben also überlebt«, sagte Krol.

»Ich habe Hilfe bekommen«, sagte Winter.

»In letzter Sekunde«, sagte Krol.

»So kann es gehen.«

»Was wollen Sie noch von mir? Es ist doch alles geklärt?«

»Nicht ganz.«

»Ich kann jetzt nicht denken, Schutzmann. Sie müssen wiederkommen. Es ist ja sowieso alles vorbei.«

Winter schwieg.

»Falls Sie sich über die Zeitungen wundern, da habe ich geschwindelt. Ich dachte ... ja, man kann sagen, wollte ein Alibi beschaffen, ich habe einige Zeitungen weggenommen, damit Sie nicht ausrechnen konnten ... wann es war. Wann es passiert ist.«

Winter nickte. Er spürte die Stöße im Kopf, tst-tst-tst-tst, die erhöhte Spannung, er hoffte, dass Krol es nicht sah.

»Das klang wohl etwas verrückt«, sagte Krol.

»Warum mussten Sie sich ein Alibi beschaffen?«, fragte Winter.

»Was?«

»Sie haben meine Frage gehört«, sagte Winter.

Krol antwortete nicht.

»Ging es um jemand anderen? Ein Alibi für eine andere Person?«

Krol antwortete nicht.

»Wen decken Sie?«, fragte Winter.

»Ich habe versucht ... mich selbst zu schützen«, sagte Krol.

»Vor wem? Ihrer Frau?«

»Sie hat mich gesehen«, sagte Krol.

»Nein«, sagte Winter.

»Nein? Was nein?«

»Nicht Sie hat Ihre Frau gesehen«, sagte Winter.

»Ich kann ... jetzt nicht mehr«, sagte Krol. »Der Arzt ...«

»Zwei tote Kinder!«, unterbrach ihn Winter mit lauter Stimme. »Zwei getötete Kinder!«

Krol sah aus, als höre er nicht mehr zu. Er schloss die Augen. Er sah Winter an.

»Sie haben eine schwere Schuld auf sich geladen«, sagte Winter etwas leiser.

»Es war ...« Krol verstummte.

Winter stand auf, trat näher, beugte sich über Krol. Winter spürte den Schmerz in seinem Arm bis hinauf in die Schulter, den Hals, Kopf, Gehirn. Krols Blick war jetzt auf ihn gerichtet. Dieser Blick sagte ihm, dass Krol angekommen war, eingeholt von dem Entsetzen, vor dem er sich bis zuletzt geschützt hatte.

»Ich höre, Krol. Sagen Sie, was Sie sagen wollten. Ich verspreche Ihnen, danach gehe ich sofort.«

»Es war sowieso schon zu spät«, sagte Krol. »Aber Greta konnte ich retten.«

Winter saß in seinem Wohnzimmer und hörte *A Love Supreme*. Die Balkontüren standen offen zur Abenddämmerung, es roch nach etwas, das er kaum wiedererkannte, schwedischer Vorfrühling. Es war lange her, seit er ihn zuletzt gerochen hatte.

Die Musik war leise, mehr ein Flüstern. Er hatte eben mit Angela geflüstert, ihr gesagt, dass er sie liebe. Er hatte mit seinen Kindern geflüstert, ihnen gesagt, dass er sie liebe. Er hatte Angela gesagt, dass die Schmerzen nicht mehr so stark seien. Du trinkst doch hoffentlich keinen Whisky, hatte sie gesagt, und er hatte nein geantwortet, und das war die Wahrheit.

Er hatte nicht gesagt, was er jetzt vorhatte.

Die Nachricht vom Kriminaltechnischen Labor wollte er nicht abwarten. Er hatte keine Zeit zu warten. Dann könnte es zu spät sein. Zu spät für was? Zu spät, um es zu wissen, dachte er. Zu spät, um zu erfahren, warum. Es war zu spät, um es zu verstehen, dafür war es schon lange zu spät.

Ein Alibi, das Mars freigesprochen hätte, hatte sich nicht gefunden, genauso wenig wie sie ihn eines Verbrechens hatten überführen können.

Er könnte es gewesen sein, dachte Winter, als er den Mantel anzog. Er begann sich daran zu gewöhnen, alles nur mit einer Hand machen, man konnte sich an fast alles gewöhnen.

Sich an fast alle Erklärungen gewöhnen, dachte er. Manche will man nicht hören, braucht sie nicht. Ich will es nur wissen. Diesmal will ich nicht wissen, warum.

Bertil fuhr, Winter fand es schön, nicht allein zu sein. Sie bogen von der Torgny Segerstedtsgatan ab, folgten weiter der Krokebacksgatan und bogen nach links in die Fullriggaregatan ein.

Bertil parkte vor Lotta Winters Haus. Einige Fenster waren erleuchtet. Jetzt war es Abend, der Himmel war mehr blau als schwarz. Vielleicht gab es dort oben Sterne zu sehen.

»Willst du erst auf einen Sprung zu Lotta?«, fragte Ringmar.

»Später«, sagte Winter. »Hinterher.«

Sie stiegen aus und gingen zu dem Haus, in dem Mars' Schwester mit ihrer Familie lebte.

Winter klingelte an der Haustür.

Ein Mann öffnete, ihn hatte Winter noch nie getroffen, noch nie gesehen.

Winter und Ringmar stellten sich vor und wiesen sich aus.

Der Mann stellte sich ebenfalls vor, Ehemann der Schwester, Per Lagerberg. Er teilte ihnen mit, dass Jovan nicht zu Hause sei.

»Wie lange ist er schon weg?«

»Einige Stunden. Seit es anfing zu dämmern. Er müsste eigentlich schon zu Hause sein.«

»War er allein?«

»Äh … wie meinen Sie das?«

»Hat er das Kind mitgenommen? Greta?«

»Nein. Sie ist hier. Sie schläft.«

»Ist er gefahren?«

»Nein, er ist zu Fuß unterwegs. Die Autos sind hier. Ich war noch nicht zu Hause. Und meine Frau ist inzwischen ins Kino gegangen. Ich weiß nicht, ob er ihr gesagt hat, wohin er wollte. Ist das wichtig?«

»Rufen Sie sie an«, sagte Winter.

»Sie ist im Kino.«

»Aber sie hat doch wohl das Handy eingeschaltet? Für den Notfall?«

»Ja. Okay, ich rufe sie an.«

Sie hörten ihn in der Küche sprechen, in die er zum Telefonieren gegangen war. Es war ein helles Haus, stärker beleuchtet als nötig, überall brannte Licht, ganz gleich, was es kostete.

»Willst du mit ihr reden?«, fragte Ringmar.

»Wir werden sehen«, sagte Winter.

»Er hat ihr erzählt, dass er einen Spaziergang machen will«, sagte Lagerberg, als er zurückkam. »Er hat ganz normal gewirkt. Ich habe sie tatsächlich gefragt. Ja ... Sie wissen.«

»Wissen was?«, fragte Ringmar.

»Nach allem, was passiert ist, meine ich.«

»Hat er ein Zimmer im Haus?«, fragte Winter. »Ein eigenes Zimmer?«

»Ja, natürlich, neben dem Kind.«

»Sie schlafen nicht im selben Zimmer?«

»Nein ... das wollte er nicht. Und wir haben genügend Platz.«

»Würden Sie uns das Zimmer bitte zeigen?«

»Ja ... selbstverständlich.«

Sie stiegen die Treppe hinauf. Das gefiel Winter nicht. Er wollte nie mehr Treppen hinaufsteigen.

Die Tür zu einem Zimmer, an dem sie oben vorbeikamen, stand offen. Er blieb stehen, nahm die Konturen des kleinen Körpers in dem zu großen Bett wahr. Hier ist Greta zu Hause, dachte er mit unmittelbarer Gewissheit, das ist ihr Zuhause, wird es immer bleiben.

Auch die Tür zu Mars' Zimmer stand offen.

Sie traten ein. Lagerberg schaltete eine Stehlampe an, die neben einem langen schmalen Sofatisch stand. Über dem Bett brannte schon Licht, eine Bettlampe über dem Nachttisch. Dort lag ein Kuvert, A5, weiß, leuchtend.

»Was ist das da?«, fragte Winter.

»Ich weiß es nicht«, sagte Lagerberg. »Das habe ich noch nie gesehen. Aber ich bin auch schon lange nicht mehr in diesem Zimmer gewesen.«

Winter trat an das Bett. Das Kuvert war sauber und weiß

und nicht beschriftet. Eine entsetzliche Sekunde lang hatte er geglaubt, sein Name würde dort stehen, eine Botschaft an ihn, die eventuellen Erklärungen an ihn persönlich gerichtet.

Das Kuvert war nicht zugeklebt. Er schüttelte drei Blätter heraus, mit der Hand beschrieben, große Buchstaben. Winter überflog sie und las nur hier und da einige Worte, wie die Fragmente einer Erzählung: »Seine Kleidung war dort«, »ich bin die ganze Nacht gefahren«, »konnte es nicht glauben«, »konnte nicht aufhören!«, »Krol gab mir nicht ...«, »versuchte mich selbst aufzuhalten«, »meine Familie!«, »ich weiß nicht ich weiß nicht ich weiß nicht ich weiß nicht«.

Mehr brauchte er nicht zu lesen. Jetzt wusste er es. Der DNA-Bescheid mochte posthum kommen. Er wusste auch das. Jovan Mars war es nicht gelungen, seine Familie vor sich selbst zu schützen.

Er schaute auf.

»Was ist es?«, fragte Ringmar. »Ein Geständnis?«

»Ja.«

»Auch der Mord an Robin?«

»Vermutlich. So weit habe ich nicht gelesen. Krol oder Mars. Robin war beiden gefährlich. Er hat sie wahrscheinlich beide gesehen. Im Haus. Plötzlich wurde es ernst. Er brauchte unsere Hilfe.«

»Was machen wir jetzt?«, fragte Ringmar.

»Wir fahren zum Bootshafen«, sagte Winter.

Sie fanden Jovan Mars im Bootsschuppen. Er hatte schon eine Weile gehangen. Die Tür war geschlossen, aber nicht abgesperrt. Im Schloss steckte ein Schlüssel. Mars hatte also doch Zugang zu dem Schuppen gehabt. Seine gebrochenen Augen starrten auf nichts, überhaupt nichts, *nada y nada y nada*, dachte Winter.

»Er wusste es«, sagte Winter. »Er wusste es schon gestern.«

»Die Sache mit Krol?«

»Ja. Dass ich dort war. Vielleicht war er in der Nähe. Er hat mich ankommen sehen. Er hat mich wegfahren sehen.«

»Im Krankenwagen.«

»Ja.«

»Mars kriegt keinen Krankenwagen«, sagte Ringmar. »Ein Leichenwagen genügt. Es ist nicht mehr eilig.«

»Er hat lange damit gelebt«, sagte Winter. »Schließlich konnte er nicht mehr anders und musste den letzten Schritt tun.«

»Ich hätte das keinen Tag ausgehalten«, sagte Ringmar.

»Du könntest so etwas ja auch nie tun, Bertil.«

»Ich weiß nicht …«

»Du weißt es nicht?«

»Weißt du es?«

Winter antwortete nicht. Es gab nichts mehr zu sagen. Über das Verhalten eines Menschen gab es alles und nichts zu sagen. Es war besser, nichts mehr zu sagen.

42

Der Friedhof lag an der Calle Carretera A Ojen, in angemessenem Abstand von dem Geschäftsviertel La Canada.

Die Urne war alles, was von Sivs Leib geblieben war. Mehr bleibt nicht, dachte Winter, aber alles andere ist noch da.

Die Sonne stand genau über ihnen. Man konnte fast den Berggipfel berühren. Der Friedhof lag ganz in der Nähe der weißen Berge. Tief unten spannte sich die Horizontlinie in einem Halbkreis um das bewegungslose Meer.

Vor der Kapelle duftete es nach Sonne und Kiefernnadeln, und der Duft folgte ihnen hinein in die Kirche. Er kannte die meisten Trauergäste. Einige waren zusammen mit Bertil im Flugzeug aus Schweden gekommen.

Die Grabstelle wurde von den Bergen beschattet. Angela hielt ihn vorsichtig an der Schulter. Er nahm ihre Hand mit seiner gesunden Hand. Ein Mann sang etwas auf Spanisch und etwas auf Schwedisch, es war derselbe Sänger wie auf Bengts Beerdigung.

In einem Café in der Nähe des Strandes von Puerto Banús tranken sie Kaffee.

»Das war Bengts und Sivs Lieblingscafé«, sagte Winter. »Nach seiner Beerdigung sind wir auch hierher gegangen.«

»Was ist das für eine Statue?« Ringmar deutete mit dem Kopf auf den Engel, der, dem Meer zugewandt, auf einem hohen Sockel stand.

»Un Canto de la Libertad.«

»Wie bitte?«

»Er soll ein Lied an die Freiheit symbolisieren. Es war die Lieblingsstatue meines Vaters.«

»Wunderschön«, sagte Ringmar.

»Wirklich.«

Winter erstarrte, berührte vorsichtig seine Schulter. Er trug den Arm in einer Schlinge.

»Was ist?«, fragte Angela.

»Alles okay. Hier geht es nicht um mich.«

Es ist nur Schmerz, dachte er, es handelte sich nur um seinen Schmerz, tiefen Schmerz; *a pain supreme*, hatte er auf dem Flug hierher gedacht. Er hatte eine Bluttransfusion bekommen, aber formell gesehen hatten Runstig und sein Köter ihm das Leben gerettet. Er hatte Runstig gefragt, ob er ihn nach Spanien begleiten wollte, aber der Schwede war damit beschäftigt, für die Kids in seinem Viertel einen Fußballklub zu organisieren.

»Schöne Feier«, sagte Ringmar. »Wirklich sehr schön.«

»Dafür hat Angela gesorgt.«

Angela sah ihn an. Die Mädchen, die vor einer Weile mit Lottas Töchtern, Bim und Kristina, zum Strand gegangen waren, kamen zurück. Die Sonne hatte sich ein Stück weiter auf Portugal zubewegt. Er nahm Angelas Hand. Lotta schaute über das Meer, ein Segelboot entfernte sich in Richtung Afrika. Bertil sah ihn an. Sie schauten einander an. Winter drückte Angelas Hand. Ein Taxi überholte hupend ein Moped. Drinnen an der Bartheke lachte eine Frau. Ein Mann schob eine leere Schubkarre über die Straße. Ein Laster voller Sherryfässer fuhr vorbei.

»Jetzt fahren wir nach Hause und nehmen in der Bar Ancha einen Drink«, sagte Winter. »Tanqueray und Tonic. Das ist Sivs und Bengts Lieblingsdrink.«

Dank an Stephen Farran-Lee, Elisabeth Watson Staarup, Rita Lejtzén-Edwardson, Martin Kaunitz, Hanna Lejtzén, Per Planhammar, Ulf Dageby, Kristina Edwardson, Stig Hansén, Ashley Kahn, David Gilmour, Siv Bublitz, Jagnus Krepper, John Coltrane, Lars Norén, Linda Altrov-Berg, Jonas Axelsson, Katherine Hepburn, Götan Wiberg, Willy Vlautin, Johanna Kinch, Martin Ahlström, Eva Bredin, Katarina Arborelius, Christian Wikander.

Besonderen Dank an Torbjörn Åhgren, Kriminalkommissar in Göteborg.

Die Erfolgsserie des Bestsellerautors Åke Edwardson:

Alle Titel sind auch als E-Book erhältlich.

1. Fall: Tanz mit dem Engel
Kriminalroman.

2. Fall: Die Schattenfrau
Kriminalroman.

3. Fall: Das vertauschte Gesicht
Kriminalroman.

4. Fall: In alle Ewigkeit
Kriminalroman.

5. Fall: Der Himmel auf Erden
Kriminalroman.

6. Fall: Segel aus Stein
Kriminalroman.

7. Fall: Zimmer Nr. 10
Kriminalroman.

8. Fall: Rotes Meer
Kriminalroman.

9. Fall: Toter Mann
Kriminalroman.

10. Fall: Der letzte Winter
Kriminalroman.

11. Fall: Das dunkle Haus
Kriminalroman.

www.ullstein-buchverlage.de

ullstein

UB721